T0355905

Matrimonio para uno

Matrimonio para uno

Ella Maise

TITANIA

Argentina • Chile • Colombia • España
Estados Unidos • México • Perú • Uruguay

Título original: *Marriage for One*
Editor original: Simon & Schuster UK
Traducción: Lidia Rosa González Torres

1.ª edición Noviembre 2024

ISBN: 978-84-19131-88-1
E-ISBN: 978-84-10365-61-2
Depósito legal: M-20.048-2024

Fotocomposición: Urano World Spain, S.A.U.
Impreso por Romanyà Valls, S.A. – Verdaguer, 1 – 08786 Capellades (Barcelona)

Impreso en España – *Printed in Spain*

*Para quien alguna vez haya sentido que no encajaba
en ningún sitio.*

CAPÍTULO UNO

ROSE

Nota para mi yo del pasado: NO, repito, no accedas a casarte con el guapo desconocido del que resulta que no sabes nada.

—Rose Coleson, ¿aceptas a...?

No. Nop.

—¿...Jack Hawthorne como tu legítimo esposo?

Mmm... Déjame que me lo piense. No acepto. Nop.

—¿Prometes amarle, honrarle y cuidarle hasta que la muerte os separe?

¿Cuidarle?

Con los ojos muy abiertos y un poco temblorosa, miré fijamente hacia delante mientras el oficiante pronunciaba las palabras que tanto temía. ¿De verdad iba a hacerlo? Cuando el silencio en la sala, casi vacía y un tanto deprimente, se prolongó y me llegó el turno de hablar, estuve a punto de ponerme a hiperventilar. Hice todo lo posible por tragarme el nudo que tenía en la garganta para poder hablar, pero temía que las palabras que querían salir con desesperación no fueran «Sí, quiero».

No me estaba casando en un exuberante jardín verde mientras los pocos amigos que tenía nos vitoreaban como siempre había imaginado que harían. No me estaba riendo ni llorando de felicidad extrema como todas las novias en algún momento de la ceremonia. No tenía un ramo de novia precioso, solo una rosa que Jack Hawthorne me había puesto en las manos sin mediar palabra justo después de encontrarnos delante del ayuntamiento. Ni siquiera llevaba un vestido blanco, y mucho menos el vestido de novia de mis sueños. Jack

Hawthorne llevaba un traje negro hecho a medida que posiblemente costaba lo mismo que un año de mi alquiler, si no más. No era un esmoquin, pero era igual de bueno. A su lado, yo me veía bastante barata. En lugar de un vestido de novia precioso, llevaba un vestido azul sencillo (era lo único que poseía que era caro y lo bastante apropiado para la ocasión, aunque de alguna manera seguía siendo... barato), y estaba junto al hombre equivocado, uno que no hacía más que fruncir el ceño y fulminar con la mirada.

También estaba el acto de cogernos de la mano, la sorprendente fuerza con la que me apretaba, sobre todo en comparación con lo flojo que le estaba agarrando yo a él. Un acto bastante simple, pero ¿sostener la mano de un desconocido mientras te casas? Nada divertido. Mira, olvídate de lo de cogernos de la mano; estaba a punto de ser la esposa de un hombre del que no sabía nada más que lo que me había proporcionado una rápida búsqueda en Google.

Aun así, había accedido de buena gana y a sabiendas, ¿no?

—¿Señorita Coleson?

Cuando se me empezó a acelerar la respiración y el pánico comenzó a apoderarse de mí, intenté apartar la mano de la de Jack Hawthorne, pero sentí cómo sus dedos me apretaban aún más. No sabía lo que estaba pensando ni lo que *él* pensaba que iba a hacer, pero no podía mentir y decir que no se me había pasado por la cabeza huir.

Su agarre firme fue una pequeña advertencia que luego desapareció. Le miré a la cara, pero tenía los ojos puestos en el oficiante, los rasgos afilados inmutables. Frío. Muy frío. Me pareció ver que le temblaba un músculo de la mandíbula, pero parpadeé y ya no estaba ahí.

El hombre mostraba sus emociones tanto como un bloque de cemento, por lo que intenté hacer lo mismo que él: concentrarme en el presente.

—¿Señorita Coleson?

Me aclaré la garganta e hice todo lo posible por fortalecer la voz para no llorar. *Aquí no. Ahora no.* No todos los matrimonios son por amor. De todas formas, ¿qué me había ofrecido el amor más allá de un corazón roto y hambre emocional por las noches?

El corazón me latía fuerte y rápido en el pecho.

—Sí, quiero —respondí finalmente con una sonrisa que estaba segura de que me daba aspecto de desquiciada.

No quiero. Creo que no quiero en absoluto.

Mientras el hombre sonriente repetía las mismas palabras para mi casi marido no sonriente, desconecté de todo y de todos hasta que llegó el momento de los anillos.

¡Dios! Y pensar que hacía solo unos meses estaba planeando mi boda con alguien diferente, y más que eso, pensar que había creído que las bodas eran siempre románticas… Esta boda era más como si estuviera a punto de saltar en paracaídas desde cuatro mil metros de altura, algo que preferiría morir antes que hacer, y, sin embargo, allí estaba. No solo *no* estaba en un jardín rodeado de vegetación y flores, sino que el único mueble de la sala era un sofá de un tono naranja bastante feo, y, por alguna razón, ese único mueble y su color era lo que más me molestaba y ofendía. ¿Quién lo hubiera imaginado?

—Por favor, colocaos uno frente al otro —dijo el oficiante, y seguí sus instrucciones como un robot. Con una sensación de entumecimiento, dejé que Jack me cogiera la otra mano y, cuando sus dedos me dieron un diminuto apretón, esta vez me encontré con sus ojos inquisitivos. Tragué saliva, intenté ignorar el pequeño vuelco que me dio el corazón y le ofrecí una pequeña sonrisa. Era realmente llamativo de una forma fría y calculadora. Mentiría si dijera que el corazón no me dio un pequeño vuelco la primera vez que lo vi. Completamente involuntario. Llevaba lo de fuerte y silencioso a rajatabla. Sus ojos azules, igual de llamativos, se clavaron en mis labios y luego volvieron a mis ojos. Cuando noté cómo me colocaba despacio un anillo en el dedo, miré hacia abajo y vi una alianza preciosa con un semicírculo de diamantes redondos que me devolvía la mirada. Sorprendida, alcé la mirada para encontrarme con sus ojos, pero tenía puesta su atención en mi dedo mientras que, con el pulgar y el índice, hacía rodar el anillo hacia un lado y hacia el otro con suavidad. La sensación no podía ser más extraña.

—No pasa nada —susurré cuando no dejó de toquetearlo—. Es un poco grande, pero no pasa nada.

Soltó la mano y el anillo y me miró.

—Me encargaré de ello.

—No hace falta. Así está bien.

No sabía si Jack Hawthorne sonreía alguna vez. Por ahora (las tres veces contadas que lo había visto) no había sido testigo de ello, al menos no de una sonrisa genuina, pero suponía que, si se estuviera casando con alguien de quien estuviera enamorado en vez de conmigo, al menos tendría una sonrisita juguetona en los labios. No parecía la clase de persona que esbozaba sonrisitas, pero seguro que habría algún atisbo. Por desgracia, ninguno de los dos éramos la imagen de una pareja de recién casados feliz.

Busqué su mano para ponerle *su* alianza, pero llámalo nervios, torpeza o señal, si quieres, pero antes de que pudiera tocarle la mano, el anillo barato y fino se me resbaló de los dedos temblorosos y vi cómo volaba lejos de mí a cámara lenta. Tras el tintineo sorprendentemente fuerte que hizo cuando entró en contacto con el suelo, corrí tras él, disculpándome con nadie en particular, y tuve que ponerme de rodillas para poder salvarlo antes de que rodara debajo del sofá naranja feo. A pesar de que el vestido azul claro que había elegido llevar no era para nada corto, tuve que ponerme una de las manos en el culo para cubrirme y no enseñarle nada a nadie mientras cogía el puñetero chisme antes de tener que arrastrarme de rodillas.

—¡Lo tengo! ¡Lo tengo! —grité por encima del hombro con demasiado entusiasmo al tiempo que alzaba el anillo como si hubiera ganado un trofeo. Cuando vi las expresiones de desagrado a mi alrededor, sentí que las mejillas se me teñían de un rojo intenso. Bajé el brazo, cerré los ojos y solté un larguísimo suspiro. Cuando me giré sobre las rodillas, me di cuenta de que mi casi marido sin anillo estaba junto a mí, ofreciéndome ya la mano para levantarme. Después de ponerme de pie con su ayuda, me quité el polvo del vestido. Al alzar la vista hacia su rostro, me di cuenta tarde de lo rígido que estaba: la mandíbula apretada, el tic muscular sin duda de vuelta.

¿Había hecho algo mal?

—Lo siento —susurré, muy avergonzada, y como respuesta recibí una inclinación de cabeza seca.

El oficiante se aclaró la garganta y nos dedicó una pequeña sonrisa.

—¿Continuamos?

Antes de que pudiera llevarme de vuelta, me incliné con discreción hacia el que pronto sería mi marido y susurré:

—Mira, no estoy segura de… Pareces… —Hice una pausa y solté otro largo suspiro antes de reunir el valor suficiente para mirarle directamente a los ojos—. No tenemos que hacerlo si has cambiado de opinión. ¿Estás seguro? Y quiero decir muy, muy seguro de que quieres seguir adelante con esto.

Sus ojos buscaron los míos mientras ignorábamos a las demás personas de la sala, y se me aceleró el corazón mientras esperaba su respuesta. Por mucho que me mostrara reacia a hacerlo, si cambiaba de opinión, estaría jodida de pies a cabeza y ambos lo sabíamos.

—Terminemos con esto —dijo al rato.

Eso fue todo lo que obtuve.

Encantador.

¡Qué comienzo tan alentador para un nuevo matrimonio! Uno falso, sí, pero aun así.

Volvimos a ponernos delante del oficiante y, al segundo intento, logré colocarle el anillo en el dedo con rapidez y éxito. Le quedaba perfecto. Al lado de la preciosidad que me había dado, la alianza lisa que le había comprado el día anterior parecía tan barata como mi vestido, pero era lo único que podía permitirme. De todas formas, no parecía que le importara. Observé con ojos curiosos cómo se quedaba mirando el anillo, cerraba en un puño la mano en la que acababa de ponerle la alianza y los nudillos se le volvían blancos por la fuerza antes de volver a cogerme la mano.

Mi atención cambió al oír el final de las palabras del oficiante:

—Yo os declaro marido y mujer. Puedes besar a la novia.

¿Ya está? ¿Estaba casada? ¿Así de simple?

Miré a mi ya marido oficial y, durante un segundo, no supe cómo reaccionar. Su mirada se encontró con la mía. ¿Qué era un simple beso después de darle el «Sí, quiero» a un desconocido, verdad? Con el pensamiento de que él estaba esperando a ver cuál iba a ser mi movimiento y con el deseo de acabar de una vez para largarnos de allí, fui yo la que dio el primer paso. Con las manos todavía entrelazadas, evité sus ojos, me puse de puntillas y le di un pequeño beso en la mejilla. Justo cuando me separé y estaba a punto de retroceder, su mano ahora libre me agarró la muñeca con suavidad y nuestros ojos se encontraron.

Por el bien de las pocas personas que nos rodeaban, forcé otra sonrisa y vi cómo se inclinaba despacio para darme un beso en la comisura de la boca.

Se me aceleró el corazón, ya que me pareció que se había quedado un segundo más de la cuenta, y era demasiado cerca y demasiado tiempo para mi comodidad, pero teniendo en cuenta que estábamos representando un papel, supuse que un beso inocente no significaba demasiado. Para mí no, y estaba segura de que, sin duda, para él tampoco.

—Enhorabuena. Os deseo una vida feliz juntos. —La voz del oficiante nos separó y cogí la mano que me esperaba del hombre.

Mientras nuestro único testigo, que sabía a ciencia cierta que era el chófer de Jack Hawthorne, se movía para felicitar al hombre que ahora era mi marido, cerré los ojos y le pedí a mi corazón que se lo tomara con calma y viera el lado bueno de las cosas. Toda esta farsa me beneficiaba más a mí que a Jack Hawthorne. Daba igual que hubiera estado comprometida con otro hombre, Joshua, hacía solo unas semanas. Este matrimonio en concreto con este hombre en concreto no tenía nada que ver con el amor.

—¿Estás lista para irte? —preguntó mi muy real y oficial pero aún falso marido, y abrí los ojos.

No lo estaba. De repente, tenía calor y frío a la vez, lo cual no era buena señal, pero le miré y asentí.

—Sí.

Hasta que no salimos del edificio, con el chófer siguiéndonos desde una distancia prudencial, no nos dirigimos la palabra. En ese momento, el chófer desapareció para ir a por el coche y nos quedamos allí de pie, observando a la gente a nuestro alrededor en un silencio incómodo, como si ninguno de los dos supiera del todo cómo habíamos acabado en la calle. Al cabo de unos instantes, los dos empezamos a hablar al mismo tiempo.

—Deberíamos...

—Creo que...

—Deberíamos volver —dijo con firmeza—. Tengo que estar en el aeropuerto en una hora si no quiero perder el vuelo.

—Vale. No quiero retrasarte. Tengo que cambiarme primero antes de volver a la cafetería, y puedo coger el metro de vuelta a mi apartamento sin problema. No quiero que te pille un atasco solo porque...

—No pasa nada —contestó, distraído. No me estaba mirando a mí, sino al coche negro que acababa de detenerse junto a la acera—. Por favor —murmuró, y noté que me tocaba brevemente la espalda con la palma de la mano antes de que el contacto desapareciera y abriera la puerta del coche.

¡Joe!

No le conocía lo suficiente como para discutir sobre cómo volver a casa, por no hablar que discutir era lo último que me apetecía hacer. En el tiempo que habíamos tardado en salir a la calle, había empezado a sentir náuseas a cada paso que daba. Mientras me miraba expectante, intenté no arrastrar demasiado los pies al aceptar su oferta tácita y subir al coche.

Cuando entró detrás de mí y cerró la puerta, cerré los ojos ante cómo había concluido todo.

Joder, estoy casada. Daba igual cuántas veces me lo repitiera, seguía sin creerme que hubiera accedido a esto.

—¿Todo bien?

El tono duro y áspero de su voz me sacó de mis pensamientos confusos, y giré la cabeza para mirarle con una pequeña sonrisa.

—Claro. Debería darte las gracias...

—No hace falta. —Sacudió la cabeza de manera cortante antes de que pudiera terminar y se centró en su chófer—. Raymond, cambio de planes. Primero tenemos que pasar por el apartamento y luego iremos al aeropuerto.

—Sí, señor.

Tragué saliva y cerré los puños sobre el regazo. *¿Y ahora qué?*, pensé. *¿Hablamos? ¿No hablamos en absoluto? ¿Cómo funciona esto?* Para mi sorpresa, él fue el primero en romper el lúgubre silencio.

—Puede que no esté disponible durante unas horas al día, dependiendo de las reuniones que tenga, pero me pondré en contacto contigo en cuanto pueda. —¿Estaba hablándole a su chófer o a mí? No sabía decirlo—. Si surge algo con Bryan o incluso con Jodi, si te causa algún problema con respecto a nuestro matrimonio, escríbeme. No hables con ninguno de ellos hasta que te responda. —A mí entonces. Tenía la mirada fija al frente, pero me estaba hablando a mí porque Jodi y Bryan eran mis primos—. Si todo va según lo previsto, volveré en una semana como mucho. —Hizo una pausa—. Si lo deseas… puedes acompañarme.

Nop.

—Gracias, pero no puedo. Tengo que trabajar en la cafetería, y por mucho que…

—Tienes razón —me interrumpió antes de que pudiera terminar—. Yo también prefiero ir solo.

Pues vale…

Asentí y miré por la ventana. No sabía si había conseguido disimular bien mi alivio. Que estuviera fuera una semana significaba siete días más para asimilar la decisión que había tomado. Aprovecharía cada minuto extra que obtuviera.

—¿Adónde ibas? —pregunté, ya que me había dado cuenta de que no tenía ni idea.

—A Londres.

—¡Oh! Siempre he querido ir a Londres. A cualquier sitio de Europa, en realidad. Tienes suerte de poder viajar. No sé si los abogados viajan mucho, claro, pero…

Hice una pausa y esperé a que dijera algo, aunque solo fuera para ayudarme a entablar una conversación sin sentido, pero tenía la sensación de que no iba a ocurrir. No me equivocaba.

—¿Tienes un cliente en Londres? —Lo volví a intentar, pero sabía que era inútil.

Jack levantó el brazo y miró su reloj mientras negaba con la cabeza como respuesta a mi pregunta.

—Raymond, gira en la siguiente. Sácanos de aquí.

Cuando no hubo nada más que silencio en la parte trasera del vehículo, cerré los ojos y presioné la sien contra el frío cristal de la ventana.

Desde que dije que sí a este plan descabellado, había hecho todo lo posible por no darle demasiadas vueltas. Ahora ya era demasiado tarde para darle cualquier vuelta. Ni siquiera habíamos tenido tiempo de discutir dónde iba a vivir. ¿Con él? ¿Sin él? ¿Nos llevaríamos bien siquiera si viviéramos juntos? *Joshua*... ¿Se enteraría de que me había casado? Y encima poco después de nuestra ruptura. De repente, me vinieron a la mente todas las preguntas que tenía y las que ni siquiera sabía al mismo tiempo.

Habían pasado diez minutos en los que nadie había pronunciado una sola palabra en el coche. Por alguna razón, eso me estaba causando pánico más que nada. ¿En qué me había metido, de verdad? Si ni siquiera podía mantener una conversación sencilla con él, ¿qué narices íbamos a hacer durante los próximos doce o veinticuatro meses? ¿Mirarnos fijamente el uno al otro? Sentí náuseas y me presioné el estómago con la palma, como si pudiera reprimirlo todo (todas las emociones, decepciones, sueños olvidados), pero ya era demasiado tarde para eso. Sentí cómo la primera lágrima se me deslizaba por la mejilla, y a pesar de que me apresuré a intentar limpiármela con el dorso de la mano porque no había motivo para llorar, no fui capaz de detener todas las que siguieron. En tan solo unos minutos, estaba llorando en silencio, las lágrimas eran un torrente silencioso que no sabía cómo detener.

Muy consciente de que lo más probable era que el rímel me hubiera hecho un destrozo en la cara, lloré sin decir ni pío hasta que el coche se detuvo. Cuando abrí los ojos y me di cuenta de que nos dirigíamos hacia el lado equivocado de Central Park, me olvidé de las lágrimas y miré a Jack.

—Creo... —comencé, pero las palabras murieron en mi garganta cuando vi su expresión.

¡Mierda! Si pensaba que se había enfadado cuando se me cayó el anillo, estaba muy equivocada. Juntó las cejas al tiempo que sus ojos me recorrían el rostro y la tensión en el coche se triplicaba.

Hice lo mejor que pude para limpiar toda evidencia de mis lágrimas sin mirarme al espejo.

—Este es el lado equivocado...

—Llévala al apartamento, por favor. Iré al aeropuerto por mi cuenta —le dijo Jack al chófer. Acto seguido, eliminó todo rastro de emoción, la cara se le volvió inexpresiva cuando se dirigió a mí—. Esto ha sido un error. No deberíamos haberlo hecho.

Todavía lo estaba mirando atónita cuando salió del coche, dejando atrás a su novia (es decir, yo).

Esto ha sido un error.

Unas palabras que cualquier chica que se hubiera casado hacía solo treinta minutos querría escuchar, ¿verdad? Sí, yo tampoco lo creía.

Después de todo, yo era Rose y él era Jack. Con esos nombres estábamos condenados desde el principio. Ya sabes… el *Titanic* y todo eso.

Número de veces que Jack Hawthorne sonrió: cero.

CAPÍTULO DOS

JACK

Después de pasarme días intentando ignorar lo que había hecho, por fin estaba de vuelta en Nueva York y seguía sin estar ni mucho menos preparado para enfrentarme al desastre que había creado. Salí del coche en cuanto Raymond se detuvo frente a mi edificio, pasé por delante del portero y entré en el ascensor. Mientras comprobaba los mensajes de voz, intenté no pensar en quién ni qué tipo de situación me estaría esperando en el apartamento.

¿Tendría que mantener una conversación con ella? ¿Responder más preguntas?

Esperaba que no, porque hablar con ella era lo último que quería hacer. No si pensaba seguir con mi plan de mantener las distancias con ella.

En cuanto crucé el umbral, supe que no estaba allí. Aliviado y molesto al mismo tiempo (aliviado porque me gustaba estar solo, molesto porque ella no estaba donde se suponía que tenía que estar), dejé la maleta en el dormitorio y caminé despacio por el apartamento, solo para asegurarme. Encendiendo y apagando luces, revisé cada habitación, inspeccionándolo todo, buscando algo que estuviera fuera de lugar, mirando si *alguien* había estado allí después de irme. Cuando llegué a la última habitación (en la que se suponía que se alojaba ella) y la encontré tal y como estaba cuando me fui a Londres, me froté el cuello con la esperanza de que me aliviara el dolor de cabeza que notaba que me estaba entrando. Atravesé la habitación y salí a la terraza para contemplar la ajetreada ciudad, preguntándome qué debía hacer a continuación.

¿Qué he hecho?

Unas semanas antes

En cuanto recibí la llamada del vestíbulo, salí de mi despacho para esperarla delante de los ascensores. Mi principal objetivo era interceptarla antes de que llegara a la sala de reuniones, donde los demás miembros de su familia se reunirían con ella en otros treinta minutos. Unos minutos más tarde, las puertas del ascensor se abrieron con un silbido y Rose Coleson salió. Llevaba el pelo castaño y ondulado suelto y tenía el flequillo tan largo que casi le cubría los ojos. Apenas llevaba maquillaje y llevaba unos vaqueros negros sencillos y una blusa blanca más sencilla todavía. Esperé mientras se acercaba al mostrador de recepción.

—Hola. ¿En qué puedo ayudarle? —preguntó Deb, nuestra recepcionista, con una practicada sonrisa en la cara.

Oí cómo Rose se aclaraba la garganta y vi cómo sus dedos se agarraban al borde del mostrador.

—Hola, vengo a la reunión de los Coles...

Antes de que pudiera terminar la frase, Deb se dio cuenta de que estaba esperando e, ignorando por completo a Rose, dirigió su mirada hacia mí.

—¿Señor Hawthorne? ¿Hay algo que pueda hacer por usted? Su cita de las dos y med...

—No, nada. —Ignorando la mirada de sorpresa de Deb, me centré en Rose Coleson—. Señorita Coleson. —Al oír su nombre, me miró por encima del hombro y soltó el mostrador para ponerse cara a cara conmigo—. Su reunión es conmigo —continué—. Si quisiera acompañarme...

Deb intervino cuando Rose dio un paso para seguirme.

—Señor Hawthorne, creo que se equivoca. La reunión de los Col...

—*Gracias*, Deb —interrumpí, sin importarme si le ofendía mi tono o no—. Señorita Coleson —repetí, puede que con más brusquedad de la que pretendía. Necesitaba terminar esta reunión y seguir con mi jornada—. Por aquí, por favor.

Tras una rápida mirada a Deb, Rose se acercó.

—¿Señor Hawthorne? Creo que es posible que haya un error. Se supone que tengo que reunirme con el señor Reeves...

—Puedo asegurarle que no hay ningún error. Si no le importa pasar a mi despacho para tener un poco de intimidad, hay algunas cosas que me gustaría tratar con usted. —Observé, impaciente, cómo se lo pensaba.

—Me dijeron que tenía que firmar algo y que luego podría irme. Tengo otra cita en Brooklyn, así que no puedo quedarme mucho tiempo.

Asentí con la cabeza.

Después de una breve vacilación y otra mirada a nuestra recepcionista, me siguió hacia mi despacho en silencio.

Tras una larga caminata, abrí la puerta de cristal para que entrara. Le recordé a Cynthia, mi asistenta, que no me pasara ninguna llamada y esperé a que Rose se acomodara en su asiento. Con su voluminoso bolso marrón en el regazo, me miró expectante mientras me sentaba detrás de mi escritorio.

—Creía que el abogado de los Coleson era Tim Reeves, al menos el abogado de sucesiones. ¿Ha habido algún cambio? —preguntó antes de que pudiera pronunciar palabra.

—No, señorita Coleson. Tim es quien redactó el testamento y, por el momento, es quien se está ocupando de todo.

—Entonces sigo sin saber...

—No soy abogado de sucesiones, pero el año pasado ayudé en algunas ocasiones al equipo que llevaba los casos corporativos de su difunto padre. ¿Puedo ofrecerle algo de beber? ¿Café, tal vez? ¿O té?

—No, gracias. Como le he dicho, tengo otra cit...

—Cita a la que tiene que ir —terminé por ella—. Lo entiendo. Es...

—Era mi tío, por cierto.

—¿Perdone?

—Ha dicho «padre». Gary Coleson era mi tío, no mi padre.

Alcé una ceja. Era algo que ya sabía, pero al parecer estaba demasiado distraído como para recordar todos los detalles.

—Cierto. Le pido disculpas.

—No pasa nada… Solo quería mencionarlo por si no estaba al tanto todavía. Me temo que también es la razón por la que no se me ha mencionado en el testamento, lo que nos devuelve al punto de partida, señor Hawthorne. No estoy segura de qué podría querer hablar conmigo.

Esto no estaba saliendo como lo había planeado. Era verdad que no había pensado mucho en cómo quería hacerlo, pero aun así no estaba saliendo sobre ruedas.

—Leí el testamento —admití después de ver la rigidez que mantenía: sentada en el borde de la silla, impaciente y lista para salir corriendo. Tal vez apreciaría un enfoque más directo, lo cual era algo en lo que yo sobresalía.

—Vale —dijo, enarcando una ceja.

—Me gustaría hablar con usted sobre la propiedad de la avenida Madison que era de su tío.

Los hombros se le pusieron rígidos.

—¿Qué le pasa?

—Me gustaría saber cuál es su plan a partir de ahora con respecto a la propiedad. Creo que Gary y usted habían firmado un contrato un poco antes de su muerte en el que se indicaba que le daría uso a la propiedad durante un período corto de tiempo, algo así como dos años, y que solo le pagaría una pequeña cantidad de alquiler en lugar del valor real. Al cabo de los dos años, se trasladaría. ¿Correcto?

Me miró con el ceño fruncido, pero asintió.

Convencido de que me estaba siguiendo, continué.

—El contrato se incluyó en el testamento, pero Gary decidió añadir una cláusula de la que creo que se ha enterado hace poco. En el caso de que le ocurriera algo durante esos dos años, quería que la propiedad pasara a su marido…

—Si estuviera casada —terminó Rose, con la barbilla alta.

—Sí. —Me fijé en su mano izquierda y me siguió con la mirada—. Si estuviera casada, exacto.

Al segundo, sus ojos volvieron a los míos y vi cómo fruncía el ceño.

—Ya sé todo eso —explicó despacio—. A Gary le hacía ilusión que me casara con Joshua, mi prometido. Se llevaban bien y le agradaba. Ambos teníamos un título en Administración de Empresas, pero es evidente que parecía que confiaba más en Joshua...

—Su *exprometido*, querrá decir —le recordé.

Hizo una pausa ante mis palabras, pero por fin sus dedos agarraron el bolso con menos intensidad mientras intentaba entender lo que quería decir.

—Sí. Claro. Por supuesto, exprometido. La costumbre. Rompimos hace solo unas semanas. Perdone, pero ¿cómo sabe que es mi exprometido?

Hice una pausa, tratando de ser cuidadoso con mis palabras.

—Hago mis debidas diligencias, señorita Coleson. Continúe, por favor.

Me estudió durante un rato mientras esperaba con paciencia.

—Ni siquiera era consciente de que incluiría nuestro contrato en el testamento. Tampoco debía tener la titularidad de la propiedad, eso no estaba en el contrato. Me dejaba usar la propiedad solo durante dos años, pasado el plazo, tenía que marcharme. Entonces, mi tío y su mujer, Angela, murieron en el accidente de coche y me enteré de que su intención era dejarle la propiedad a mi marido en el testamento.

—Tal vez era su manera de darle algo. Una sorpresa tal vez. Algo así como un regalo de bodas.

—Sí. Puede ser. Tal vez esa fue su manera de dejarnos el local, pero actualmente no estoy casada con Joshua, ¿verdad? Así que no entiendo nada. —Se encogió de hombros—. Solo sabía que Gary pensaba que la presencia de Joshua sería necesaria si iba en serio con lo de abrir mi propia cafetería. Yo no estaba de acuerdo con él. Daba igual que hubiéramos empezado a hablar de la posibilidad de utilizar el local un año antes de que Joshua llegara a mi vida. No me veía capaz de gestionar el trabajo yo sola, y Joshua estaba en busca de un trabajo nuevo, así que pensó que tenía sentido. Yo no. Creo que confiaba más en Joshua que en mí porque fue a una universidad mejor. Además, no hay que olvidar el hecho de que soy mujer y Joshua es hombre. Estaba chapado a la antigua y no creía que las mujeres fueran capaces de manejarse en el mundo de los negocios. Sin embargo, cuando volvimos a hablar del tema y le conté los planes que tenía para el local, accedió a dejarme utilizar su propiedad. Joshua no participó en la conversación ni en el contrato. Nunca puso más condiciones que el hecho de que solo podría utilizar el local durante dos años y después tendría que buscarme otro sitio. Esa era toda la ayuda que estaba dispuesto a darme. Ni más ni menos. Se lo agradecí de todas formas. No tengo ni idea de por qué creyó necesario añadir a Joshua en su testamento sobre algo que me concernía a mí. ¿Y por qué le estoy contando todo esto?

Me recosté en el asiento, poniéndome cómodo. Ahora estábamos avanzando.

—Sigue sin formar parte de la conversación.

—¿Perdone?

—Gary no llegó a utilizar el nombre de su exprometido. No especificó quién sería el dueño de la propiedad en el caso de que falleciera. Solo se menciona un «marido».

—No entiendo qué importa eso. Se suponía que iba a casarme con Joshua este año y él lo sabía, pero al final no me he casado. Joshua rompió conmigo dos días después de que murieran. Así que, como no estoy casada, señor Hawthorne, y no tengo intención de casarme con nadie pronto, no puedo hacer uso del local y menos quedármelo. Hablé con mis primos, Bryan y Jodi, pero no les interesa cumplir el contrato que firmé con su padre, lo que significa que no voy a poder abrir mi cafetería. A estas alturas, intento aceptar el hecho de que he desperdiciado cincuenta mil dólares (cincuenta mil dólares que conseguí ahorrar trabajando durante ya no sé ni cuántos años) en un local que nunca iba a ser mío. Aparte de todo eso, ese día perdí a dos personas importantes para mí en el mismo accidente de coche. A pesar de que era la sobrina de Gary, nunca me vieron como alguien de su propia sangre, pero eran todo lo que tenía después de que mi padre falleciera cuando tenía nueve años. Sea como sea, en vez de dejar que entrara en adopción, Gary aceptó acogerme y eso es lo único que importa. Así que, para responder a su pregunta anterior, no tengo ningún plan con respecto a la propiedad porque ya no tengo permitido usarla.

Un poco sin aliento y, por lo que veía, bastante cabreada, se puso de pie y se colgó el bolso del hombro.

—Vale, no quiero ser borde, pero creo que esto ha sido una pérdida de tiempo para ambos. Tenía un poco de curiosidad cuando le seguí hasta aquí, lo admito, pero no tengo tiempo para hablar de cosas que ya sé sin ningún motivo. Tengo que ir a una entrevista de trabajo y no puedo permitirme llegar tarde. Creo que hemos terminado, ¿no? Ha sido un placer conocerle, señor Hawthorne.

Pensando que nuestra conversación había terminado, extendió la mano por encima de mi escritorio y la miré durante un segundo. Antes de que decidiera irse, dejé escapar un suspiro, me levanté y la miré a los ojos mientras aceptaba la mano.

Aquí era. Aquí era cuando debería haber dicho «Ha sido un placer conocerla» y continuado con mi jornada. No lo hice.

Con voz tranquila y serena, dije lo que había estado esperando decir.

—No está siendo borde, señorita Coleson, pero antes de irse, me gustaría que se casara conmigo. —Rompí nuestra conexión y me metí las manos en los bolsillos, observando su reacción.

Después de un breve momento de vacilación, respondió:

—Claro, ¿qué le parece después de mi entrevista de trabajo, pero antes de la cena? Porque, verá, ya he quedado con Tom Hardy y no creo que pueda posponerlo...

—¿Se está burlando de mí? —Me quedé absolutamente inmóvil.

Sus ojos entrecerrados me recorrieron el rostro, supuse que en busca de una respuesta. Cuando no fue capaz de encontrar lo que estaba buscando, dejó de luchar y, justo frente a mis ojos, todo su semblante (que se había endurecido en el momento en el que comencé a hacer preguntas sobre su exprometido) se suavizó y dejó escapar un suspiro.

—¿No estaba haciendo una broma de mal gusto?

—¿Le parezco alguien que hace bromas?

Emitió un sonido evasivo y se removió en el sitio.

—A primera vista… no puedo decir que lo sea, pero no le conozco lo suficiente como para estar segura.

—Le ahorro la molestia. No hago bromas.

Me miró desconcertada, como si hubiera dicho algo sorprendente.

—V-Vale. Creo que aun así me voy a ir yendo.

Así como así, me pilló por sorpresa y se dio la vuelta para irse. Antes de que pudiera abrir la puerta, hablé.

—Entonces, ¿no le interesa saber más sobre mi oferta?

Ya tenía la mano en el pomo de cristal cuando se detuvo. Con los hombros rígidos, soltó la puerta y se giró hacia mí.

Después de abrir y cerrar la boca, me miró directamente a los ojos desde el otro lado de la habitación.

—¿Su oferta? Solo para saber que estamos hablando el mismo idioma y pueda estar segura de no haberle escuchado mal, ¿podría repetir dicha oferta?

—Le ofrezco casarme con usted.

Irguió aún más los hombros y se aclaró la garganta.

—Señor Hawthorne, creo… Creo que me halaga que…

—Señorita Coleson —la interrumpí sin rodeos antes de que pudiera terminar la frase—. Le aseguro que mi oferta de matrimonio es estrictamente un acuerdo de *negocios*. Estoy seguro de que no piensa que estoy expresando interés en usted. Tenía la impresión de que le vendría bien mi ayuda… ¿Me equivocaba?

—¿Su ayuda? Ni siquiera le conozco y, sin duda, no recuerdo haber pedido nada…

—Si acepta mi oferta, tendrá tiempo suficiente para conocerme.

—Si acepto su oferta…, que es un acuerdo de negocios disfrazado de matrimonio. Creo que no le sigo.

—Tal vez si me explicara lo que le cuesta entender, podría ayudarle.

—¿Qué tal todo? Desde mi punto de vista, parece un buen punto de partida.

—Claro, por supuesto. Si se sienta, estaré *encantado* de entrar en más detalles. Por ejemplo, puedo asegurarme de que los ahorros de toda su vida, los cuales ya ha gastado en una cafetería que no va a salir adelante, no se desperdicien. —Supuse que, por mi expresión, veía que no estaba encantado con ninguna parte de nuestra conversación.

—¿Cómo sabe que esos eran los ahorros de toda m...?

—Como dije antes, hago mis...

—Debidas diligencias, claro. Le escuché la primera vez. —Miró hacia fuera, y sus ojos escanearon el concurrido pasillo de fuera de mi despacho. Tardó unos segundos en elegir entre si marcharse o quedarse. Luego, de mala gana, regresó hacia mi escritorio y hacia mí, y con la misma mala gana volvió a sentarse en el borde del asiento. Sus ojos desconfiados captaron toda mi atención.

—Bien. —Una vez estuve seguro de que no iba a levantarse de un salto y salir corriendo, me senté también—. Ahora que se queda, me gustaría que considerara mi oferta.

Cerró los ojos brevemente, respiró hondo y soltó el aire.

—Mire, no me está explicando nada. Sigue preguntando lo mismo y yo sigo experimentando las mismas ganas de levantarme e irme.

—Me gustaría que nos casáramos por una serie de razones, pero la que más le interesa es el hecho de que podría abrir su cafetería en la avenida Madison.

Cuando no hizo ningún comentario, nos quedamos en silencio.

—¿Eso es todo? —preguntó al final con un tono de impaciencia—. ¿Quiere casarse conmigo, perdone, cerrar un acuerdo de *negocios* conmigo casándose conmigo para que pueda abrir mi cafetería?

—Parece que me ha entendido bien.

Después de otra mirada desconcertada, se reclinó en el asiento, luego se levantó, dejó el bolso en la silla y caminó hacia los ventanales que iban del suelo al techo para contemplar el horizonte. Estuvimos un minuto entero en silencio, y se me empezó a agotar la paciencia.

—En ese caso, está loco —dijo—. ¿Está loco, señor Hawthorne?

—No voy a responder a esa pregunta —contesté, seco.

—Nada nuevo. No responde a mis preguntas, no explica nada.

—Quiero ayudarla. Así de simple.

Me miró con sus grandes ojos marrones como si hubiera perdido la cabeza y, cuando no continué, alzó los brazos y los dejó caer.

—¿Así de simple? ¿Podría ser de ayuda y explicarme más, por favor? Quiere ayudarme por alguna loca razón, a mí, alguien que, por cierto, ni siquiera sabe cuál es su nombre.

—Mi nombre es Jack.

Me observó durante un rato, ambos sosteniendo la mirada.

—Lo dice en serio, ¿verdad? ¿Es un servicio que le ofrece a todos sus clientes, Jack Hawthorne? ¿Se ofrece a ayudarles casándose con ellos?

—Es la primera, señorita Coleson.

—Conque soy el copo de nieve especial.

—En cierto sentido, sí.

Volvió a contemplar las vistas, agachó la cabeza y se frotó las sienes.

—¿Por qué?

—¿Me está preguntando por qué es un copo de nieve especial?

Bufó y me miró por encima del hombro.

—No, no le estoy preguntando… ¿Puede darme más información, por favor? En plan, ¿frases de verdad que expliquen algo y que tengan sentido? Estoy bastante segura de que no me está pidiendo que me case con usted solo para ayudarme. ¿Qué gana? ¿Cuáles son las razones que ha mencionado? —Examinó el despacho, absorbiéndolo todo, incluido yo; todos los muebles caros, mi ropa, las vistas, los clientes y abogados que pasaban por allí—. Voy a jugármela y decir que no se trata de dinero, porque no creo que tenga nada que ofrecerle en ese aspecto.

—Tiene razón, no necesito dinero. Como he dicho antes, es estrictamente un acuerdo de negocios. Para mí no significa nada más. Cuando avancemos con el matrimonio…

—Es increíble lo seguro que está de sí mismo mientras yo sigo intentando descubrir si es *usted* el que se está burlando de *mí*.

Ignoré su evaluación y continué.

—No será más que una transacción comercial entre dos personas. —Me levanté y caminé hacia ella—. Me hice socio este año, señorita Coleson. Tengo treinta y un años, soy el socio más joven del bufete y, para tratar de manera adecuada con algunos de mis clientes actuales y futuros, necesito dar una buena impresión. Hay cenas formales e informales, eventos a los que tengo que asistir. A pesar de que no es un requisito tener una relación seria o ser un «hombre de familia», como se dice, creo que puedo usar a mi favor la ilusión que me brindará un matrimonio. No quiero perder a ninguno de mis clientes ni a ningún cliente en potencia a manos de otros socios.

Con los brazos cruzados sobre el pecho, se puso cara a cara conmigo y nos miramos el uno al otro. No tenía ni la menor idea de lo que se le estaba pasando por la cabeza. Mi puñetera cabeza, sin embargo, estaba en guerra con mi consciencia.

—¿Por qué no casarse con alguien a quien quiera? ¿Alguien con quien esté saliendo? ¿Alguien a quien de verdad *conozca*? ¿Por qué se ha planteado siquiera pedírmelo *a mí*? No sabe nada de mí. No somos más que dos desconocidos. —Con aspecto de estar tratando de reprimir las emociones, respiró hondo—. Llámeme anticuada, señor Hawthorne, pero soy una romántica. Creo en el hecho de casarse con alguien por amor y solo por amor. Para mí, el matrimonio es... El matrimonio *significa* algo totalmente distinto de lo que creo que significa para usted. No quiero ofender, no le conozco, pero no me da la impresión de que sea alguien que le dé mucho significado...

—Puede terminar la frase, señorita Coleson. —Me metí las manos en los bolsillos traseros del pantalón.

—Creo que entiende adónde quiero llegar.

Asentí, porque sí que lo entendía.

—Ahora mismo no tengo tiempo para relaciones personales y no voy a casarme con alguien que acabe esperando más de lo que ofrezco. No voy a ofrecerle algo que no estoy dispuesto a dar, y no puede ser *tan* ingenua, ¿verdad? No puede pensar que solo quiero casarme con usted para tener a alguien colgado del brazo en las ocasiones apropiadas y para que me pague un pequeño alquiler.

Se le enderezó la columna y me fulminó con la mirada.

—¿Ingenua? Créame, señor Hawthorne, no soy *tan* ingenua. Si estuviera casada, mi marido sería el dueño de la propiedad, eso es lo que dice el testamento. Así que, si usted es mi marido… —Hizo una pausa y se encogió de hombros—. Entiendo que también va detrás de la propiedad, pero sigo esperando a oír la parte en la que me ayuda. Por ahora, lo único que he oído es que usted saca todo lo que quiere de esto. No veo cómo casarme con usted me ayuda a salvar los (para usted, muy escasos, seguro) ahorros que ya he gastado en comprar todo para la cafetería. ¿Dónde encaja que monte una cafetería? En este escenario, consigue la esposa falsa y la propiedad; una propiedad que asumo que puede comprarles a mis primos en el caso de que consideren venderla, si es lo que quiere.

—Dudo que estén interesados en venderla. Incluso si lo estuvieran, ¿por qué iba a gastarme tanto dinero en algo que puedo conseguir gratis? Y para darle más contexto sobre el tema, no estaba buscando de manera activa a alguien con quien casarme, pero cuando me pidieron que leyera el testamento para dar mi opinión sobre un par de cuestiones, me enteré de su situación y pensé que podríamos ayudarnos mutuamente. Para dar más detalles sobre algo que ha mencionado, no somos completos desconocidos. Nos conocimos antes, una vez, hace un año. Fue un breve encuentro en una de las fiestas de su tío, pero me ayudó a ponerle cara a su nombre. Aunque vaga, tenía una idea de quién era, y en cuanto al resto… tenía suficiente tiempo como para aprender lo que necesitaba aprender sobre usted, y estoy seguro de que tendrá la misma oportunidad con respecto a mí.

—¿Nos conocimos? ¿Dónde? No me acuerdo.

Incómodo, cambié el peso de una pierna a otra y, ya que no quería entrar en mucho detalle, le resté importancia a su pregunta.

—Si no se acuerda, no tiene sentido repetirlo. Como he dicho, de todas formas, no fue más que una presentación breve. ¿Algo más que le gustaría saber?

—¿De verdad que no es una broma? ¿En serio?

Eché un vistazo al reloj de la pared. Estábamos perdiendo el tiempo.

—No voy a seguir repitiéndome, señorita Coleson. Si acepta, nos casaremos y la propiedad me será transferida. Después de eso, cumpliré los términos del contrato inicial y puede seguir adelante con sus planes.

Suspiró y pareció sopesar mis palabras.

—¿Ya está? ¿Eso es *todo*? ¿La propiedad, asistir a eventos y actuar como si estuviéramos casados delante de otras personas? ¿Nada más?

—Exacto, y solo durante dos años. Nada más, nada menos.

Apartó la mirada de mí y se mordió el labio.

—Dos años... Claro, porque eso no es nada. ¿Esto no es ilegal? ¿No *sería* ilegal?

—¿Por qué iba a serlo?

Me lanzó una mirada de exasperación.

—Vale. ¿Y qué hay de Jodi y Bryan? Es imposible que se crean que es un matrimonio de verdad. ¿No pueden recurrir, impugnarlo o lo que quiera que haga la gente en esta situación para impedirme que abra la cafetería y que usted sea el propietario? —Con el ceño fruncido, negó con la cabeza—. No estoy diciendo que vaya a hacerlo, pero si por alguna loca razón acepto su oferta... No me puedo ni creer que lo esté pensando, mucho menos diciéndolo en voz alta.

No era difícil ver la expresión de esperanza en su cara. Consciente de que era el momento adecuado, le di otro pequeño empujón.

—No es una decisión difícil, señorita Coleson. Si sospechara que habría repercusiones negativas, para mí o para usted, no haría la oferta. Soy el mejor en lo mío, y nadie va a recurrir nada. Si acepta, me encargaré de sus primos. No serán un problema, se lo aseguro. —Alcé el hombro con indiferencia—. No le incumbe a nadie más que a nosotros, y no le debe explicaciones a nadie.

Con los ojos fijos en el suelo, siguió sacudiendo la cabeza. Ya sabía cuál iba a ser su respuesta; estaba haciendo preguntas, lo que significaba que se lo estaba pensando. Ya era un acuerdo cerrado. Si no hubiera estado seguro del resultado, no le habría hecho la oferta. Se había gastado todos sus ahorros en su sueño y no me la imaginaba rechazando mi oferta, la cual nos beneficiaría a ambos. También sabía que eso no significaba que fuera a obtener su respuesta sin oponer resistencia.

Sobresaltados, ambos miramos a mi asistenta, Cynthia, cuando llamó a la puerta de cristal y entró.

—Su próxima cita está aquí, señor Hawthorne, y quería que le informara de cuando empezase la otra reunión.

—Gracias, Cynthia. Voy a necesitar unos minutos más.

Mientras Cynthia asentía y cerraba la puerta, Rose Coleson se volvió a acercar a su silla y cogió el bolso.

—Me voy ya... y me pensaré lo de...

—Me temo que tendrá que darme una respuesta ya. —No me moví de donde estaba.

Dejó de juguetear con el bolso y me miró a los ojos.

—¿Qué? ¿Por qué?

—Porque tal y como nos ha informado Cynthia, sus primos están en la sala de reuniones ahora mismo, discutiendo cómo gestionar la propiedad. Si acepta mi oferta, nos uniremos a ellos y les anunciaremos la situación. Si no, perderá la última oportunidad que tiene.

—No puede pretender que tome una decisión ahora. ¿Piensa que se van a creer que nos hemos enamorado a primera vista? ¿Y que luego decidimos casarnos en una semana?

—¿Y cómo iban a saberlo? ¿Cómo van a saber cuándo o cómo nos conocimos? —Me saqué las manos de los bolsillos y me encogí de hombros mientras volvía junto a mi escritorio—. No es problema nuestro si asumen que nos conocimos hace semanas o meses.

—Mi prometido me dejó hace unas semanas, señor Hawthorne. De la nada. Sin motivo alguno. Me conocen lo suficiente como para saber que no me casaría con otra persona tan rápido.

—¿Adónde quiere ir a parar?

—¿Adónde quiero ir a parar? —Frustrada, negó con la cabeza—. No puedo creerme que esto esté ocurriendo ahora mismo.

Abrumada y con aspecto de confusión, se dejó caer en la silla. Me sentía como un imbécil por forzarla a que me diera una respuesta, pero tenía un millón de cosas que hacer y no el tiempo suficiente para hacerlas. Si íbamos a seguir adelante con esto, tenía que saberlo de inmediato, porque no iba a volver a ponerme en una situación como esta.

—Necesito que me dé una respuesta, señorita Coleson.

—Y yo necesito más detalles, señor Hawthorne. Además, ¿podría, por favor, dejar de llamarme *señorita Coleson*?

—Los detalles no son importantes ahora mismo. Es un sí o un no.

—Me está presionando. No me gusta. No me gusta esto.

—No estoy haciendo nada de eso. Puede salir de mi despacho cuando quiera… después de que me dé una respuesta, así de simple. No tiene que decir que sí, pero cuando responda, no olvide que la decisión es únicamente suya. Yo no tengo nada que perder. Si no acabo con esa propiedad, encontraré otra cosa en la avenida Madison. ¿Puede decir lo mismo?

Con las manos en el regazo, las palmas sobre los vaqueros, alzó la cabeza y me miró.

—Es una locura. Si lo hago, estoy loca. Está loco.

—Creo que me ha quedado bastante claro lo que piensa sobre mí. —Medio sentado en el escritorio, me crucé de brazos—. Esto nos va a beneficiar a ambos, señorita Coleson. Si firmamos ese simple papel que declara que estamos casados, podrá abrir la cafetería y no cambiará nada en dos años. Si no lo hacemos, perderá todo su dinero en los muebles y el equipo que ha comprado y que en este momento no puede usar. Desde mi punto de vista, no hay decisión que tomar. Le estoy ofreciendo un sustento. Si le parece bien perder todo eso, no hay nada más que discutir.

—No hacemos buena pareja, señor Hawthorne. Seguro que es consciente de ello.

—No, supongo que no. Estoy totalmente de acuerdo, pero, una vez más, creo que lo hacemos lo suficiente como para lo que tenemos en mente. Si su respuesta es no, por favor, dígamelo para poder irme a mi siguiente reunión.

Los segundos pasaron mientras esperaba su respuesta, y vi el momento exacto en el que su sueño de abrir su propia cafetería influyó en su decisión, tal y como había sospechado que ocurriría.

—No puedo creer que esté diciendo esto. Ni siquiera puedo creer que esté sucediendo, pero si vamos a hacerles creer que nos vamos a casar, creo que deberías empezar a llamarme Rose.

—Bien. Discutiremos los detalles otro día. Mientras tanto, redactaré un contrato matrimonial que lo cubra todo. —Me levanté del escritorio, me acerqué a la puerta y se la abrí.

—Seis meses —soltó.

Arqueé una ceja cuando se levantó y se giró para mirarme.

—¿Seis meses?

—Sí. Quiero que me des seis meses antes de empezar a pagar la cantidad de alquiler que se habló en el contrato original. —Asintió con el ceño fruncido, como si no estuviera muy segura de lo que estaba pidiendo—. Sé que eso no estaba en el contrato inicial que hice con mi tío, pero ya que vas a acabar quedándote con la propiedad de todas formas, quiero que esos seis primeros meses no tenga que pagar alquiler para que al menos pueda intentar obtener algún beneficio. —Hizo una pausa, pensativa—. Creo que puedes permitírtelo. Si soy sincera, yo no. Sí, el alquiler que te voy a pagar no es nada para un local en la avenida Madison, pero con todo lo que está pasando, no podré permitírmelo. Pero esos seis meses sin alquiler me ayudarán a empezar bien.

La estudié con más detenimiento.

—Tienes razón, puedo permitirme no cobrar el alquiler. Trato hecho. ¿Eso es todo?

—S… Sí, eso es todo.

—Podrías pedirme la mitad de la propiedad. Si te hubieras casado con Joshua, tendrías la mitad.

—¿Me la darías?

—Me temo que la respuesta sería no.

—Ya me lo imaginaba. No pagar el alquiler durante seis meses me ayudará.

—Bien. Entonces no hay problema. Vamos a unirnos a la reunión.

—¿Así sin más?

—¿Tienes más preguntas?

—Unas cien solo. —Se detuvo a mi lado y me miró a los ojos.

Arqueé una ceja.

—Me temo que de momento no podemos repasarlas todas. Quizá la próxima vez. Tendrás mucho tiempo para preguntarme lo que quieras después de casarnos. Déjame hablar a mí en la reunión y todo irá bien.

Más pálida de lo que estaba cuando entró en mi despacho y tal vez un poco conmocionada, asintió y me siguió mientras nos dirigíamos a la sala de reuniones.

A cada paso que daba, me maldecía por lo cabrón que era.

Cuando estuvimos a pocos pasos de la sala de reuniones y vi a Bryan y Jodi Coleson sentados uno al lado del otro de espaldas a nosotros, miré a Rose y vi que tenía la respiración un poco descontrolada y los ojos muy abiertos e inseguros.

—¿Lista? —pregunté, adivinando ya cuál iba a ser la respuesta.

—No puedo decir que lo esté.

Asentí con la cabeza. Con eso bastaba.

—¿Cuándo fue la última vez que hablaste con tus primos?

Se frotó las sienes antes de mirarme.

—¿La semana pasada, tal vez? ¿Puede que más? ¿Por qué?

—Déjamelo a mí.

Entramos en la sala. Uno al lado del otro. Volvía a agarrar el bolso, que colgaba del hombro, con una fuerza mortal.

—Tim —interrumpí, y todos en la sala, incluidos Jodi Coleson y Bryan Coleson, se giraron para mirarnos—, siento llegar tarde a la reunión.

Tim reorganizó las páginas que tenía en la mano, se levantó y se quitó las gafas, con los ojos puestos en Rose.

—Hola, Jack. Señorita Rose, me alegro de que haya venido. No la retendré mucho tiempo, solo necesitamos que...

—Tim —repetí, y esperé hasta que su mirada se encontró con la mía—, pensé que te gustaría estar informado para que puedas hacer los cambios necesarios. Rose Coleson es mi prometida y nos vamos a casar en unos días.

—¿Te...? ¿Te vas a casar con la señorita Rose? ¿Qué? —Mientras Tim se quedaba mirándonos a Rose y a mí con expresión estupefacta, Bryan se incorporó despacio y encaró a Rose.

—¿Qué está pasando aquí? —preguntó, y su mirada ya severa saltaba de Rose a mí—. Explícate.

—Bryan, Jack y yo nos vamos a casar. —Forzó una carcajada y cambió el peso de un pie a otro—. Sé que suena un poco...

—Suena como si me estuvieras jodiendo, primita.

Di un paso adelante y a la izquierda para colocarme delante de Bryan y obligar a Rose a dar un paso atrás.

—Sé que ha sido una sorpresa para su familia, señor Coleson, así que esa la voy a dejar pasar, pero le sugiero que vigile sus palabras cuando le hable a mi prometida. —Aparté la mirada de él y me dirigí a la sala—. Le pedí matrimonio a Rose la semana pasada, y pensamos que sería un buen momento para compartir la noticia con ustedes. No pudimos hacerlo antes porque queríamos tener un poco de privacidad para celebrarlo. Tim, creo que esto cambia la situación con respecto a la propiedad de la avenida Madison.

—¡Y una mierda! —soltó Bryan mientras su hermana, Jodi, se quedaba ahí sentada observando cómo se desarrollaba todo con expresión de aburrimiento—. Esta situación, sea lo que coño sea, no cambia nada. No va a quedarse la propiedad. ¿Tan estúpido se cree que soy?

—¡Oh! No sabría decirle, señor Coleson. Pronto seremos familia y no me gustaría insultarle. —Vi cómo se le oscurecía el color del rostro—. Además, en el testamento, Gary Coleson establece con claridad que, en el supuesto de que fallezca, la propiedad del inmueble de la avenida Madison se transferirá al marido de Rose. El plazo era hasta 2020, creo, pero siempre podemos comprobarlo. Solo se lo explico por su bien, señor Coleson, porque no voy a casarme con su prima por una propiedad. Mis sentimientos por ella no tienen nada que ver con lo que está pasando aquí.

—Jack, tal vez deberíamos... —empezó Tim.

—Si no tiene nada que ver con lo que está pasando aquí, no reclamarás la propiedad —dijo Bryan entre dientes mientras miraba a Rose.

—La propiedad creo que es el último regalo de Gary Coleson a su sobrina. Estoy seguro de que no está intentando ignorar los deseos de su padre.

Bryan cerró despacio las manos en sendos puños y dio un paso hacia adelante.

Tim carraspeó y se frotó los ojos con el pulgar y el índice.

—Jack, igual este no era el mejor momento para... eh... compartir la buena noticia. Quizá podamos programar otra reunión para...

—Sí, creo que sería lo mejor. Rose y yo esperaremos noticias tuyas pronto.

—Impugnaré el testamento —dijo Bryan, con los ojos brillantes de ira, antes de que pudiera sacarnos de allí. Hablaba con Rose y tenía los ojos clavados en ella—. No pienso dejar que te la quedes. Estás haciendo esto porque no te dejé usar el lugar y te dije que tenía otros planes.

—Si impugna, tendrá que esperar mucho tiempo hasta que obtenga su parte. Yo contraataco, señor Coleson —advertí.

—Bryan —intervino Rose desde mis espaldas—, no me voy a casar con Jack por la propiedad. Sé que el momento es... incómodo, pero no es lo que piensas. Nos conocimos cuando... —Se colocó a mi lado y entrelazó el brazo con el mío.

Me obligué a relajarme.

—No tienes que darle ninguna explicación —dije, mirándola.

Formó una línea fina con la boca cuando sus ojos se encontraron con los míos.

—Sí, tengo que hacerlo, Jack. Claro que sí.

—No pienso escuchar ni una palabra más de ti —cortó Bryan—. Esto no va a ocurrir. Si me obligas, me opondré.

Con eso, salió, asegurándose de golpearme el hombro con el suyo.

Finalmente, Jodi se puso de pie.

—Bueno, bueno. Nuestra pequeña Rose por fin hace algo interesante. —Me recorrió de la cabeza a los pies con la mirada mientras Rose me soltaba el brazo—. No está mal, primita —dijo—. No es mejor que Joshua, pero ya que lo perdiste, supongo que este servirá.

Cuando arqueé una ceja, sonrió como si tuviera un secreto y se encogió de hombros.

—No es mi tipo. Demasiado serio, demasiado rígido, pero bueno, ¿quién soy yo para hablar de tu prometido?

Se detuvo frente a Rose y se inclinó para darle un beso en la mejilla, y noté cómo Rose se ponía rígida a mi lado y se echaba un poco hacia atrás.

—Sabes que me da igual el tema de las propiedades, tengo mis millones y la casa del testamento, pero sabías que Bryan tenía los ojos puestos en esto. No creo que este pequeño plan matrimonial cambie nada. —Alzó la mano y observó sus uñas rosas—. Que gane el mejor, supongo. Sea como sea, me voy a divertir.

CAPÍTULO TRES

ROSE

Presente

Estaba intentando pintar la pared de detrás del mostrador y haciendo todo lo posible para no quedarme dormida en mitad de una frase mientras hablaba con Sally, mi empleada. Había sido un día largo, como todos los días de la última semana y media, pero no me quejaba. ¿Cómo iba a hacerlo si mi sueño era abrir mi propia cafetería desde hacía tanto tiempo? Sin ni siquiera intentar reprimir el bostezo, mojé el rodillo en más pintura verde oscura e ignoré el dolor que me rondaba el hombro mientras seguía pintando.

—¿Seguro que no quieres que me quede más tiempo? —preguntó Sally, quien estaba rebuscando en su mochila en busca del móvil.

—Ya has estado aquí más tiempo del que debías y, de todas formas, casi he terminado por hoy. Solo necesito unos quince minutos más para darle una última mano. Por alguna razón, sigo viendo algo de rojo debajo. —Solté un suspiro que se convirtió en un gemido—. En cuanto termine, yo también me iré a casa.

Mirando por encima del hombro, le lancé mi mirada de «Será mejor que me hagas caso» más severa y vi cómo se echaba a reír.

—¿Qué? —pregunté cuando me miró con una sonrisa temblorosa.

—Tienes puntos verdes por toda la cara, y ni siquiera voy a mencionar el estado de tu camiseta; es más, ni de tu pelo. Solo diré que ahora eres oficialmente una obra de arte.

Me imaginaba el desastre que me había hecho en la camiseta, pero lo de la cara era una novedad.

—Por curioso que parezca, me lo voy a tomar como un cumplido, y... bueno, la pintura salpica —murmuré con un suspiro al tiempo que me limpiaba la frente con el brazo—. Tengo cansados hasta los músculos de la cara. ¿Cómo ha pasado eso?

—A saber. Yo tengo la cara bien, pero me duele bastante el culo.

—Bueno —empecé con una mueca—, no sé qué has estado haciendo cuando he estado de espaldas, pero... —Antes de que pudiera terminar, vi la expresión de Sally y no pude contener la risa.

—¡Dios, qué mal ha sonado eso! —gimió, mirando al techo—. Llevamos casi dos horas seguidas sentadas en el suelo, era inevitable...

—Lo sé, lo sé. A mí también me duele el culo, y no solo el culo, me duele todo el cuerpo. Estoy a punto de ponerme a delirar, así que me voy a reír como una lunática independientemente de si lo que dices es gracioso o no. Vete para que pueda terminar e irme a mis amadas ducha y cama.

Sally era una chica de veintiún años, morena y de ojos oscuros que siempre tenía una sonrisa en la cara, y había sido la decimoquinta aspirante al puesto de barista/todo-lo-demás-que-necesito-que-hagas. Había sido una especie de amor a primera vista. Para evitarme quebraderos de cabeza, opté por no publicar nada sobre el trabajo en Internet ni en ningún otro sitio. Solo se lo había comentado a algunos amigos para que preguntaran por ahí si alguien que conocieran necesitaba un trabajo, y también les había preguntado a otras personas con las que había trabajado en mi último empleo como encargada de la cafetería Puntos Negros antes de dejarlo porque pensé que Gary me iba a dejar utilizar el local. Se había corrido la voz y acabé hablando con mucha más gente de la que había previsto. Sin embargo, ninguna de ellas me pareció la persona adecuada.

Sally, sin embargo, era una completa desconocida que simplemente estaba dirigiéndose a su apartamento después de una cita a ciegas horrible y que me había visto teniendo dificultades para llevar cajas desde la acera hasta la tienda. Se ofreció a ayudarme y, a cambio, al final del día le ofrecí el trabajo. Además, habíamos congeniado por nuestro amor y obsesión mutuos por el café, los cachorritos y

Nueva York en invierno. Si esas cosas no demostraban que encajábamos a la perfección, no sabía qué más podría hacerlo.

Si había algo que deseaba para A la Vuelta de la Esquina (¡mi cafetería!) era que fuera acogedora, cálida y alegre. Popular tampoco le haría daño a nadie. Si bien es cierto que era muy consciente de que iba a ser la jefa, no quería trabajar con gente con la que no me llevara bien solo porque sus currículums fueran impresionantes. Consideraba que, si éramos alegres y simpáticos, atraería a los clientes de una forma distinta, y la personalidad y jovialidad de Sally cumplían todos mis requisitos.

—De acuerdo, jefa. —Meneó su móvil recién encontrado a modo de despedida y se alejó hacia la puerta—. ¿Cuándo quieres que vuelva?

Dejé el rodillo en el suelo, gemí mientras me enderezaba con la mano en la cintura y miré mi trabajo casi terminado.

—Creo que esta semana estaré bien sola, pero te escribiré para la que viene si tengo muchas cosas que hacer. ¿Te parece bien?

—¿Estás segura de que no necesitas que te ayude a pintar esta semana?

—Sí, puedo encargarme yo. —Me limité a hacerle un gesto con la mano sin girarme, ya que no creía que mi cuerpo fuera capaz de hacer algo tan complejo en ese momento—. Te llamaré si algo cambia.

—Vale. Vete a casa antes de caer muerta. —Con sus encantadoras palabras de despedida, desbloqueó la puerta y la abrió. Antes de oír cómo se cerraba, me llamó por mi nombre y la miré por encima del hombro, lo que me costó un gran esfuerzo—. Solo quedan dos semanas más o menos —dijo Sally con una sonrisa—. ¡Estoy muy emocionada! —chilló mientras daba saltitos.

Le dediqué una sonrisa cansada pero de genuina felicidad y conseguí levantar la mano hasta la mitad. Solo nos llevábamos cinco años, pero sentía cada uno de los años que le sacaba.

—¡Sí, qué ganas! Seguro que ahora mismo no te das cuenta por mi cara porque no puedo moverla mucho, pero yo también estoy emocionada. Me muero de ganas. ¡Yupi!

Su cuerpo desapareció detrás de la puerta y lo único que veía era su cabeza.

—¡Va a ser genial!

—Estoy cruzando los dedos mentalmente porque dudo que pueda hacerlo en la vida real.

Después de sonreírme aún más, su cabeza desapareció y la puerta se cerró. Como habíamos tapiado las ventanas, no podía ver el exterior, pero sabía que ya había oscurecido. Buscar el móvil en el bolsillo trasero me resultó más difícil de lo que me esperaba, pero fui capaz de ver qué hora era. Me movía a cámara lenta, pero ¿quién necesitaba velocidad un lunes por la noche?

Las ocho en punto.

Sabía que no debía tomarme un descanso, pero las piernas, los pies, la espalda, el cuello, los brazos y todo lo demás me estaban matando. Como no me quedaba más remedio, me deslicé detrás del mostrador, justo donde dentro de unos días estaría la caja registradora, gimiendo y lloriqueando todo el tiempo que mi culo tardó en llegar al suelo. Luego, dejé caer la cabeza hacia atrás con un fuerte golpe y cerré los ojos con un profundo suspiro. Si tan solo consiguiera levantarme, terminar de darle la última mano a la pared y asegurarme de que ya no veía nada del puñetero rojo, podría cerrar y mover los pies las veces suficientes como para llegar al metro y poder llegar a casa y meterme en la ducha del tirón. Si no me ahogaba en la ducha, meterme en la cama también estaría bien, y comer. En algún momento necesitaría comida.

Entonces, me vino otra vez a la mente. Si ignoraba que estaba sufriendo una muerte lenta a raíz de todo tipo de dolores, Sally tenía razón: me estaba acercando mucho al día de la inauguración. Desde que acepté un trabajo en una cafetería local cuando tenía dieciocho años, supe que quería abrir mi propio local. Algo que me perteneciera solo a mí. No solo eso, sino un sitio al que también sintiera que pertenecía *yo*. Y eso también sería la primera vez. Por muy cursi que sonara, la idea de tener mi propio local tenía algo que siempre me había calentado el corazón cuando fantaseaba con ella.

Justo cuando noté que me estaba quedando dormida, me desperté al oír cómo la puerta principal se abría y se cerraba con un suave chasquido. Se me había olvidado por completo que no la había cerrado con llave después de que Sally se marchara. Pensando que se había dejado algo, intenté levantarme. Como las piernas no querían cooperar, tuve que ponerme a cuatro patas con mucho esfuerzo y, luego, agarrarme al mostrador para levantarme.

—¿Qué se te ha olvidado? —pregunté, y me salió mitad como un gemido y mitad como un quejido.

Encontrarme a mi primo, Bryan, justo al otro lado del mostrador no fue la mejor sorpresa. Ante su inesperada aparición, intenté pensar en algo que decir, pero se me trabó la lengua por completo. Golpeó el mostrador con los nudillos y examinó el lugar con detenimiento. Hasta el momento, había ignorado todas y cada una de sus llamadas e incluso había apagado el móvil cuando se le habían empezado a descontrolar un poco los mensajes amenazadores.

—Bryan.

Sus ojos solo se movieron hacia mí cuando terminó con el escrutinio, y se notaba que no estaba contento.

—Veo que ya te has acomodado —dijo, y el enfado era evidente en su voz.

—Bryan, no pensaba…

—Sí —interrumpió, dando un paso adelante—. Sí, no piensas. No pensaste. No voy a dejar pasar esto, Rose. No lo dudes. No te mereces este lugar. No eres de la familia, no de verdad, lo sabes. Siempre lo has sabido. Y tener a ese abogado detrás de ti no va a cambiar nada. —Su mirada se posó en mis manos—. Veo que ni siquiera llevas alianza. ¿A quién crees que engañas?

Apreté los dientes y cerré los puños detrás del mostrador. Si pudiera pegarle una sola vez. Solo una vez. ¡Oh! El placer que me produciría...

—Estoy trabajando. No voy a llevar algo tan preciado para mí mientras pinto. Esto no tiene sentido, creo que deberías irte, Bryan.

—Lo haré cuando esté listo.

—No quiero discutir contigo. No me ves como familia, así que eso nos convierte en extraños. No tengo que darle explicaciones a un extraño.

Se encogió de hombros.

—¿Quién está discutiendo? Solo quería pasarme para comentarte que no deberías acomodarte. Nos veremos más a menudo. Puede que tu abogado haya conseguido que no te quite este lugar por ahora, pero no me rindo con tanta facilidad. Como ya sé que tu matrimonio no es más que una mentira, lo único que tengo que hacer es esperar y demostrarlo.

—Sé que piensas…

—Buena suerte con eso —dijo alguien y, con un sobresalto, giré la cabeza y clavé los ojos en Jack. El que era mi marido.

¡Cielo santo!

No era mi noche, eso estaba claro. Si Jodi hubiera entrado con unos ramos de rosas en las manos para darme la enhorabuena por la cafetería, dudaba de que me hubiera sorprendido tanto como en ese momento. Había seguido ignorando con éxito el recuerdo del día en el que me había casado con *este* desconocido en concreto, y como hacía ocho o nueve días que no estaba en la ciudad, había funcionado bien. Hasta ahora. Para ser justos, no debería haber sido una sorpresa. Estábamos, de hecho, casados, así que sabía que en algún momento tendría que volver a verle, pero el momento no podría haber sido peor. Si hubiera tenido la opción de elegir, habría preferido una llamada telefónica en la que pudiera exponer mis argumentos con mucha más facilidad antes de tener que vernos cara a cara.

Antes de que pudiera decir nada, se centró en Bryan.

—Como no creo que esté aquí para darnos la enhorabuena, le pido que deje en paz a mi mujer.

Bryan tuvo que apartarse un paso del mostrador cuando Jack casi se le echó encima.

—Conque sabes que tienes una esposa. Por lo que he oído, ni siquiera estabas en el país.

—Disculpe, señor Coleson, mis disculpas. No sabía que al casarme con su prima también tendría que compartir mi agenda con usted. Lo remediaré lo antes posible.

Me entraron muchas ganas de resoplar, pero logré contenerme. Jack continuó.

—Ya que estás aquí, aprovecho para repetirte lo que ya te dije. Me he dado cuenta de que cada vez que estás cerca de mi mujer, la haces sentir incómoda e infeliz. Creo que eso no me gusta nada, Bryan. No sé cuántas veces necesitas que te lo repita. Pero lo diré de nuevo: no quiero verte cerca de ella.

Como no podía ver la expresión de Jack, ya que estaba de espaldas a mí, observé cómo se le tensaba el músculo de la mandíbula a Bryan antes y, luego, forzaba una sonrisa.

—De todas formas, ya me iba. Ya he dicho lo que venía a decir, ¿verdad, Rose?

No dije nada.

Jack no dijo nada.

Bryan dejó escapar una risita falsa.

—Os dejo a solas, tortolitos. Y más tarde tendremos una charla tú y yo, Jack.

Jack siguió a Bryan hasta la puerta y se aseguró de cerrarla tras él.

Gimiendo, cerré los ojos.

—Esto ha sido una buena lección de por qué nunca debo olvidar cerrar la puerta.

Abrí los ojos y él estaba justo allí. Justo delante de mí, donde Bryan había estado hacía solo unos minutos. No estaba segura de si él era la mejor opción.

—Rose —dijo a modo de saludo. Solo Rose.

Durante un momento, no supe qué decir. Estaba bastante segura de que era la primera vez que me llamaba solo por mi nombre y no «señorita Coleson» cuando estábamos solos. Cuando asistimos a aquella reunión con Jodi y Bryan, era simplemente Rose, pero en cuanto me acompañó a los ascensores después de que hubiéramos terminado, volví a ser la señorita Coleson. Supuse que, como técnicamente ya no era una Coleson, lo más apropiado era usar mi nombre de pila.

Por otro lado, maldita sea, menudo regalo para la vista. A pesar de lo tarde que era, llevaba traje: pantalón y chaqueta gris oscuro, camisa blanca y corbata negra. Era sencillo, pero no por ello menos caro. Teniendo en cuenta las pintas que tenía yo en ese momento, también fue como un puñetazo bastante fuerte.

En ese primer vistazo, no estaba ni cerca de ser mi tipo. No me gustaban los melancólicos y distantes a los que no les gustaba mucho hacer uso de las palabras, como si para ellos no merecieras una conversación. Sin duda, no me gustaban los tipos elegantes y ricos que provenían de una familia adinerada y que crecían asumiendo que eran dueños de todo y de todos los que se encontraban a su alrededor; había conocido a bastantes cuando vivía con los Coleson, y no encajábamos bien. Aparte de eso, no tenía nada personal contra ellos. Así que no, Jack Hawthorne no era mi tipo. Sin embargo, eso no significaba que no pudiera apreciar lo bien que le quedaba la barba incipiente, esa mandíbula afilada, sus ojos azules únicos y cautivadores o el hecho de que tuviera un cuerpo al que le sentaban extremadamente bien los trajes. No, mi problema con mi nuevo marido no era su aspecto, sino su personalidad.

Así es como funciona el universo: te da *lo único* que dijiste que no querías.

—Jack…, has vuelto. —Dado que estaba medio muerta, esa fue la mejor respuesta que se me ocurrió, señalar lo obvio. Teniendo en cuenta que no le había visto ni hablado con él desde el día que me dejó en aquel coche, sentí que tenía todo el derecho a sorprenderme.

Ante la mirada que me lanzó, como si estuviera muy por debajo de él, se me formó un nudo de terror en el estómago. Tenía muchísima confianza en mí misma, pero los tipos como él siempre destacaban a la hora de hacerme sentir inferior. Tratar con Bryan tampoco había facilitado las cosas.

—¿Creías que iba a desaparecer? ¿Era la primera vez que aparecía por aquí? Tu primo.

Asentí con la cabeza.

—Bien. No volverá.

Eso no sonó siniestro para nada.

—Tenemos que hablar —continuó, completamente ajeno a mi nerviosismo.

Volví a asentir y me esforcé por mantenerme erguida.

No se andaba con rodeos, eso estaba claro. Tampoco era un conversador que digamos, según lo que había aprendido hasta el momento.

Por suerte, esta vez eso jugaría a mi favor, porque, a pesar de que no tenía muchas ganas de verle, me había estado preparando para esta conversación desde que me dijo sus palabras de despedida después de la ceremonia. Había practicado mucho delante del espejo. Estaba segura de que había venido para decirme que quería el divorcio, y yo estaba decidida a hacerle cambiar de opinión.

—Sí, tenemos que hablar —coincidí una vez que estuve segura de que las rodillas no me iban a fallar.

No sabía si era porque no esperaba que accediera tan rápido o por algo más, pero parecía desconcertado. Lo ignoré y comencé mi discurso.

—Sé por qué estás aquí. Sé lo que has venido a decir, y voy a pedirte que no lo digas, al menos no antes de que termine lo que tengo que decir *yo*. Vale, allá voy. Tú eres el que vino a mí con esta oferta. Bueno, *yo* fui a tu despacho, pero técnicamente fuiste tú el que me atrajo a tu despacho.

Alzó las cejas despacio.

—¿Atrajo?

—Déjame hablar. Tú lo empezaste. Estaba haciendo las paces con la situación, incluso estaba buscando un trabajo nuevo, pero tú lo cambiaste todo. Tu oferta lo cambió todo. He venido aquí todos los días desde que cerramos nuestro acuerdo. He estado trabajando sin parar y ahora es demasiado real como para dejarlo ir. Así que no puedo hacerlo. Lo siento, pero no puedo firmar los papeles. En cambio, te traigo una oferta diferente, y quiero que la consideres.

Con cada palabra que salía de mi boca, fruncía cada vez más las cejas y su expresión se volvía asesina. Aun así, seguí adelante antes de que pudiera decir una palabra, preguntarme qué coño estaba diciendo y echar a perder mi proceso mental.

—Iré a todos los eventos a los que quieras que vaya, sin límites, siempre que sea después de que cierre la cafetería, claro. También te cocinaré. No sé si cocinas o no, pero puedo cocinarte y ahorrarte la molestia. Café gratis —añadí entusiasmada cuando la idea se me pasó por la cabeza de la nada. ¿Cómo no se me había ocurrido?—. Café gratis durante dos años. Cada vez que vengas, el que quieras, las veces que quieras al día. La bollería también sería gratis. Y, sé que esto va a sonar un poco tonto, pero escúchame. No pareces ser la persona más... sociable...

—¿Perdón? —dijo en voz baja, cortándome.

—No sé, igual es la palabra equivocada, pero también puedo ayudar con eso. Puedo ser una buena amiga, si es algo que necesitas o quieres. Puedo hacer...

—Deja de hablar.

El tono severo que utilizó fue inesperado e hizo que me callara enseguida.

—¿De qué narices estás hablando? —preguntó, apoyando las manos en el mostrador e inclinándose hacia mí.

Me eché hacia atrás.

—No me voy a divorciar, Jack. —Agaché la cabeza y solté un largo suspiro—. Lo siento, no puedo. Me odio por decir esto, pero te causaré problemas. —¡Dios! En lo que se refería a amenazas, sonaba bastante débil incluso a mis oídos.

Parpadeó un par de veces, y pensé que a lo mejor mi amenaza estaba funcionando.

—Me causarás problemas —repitió con un tono distante, y cerré los ojos, derrotada. No se lo creía. Si uno de los dos iba a causarle problemas al otro, sería él quien me haría la vida imposible. Tenía todo el poder—. Solo por curiosidad, ¿qué clase de problemas me causarías, Rose? ¿Qué tienes en mente?

Levanté la vista para ver si se estaba burlando de mí, pero era imposible adivinar nada por su rostro frío. Cuando no fui capaz de darle una respuesta, se enderezó y se metió las manos en los bolsillos.

—Si tuviera intención de divorciarme, ¿por qué iba a decirle lo que le he dicho a Bryan? He venido a preguntarte por qué tus cosas no están en mi casa, por qué no te has mudado.

¡Oh!

—N... ¿qué?

—Se suponía que te ibas a mudar cuando no estuviera. No lo has hecho. A pesar de que no va a ser un matrimonio de verdad, somos los únicos que lo sabemos, y me gustaría que siguiera siendo así. Teniendo en cuenta todo lo que has dicho, parece que no quieres el divorcio. Si eso es cierto, tenemos que vivir juntos. Seguro que podrías haberlo adivinado, sobre todo después de que tu primo haya venido.

Eso no era en absoluto lo que esperaba oír de él. ¿Había pasado casi dos semanas preocupándome por nada?

—Dijiste, antes de salir del coche... Dijiste que no deberíamos haberlo hecho y no me has llamado ni te has puesto en contacto conmigo en absoluto en todo el tiempo que has estado fuera.

—¿Y?

Encontré fuerzas para cabrearme un poco.

—¿Y qué se suponía que tenía que pensar después de ese comentario? *Seguro* que sabías que pensaría que te arrepentías de tu decisión.

—¿Y tú querías casarte ese día? —replicó.

—No, pero...

—Da igual. ¿No te ha llamado Cynthia para que te mudaras a mi apartamento?

Durante un momento, me quedé sin palabras ante su audacia, y cerré los ojos y apenas conseguí levantar la mano lo suficiente para frotarme el puente de la nariz.

—No he recibido ninguna llamada.

—Ya no importa. Tengo trabajo que hacer, así que tenemos que irnos ya.

Le miré a los ojos y fruncí el ceño.

—¿A qué te refieres con que tenemos que irnos ya?

—Te ayudaré a guardar algunas cosas de tu apartamento y luego volveremos a mi casa. Puedes recoger todo lo demás más tarde.

Fruncí más el ceño y negué con la cabeza.

—Puedes irte tú si quieres, pero yo *también* tengo trabajo que hacer, como puedes ver, y no voy a irme a ninguna parte antes de que esté hecho.

Si se pensaba que podía darme órdenes solo porque estábamos casados, que se fuera cogiendo una silla para esperar sentado. Antes de que se le ocurriera otra cosa y me cabreara aún más, le di la espalda y me agaché con cuidado para coger el rodillo con una mueca de dolor mientras intentaba no gemir ni hacer ningún otro ruido, a pesar de que la espalda me estaba matando. Justo cuando me puse con el primer rodillo húmedo, oí unos crujidos detrás de mí. No le di importancia (porque, en mi humilde opinión, si quería irse, era más que bienvenido a hacerlo), así que seguí pintando. Iba mucho más despacio que antes, pero estaba terminando el trabajo y, lo que era más importante, no estaba dando marcha atrás.

Unos segundos después, me rodeó la muñeca con la palma y detuvo mis movimientos. Solo sentí el calor de su piel durante un segundo, y luego desapareció.

Me quitó el rodillo, lo volvió a dejar en el suelo y empezó a subirse las mangas de la camisa blanca y extremadamente cara. Siempre había pensado que había algo irresistible en ver a un hombre remangándose, y Jack Hawthorne era tan meticuloso y minucioso que me resultó imposible apartar la mirada.

—¿Qué crees que estás haciendo? —pregunté cuando por fin había terminado y estaba recogiendo el rodillo de pintura.

Me lanzó una breve mirada y empezó a pintar.

—Es obvio que te estoy ayudando a terminar lo que estabas haciendo para que podamos irnos antes.

—Igual tengo otras cosas que hacer aquí.

—Pues también te ayudaré con ellas. —Pensé que era un detalle por su parte; irritante, pero de una forma dulce.

—No hace falta que… —Otra rápida mirada suya hizo que las palabras se murieran en mis labios.

—Tienes mala cara. —Me dio la espalda mientras seguía mirándole estupefacta—. ¿No te gustó cómo la pintaron los profesionales? —preguntó.

Tal vez no era tan dulce después de todo, simplemente grosero. Sinceramente, el comentario dolió un poco.

—Gracias. He hecho todo lo que he podido para tener mala cara hoy, me alegra oír que ha funcionado. Aunque, si hubiera sabido que venías, me habría esforzado más. Además, ¿de qué profesionales estás hablando? Estoy pintando yo.

Esa confesión hizo que me ganara otra mirada indescifrable, esta vez más larga.

—¿Por qué?

—Porque tengo un presupuesto y no puedo malgastarlo en cosas que puedo hacer yo misma sin problema. ¿Queda mal o algo? —Entrecerré los ojos y miré la pared con más atención—. ¿Se sigue viendo el rojo de las narices debajo?

El rodillo dejó de moverse durante dos segundos, pero luego siguió pintando.

—No. Teniendo en cuenta que lo has pintado tú sola, está bien. ¿Es la única pared que vas a pintar? —preguntó con la voz más tensa.

—No. Mañana empiezo con el resto del local. Iba a darle solo una capa más de verde y ya está.

Avancé, cogí la brocha pequeña y la mojé en el cubo de pintura que había en el extremo del mostrador.

—Yo me encargo de los bordes, iremos más rápido.

—No —respondió con un tono cortante, bloqueándome—. Parece que estás a punto de desplomarte. He dicho que yo me encargo. —Sin tocarme, me quitó la brocha de la mano.

—No sabes cómo lo quiero —protesté mientras intentaba recuperar la brocha.

—Creo que es un proceso bastante sencillo, ¿no te parece? Siéntate antes de…

—Que me desplome. Lo pillo.

Era tentador estar de pie todo el rato mientras pintaba mi pared, pero tenía razón: si no me sentaba, iba a desmayarme. Como todavía no habían llegado las sillas, lo único en lo que podía sentarme era en un viejo taburete que había encontrado en la trastienda y que había limpiado esa misma mañana.

Después de unos minutos de silencio en los que lo único que se oía era el tráfico de fuera y el sonido húmedo del rodillo de pintura, no pude soportarlo.

—Gracias por ayudar, pero señor Hawth…

Se detuvo y se dio la vuelta. Incluso con un rodillo de pintura en la mano, parecía atractivo, aunque tampoco es que fuera asunto mío. Un imbécil atractivo no tenía mucho encanto.

—Jack —dijo en voz baja—. Tienes que llamarme Jack.

Suspiré.

—Tienes razón. Lo siento. Todavía... me resulta raro. Solo quería decirte que no puedo quedarme en tu apartamento, no esta noche —me apresuré a añadir—. Estoy muy cansada y necesito ir a casa, ducharme y... para mí no es el mejor momento para guardar mis cosas y mover mi ropa. Dame una semana y...

—¿Quieres que sigamos casados? —Con indiferencia, se agachó y mojó el rodillo en más pintura. No respondí; no hacía falta. Sabía mi respuesta. Se puso a pintar otra vez y habló hacia la pared—. Bien. Iremos a tu apartamento y esperaré a que cojas una bolsa. Si no quieres que tu primo cree problemas en el futuro, tienes que deshacerte del apartamento lo antes posible.

Apreté los dientes. Sabía que tenía razón, pero eso no significaba que me gustara lo que estaba diciendo. Seguía pensando que contarle mi opinión sobre el tema era una buena idea.

—No me gusta.

Eso hizo que me mirara.

—¿En serio? Me sorprende oír eso. Y yo aquí pasándomelo bomba.

Se me crisparon los labios, pero su rostro era ilegible, como siempre. Sacudí la cabeza.

—Me alegra haber podido proporcionarte eso, y sé que tienes razón. Es solo que... tengo un millón de cosas que hacer aquí en los próximos días, y guardar mis cosas además de todo eso... No estoy segura de que vaya a tener energía. Así que, ya que estaría más cómoda en mi propio espacio, qué tal si sigo pagando el alquiler al menos durante un mes más o así y voy y vengo mientras trabajo en la cafetería y me mudo poco a poco...

—Eso no va a funcionar. Puedes guardar lo que necesites para unos días y enviaré a algunas personas a tu apartamento para embalar tus muebles.

¿Enviar a algunas personas? ¿De qué hablaba?

—Los... muebles no son míos. Es un estudio de una habitación, muy pequeño. Lo único que tiene es una cama plegable, un sofá pequeño y una mesa de centro, básicamente, y nada de eso es mío. Además, no necesito que nadie empaquete mis cosas. Lo haré yo.

—Bien. Entonces, después de pasarnos por tu casa, volveremos a mi apartamento. En los próximos días, traerás el resto de tus cosas.

Sin más, se me acabaron las excusas, así que cerré la boca y me di permiso para enfurruñarme en silencio durante unos minutos. Duró hasta que cogió la brocha pequeña y empezó con los bordes.

—No sé cómo hacer esto —afirmó Jack en voz baja y con un ligero toque de enfado.

Tenía el codo apoyado en el mostrador y la cabeza sobre la palma de la mano cuando habló. Abrí los ojos para comprobar su progreso.

—Desde aquí se ve bien. De nuevo, no hace falta que lo hagas, pero gracias.

Sus movimientos con la brocha vacilaron un segundo, pero no se detuvo.

—No estoy hablando de pintar. Me refiero a que no sé cómo hacer esto *contigo*. No sé cómo estar casado.

Me quedé mirándole la nuca, parpadeando y tratando de asegurarme de que le había oído bien. Me tomé mi tiempo mientras intentaba averiguar cómo responder.

—Yo tampoco me he casado nunca con un desconocido, así que creo que estamos al mismo nivel. Tengo la esperanza de que podamos ir resolviéndolo juntos sobre la marcha. Pero ¿puedo hacer una sugerencia? Creo que nos facilitaría la vida.

—¿Puedo detenerte? —preguntó, lanzándome una mirada por encima del hombro.

¿Se refería a que hablaba demasiado?

—Tendrías que intentarlo y comprobarlo por ti mismo, pero estoy bastante segura de que no, así que voy a decirlo. No eres muy hablador, y no pasa nada. Si lo intentara, podría hablar lo suficiente por los dos, pero, aunque no estemos cerca el uno del otro todo el tiempo, tendremos que encontrar una forma de... comunicarnos, creo. Dudo que me equivoque si digo que pareces un tipo de pocas palabras.

Se volvió para mirarme con una ceja arqueada, y le dediqué una pequeña sonrisa y me encogí de hombros antes de continuar.

—Va a ser difícil acostumbrarnos el uno al otro. Toda esta situación es incómoda y nueva. Además, vivir contigo va a ser…, si te soy sincera, un poco raro para mí, por no mencionar el hecho de que tú también vas a tener que vivir con una desconocida en tu apartamento. Intentaré no estorbarte lo máximo que pueda. De todas formas, pasaré la mayor parte del tiempo aquí, así que creo que apenas notarás mi presencia. Y nos estamos ayudando mutuamente, ¿verdad? Tú consigues la propiedad y la esposa falsa de vez en cuando y yo consigo dos años en esta increíble localización. Lo prometo, haré mi parte.

Me miró a los ojos y asintió con la cabeza.

—A pesar de lo que has visto esta noche, soy una persona bastante fácil de tratar —continué mientras se concentraba en mojar la brocha en más pintura—. Ni siquiera sabrás que estoy en tu casa.

—Eso no es lo que me preocupa.

Me estaba costando mucho mantener los ojos abiertos.

—¿Qué te preocupa entonces?

En lugar de dar más explicaciones, negó con la cabeza y se giró hacia la pared casi terminada.

—Esto está casi terminado. Si no hay nada más que hacer, deberíamos irnos.

—Hay un millón de cosas que hacer, pero no creo que tenga fuerzas para levantar un dedo, y mucho menos para hacer nada. Voy a por mis cosas a la parte de atrás y nos vamos.

—El anillo —dijo, de espaldas a mí, mientras me levantaba—. No lo llevas puesto.

—Lo… —Me toqué el dedo en el que se suponía que tenía que estar el anillo—. Lo he dejado en casa porque estoy trabajando. No quería perderlo ni estropearlo con todo el trabajo que tengo que hacer.

—Preferiría que lo llevases a partir de ahora.

No se giró para mirarme, pero me di cuenta de que en el dedo llevaba la alianza que le compré.

—Claro —murmuré en voz baja antes de ir a la cocina a recoger mis cosas.

Número de veces que Jack Hawthorne sonrió: ninguna.

CAPÍTULO CUATRO

JACK

El trayecto en coche hasta su apartamento transcurrió en silencio. Después de saludar en voz baja a Raymond al entrar en el coche, ninguno de los dos nos dirigimos la palabra. Yo no tenía nada más que decir y a ella no parecía quedarle fuerzas para hilvanar dos palabras. Eso nos salvó de intentar entablar una conversación trivial, lo cual era algo que, de todas formas, no hacía de manera voluntaria.

Antes de lo esperado, nos detuvimos frente a su antiguo edificio del East Village. Me ofrecí a ayudarla, pero declinó con cortesía. Después de prometerme que no tardaría mucho, se bajó del coche rápido (es decir, tan rápido como fue capaz). Independientemente de lo que había dicho, pensaba que se iba a tomar su tiempo para hacer las maletas, al igual que habrían hecho todas las mujeres que había conocido hasta la fecha, así que me puse a responder algunos correos electrónicos mientras esperaba en el coche con Raymond.

Veinte minutos más tarde, justo cuando estaba a punto de enviar el sexto correo, alcé la vista del móvil y vi a Rose saliendo con una pequeña bolsa de lona. También se había cambiado la ropa salpicada de pintura por unos vaqueros azules y una camiseta blanca, y parecía recién duchada con el pelo húmedo enmarcándole la cara. Si no me equivocaba, estaba cojeando de la pierna derecha.

Antes de que pudiera hacer nada, Raymond abrió la puerta y se apresuró a ayudarla. Tras un breve tira y afloja entre ellos, el cual observé con confusión y con una diversión inesperada, Rose se rindió y dejó que Raymond le llevara la bolsa.

—Gracias —dijo en voz baja cuando le abrió la puerta después de meterla en el maletero.

—De nada, señora Hawthorne.

Me quedé helado. Con la mano encima de la puerta abierta, Rose también se quedó helada.

—Uh, no es necesario. Por favor, llámame «Rose».

Cuando entró y Raymond cerró la puerta, bloqueé el móvil y me lo metí en el bolsillo.

—¿Será suficiente? —pregunté.

Me miró con el ceño fruncido.

—¿Perdona?

Señalé la parte de atrás con la cabeza.

Siguió mi mirada.

—Ah, sí. No puedo hacer mucho esta noche. Mañana lo recogeré todo. Perdón si he tardado, pero tenía que meterme en la ducha por toda la pintura.

—No pasa nada. He estado mandando algunos correos.

Asintió y nos quedamos en silencio durante unos minutos hasta que volvió a hablar.

—Ha sido un poco raro para ti también, ¿verdad? No he sido solo yo.

Enarqué una ceja y esperé a que se explicara.

—Señora Hawthorne —susurró tras echar un rápido vistazo a Raymond. Puso la mano derecha en el asiento de cuero que había entre nosotros e inclinó la parte superior del cuerpo hacia mí, como si estuviera compartiendo un secreto—. Es la primera vez que me llaman así. Me va a costar acostumbrarme. Ahora soy la señora Hawthorne.

—Sí, lo eres —coincidí con sequedad y miré por la ventana mientras se apartaba. En el reflejo del cristal, vi cómo perdía la pequeña sonrisa que se le estaba dibujando en los labios y se enderezaba en el asiento. Cerré los ojos y respiré hondo. Todo esto del falso matrimonio iba a ser más difícil de lo que había pensado en un principio, sobre todo porque ya parecía estar haciéndolo mal.

Solo volví a mirarla cuando Raymond detuvo el coche delante de mi casa en Central Park West. Miró por la ventanilla y la vi soltar un largo suspiro.

—¿Es aquí? —preguntó, mirándome de nuevo.

—Sí.

Salí del coche. Frotándome la sien, llegué al lado de Raymond justo cuando le abría la puerta y me dirigí a la parte trasera para coger su bolsa. Parecía que la pequeña pelea interna que había tenido en la cafetería se había desinflado durante el trayecto en coche, y se limitó a mirar el edificio.

Tras sonreírle a mi chófer con suavidad y darle las gracias cuando le tendió la bolsa, se alejó unos pasos de nosotros.

—¿Mañana a la hora de siempre, señor Hawthorne? —preguntó Raymond en voz baja, y ambos teníamos los ojos puestos en la mujer que estaba de pie a pocos metros de nosotros.

Suspirando, me metí las manos en los bolsillos y negué con la cabeza.

—Te llamaré por la mañana.

Hizo una rápida inclinación de cabeza, volvió al coche y se marchó, dejándome solo en la acera. Di unos pasos para cerrar la brecha que me separaba de mi recién adquirida esposa y me puse a su lado.

—Conque aquí es —repitió, pero esta vez no lo dijo como una pregunta.

—Aquí es —coincidí, y permanecimos así, uno junto al otro, durante unos segundos lentos y agonizantes.

—Está muy cerca de la cafetería. Temía que vivieras en los alrededores de Bryant Park, más cerca del bufete. —Me lanzó una mirada rápida y volvió a mirar hacia delante—. Cojo el metro desde mi apartamento, así que podría haber seguido haciendo eso, pero esto es mejor, claro.

—Sí que estuve una época viviendo cerca del bufete. Me mudé aquí hace dos años. ¿Subimos?

Asintió. Le abrí la puerta y por fin entramos en el edificio que habíamos estado mirando. Ignoré el saludo del portero y caminé directamente hacia los ascensores.

Con cada segundo que tardábamos en llegar a la última planta, casi podía sentir cómo se alejaba más de mí, a pesar de que físicamente solo nos separaban unos centímetros. Hasta ahora, cada interacción que había tenido con ella estaba resultando ser un desastre, aunque tampoco es que me esperara algo diferente. Esta era la cama que había hecho para nosotros y había llegado el momento de tumbarnos en ella.

Al rato, las puertas del ascensor se abrieron y salí delante de ella. Después de abrir la puerta del apartamento con la llave, la empujé para abrirla y me giré para mirar a Rose, mirarla de verdad. La ducha rápida que se había dado había servido para quitarle las salpicaduras de pintura de la cara (la mayoría), pero no el cansancio. Su piel pálida solo acentuaba sus ojos grandes y oscuros y sus pestañas largas. A pesar de tener el aspecto de alguien que hacía un par de horas que había terminado con su jornada, por algún motivo seguía pareciendo fuerte. Era decidida, y lo respetaba. Bastante. Se estaba aferrando al asa de la bolsa con una mano mientras se agarraba el codo con la otra. Me miró a los ojos y me dedicó una sonrisa pequeña e insegura, pero bonita.

Bonita.

¡Dios, Jack!

—Por favor —murmuré al tiempo que señalaba el interior del apartamento con la mano y daba un paso a un lado para que pudiera entrar. Justo cuando pasó a mi lado, le cogí la bolsa, y supuse que la pillé por sorpresa, porque la soltó sin forcejear.

—Gracias —murmuró en voz baja, mirando a su alrededor.

Cerré la puerta tras ella, eché la llave y respiré hondo antes de volver a mirarla. Estaba empezando a sentir que, de alguna manera, ahora que estábamos allí y solos, el silencio se había hecho más fuerte detrás de las puertas cerradas.

—¿Quieres echar un vistazo o prefieres ver tu habitación primero?

No estaba seguro de que ella tuviera ganas de hacer una visita guiada (de hecho, estaba seguro de que quería pasar de cualquier cosa que le ofreciera y que la obligara a pasar más tiempo conmigo), pero quería que se sintiera cómoda, ya que nos quedaban dos años de esto, de *nosotros* en el futuro.

—Gracias, pero no hace falta. Con que me enseñes dónde me quedo, basta.

—No te lo ofrecería si no quisiera, Rose. En un futuro próximo, esta también será tu casa. Deberías sentirte cómoda.

—Te agradezco que digas eso, de verdad, pero ¿puedo posponer la visita esta noche? Mañana por la mañana tengo que volver a la cafetería y estoy muy cansada, así que...

—Por supuesto. —Atravesé el vestíbulo, señalé la escalera de la derecha y la seguí en silencio mientras ella iba delante. Se aferraba a la barandilla de acero negro con la mano mientras subía despacio y con cuidado al segundo piso. En cuanto llegó al rellano, se hizo a un lado y me esperó—. Por aquí —indiqué, conduciéndola hacia la izquierda. El ático que compré hacía solo dos años tenía cuatro dormitorios, tres de ellos en la segunda planta. Una de las habitaciones estaba habilitada como gimnasio. La segunda, que era mi habitación, estaba en el otro extremo del pasillo, y la tercera iba a ser ahora la de Rose. Unas horas antes había sido demasiado espacio para una sola persona, pero con Rose en el apartamento, parecía reducirse de tamaño.

Al final del corto pasillo, abrí la puerta de la espaciosa habitación que iba a ser suya y coloqué su bolso de viaje dentro antes de retroceder de nuevo. Me dirigió una rápida mirada, entró y lo asimiló todo. Le había pedido al decorador que fuera sencilla y funcional, por lo que solo había unos pocos muebles en la habitación: una cama de matrimonio de dos metros de ancho, un cabecero de color neutro, mesillas de noche, una pequeña zona de estar con una silla de terciopelo de color crema claro y otra marrón chocolate junto a una sencilla lámpara de pie blanca y dorada.

—Tienes tu propio cuarto de baño en la puerta de la derecha —le expliqué cuando no dijo nada—. La puerta de la izquierda es el vestidor. Si hay algo que no te guste, dímelo y me encargo de ello.

Después de observar su alrededor durante unos segundos, por fin me miró y se colocó el pelo húmedo detrás de la oreja.

—Esto es... Creo que es más grande que todo mi apartamento. —Cuando mi expresión no cambió, se aclaró la garganta y continuó—. Está genial, Jack. Espero que no te hayas tomado demasiadas molestias.

—Creo que todas las habitaciones de invitados tienen una cama y una silla. No he hecho nada especial.

—Claro, pero teniendo en cuenta que tu habitación de invitados es tan grande… —Se interrumpió. Esperé a que siguiera, pero se limitó a negar con la cabeza—. Gracias. Eso es lo que intento decir. Es preciosa, así que gracias.

—De nada. ¿Hay algo más que pueda hacer por ti, o te gustaría estar sola?

—Creo que voy a intentar dormir un poco. —Hizo una pausa y levantó la muñeca para ver la hora—. Tengo que levantarme muy temprano.

—¿Todo va bien por ahora? No quiero entretenerte mucho, pero ¿sabes algo de tu prima?

Negando con la cabeza, se acercó más a mí y se aferró a la puerta que nos separaba como si no tuviera fuerza suficiente para mantenerse erguida.

—Hace unos días llamó, pero creo que solo tenía curiosidad por saber si había seguido adelante o no.

Fruncí el ceño, sin comprender.

—¿Seguir adelante con qué? ¿La cafetería?

Me dedicó una cansada sonrisa.

—No, eso le da igual. Intentaba saber más acerca de… nosotros, supongo. Tú y yo y el matrimonio. No es como Bryan, rara vez le importan cosas que no le conciernen. Y por ahora todo bien con la cafetería. Tal y como has visto, queda mucho trabajo por hacer, pero no me quejo.

Satisfecho con su respuesta, me llevé la mano a la corbata y me la aflojé, notando cómo sus ojos seguían mis movimientos.

—Bien. Y tampoco tienes que preocuparte por Bryan, no hay nada que pueda hacer en este momento, y si lo hace, me encargaré. Buenas noches, Rose. Si necesitas algo, mi habitación está al final del pasillo, al otro lado de la tuya.

Se enderezó y asintió.

—Gracias. Y buenas noches…, Jack.

Tardé un segundo en moverme. No estaba seguro de por qué me resistía a irme, era imposible que fuera porque quería hablar más con ella, pero allí estaba, de pie, como un idiota. Respiré hondo, intentando pensar en una palabra de despedida para poder irme, pero lo único que conseguí fue percibir su olor y ahogarme en él. Coco y alguna otra fruta misteriosa que no supe descifrar. Debía de ser el champú, ya que primero lo había notado en el coche. Renuncié a pensar en algo más que decir, hice una rápida inclinación de cabeza y me alejé de ella antes de cometer alguna estupidez. A mitad de la escalera, oí cómo la puerta de Rose se cerraba con suavidad.

Por enésima vez, miré el reloj de la mesilla de noche y, al ver que eran las cuatro de la madrugada y todavía no había conseguido dormirme, me incorporé. Frotándome la cara, suspiré y me levanté. Como no quería vestirme y bajar todavía, me quedé con los pantalones del pijama y me puse la camiseta gris que ya estaba colgada en el respaldo de la silla de la esquina de la habitación antes de dirigirme hacia las puertas negras de acero que daban a la terraza. Nada más salir, respiré el aire frío y contemplé la ciudad.

No hacía falta ser un genio para entender por qué no podía dormir, pero aun así había hecho todo lo posible por ignorar el hecho de que no estaba solo en el apartamento, de que todo era tal y como debía ser. El único problema era que mi mente se empeñaba en no dejarme olvidarlo, olvidar la presencia de mi mujer en mi casa. Desde que la dejé llorando en el coche, había sido lo único que veía cuando cerraba los ojos por la noche; *ella* era lo único que veía, su mirada. Tan perdida y confusa... El hecho de que prácticamente la (nos) hubiera empujado a hacer esto no ayudaba en absoluto. Joder, ya ni siquiera sabía qué sentir, es decir, además de culpa. La culpa me estaba matando. Y vivir bajo el mismo techo con Rose... no ayudaba en nada.

Mirando hacia Central Park mientras me apoyaba en la barandilla, intenté despejar la mente para poder volver a la cama y dormir al menos unas horas y así poder afrontar y sobrevivir al día siguiente y a los próximos días. No obstante, después de estar ahí fuera durante a saber cuánto tiempo, decidí que era un esfuerzo inútil. Justo cuando me estaba dando la vuelta, vi a Rose doblar la esquina al final de la terraza y soltó un fuerte grito ahogado al verme.

Con una mano en el corazón y la otra en la rodilla, se agachó. Dejó que la manta con la que se estaba cubriendo le colgara de los hombros y empezó a toser como si se estuviera ahogando con algo. Sin hacer ningún comentario, me acerqué a ella y, antes de que pudiera decidir si debía ayudarla o no, se enderezó. Tenía la cara totalmente colorada y el pecho le subía y bajaba con velocidad.

Un segundo después, la causa de su reacción se hizo más evidente cuando abrió el puño y me enseñó una barrita Snickers a medio comer.

—Casi me matas —jadeó, y sus palabras apenas tuvieron sentido.

—¿Perdona?

—Me estaba muriendo —murmuró después de intentar aclararse la garganta de nuevo. Finalmente, recuperó la compostura, soltó un largo suspiro y se envolvió en la manta.

—Lo he visto. —Pensando que así se sentiría más cómoda, me aparté de ella y miré hacia la ciudad que teníamos delante.

Tras respirar hondo otra vez y toser, dio los últimos pasos para colocarse a mi lado.

—Empieza a hacer fresco —comentó en voz baja, y automáticamente le miré los pies. Llevaba calcetines, pero apoyaba un pie sobre el otro.

—Quizá deberías llevar unos calcetines más gordos —comenté, y su mirada siguió la mía hasta sus pies y se removió en su sitio—. Pero sí, el tiempo está cambiando. ¿No podías dormir?

Por el rabillo del ojo, la vi mirarme y negar con la cabeza. Mantuve la vista fija en la ciudad.

—No. ¿Tú tampoco? —preguntó, llenando el silencio entre nosotros.

—Suelo levantarme temprano. —Eso era lo que me decía a mí mismo, y desde luego no quería que pensara que me estaba costando tenerla en mi espacio.

Se arropó más con la manta.

—Espero que tu cama fuera cómoda.

Otra mirada rápida en mi dirección.

—Lo era. Es muy cómoda y grande. Es la primera noche aquí y es un lugar extraño, ya sabes. Me pareció oír algo cuando me desperté y no pude volver a dormirme.

—Entiendo. —No le pedí más detalles, pero siguió.

—Ya me acostumbraré. Sí que me las apañé para quedarme frita durante dos horas (estaba demasiado cansada como para no hacerlo), pero luego me desperté y mi estómago decidió que era un buen momento para recordarme que llevaba doce horas sin comer nada, así que… —Sacó la mano de debajo de la manta y me enseñó lo que quedaba de la chocolatina—. Aquí estoy con el Snickers que me he encontrado en el bolso. Te daría un trozo, pero…

—Sobreviviré. Deberías haberme dicho que tenías hambre cuando llegamos. Tenemos una cocina abajo.

En ese momento, la miré y me devolvió la mirada con una sonrisa.

—¿Una cocina? ¡Qué novedad! Aunque suene tentador, si como algo más que esto, me quedaré despierta toda la noche y mañana no podré hacer nada. De todas formas, en unas horas tendré que empezar a prepararme, así que esto me basta. Además, no hay nada mejor que el chocolate.

—Entonces deberías volver a la cama.

—Lo haré —murmuró, aceptando sin problema—. Volveré dentro en unos minutos.

Asentí con la cabeza, pero sabía que no podía verme; estaba mirando el cielo nocturno. Nos sumimos en otro largo silencio y, sin saber qué hacer, crucé los brazos contra el pecho y me apoyé en la pared al mismo tiempo que ella avanzaba y apoyaba los antebrazos en la barandilla.

—El lago se ve precioso desde aquí arriba —susurró. Me miró por encima del hombro y esperó una respuesta—. Seguro que te encantan las vistas. —Asentí con la cabeza y soltó un pequeño suspiro mientras volvía a mirar hacia delante—. Las hojas empezarán a cambiar de color dentro de unas semanas. Me encanta Central Park en otoño, y el lago es uno de mis sitios favoritos. Mola mucho que se vea desde aquí. ¿Tú tienes un sitio favorito, Jack?

—¿En Central Park?

—Sí.

Mientras el fuerte sonido de las sirenas llenaba la noche, esperé unos segundos para contestar y no tener que alzar la voz. Envuelta en la manta, se puso frente a mí, dispuesta a escuchar mi respuesta. No cabía duda de que mi mujer era insistente.

—No lo había pensado. Supongo que el lago está bien.

Arqueó una ceja y se me quedó mirando.

Le devolví la mirada.

—¿Puedo ayudarte con algo de la cafetería?

Ladeó la cabeza y me estudió como si pudiera entenderme con solo mirar lo suficiente. No tenía ni idea de lo que estaba pensando. No solo eso, no tenía ni idea de lo que estaba haciendo ahí fuera, entablando más conversación cuando, justo después de darnos el «Sí, quiero», decidí que no quería acercarme demasiado a ella. Lo único que tenía que hacer era seguir recordándome a mí mismo que esto iba a ser un acuerdo de negocios y nada más.

—Ya me has ayudado. Si no fuera por ti, no habría ocurrido. Cuando obtuve el permiso de Gary para utilizar el local y firmamos el contrato, empecé a encargar los muebles, las máquinas y todo lo que me iba a hacer falta. Sabía que tardaría en llegar, así que pensé que estaba siendo inteligente. Cuando… Gary y Angela fallecieron, me olvidé por completo de todo el asunto. Luego empezaron a llegar cosas, pero ya no tenía una cafetería en la que ponerlas, así que tuve que alquilar un almacén para los artículos de las empresas que por el momento no podían retener los pedidos, como las sillas. Algunas cosas que compré eran de rebajas y otras ofertas, así que tampoco pude cancelar los pedidos. Cuando llegué a tu despacho aquel día, no tenía ninguna esperanza de que las cosas me fueran bien. Iba de camino a otra entrevista de trabajo.

Incómodo ante su confesión, me removí en el sitio y carraspeé. Antes de que pudiera detenerla, siguió hablando. No solo era insistente, sino que estaba resultando ser toda una charlatana.

—Así que, a pesar de lo raro e incómodo que es y probablemente será este matrimonio durante un tiempo mientras nos acostumbramos a tenernos el uno al otro cerca, estoy muy agradecida por ello. Sé que hicimos un trato y obviamente no va a ser algo unilateral, pero aun así estoy muy agradecida de que decidieras no divorciarte.

—No tienes que seguir dándome las gracias. Es un acuerdo de negocios. Saco una propiedad gratis de esto. Ambos nos estamos beneficiando.

Con los ojos fijos en mí, asintió y se acomodó la manta sobre los hombros.

—Lo sé. Solo quería que tú también conocieras los detalles.

Ya conocía los detalles de su situación, pero no consideraba prudente comentárselo.

—¿Para qué lo quieres entonces? ¿Qué planeas hacer con él una vez que nuestro acuerdo siga su curso natural?

No sabía cómo responder a esa pregunta, así que opté por lo más fácil.

—Prefiero no contarlo.

—Oh. Vale.

Como no hice más comentarios, respiró hondo y miró hacia la esquina de donde había aparecido. Después de echar otro vistazo rápido a Central Park, suspiró.

—Querrás estar solo, así que me vuelvo a mi habitación. De todas formas, mañana va a ser un día largo pintando. Buenas noches, Jack.

La observé en silencio hasta que me dio la espalda y se alejó unos pasos. Suspirando, me separé de la pared y ocupé su lugar en la barandilla. Resultaba que no me gustaba provocarle esa expresión de dolor. Alzando la voz, le pregunté:

—¿Crees que serás capaz de volver a dormirte?

—No creo, pero descansaré un poco.

Lo imaginaba. Yo tampoco creía que fuera a poder dormir.

—¿Cómo llevas su muerte? —La pregunta se me escapó antes incluso de pensar en lo que iba a decir para mantenerla más tiempo en la terraza. Adiós a no querer hablar con ella.

El tiempo que tardó en reaparecer a mi lado fue, sin lugar a duda, más corto que el que había tardado en alejarse.

—¿Puedo ser sincera? —preguntó en la noche mientras estudiaba su perfil.

—Por lo general prefiero que la gente me mienta, pero si insistes... Me miró de reojo.

—No estoy segura del todo de cómo me siento —respondió al final. Me pareció oír una pequeña sonrisa en su voz cuando empezó a hablar, pero no la conocía lo suficiente como para estar seguro—. Obviamente, estoy triste por ello. No me refiero a eso, pero es que no parece real. No hablábamos todos los días, ni siquiera todas las semanas, cuando cumplí los dieciocho me mudé de su casa, y después de eso apenas veía a Angela. Eso es lo que ella quería, de todas formas. Pero hablaba con mi tío una vez cada dos semanas más o menos, y a veces incluso tenía tiempo para comer conmigo. Siempre parecía tolerar un poco más tenerme cerca. Dado que trabajaste con ellos, es probable que ya conozcas esta historia, pero me acogieron cuando tenía nueve años. Mi padre acababa de fallecer. Cáncer. Y aunque Gary y mi padre eran solo medio hermanos y llevaban quince años sin estar en contacto, Gary accedió a convertirse en mi tutor.

—¿Y tu madre?

—No me acuerdo de ella. Nos abandonó cuando tenía dos años. Creo que la buscaron, pero por lo que me contó mi tío había desaparecido. Igual se cambió el nombre, quién sabe. Así que me acogieron. No puedo decir que siempre fueran buenos conmigo, recuerdo demasiadas noches en las que lloré hasta quedarme dormida, pero al menos entré en adopción. No tenía a nadie, no de verdad.

—¿Tus primos?

—Bryan y Jodi. Ah. Creo que siguieron el ejemplo de Angela y se mantuvieron alejados. Son unos años mayores que yo, pero aun así apenas me hablaban. Yo era la sobrina nada deseada y molesta.

Estaba observando el parque cuando empezó su historia, pero mis ojos volvieron a ella cuando noté que me miraba.

—Creo que era más información personal de la que buscabas.

—No pasa nada —me limité a responder, sin darle nada más—. Creo que para que el matrimonio parezca creíble para todos los que nos rodean, necesitamos saber detalles personales como estos.

—Está bien. Para dar una respuesta más definitiva a tu pregunta: estoy mejor. No genial, pero mejor. Hay días en los que me despierto y me olvido por completo de lo que ha pasado porque hace mucho tiempo que no están tan involucrados en mi vida, pero creo que está bien admitir que hay días en los que echo de menos oír la voz de mi tío. —Escuché una pequeña risita y una felicidad genuina en sus siguientes palabras—. Al principio me leía cuentos antes de dormir, una o dos veces por semana. Si le conoces un poco, sabrás que eso no es propio de él, pero trabajaba bastante y era el único momento en el que podía verle. Siempre se ponía un poco arisco e intentaba leer muy deprisa, como si fuera a contrarreloj, pero luego se metía en la historia y leía más de lo que había prometido. Esperaba ese momento con muchísimas ganas cuando era pequeña. «Esta noche solo tengo diez minutos para ti, Rose». Siempre empezaba así. —Hizo una pausa, pero antes de que pudiera hacer ningún comentario, volvió a cambiar las tornas hacia mí—. ¿Y tus padres? ¿Están vivos?

—Sí.

—¿Cómo es tu relación con ellos?

—No estamos muy unidos.

—¿Tuvisteis alguna discusión?

—Se podría decir que sí. Hace años que no los veo.

—¿Saben que te has casado? —preguntó.

—No les he puesto al corriente, no, pero seguro que no tardarán en enterarse por alguien. —La miré y nuestros ojos se encontraron durante un breve instante antes de apartar la mirada—. Me temo que no aprobarían mis decisiones, así que no sentí la necesidad de contárselo.

—Lo entiendo. —Hubo una pausa incómoda—. ¡Vaya! Sí que necesitaba ese chute de confianza, así que gracias.

Dudaba de que lo entendiera, pero no la corregí.

—¿Y puedo decir que somos dos gotas de agua? Míranos, no tenemos familia.

—Eso parece.

Soltó un suspiro y se apoyó en la barandilla, imitando mi postura. Tras un apacible silencio entre nosotros, pasó una ambulancia con las sirenas a todo volumen y chirrió hasta detenerse en algún lugar por debajo de nosotros, interrumpiendo mis pensamientos. Mantener una conversación sincera con mi mujer bajo el cielo nocturno no era para nada la mejor forma de mantener las distancias.

—¿Cuándo crees que abrirás la cafetería? —pregunté, cambiando el tema a algo más seguro.

—Estoy casi preparada, y «casi» es la palabra clave. Cuando termine de pintar, habré acabado todo lo importante. Ya mismo llegarán las sillas y el letrero de fuera, y tengo que comprar algunas cosas más para la cocina. —Suspiró y apoyó la barbilla en la mano que tenía apuntalada—. Creo que tres semanas. Depende de muchas cosas. Todo el papeleo está listo, así que no hay motivo para no ponerse manos a la obra. Gracias por eso también. Ya sabes, por ocuparte del papeleo.

Noté que intentaba disimular un bostezo.

—No es nada. Eres pésima pintando. Lo sabes, ¿verdad?

—¿Perdona? Pinto de maravilla —replicó con el ceño fruncido.

—Por lo que he visto hoy, era desigual. Todavía se veía el rojo de la pintura antigua de abajo. Eso no es un indicativo de pintar de maravilla.

Resopló.

—Una vez más, perdona, pero era un rojo muy intenso. Con una sola capa de la pintura nueva encima, se iba a ver hiciera lo que hiciera. Todo el mundo lo sabe. La primera capa siempre es desigual. Hice la parte difícil y luego llegaste tú y me robaste el trabajo.

—¿Todo el mundo lo sabe? —pregunté, arqueando una ceja.

—¡Sí! Pregúntale a cualquier pintor profesional.

—¿A cuántos pintores profesionales conoces exactamente?

—¿A cuántos conoces tú?

La miré a los ojos y me encogí de hombros.

—A unos cuantos. —Me relajé un poco más y esperé su respuesta.

—Vale. Tú ganas. No conozco a ninguno, pero eso no cambia el hecho de que pinto de maravilla.

—Si tú lo dices.

—Sí, lo digo. Tú has hecho una pared, pero yo voy a pintar el local entero. Di que no pinto de maravilla después de verlo.

—En realidad, ya que vas a pintar mi propiedad, me gustaría asegurarme de que no me arruinas las paredes. Estaré allí mañana para echar un ojo.

—Estás de broma.

—No.

—Vale. Pues echa un ojo. Puede que ahora la propiedad sea tuya, pero van a ser mis paredes los próximos dos años. No pienso dejar que estropees nada.

En un intento por disimular una sonrisa inesperada, me aclaré la garganta.

—Gracias por el permiso. Si tienes intención de seguir pintando «de maravilla», como tú dices, necesitas descansar un poco más.

—¿Me estás provocando?

—¿Por qué querría hacer eso? —¿Y acaso no era esa la verdad? ¿Por qué narices querría hacer eso? Lástima que no tuviera respuesta a mi propia pregunta.

Me miró de frente y me vi obligado a devolverle la mirada.

—¿En serio crees que puedes hacerlo mejor que yo? —preguntó.

Arqueé una ceja.

—Lo he hecho mejor que tú.

—Claro. Entonces, en vez de echar un ojo, agarra un rodillo.

Al parecer, iba a cancelar mis reuniones del próximo día o de los próximos dos días.

—Ya veremos cómo sale.

Hizo una pausa.

—Sé que ahora parece bastante vacío, pero espera a verlo todo junto. Y lo que es más importante, se me da bastante bien el café, y la bollería estará de muerte. Si consigo hacer todo lo que tengo en mente, en una o dos semanas estará increíble.

—¿Qué más tienes en mente? —pregunté con una curiosidad auténtica, contagiado por su entusiasmo.

Me sonrió.

—Creo que voy a guardarme el resto para mí, por si la cago o no consigo hacerlo a tiempo.

—Parece que lo tienes todo planeado y bajo control.

—Pero hay muchas más cosas de las que tengo que ocuparme, un millón de cosas pequeñas. ¿Vas a estar allí el día de la inauguración?

—¿Necesitas que esté allí? —No importaba cuál fuera su respuesta, sabía que iba a estar allí de todas formas.

—No diría que necesito…

Cuando se levantó el viento y le removió el pelo, levantó las manos para apartárselo de los ojos y la manta empezó a resbalársele por los hombros. Me enderecé y la cogí cuando la tenía a la altura de la cintura. De repente estábamos demasiado cerca, y ella estaba atrapada entre la puñetera manta y yo. Mis ojos se cruzaron con los suyos, grandes, marrones y sorprendidos, y me detuve, no muy seguro de qué hacer con la manta y con *ella*.

Me aclaré la garganta. Bajó las manos después de haberse echado todo el pelo a un lado y dejé que me quitara los bordes de la manta.

—Gracias —murmuró mientras yo daba un paso atrás.

¡Me cago en todo!

Tras una breve pausa, volvió a responder a mi pregunta.

—No es tanto una necesidad, pero estaría bien por si acaso aparecen Jodi o Bryan. Dudo que lo hagan, pero después de lo de esta noche quién sabe.

—Si crees que tengo que estar allí, intentaré dejar hueco en mi agenda. —Le eché un vistazo rápido a mi reloj y me di cuenta de la hora: casi las cinco. Después de no querer hablar con ella, me había pasado una hora haciendo justo lo contrario. Me enderecé—. Me vuelvo dentro.

—¡Oh! Vale —murmuró, todavía agarrada a la manta que había soltado casi a regañadientes unos segundos antes.

—Si voy a pintar una cafetería entera, necesito dormir un poco —añadí ante su expresión de desconcierto por mi abrupta salida.

—Un momento. ¿Lo decías en serio?

—No sé cuántas veces tendré que repetirlo, pero si digo algo, siempre lo digo en serio.

—Creía que solo estabas…

Alcé las cejas.

—¿Creías que solo estaba qué?

—Da igual. Pero no vas a pintar una cafetería entera. Yo también estaré pintando.

—Primero veremos cómo lo haces antes de que te deje hacerlo.

Entrecerró los ojos.

—Vale. Entonces, mañana te enseño cómo se hace.

—¿Nos vemos abajo a las siete? ¿O es demasiado temprano para ti?

—A las siete es perfecto.

—Bien. Buenas noches entonces, Rose.

—Buenas noches, Jack.

CAPÍTULO CINCO

ROSE

Dos semanas después

Me había mudado oficialmente con Jack Hawthorne, alias «mi querido marido falso», la noche que regresó de su viaje a Londres, lo que también podía considerarse como el comienzo de mis noches de insomnio. Al día siguiente, tal y como habíamos hablado, me acompañó hasta la cafetería porque no se fiaba de dejarme las paredes de su propiedad gratis recién adquirida. Si bien es cierto que sí que conseguí que reconociera (tras una charla muy larga y convincente) que era capaz de, en efecto, pintar de maravilla, acabó pintando él mismo la mayor parte del local, lo que agrió mi victoria.

Me exasperó hasta el extremo todo el rato y no tenía ni idea de qué hacer con él.

También quería que desalojara mi apartamento del East Village de inmediato, pero hice caso omiso de sus deseos y fui empaquetando todo poco a poco mientras duraba el asunto de la pintura. ¡A la mierda las amenazas de Bryan!

Sentada sola en medio de la cafetería, comiéndome un bocadillo que había preparado en la trastienda, esperaba a que los repartidores del IKEA me trajeran la estantería. Poco después llegaron, pero antes de que pudiera abordar ese proyecto, me entregaron las sillas.

Cuando todo estuvo dicho y hecho (la estantería montada, las sillas donde creía que debían estar), habían pasado horas y acababa de sentarme por primera vez. Gemí y apoyé la cabeza contra la pared. Se me estaba empezando a emborronar la vista de forma alarmante, por lo que pensé que no era una mala idea cerrar los ojos solo unos segundos.

Cómo no, hacer eso solo me recordaba lo mucho que necesitaba dormir más. Cada mañana, me vestía en silencio y, como si fuera una intrusa, salía de puntillas de la pequeña mansión de Jack Hawthorne para irme a la cafetería. Por la noche, optaba por desaparecer en mi habitación en cuanto ponía un pie en su apartamento.

Todos mis intentos de hablar con mi marido habían fracasado, uno tras otro, así que abandoné después del intento número cuatro. Cuantas más preguntas le hacía, cuanto más intentaba hablar con él, más rápido me molestaba o más rápido se alejaba de mí. La breve conversación que tuvimos en la terraza aquella primera noche había sido la más larga.

Sin embargo... *Sin embargo*, incluso después de terminar de pintar, había aparecido todas las noches para recogerme de camino al apartamento. ¿Era para comprobar cómo iba la propiedad?

Decir que estaba confundida con respecto a mi marido habría sido quedarme corta. No sabía qué pensar de él.

Había sido él quien me había hecho la oferta de matrimonio, pero por cómo se comportaba, tan frío y distante en todo momento, cualquiera diría que le había apuntado a la cabeza con una pistola invisible para obligarle a decir «Sí, quiero».

No veía que las cosas fueran a cambiar pronto si no hacía nada al respecto.

Tampoco tenía ni idea de cómo íbamos a mantener esta farsa si de verdad íbamos a tener que estar uno al lado del otro y hablar con la gente como una pareja de casados. Si alguien nos hubiera visto trabajando juntos en la cafetería, o incluso en la terraza aquella primera noche, habría pensado que estábamos en una cita a ciegas interminable, obligados a aguantar cada minuto en vez de llevar a cabo una escapada rápida.

Debía de estar a punto de dormirme, porque cuando oí un golpe fuerte, me levanté de un salto y, de alguna forma, me las apañé para golpearme el muslo con el borde de la mesa que tenía delante.

—¡Dios! —Mientras me presionaba la pierna con la mano para aliviar el dolor, salté hacia la puerta justo cuando otro fuerte golpe inundó la cafetería.

Sintiéndome un poco somnolienta y puede que también un poco nerviosa, levanté el lado del periódico que protegía todo lo que ocurría en el interior de las miradas indiscretas. Los latidos se me ralentizaron *un poco* cuando vi que era Jack Hawthorne el que estaba al otro lado del cristal. Alcé el dedo para indicar que tardaría un minuto, volví a pegar el periódico en su sitio y solté un largo suspiro antes de empezar a abrir la puerta.

Allá vamos, pensé.

Cuando entró, cerré la puerta tras él.

—¿Jack? —Masajeándome la pierna con la palma izquierda, dejé que mis ojos le recorrieran el cuerpo de la cabeza a los pies. Si alguien me hubiera obligado a decir una cosa positiva sobre mi marido, sería que había nacido para llevar traje. Habría mentido si hubiera dicho que eso me molestaba. El traje negro, la camisa blanca y la corbata negra que llevaba en ese momento hacían que sus ojos azules como el océano resaltaran aún más, y me quedé mirándole un poco más de lo necesario o aceptable—. ¿Qué haces aquí?

—Esa es una gran pregunta. Yo me preguntaba lo mismo, porque no es que venga aquí todas las noches ni nada por el estilo. Te llamé hace una hora. No contestaste.

—¿Qué? —pregunté, confusa. Frotándome el puente de la nariz, intenté salir de mi estado de semivigilia. Si estaba observándole y dándome cuenta de cómo el traje le acentuaba los intensos ojos, de cómo la barba incipiente le quedaba tan increíblemente bien, debía de estar todavía en la tierra de los sueños. En lugar de responder, me hizo otra pregunta, y parecía estar exasperado conmigo.

—¿Dónde está tu móvil, Rose?

Con cuidado de no chocarme con él, rodeé su cuerpo con unos músculos perfectos y su cara con una barba perfecta hasta el mostrador y me incliné para coger el móvil, el cual había dejado en uno de los estantes inferiores unas horas antes.

—Llevo sin tocarlo desde que llegaron las sillas y debo de haberlo puesto en silencio sin querer. ¿Pasa algo? —Miré la pantalla y vi dos llamadas perdidas de Jack Hawthorne y una de Sally. Sally iba a tener que esperar mientras me ocupaba de mi marido.

—¿Estás bien? —preguntó con el ceño fruncido.

Alcé la vista hacia él, y por fin me estaba empezando a recomponer, pero todavía no lo *suficiente* como para darme cuenta de que me había hecho una pregunta, así que no contesté. Me limité a quedarme mirándole. Durante varios segundos, pensé que, de alguna forma, se las había apañado para tener mejor aspecto al final del día, de *todos los días*, mientras que yo iba teniendo peor aspecto a medida que pasaba el día. No tenía ni un solo pelo castaño claro fuera de su sitio en la cabeza. Cuanto más lo miraba, más se le hundían las cejas, lo que le añadía un atractivo extraño que no debería haber notado. Estaba increíble cuando fruncía el ceño (cosa que ocurría a menudo, como podía atestiguar), y esa expresión empezaba a gustarme cada vez más. No le hacía falta fruncir el ceño para parecer intenso y melancólico, pero sin duda jugaba a su favor.

—¿Rose?

—¿Mmm?

—¿Qué te pasa?

Aceptando el hecho de que hacía tiempo que había perdido la cabeza, ya que no podía parar de pensar en lo atractivo que era, opté por actuar como si no pasara nada y asentí con la cabeza. En ese momento, me di cuenta de que no estaba moviendo la cabeza en la dirección correcta y la sacudí enseguida. Nerviosa porque me había pillado, me coloqué detrás del mostrador para dejar algo de espacio entre nosotros. No tenía intención de lanzarme sobre él, pero aun así.

—Me he quedado dormida unos minutos, así que estoy un poco ida, eso es todo. ¿Por qué dices que has llamado?

—Iba a salir a cenar e iba a preguntarte si querías acompañarme. Ya he comido.

Bostecé.

—¡Oh, no! ¿Era algo del trabajo? ¿Me he perdido la primera cosa de trabajo? Lo siento si…

—No, solo estaba yo. Pensé que podríamos repasar algunas cosas y cenar.

Era la primera vez que se ofrecía a hablar y cenar por voluntad propia.

—Repasar cosas… ¿como qué?

—Ya lo haremos en otro momento. Asumo que ya has terminado aquí, ya que estabas durmiendo.

No cedió. No sonrió. Sin duda, no se rio ni pareció feliz ni pareció… algo que no fuera melancólico y serio, la verdad.

—No pretendía dormir. Estaba descansando un poco, descansando la vista, y supongo que me he quedado dormida un rato.

Mirando alrededor de la cafetería con desaprobación, sacudió la cabeza.

—No es seguro que estés aquí sola por la noche, y menos aún que te quedes dormida. ¿Y si no hubieras cerrado la puerta con llave, lo cual se te olvidó hacer antes? Podría haber entrado cualquiera por esa puerta y haberte encontrado durmiendo.

—Pero no se me ha olvidado cerrar la puerta con llave. Solo fue esa vez. Me aseguro de que esté cerrada con llave sea la hora que sea —repliqué. No iba a admitir que, durante un breve instante, me asusté un poco cuando le oí tocar la puerta con fuerza.

Mi respuesta hizo que me ganara otra mirada de desaprobación.

—Veo que por fin tienes las sillas —comentó mientras lo absorbía todo con la mirada.

—Sí. Se atrasó la entrega, pero me las trajeron hace unas horas por fin. ¿Qué te parecen? —pregunté. Incluso yo pude oír el tono de esperanza en mi voz. Era la primera persona que veía el local lleno de muebles y tan parecido a lo que sería el día de la inauguración. Estaba desesperada por que alguien opinara que no era solo mi imaginación y que sí que estaba bonito.

Nuestras miradas se cruzaron mientras contenía la respiración, a la espera.

—¿El qué? —preguntó.

Contuve las ganas de gemir.

No podía encontrar ningún defecto, era imposible. Quedaban perfectas con la paleta de colores. Elegantes, modernas, cómodas, acogedoras…, todo lo bueno. Así pues, sonreí y volví a intentarlo.

—Todo. Las sillas, las mesas, todo.

Siguió mi mirada, pero sus duras facciones no se alteraron lo más mínimo, ni una sola sonrisa a la vista.

—¿Está terminado?

—Todavía no —respondí despacio, perdiendo la sonrisa—. Estoy en ello, pero ya queda muy poco.

Las once (odiaba que fuera un número impar) mesas redondas de madera estaban justo donde quería, y había colocado en su sitio las sillas de terciopelo de algodón de color marrón arena claro que quedaban preciosas con el suelo y las paredes recién pintadas. También había sacado los taburetes de acero negro y los cojines verde oscuro de la cocina, donde los tenía apilados. Eran del mismo material que las sillas, y los había colocado todos delante de la barra que había a lo largo de las ventanas que daban a la calle. Ya estaba preciosa, pero solo ante mis ojos, al parecer.

—Da igual —dije, rompiendo el silencio en un esfuerzo por evitar escuchar los pensamientos negativos de Jack. De todas formas, su lenguaje corporal rígido y su mirada de desaprobación me estaban diciendo todo lo que no quería oír—. Lo siento, no tienes por qué lidiar con esto. Si necesitas estar en otro sitio, no me gustaría retenerte. Voy a estar aquí otra hora, creo, para poner algunas cosas.

Abrió la boca para hablar, pero me adelanté.

—Lo sé. Iré a tu casa cuando termine aquí. No hace falta que sigas viniendo todos los días. Me sé el camino.

Con las manos en los bolsillos, se dirigió hacia el gran arco que conectaba las dos secciones de la cafetería y giró hacia la parte trasera, fuera de mi vista. Habría apostado dinero a que estaba sacudiendo la cabeza tras ver la estantería desparramada por el suelo, o si no, lo más probable era que estuviera quemando la estantería con una mirada de desaprobación. La había montado yo sola, pero no me había atrevido a levantarla y moverla. Ya me encargaría al día siguiente, o al otro. Todo dependía de cómo tuviera la espalda.

—¿Cómo piensas entrar exactamente? —preguntó, alzando apenas la voz para que pudiera oírle.

—¿Entrar adónde?

—A mi apartamento, *nuestro* apartamento.

Nuestro apartamento. *¡Dios mío!* ¿Cuándo iba a acostumbrarme al hecho de que ahora vivía con *este* hombre y cómo era posible que, durante dos semanas enteras, ni siquiera se me hubiera pasado por la cabeza cómo iba a entrar en su pequeña mansión? Por otra parte, como venía a la cafetería todas las noches para recogerme, no tenía motivos para pensar en las llaves.

Para ser justos, en ningún momento había actuado como si no fuera bienvenida en su casa. Sí, a veces era brusco y exasperante, pero, aun así, todas las noches se ofrecía a hacerme la visita guiada que mencionó la primera noche y me preguntaba si había comido algo. Cualquiera diría que era un detalle por su parte, pero eso era lo único que decía. Sin embargo, seguía siendo un detalle.

—Intenté dejarte un juego de llaves esta mañana, pero cuando llamé a tu puerta ya te habías ido y tenía que irme a trabajar —explicó. Sorprendida, no se me ocurrió qué decir. En ese momento, reapareció bajo el arco y volvió a colocarse delante de mí, esperando una explicación con paciencia.

Me di cuenta y me estremecí.

—Ah, ¿por eso vienes a buscarme todas las noches? —Solté un suspiro—. Justo estaba pensando que no debería seguir pidiéndote perdón, pero por última vez, lo siento. Espero que no hayas estado acortando tus planes y viniendo solo porque no tengo llaves.

—No hace falta que pidas perdón. Lo de las llaves se me ocurrió anoche, y no, no vengo todas las noches solo porque no tienes llaves. Hoy ya estaba en el lado este, y cuando no pude ponerme en contacto contigo, se me ocurrió venir y llevarte de vuelta.

¿Y las otras noches? Quise preguntarlo, pero mantuve la boca cerrada.

—Me sigue costando dormir. No sé muy bien por qué, pero siempre me despierto a las cuatro o las cinco. Espero hasta las seis y me voy. En vez de dar vueltas en la cama, intento hacer algo útil aquí. —Lo miré a los ojos, sin palabras, sin explicaciones.

—Sé a qué hora te vas, Rose.

En cuanto terminó la frase, empezó a quitarse la chaqueta del traje, y mi atención volvió a desviarse.

—¿Qué haces?

—Imagino que la estantería no va a vivir en el suelo y que quieres ponerla de pie, ¿verdad? —Miró a su alrededor y, luego, señaló el lugar exacto en el que tenía intención de colocarla, justo al lado de donde la enorme máquina de café iba a ocupar su lugar dentro de unos días con mucho gusto—. ¿Ahí?

—Sí, es lo qu...

Se desabrochó los puños y bajé la mirada para seguir sus movimientos. ¿Otra vez esto? Empezó a subirse las mangas, y me fue imposible recordar lo que había estado a punto de decir (lo cual se estaba volviendo irritante, entre otras cosas), pero sus dedos parecían muy largos. Aparte de tener unos rasgos fuertes, unos ojos increíblemente preciosos, una cara muy agradable a la vista y una mandíbula que funcionaba *extremadamente* bien con esa personalidad melancólica que tenía, también tenía unas manos muy varoniles. Seguro que le venían bien. Eran fácilmente el doble de grandes que las mías. Parecían fuertes. De las que te hacían mirar dos veces si te iban ese tipo de cosas. Al parecer, a mí me iban. Y mucho.

¡Por Dios, Rose!

Me sacudí mentalmente para despejarme, miré hacia otro lado, me aclaré la garganta y hablé.

—Pensaba hacerlo mañana. No hace falta que te ensucies la ropa, Jack. Puedo hacerlo yo.

No era de esas personas que siempre rechazaban que las ayudaran, pero recibir ayuda de Jack... No quería estar en deuda con él más de lo que ya lo estaba.

Me ignoró y se dirigió hacia la estantería sin parar de ocuparse de aquellas mangas, ¡por el amor de Dios! Lo seguí con pasos rápidos y mis ojos (traidores) le lanzaban miradas a sus manos al tiempo que se arremangaba. Todavía llevaba el anillo, nunca se lo quitaba.

—Jack, puedo encargarme yo. En serio, no hace falta que…

—No tienes por qué encargarte de todo tú sola. Estoy aquí. Soy capaz de mover una estantería.

—Ya lo sé. Claro que sí, pero lo que digo es que no tienes por qué hacerlo. Estoy acostumbrada a encargarme de las cosas por mi cuenta, y eso es con lo que me siento cómod…

Se había arremangado con meticulosidad, y alzó la cabeza para mirarme largo y tendido. Me callé.

Está bien.

Si quería ensuciarse el traje caro, era libre de hacerlo. Después de regañarme con una simple mirada, empezó a caminar alrededor de la estantería.

—Puede que raye el suelo —dijo mientras alzaba la mirada en mi dirección antes de volver a bajarla.

—No, no lo hará. He puesto cuatro cositas blandas de esas debajo de las patas para que no raye.

Eso hizo que me mirara.

—Cositas —repitió de manera inexpresiva.

No pude evitarlo; poco a poco se me curvaron los labios y sonreí, enseñando los dientes y todo.

—Cómo no, cuando lo dices *tú* suena ridículo. —Si uno de los dos no se relajaba cuando estaba con el otro, estaba segura de que iba a cometer un asesinato antes de que terminaran los veinticuatro meses. Dudaba de que Jack fuera a relajarse o se hubiera relajado con anterioridad, por lo que daba la impresión de que iba a ser la afortunada ganadora en este matrimonio.

Iba a hacer todo lo posible por relajarme cuando estuviera con él e ignorar el hecho de que era la clase de hombre de la que siempre me había mantenido alejada.

Porque éramos polos opuestos.

Porque teníamos visiones muy diferentes de la vida.

Porque, porque, porque…

Era huraño, irritable, arrogante a veces, distante.

Me miró con indiferencia y me dio la espalda.

—Eso es porque *es* una palabra ridícula.

Cuando dejó de mirarme, respiré hondo y miré al cielo, a pesar de que, en realidad, no lo veía.

—Se te va a ensuciar el traje —dije por última vez. Cuando esos ojos duros se encontraron con los míos, alcé las manos—. Está bien. No digas que no te lo advertí. ¡Oh, espera! —Antes de que pudiera darme una respuesta sarcástica, salí corriendo de la sala al tiempo que gritaba por encima del hombro—: ¡Dame un segundo para que lo limpie antes!

No dijo nada, así que supuse que estaba esperando a que volviera. En cuanto tuve un paño de cocina mojado, me apresuré a volver y vi que ya había puesto la estantería de pie.

—No es nada importante, pero quiero que conozcas a algunos de los socios de mi bufete —empezó mientras me apartaba con el paño en la mano y él empezaba a empujar la estantería hacia su nuevo hogar—. Mañana hay una cena con dos de los socios y un cliente en potencia, nada formal, una comida sencilla. Saben que nos hemos casado y me han pedido que te traiga. Sé que estás trabajando día y noche para abrir la cafetería, así que si no puedes perder el tiempo, no hace falta que nos acompañes a esta. Ya se lo explicaré.

Dejé el paño sobre una de las mesas y retiré las dos sillas y otra mesa que le estorbaban hacia un lado.

—No, iré.

Dejó de empujar y ladeó la cabeza para mirarme desde el otro lado de la estantería.

—¿Estás segura? Como he dicho, no hace falta que lo hagas.

—Hicimos un acuerdo de negocios, ¿verdad? Y no paras de ayudarme cuando vienes. Tengo que hacer algo a cambio —respondí mientras agarraba el otro extremo de la estantería y empezaba a ayudarle a darle la vuelta para que pudiéramos empujarla el resto del camino con la parte trasera hacia la pared. Una cena no era algo tan malo, siempre y cuando no nos quedáramos petrificados y él no se pusiera frío conmigo delante de los demás, lo cual no era mi problema.

—Vale —dijo en tono cortante, y ambos empezamos a empujar.

El *único* problema de salir a cenar con Jack y sus socios era que no podía ni imaginarme a qué clase de restaurante irían los socios de un bufete de abogados de alto nivel, y, por desgracia, no tenía nada lo bastante bonito que ponerme para ir a un sitio así. Cada centavo que había ganado hasta ese día lo había reservado para la cafetería de mis sueños que iba a abrir en Nueva York. Ahora ese sueño se estaba haciendo realidad, y cuando dabas todo lo que tenías para conseguirlo, solían verse afectadas otras cosas, como mis decisiones de moda.

—Pues iré. Vale, para. Dame un segundo para que mueva las mesas para que podamos pasar.

Mientras movía la mesa de la derecha, él se ocupó de la de la izquierda. Luego apartamos las sillas para abrir el espacio suficiente para que pasara la gran estantería.

—¿Quieres que toque la pared? La cena es a las siete.

—Sí, a ras de la pared. Estaré lista antes. Sally se va a pasar mañana unas horas para ayudar, así que no debería ser un día tan largo como el de hoy.

Con un pequeño gruñido por mi parte, empezamos a empujar de nuevo hasta que estuvo en su sitio. Después de colocar las mesas y las sillas donde estaban, nos detuvimos.

Retrocedí hasta el arco para asegurarme de que estaba centrada en la pared. Jack me siguió y se quedó en silencio a mi lado.

—Gracias. Ahí está perfecta. —Le miré y vi cómo asentía levemente.

—¿Sally? —inquirió, con los ojos todavía evaluando la estantería.

—Mi empleada, la segunda y última. La contraté mientras estabas en Londres. Ha estado aquí unas cuantas veces para hablar de lo que vamos a hacer, y empieza oficialmente el día de la inauguración.

—¿Quién es el primero?

—¡Oh! Ese sería Owen. Trabajamos juntos poco tiempo en una cafetería, de ahí lo conozco. Se le da increíble la bollería. Estará a tiempo parcial, vendrá sobre las cuatro y media de la mañana y empezará a hornear antes de que me reúna con él. Sally me ayudará a atender.

—¿Qué más hay que hacer hoy? —preguntó.

Aunque la estantería estaba en el sitio perfecto, las dos mesas de delante no quedaban bien donde estaban, así que volví sobre mis pasos para moverlas y que quedaran a los lados de la estantería en vez de delante.

Cuando alcé la vista, Jack ya estaba frente a mí, agarrando el borde de la mesa y ayudándome a levantarla.

—¿Cómo que qué más? —pregunté mientras colocábamos la mesa donde quería y luego movíamos las sillas.

—¿Qué más hay que hacer?

Fuimos a la otra mesa y repetimos los movimientos.

—No tien…

—Si vuelves a decir que no tengo que ayudar…

—Para que lo sepas, *no* iba a decir eso. —En realidad, sí—. Deberías escuchar primero antes de acusar a alguien. Cualquiera pensaría que, como abogado, lo sabrías. —Cuando me miró, le dediqué una dulce sonrisa sin dientes. No me la devolvió, claro. No era un apasionado de los comentarios sarcásticos; lo había descubierto por mi cuenta, y con toda probabilidad por eso me gustaba hacerlos—. Quiero poner esto. —Me puse detrás del mostrador y me coloqué justo delante de donde quería que estuviera el estante—. He hecho los agujeros y los soportes están asegurados y todo, pero es un estante de madera bastante grande, un poco más de medio metro creo, así que no he podido levantarlo yo sola.

Se unió a mí y me hice a un lado para dejarle espacio. Era una zona lo bastante grande como para que cuatro personas trabajaran con comodidad, pero aun así. Después de mirarle tanto las manos, no me fiaba de mí misma.

—¿Has hecho tú los agujeros? —preguntó, inspeccionando los soportes.

Los pies estaban empezando a matarme otra vez, así que me apoyé en el mostrador y esperé a que empezaran sus comentarios de desaprobación. Aún me quedaban algunas réplicas.

—Sí. Le pedí prestado un taladro al chico de las sillas y los hice rápido. Adelante, dime lo mal que lo he hecho. Estoy preparada.

Suspiró y me miró por encima del hombro.

—¿Dónde está el estante, Rose?

Me enderecé y me puse de cuclillas. Hubo mucho dolor implicado en ese proceso.

—Aquí. —Saqué solo un lado de la madera de debajo del mostrador para que lo viera. Sujetó el otro lado, lo levantamos con un pequeño gruñido por mi parte y lo colocamos sobre el mostrador. La puñetera pesaba una barbaridad, por no hablar de lo cara que era, pero iba a quedar perfecta con las paredes verde oscuro.

Durante unos segundos inspeccionó su lado antes de volver a agarrar su extremo.

—¿Lista?

Solté un largo suspiro, asentí y agarré el borde con más fuerza.

Hizo una pausa y me dirigió una mirada nueva que no supe interpretar.

—A la de tres. ¿Estás lista?

El agotamiento estaba volviendo con toda su fuerza, así que me limité a asentir otra vez y lo elevé con dificultad cuando llegó a tres. Estaba bastante segura de que él estaba soportando la mayor parte del peso, porque los brazos no me dolían tanto como me esperaba, y en unos segundos había deslizado el estante sobre los soportes y habíamos terminado.

Me miró.

—¿Podemos irnos ya?

De nuevo, asentí con la cabeza.

Salió a la zona abierta de delante del mostrador.

Fui a la cocina y recogí mis cosas de la isla grande. Salí con un brazo metido en la chaqueta y me costó meter el otro.

Jack se estaba bajando las mangas.

—No hay nada más pesado que haya que mover, ¿verdad?

Frunciendo el ceño e intentando pensar mientras le observaba, negué con la cabeza.

—No. Eso era lo último, creo.

Se volvió a poner la chaqueta del traje, y tenía el mismo aspecto que cuando apareció antes, menos la corbata.

—Parece que estás a punto de colapsar.

Ni siquiera me estaba mirando, ¿cómo lo sabía?

—Creo que puedo hacer que ocurra. —Sintiéndome un poco tonta después de su comentario y por el hecho de que todavía estaba intentando meter el otro brazo en la chaqueta, me aclaré la garganta—. Lo de colapsar, me refiero. —Se acercó y, con un suspiro de sufrimiento, me quitó la chaqueta, liberándome el brazo. Luego me la sostuvo y noté cómo me sonrojaba mientras metía los dos brazos con éxito—. Gracias —murmuré en voz baja.

—Voy a llamar a Raymond para que aparque delante. —Estaba mirando el móvil, pero sus ojos se encontraron con los míos durante un breve segundo—. Tienes peor aspecto que la semana pasada.

Abrí la boca, pero decidí cerrarla. Miré hacia abajo y me di cuenta de que tenía las rodillas cubiertas de polvo. *Buen detalle, Rose. Muy buen detalle.* Me quité el polvo con cuidado mientras pensaba que a saber qué otras sustancias tenía en la cara o qué aspecto tenía dicha cara en realidad. Al parecer, Jack sí lo sabía, y resultaba que tenía peor aspecto que la semana pasada. No era para tanto. Todos los maridos les hacían comentarios así a sus mujeres, pensé. En lo fundamental, nos estábamos asentando en la vida matrimonial. Yo pensaba que él era la masculinidad melancólica hecha a la perfección, y él pensaba que yo era…, bueno, para ser honesta, me daba demasiado miedo preguntar y escuchar la respuesta.

Suspiré y alcé la vista para encontrarme con su mirada.

—No puedo creer que esté diciendo esto, pero creo que estoy empezando a considerar mantenerte como marido para siempre, Jack. Por ahora me están gustando mucho los cumplidos, pero te advierto que no puedes culparme cuando todas esas palabras bonitas empiecen a subírseme a la cabeza.

Creí imaginar cómo apretaba los labios en un esfuerzo por contener una sonrisa, aunque igual era un tic labial. No lo sabría nunca, pero entrecerré los ojos para asegurarme de que veía bien. Por otro lado, todavía tenía la vista algo borrosa, así que estaba casi segura de que había sido una ilusión óptica.

Cuando hizo el comentario en su tono profesional, supe con certeza que no había sonrisas de por medio.

—¿Quieres que te mienta? No creo que pueda ser de esos.

—¡Oh, no! Sé que no eres de esos. Como te he dicho, ahora mismo estoy contenta con el marido que he elegido. Nos estamos asentando en la vida matrimonial. Cuando un día te pregunte si me veo gorda con unos vaqueros, siempre contaré con que me des una respuesta sincera. Estoy segura de que me será útil.

—Si tienes todo lo que necesitas, podemos irnos. Raymond está esperando fuera. —Después de guardarse el móvil, me miró a los ojos—. No estás gorda.

Y justo cuando pensaba que no estaba escuchando ni una palabra de lo que estaba diciendo.

Cogí el bolso del mostrador, allí donde lo había dejado mientras luchaba por ponerme la chaqueta, y seguí a Jack al exterior.

—Podría perder unos kilos, en realidad… cuatro, puede que siete. Los chocolates son estupendos para el alma y la felicidad, pero no suelen ser buenos para las caderas. Ya sabes lo que dice el refrán, ¿verdad? Un minuto en la boca, toda la vida en las caderas.

Salió a la acera mientras que yo apagaba las luces y ponía la alarma.

—Si no puedes dejar el chocolate, quizá puedas hacer más ejercicio.

Después de cerrarlo todo, me giré hacia él y le pillé mirándome el culo. Se me calentó la cara, pero por suerte el aire frío impidió que fuera evidente. Tratando de ignorar dónde había estado mirando cuando dijo las últimas palabras, intenté actuar como si nada, me puse la mano en el corazón y dije:

—Ves, ahora intentas mimarme. Como sigas así, no voy a querer dejarte cuando llegue el momento.

Sus ojos se centraron en mi mano y supe, *supe*, lo que iba a decir antes incluso de que separara los labios.

—No llevas el anillo.

—Lo tengo en el bolso. Es un anillo muy caro, Jack. No quiero que le pase nada mientras estoy trabajando.

Me miró con indiferencia y, acto seguido, se giró y me dejó en la acera. Él llevaba su anillo.

Nos estábamos asentando en la vida matrimonial a la perfección.

Al menos eso pensaba.

Número de veces que Jack Hawthorne sonrió: nada.

CAPÍTULO SEIS

ROSE

—¡Rose! ¡Te está sonando el móvil! —gritó Sally desde la zona principal, donde estaba descargando unos libros viejos que yo había comprado ese mismo día en una librería monísima.

—¡Voy! —contesté desde la cocina, donde, por mi parte, estaba descargando una gran cantidad de alimentos básicos para hornear y hacer sándwiches. Dejé la bolsa de azúcar medio vacía que estaba vertiendo en un enorme tarro de cristal y salí de la cocina.

—Acaba de parar de sonar —comentó Sally, con los ojos todavía fijos en el libro que tenía en la mano. Luego volvió a tararear la música suave que estaba sonando por los altavoces.

A pesar de que no me estaba mirando desde su lugar en el suelo frente a la estantería, asentí y rebusqué en el bolso para encontrar el móvil. Justo cuando lo toqué con la mano, empezó a sonar otra vez. Al sacarlo, vi su nombre parpadeando en la pantalla.

Jack Hawthorne.

Pensé que igual debería cambiarlo por *Esposo* en algún momento.

Miré el reloj de la pared y dudé. Estaba segura de que llamaba por la cena con los socios.

Con el dedo cerniéndose sobre el botón verde, emití un sonido ininteligible con la garganta. No estaba segura de querer responder a una llamada de Jack en ese momento. Pulsé el botón lateral para silenciarlo, lo dejé sobre el mostrador y me quedé mirándolo como si fuera a aparecer en la pantalla por arte de magia y a mirarme con el ceño fruncido.

Dejó de sonar y suspiré. Me estaba comportando como una estúpida.

La noche anterior, después de volver a casa, me dio las llaves del apartamento y volví a subir a mi habitación del tirón. Me desperté a las cinco de la mañana otra vez, así que llevé a cabo el mismo truco de desaparición de los días anteriores. No era que no fuera a adivinar adónde había ido si venía a buscarme otra vez, pero estaba empezando a pensar que tal vez estaba siendo maleducada al no quedarme.

Con Jack siendo correcto y educado en todo momento, cada una de mis acciones era…, bueno, llamaba la atención. Me había movido la estantería, me había ayudado con el estante de madera y me había pintado las paredes, ¡por el amor de Dios! Los hombres como Jack tenían gente que hacía esas cosas por ellos. Tenía un chófer. Su casa era perfecta. Siempre llevaba trajes caros, un día sí y el otro también. Era distante con todo el mundo. Una vez más, los hombres así tenían a otras personas que hacían el trabajo sucio. Cuando vivía con los Coleson había visto a personas como él muchas veces.

De adolescente, salía con la familia cuando querían alardear de mí delante de sus amigos, no porque me quisieran como a su hija ni nada parecido, sino porque querían que sus amigos ricos pensaran que eran personas generosas con un corazón enorme.

Miradnos, hemos salvado a esta chica.

Recuerdo que íbamos a restaurantes elegantes y a cenas «en familia», pero acababa siendo ignorada por todos, incluido Gary, que era el único al que le importaba un poco. Lo único que hacía era ponerme lo que Angela quería que me pusiera, presentarme, comer lo que me ponían delante, estar callada y parecer feliz.

No obstante, mis recuerdos más felices no nacieron en esos lugares con esas personas. Nacieron en la cocina de su casa, donde pasaba la mayor parte del tiempo cuando no estaba en mi habitación, y con el ama de llaves, Susan O'Donnell, con quien desayunaba y cenaba todos los días. Algunos días, Gary quería que me uniera a ellos en el comedor, pero no eran como Susie, que me hacía reír con sus historias. No tenían conversaciones fáciles ni siquiera cuando estaban los cuatro solos. No reían con el corazón, no amaban con el corazón.

Aun así, había un hecho en el que todos estábamos de acuerdo: Gary me había salvado. De mala gana o no. Estaba agradecida, tal y como ellos querían, y lo estaría el resto de mi vida.

Sin embargo (y es un «sin embargo» cargado), no podía decir que hubiera olvidado aquellas cenas, las fiestas en casas, las reuniones, y la cena de esta noche con los socios era una de las últimas cosas que me apetecía hacer, pero había hecho un trato. Jugar a fingir era algo que no se me daba tan mal. No significaba que lo disfrutara, pero no se me daba mal.

Cuando la pantalla se iluminó al recibir un mensaje nuevo, lo miré.

Jack: Coge el móvil.

Por alguna razón, ese simple mensaje hizo que sonriera más de lo que debería haberlo hecho por un mensaje tan corto. No cabía duda de que había llamado la atención de Sally.

—¿Qué pasa? ¿Buenas noticias? —preguntó con el cuello estirado para ver lo que estaba haciendo.

Le resté importancia con la mano.

—Nada. Solo un mensaje. —Un mensaje que era Jack Hawthorne en estado puro.

—¡Oh! Compártelo con la clase, por favor. Las historias de amor son mis historias favoritas.

—Siento decir que no hay ninguna historia de amor. —Todavía no le había contado que estaba casada, no porque intentara ocultarlo, sino porque no sabía cómo explicarle lo de mi marido—. Igual ya has pasado demasiado tiempo con historias. ¿Te apetece cambiar los libros por azúcar y harina?

—Claro. —En un movimiento rápido, se levantó y se dirigió hacia mí mientras su cola de caballo se balanceaba de un lado a otro—. ¿Te importa si pongo música ahí detrás también?

—En absoluto. Adelante.

Agarré el móvil y me dirigí hacia los libros que estaban esparcidos por el suelo. Me senté en el cojín en el que Sally había estado sentada, me crucé de piernas y respiré hondo. Mientras Sally ponía otra lista de reproducción en Spotify, volví a llamar a Jack en vez de esperar a que me llamara otra vez.

Contestó al tercer timbrazo.

—Rose.

—Jack.

Me quedé esperando a que dijera algo más, ya que había sido él quien había llamado primero, pero no dijo nada.

—Si estás ocupado, puedo llamar más tarde.

—No. No contestaría si estuviera ocupado.

—Está bien. ¿Por qué has llamado?

Tenía la esperanza de que se hubiera cancelado la cena.

—Son casi las cinco. Tenemos que estar en el restaurante a las siete. Salgo del despacho en un minuto, ¿quieres que te recoja?

—Sí, por favor. ¿A eso de las seis? —Me llamó la atención un libro que todavía estaba en una de las cajas de cartón, así que lo saqué y consulté la contraportada.

—Muy tarde. Con el tráfico tardaremos cuarenta y cinco minutos por lo menos en llegar al restaurante. Si a eso le añadimos el trayecto desde tu cafetería hasta el apartamento, no llegaríamos a tiempo.

—No, puedes recogerme de camino al restaurante.

No dijo nada.

—Me vestiré aquí. He comprado el vestido hoy, así que no hace falta que vaya al apartamento. Estaré lista cuando llegues.

Pasaron unos segundos en los que ninguno de los dos habló. Coloqué en la tercera balda el libro que tenía en la mano y cogí otro del suelo.

—¿Jack?

—¿Por qué no me dijiste que no tenías un...? No importa. Estaré allí a las seis.

—Vale. Estaré preparada. —Vacilé un momento, ya que no estaba segura de si me correspondía preguntar—. ¿Va todo bien?

—Claro. Te veo a las seis. Adiós, Rose.

—Vale. Ad...

Y la línea se cortó.

Sin duda, iba a ser una noche larga.

Cuando Sally se marchó sobre las cinco y media después de charlar conmigo, me fui directamente a la cocina para prepararme. Como en mi armario no había un vestido lo bastante elegante como para que combinara con uno de los trajes caros de Jack, salí a buscar algo que ponerme y que no pareciera demasiado barato a su lado. No quería una réplica dolorosa del día que nos casamos. Por suerte, encontré algo en la segunda tienda en la que entré corriendo cuando salí durante mi hora del almuerzo.

Era todo lo sencillo que podía ser un vestido negro. Estaba hecho de un material fino cuyo nombre desconocía por completo y era de manga corta. Por lo que vi después de girar el cuello a la izquierda y a la derecha en el probador, se me ceñía ligeramente a la cintura de avispa, y terminaba unos quince centímetros por encima de las rodillas. El escote en V era un poco más pronunciado de lo que estaba acostumbrada, pero no lo suficiente como para buscar otra cosa. Y lo que era más importante, como no era un vestido de invierno, estaba rebajado. No tenía tiempo de buscar en todas las tiendas de la ciudad. Me lo probé, me quedaba bien y lo compré. También era un poco más caro de lo que pagaría de normal por un vestido, no era de una marca de lujo ni nada por el estilo, pero, una vez más, buscaba un estilo que no me hiciera sentir *extremadamente* barata al lado de Jack. Así pues, acepté que este estilo en específico tuviera un coste.

Pude arreglarme en veinte minutos, e incluso había conseguido convertir el maquillaje ligero que llevaba en algo más adecuado para la noche. En otras palabras, me había tapado las ojeras con un montón de corrector y me había retocado las mejillas con un poco de colorete (bastante, en realidad). Tras comprobar la hora, me apresuré a maquillarme los ojos y me apliqué un poco de lápiz negro a lo largo de la línea de las pestañas y lo difuminé con el dedo hasta que pareció algo ahumado y aceptable en lugar de un completo desastre. Justo cuando terminé de echarme rímel, mi móvil sonó con un mensaje nuevo.

Jack: Abre la puerta.

Resoplé; mi marido tenía un don para las palabras. Me miré en el espejo que teníamos en el interior del pequeño cuarto de baño del fondo. Me alisé el vestido, intenté recolocarme las tetas, las cuales parecían más grandes debido al pronunciado escote, e inspeccioné el maquillaje más de cerca. No parecía un desastre, lo que significaba que estaba bien.

—¡Mierda! —exclamé al darme cuenta de que me había olvidado por completo del pelo. Me lo había trenzado dos horas antes para obtener algo parecido a unas ondas, así que me arranqué la goma del final y empecé a desenredar los mechones a toda prisa. Antes de que pudiera terminar, empezó a sonarme el móvil.

Volví corriendo al mostrador y, tras confirmar que era Jack, corrí hacia la puerta con las manos en el pelo, intentando domarlo y despeinarlo al mismo tiempo. Era un estilo muy especial.

Me detuve junto a la puerta, me pasé las manos por el flequillo una última vez, abrí la puerta de par en par y salí corriendo antes de que pudiera verme bien.

—Te estábamos esperando fuera. Llegas tarde —dijo Jack nada más entrar.

—Habéis llegado cinco minutos antes —repliqué por encima del hombro sin mirar atrás mientras seguía corriendo en dirección a la cocina para ponerme la chaqueta. Después de atarme el fino cinturón alrededor de la cintura, cogí el bolso y me apresuré a volver junto a Jack—. Estoy lista —murmuré, un poco sin aliento. Tenía la mirada baja mientras luchaba por abrir la cremallera delantera del bolso para meter el móvil. Cuando terminé y por fin alcé la vista, pareció desaparecer todo el ruido blanco que provenía de la ciudad al otro lado de la puerta. No se me ocurría nada inteligible que decir.

Joder. Joder. Joder.

Mi palabrota favorita fue lo único que me vino a la mente, y dudaba de que en esta situación fuera apropiado decirla en voz alta.

Jack llevaba unos pantalones de vestir negros, lo cual no era nada sorprendente, pero sin duda era la primera vez que lo veía sin una camisa. En vez de eso, llevaba un jersey gris fino ligeramente remangado, lo que me permitió ver el reloj que llevaba en la muñeca.

Un simple jersey gris y un reloj me habían dejado completamente sin palabras. Como buena imbécil, dejé que mis ojos viajaran desde el jersey entallado hasta el cinturón y bajaran hasta los zapatos negros. Tenía la cara de siempre: la misma mandíbula afilada, los mismos ojos azules, la misma barba incipiente áspera, una mirada seria y el habitual entrecejo fruncido. Parecía que se había peinado el pelo hacia atrás con las manos y con algún tipo de producto mate.

En general, estaba… bien. Vale, puede que un poco más que bien.

Le miré fijamente a los ojos y, con intención de ir a lo seguro, esperé a que dijera algo. No quería dar a entender que existía la posibilidad de que me estaba sintiendo atraída por él.

—¿Pasa algo? —preguntó.

Negué con la cabeza.

Me estudió un poco más.

—¿Lista entonces?

Asentí sin decir nada.

—¿Qué te pasa?

Solté un largo suspiro.

—No me pasa nada. ¿Qué te pasa a *ti*?

Su mirada se intensificó, por lo que antes de meterme en un lío, pasé junto a él, abrí la puerta, hice una ligera reverencia como una idiota que no sabía qué hacer consigo misma y le hice un gesto para que se marchara. Se quedó allí un momento más y, sacudiendo la cabeza, salió. Tras encargarme de las luces y teclear el código de la alarma, eché la llave a todo y cerré la puerta. Apoyé la frente en ella, murmuré en voz baja para mí misma y miré a Jack, quien me esperaba unos pasos más adelante con las manos en los bolsillos de los pantalones. Miré un poco calle abajo y vi su coche esperándonos.

En cuanto estuve junto a Jack, se adelantó y me abrió la puerta. Entré y me desplacé hasta el otro extremo.

—Hola, Raymond. Perdón por haberte hecho esperar.

Jack entró después de mí y cerró la puerta. Estaba bastante segura de que Raymond era la única persona que sabía lo de nuestro falso matrimonio. Fue nuestro único testigo en el ayuntamiento, e incluso si no hubiera estado allí, después de habernos estado viendo juntos durante las últimas dos semanas, no existía realidad alguna en la que se creyera que éramos una pareja de recién casados que estaban locamente enamorados.

Como estaba mirando por el retrovisor, vi su pequeña pero genuina sonrisa.

—No pasa nada. No hemos esperado demasiado.

Le devolví la sonrisa.

¿*Ves?*, pensé mientras miraba a Jack de reojo. *¿Por qué no puedes ser como Raymond y sonreírme una o dos veces?*

Empezó a hablar con Raymond y luego nos pusimos en camino hacia nuestro destino. Cerré los ojos e inspiré, lo que hizo que fuera asaltada por la colonia de Jack.

¡Madre mía!

¡*Madre mía!* Era lo único en lo que era capaz de pensar mientras soltaba todo el aire despacio e intentaba no respirar mucho. Su otra colonia, la que llevaba oliendo todos los días durante las últimas dos semanas, no era tan intensa y almizcleña como esta. Esta aturdiría a cualquiera y le haría salivar, esposa falsa o no. Pulsé el botón del reposabrazos para bajar un poco la ventanilla y dejar que un poco de aire fresco me quitara la estupidez de encima.

—¿A qué distancia está, Raymond? —pregunté cuando recuperé la voz—. En plan, el restaurante.

—Media hora, puede que un poco más, señora Hawthorne.

Gemí por dentro y miré a Jack.

—¿Te has cambiado de colonia?

—¿Por?

—No sé si me gusta. —Me encantaba. Me encantaba demasiado.

Se giró el reloj alrededor de la muñeca y apartó la mirada de mí.

—Peor para ti.

¿Cómo había sabido que diría algo parecido? Miré hacia la ventana y sonreí. Estaba empezando a caerme bien. Si había aprendido algo de Jack Hawthorne, era lo poco dispuesto que estaba a entablar conversaciones triviales, y, dado que yo no estaba dispuesta a pasarme casi una hora en silencio, decidí que tendría que ser yo la que empezara a hablar. Sin embargo, cuando miré a Jack y lo vi tan relajado y mirando por la ventana, no se me ocurrió ningún tema interesante. Pensaba que se me daba bastante bien sacarle de quicio, pero, por alguna razón, decidí que el comentario sobre la colonia era suficiente para el trayecto en coche.

Renunciando a toda idea de charla trivial que surgiera después de eso, apoyé la sien en el cristal frío de la ventana y cerré los ojos. No supe cuántos minutos pasaron en silencio, pero cuando oí la voz suave de Jack, me obligué a abrir los ojos con cierta dificultad; ni siquiera me había dado cuenta de que me había quedado dormida.

—¿Rose?

Miré a mi derecha y me lo encontré observándome con atención. El coche no se movía, así que por lo visto me había quedado dormida más tiempo del que pensaba.

—¿Ya hemos llegado? —Me tapé la boca con el dorso de la mano y bostecé.

Frunció el ceño y negó con la cabeza.

—Estamos en un semáforo, ya casi hemos llegado. Estás cansada.

Al menos era mejor que «Tienes mala cara». «Estás cansada» no era más que un hecho, y podía vivir con eso.

—El maquillaje no lo ha tapado lo suficiente, entonces —murmuré. Estaba de muchísimas formas, no solo cansada. Eché la cabeza hacia atrás y respiré hondo—. Perdón por haberme quedado dormida.

El semáforo se puso en verde.

—¿Intuyo que anoche tampoco dormiste?

—La verdad es que sí. Cinco horas esta vez. Espero que esta sea la noche que duerma lo normal.

Dos coches de policía con las sirenas a todo volumen pasaron junto a nosotros y los seguí con la mirada.

—¿Seguro que te apetece ir a la cena? —preguntó Jack cuando todo estuvo más tranquilo; todo lo tranquilo que podía estar Nueva York.

Me senté más erguida y me giré hacia él.

—Claro. No te decepcionaré, Jack. —Al menos no empeoraría las cosas, de eso estaba segura. Si todo lo demás fallaba, me limitaría a ser callada y malhumorada como Jack y pensarían que hacíamos buena pareja.

Volvió a fruncir el ceño con fuerza.

—Eso no es lo que he preguntado.

—No, lo sé, pero me apetece. Me he preparado y estoy aquí. Solo quería que supieras… que no te iba a decepcionar.

Después de compartir una mirada larga e incómoda mientras las luces de la ciudad le iluminaban el rostro, ambos nos quedamos en silencio.

Demasiado pronto, Raymond detuvo el coche y miré por la ventana. Estábamos aparcados delante del restaurante en el que nos íbamos a reunir con los socios de Jack.

—Intenta parecer medio viva al menos —dijo Jack.

Iba a salir fatal. En la vida se creerían que estábamos enamorados. Era imposible.

—Unas palabras preciosas. Si quieres que parezca medio viva, eso tendrás. Si me hubieras pedido que pareciera viva del todo, te habría decepcionado. Pero ¿medio viva? Estás de suerte.

Las mariposas que tenía en el estómago iniciaron una revuelta al instante. Ni siquiera me di cuenta de que Jack había salido del coche hasta que me abrió la puerta. Me desperté de mi pánico privado y me deslicé hacia delante para salir. Al notar el abultado bolso entre los dedos, me detuve y miré a Raymond.

—¿Podría dejar el bolso en el coche?

—Claro, señora Hawthorne.

Volví a mirarle a los ojos en el espejo retrovisor, suplicante.

—Me sentiría mucho mejor si me llamaras solo Rose. Por favor.

Hizo una pequeña inclinación con la cabeza y esbozó una sonrisa apenas perceptible.

—Haré lo que pueda.

Me obligué a curvar los labios y salí del coche sin el bolso. Pasándome las manos por la tela de la chaqueta, esperé a que Jack cerrara la puerta. En ese momento, Raymond se alejó y nos quedamos los dos solos, de pie en el borde de la acera, justo delante de las puertas dobles del restaurante lleno y muy iluminado.

—¿No llevas bolso? —preguntó al notar mis manos vacías y nerviosas.

Dejé de mover los dedos con nerviosismo y negué con la cabeza sin apartar los ojos de las grandes puertas dobles: la entrada a mi infierno.

—No tenía uno lo bastante elegante. Así es mejor. —Capté la expresión tensa de Jack justo antes de que diera un paso adelante. Antes de darme cuenta, le estaba agarrando el brazo con la mano. Le lancé una mirada desesperada—. ¡Jack, se nos ha olvidado!

Juntó las cejas.

—¿El qué se nos ha olvidado?

—No tenemos una historia. Iba a preguntártelo, pero tu colonia me confundió y luego me quedé dormida.

—¿Mi colonia hizo qué?

—¡Olvídate de la colonia!

Suspiró.

—¿De qué historia hablas?

Para ser alguien que estaba a punto de mentirle a un puñado de sus amigos del trabajo, era curioso lo relajado que parecía, lo que no hizo otra cosa que ponerme más nerviosa y enfadarme un poco.

—¡Una historia sobre cómo nos conocimos! ¡Sobre cómo me pediste que me casara contigo! —estallé, y luego bajé la voz—. Van a preguntar algo, si no esas preguntas, algo sobre nosotros. Sabes que lo harán. Todo el mundo hace esas preguntas.

Se encogió de hombros, y esta vez fui yo la que puso cara de confusión.

—Ya se nos ocurrirá algo si lo hacen. Tú actúa con naturalidad —dijo—. ¿Estás nerviosa?

¿Tú actúa con naturalidad?

Le miré con exasperación.

—Pues claro que estoy nerviosa. ¿Cómo es que tú no lo estás? Son tus amigos del trabajo. ¿Y a qué te refieres con «actuar con naturalidad»?

—No son mis amigos, Rose. Somos socios. Y actuar con naturalidad significa actuar con naturalidad. ¿Qué otra cosa iba a significar?

Su actitud fría me estaba llevando a la locura.

—¿Qué diferencia hay? Sois socios, así que al menos debéis ser *simpáticos*, y si actuamos con naturalidad, ¿eso significa que vas a fruncir el ceño y a quedarte callado toda la cena? ¿Qué se supone que tengo que hacer yo entonces?

—Yo no frunzo el ceño. —Frunció el ceño mientras lo dijo.

Sorpresa, sorpresa.

Incliné la cabeza.

—¿En serio? ¿Me vas a salir con esa? ¿Por qué no caminamos unos pasos para que te mires en las bonitas y brillantes ventanas de cristal y lo ves por ti mismo?

Suspiró.

—Mantendré el ceño fruncido al mínimo, si eso te complace. No va a pasar nada. Venga, no van a hacer preguntas. Deja de preocuparte. Recuerda, ya te lo comenté, también va a estar un cliente potencial. Estarán muy ocupados con él.

—Así que esta es una cena para congraciarse. Toda la atención estará en él.

—Congraciarse...

—¿Qué? —pregunté—. ¡¿Qué?!

Sacudió la cabeza y suspiró.

—Tu elección de palabras me fascina. ¿Seguro que te apetece?

A lo mejor me estaba preocupando por nada. Fuera como fuese, iba a entrar en aquel restaurante e intentar parecer una pareja felizmente casada con un hombre que nunca sonreía. Y comer. También iba a comer. Si tenía la boca llena o me concentraba en la cena, no podrían hacer preguntas. Tampoco iba a ser algo muy difícil de conseguir, puesto que ya oía cómo me rugía el estómago. Mientras tomaba una profunda bocanada de aire y soltaba el aire, pensé que lo mejor sería acabar cuanto antes. Solo iba a ser así de dolorosa la primera. Después de esta, sería una profesional.

—Vale. Vale, tú los conoces. Confío en ti. —Me alisé las sutiles ondas y el flequillo mientras Jack seguía el movimiento de mis manos.

Cuando le miré a los ojos, se dio la vuelta y se alejó, dejándome atrás. Miré al cielo.

Dios, por favor, ayúdame.

Me apresuré a alcanzarle hasta que estuvimos uno al lado del otro. Cuando alguien abrió la puerta para que entráramos, Jack me hizo un gesto para que fuera delante de él. Estaba haciendo todo lo posible por parecer que encajaba con la multitud, así que no me di cuenta de que Jack se había detenido en la entrada justo delante de la mesera. Retrocedí hasta volver a estar a su lado y procuré no mover las manos con nerviosismo.

Después de comunicarle a la chica lo de nuestra fiesta, alguien me ayudó a quitarme la chaqueta y empecé otra vez el proceso de alisado.

—¿Rose?

Alcé la vista y me quedé atrapada en la profunda mirada azul de Jack.

—¿Qué? —pregunté, inclinándome hacia él.

—E… —Me recorrió todo el cuerpo con la mirada. *Todo el cuerpo.* Ya había visto mi cara cansada, sin embargo, fue donde más se detuvo. Mis labios, mis ojos. Nuestras miradas se encontraron y nos quedamos quietos.

Deja de mirar, Rose. Deja de mirar fijamente.

Parpadeé, rompí la extraña conexión y noté cómo se me calentaba la cara.

Me aclaré la garganta.

—¿Sí?

Se acercó un paso. Demasiado cerca para mi gusto.

—Estás preciosa —dijo de la nada, en voz baja, pero lo bastante alto como para que, a pesar de las risas y la música suave que salían del comedor, me resultara imposible haber escuchado mal el cumplido.

Me pasé la mano por el brazo para deshacerme de la piel de gallina que me habían provocado su mirada y su voz áspera. Por cómo lo había soltado, no estaba segura de si había estado esperando un buen momento para decirlo en el que los demás pudieran oírlo o si era un cumplido de verdad.

—N... Gracias —susurré.

Tenía una sensación extraña en el pecho, un entusiasmo irracional. Antes de que pudiera procesar el cambio inesperado que se había producido entre nosotros y encontrar una respuesta, bajó la mirada. La seguí y el corazón empezó a latirme más rápido; muchísimo más rápido cuando vi su mano alzada entre nosotros.

Volví a levantar la cabeza, lo miré a los ojos y, despacio e insegura, puse la mano en su palma abierta por primera vez desde la ceremonia. Tenía la mano cálida cuando cerró los dedos alrededor de los míos con suavidad. Y mi corazón... Mi corazón estaba teniendo algunos problemas.

Número de veces que Jack Hawthorne sonrió: nada de nada.

CAPÍTULO SIETE

JACK

Tras cerrar la mano alrededor de la de Rose, mucho más pequeña, seguí a la mesera y tuve que tirar un poco cuando Rose no se movió conmigo. Mientras la mujer nos guiaba a través de las mesas de la parte delantera en dirección al interior del restaurante, le eché un vistazo rápido a Rose. Parecía un poco sonrojada e inquieta y tenía el ceño ligeramente fruncido. Yo también estaba inquieto. Joder, puede que incluso más que ella. La única diferencia era que se me daba mejor esconder mis emociones. Cualquiera podía leerlo todo con solo mirarla a la cara, a los ojos.

Su vestido y cómo le quedaba me habían pillado por sorpresa, eso era evidente. Y no había sido capaz de mantener la boca cerrada. Pero ese rubor en las mejillas, cómo había abierto los ojos, la piel de gallina que había intentado ocultar. Esos pequeños hechos fueron muy interesantes.

—¿Estás bien? —pregunté, inclinándome cerca de su oído y dándole un involuntario apretón en la mano mientras girábamos a la derecha hacia la zona privada del restaurante.

Tras sobresaltarse un poco al oír mis palabras, miró nuestras manos entrelazadas, luego a mí y asintió.

—Solo es una cena, Rose. Tranquila.

Antes de que pudiera responder, llegamos a la mesa redonda en la que George y Fred estaban ya sentados, pero no había ni rastro de Wes Doyle, el cliente en potencia. En cuanto nos vieron, se levantaron.

—Ahí estás, Jack —dijo Fred, echando la silla hacia atrás y rodeando la mesa para llegar hasta nosotros—. Hay una primera vez para todo. Nunca pensé que vería el día en el que llegaras tarde a algún sitio.

—Hemos llegado justo a tiempo —comenté, y vi cómo los ojos de Fred se posaban en la mano de Rose entrelazada con la mía. De manera instintiva, le tiré ligeramente de la mano hasta que quedó pegada a mi costado. Rose me lanzó una rápida mirada de sorpresa y luego se volvió hacia Fred.

Fred pasó a mirarla a ella y se le ensanchó la sonrisa. A sus cuarenta y cinco años, Fred era el único de los socios con el que soportaba pasar más de una hora.

—Por lo general, es el primero que entra por la puerta cada vez que hay una reunión o una cena de trabajo —le dijo a Rose—. Y tú debes de ser la inesperada pero bellísima novia. Fred Witfield, encantado de conocerte. —Le tendió la mano a Rose, y tuve que soltarla.

Me miré la mano. Sintiendo todavía el calor y la forma de su mano sobre la piel, flexioné los dedos.

—Para mí también es un placer conocerle, señor Witfield. Jack me ha hablado maravillas de usted —mintió Rose.

Fred se rio y *por fin* le soltó la mano.

—¡Oh! Lo dudo bastante.

Me quedé donde estaba, justo un paso detrás de ella, y saludé a George con una breve inclinación de cabeza mientras seguía escuchando su conversación.

—Sentimos mucho haber llegado tarde. Ha sido culpa mía —dijo Rose.

—No hemos llegado tarde. Hemos llegado justo a tiempo —repetí mientras le retiraba la silla—. El cliente no ha llegado todavía.

Ignorándome, Fred sacó la silla contigua a la que yo acababa de agarrar pensando que Rose se iba a sentar a mi izquierda de manera que quedara entre Fred y ella. Como estaba de espaldas a mí, no vio que la estaba esperando, por lo que aceptó su ofrecimiento y dio un paso adelante. Antes de que pudiera comentar nada, Fred se la estaba presentando a George. Cuando todos terminaron con las presentaciones y las formalidades, nos sentamos. Esperé a que Rose se acomodara y me senté en la silla que le había reservado en un principio. Fred se sentó a su derecha con toda la atención puesta todavía en ella. George, al ser el socio de más edad, no sentía tanta curiosidad por mi nuevo matrimonio como otros empleados del bufete.

—Bueno, Rose, tienes que contarnos cómo convenciste a Jack para que se casara contigo —empezó George en cuanto todos estuvimos acomodados. Igual estaba equivocado. Igual todas las puñeteras personas del bufete sentían curiosidad por mi matrimonio.

Un camarero se inclinó entre Fred y Rose y les llenó los vasos de agua, lo que provocó que la mesa se quedara en silencio.

No podía verle la cara, pero imaginaba que estaba sonriendo y tratando de inventarse una mentira. Una vez que hubo terminado de llenarle el vaso, el camarero se acercó por mi izquierda. Le puse la mano a Rose en la parte baja de la espalda y hablé antes de que lo hiciera ella. Enderezó la columna, pero no se apartó de mi toque improvisado.

—De hecho, fue al revés, George. Fui yo el que tuvo que convencerla de que se casara conmigo. ¿Dónde está Wes Doyle?

—¡Oh! No me he perdido la gran historia de cómo le pediste matrimonio, ¿verdad?

Retiré la mano de Rose y giré la cabeza para mirar a la dueña de la inesperada voz: Samantha Dennis, la única socia del bufete y alguien que no tenía intención de asistir a la cena.

—No sabía que te ibas a unir a nosotros, Samantha —dije con tono despreocupado.

—Han llegado hace un minuto. Llegas justo a tiempo —intervino Fred.

El móvil de George empezó a sonar y se excusó de la mesa.

—Ahora vuelvo.

—Ya sabes cómo es Wes Doyle —me respondió Samantha—. Siempre tiene más preguntas y quiere que todo el mundo atienda sus necesidades. Queremos que se una a nosotros. Cuantos más socios vea, más probable es que firme el contrato. Además, los planes que tenía para cenar se han ido al traste, así que no quería perder la oportunidad de conocer a tu mujer. —Samantha puso la mano en el respaldo de mi silla y nos miró a Rose y a mí—. No te supone ningún problema que esté aquí, ¿verdad, Jack?

—¿Por qué iba a suponerme ningún problema?

—Genial. —Los labios rojos se le curvaron en una sonrisa, se inclinó y me dio un beso en la mejilla. Me puse rígido, y eso no le pasó desapercibido—. Relájate, Jack. —Puso los ojos en blanco y se rio de sí misma—. Viejas costumbres, lo siento. —Dejó el bolso negro sobre la mesa, se inclinó hacia delante y, en el proceso, su pecho me presionó el hombro. Mientras le daba la mano a Rose, eché la silla hacia atrás y me moví unos centímetros a la derecha, más cerca de Rose, para dejarle más espacio a Samantha.

—Samantha Dennis —dijo—. La cuarta socia del bufete.

Para mi sorpresa, Rose ni siquiera vaciló antes de responder.

—Rose Hawthorne. La esposa, como ya sabes.

—Sí, lo sé. La verdad es que no me creí que se hubiera casado la primera vez que lo oí, pero aquí estás.

La sonrisa de Rose se intensificó, igualando la de Samantha.

—Aquí estoy.

Tras separarse de Rose, Samantha retiró su silla y miró a Fred, dedicándole una sonrisa más genuina.

—Fred, ¿Evelyn no nos va a acompañar esta noche?

—El pequeño ha pillado un virus estomacal de uno de sus amigos, así que se ha quedado en casa con él.

Todavía estaba molesto por el beso de Samantha, así que ni siquiera pensé en lo que estaba haciendo.

—Samantha lleva un año y medio saliendo con el fiscal del distrito —le solté a Rose en voz baja, y luego miré la mesa con el ceño fruncido y cogí mi vaso de agua. No era un matrimonio de verdad, no tenía por qué hablarle de mis antiguas relaciones. Si es que acostarse con alguien un par de veces hace cuatro años contaba como una relación.

¿Qué cojones te pasa?

—Eso es bueno. Supongo. ¿Bien por ella? —susurró Rose, confundida.

Rodeé la silla de Rose con el brazo. Se puso más rígida todavía, así que me incliné para hablarle al oído.

—Esto no es actuar con naturalidad. —Estaba cogiendo el vaso y, en cuanto pronuncié la primera palabra, le faltó poco para derramarlo. Igual me había acercado demasiado.

—¡Mier… coles! —exclamó en voz baja. Sus mejillas adquirieron un poco de color y se disculpó con Fred, quien había estirado el brazo para atrapar el vaso.

—Wes está aparcando. Estaba en un atasco —explicó George mientras volvía y se sentaba de nuevo—. Samantha, me alegro de que hayas decidido unirte a nosotros.

—¿Me tomas el pelo? No me lo perdería por nada del mundo.

Cuando los tres empezaron a hablar entre ellos, Rose se echó hacia atrás en la silla, me miró a los ojos durante un rápido segundo y se inclinó de lado hacia mí. Me agaché hasta que tuvo la boca más cerca de mi oído para ponérselo más fácil y para que nadie oyera lo que estábamos diciendo.

—Estoy actuando con naturalidad —susurró.

—No me has mirado ni una sola vez desde que nos hemos sentado. Al menos intenta actuar como si no te molestara mi compañía.

Tenía la cabeza inclinada mientras le susurraba al oído, pero en cuanto terminé de hablar, se apartó un poco y me miró a los ojos con sorpresa.

—Me he quedado atrapado en el tráfico de Nueva York. Ha habido un pequeño accidente a unas manzanas de aquí. Un tipo se ha chocado contra un taxi. Por favor, perdonadme —dijo Wes Doyle mientras rodeaba la mesa—. Buenas noches a todos.

Rose y yo tuvimos que separarnos para empezar otra ronda de apretones de manos y, en cuanto terminaron las presentaciones, todos nos acomodamos por fin.

El camarero apareció de nuevo, y durante los siguientes minutos todo el mundo pidió las bebidas.

—¿No hay carta? —preguntó Rose con discreción cuando todos estaban distraídos.

—Este restaurante es conocido por los menús con precio fijo. El chef lo cambia cada pocas noches. Se supone que es muy bueno. Hoy toca noche de marisco, creo.

Asintió y se separó de mí. Antes de que pudiera llamar su atención y preguntarle qué le pasaba esta vez, llegó el primer plato: vieiras a la plancha con vinagreta de almendras servidas en una concha.

Como Wes Doyle era lo que se consideraría un pez gordo, toda la mesa empezó con las promesas y garantías de que estaría en la lista de personas prioritarias para el bufete, pero yo estaba ocupado en otra cosa. Me fijé en los movimientos de Rose, que se colocó la servilleta sobre el regazo y se quedó mirando las vieiras que había en su plato. Cogió el cuchillo y el tenedor, cortó con cuidado un trozo pequeño y se lo llevó despacio a los labios. Sintiendo una fascinación extraña, vi cómo lo masticaba más de lo necesario y luego se obligaba a tragarlo. Tosió con suavidad, cogió el vaso y bebió un sorbo de agua. Para cualquiera que la mirara, parecería elegante mientras disfrutaba de su cena, pero para mí, parecía como si la estuvieran obligando a comer basura.

—¿Jack? —llamó George, y tuve que desviar la atención mientras todos me miraban fijamente, todos menos Rose—. ¿No quieres añadir algo?

Tardé un segundo en cambiar el chip.

—Creo que Wes sabe lo que opino sobre el tema. —Miré a Wes e inclinó la cabeza levemente. Durante los últimos años había creado de la nada una empresa tecnológica sumamente exitosa y no hacía mucho que, cuando sus anteriores abogados hicieron que perdiera un caso que había aparecido en los titulares de todos los medios de comunicación y que había mancillado la reputación de su empresa, decidió cambiar de bufete. Debería haber sido una victoria fácil, pero cometieron errores garrafales durante el proceso; errores que yo le había señalado—. Puedo asegurarte, al igual que hice ayer, que, si decides irte con cualquier otro bufete, cometerás un grave error. Creo que después de lo que ha pasado con el último, se acabó lo de correr riesgos con la empresa que tanto te ha costado llevar hasta donde está hoy.

Había explicado todo lo que haría por Wes y su empresa cuando se pasó por mi despacho el día anterior. Se tomó su tiempo para hacer todas las preguntas que tenía, y yo respondí cada una de ellas con total honestidad. Si decidía venirse con nosotros, sabía lo que iba a obtener de mí. No me pareció necesario añadir nada más. O tomaba la decisión correcta o no. Tenía toda la información y el resto dependía de él.

Todos en la mesa se centraron en mí, aunque mi mujer seguía sin hacerlo. Se detuvo con el tenedor a medio camino de los labios durante un segundo, un leve titubeo, y luego siguió comiendo.

Samantha se aclaró la garganta.

—Creo que lo que Jack intenta…

Wes la interrumpió con un gesto.

—¡Oh, no! No hace falta que le cubras, Samantha. Me gusta que no se guarde lo que piensa. *Necesito* esa sinceridad. Y sí, ayer en su despacho hablamos más sobre esto, y tiene razón. No puedo permitirme tomar malas decisiones sobre la gente que se supone que tiene que protegerme a mí y a lo que he construido yo solo.

Fred se unió y siguieron con una discusión que no tenía sentido. Si no me equivocaba, Wes ya había tomado una decisión, pero parecía que quería oír más garantías. Por inútil que fuera, comprendía sus reservas. A todo el mundo le gustaba que le consintieran, y él parecía ser alguien que disfrutaba siendo el centro de atención.

Le di unos bocados a mi cena y, con discreción, seguí observando a Rose, a pesar de que sabía lo mala idea que era teniendo en cuenta nuestra situación. Era una cena de trabajo, no el momento de comerme a mi falsa esposa con los ojos como si fuera lo más interesante del mundo. Sin embargo, cuanto más incapaz me veía de apartar los ojos de ella, más me daba cuenta de que estaba haciendo todo lo posible por actuar como si no estuviera sentado a su lado. En ese momento, su silencio empezó a afectarme también. Al ayudarla en la cafetería, me di cuenta de lo mucho que le gustaba hablar. De todo y de nada. A pesar de todo el esfuerzo que había puesto, no había conseguido atraerme a sus conversaciones, todavía no. Cuanto más fracasaba, más se esforzaba, y por mucho que la admirara por ello, no había perdido tanto la cabeza.

No quería acostumbrarme a ella. No quería acercarme. No más de lo que ya estaba. Ese *no* era el plan. En absoluto.

Cuando fui incapaz de seguir manteniéndome callado, dejé de pensar y le puse la mano sobre la pierna, y el pulgar y el índice entraron en contacto con su piel desnuda. Dio un respingo en el asiento y su rodilla golpeó la parte inferior de la mesa, lo que provocó que sonaran los platos. Me obligué a relajarme e intenté quedarme quieto. Después de disculparse profusamente con todo el mundo, soltó el cuchillo y el tenedor y por fin me miró con ojos asesinos. Si supiera lo mucho que me gustaban sus reacciones, actuaría de otra manera solo para molestarme. Estaba seguro de ello. Me incliné hacia ella, y nuestros hombros y antebrazos se alinearon sobre la mesa cuando se encontró conmigo en el centro.

—¿Qué haces? —susurró con dureza.

—¿Por qué me evitas? ¿Qué te pasa? —pregunté, y retiré la mano.

Se apartó un poco, pero seguimos acurrucados mientras nos mirábamos a los ojos, como si estuviéramos en un desafío. Juntó las cejas antes de susurrar:

—¿De qué estás hablando? ¿Cómo voy a estar evitándote si estoy sentada a tu lado? ¿Qué te pasa a *ti*?

Se enderezó, le dio otro pequeño bocado a la comida de su plato y volvió a empezar el lento proceso de masticación. Me arrimé más y acerqué los labios a su cuello de manera peligrosa, tanto que me impregné de su olor. Un fresco aroma floral mezclado con una fruta, puede que cítrica.

—T... —Tardé un momento en recordar lo que iba a decir y vacilé—. Relájate un poco. ¿No te gusta el entrante?

Me aparté y esta vez ella se inclinó en mi dirección.

—No me gusta mucho el marisco. ¿Es demasiado obvio?

Tras echar un rápido vistazo a los demás comensales para asegurarme de que no nos estaban prestando atención, giré el cuerpo por completo hacia Rose y volví a rodear su silla con el brazo. Mi pecho rozó su hombro. Pensé que iba a encogerse o incluso a apartarse, pero esta vez se quedó quieta. Se suponía que estábamos recién casados. Por mucho que hiciera todo lo posible por mantenerme alejado de ella cuando estábamos los dos solos, mientras estuviéramos con otras personas sabía que teníamos que actuar de manera más íntima si queríamos parecer una pareja creíble.

—Sí, Rose. Todo el menú es marisco. ¿Por qué no has dicho nada?

—Es un menú fijo, pensaba que no se podía cambiar nada.

—Eso no significa que tengas que comerte algo que no te guste. —Sin retirar el brazo de la silla, le eché un vistazo al restaurante—. Deja de obligarte a comer. —Como no encontré a quien buscaba, me aparté de Rose y conseguí incluso empujar un poco mi silla hacia atrás antes de que me pusiera la palma de la mano en el muslo. Me detuve y ambos miramos sorprendidos su mano en mi pantalón. La retiró de inmediato. Fue una buena decisión. Fue una decisión muy buena.

Movido por el calor del momento, pillándome por sorpresa a mí mismo y a ella, creo, me incliné hacia delante y le di un beso rápido en la mejilla. Era algo que haría un marido antes de levantarse de la mesa. Abrió los ojos ligeramente, igual que cuando le hice el cumplido, pero logró mantener la compostura.

Me levanté.

—¿Pasa algo, Jack? —preguntó Fred, mirándome.

—Por favor, continuad —dije a la mesa—. Enseguida vuelvo.

Solo tardé un minuto en localizar a alguien que pudiera cambiar nuestro pedido. A pesar de que el restaurante solo ofrecía menús del día de los que la élite de Nueva York no paraba de hablar, con la persuasión justa accedieron a hacer un pequeño cambio por esta vez. Cuando volví a nuestra mesa y me senté, Samantha y George estaban sumidos en una conversación con Wes mientras Rose, con las mejillas sonrojadas, charlaba con Fred.

—¿Todo bien? —pregunté, curioso por saber de qué hablaban.

—No me dijiste que estaba emparentada con los Coleson, Jack. Gary llevaba con nosotros, ¿cuánto?, ¿cinco años? Ni siquiera sabía de su existencia.

Rose me lanzó una mirada de disculpa.

—Solo viví con ellos hasta los dieciocho años. Después de eso no nos veíamos tanto. En vacaciones y alguna comida o cena al azar cada mes más o menos. Gary estaba muy ocupado con su bufete y, bueno, con sus propios hijos.

—No salió el tema —expliqué en pocas palabras, con intención de poner fin a la conversación.

—¿Así es como os conocisteis?

Rose me lanzó una mirada que no supe entender, pero que se parecía mucho a una de «Te lo dije», y luego se volvió hacia Fred.

—Sí. Bueno, más o menos.

Cuando llegó el camarero y empezó a recoger los platos, casi todos vacíos, Samantha intervino, aprovechando la pausa en la conversación con Wes.

—¿Cuándo vamos a oír la historia de la pedida de matrimonio? Es lo que estoy esperando.

—¿Pedida de matrimonio? —inquirió Wes.

—Jack y Rose acaban de casarse —explicó George—. Hace unas semanas solo, creo, ¿no? Fue una sorpresa para todos en el bufete.

Wes nos miró a Rose y a mí.

—¡Enhorabuena! No tenía ni idea. Deberíamos haber pedido champán para celebrarlo.

—Gracias. Nosotros también nos estamos acostumbrando. Ha pasado muy rápido. En plan, nos enamoramos muy rápido —dijo Rose.

—Contadnos todos los detalles —pidió Fred—. Así podremos pasar por alto el hecho de que ninguno de nosotros fuera invitado a la boda.

Rose se rio y se giró para mirarme.

—Mira, Jack, qué bonito. Todo el mundo quiere oír la historia de cómo me pediste matrimonio. —Cuando la miré fijamente a sus brillantes ojos, se le tensó la sonrisa y se giró hacia Fred—. No puedo. Como empiece, me temo que no pararé. No tengo frenos cuando se trata de hablar de Jack. —Se giró hacia mí y me dio una palmadita en el brazo, un poco demasiado fuerte si me preguntas. En un intento por ocultar la sonrisa, me lamí los labios y cogí mi *whisky* mientras decía—: Y es una cena de trabajo, así que no me gustaría tomar el mando.

—Tonterías —insistió Samantha—. Tenemos tiempo de sobra para hablar de trabajo. Jack, sin embargo, es todo un misterio cuando se trata de su vida privada. Nos morimos por oír cualquier cosa que estés dispuesta a compartir.

Me incliné hacia atrás, guardé silencio y esperé a ver cómo salía de esta.

Rose me dirigió otra mirada de súplica, pero de enfado.

—La pedida fue muy especial para mí, la verdad, así que, si no os importa, me gustaría mantenerlo entre nosotros. Dicho eso, estoy segura de que a Jack no le importará contaros cómo nos conocimos. —Tenía la mano apoyada en la mesa cuando Rose la cubrió con la suya y le dio dos palmaditas—. ¿Verdad, cielo?

El camarero volvió con el segundo plato: más marisco.

Su mano parecía un poco fría, o quizá fueran los nervios, pero su anillo se me clavó en la piel. Por fin se lo había puesto sin que tuviera que pedírselo. Giré la mano, de manera que mi palma quedó contra la suya, entrelacé los dedos y nuestros ojos volvieron a encontrarse. No me había dado cuenta de que no iba a pasar desapercibido para todos y de que me mirarían asombrados.

—No es tan emocionante como os estáis pensando —advertí—. Hice el ridículo por completo y, por algún motivo, funcionó.

—¡Oh! Ahora *tienes* que darnos más que eso. —Samantha me puso la mano en el antebrazo—. Sobre todo, después de decir que el frío y calculador Jack Hawthorne hizo el ridículo.

Busqué mi *whisky* con la mano izquierda, proceso durante el cual me deshice de la caricia de Samantha.

—Si a Wes no le importa tomarse un pequeño descanso de hablar de trabajo…

Wes interrumpió antes de centrarse en el plato que tenía delante.

—Por supuesto. Continúa, por favor.

Después de que los platos de marisco de todos estuvieran servidos, otro camarero se acercó y se inclinó entre Fred y Rose para colocar uno diferente delante de ella. Era más grande y estaba más lleno que los otros platos que acababa de traer.

—Fetuchini cremoso con bistec y setas shiitake —explicó en voz baja, solo para los oídos de Rose.

Su mirada sorprendida voló hacia la mía. No estaba seguro de si era consciente de ello, pero me apretó los dedos con los suyos y, en voz baja, dijo:

—Jack, no hacía falta que dijeras nada. Soy la única que...

Cuando me sirvieron el mismo plato de pasta que a ella, no terminó la frase, sino que, por primera vez desde que entramos en el restaurante, me dedicó una gran sonrisa que le llegó hasta los cansados ojos. Articuló un gracias en silencio.

Posé los ojos en su sonrisa y tuve que soltarle la mano, o de lo contrario...

—Una opción mejor que el marisco, espero.

—Es perfecto, de verdad. Gracias.

Fred irrumpió en nuestra pequeña conversación.

—Vamos, lleváis toda la noche susurrando entre vosotros. Tenéis tiempo de sobra para coquetear el uno con el otro cuando salgáis de aquí. Cuenta la historia, Jack.

—Ya os he dicho que no es tan emocionante; desde luego no tan emocionante como tu historia con Evelyn.

Fred se giró hacia Wes.

—Puede que tenga razón. La primera vez que nos vimos, mi mujer, que también es abogada, me amenazó con meterme en la cárcel, y casi lo consiguió.

—¡Oh! Me encantaría que hablaras de eso —interrumpió Rose, seguro que intentando que dejaran de hablar de nosotros para que no tuviéramos que inventarnos una mentira. No tenía intención de mentir, al menos no sobre todo el asunto. Además, sentía curiosidad por saber cuál iba a ser su reacción.

—La vi en la fiesta de Navidad del año pasado que organizaron los Coleson en su casa. Si no me equivoco, tú también estabas allí, ¿verdad, George? —le pregunté.

George hizo una pausa con el tenedor en el aire y frunció el ceño mientras intentaba acordarse de la noche.

—¿No fue cuando Gary nos llamó para hablarnos de una de las *start-ups* que estaba considerando comprar? Pero fue después de Navidad, ¿no?

—Sí, justo después.

—Me acuerdo de esa noche. Pensaba que te habías ido antes que yo, justo después de la reunión.

Asentí.

—Estuve a punto de hacerlo. —Miré a Fred a los ojos, ya que era el que más curiosidad tenía por saber cómo nos habíamos conocido Rose y yo, y Rose parecía igual de interesada en oírlo—. Llegué a su casa antes que tú, y creo que Rose llegó segundos antes que yo. Gary nos presentó brevemente antes de subir a su despacho a esperarte. Al final de la reunión, dejé a George con Gary y bajé. Había bastante gente, la verdad, así que intenté salir lo más rápido posible. Entonces, mi ojo captó algo en la cocina y me detuve.

Rose enarcó las cejas, esperando el resto. ¿Se acordaba de aquella noche?

Aparté la mirada de ella.

—No pude irme. De todas las cosas que podría haber estado haciendo en una fiesta de Navidad, estaba jugando con un cachorro, y no pude parar de mirarla. La observé durante un minuto o dos, intentando decidir si debía hablar con ella otra vez o no. Presentarme otra vez o no. Entonces, vino un niño y le quitó el cachorro, y por fin salió de la cocina. —Ahí fue donde tuve que cambiar la historia.

—¿Y hablaste con ella? —preguntó Samantha, claramente interesada.

—Sí, hablé con ella. Le dije que quería que nos casáramos. —Todos en la mesa empezaron a reírse. Desvié la mirada hacia Rose—. No dijo que sí, claro está. Intenté todo lo que se me ocurrió, pero no parecía que fuera a ceder.

La confusión de Rose desapareció y su sonrisa creció.

—Lo intentó muchísimo, tal vez demasiado, y todo el rato estuvo muy serio, muy seguro de sí mismo, no esbozó ni un atisbo de sonrisa —añadió, uniéndose a la narración de nuestra historia inventada.

Le puse la mano en la espalda y, acto seguido, cambié de opinión, así que la retiré.

—Pensó que estaba loco, no paraba de repetirlo una y otra vez.

Rose miró alrededor de la mesa.

—¿Quién no? Pero yo tampoco pude alejarme. Por mucho que no me lo tomara en serio, creo que cualquiera estaría loco si se alejara de Jack. —Hizo una pausa—. Mi marido.

Le di un largo sorbo al *whisky* que tenía delante.

—No pensaba dejarte. —Me aclaré la garganta y evité su mirada—. Estaba seguro de que, si le hacía la oferta adecuada, al menos diría que lo consideraría, pero me las rechazó todas. Al final accedió a darme su número, pero me temo que fue solo para que la dejara en paz. Saqué el móvil mientras estaba a su lado y la llamé para asegurarme de que no me había dado uno falso. Al día siguiente, la llamé y empezamos a hablar.

—Le tomé cariño. —Rose me miró mientras hablaba—. Era tan diferente de como pensaba que sería... No sabía cómo comportarme con él.

—¿Y? —inquirió Samantha—. ¿Eso es todo?

Me giré hacia Samantha.

—Si te piensas que voy a contarte lo que pasó todos los días después de eso...

—Ahí está el Jack que conocemos y queremos. —Samantha sacudió la cabeza—. ¡Madre mía, te has casado! Aún no me lo creo.

—Prepárate para contarle la historia desde el principio a Evelyn también. No voy a arruinársela. Tenéis que terminar las frases mirándoos a los ojos, como habéis hecho ahora. Estas cosas le dan la vida y le alegrará mucho oír que eres feliz, Jack.

Después de eso, la mesa volvió a mantener una conversación sencilla mientras Rose y yo permanecíamos casi siempre en silencio. Una vez se terminó el plato, me incliné para preguntarle si le había gustado solo para que los demás se pensaran que estábamos teniendo una conversación privada sin ellos, como haría una pareja de recién casados que estuvieran muy enamorados, pero solo fue una vez. Hacia el final de la cena, después de que sirvieran el postre y la velada estuviera llegando a su fin, Samantha habló.

—Rose, siento que te hayamos ignorado toda la noche. Cuéntanos más sobre ti. ¿Trabajas?

Le lancé una mirada de advertencia a Samantha que ignoró por completo.

—Me estoy preparando para abrir mi propia cafetería —respondió Rose.

—Ah, ¿sí? Una cafetería… ¡Qué mono! ¿Dónde está?

—En la avenida Madison.

—¿Cuándo es la inauguración?

—El lunes, con suerte. Ya está casi todo hecho, gracias a Jack, claro.

Sorprendido, miré a Rose, y me dedicó una pequeña sonrisa.

—¿Jack? —inquirió Samantha con asombro—. ¿Qué ha hecho?

—Aparte de ocuparse de todas las cosas oficiales, se ha estado pasando después del trabajo y me ha estado ayudando con las cosas que no podía hacer yo sola.

Samantha me miró con curiosidad, apoyó la cabeza en la mano y se inclinó hacia delante.

—¿Qué ha hecho hasta ahora?

Mientras giraba el vaso de *whisky* sobre la mesa, los ojos de Rose se deslizaron hacia mí y luego de vuelta a Samantha.

—Ha pintado las paredes y me ha ayudado a mover algunas cosas pesadas.

—¡Vaya! ¿Jack ha pintado?

—Samantha —dije con el tono seco a modo de segunda advertencia.

—¿Qué? —respondió—. Estoy manteniendo una conversación. No puedes tenerla toda para ti. Bueno, Rose, ¿por qué no has contratado a profesionales para que se ocuparan de esas cosas?

—Tengo un presupuesto, así que me encargo de las cosas que puedo hacer yo.

—Jack, ¿por qué no ayudas a tu mujer con dinero en vez de ofrecerle mano de obra?

Abrí la boca para cubrir a Rose, pero se me adelantó.

—Porque su mujer quiere hacerlo por su cuenta. Jack lo está respetando, y que se ofrezca a ayudar con el trabajo manual significa más para mí que si simplemente hubiera puesto el dinero para que lo hicieran otras personas. Creo que estoy un poco chapada a la antigua. También significa que podemos pasar más tiempo juntos mientras trabajamos.

Le di un sorbo a la bebida para ocultar una breve sonrisa. Conque no le daba miedo enseñar las garras cuando la presionaban. Era una de las cosas que me gustaban de ella. Una de ellas solo. La había provocado demasiadas veces y había sido el receptor de su ferocidad.

—Jack Hawthorne, el abogado brillante, pintando una cafetería. —Samantha se rio—. Ojalá lo hubiera visto. Me temo que el matrimonio ya no te sienta bien, Jack.

Sorprendiéndome por segunda vez, Rose pasó el brazo alrededor del mío y apoyó la barbilla en mi hombro. Esta vez me tocó a mí ponerme rígido, pero Rose lo ignoró y mantuvo los ojos en Samantha. Me bebí el *whisky*.

—¿En serio? Por favor, no te lo tomes a mal, Samantha. Estoy segura de que te lo pasaste muy bien el tiempo que estuvisteis juntos. En plan, ¿cómo no? Solo hay que mirarlo. Pero me alegro mucho de que, en realidad, no conozcas a Jack como lo conozco yo. Sé que es una persona reservada, no creo que eso le pille por sorpresa a nadie, pero, ¡Dios!, es un alivio que solo sea así conmigo. Eres guapísima, pero supongo que yo soy la afortunada que se ha llevado el premio gordo.

Empecé a toser y estiré el brazo para alcanzar un poco de agua.

George se aclaró la garganta al otro lado de la mesa.

—Rose, espero que vuelvas a unirte a nosotros otra noche, cuando Evelyn también esté —interrumpió Fred en un intento por cortar la tensión.

Rose se giró hacia él y se le suavizó el rostro.

—Me encantaría. Estoy deseando conocerla.

Mientras entablaba una conversación sencilla con Fred, aproveché para concentrarme en Samantha. Me daba igual si nos oía alguien.

—No te pases.

Con una sonrisa en la cara, se inclinó más cerca.

—¿A qué te refieres? Solo estoy conociendo a tu mujer.

Apreté los labios.

—Me estás cabreando, Samantha. Eso es lo único que estás consiguiendo, y creo que ya sabes que soy la última persona a la que quieres enfadar. No juegues conmigo.

—Venga ya, Jack. No seas tan susceptible. Es adorable, todo lo contrario de lo que me esperaba que ibas a escoger, pero, por otro lado, no me esperaba que acabaras casándote en un primer lugar. Al menos parece que te quiere.

Apoyé los codos en la mesa, pero la voz de Wes me detuvo antes de que pudiera decir algo.

—Creo voy a dar por terminada la noche. Si tenéis listo el contrato para el lunes, lo haremos oficial.

Cuando se levantó, todos le siguieron. George fue el primero en estrecharle la mano. Rose también se levantó, pero prefirió esperar al margen. Mientras hablaba con Wes y le decía que no se iba a arrepentir de su decisión, vi cómo Rose se pasaba las manos por los brazos desnudos con discreción. Miré a Samantha y me di cuenta de que llevaba un vestido de manga larga. A pesar del calor que hacía dentro del restaurante, el vestido de Rose no era apropiado para la temperatura, ni dentro ni fuera.

Me separé del grupo, volví junto a Rose y me quité la chaqueta para colocársela con suavidad sobre los hombros.

Me miró sorprendida por encima del hombro.

—Jack, no hace falta que…

—Tienes frío. Yo no —dije, tratando de mantener las cosas simples. Tras una breve vacilación, le puse la mano en la parte baja de la espalda y la guie fuera de la zona privada hasta el luminoso comedor principal mientras los demás nos seguían. Rose se rodeó más con la chaqueta y no hizo ningún otro comentario. Mientras esperábamos los coches en la entrada, agarré el fino abrigo de Rose y me lo colgué del brazo.

—Fuera hace frío —murmuró en voz baja mientras apoyaba el hombro en el mío para que los demás no la oyeran. Empezó a quitarse la chaqueta, pero volví a ponérsela sobre los hombros. Mi mano cubrió la suya en el proceso.

Nos miramos un momento mientras buscaba las palabras adecuadas.

—Estoy bien, Rose.

Como Raymond fue el primero en detenerse delante del restaurante, nos despedimos por última vez y salimos al frío para subirnos al coche.

—Señor Hawthorne, señora Hawthorne.

Rose suspiró.

—Hola, Raymond.

Todos nos quedamos en silencio.

A los pocos minutos del trayecto, estaba repasando mentalmente la agenda del día siguiente cuando la voz de Rose me interrumpió.

—¿Y bien? —preguntó en voz baja al tiempo que me miraba de manera expectante.

—Y bien —repetí, ya que no entendía lo que me estaba preguntando.

Respiró hondo con los ojos cerrados, soltó el aire despacio y luego los abrió.

—A veces me matas, Jack Hawthorne. ¿Cómo ha ido? No he metido la pata, ¿no? ¿Al menos no demasiado? En parte no quiero disculparme por... lo mío con Samantha. Me estaba presionando y tuve que decir algo. No me gusta la gente como ella, todas esas sonrisas falsas cuando en realidad te están insultando y se creen que son el ombligo del mundo mientras que a ti te faltan un par de vueltas en el microondas. Pero lo siento un poco si me he pasado con lo de «le conozco mejor que tú» y «solo es así conmigo».

—¿Lo sientes o no?

Otra respiración profunda.

—Vale, la verdad es que no.

—Si no lo sientes, no hace falta que te disculpes. No me ha importado. Se merecía más.

—¿Cuántos años tiene?

—Treinta y siete.

—Pues se comportaba como una adolescente —murmuró mientras miraba por la ventana.

No podía rebatir eso, así que no lo hice. Desbloqueé el móvil y empecé a comprobar la agenda por segunda vez.

—Tienes que relajarte más. La próxima vez intenta parecer más interesada en mí.

—¿A qué te refieres?

Suspiré y dejé el móvil.

—Cada vez que te tocaba, te sobresaltabas o te estremecías.

—Lo sé, pero no me avisaste.

Enarqué una ceja.

—¿Tenía que avisar a mi mujer antes de tocarla?

—No dentro, claro, sino antes, cuando estábamos en el coche. Deberíamos haber hablado más, haber repasado algunas cosas. No estábamos preparados, y no quiero decir que te lo dije, pero te lo dije. Han hecho todas las preguntas.

—Si no recuerdo mal, te quedaste dormida en el coche, ¿y cuál es el problema? Las hemos contestado. —Sopesé las siguientes palabras con cuidado—. Te has mostrado más cariñosa con Fred.

La miré cuando lo único que siguió a mis palabras fue el silencio. Tenía los ojos abiertos de par en par.

—Estaba… intentando ser amable con tus amigos. No creerás que… que… que estaba coqueteando con él o algo así…

La miré con el ceño fruncido.

—¿De qué hablas? Pues claro que no. ¿Por qué iba a pensar eso?

—Acabas de decir…

—He dicho que has sido más cariñosa con él. Le sonreías y hablabas con él más de lo que hablabas conmigo o me sonreías a mí. Solo me refería a eso. Además, una vez más, no son mis amigos…

—Solo socios, lo sé. Lo pillo. —Soltó un suspiro más largo y se masajeó la sien—. Si queremos seguir con esta farsa, necesitamos desesperadamente comunicarnos más, Jack. Tienes que hablar conmigo.

Miré por la ventana y me quedé callado el resto del camino de vuelta al apartamento. ¿Cómo iba a explicarle que, en realidad, estaba haciendo todo lo que estaba en mi mano por hablar con ella lo menos posible? ¿Que *tenía* que hacerlo?

Una vez en el edificio, el portero se levantó.

—Señor Hawthorne, señora Hawthorne. Bienvenidos.

—Buenas noches, Steve —dijo Rose, sonriéndole al hombre mayor. Para mi sorpresa, se detuvo junto a su puesto mientras yo llamaba al ascensor—. ¿Cómo te encuentras hoy? Espero que se te haya pasado la migraña.

—Mucho mejor. Gracias por preguntar, señora Hawthorne.

—Ya te lo he dicho, puedes llamarme Rose. ¿Ha sido una noche ajetreada?

Los ojos del portero se dirigieron hacia mí.

—Mmm... Lo de siempre.

Con las manos en los bolsillos, observé su interacción con interés.

Steve me miró y luego volvió a mirar a Rose antes de apresurarse a añadir:

—Señora Hawthorne.

Las puertas del ascensor se abrieron y ella miró hacia mí.

—Parece que ha llegado nuestro transporte. Que pases buena noche, Steve. ¿Te veré por la mañana?

—Sí, señora Hawthorne. Aquí estaré.

Mantuve las puertas abiertas mientras Rose aceleraba el paso y entraba en el ascensor. Me subí tras ella. Solo conseguimos subir dos plantas en silencio antes de que me entrara la curiosidad.

—¿Conoces al portero?

—Sí. Le conocí la primera mañana que me fui a trabajar. Charlamos un poco por las mañanas. ¿Por?

—Solo llevas dos semanas aquí.

—¿Y?

—No sabía cómo se llamaba —admití, incómodo.

Se apretó mi chaqueta más a su alrededor.

—¿Nunca le has preguntado?

—N-No. —No quería admitir que no lo había considerado necesario porque no me gustaba la imagen que daba de mí.

Un momento después, no pude evitar preguntar lo que llevaba días rondándome la cabeza.

—¿Sigues hablando con Joshua, tu exprometido? —solté al mismo tiempo que se abrían las puertas del ascensor, lo que nos sorprendió a ambos.

Rose se quedó inmóvil y me miró con estupor. Me maldije por sacar el tema, pero después de la cena, sentía demasiada curiosidad como para ignorar el pensamiento.

—No, no me hablo con él. No he hablado con él ni lo he visto desde que rompimos y tampoco tengo intención de hacerlo en el futuro. ¿Por qué lo preguntas? —inquirió al final, y salió del ascensor antes de que pudiera responder. La seguí hasta la puerta.

—Se me ocurrió que igual no lo habías superado todavía y que por eso esta noche ha sido más difícil.

—Créeme, lo he superado. Lo superé bastante rápido, teniendo en cuenta las circunstancias. Esta noche no ha sido difícil, Jack. Las cenas incómodas no me son ajenas. Esta noche ha sido… la primera vez. Eso es todo. También ha sido nuestra primera cena, y la verdad es que creo que lo hemos hecho bastante bien, ¿no crees? Aun así, creo que deberíamos dedicar más tiempo a conocernos un poco, hablar de cosas aleatorias. La próxima debería ir mejor. Además, pensaba que ibas a ser distante cuando estuviéramos con otras personas, por eso me pilló por sorpresa que me tocaras… tanto. —Miró hacia la puerta—. ¿No piensas abrir?

Todavía llevaba puesta mi chaqueta.

—La llave está en tu bolsillo derecho —contesté, y estiré el brazo para cogerla antes de que pudiera hacerlo ella. Se quedó helada cuando metí la mano en el bolsillo y, sin querer, le toqué el cuerpo a través del forro. Me detuve cuando toqué las llaves con los dedos y la miré a sus sorprendidos ojos. Nos quedamos así mientras sacaba las llaves despacio. Su garganta se movió al tragar saliva, y fue la primera en apartar la mirada, riendo con torpeza.

Abrí la puerta y me aparté para que pudiera entrar. Dentro, después de sacarse los zapatos, se quitó la chaqueta de los hombros y me la devolvió.

—Gracias. —Evitó mis ojos, y me di cuenta de que no me gustaba.

—De nada. —Se la quité de las manos y ninguno de los dos se alejó del otro.

Me pareció que estaba preciosa con el pelo suelto y un poco despeinado, los labios sin maquillar y los ojos aún brillantes. Me estaba metiendo de cabeza en problemas como me estuviera fijando en los detalles.

Sonrió un poco.

—Bueno, ¿crees que deberíamos…?

El móvil empezó a sonarme en la mano y se detuvo a mitad de la frase. Aparté los ojos de sus labios al tiempo que su sonrisa se desvanecía despacio, bajé la vista a la pantalla y se me tensó todo el cuerpo. Ignorando la llamada, miré a Rose.

—Tengo que contestar. Es de trabajo y puede que tenga que pasarme un rato por el despacho.

—¿Ahora? ¿A estas horas?

Apreté la mandíbula.

—Eso me temo.

—Vale. Espero que no sea algo demasiado importante.

—Ya veremos. Si no te veo por aquí cuando vuelva… Buenas noches, Rose.

Bajando en el ascensor, volví a ponerme la chaqueta e intenté no perder los papeles. Cuando estuve de vuelta en el vestíbulo, el portero se levantó otra vez.

—Buenas noches —dije, esforzándome por no sonar enfadado.

Se sobresaltó un segundo, lo que hizo que me sintiera aún peor, pero luego me dedicó una sonrisa rápida y asintió.

—Buenas noches, señor.

Antes de que pudiera salir del edificio, el móvil volvió a sonar. La ira se apoderó de mi cuerpo y apreté el móvil con los dedos. Era consciente de que acabaría sabiendo algo de él, pero no creía que fuera a ocurrir tan pronto.

El aire frío me resultó refrescante, así que respiré hondo y percibí el aroma de Rose en la chaqueta. Con su olor envolviéndome y maldiciéndome a mí mismo, respondí la llamada.

—¿Qué cojones quieres?

—Un detalle que preguntes. Creo que tenemos que hablar, Jack. Imagino que tenemos muchas cosas que decirnos.

Apreté los dientes.

—¿Cuándo?

—¿Qué tal ahora? ¿Crees que puedes escaparte de tu hermosa novia para tomarte una copa?

—Dime dónde.

Estaba a unas manzanas de nosotros, el hijo de puta también conocido como Joshua Landon. El exprometido de Rose. ¿Nos había observado a Rose y a mí mientras volvíamos de cenar? Furioso, en cuanto colgué, me dirigí hacia el bar en el que estaba esperando.

CAPÍTULO OCHO

ROSE

Sabía que los últimos días previos al lunes, el día de la inauguración, serían agitados e igual no tan fáciles, y no me equivocaba. Si Jack no se hubiera estado pasando a recogerme, lo más probable era que hubiera acabado durmiendo en el suelo dentro de la cafetería para asegurarme de que todo estaba listo. Pero Jack... había sido... Jack era... otro asunto.

Había estimado el viernes como el segundo día más importante después del día de la inauguración. Era el día que iban a colgar el letrero de la cafetería y toda la gente de Nueva York podría verlo.

Alrededor del mediodía habían instalado los toldos a rayas blancas y negras y, solo unas horas después, pusieron el rótulo. Puede que se me escaparan algunas lágrimas de felicidad al verlo.

Cafetería A la Vuelta de la Esquina.

Supe que estaba oficialmente atacada por la inauguración cuando empecé a hacer listas de todo lo que se me ocurría: qué tipo de sándwiches recién hechos iba a preparar, el menú de repostería de la primera semana, el menú de repostería del primer día... Las listas seguían y seguían. Mientras estaba felizmente ocupada con todo eso, había empezado a lloviznar despacio, creando una bonita banda sonora de fondo. Por mucho que algunos odiaran el invierno en Nueva York, a mí me encantaba.

Jack apareció antes de lo habitual. Ya no me pillaba por sorpresa verlo cuando aparecía, y me resultaba normal tenerlo en el local. Incluso lo esperaba con ganas. Era la primera vez que me daba cuenta de que empezaba a disfrutar de su gruñona compañía. Hacía tres semanas que había vuelto de Londres y había empezado a venir todas las noches. Era una ayuda que no me esperaba tener, y pensaba que algo había cambiado entre nosotros en algún momento.

Esta vez, antes de que pudiera preguntármelo, le pedí ayuda en cuanto cruzó el umbral.

—Bien, ya estás aquí. ¿Puedes ayudarme a poner las pegatinas personalizadas en las ventanas?

Dudó solo un momento, como si estuviera sorprendido.

—Claro. ¿Por qué no? Ya que estoy aquí —dijo al fin, como si no hubiera venido específicamente para ayudarme. Mientras se quitaba el abrigo y luego la chaqueta del traje, me acomodé para mi espectáculo diario: la subida de mangas. Y menudo espectáculo era cada noche. Podría parecer repetitivo, pero no. Para nada.

—¿Un día tranquilo en el trabajo? —pregunté después de limpiarme la baba invisible de la comisura de la boca. Me quitó las palabras *A la Vuelta* de las manos y subió por la escalera hasta llegar a la esquina superior izquierda de la ventana que daba al norte.

—¿Por qué lo preguntas?

—Has llegado pronto.

—Estaba por el barrio, tenía una reunión rápida con un antiguo cliente, así que se me ocurrió pasarme.

Le sonreí, pero no me estaba mirando.

—Parece que tienes muchas reuniones por aquí. El otro día hubo otra, ¿no? —Me miró con el ceño fruncido, pero antes de que pudiera decir nada, me adelanté—. En fin, al igual que digo cada vez que estás aquí, te agradezco la ayuda.

—Ya lo veo. —Abrió la palma de la mano, esperando a que le diera las siguientes calcomanías.

Suspiré.

—He marcado dónde van esas.

No contestó, ni siquiera dio señales de que me había escuchado, pero colocó las calcomanías *justo* donde había hecho la marca.

Respiré hondo.

—Bueno, ¿cómo estás, Rose? —empecé—. Estos últimos días he estado bastante ocupado con el trabajo, y tú también. ¿Cómo estás? ¿Dormiste bien anoche? ¿Estás emocionada por la inauguración?

Luego, me contesté a mí misma.

—Muchas gracias por preguntar, Jack. Ahora mismo tengo un dolor de cabeza mortal, pero no puedo quejarme demasiado. Anoche conseguí dormir toda la noche, muchas gracias por preguntar. Ha sido una de las pocas veces en las que he dormido bien desde que me mudé contigo. Supongo que anoche volviste a tu despacho. ¿Llegaste muy tarde? Creo que estaba en el quinto sueño. Por cierto, ¿has tenido un buen día en el trabajo hoy?

Una vez terminó con la segunda tanda de calcomanías, me miró con esa mirada de superioridad en la que destacaba la ceja arqueada que lo más probable era que hubiera perfeccionado en una sala de reuniones o donde fuera. No ayudaba el hecho de que estuviera literalmente por encima de mí.

—¿Qué haces? —preguntó con la mano abierta, esperando la última.

Le puse *Esquina* en la palma.

—Mantener una conversación —respondí, encogiéndome de hombros.

—¿Contigo misma?

—Contigo. Como no te parezco lo bastante interesante como para hablar conmigo, nos lo estoy poniendo más fácil a los dos y lo hago yo sola. Así no tendrás que molestarte en hacer preguntas aleatorias y hablar por hablar. Además, estás ahí subido, lo que significa que no puedes huir de mí. Así que… todos ganamos.

Durante un buen rato nos miramos fijamente e hice todo lo posible por parecer inocente. Luego suspiró y sacudió la cabeza como si me hubiera vuelto loca y él estuviera asombrado consigo mismo por haberse casado por voluntad propia con esta persona tan rara. Se giró hacia la ventana.

—No es que no te encuentre interesante como para hablar, Rose. Puede que seas la persona más interesante que he conocido. Es solo que no creo que debamos… No importa, yo también he tenido un día largo. Una semana larga, en realidad. Eso es todo.

Y eso no me hizo sentir como una idiota.

—Oh —murmuré, y cambié el peso de un pie a otro—. Lo siento. No iba con ninguna intención. ¿Algo que quieras compartir?

—No hace falta que pidas perdón. No es nada específico, solo un montón de reuniones y llamadas.

—Hemos hecho *brownies* para probar una receta para el día de la inauguración. ¿Quieres? Los *brownies* siempre me ponen contenta.

—Tal vez después de terminar con esto. ¿Por qué A la Vuelta de la Esquina?

Hice todo lo posible por mantener la sonrisa al mínimo, pero no estaba segura de si lo había conseguido.

—Como diría Tom Hanks, «La entrada está a la vuelta de la esquina».

—¿Tom Hanks?

—Soy muy fan de la película *Tienes un e-mail*. Me encanta el personaje de Meg Ryan y en la película su librería se llamaba La Tienda de la Vuelta de la Esquina. También es sencillo, elegante y dulce, no solo por la película, sino en sí mismo. Me gusta. Has visto la película, ¿verdad? Es un clásico.

—No puedo decir que la haya visto.

—No, Jack. Ni en broma. Ningún marido mío puede responder a esa pregunta con un no. Tienes que verla. Igual podemos verla juntos un día que estés libre.

—Tal vez. —Hizo una pausa y pensé que ahí se había acabado nuestra conversación—. Es bueno —murmuró.

—¿Qué? —pregunté con aire ausente, mirando por la ventana mientras la gente pasaba con sus paraguas. Empezaba a llover con más fuerza.

—El nombre… es bueno para una cafetería.

Eso hizo que alzara las cejas y que mi atención volviera a Jack.

—¿En serio? ¿Eso crees?

—Sí, por alguna razón, te pega, y parece que va unido a un buen recuerdo. Has hecho un trabajo estupendo aquí, Rose. Deberías estar orgullosa. —Miró hacia abajo—. ¿Esto es todo? —Asentí y se bajó—. ¿Está bien? —preguntó, mirando las calcomanías.

Retrocedí y me puse a su lado.

—Está más que bien. Es perfecto. Gracias. ¿Podemos hacer lo mismo con la ventana de delante?

En vez de inventar una excusa como habría hecho cualquier otro chico e irse cuando no paraban de ocurrírseme cosas en las que me vendría bien que me ayudara, como arreglar algunas mesas y sillas (muchas veces), se quedó y me felicitó por los *brownies*. Cuando estuvimos listos para marcharnos, había oscurecido y la lluvia había empezado a arreciar. Yo seguía con una sonrisa de oreja a oreja. En parte por Jack, en parte por todo lo demás. Como por arte de magia, Raymond ya estaba esperando en la acera cuando cerramos todo, y nos dirigimos al apartamento de Jack.

El sábado quedé con Owen. Sally no iba a venir, así que no pude presentarles, pero era la primera vez que Owen iba a la cafetería con todos los muebles bien colocados. Básicamente contuve la respiración todo el tiempo que estuvo mirando y solté el suspiro más largo cuando, por fin, dijo que le parecía increíble. Pasamos horas hablando de lo que queríamos hacer durante el primer mes y creamos nuestro menú juntos.

Cuando Owen se marchó, me senté en mitad de la cafetería y empecé a trabajar en la instalación floral del escaparate, la cual esperaba que fuera bastante llamativa. Lo había visto en varias tiendas de Nueva York y de ciudades como París (gracias a Pinterest) y me había enamorado por completo de cómo quedaba y cómo transformaba un espacio. Como vivíamos en la era de las redes sociales, quería hacer todo lo que estuviera en mi mano y en mi presupuesto para que mi cafetería fuera llamativa, cómoda, acogedora y bonita.

Por supuesto, todo ello con la esperanza de conseguir clientes reales el día de la inauguración y todos los días siguientes.

Cuando Jack llamó a la puerta, llevaba al menos una hora esperando a que apareciera. Tenía una sonrisa enorme en la cara cuando le abrí la puerta, y él tenía una expresión de desconcierto en la suya.

—Hola. ¿Qué tal? Llegas tarde. ¿Dónde estabas?

Juntó esas cejas gruesas y prominentes, pero aun así no disminuyó mi entusiasmo. Así era Jack: fruncir el ceño era como su versión de saludar.

—¿Llego tarde?

—Siempre llegas antes. Así que… llegas tarde.

—¿Me estabas esperando?

—Jack, te espero todos los días. Han pasado casi tres semanas. —Me encogí de hombros, sin darme cuenta siquiera de lo que acababa de soltar—. Pasa, pasa, hace frío fuera. —Abrí más la puerta, le agarré del brazo y tiré de él para meterlo dentro, ya que estaba demasiado ocupado mirándome.

—¿A qué te…? ¿Qué es esto?

Me acerqué por detrás y di botecitos sobre los pies. Me echó otra mirada, una que decía que pensaba que me estaba comportando raro. La ignoré por completo.

—Es la instalación de flores que va a ir fuera. Empezará en el suelo y se arqueará sobre la puerta. También voy a añadir las flores que están ahí a la parte de atrás de la puerta para que, desde dentro, parezca que las flores atraviesan el cristal y florecen en la pared interior.

Asintió y volví a sonreír. Por alguna razón, era incapaz de contenerlo.

—Es una idea muy buena —dijo.

Yo seguía dando botes, botes más pequeños, pero aun así… estaba dando botecitos.

Arrugó la frente y me miró de arriba abajo.

—¿Qué te pasa? —preguntó, y solté una carcajada, incapaz de contenerme.

—Nada, Jack. —Sacudí la cabeza, manteniendo la sonrisa—. Nada en absoluto. ¿Demasiado café, tal vez? —Caminé alrededor de las flores falsas que cubrían casi todas las superficies disponibles—. ¿Vienes a ayudarme?

—No estoy muy seguro.

Me puse de rodillas y recogí un puñado de rosas del suelo.

—Siempre me ayudas.

Se le tensó la mandíbula.

—Sí. Sí, lo hago, ¿verdad?

—¿Entonces? ¿No me vas a ayudar porque ayudar con flores no es lo suficientemente varonil? No se lo voy a contar a nadie, te lo prometo.

Miró alrededor de la tienda, por el suelo, observando todos los tonos de rosa. Luego, suspiró y se quitó el abrigo negro, seguido de la chaqueta negra del traje.

—Puedes sentarte en la silla —dije cuando miró a su alrededor como si no estuviera seguro de adónde debía ir. Tras un momento de duda, cogió la más cercana y se sentó a mi izquierda, de espaldas a la puerta.

—¿Por qué estás en el suelo?

—Empecé en la silla, pero aquí voy más rápido. Puedes pasarme un alambre con cada flor. —Cogí los alambres de mi derecha y se los pasé—. Pero de distintos tonos, ¿vale? No me des el mismo tono o forma uno detrás de otro.

Parecía tan perdido con el ceño fruncido que no pude evitar sentir algo en el pecho. No estaba poniendo ninguna objeción, así que no sentí la necesidad de dejar que se librara, por no mencionar que sí que necesitaba su ayuda si quería irme de allí antes de que saliera el sol. Cuando sacó un alambre del paquete y se agachó para coger una rosa falsa (pero preciosa) del montón, me aclaré la garganta.

—Eh, ¿no vas a…?

Me miró a los ojos.

—¿Voy a… qué?

Era una idiota.

—Las mangas… siempre te las subes. —Era una idiota integral, pero… siempre era una de las partes más memorables de mi día, así que ¿por qué iba a tener que sufrir solo porque se le hubiera olvidado? Era mi porno diario de antebrazos, y había empezado a esperarlo con impaciencia.

Frunció el ceño un poco más cuando bajó la mirada hacia sus muñecas y entonces, ¡gracias a Dios!, dejó la rosa y el alambre que tenía en la mano y empezó el proceso. Le observé todo el tiempo sin que se diera cuenta. Cuando volvió a coger la rosa y el alambre, sosteniéndolos rectos en las manos, no pude evitar sonreír.

—¿Algo gracioso que debería saber?

—No. —Sacudí la cabeza—. Estás muy elegante. ¿Has ido al despacho hoy?

—Sí.

—¿Trabajas todos los fines de semana?

—Por lo general —hizo una pausa—, no tengo que ir los fines de semana. Solo lo hago si no tengo otros planes.

Cogí la rosa que tenía en la mano y la sujeté a la rama falsa con el alambre, asegurándome de que no estuviera al mismo nivel que las demás. Quería que algunas sobresalieran y que otras estuvieran más atrás para que diera la ilusión de una gran explosión de rosas floreciendo.

—¿Haces planes con tus amigos? —pregunté sin mirarle, ya que tenía que aumentar el ritmo.

—Mi mejor amigo se mudó a Londres. El trabajo me mantiene ocupado. ¿Y tú?

—¿Yo?

—No he visto a ninguno de tus amigos por aquí.

—¡Oh! Yo también suelo estar ocupada con el trabajo. Para ahorrar dinero, he tenido que pasar mucho tiempo en casa y eso no ayuda a tener vida social.

Después de nuestras confesiones, seguimos trabajando en un cómodo silencio y, con su ayuda, empezamos a ir mucho más rápido. Ya había hecho mucho antes de que él apareciera, pero parecía que íbamos a irnos en una hora como máximo.

—¿No es esto algo que haría una florista? —preguntó al cabo de un rato.

Le lancé una mirada rápida y volví a centrarme en las flores.

—Sí, pero lo del presupuesto, ¿recuerdas? He mirado Pinterest, he visto unos cuantos vídeos de YouTube y he leído algunas entradas de blogs, y creo que está quedando muy bien. Sé que a veces las floristas lo hacen con flores frescas, pero eso sería extremadamente caro. *Extremadamente*. Estas quedan bien, ¿no? En plan, quedará mejor una vez que esté colgado y arqueado sobre la puerta, pero…

—Es precioso —dijo Jack con suavidad. Fue lo bastante suave como para llamar mi atención, y me di cuenta de que sus ojos estaban puestos en mí, no en las flores—. ¿Para qué son esas? —continuó al tiempo que hacía un gesto en dirección a las rosas amarillas que había en el lado más alejado de nosotros.

—¡Oh! Las distribuiré por las mesas el lunes. Una vez más, no puedo comprar flores frescas cada semana, así que voy a tirar también de falsas para eso. Con suerte, si las cosas van bien, en unos meses cambiaré a rosas frescas en las mesas y compraré más plantas para poner por el local.

Sus dedos rozaron los míos y tuve una sensación extraña. Ignorándola, seguí trabajando y disfruté en secreto de cada pequeña caricia, de cada pequeño roce.

—Sabes que puedo prestarte dinero, ¿verdad? El local es mío, así que sería una inversión, y como me vas a pagar el alquiler cuando pasen los seis meses, no me gustaría que lo cerraras antes de eso.

Le dirigí una mirada incrédula.

—Venga ya, Jack. Seamos sinceros el uno con el otro. Si no consigo hacer que este lugar funcione, te favorecería a ti, porque te harías con él más rápido. ¿Qué fue lo que dijiste que planeabas hacer con él? ¿Un restaurante?

—No dije nada.

Tenía mucha curiosidad, pero seguía oponiendo resistencia.

—De todas formas, gracias, pero no podría aceptar tu dinero.

Una hora después, con los dedos doloridos y un poco raspados, por fin hablé.

—Creo que hemos terminado. Esto es todo. —Gimiendo, me levanté.

—¿Te gustaría cenar conmigo, Rose? —soltó.

—¿Qué? —pregunté, mirándolo con expresión de perplejidad mientras se levantaba también.

—¿Has cenado? —preguntó en vez de dar una respuesta.

—No. Creo que lo último que he comido ha sido un sándwich pequeño. He picado algo, pero no he hecho una comida completa. Pero... —Me miré y me avergoncé—. No estoy vestida para salir, y las manos... —Extendí los brazos y abrí y cerré las manos, mirándome los dedos enrojecidos. Me las escondí detrás de la espalda y me las metí en los bolsillos traseros con la esperanza de que entraran en calor—. ¿Te parece bien si pedimos a domicilio? Si no te importa. Si tienes otros planes, no hace falta que te quedes conmigo.

—No te pediría que cenaras conmigo si tuviera otros planes.

—Cierto. —Mi mente se estaba volviendo un poco confusa.

Sin dejar de mirarme, se bajó las mangas, y aprecié las vistas en silencio. Luego, cogió la chaqueta del respaldo de la silla y se la puso.

Me quedé de pie delante del arreglo floral, sin saber qué hacer a continuación. Fuera estaba oscuro, así que era imposible que pudiera sacarlo y asegurarlo antes de la mañana.

—Rose. —Jack interrumpió mis pensamientos y lo miré—. Venga, vámonos a casa.

—No, creo que debería hacer… Primero debería…

—Rose —lo miré otra vez y me encontré con sus ojos—, vas a colapsar ya mismo. Ya has hecho bastante. Vámonos.

En el momento perfecto, mi estómago gruñó, como si estuviera de acuerdo con él. Volví a mirar a mi alrededor.

—Me parece un buen plan —murmuré, pero aun así no me moví—. Pero igual debería limpiar un poco primero.

Me ignoró por completo.

—¿Dónde está tu abrigo?

—En la cocina. Tiene que estar en la cocina.

Sin mediar palabra, se dirigió hacia la parte de atrás, rodeando la enorme explosión de rosas que había en mitad de la cafetería. Me pareció oírle hablar con alguien por teléfono, creo que con Raymond, pero entonces estuvo de vuelta y me ordenó que metiera los brazos en las mangas. Me empujó hasta el exterior, se encargó de las luces, incluso puso el código de la alarma y lo cerró todo. Con su mano cálida en mi espalda, me guio por la carretera hasta donde estaba aparcado Raymond.

¿Por qué siempre me sentía tan segura cuando estaba cerca de mí?

—Creo que he estado demasiado tiempo inclinada hacia delante. Me encuentro mareada, pero estoy bien. —En cuanto las palabras salieron de mi boca, tropecé con algo y Jack me cogió del brazo antes de que mi cara tocara el suelo—. ¡Hala! Muy mareada.

Recordaba haberme subido al coche y quizá haber saludado a Raymond, pero no recordaba cómo llegué al apartamento y al sofá. Cuando Jack me despertó con una mano en el hombro, me sentí muy desorientada. Me ayudó a levantarme y me dio dos porciones de pizza. Era de queso, *pepperoni* y aceitunas negras, y me ordenó que comiera, y que comiera rápido. Me la acabé en dos minutos e incluso pedí otra porción.

No me acordaba de nada de lo que habíamos hablado, pero sí que murmuré las respuestas y le deseé buenas noches antes de irme dando tumbos a la cama.

Número de veces que Jack Hawthorne sonrió: cero.
(PERO... está al caer. Lo presiento).

CAPÍTULO NUEVE

ROSE

Por fin era lunes, el día de *la inauguración* que tanto tiempo llevaba esperando, y ahora que había llegado no sabía cómo contener la felicidad ni la ansiedad. Un minuto estaba a punto de ponerme a hiperventilar solo de pensar en abrir las puertas lo suficiente como para que Owen y Sally tuvieran que obligarme a sentarme, y al minuto siguiente no podía quedarme quieta y sentía que estaba a punto de estallar de felicidad. Pero, sobre todo, tenía el estómago revuelto, ya que temía que todo saliera mal y que todo el mundo lo odiara todo.

¿Y si no aparecía nadie? Eso fue lo primero que pensé nada más abrir los ojos aquella mañana. ¿Y si no entraba nadie? Mi objetivo era servir al menos cincuenta cafés el primer día. Parecía una cifra bastante factible.

—Me siento como si estuviera a punto de perder la virginidad —solté mientras Sally me ponía un vaso de agua en las manos.

—¿Fue una buena experiencia? La mía fue bastante guay.

—A ver, no estuvo mal. Sin orgasmos a la vista, pero al menos no dolió mucho. —Owen refunfuñó algo que no pude descifrar—. ¿Qué has dicho?

—Este sitio inspira confianza —dijo Sally, ignorándole—. Todavía sigo flipando con lo que has hecho con las flores. Queda preciosísimo con el exterior negro. Los muebles, los colores…, todo ha quedado muy bien. También has repartido folletos. No nos va a costar llegar a los cincuenta cafés.

Cuando Sally me dejó y se fue a la cocina, me levanté de la silla a la que básicamente me habían empujado, me acerqué a la puerta para girar el cartel de cerrado a abierto y apoyé la frente en el cristal frío durante unos segundos. Al girar el cartel, sentí como si le hubiera dado la bienvenida a un elefante que venía a sentárseme en el pecho. La gente pasaba. Incluso vi que algunos miraban las rosas, pero nadie se animó a entrar.

—Vale. —Suspiré—. Ahora solo nos queda esperar. —Cuando me di la vuelta, tanto Sally como Owen estaban de pie en la puerta de la cocina, Owen limpiándose las manos en un paño de cocina y Sally sonriendo y masticando una barrita de limón. Tras dar el último bocado, se acercó a la máquina de café.

—¿Te apetece el primer *latte* del día? He estado puliendo mis habilidades artísticas con los *lattes*.

Respiré hondo y sonreí.

—¿Sabes qué? Es una idea genial. De hecho, *latte* para todos, yo invito. Es posible que hoy nos tengamos que beber cuarenta y siete más, pero no es tanto, ¿verdad? La muerte por cafeína es un problema real, pero estoy segura de que estaremos a salvo.

Chocamos las tazas, al menos Sally y yo, y esperamos que todo saliera bien el resto del día. El primer cliente llegó treinta minutos después de que cambiara el cartel de cerrado a abierto. Owen estaba en la parte de atrás, pero Sally y yo estábamos listas con nuestras sonrisas exageradamente emocionadas estampadas en la cara.

Había pasado una hora más o menos y teníamos algunos clientes más. Sally le estaba preparando una segunda taza de capuchino a la clienta que había entrado antes mientras esta le echaba un vistazo a la selección de comida del mostrador. Ya se había comido su *muffin* de arándanos gratis, así que esta vez optó por un sándwich.

Agarré un plato, levanté la cúpula de cristal y cogí un sándwich de pavo y queso suizo envuelto en papel vegetal y sujeto con un cordel rojo. Sonó la campana de la parte superior de la puerta, pero estaba ocupada cobrando, por lo que no pude apartar la vista. Tras darle el cambio y las gracias, miré por fin a mi izquierda, emocionada por saludar a un nuevo cliente.

Y justo ahí… Justo ahí, de pie con la expresión más incómoda, estaba Jack Hawthorne. Dudaba de que hubiera habido otro momento en el que me hubiera alegrado tanto de verle, pero que llegara tan temprano, que estuviera ahí... La sonrisa que se me dibujó en la cara fue vergonzosa.

—Jack, has venido —logré decir en voz baja, y a pesar de que no podía oírme, su mirada se posó en mis labios.

Antes de que pudiera entrar más, Raymond entró con un puñado de rosas y se las entregó a un Jack descontento. Se me cortó la respiración y la sonrisa se me iluminó un poco, pasando de lo vergonzoso a algo un poco más cerca de lo maníaco. La expresión de Jack, sin embargo, no cambió.

¿Eran para mí?

Mientras caminaba hacia mí, le rogué a mi corazón que mantuviera la calma.

—Ha habido una confusión en la floristería y no han podido traerlas ellos —dijo, y mi sonrisa flaqueó.

—No lo entiendo. ¿Son de parte de una floristería? —pregunté, pasando la mirada de las rosas a la cara de Jack, confusa.

Apretó los labios y frunció las cejas.

—No.

Esperé. Sentía a Sally de pie justo detrás de mí, a mi derecha, también.

Jack soltó un frustrado suspiro.

—Son de mi parte. No tienes que usar las falsas en las mesas. Es para que la propiedad se vea bien. Eso es todo. —Se inclinó hacia delante y me puso el ramo en las manos.

Sintiendo algo raro y muy inesperado en el pecho, las cogí. Eran unas cincuenta o sesenta rosas de tallo largo de todos los colores (rosa, blanco, amarillo, melocotón) y estaban envueltas en un papel marrón ligeramente brillante. Eran preciosas, muchas más de las que necesitaría para las mesas, muchas más de las que nadie me había comprado nunca. Las flores no iban a añadirle ningún valor a la propiedad; eso era simple y llanamente una gilipollez. Eran para mí.

Seguía mirando las rosas, asimilándolas una a una, sin saber qué decir ni cómo decirlo, cuando vi que Owen ponía otro plato de *muffins* de arándanos recién horneados a mi izquierda. Silbó a mi lado, con su hombro apenas rozando el mío.

—Son solo para mí —murmuré casi para mí misma—. Y son preciosas, Jack. Gracias. —Por alguna razón, sentí que me atragantaba y que se me oprimía el pecho. Abrazando el ramo con un brazo, me apreté la palma de la mano contra el pecho, donde el corazón se me estaba volviendo loco de verdad. Sally se aclaró la garganta, y le lancé una breve mirada para ver sus cejas levantadas y su expresión expectante—. ¡Oh! Lo siento. Debería presentaros. Sally, Owen, este es Jack. Jack, Sally y Owen. —Todavía tenía la atención puesta en las rosas cuando oí la voz grave de Jack mientras se presentaba.

—El marido de Rose —dijo, y extendió la mano primero a Sally y luego a Owen. Se me puso la piel de los brazos de gallina, tanto por su tono de voz como por la palabra en sí. «Marido». Mi marido.

—Sí, perdón. Jack es mi marido.

—¿Marido? —soltó Sally con la voz ligeramente elevada—. ¿Estás casada? ¡En ningún momento lo has mencionado! —Me cogió la mano e inspeccionó mi anular desnudo—. ¿No tienes anillo?

Me estremecí por dentro y le dirigí una mirada de disculpa a Jack, pero él tenía las manos en los bolsillos y los ojos fijos en la comida con una expresión completamente ilegible, como siempre.

Sally, desconcertada, pasaba la mirada entre Jack y yo.

—Me lo quité antes de empezar a hornear. Lo tengo en el bolso. Con todo lo que está pasando, se me olvidó volver a ponérmelo.

Se lo estaba explicando a Sally, pero mis ojos permanecieron fijos en Jack todo el tiempo. Alzó la vista y le dediqué una pequeña sonrisa.

—Es precioso —dije, mirando a Sally—. Me lo quito cuando trabajo aquí porque no quiero perderlo. Por eso no lo has visto.

—Tengo que volver. Enhorabuena por el matrimonio, Rose. Encantado de conocerte, Jack —comentó Owen antes de darme un rápido y suave apretón en el hombro y desaparecer en la cocina. Sally se quedó allí de pie.

Miré a Jack, que observaba la espalda de Owen con la mandíbula apretada, pero desvió la mirada antes de que pudiera intentar saber qué estaba pensando. Forzándome a salir de ese extraño sentimiento de culpa, pregunté:

—¿Quieres algo de beber? ¿O comer?

—Sí. Quiero quince…, no sé, expresos, *lattes* o cafés solos…, lo que me recomiendes.

—¿Quince?

Por fin me miró.

—Me los voy a llevar al trabajo.

—¿Tienes una reunión importante o algo?

—No.

Solo una palabra, esa única palabra… Estaba haciendo un pedido de café tan grande porque quería ayudarme… otra vez.

—¡Oh, Jack! No hace falta que lo hagas. —Esta vez sentí cómo las lágrimas me nublaban la vista. Iba a ocurrir. Las comisuras de los labios se me empezaron a inclinar hacia abajo, y supe que no iba a poder evitarlo—. Voy a abrazarte —solté.

Se le marcó una línea entre las cejas y por fin volvió a posar los ojos en mí.

—¿Qué?

Con cuidado, dejé las flores sobre el mostrador y caminé hacia el final para poder pasar al otro lado a través de la pequeña abertura. Antes de que pudiera procesarlo y, con bastante posibilidad, detenerme, cerré los ojos y le eché los brazos al cuello, poniéndome de puntillas. Para ser justos, mis movimientos habían sido lentos. Le había dado tiempo suficiente para detenerme si de verdad era lo que quería.

Pero no lo hizo.

Después de un segundo o dos, me rodeó con los brazos y me devolvió el abrazo. Apoyé la sien en su hombro, aspiré su maravilloso y vertiginoso olor y susurré:

—Gracias, Jack, por todo. Por la cafetería, por toda la ayuda, por las flores, por el pedido de café…, por todo. Muchísimas gracias. —Las lágrimas se abrieron paso por mis mejillas y, apartándodolas de su cuello, deslicé las manos y me detuve cuando mis palmas se encontraron con las solapas de la chaqueta de su traje gris marengo. Bajó los brazos para apartarme el pelo de la cara y colocármelo detrás de la oreja. Un escalofrío me recorrió la espalda, y no pude apartarme de él.

Cuando sus ojos se posaron en mi cara, tenía la mandíbula apretada y no tenía ni idea de lo que se le estaba pasando por la cabeza. Me limité a mirarle a la cara, observando sus rasgos, mis ojos azules y labios rectos y carnosos favoritos. Seguía sin sonreír. Volví a poner los talones en el suelo y me sequé las lágrimas con el dorso de la mano. Miré alrededor de la cafetería, hacia las tres mesas que estaban ocupadas. Nadie nos miraba, e incluso Sally nos estaba dando la espalda.

Le sonreí; una sonrisa grande de felicidad.

—Vale. Si estás seguro de que quieres tantos, empezaremos con ellos.

Sus ojos se quedaron clavados en mí.

—No estaría aquí si no estuviera seguro, Rose.

Se me ensanchó la sonrisa.

—Claro. De acuerdo. —Rodeando el mostrador, pregunté—: ¿Sabes lo que bebe cada uno o hacemos una mezcla de todo y ya está?

Sacudió la cabeza.

—No sé lo que beben.

—Bien. Vale, haremos unas cuantas cosas diferentes. ¿Cómo quieres el tuyo?

—Solo con un chorrito de leche, si puedes.

Recogí las flores con una sonrisa.

—Claro que puedo. Recogeré todos los jarrones y cambiaré las flores artificiales por estas cuando te vayas. Me encantan. Gracias, Jack. No tienes ni idea de lo que significa para mí.

Se aclaró la garganta, pero no dijo nada. Ayudé a Sally e hicimos una mezcla de todo: unos cuantos *macchiatos*, unos cuantos *lattes*, cuatro cafés solos y dos matcha *lattes*, por si alguien prefería eso. Cuando Sally empezó con el café solo extra, tomé el relevo con amabilidad. No es que requiriera una atención extra, pero quería ser yo quien preparara el café de Jack. Cuando todo el pedido estuvo listo, empecé a empaquetar los *muffins* y las barritas de limón gratis.

—Son gratis —expliqué sin mirar a Jack—. El primer día les estoy dando a todos una barrita de limón o un *muffin*, lo que prefieran.

—No hace falta que… —empezó, pero ya estaba cerrando la caja.

—Son gratis y te las vas a llevar. Si no, no te daré tu café. No discutas conmigo.

—Las rosas quedan muy bien en la puerta —dijo al cabo de un momento, y le miré.

—¿En serio?

—¿Cómo las has puesto?

—Lo hice esta mañana con la ayuda de Owen.

Por alguna razón, se le endureció un poco el rostro.

—Me levanté temprano para ver si había algo en lo que pudiera ayudarte, pero supongo que no te pillé. ¿Cuándo te fuiste?

—Sobre las cinco, creo.

—¿Cómo has llegado aquí tan temprano?

Confundida, le lancé una breve mirada por encima del hombro y empecé a preparar otro café rápido.

—Como siempre hago. Atravesé Central Park.

—Tú sola.

—Bueno, sí. Así es como llego aquí. No vengo tan temprano todos los días, pero era el primer día, así que…

Nos quedamos en silencio mientras terminaba la segunda taza que estaba preparando.

—Todo listo para llevar, Rose —dijo Sally, que deslizó cuatro bolsas hacia mí sobre el mostrador.

—Vale. Gracias, Sally. Solo un segundo más, Jack. Espero no hacerte llegar tarde.

—No pasa nada —murmuró mientras un nuevo cliente entraba y empezaba a mirar la comida y a hacerle preguntas a Sally. Le di la bienvenida al recién llegado, puse las tapas en los dos cafés que había preparado yo misma, cogí dos bolsas pequeñas de papel que tenían nuestro logotipo en la parte delantera y me apresuré a meter dos barritas de limón dentro de cada una junto con un *muffin* de chocolate extra en una de ellas—. Vale. Podemos irnos —anuncié, sonriéndole a Jack.

Me tendió una tarjeta de crédito entre dos dedos.

—Espero que no te olvides de cobrarles a todos tus clientes.

—Mi marido tiene pase gratis —indiqué en voz baja mientras nos mirábamos fijamente e ignoraba la tarjeta de crédito. Sally caminó detrás de mí hacia la máquina de café—. ¿Listo para irnos? —le pregunté a Jack.

—Rose, no voy a llevarme nada si no lo pago.

La sonrisa empezó a borrárseme de la cara mientras hablaba.

—Es tu primer día. Si empiezas a regalar café a todos los que conoces el primer día, no vas a conservar la cafetería mucho tiempo. —Ahí se fue el resto de la sonrisa—. No habría pedido tantos cafés si hubiera pensado que no ibas a aceptar que te los pagase.

Extendió la tarjeta de crédito hacia delante y la cogí de mala gana.

Antes de introducir el importe, le miré.

—No pienso cobrarte tu café, Jack. Te… No, y punto.

Tuvimos un breve pero intenso duelo de miradas en el que salí ganando.

—Vale. Vale, está bien —accedió—. No quería molestarte, Rose.

—No pasa nada.

Le entregué las cuatro bolsas y la tarjeta. Luego cogí los dos cafés y la bolsa pequeña extra.

—Ten cuidado de no volcar los vasos —advertí mientras Jack le echaba un vistazo al interior de las bolsas—. ¡Ahora vuelvo, Sally!

Le seguí hasta la acera, donde Raymond estaba esperando. Salió corriendo en cuanto nos vio llegar con las manos llenas. Le abrió la puerta a Jack y esperó.

—Deberías dejar las bolsas en el suelo, Jack, póntelas entre los pies para que no hagan un estropicio en el coche. —Jack se inclinó y ordenó todo con cuidado mientras me giraba hacia Raymond—. Lo siento, no sé cómo te tomas el café, pero te he preparado lo mismo que a Jack, solo con un chorrito de leche, y si quieres también hay sobres de azúcar en la bolsa. —Le entregué el vaso y la bolsita de papel—. Y aquí hay una barrita de limón. La he hecho yo. Está buena.

—Gracias, Rose, y enhorabuena por el nuevo local. Es increíble.

Era la primera vez que me llamaba Rose.

—Muchas gracias, Raymond, y de nada. —Con una sonrisa de oreja a oreja, le seguí con la mirada mientras volvía al lado del conductor—. Y esto es tuyo —dije mientras le entregaba a mi marido el otro café y la otra bolsa de papel, y me sentí un poco tímida de repente—. Te he puesto una barrita de limón y un *muffin* de chocolate porque no estaba segura de lo que te gustaba, pero si no te gusta…

—¿También has hecho el *muffin*? —preguntó, echando un vistazo dentro de la bolsa.

—No, Owen ha hecho los *muffins*. Yo hice las barritas de limón y los sándwiches. Es… —¿Tenía que darle explicaciones? No había preguntado, pero sentía que quería hacerlo—. Owen, quiero decir, es mi amigo. Apenas un amigo. Trabajamos en una cafetería hace dos años y después de eso hablamos de vez en cuando. En fin, solo quería que lo supieras. No es más que un amigo.

—No tienes que darme explicaciones sobre tus amigos, Rose.

A pesar de su dura respuesta, me pareció ver que se le relajaban un poco los hombros. Podía vivir con eso.

—Vale. —Sin saber qué hacer con las manos, me quedé allí de pie.

—¿Ha aparecido alguien no deseado hoy?

Arqueé una ceja.

—¿Alguien no deseado? ¿Te refieres a Bryan? No, no ha venido. Tampoco Jodi.

—Bien. Tuve una charla rápida con él. No volverá a molestarte.

—¿Qué? ¿Cuándo?

—Después de que apareciera aquí. No importa ahora.

Tenía un café en una mano y la bolsa en la otra. Con su traje a medida y esa mirada de «No sé muy bien qué estoy haciendo aquí», parecía tan… tan gruñón y adorable que no pude evitar darle otro abrazo.

Como tenía las manos ocupadas, esta vez no pudo hacer otra cosa que ponerse rígido. Antes de que me diera cuenta de lo que estaba haciendo, me encontré presionando una mano en su mejilla y dándole un beso en la otra y, sorprendida por mi repentino acto, me quedé así. Cuando me aparté y retrocedí, me estaba mirando directamente a los ojos. Me sonrojé, pero logré sonreír.

—Gracias por las flores y por el pedido de café. Que se te ocurriera comprar café para tus amigos del trabajo (y ni siquiera son tus amigos) y solo porque es mi primer día… significa mucho para mí.

—No lo hago por ti.

—Lo que tú digas. Lo odias en todos los sentidos, pero estás empezando a acostumbrarte a mí. —Cuando su mirada firme se volvió demasiado inquietante como para devolvérsela, le hice un gesto raro con la mano, murmuré algo así como «Que tengas un buen día en el trabajo» y volví corriendo a la cafetería.

Con las mejillas ligeramente sonrojadas (quizá por el frío que hacía fuera o por la mirada de Jack), volví junto a Sally. Cuando lo que me estaba revoloteando como loco dentro del pecho se volvió demasiado intenso como para ignorarlo, volví a mirar hacia el exterior y vi a Jack de pie en la acera y mirando hacia dentro.

¿De verdad le había besado y lo había prolongado? ¿Y luego salí corriendo como una colegiala?

Tenía la sensación de que se me estaban sonrojando las mejillas más aún, por lo que, para olvidarme de todo, comencé a recoger todos los pequeños jarrones de las mesas, llevé mis rosas a la cocina y, con una sonrisa grande y permanente en la cara, empecé a hacer que mi cafetería tuviera aún más vida y fuera todavía más bonita.

Cuando el reloj marcó las siete de la tarde, estaba agotada. Estaba contenta, pero la emoción me había pasado factura. Owen se había ido justo después de comer, cuando terminó su trabajo, y Sally se había marchado hacía apenas media hora. Habíamos vendido más de cincuenta cafés, lo que superó mi objetivo. De hecho, había rebasado por poco los cien.

Un golpe en la puerta hizo que dejara de hacer lo que estaba haciendo, que era meter los últimos trozos de bollería en recipientes y luego en la nevera. Había atenuado las luces de la cafetería justo después de que Sally se marchara y había cambiado el cartel de abierto por el de cerrado, así como echado la llave. Sujetando el marco de la nevera, eché un vistazo hacia la puerta. Cuando vi a Jack bajo la lluvia, dejé el plato de *brownies* y corrí hacia la entrada de la cafetería.

—Jack, ¿qué haces aquí? —pregunté en cuanto abrí la puerta.

—Está lloviendo.

—¿En serio? No me había dado cuenta.

Respiré hondo para contenerme y no poner los ojos en blanco.

—Deberías haber llamado desde el coche para que te abriera la puerta.

—Lo hice, de hecho, pero no has contestado.

Hice una mueca y me quedé delante de él, sin saber qué hacer ahora que lo tenía delante y que estábamos solos.

—Lo siento, lo tengo en el bolso. No lo he mirado en todo el día. Aun así, no esperaba verte aquí. —Le observé mientras se pasaba la mano por el pelo mojado, y no sabía cómo, pero parecía que la lluvia se lo había peinado, mientras que yo, en el momento en el que salía a la calle con esa lluvia, sabía que iba a parecer una rata mojada.

—Claro, porque no es como si viniera todas las noches —dijo antes de echar un vistazo al local. Al parecer, esa era toda la explicación que estaba dispuesto a dar—. ¿Vas a dejarme entrar o quieres que me quede fuera a la intemperie?

—Claro, entra. Lo siento. —Abrí más la puerta y entró—. Como has venido esta mañana, pensaba que igual hoy te saltarías lo de recogerme. —Sonreí mientras se quitaba la lluvia de las mangas del abrigo.

—Pues parece que no. —Me quedé mirándole—. ¿Lista para irnos? —preguntó, y volvió a mirarme.

—¿De verdad vas a obligarme a preguntar?

De manera distraída, siguió quitándose la lluvia del abrigo al tiempo que arrugaba la frente.

—¿Preguntarme el qué?

Levanté las cejas.

—¿El café, la barrita de limón? ¿Le gustó a todo el mundo? Y lo que es más importante, ¿te lo comiste *tú*? ¿Te gustó?

Esperé conteniendo la respiración, lo cual era una tontería. Casi todos los clientes habían comentado lo mucho que les había gustado todo: el espacio, el café, la comida, las rosas de fuera. Aun así, consideraba importante oír la opinión de Jack. Me importaba.

Por fin dejó de toquetearse el abrigo y me miró en condiciones.

—Le encantó a todo el mundo.

—¿Eso es lo único que me vas a decir? ¿Hablas en serio?

Las arrugas de su frente se volvieron más profundas.

—Siempre hablo en serio.

Me reí.

—Sí, cierto. Creo que te encantó, pero eres demasiado orgulloso como para decirlo en voz alta. —No le di la oportunidad de contestar—. ¿Te importa sentarte y esperar unos minutos? Tengo que hacer algunas cosas más en la cocina, pero después podemos irnos. ¿Te preparo un café mientras esperas? —Con los ojos todavía clavados en él, empecé a retroceder hacia la cocina.

Sin quitarse el abrigo, sacó la silla más cercana y se sentó con los ojos clavados en mí.

—Estoy bien. Ve a ocuparte de lo que tengas que ocuparte.

Le dediqué otra sonrisa exagerada y desaparecí por la puerta. Cogí el plato de *brownies* del mostrador y alcé la voz para que pudiera oírme.

—¿Has tenido un buen día?

Dejé de trasladar los *brownies* y esperé su respuesta.

—No ha estado mal —respondió al final—. Ajetreado y largo, como siempre. Fred quería que te diera la enhorabuena de su parte.

—¿De verdad? ¡Qué detalle!

Esperé unos segundos más y, como no llegó la pregunta subsecuente, la contesté yo misma.

—El mío ha ido bien. Muchas gracias por preguntar. De hecho, ha sido como el tuyo: ajetreado y largo. —Hice una pausa—. Muchísimas gracias, Jack. Yo también espero que se convierta en algo habitual. Tienes mucha razón.

Otros segundos de silencio, y entonces su deliciosa voz llegó desde muy cerca.

—¿Se puede saber qué haces?

No, deliciosa no. No era deliciosa en plan *deliciosa*, pero resultaba deliciosa cuando me tocaba la piel. No era más que una voz masculina normal, nada como para excitarse, solo un poco áspera y ronca y suave al mismo tiempo.

Sabía con exactitud dónde estaba, pero aun así miré hacia donde se encontraba, apoyado en el marco de la puerta. Se había quitado el abrigo, pero llevaba la chaqueta y tenía las manos metidas en los bolsillos del pantalón. Casi que mejor que hoy no hubiera porno de antebrazos, porque de haber ocurrido, no estaba segura de cómo reaccionaría.

—Solo hablaba contigo.

—Contigo misma querrás decir.

—No, contigo. Me gusta mucho hablar contigo.

Me miró con firmeza y caí en la trampa azul.

—¿Te ayudo aquí dentro? —preguntó.

Por alguna razón, me sonrojé. Era un espacio bastante pequeño para dos personas. Sí, trabajaba bien con Owen, pero horneábamos uno en cada lado y no me atraía en absoluto. No podía mantener a Jack a cierta distancia cuando lleváramos pasteles a la nevera.

—*Nop*. Estoy bien. —A ver, no era la primera vez que me ofrecía ayuda, y si me ayudaba, lo haría de verdad…, pero… no. No, saltarse el porno de antebrazos era la elección inteligente. No cabía duda—. Hay algunas cosas más que necesito… mmm… hacer y habré acabado. Si tienes que estar en otro sitio, no quiero hacerte esperar. Terminaré en…

Se cruzó de brazos, todavía sosteniéndose contra el marco de la puerta con el hombro.

—No. Yo también estoy bien aquí.

Ni siquiera traté de detener la sonrisa cada vez más grande y, para ser honesta, esa extraña sensación de placer que me habían causado sus palabras era completamente innecesaria. Me mordí el labio inferior para evitar que se me curvara la boca. Teniendo en cuenta que ni siquiera le había robado una sonrisa genuina, estaba regalando la mía con demasiada facilidad para mi gusto. Cuando hube acabado con los *brownies*, me agarré las mejillas y las empujé hacia dentro.

—Hoy he sonreído tanto que me duelen las mejillas.

—¿Cómo de bien ha ido?

—¿Mmm? —murmuré, distraída, manteniendo la vista en los últimos *brownies*.

—¿Cómo de bien ha ido el día? ¿Sigues contenta?

Estaba entablando una conversación trivial. Sí, ya había respondido a la pregunta, pero estaba entablando una conversación trivial sin que yo tuviera que incitarle. El deseo de sonreír y perder la calma crecía con cada palabra que salía de su boca con voluntad propia.

De camino a la nevera, lo miré y me aparté el flequillo de la frente con el dorso del brazo.

—Estoy agotada, como puedes deducir por mi aspecto, pero es un agotamiento del bueno. Sigo en una nube, un poco colocada. —Cogí las dos galletas de chocolate que quedaban y las puse en otro recipiente.

—Iba a preguntarte si te gustaría salir a cenar esta noche, pero no creo que sobrevivas a ello, sobre todo si todavía te sientes como si estuvieras colocada.

—La verdad es que habría estado bien, pero estoy de acuerdo contigo. —Extendí los brazos y me miré—. De todas formas, igual no es la mejor noche para estar en público.

—¿A qué te refieres? Sigues igual que esta mañana.

Intenté ocultar la mueca, pero no estaba segura de si lo había conseguido.

—Bueeeeeno, eso no es decir mucho.

—En realidad, sí —murmuró, pero antes de que pudiera preguntarle a qué se refería, se separó de la puerta y empezó a caminar hacia mí. Me concentré en mis manos, las cuales estaban buscando las dos últimas barritas de limón con las pinzas. Cogí una de ellas, la metí en un recipiente pequeño y estaba a punto de coger la otra cuando el pecho de Jack me rozó el hombro.

Dejé de respirar. Mi cuerpo permaneció casi inmóvil, pero mis ojos se estaban moviendo. No me estaba empujando como tal, sino que se estaba inclinando sobre mí lo suficiente como para que su pecho me rozara el hombro; su pecho ancho, cálido y tentador.

—¿Puedo cogerla? —murmuró cerca de mi oído, no demasiado cerca, pero más cerca de lo que me esperaba.

Me aclaré la garganta para poder sonar seria y normal como él.

—¿Puedes coger el qué?

—La última barrita de limón.

Eso hizo que mirara por encima del hombro y… menuda idea más pésima. Nuestros ojos se encontraron y me quedé atrapada en sus ojos azules como el océano, firmes y expectantes. Luego le miré los labios porque estaban *justo* ahí, tan carnosos… En mi defensa diré que los estaba mirando para poder captar sus siguientes palabras, pero estas no llegaron.

—¿Mmm? ¡Oh! ¿Entonces te ha gustado? —Obligué a mis ojos a que volvieran a dirigirse a los suyos y extendí las pinzas hacia él. Las cogió—. ¿Quieres un plato? —Volvió a mirarme a los ojos y se limitó a negar con la cabeza. Miré hacia delante. *¿Qué está pasando?*—. No pensé que al final del día habrían volado casi todas, aunque fueran gratis.

—Están lo suficientemente buenas como para volver a por ellas todos los días, Rose. —Antes de que pudiera procesar esas palabras y, al mismo tiempo, intentar no analizarlas demasiado, continuó—: ¿Vas a hacer más mañana?

—Puedo hacerte un lote en el apartamento, si quieres —ofrecí mientras empezaba a empujar las cosas de forma aleatoria, con la esperanza de mantener la conversación.

—No me importa venir.

Al final, me giré hacia él, apoyando la cadera en la encimera. Si me inclinase un poco hacia delante, podría caer en él con tanta facilidad…

—Solo por las flores que has traído esta mañana te has ganado barritas de limón gratis durante toda una semana.

Le dio un bocado a su obsequio y, ya comida casi entera, asintió.

Me obligué a apartar la mirada de él, ya que no tenía ni idea de qué me pasaba que, de repente, me costaba apartar la mirada, y empecé a meterlo todo en la nevera.

Volví a por el último recipiente.

—Un minuto y podremos irnos.

Estaba agarrando el borde de la isla con la mano derecha cuando me tocó el anular con la punta del dedo. Me quedé helada.

—Por fin llevas el anillo —murmuró, y se me cerraron los ojos solos.

¿Se está acercando?

Me concentré en la respiración mientras me cogía la mano y jugaba con el anillo, moviéndolo de derecha a izquierda, de derecha a izquierda, igual que hizo el día de nuestra boda. Puede que me balanceara, puede que me mordiera el labio, puede que temblara. No tengo recuerdo alguno de lo que hice, pero sabía que estaba tambaleándome al borde de *algo*.

—Me lo puse después de que te fueras —susurré, con la mano todavía en la suya. En ese momento, volvió a dejarla sobre la isla con suavidad.

—Bien.

Me obligué a abrir los ojos, pero no le miré. Todavía sentía el fantasma de su contacto en la piel.

—¿Lista para irnos?

Asentí.

—Mmm... —Guardé el último recipiente y me preparé en silencio, con la mirada alejada de él, a salvo.

Sin embargo, no se me pasó por alto que mis movimientos eran cada vez más lentos. La adrenalina estaba abandonando mi cuerpo, y además con bastante rapidez.

Mientras echaba un último vistazo a la cafetería antes de echarle la llave por hoy, sentí un inmenso placer al saber que volvería al día siguiente y que lo haría todo otra vez.

Pensando en Jack y en el acuerdo de negocios que había entre nosotros, me fui en la otra dirección también, la del exprometido: Joshua Landon. Estaba un poco sorprendida conmigo misma por no haber pensado más en él. Nos lo pasamos bien. Al principio. Caí rendida a sus pies. Él había sido perfecto; decía todo lo que ni siquiera sabía que necesitaba que dijera, actuaba como si yo fuera su mundo y poco a poco me conquistó cuando no estaba interesada en algo serio. Después de pedirme matrimonio y decirle que sí, las cosas empezaron a cambiar. Él empezó a cambiar. Si nos hubiéramos casado, si no hubiera desaparecido después de romper el compromiso mediante un estúpido mensaje, ¿habría tenido esto? ¿Habría venido todos los días después del trabajo para ayudarme? Lo dudaba. Había estado con Joshua un año entero y era incapaz de acordarme de una vez que hubiera hecho un esfuerzo por ayudarme con algo; es decir, a menos que quisiera algo a cambio. No había necesitado su ayuda; ni siquiera recordaba haberle pedido ayuda alguna vez. Aunque ese no era el problema. Tampoco había necesitado la ayuda de Jack. No le había pedido nada, pero aun así había estado ahí, día tras día.

Por primera vez, no dije ni una palabra en el coche, no intenté entablar conversación con Jack mientras Raymond nos llevaba de vuelta al apartamento. Pidió comida china y subí a darme una ducha rápida antes de que la trajeran. En el momento en el que sonó el timbre, estaba bajando las escaleras. Para cuando había pagado y cerrado la puerta, yo ya estaba a su lado. Recogí una de las bolsas y nos dirigimos a la cocina.

—Estás muy callada esta noche. Apenas has dicho nada en el coche. —Solo me di cuenta del hambre que tenía cuando el delicioso aroma que procedía de los recipientes provocó que me rugiera el estómago. Un poco avergonzada, me aparté de él para poner un poco de distancia entre nosotros y abrí la nevera para sacar dos botellas de agua.

—Me duele un poco la cabeza —murmuré. El hecho de que me doliera la cabeza no era una mentira en sí, pero algo más iba mal. No tenía ni idea de lo que había pasado, pero me sentía más incómoda a su lado de lo que me había sentido antes de ese día. Igual fue el beso prolongado o los múltiples abrazos o igual fue el haber pensado en Joshua.

Sus ojos se clavaron en los míos, pero evité su mirada mientras sacaba dos platos y empezábamos a servir un poco de todo.

—¿Arroz?

Asentí y me echó un poco en el plato. Luego, tras coger ambos platos, salió de la cocina.

—Vamos a comer en la mesa. Estoy cansado de sentarme en la isla de la cocina solo.

Sin pronunciar palabra, le seguí y me quedé junto a la puerta mientras se detenía junto a la mesa del comedor. Vi cómo dejaba los platos, acercaba una silla y me miraba con una ceja levantada.

—¿Me acompañas?

Como niña que había hecho la mayoría de las comidas en la cocina, una mesa de comedor siempre me recordaba a una cosa.

Familia.

Algo que no había tenido nunca.

Caminé hacia él y me senté mientras me empujaba la silla hacia delante.

Se sentó frente a mí y cogió los palillos.

Me quedé mirando sus profundos ojos azules.

Sacudiendo la cabeza, me levanté y, justo cuando pasé junto a él, enroscó la mano alrededor de mi muñeca con suavidad y movió el pulgar hacia arriba y hacia abajo con delicadeza, lo que me detuvo. Se me atascaron las palabras en la garganta y me quedé mirándole a los ojos.

—Rose. —Lo dijo en voz baja, como si estuviera hablándole a una niña pequeña—. ¿Estás segura de que todo va bien?

—Se me ha olvidado el agua.

Sumamente consciente de cómo me hacían sentir su presencia y su mano sobre la piel, esperé a que me soltara. Tardó unos segundos, pero cuando lo hizo, casi corrí a la cocina.

De vuelta en la silla, con las manos debajo de la mesa, me froté la muñeca en un intento por deshacerme del extraño cosquilleo.

El silencio y la familiaridad me tranquilizaron y me di cuenta de que ahora era normal estar así con él. No éramos más que dos desconocidos que se habían casado por las razones equivocadas sentados a una mesa grande de comedor para diez personas, y eso me resultó normal y bueno.

En cuanto me terminé el plato, me levanté y Jack se puso de pie conmigo, a pesar de que no había terminado todavía.

—¿Te vas? —preguntó con un deje en la voz que sonaba muy parecido a la decepción.

—Debería... irme a la cama. Mañana va a ser otro día largo. Últimamente me ha estado doliendo un poco la cabeza, así que sería mejor, creo, sí...

—Entiendo.

Cogí mi plato y, una vez más, intenté pasar junto a él, pero volvió a tocarme.

—Yo me encargo.

—Yo puedo…

—Rose. Vete. Descansa un poco.

Le sonreí. ¿Cuándo se había vuelto mi nombre tan… tan eficaz para ponerme la piel de gallina?

Sentí el fantasma de su tacto y el calor de sus dedos en la piel casi hasta que me quedé dormida.

Número de veces que Jack Hawthorne sonrió: ni una sola.

CAPÍTULO DIEZ

JACK

Para ser dos extraños que se habían conocido y casado hacía un mes y medio, habíamos caído en una rutina más rápido de lo que me esperaba. Día tras día, me hallaba ayudando a Rose en la cafetería. Incluso cuando no tenía intención de pasarme por allí, o digamos que incluso cuando sabía que no debía pasarme por allí, acababa en su puerta. Había perdido la cuenta de las veces que le había mentido diciéndole que había tenido una reunión cerca o las veces que había encontrado otras mentiras convenientes. Creo que ya no se las creía. Igual necesitaba las mentiras por mi propio bien.

Para cuando el local estuvo listo para abrir, me sentía como si ella hubiera destruido la pequeña barrera que me había esforzado en levantar entre nosotros. Algo había cambiado. Se notaba en cómo me miraba y, a veces, en cómo *no* me miraba. Todavía no sabía si era un buen cambio ni qué significaba exactamente, pero aun así era un cambio.

Me desperté antes de lo acostumbrado. Tras haber recibido otro mensaje de Joshua Landon después de que Rose se fuera a la cama, me costó un poco dormirme. Suspiré, me levanté y me fui directamente al gimnasio que había en la habitación de al lado. No se me ocurría otra forma de descargar las frustraciones conmigo mismo y con la situación. Este acuerdo de negocios, Rose, este matrimonio era la peor decisión que había tomado en mi vida porque estaba perdiendo el control y lo estaba perdiendo rápido. Estaba haciendo todo lo que pensé que no haría. No obstante, era demasiado tarde como para echarse atrás. Llevaba siendo demasiado tarde como para echarse atrás desde que quedé con ella en el ayuntamiento.

Odiaba correr, pero corrí en la cinta de los cojones durante más de una hora, observando cómo el cielo nocturno cambiaba despacio de color a medida que el sol sustituía a la luna. Cuando me bajé, seguía enfadado y frustrado hasta el punto de que estaba dispuesto a arriesgarlo todo y confesarlo todo, a pesar de que sabía que no era el momento adecuado, que quizá nunca fuera el momento adecuado.

Me detuve y escuché. Por mucho que no quisiera admitirlo, llevaba haciéndolo desde que me desperté, pero hasta ahora no había oído ni un solo ruido procedente del lado de Rose del segundo piso ni del piso de abajo. No paraba de repetirme a mí mismo que no era su chófer; si quería ir andando al trabajo cuando era casi de noche, pues adelante. No tenía que meterme donde no me llamaban. Había ido a muchos sitios sin mí antes de que hiciéramos este puñetero trato y nos casáramos.

Sin embargo, mis oídos seguían buscando las señales que la delataran saliendo de su habitación y bajando las escaleras a toda prisa, como hacía todas las mañanas.

Me quité la camiseta, me acerqué a la pequeña nevera que había en el rincón y saqué una botella de agua. La vacié de un trago y la tiré al suelo.

La culpa era un rival muy fuerte contra el que luchar, y no conseguía quitarme de encima el acojone. Si a eso le añadíamos los exprometidos…

Empecé con las pesas hasta que estuve empapado de sudor.

¿Qué tenía ella? ¿Por qué no podía mantenerme al margen? ¿Qué cojones iba a hacer?

Cuando terminé, volví a mi habitación para darme una ducha rápida. A lo mejor no haber podido dormir había sido algo bueno. Si para cuando estuviera vestido Rose no se había levantado, iba a tener que despertarla yo. Con una toalla alrededor de las caderas, miré la hora en cuanto salí. Llegaba tarde. Me vestí lo más rápido que pude y me dirigí a su habitación, maldiciéndome por preocuparme todo el tiempo. Estaba en este matrimonio por la propiedad. Estaba en este matrimonio a efectos de parecer un hombre de familia. Lo único que tenía que hacer era seguir repitiéndomelo.

Todavía un poco preocupado, no estaba precisamente tranquilo cuando llamé a su puerta.

—¿Rose? No soy tu puñetera alarma.

Provocarla y ver cómo reaccionaba era, con toda probabilidad, una de mis cosas favoritas en la vida en este momento.

Ningún sonido. Después de dudar un segundo o dos, abrí la puerta solo para ver que la cama estaba hecha y que ya se había ido. ¿Se había ido mientras hacía ejercicio o mientras me duchaba? Cogí el móvil de mi habitación y bajé las escaleras. Tuve la tentación de llamarla y preguntarle si había llegado bien al trabajo, pero me lo pensé mejor. Dejé el móvil en el salón y fui a la cocina a prepararme una taza de café. Lo que preparaba en casa sabía bien. No tenía que ir a su cafetería todos los días solo porque era mi mujer o porque me gustaba mirarla. Yo me preparaba un café lo suficientemente bueno.

Mientras esperaba a que estuviera listo el café, el cual estaba seguro de que no sabría tan bien como el suyo ni de lejos, oí cómo sonaba mi móvil en el salón. Cuando lo cogí, había dejado de sonar. No era un número que reconociera, así que lo dejé estar. Solté el móvil donde estaba y me dirigí a la cocina, pero me volví a mitad de camino cuando empezó a sonar de nuevo.

—¿Sí?

—¿Jack?

—Sí. ¿Quién es?

—Jack, soy yo, Rose. Te… te estoy llamando desde… el… móvil de otra persona.

No sabía qué estaba pasando, y me tensé al oír cómo le temblaba la voz.

—Me preguntaba si… Jack, ¿estás ahí?

Cuando empezó a hablar con otra persona, perdí la paciencia.

—Rose, dime qué está pasando. ¿Dónde estás?

—¡Oh! Estás ahí. Bien. Vale. Acabo… de tener una pequeña caída y…

—¿Estás bien?

—Sí. Sí, estoy bien. Bueno, antes no lo estaba, pero ahora sí... ¿Henry? —Oí cómo se dirigía a otra persona—. Te llamas Henry, ¿verdad? Sí, me... —Dejó escapar un largo suspiro—. Henry estaba corriendo y vio cómo me tropezaba y me caía. Ha tenido la amabilidad de ayudarme. Mi móvil salió volando de mi mano y tuvo su caída también, así que ahora mismo no funciona. Me preguntaba si podrías venir a ayudarme a llegar al trabajo. Henry se ha ofrecido a esperar conmigo hasta entonces. Iría sola, pero creo que...

El algún punto de sus divagaciones, yo ya había abierto la puerta y estaba delante de los ascensores.

—¿Dónde estás? Dime tu ubicación exacta.

Como ni siquiera sabía decirme dónde estaba, le preguntó a Henry y me comunicó sus palabras exactas. Le colgué. Luego volví a ponerme el maldito móvil en la oreja, como si ella todavía pudiera oírme y yo pudiera disculparme tras darme cuenta de que había sido grosero.

En la calle, me planteé llamar a un taxi, pero por lo que veía, no había ninguno cerca de la calle. Antes de perder más tiempo pensando en la mejor forma de llegar, me encontré cruzando la carretera corriendo, ignorando las bocinas de los coches mientras evitaba ser atropellado por los vehículos que venían en mi dirección. Entré en el parque por algún punto de la Setenta y nueve y corrí tan rápido como pude en traje. Si Henry había descrito bien el lugar, se encontraba en alguna zona entre el Ramble y el Boathouse.

Reduje la velocidad a un paso ligero cuando nos separaban casi cinco metros y vi cómo Rose levantaba la cabeza y me miraba directamente. Se puso de pie con la ayuda del hombre que estaba a su lado. La recorrí con la mirada, pero no vi ninguna herida visible. El corazón me latía con fuerza por la carrera, o igual no era más que la preocupación, o qué cojones, igual era solo de verla, pero, por suerte, mi cerebro todavía funcionaba lo suficiente como para recordar que se suponía que éramos marido y mujer y que podíamos y *debíamos* actuar como una pareja cuando estuviéramos con otras personas.

—Rose.

Fui directo hacia ella y, antes de intentar pensar qué podía hacer o qué sería apropiado, me encontré retrocediendo un paso cuando su cuerpo chocó contra el mío. Estaba bien y ya estaba en mis brazos. Un poco sin aliento, no dudé en rodearla con los brazos, apretando con suavidad, ya que no estaba seguro de dónde tenía las heridas. Cerré los ojos un segundo y solté un largo suspiro. Estaba bien.

—¿Qué ha pasado? —pregunté, dirigiéndome al hombre que estaba a su lado, pero Rose respondió antes de que pudiera decir algo, ya que se pensaba que le estaba hablando a ella.

—No debería haberte llamado. Ha sido una estupidez, lo siento —me susurró contra el hombro, y se apartó. Fruncí las cejas mientras le estudiaba la cara. Si no creía que debía haberme llamado, ¿qué hacía saltando a mis brazos? A regañadientes, la solté. Posó la mirada en sus manos, por lo que yo también bajé la vista y la vi mirando la pantalla destrozada de su móvil—. Funciona lo suficiente como para encontrarte en los contactos, pero no llama. No sé qué le pasa.

—Está hecho pedazos, eso es lo que le pasa.

—Henry pensó que debía llamar a alguien para que me recogiera.

Finalmente me giré hacia Henry. Tendría unos cuarenta o cuarenta y cinco años, con mechones blancos en el pelo, llevaba pantalones de chándal negros y una sudadera negra con cremallera. Le tendí la mano.

—Gracias por ayudar a mi mujer. ¿Hay algo que podamos hacer por ti?

Nos dimos la mano mientras le echaba un vistazo a Rose.

—No es nada. Me alegro de haber podido ayudar. —Miró su reloj—. Tengo que irme, pero ha sido una caída mala, así que igual quieres que alguien mire…

Apreté la mandíbula.

—Cuidaré de ella. Gracias de nuevo.

Rose se acercó más a mí.

—Tengo una cafetería en la avenida Madison, A la Vuelta de la Esquina. Si alguna vez estás por aquí, pásate, por favor. Me gustaría invitarte a un café como agradecimiento.

—Claro. No es seguro que pasees por el parque tan temprano, así que ten cuidado en el futuro.

—Lo tendré. Gracias otra vez.

Tras asentir con la cabeza y hacer un gesto rápido con la mano a modo de despedida, se alejó trotando hacia el lado oeste.

Rose respiró hondo y suspiró. La miré de pies a cabeza una vez más, tratando de evaluar la situación.

—Ahora me encuentro bien, y cuando Henry insistió en que llamara a alguien, no pude protestar. En plan, iba a llamar a Owen, pero seguro que ya había empezado a hornear y no quería interrumpir…

—Rose, deja de hablar. —Le levanté la mano con la que sostenía el móvil e hizo una mueca de dolor. La miré con el ceño fruncido y cogí el móvil con suavidad para poder sujetarle la mano y ver los daños. Tenía la palma raspada y algo de sangre.

—Dame la otra mano.

—No pasa nada.

Apreté la boca y mantuve la mano abierta, esperándola. De mala gana, levantó la palma de la mano: los mismos rasguños, más sangre.

—El anillo está bien.

—¿Tengo pinta de que me importe un puto anillo? —espeté, demasiado ocupado dándole la vuelta a la mano y presionándole las muñecas con suavidad para ver si le dolía.

—*Nop.* ¿Cómo has llegado tan rápido?

—He corrido.

Se quedó callada unos segundos mientras le examinaba la piel.

—¿Has corrido?

Le lancé una larga mirada que provocó que se le crisparan los labios, lo que hizo que perdiera la concentración.

—Solo son un montón de rasguños superficiales. Estará bien una vez que los lave y los desinfecte, Jack. Estoy bien. De verdad. No te preocupes.

—No me preocupo.

Le pasé el pulgar por la palma de la mano, quitándole unas cuantas piedrecitas que tenía pegadas a la piel. Tenía razón: no eran tan graves como para plantearme llevarla al hospital, pero me lo había planteado. Tenía más suciedad en los vaqueros, así que supuse que tenía más rasguños en zonas ocultas.

Le solté las manos y volví a recorrerle el cuerpo con la mirada.

Vi cómo se llevaba las manos al pecho, se frotaba una en el centro y hacía una mueca de dolor.

—¿Cómo te has caído?

Cambió el peso de un pie a otro y me miró por debajo de las pestañas.

—Estaba un poco mareada y me tropecé con algo. Ni siquiera sé lo que era, no estaba prestando atención y entonces se me giró el tobillo y me caí con fuerza sobre las rodillas y las manos. Henry me ayudó a levantarme y estaba temblando un poco, así que me dijo que llamara a alguien. No se me ocurrió nadie más, solo tú. No es nada, solo necesito un poco de ayuda para caminar, eso es todo.

No se me ocurrió nadie más, solo tú.

Eso hizo que me callara un segundo o dos mientras la miraba fijamente.

—¿Estás bien? —pregunté con las cejas levantadas. Le cogí las manos y las sostuve con delicadeza entre nosotros. No le chorreaba sangre de las palmas, pero los rasguños tampoco eran nada—. Esto no es «nada». A saber cómo tienes las rodillas.

—Seguro que están bien. Me duelen un poco cuando las doblo, pero porque me he caído sobre ellas con mucha fuerza, no porque estén raspadas.

Me arrodillé y miré el pie sobre el que hacía todo lo posible por no apoyar el peso. Le remangué los vaqueros una vez y le rodeé el tobillo con la mano. Incluso esto. Incluso un toque inocente como este estaba empezando a afectarme.

—¿Jack? —susurró Rose, y me sacó de mis pensamientos.

Cuando hice presión en un punto que estaba ligeramente rojo, se apartó de un tirón.

—Sí —dije con un tono frío mientras me levantaba—. Estás perfecta. ¿Puedes andar?

—Sí.

—Bien. A ver cómo andas. —Le quité el bolso del hombro y giré a la izquierda, pero ella giró a la derecha. Me detuve—. ¿Adónde crees que vas?

—A trabajar, claro —respondió con un pequeño fruncimiento entre las cejas.

—Permíteme dudarlo.

—¿Perdón?

—Rose, tengo que mirar a ver si hay más heridas. Nos vamos a casa.

—Permíteme dudarlo. Ya voy tarde, así que, si no vas a ayudarme, iré andando por mi cuenta sin problema.

Se giró, preparándose para alejarse.

—Porque eso te salió genial la última vez, ¿verdad? —pregunté, y la detuve antes de que diera un paso.

Tenía los ojos entrecerrados cuando volvió a mirarme.

—Sí, de hecho, ha salido muy bien las últimas semanas. Así que creo que ahora también irá bien.

Apreté los dientes y mantuve la boca cerrada. De todas formas, no me dio la oportunidad de decir nada antes de darse la vuelta para irse otra vez. Su primer paso fue normal, pero el segundo no fue lo bastante fluido. Le dolía la pierna izquierda. ¿Qué iba a hacer con ella? Sin darme cuenta siquiera, acababa de derrumbar otro muro que me había esforzado en levantar.

Todavía a unos pocos pasos de distancia, le hablé.

—Tu bolso.

Se detuvo y me miró por encima del hombro con los rasgos tensos.

—¿Qué?

Me quedé callado, enarqué una ceja y le enseñé el bolso que tenía en la mano. Retrocedió cojeando los pocos pasos que había dado y levantó la mano, clavando sus ojos en los míos.

Era única.

Le estudié el rostro con la idea de que tal vez podría intimidarla, pero no cedió ni un ápice. Había llegado a conocerla bastante bien y sabía que no iba a ceder dijera lo que dijese o hiciera lo que hiciese. Sacudiendo la cabeza, me eché el bolso al hombro izquierdo y entrelacé el brazo derecho con el suyo.

Se puso rígida a mi lado e intentó apartarse. Le cubrí el dorso de la mano con la mano derecha para mantenerla quieta.

—No pienso volver a tu apartamento, Jack —dijo apretando los dientes mientras un grupo de corredores y sus dos perros nos obligaron a movernos hasta el borde del camino.

—Ya no es mi apartamento, ¿no? —pregunté de forma distraída—. Se supone que es nuestro. Acostúmbrate para que no se te escape algo así con tus primos u otras personas.

—¿Me vas a llevar al trabajo o…?

—Vamos a tu preciada cafetería. ¡Dios! —estallé, y luego hice lo posible por suavizar la voz—. Me pediste ayuda y estoy ayudando. Deja de discutir conmigo e intenta caminar.

Eso hizo que se callara. Me volvió a mirar y se mordió el labio mientras me agarraba también el brazo con la mano izquierda. Después de unos pasos lentos, apoyó un poco más su peso en mí.

Tenía la cabeza dura como un bloque de mármol. Otra cosa que hacía que me gustara más.

—¿Qué tal van las rodillas? —pregunté, completamente consciente de lo arisco que sonaba.

Me lanzó otra mirada fugaz.

—Un poco tensas. Estoy segura de que volverán a la normalidad en unas horas. De todas formas, estamos más cerca de la cafetería que de *nuestro* apartamento.

Apreté los dientes y miré a la gente que pasaba a nuestro lado.

—Ya. —Después de unos minutos de arrastrar los pies, descansos y muecas de dolor, no pude aguantarlo más—. Pásame el brazo por el cuello —le ordené. Cuando vaciló, suspiré y lo hice yo.

—Soy más bajita que tú, no podemos andar así… ¡Jack!

—¿Qué? —pregunté, y solté un gruñido bajo cuando la tuve en mis brazos.

—¿Te has vuelto loco?

Comencé a caminar a paso normal, abrazándola con fuerza contra mi pecho mientras deslizaba la otra mano alrededor de mi cuello.

—Jack, no hace falta que me lleves, puedo andar. Bájame.

—No. No puedes poner peso en la pierna izquierda. Te vas a hacer más daño.

—Sí que puedo. He estado andando con tu ayuda. Jack, puedo.

—A la velocidad que íbamos, llegarías a la cafetería al mediodía. ¿Cuál es el problema? Yo soy el que está haciendo todo el trabajo, y creía que tenías prisa por llegar.

—Jack —gruñó, fulminándome con los ojos. Mantuve la mirada al frente y seguí andando—. Jack, te lo advierto, no vas a llevarme en brazos hasta la cafetería.

—¿No? Si tú lo dices, seguro que es verdad.

—Nos está mirando todo el mundo —susurró.

—Solo nos hemos cruzado con dos personas.

—Y ambas nos han mirado como si estuviéramos locos. No pienso estar en tus brazos mientras cruzamos la Quinta Avenida con toda esa gente alrededor. Nos va a mirar todo el mundo. ¡Los coches! ¡Y la avenida Madison!

—Lo harás.

—No sabes cuánto me arrepiento ahora mismo de llamarte.

—No me había dado cuenta.

Me lo estaba pasando demasiado bien.

Cuando intentar empujarme para que la bajara no funcionó, me dio una palmada suave en el hombro con la mano herida y, acto seguido, hizo una mueca de dolor.

Apreté la mandíbula para no sonreír.

—Deja de retorcerte. No eres la única a la que le gusta llegar a tiempo al trabajo.

—Vale, como quieras. Ya me bajarás cuando salgamos del parque.

—Como ya casi habíamos salido, empezó a pasar mucha más gente por nuestro lado, algunos riéndose entre dientes, otros lanzándonos miradas de desaprobación. Yo los ignoraba, pero a Rose no se le daba muy bien eso.

—¡Hola! —le gritó a una desconocida que pasaba por al lado y que la estaba mirando fijamente—. Me he hecho daño en la pierna, por eso me lleva en brazos. Es mi marido. Todo va bien. —La mujer se limitó a negar con la cabeza y acelerar el paso—. Jack —gimió con la voz apagada por tener la cara enterrada en mi cuello—, se piensan que estamos locos. Nunca podré volver a caminar por aquí.

La levanté y, con un chillido que me produjo una satisfacción sorprendente, se aferró más a mi cuello. ¡Qué divertido!

—Si no quieres que piensen que estás loca, te sugiero que dejes de gritarles. Y no vas a volver a caminar por aquí de todas formas, así que deja de quejarte.

Levantó la cabeza de mi pecho.

—¿Se puede saber de qué estás hablando?

—Voy a hablar con Raymond. Vendrá antes y te llevará, luego volverá y me llevará al trabajo. Ha sido una estupidez por tu parte atravesar el parque andando cuando apenas había luz. Tienes suerte de no haberte roto una pierna o de que no te hayan atracado.

Notaba sus ojos clavados en mí, pero no la miré.

—Tengo un espray de pimienta en el bolso. Y no necesito chófer. No soy la clase de persona que tiene chófer. No es por ofender a Raymond, me cae bien y es buena gente, pero no soy como tú.

Por fin llegamos a la Quinta Avenida, donde había mucha más gente.

—Gracias por señalarlo. No me había dado cuenta.

—Llevo toda mi vida cuidando de mí misma, Jack —dijo en voz baja.

—Lo sé, y lo has hecho increíble. ¿Solo porque puedes cuidar de ti misma se supone que no puedes dejar que nadie más te ayude? Siento haber cometido esa atrocidad contra ti.

—Estás chalado.

—Creo que ya hablamos de eso el día que nos conocimos. No hace falta discutirlo otra vez.

—También eres imposible, ¿lo sabías? —preguntó en voz más baja.

—Me lo imagino —murmuré, un poco distraído. Junto a un grupo de gente, esperé a que cambiara el semáforo.

—Es mi marido —anunció Rose al grupo—. Me he caído.

Hubo algunas risitas de las colegialas que teníamos a la izquierda cuando volví a subirla, y Rose chilló.

Cuando llegamos al otro lado, arrancó de nuevo y suspiré.

—Ya hemos llegado casi…

—Puedes aguantar unos minutos más entonces.

—Jack.

—Rose, sabes que a algunas mujeres esto les parecería romántico.

—Yo no soy algunas mujeres.

—No me digas —gruñí.

Por suerte, hubo silencio después de eso hasta que llegamos a la puerta principal de su preciosa cafetería. La bajé con cuidado debajo de las rosas y le di su bolso. Con la mirada perdida, buscó la llave y abrió la puerta. Desde donde estábamos veía la luz de la cocina, lo que significaba que el chaval, el empleado a tiempo parcial, ya estaba allí. Con movimientos bruscos, abrió la puerta y entró.

—Vamos a echarles un vistazo a tus rodillas mientras...

Antes de que pudiera terminar la frase y seguirla, me cerró la puerta en las narices y restableció la alarma. La seguí con la mirada, pero ni siquiera miró hacia atrás. Todavía cojeando, desapareció en la cocina.

Sorprendido y absurdamente divertido, me quedé mirando la cafetería vacía durante otros diez segundos. Después, me di la vuelta y, con las manos en los bolsillos, caminé un par de manzanas. Acabé llamando a un taxi para marcharme a casa e ir a trabajar. No sabía qué sentir con respecto a la sonrisa que se me quedó en la cara durante toda la mañana.

Más tarde, entré en mi despacho y saludé a Cynthia.

—Buenos días, Jack.

Me apoyé en el borde de mi escritorio.

—Buenos días. ¿Algún cambio en mi agenda de hoy?

Arrugó la frente y miró su *tablet*.

—No, ningún cambio.

—Entonces necesito que lo despejes todo entre... —Miré el reloj, intentando decidir qué hora sería mejor— las once y media y las dos y media. Bastará con unas horas, creo.

—¿Bastar para qué?

—Tengo que encargarme de algo.

—Jack, no puedo despejar esas franjas horarias.

—¿Por qué no?

—¿Se te ha olvidado? Tienes las negociaciones con Morrison y Gadd.

—¿Están listos los documentos con los cambios necesarios?

—Un socio está en ello y estará listo a tiempo para la reunión.

—Pídeselos.

—Pero…

—Yo lo haré más rápido. Tráemelos.

—Vale.

—Bien, y pasa las negociaciones a las dos. De todas formas, la otra parte, Gadd, no quería reunirse tan temprano, así que avísales primero. —Me levanté y me senté detrás del escritorio.

—¿Y Morrison? ¿Qué le digo? —preguntó.

Suspiré y me pasé los dedos por el pelo.

—¿Has leído su correo electrónico? ¿El que ha mandado esta mañana?

Asintió con la cabeza.

—Pues dile que tenemos que investigar más sobre la nueva empresa en la que quiere invertir veinte millones. Quiero que tanto las negociaciones como el nuevo acuerdo de inversión se lleven a cabo hoy. No le importará el retraso si lo tenemos todo listo.

—De acuerdo. ¿Y el resto de tu agenda? Tendremos que atrasarlo todo. Tienes una llamada con Gilbert a las cinco de la tarde. No puedes faltar a eso.

—Vale. Me iré del despacho a las once. Para entonces habré terminado la llamada de las diez y media y volveré sobre la una y media para la reunión, así que pásala a esa hora mejor. Así habré acabado con Morrison y Gadd para cuando tenga que estar al teléfono con Gilbert. Si todo va según lo previsto, Gadd firmará los documentos definitivos al final de la reunión y estaré listo para la llamada con Gilbert. Me quedaré hasta tarde para ponerme al día, no te preocupes.

—De acuerdo, puedo encargarme de eso. ¿Adónde has dicho que ibas?

—No lo he dicho. Cierra la puerta, por favor, y no olvides traerme esos documentos.

Cuando levanté la cabeza del portátil, Cynthia ya se había ido.

Una hora más tarde, cuando estaba revisando los documentos y asegurándome de que todo estuviera listo para la reunión, Samantha apareció en mi puerta. Eché un vistazo a la mesa de Cynthia, pero no la vi por ninguna parte.

Como quería acabar cuanto antes, fui yo quien habló.

—¿Qué quieres, Samantha? Tengo que repasar esto antes de irme.

Se encogió de hombros y tomó mi pregunta como una invitación a entrar y sentarse delante de mí.

—Te pasa algo. O a lo mejor debería decir que ha cambiado algo.

—¿De qué narices hablas?

—Te has estado yendo temprano.

—Y eso es de tu incumbencia porque…

—Eres el último en irte, todos los días.

—Y ya no lo soy. —Solté los papeles que tenía en las manos—. ¿Qué quieres?

Alzó las manos en señal de rendición y se le curvaron los labios rojos.

—Nada. Solo estoy entablando una conversación y compartiendo mis observaciones.

—¿Qué te ha hecho pensar que me interesan tus observaciones? No voy a darte explicaciones. ¿Necesitas algo de mí?

—No, la verdad. Tenía un poco de tiempo libre, así que solo estoy charlando contigo. ¿Cómo está tu encantadora esposa?

Si hubiera sido otra persona la que se hubiera sentado frente a mí, habría metido el rabo entre las piernas y se habría marchado ya, pero Samantha no era como los demás. Nunca me había tenido miedo, y se me ocurrió que tal vez era hora de cambiar eso.

—Como me vengas con la misma mierda que durante la cena, tendremos problemas.

—¿Cómo dices?

—Lo que hiciste durante la cena… Te estoy avisando de que, como vuelva a pasar, tendremos problemas.

—Va a ser así, ¿eh?

—Déjate de tonterías y no actúes como si te importara mi vida o mi mujer. Creo que ya nos conocemos bastante bien. Sabes que no me gusta que la gente se meta en mis asuntos, así que no te metas.

Cynthia asomó la cabeza, interrumpiendo antes de que Samantha pudiera responder.

—¿Me has llamado, Jack?

No lo había hecho, pero Cynthia se conocía el truco. Si había alguien en mi despacho que no quería que estuviera allí y ella lo sabía con seguridad, siempre interfería.

—Sí, necesito que me consigas el…

Samantha se puso de pie y me detuvo en seco.

—Te dejo con tu trabajo. No quería hacerte daño, Jack, de verdad, ni aquella noche ni ahora. Simplemente estoy señalando que has cambiado, y no estoy segura de que eso sea bueno. Además, tenía curiosidad, obviamente.

Cuando se dio cuenta de que no iba a contestar, soltó un largo suspiro, se dio la vuelta y le dedicó una sonrisa a Cynthia antes de salir del despacho.

—¿Necesitas algo? —preguntó Cynthia, y negué con la cabeza. Se marchó sin decir nada más. Era la mejor asistenta de todo el bufete.

Terminé con el papeleo, hice la llamada de las diez y media y terminamos a las once y cuarto. Me levanté, me puse la chaqueta del traje y llamé a Raymond para que trajera el coche a la puerta.

Salí del despacho, me detuve delante de la mesa de Cynthia y le dejé los documentos.

—¿Puedes tener las copias listas para cuando vuelva?

—Claro.

—Otra cosa, ¿te acuerdas de la cosa benéfica que mencionaste hace unas semanas? ¿Algo para los niños? —Intenté recordar dónde se iba a celebrar, pero no me salía el nombre—. Era el día diez, creo. No estoy seguro.

—Sí, me acuerdo. ¿Qué pasa?

—Quiero donar, así que asistiré con mi mujer. ¿Puedes encargarte de todo?

—¿Vas a asistir a una cena benéfica? —La voz se le fue debilitando con cada palabra al tiempo que iba alzando más las cejas.

—Intenta no parecer tan sorprendida. ¿Puedes encargarte?

Se sacudió para salir de su estado de incredulidad.

—Claro que puedo. Te pasaré la información que necesites cuando vuelvas.

—Vale. Gracias, Cynthia. Nos vemos después.

Logré alejarme unos pasos de su mesa antes de que me detuviera su voz.

—¿Jack?

Me giré y esperé. Jugueteó con las gafas y apartó la mirada de mí.

—Voy a llegar tarde. ¿Qué quieres?

—Jack…, no me corresponde, y lo sé, así que no me eches la bronca por decir esto, pero… —Sabía que nada que empezara con esas palabras iba a ser algo que quisiera oír.

—Yo no te echo la bronca.

Sonrió, relajándose en la silla.

—Todos los días nada más.

—Seguro que no todos los días —dije con seriedad, pero su sonrisa creció antes de volver a ponerse seria poco a poco.

—Tienes que decírselo, Jack.

—¿Tengo que decirle qué a quién? ¿A Samantha?

Me clavó la mirada.

—No. A Samantha no. Te conozco desde hace años, no intentes hacerte el tonto conmigo. Tienes que decírselo. Es lo único que voy a decir al respecto.

Abrí la boca, pero levantó el dedo y me detuvo.

—Tienes que decírselo.

Por fin caí en la cuenta de a lo que se refería. Pues claro que se refería a Rose. Si había una persona cuya mierda toleraba, era Cynthia, e incluso con ella tenía un límite, pero no respondí como habría respondido si se hubiera tratado de cualquier persona que no fuera ella.

—No es el momento adecuado —me obligué a decir entre dientes.

—Nunca va a ser el momento adecuado, Jack.

Como si no lo supiera ya. Como si no supiera que estaba condenado.

Me fui antes de que pudiera decir algo más.

Sin saber muy bien a qué me iba a enfrentar (porque siempre parecía ser una sorpresa cuando se trataba de Rose), entré por la puerta. El día anterior había olido a vainilla; ahora olía a canela y café aromático. Ante el ruido de la campana, Rose miró hacia mí mientras seguía atendiendo a un cliente. Su sonrisa vaciló, pero no la perdió del todo. En vez de dirigirme hacia ella, elegí la mesa contigua a su pequeña biblioteca y me puse cómodo. Mi asiento estaba frente a ella, así que miré a mi alrededor y me di cuenta de que, de las doce mesas, nueve estaban ocupadas. Para ser su segundo día le estaba yendo increíblemente bien. Incluso en los asientos de la barra había un par de clientes sumidos en una conversación mientras miraban a la calle y se bebían sus cafés. Entraron dos clientes nuevos y me acomodé para esperar. Saqué el móvil y empecé a ponerme al día con el correo electrónico.

Las pocas veces que levanté la vista para ver si me estaba evitando o si simplemente estaba ocupada, mis ojos se detenían en ella, lo que me hacía perder el hilo de mis pensamientos. Siempre parecía tan animada, tan vivaz y segura de sí misma... Entre cliente y cliente, sus ojos se desviaron hacia mí. Le sostuve la mirada para ver qué hacía, pero se las arregló para actuar como si ni siquiera estuviera allí.

Conteniendo una sonrisa, esperé. Unos minutos se convirtieron en diez y, por fin, se colocó junto a mí, esperando. Enarqué una ceja y bajé el móvil.

—Empezaba a pensar que me estabas evitando.

—No esperaba verte aquí. ¿Te traigo algo?

—¿Por qué siempre te sorprende tanto verme? —pregunté con una curiosidad genuina por escuchar su respuesta. Su expresión no cambió, lo que me indicó que seguía enfadada conmigo, aunque no entendía su razonamiento. Se había hecho daño en la pierna y la había ayudado, punto. ¿Por qué le importaba lo que pensaran otras personas a las que seguro que no volvería a ver en su vida o de las que ni siquiera se iba a acordar si las había visto? Siempre había tenido la impresión de que a las mujeres les parecía romántico que los hombres las llevaran en brazos. Al parecer, a esta no.

—Ya no me sorprende. —Miró por encima del hombro cuando uno de los clientes soltó una carcajada sonora y luego se giró hacia mí—. ¿Te…?

—¿Esperabas verme esta noche? —pregunté, una vez más, solo por curiosidad. Me incliné hacia delante y puse el móvil sobre la mesa.

Se lamió los labios mientras miraba hacia la cocina. Seguí su mirada y vi a la chica que me había presentado antes (Sally, creía) apoyada en el marco de la puerta y hablando con alguien en la cocina, probablemente el otro empleado, el chaval. Volví a mirar a Rose y esperé a oír su respuesta.

—Sí. Siempre vienes —contestó, encogiéndose de hombros como si fuera un hecho que iba a estar allí. Supuse que ahora lo era.

—¿Me acompañas, por favor?

Miró el asiento de enfrente, pero no se sentó.

—¿Te traigo algo antes? ¿Un café? ¿Té?

—No te diría que no a un café si eres tú quien lo prepara.

Puso cara de sorpresa, asintió con la cabeza y se alejó despacio. No cojeaba del todo, así que igual tenía razón en lo de que no había sido una lesión grave, pero tampoco caminaba con fluidez. El caso era que le dolía el tobillo. Todavía no entendía el alboroto cuando mi única intención fue intentar ayudarla.

En vez de volver al móvil y terminar la respuesta que había empezado, observé cómo preparaba café para los dos, mirándome de vez en cuando con discreción. Unos minutos después, volvió con una pequeña bandeja y la puso sobre la mesa antes de sentarse frente a mí. Se inclinó hacia delante, me puso una de las tazas delante y se quedó con la otra. Entre los dos había un plato lleno de barritas de limón.

La miré de manera inquisitiva, pero estaba ocupada bebiendo de su taza, la mirada baja.

—¿Hoy no hay trabajo? —preguntó a su taza de café.

—Tengo que volver pronto.

Asintió y nos quedamos en silencio.

—Conque no hablamos —concluí—. No pienso disculparme por intentar ayudarte, si eso es lo que esperas que haga.

—No, no eres el tipo de persona que se disculpa, ¿verdad? —inquirió, levantando sus grandes ojos marrones hacia los míos—. ¿Alguna vez te disculpas? ¿Por algo?

—Intento no hacer nada por lo que tenga que disculparme —respondí con sinceridad. «Intento» era la palabra clave.

Suspiró y le dio otro sorbo largo al café.

—No estoy enfadada contigo por ayudarme. Hubiera preferido caminar por mi cuenta, pero no voy a seguir enfadada contigo por llevarme en brazos. Me molestó un poco tu último comentario, eso es todo. Aun así, lo siento —murmuró.

Un poco divertido, me incliné hacia delante y apoyé los codos en la mesa.

—¿Cómo? No he oído lo que le has dicho al café.

—He dicho… —Alzó la vista y me miró a los ojos—. Lo has oído.

¿Por qué disfrutaba provocándola?

¿Por qué disfrutaba cuando me replicaba así?

—¿Por qué? —pregunté, cogiendo mi café.

Otro largo suspiro.

—Por cerrarte la puerta en las narices y dejarte ahí fuera. Fue inmaduro, pero en mi defensa diré que sabes muy bien cómo sacarme de quicio.

No podía discutir eso.

—Vale. ¿Me vas a decir cuál de mis comentarios hizo que te enfadaras conmigo?

—No importa.

—A mí sí.

Nos miramos durante un rato.

—Dije que «Yo no soy algunas mujeres» y tú dijiste «No me digas».

Escondiendo mi sonrisa detrás de la taza, mantuve los ojos en ella, quien eligió mirar a cualquier parte menos a mí. Parecía molesta y arisca al mismo tiempo, y desafiante, por supuesto; no como alguien que se arrepintiera de haberme cerrado la puerta en las narices, eso seguro.

—Lo dije como un cumplido, Rose.

Sus ojos volvieron a mí.

—Es… Bien. Entonces genial. Gracias.

—¿Qué tal el tobillo? —pregunté, dejando que se fuera de rositas.

—Mejor. No se me ha hinchado, pero me lo estoy tomando con calma.

Al menos se le había suavizado un poco la rigidez de los hombros.

—¿Qué tal nosotros? ¿También estamos bien?

Su sonrisa era dulce.

—Sí, Jack.

—Has vuelto a hacer barritas de limón —comenté cuando me sentí aún más atraído por ella con la esperanza de cambiar la conversación a un terreno más seguro.

Se removió en la silla.

—Por eso vine más temprano, de hecho. Ayer te prometí que haría más, que a lo mejor llevaba un lote al apartamento, porque a mí también me gustan. Pensé en hacerlas antes de abrir.

—¿Las has hecho para mí?

—Lo prometí. —Se encogió de hombros y se metió las manos debajo de las piernas—. Y supuse que sería una buena disculpa por haberte cerrado la puerta en las narices.

Enarqué una ceja y bebí otro sorbo de café antes de coger una de las barritas. Le di un bocado mientras miraba cómo me miraba.

Al sentir unos ojos clavados en mí, miré por encima del hombro de Rose, vi que Sally nos estaba observando desde su sitio con interés y me perdí el final de la frase de Rose. Dudaba de que pareciéramos una pareja de verdad desde su punto de vista, y mucho menos un matrimonio.

Igual deberíamos hacer algo para arreglarlo.

Volví a centrarme en Rose.

—Bueno, hemos tenido nuestra primera pelea de casados, ¿eh? ¿Cómo te sientes al respecto?

—Me temo que la etapa de luna de miel ha terminado —acepté con indiferencia.

Asintió.

—Se nos ha acabado pronto. No veo nada bueno en el futuro de nuestro matrimonio.

—Nunca se sabe. A lo mejor somos uno de esos matrimonios que se pelean a la mínima, pero nunca se divorcian. Igual acabas aguantándome.

—Eso suena agotador, y molesto para otras personas. No seamos como ellos. Busquemos ejemplos mejores e intentemos imitarlos.

—¿Como quiénes?

Su mirada se deslizó hacia el techo mientras intentaba encontrar un ejemplo.

—La verdad es que no creo que conozca muchas parejas casadas. ¿Y tú?

—Me temo que las que conozco no son personas a las que me gustaría imitar —respondí.

—¿Evelyn y Fred?

—Son más compañeros que otra cosa.

—¡Oh! Por cómo habló Fred de ella aquella noche, supuse que estaban enamorados.

—Sí, se quieren, pero creo que, si no tuvieran un hijo, no tendrían mucho en común aparte del trabajo.

—¿Tus padres? ¿Qué tal ellos? ¿Siguen casados? ¿Tienen un matrimonio feliz?

Después de beberme casi la mitad del café, lo dejé y me recosté.

—Las últimas personas a las que te gustaría imitar, créeme. No hay más que ver cómo he salido.

—No sé. Creo que lo han hecho bastante bien contigo. Entonces, ¿qué te parece si no imitamos a nadie y hacemos nuestras propias reglas?

—¿Qué clase de pareja quieres ser entonces?

Se lo pensó un poco, dándole sorbos al café de vez en cuando.

—No quiero ser una de esas parejas que son desesperantes para todo el mundo porque son como dos lapas. Podríamos ser más sutiles, ¿me entiendes?

Asentí y siguió.

—Déjame darte un pequeño ejemplo, por si acaso. Digamos que estamos de pie hablando con alguien. Puedes cogerme la mano o rodearme la cintura con el brazo, algo sencillo, y… a lo mejor un beso pequeño e íntimo. No sé, solo… sencillo.

—¿Algún otro consejo que tengas para mí? —pregunté con una ceja levantada.

—No era un consejo exactamente. Me has preguntado qué tipo de pareja quería que fuéramos, así que te lo estoy diciendo. Me gusta ese tipo de pareja.

—¿Qué más?

—Quiero ser el tipo de pareja que tiene tradiciones. Como… igual los lunes es noche de pizza. Los jueves es día de pasta. Esa clase de cosas.

—¿Eso es todo?

—Vale, dame un minuto. Voy a buscarlo en Google y ver qué hay. Déjame que vaya a por el móvil.

Antes de que pudiera detenerla, se levantó y corrió a la cocina. Sus movimientos eran un poco tambaleantes e intentaba caminar de puntillas sobre el pie izquierdo, pero en esencia se llamaría «correr» . Le hizo un gesto a Sally para restarle importancia cuando puso cara de alarma, y la vuelta fue más tranquila, sin correr esta vez.

Tras soltar un suspiro, volvió a sentarse y se concentró en la pantalla del móvil.

—Vale, a ver… Vale, hay tipos más formales como tradicionales, desinteresados, cohesivos, perseguidores, distantes… Nosotros no vamos a ser eso. Odio esas parejas. Operísticas… Peleas acaloradas seguidas de sexo apasionado. —Levantó la cabeza y me echó un vistazo para luego volver a centrarse en el móvil—. No. Pareja romántica… no suena tan mal, ¿no? Vale, voy a intentar encontrar algo más informal…

Me bebí lo que me quedaba de café.

—Vale. Alardeadores… Básicamente muestras públicas de afecto, a esto me refería. No me gusta dar tanto la nota. Además, no te veo como una persona que tenga muestras públicas de afecto —murmuró—. Pareja que da espacio… Supongo que somos así. Por qué son una pareja casada… No podemos ser esto. Yo no soy así. Incluso si es falso, no quiero ser así. Si vamos a interpretar un papel, hagámoslo bien.

—Esos serían mis padres.

Volvió a levantar la cabeza.

—¿En serio?

Asentí.

—Caray. Vale, ¿qué más…?, ¿qué más… ? Pareja de luna de miel. ¡Mierda! Acabamos de pelearnos, así que eso no nos vale. Siguiente, pareja quejica… nop. Pareja que siempre están juntos…, a ver… —Me miró por debajo de las pestañas, pero ninguno de los dos hizo ningún comentario—. El resto es basura. —Soltó el móvil—. ¿Algo en concreto que quieras ser?

—Limitémonos a hacer lo que haya que hacer en el momento.

—Eso es dejarlo muy abierto a la interpretación.

Me pasé la mano por la cara.

—¿Qué tal si somos nosotros mismos y actuamos con naturalidad?

—Eres superdivertido. Ser nosotros mismos de manera individual no es el problema. Cómo ser nosotros mismos como pareja, eso es lo difícil.

—¿Qué? ¿Quieres practicar jugando a las casitas? —Me miró de una forma extraña, pero no respondió. Cambié de táctica, porque jugar a las casitas no era una buena idea en absoluto. No con cómo iban las cosas. Esto era falso y temporal. Punto—. ¿Puedo preguntarte por tu relación con tu exprometido? ¿Qué clase de pareja erais? ¿Por qué rompisteis?

Pareció atónita, pero al menos respondió.

—¿A qué viene eso?

—Tengo curiosidad.

—Nunca tienes curiosidad.

—Parece que hoy sí.

Con una cara que expresaba incomodidad en todas sus formas posibles, suspiró.

—No éramos un tipo de pareja específico, supongo. Hacíamos las cosas a nuestra manera. A veces le gustaba tener muestras de afecto en público incluso cuando a mí no y eso me molestaba, pero aparte de eso era una relación fácil. Mirándolo ahora, puede que demasiado fácil. Y simplemente… ¡Dios! Odio esto. Me quedé impactada cuando rompió. Fue de la nada, me dejó con un mensaje. No podía creer que estuviera tan equivocada con respecto a él. No podía creer que ya no quisiera casarse conmigo. Lo llamé durante días para intentar hablar. Nunca me contestó. Fui a su apartamento y su vecino me dijo que se había mudado. Así, sin más, desapareció. —Levantó un hombro y lo dejó caer.

»Se me fue la cabeza durante unos días. Luego la tristeza dio paso a la rabia. Me di permiso para llorar y maldecirle durante una semana, pero no merece la pena llorar por alguien que rompe conmigo mediante un mensaje. Dejé de llorar el cuarto día. No puedo permitirme el lujo de desvivirme por alguien que no quiere estar conmigo. Tenía esa forma de hacerme sentir inferior sin que me diera cuenta. Era raro. Hasta que rompió conmigo, creía que era el indicado para mí, pero cuando dejé de tenerlo cerca, vi la realidad. Se le daba muy bien conseguir que le dijera que sí a todo, incluso cuando yo no quería. Todo el mundo le adoraba, sobre todo Gary.

—Creía que no veías mucho a Gary.

—Y no lo hacía, pero Joshua tenía muchas ganas de conocerle, así que tuve que hacerlo… Sabía las palabras exactas para caerle bien a la gente, y en cuanto a ser mi prometido…, sí que me pidió que me casara con él, pero no me dio un anillo ni nada por el estilo, así que ahora que lo pienso, ¿a lo mejor nunca tuvo la intención de hacerlo? ¡Quién sabe!

—¿Y ahora? ¿Sientes algo por él ahora?

Frunció el ceño.

—Claro que no. A veces lo único que necesitas es un poco de tiempo lejos para mirar las cosas con una perspectiva nueva. Sobre el papel lo mío con Joshua parecía una gran idea, pero en realidad dudo que hubiéramos funcionado a largo plazo. No había mucha chispa como para seguir adelante, creo. No me entristece que se haya acabado. En fin… Jack, ¿por qué era que habías venido?

Dejé pasar el tema de Joshua.

Esto era falso. Esto era temporal.

—Quería ver si necesitabas algo. Y ver si estabas bien.

—Es… todo un detalle por tu parte, Jack.

Antes de que pudiera decir algo, la puerta que había detrás de mí se abrió, el aire frío corrió hacia el interior al tiempo que sonaba la campana, un repique suave de bienvenida para los nuevos clientes.

Miré por encima del hombro y vi a cuatro mujeres que seguían admirando las flores mientras Rose se ponía de pie. Ya se le había dibujado en los labios la sonrisa con la que me estaba familiarizando demasiado y que había dejado de ser solo para mí.

—Ahora vuelvo. —Era obvio que su mente estaba centrada en las recién llegadas que caminaban despacio hacia delante absorbiéndolo todo con ojos curiosos.

Se giró hacia el grupo de clientas.

—Bienvenidas —dijo Rose cuando las charlatanas estuvieron por fin cerca de ella. Posé la mirada en sus labios al tiempo que se le ensanchaba la sonrisa cuando las mujeres le devolvieron la sonrisa y la saludaron.

—Si tienes trabajo que hacer, debería irme. Tengo toda la tarde ocupada —comenté, distraído.

Volvió a mirarme.

—¿No vienes esta noche? No tienes por qué, claro, pero…

—He retrasado una reunión para poder venir ahora, así que cuando acabe tendré que quedarme hasta tarde para ponerme al día con las llamadas. Enviaré a Raymond. ¿Te ves capaz de volver al apartamento de una pieza?

—¡Qué gracioso eres, señor Hawthorne!

—¡Rose! —gritó Sally para llamar su atención.

En lugar de meterse detrás del mostrador para trabajar junto a Sally, Rose se quedó junto a las clientas, charlando con ellas y señalando la comida que había bajo las cúpulas de cristal. Esperé unos minutos, impaciente; esperar no era mi fuerte. Al rato, tras una larga discusión y varios cambios de decisiones, todo el mundo había hecho su pedido. Me comí otra de las barritas de limón que había hecho Rose y me levanté de la silla. Busqué la cartera en el bolsillo trasero y saqué algo de dinero. No reparó en mí hasta que estuve a su lado.

—¡Oh, Jack! Enseguida...

Todos nos miraban, sobre todo Sally, así que intenté ser cuidadoso.

—Tengo que irme. —Le tendí un billete de cien dólares a Sally y, en lugar de ser una buena empleada y aceptarlo antes de que Rose pudiera verlo, su mirada saltó de mí a Rose.

—Mmm... Rose —murmuró, lo que hizo que Rose apartara los ojos de mí y la mirara a ella y luego al dinero que tenía en la mano.

—¿Para qué es eso? —preguntó Rose, mirándome.

Suspiré y, tras lanzarle una mirada fría a Sally, me encontré con los ojos de Rose.

—No hagamos esto otra vez. Acéptalo —le ordené, tendiéndoselo.

—No me obligues a hacerte daño, Jack Hawthorne —dijo despacio, y me temblaron los labios de manera involuntaria. Imaginaba que lo que decía iba totalmente en serio. No me cabía duda de que podía hacerme daño.

—Tengo que irme —repetí. Entonces, pensando que tan solo sería una buena distracción, un buen espectáculo para su empleada e incluso una especie de práctica para el acto benéfico al que íbamos a asistir, le pasé el brazo por la cintura. Alarmada, abrió ligeramente los ojos y se le puso todo el cuerpo rígido, pero al menos no se había sobresaltado como la primera vez que salimos. Poco a poco, relajó el cuerpo y arqueó la espalda para mirarme con aquellos grandes ojos.

En algún momento de nuestro falso matrimonio, tendría que representar una caricia sencilla y carente de significado con más naturalidad, casi como si tocarla o besarla delante de otras personas se convirtiera en algo natural. Era bueno practicar.

—Gracias por el café. Siempre es el mejor —murmuré, y me costó apartar la mirada. Luego me incliné hacia ella y dudé un instante antes de darle un beso en la frente mientras me miraba confundida. Aquella zona me pareció la más inofensiva y me tomé mi tiempo, respirando su aroma dulce y fresco. Cuando me retiré, tenía una mano apoyada en mi pecho y la otra me sujetaba el brazo. El pecho le subía y bajaba y me miró con perplejidad.

Le cogí la mano que había acabado en mi pecho, le abrí los dedos y la yema de mi dedo se topó con su alianza. ¿Por qué me daba tanto placer ver algo tan simple y, en nuestra situación, tan insignificante? No era mía, pero la idea…, la posibilidad… Le coloqué el dinero en la palma todavía enrojecida antes de cerrarle los dedos en torno al billete con suavidad. Para mi sorpresa, no dijo ni una palabra, se limitó a mirarme como si estuviera perdida. ¿Estaba tan afectada como yo por lo que habíamos fingido?

—No te lo quites, ¿vale? Me gusta vértelo en el dedo —susurré.

Ya me había olvidado de la gente que nos rodeaba. Esto no era tanto por ellos como por mí, pensé, solo para poder ver esa expresión suave en su cara. Le coloqué una mano en la mejilla y me incliné lo suficiente como para susurrarle al oído.

—¿Ha sido la cantidad adecuada de muestra de afecto pública para nuestro matrimonio falso? Dijiste un beso pequeño e íntimo, ¿no? ¿Un brazo alrededor de la cintura? ¿Cuerpos cerca, pero sin tocarse? —Levanté la cabeza lo suficiente como para mirarla a los ojos y, en voz más alta, dije—: No te quedes mucho rato de pie, todavía cojeas.

No parecía que fuera a decir nada, así que insistí un poco más.

—¿Puedes al menos despedirte de tu marido?

—Eh… Debería, ¿no? Adiós.

Después de desearles un buen día a todos los que no tuvieron la decencia de meterse en sus propios asuntos, me fui.

Sí, era bueno practicar.

CAPÍTULO ONCE

JACK

Casi una hora más tarde, estaba de vuelta en mi despacho, almorzando y contestando correos cuando el móvil vibró sobre la mesa al llegarme un mensaje nuevo.

> **Rose:** Te devolveré el dinero en cuanto te vea.

Suspirando, solté el tenedor y el cuchillo y cogí el móvil.

> **Jack:** Has estado mucho tiempo sin decir nada sobre el tema. Ya ha pasado una hora. ¿Sigues con eso?

> **Rose:** Era la hora de comer. No vas a pagarme un café. Además, el recuento de clientes de hoy es de un total de 68. Se nos han acabado todos los sándwiches. ¡Yuju!

> **Jack:** No voy a seguir hablando de dinero contigo. Enhorabuena por los nuevos clientes. ¿Los estás contando?

> **Rose:** Pues claro que los estoy contando. ¿Quién no lo haría? ¿Y qué pasa con lo que piensen los demás sobre el dinero? Sally me ha hecho un montón de preguntas sobre ti después de que te fueras. ¿Qué marido pagaría el café en la cafetería de su mujer?

Eran pequeñas cosas como estas las que poco a poco iban resquebrajando mi determinación contra ella. Ninguna otra persona contaría a sus clientes. Ninguna otra persona esbozaría una sonrisa tan grande y hermosa como la suya cuando me viera simplemente porque había hecho acto de presencia. Ninguna otra persona se dejaría la piel cada día y cada noche y, aun así, encontraría la forma de darme la lata. Ninguna otra persona se atrevería a cerrarme la puerta en las narices, pero ella hacía todas esas cosas, y por eso (por *ella*) no estaba seguro de cuánto tiempo iba a ser capaz de mantener mi parte de la farsa.

Jack: ¿Y debería preocuparme por Sally porque…?
Tu marido se paga el café porque quiere que su mujer tenga éxito.

Rose: Espero que no te lo tomes a mal, pero a veces no sé qué decirte.

Le sonreí al móvil.

Jack: ¿Ves? Nos va muy bien como falso matrimonio.
Eso ha sonado a lo que una esposa le diría a su marido. Además, esta vez no te has puesto nerviosa cuando te he puesto las manos encima. Yo a eso lo llamaría «progreso».

Rose: Ya, porque te acercaste como una tortuga.

Estaba bebiendo agua cuando me llegó el mensaje y, al leerlo, me entró un ataque de tos. Duró lo bastante como para que Cynthia entrara a ver si estaba bien. La eché y volví a coger el móvil.

Jack: Intentaré trabajar en ello.

Rose: Debería haber un término medio, creo, pero ha sido un buen comienzo. Sin duda, se acerca más a la clase de pareja que me gustaría ser si estuviera casada de verdad.

Jack: Claro. Espero no haberte avergonzado demasiado.

Rose: No, estuvo bien. A todos les pareció muy romántico. A todo el mundo le gusta un buen beso en la frente.

Jack: Supongo que a ti no.

Miré la hora. Me quedaba media hora más para ir a la sala de reuniones y prepararme, y todavía no había terminado de comer, por no mencionar que aún tenía correos de los que ocuparme. No tenía tiempo para mandarle mensajes a nadie, y mucho menos para meterme en una maratón de mensajes, pero cuando era Rose la que estaba al otro lado de esos mensajes, parecía incapaz contenerme.

Rose: A ver, no tienen nada de malo, supongo. Solo que a veces es un poco raro. ¿Por qué no me besas en los labios? Con el chico adecuado, incluso un simple beso en la mejilla puede hacer que pasen cosas, o un beso en la sien, o en el cuello, o uno en la piel justo debajo de la oreja. Es solo que no entiendo el sentido.

Jack: ¿Hacer que pasen cosas como qué?

Tardó más en responder.

Rose: Cosas.

Jack: Ya veo.

Rose: No estoy diciendo que preferiría que me besaras en los labios en vez de en la frente. Me refiero a la próxima vez, cuando sea necesario volver a hacer ese tipo de cosas.

Jack: Puedo intentarlo si quieres a ver qué tal.

Rose: A ver, como prefieras. Deberías hacer lo que te parezca correcto.

Los labios entonces… La próxima vez serían sus labios lo que probaría.

Rose: No quiero que pienses que estaba buscando un beso o algo así.

Jack: ¿Hay alguna razón por lo que sigamos escribiéndonos en vez de hablar por teléfono? No es eficiente.

Rose: Tal y como he dicho, a veces no sé qué decirte.

Jack: Creo que lo estás haciendo muy bien teniendo en cuenta la cantidad de mensajes que has enviado en los últimos cinco minutos. Hay algo que olvidé decirte cuando estuve allí.

Últimamente había empezado a olvidarme de todo cuando la tenía cerca.

Jack: Hay un acto benéfico al que tenemos que asistir este fin de semana. Es el sábado. ¿Crees que podrás ir?

Rose: Era nuestro trato. Tú cumpliste tu parte, yo haré lo mismo.

Creí que ahí acabaría nuestra improvisada conversación mediante mensajes, pero siguieron llegando más.

Rose: ¿Qué estás haciendo?

Jack: Almorzar. Tengo una reunión dentro de media hora.

Rose: ¿Estás almorzando fuera?

Jack: En el despacho.

Rose: ¿Estás almorzando solo en el despacho?

Jack: Sí.

Rose: ¿Por qué no me lo has dicho? Hago unos sándwiches estupendos.

Bajé la vista hacia mi carísimo filete y deseé tener un sándwich en su lugar.

Jack: La próxima vez.

Rose: Vale. Te dejo para que puedas terminar de comer antes de la reunión.

No estaba seguro de lo que me pasaba, porque llamarla no era lo que se suponía que tenía que hacer a continuación. Contestó al segundo timbrazo justo cuando la puse en el altavoz.

—¿Jack? ¿Por qué llamas?

—Después de recibir todos esos mensajes, diría que ya no estás molesta ni enfadada conmigo, ¿correcto?

Su voz sonó un poco avergonzada cuando contestó.

—De momento no. No soy muy rencorosa, como puedes ver.

Tendré que recordártelo cuando llegue el momento.

—Supongo que la cafetería no está muy ajetreada si puedes pasarte tanto tiempo mandando mensajes.

—Y supongo que tú odias mandar mensajes. —Tenía razón; lo odiaba mucho—. Tenemos clientes —continuó—. Espera que lo compruebe. —Hubo silencio durante unos segundos y luego su voz volvió a la línea—. Ocho mesas llenas y cuatro más en la barra. Estoy cubriendo la parte delantera y hablando contigo. Espera, acaba de entrar el cliente número sesenta y nueve.

—Cuelgo entonces.

—¿Por qué? No. No cuelgues, ahora mismo vuelvo.

Debería haber colgado. En vez de eso, escuché cómo tomaba un pedido.

—Jack, ¿estás ahí?

—Me has dicho que esperara.

—Bien. Estoy preparando dos *macchiatos*. Son para llevar. ¿Vamos a hacer algo esta noche?

—¿Como qué? —pregunté.

—¿Como algún evento, cenas de trabajo, reuniones con clientes?

—Creía que no te agradaban.

—No me agradan, pero la última vez no estuvo tan mal. Podemos divertirnos o hacerlo divertido, todo esto de fingir, sobre todo ahora que te conozco mejor.

—¿Crees que me conoces?

—Oh, sí, Jack Hawthorne. Más o menos te he descifrado. Un segundo.

Volvió a centrarse en su cliente y, como un tonto, seguí esperando, ansioso por oír lo que iba a decir a continuación.

—Ya estoy aquí. ¿Qué estaba diciendo?

—Crees que me has descifrado.

—Ah, sí. De hecho, tengo una idea bastante buena de qué clase de persona eres.

—¿Vas a contarlo o vas a hacerme esperar?

—Voy a hacerte esperar. Creo que eso te va a gustar más.

—No. Dímelo ahora.

Su risa resonó en mis oídos y cerré los ojos, absorbiéndola.

—No. Acaban de entrar los clientes setenta y setenta y uno. Te veo esta noche, Jack. Sonríele a alguien de mi parte. Adiós.

Así sin más colgó, dejándome con ganas de más. *¿Esta es mi vida ahora?*

Mi humor solo decayó cuando intenté concentrarme en los documentos que tenía delante y no pude. No hacía más que pensar en cómo salir de la tumba en la que había acabado. Cuando llegó el momento, me fui a la reunión. Por suerte, todo lo demás estaba listo, así que después de comprobar rápido los documentos solo para confirmar que todo estuviera en orden, salí de mi despacho.

Cynthia me saludó poniéndose de pie.

—Si estás lista, vamos.

Cogió la *tablet* y me siguió.

—Bryan Coleson ha llamado. Dos veces, hoy.

Apreté los dientes, pero no contesté.

—¿Se lo has dicho?

Dejé de moverme. Cynthia dio unos pasos, pero, al darse cuenta de que había dejado de caminar, se detuvo y retrocedió.

—Vas a dejar de hacerme esa pregunta —me obligué a decir, haciendo todo lo posible por no ser demasiado grosero.

—Te tengo mucho respeto, Jack. Lo sabes. Llevo años trabajando contigo y nunca he hecho esto, pero ahora mismo necesitas a alguien que te diga que lo estás haciendo mal. Yo soy ese alguien. Por extraña que te resulte esa idea, sabes que lo estás haciendo mal.

—Llegamos tarde a la reunión. Si quieres…

—No, no llegamos tarde. Morrison ha llamado hace diez minutos para decir que iba a llegar tarde. Gadd está esperando con sus abogados.

Lo volví a intentar.

—Yo también te respeto, Cynthia. Tal y como has dicho, llevas años conmigo, pero esto no te concierne, y creo que después de los años que hemos pasado juntos, sabes que no debes presionarme con esto.

—Me importas, así que yo diría que debería.

Empecé a caminar de nuevo, pasando en silencio junto a algunos de los asociados veteranos mientras me saludaban. Cynthia me seguía el ritmo sin pronunciar palabra. Pensé que por fin había terminado, pero eso cambió cuando ya no había nadie más a la vista y volvimos a estar solos.

—Díselo. No es demasiado tarde.

Me detuve de nuevo con brusquedad. Preparada esta vez, se detuvo a mi lado un poco sin aliento. Tras echar un vistazo a mis espaldas, tiré de ella hacia el pequeño despacho de un asociado júnior y cerré la puerta. Nuestras voces iban a sonar fuera, pero al menos quedarían amortiguadas y tendríamos algo de intimidad.

—No voy a volver a tener la misma conversación contigo. Es mi última advertencia.

—Que me digas que no vuelva a hablar de esto no es tener una conversación al respecto.

—¿Qué cojones te ha picado hoy? —pregunté, frustrado y sin saber cómo manejar esta faceta de mi asistenta.

—Te lo dije. El día que hiciste este ridículo trato, te dije que no lo hicieras. Ha sido la idea más estúpida que has tenido.

—¿Te crees que no lo sé? —gruñí, con los nervios a flor de piel—. ¿Crees que no me di cuenta en el momento en el que aceptó el puto plan?

—Entonces, ¿cuál es el problema? Díselo.

—¿Decirle qué, joder? ¿Decirle que básicamente la acosé y que cuanto más sabía de ella, más me interesaba? ¿O debería decirle que me la trae floja la propiedad?

—No la acosaste, Jack. Intentabas ayudarla. Lo entenderá cuando se lo expliques.

—¿Intentaba ayudarla casándome con ella? Había muchas otras cosas que podía haber hecho para ayudarla, Cynthia. Casarme no era lo primero de la lista, es que ni debería haber estado en la lista. Fui un bastardo egoísta.

—Tu beneficio…

Había alzado la voz lo suficiente como para que George, que justo estaba pasando por allí, se detuviera y abriera la puerta.

—¿Qué está pasando aquí? Oigo vuestras voces a más de un kilómetro de distancia. ¿No deberíais estar en la reunión de Morrison y Gadd?

—Voy ya para allá —respondí entre dientes—. Hemos venido a por un archivo que necesitábamos.

George nos miró con el ceño fruncido, aceptó la mentira y, tras una última mirada de confusión, se marchó.

Cynthia empezó a hablarme antes de que pudiera pronunciar otra palabra.

—Me pediste que investigara hace un año. ¿Por qué esperaste tanto para presentarte?

—Solo te lo voy a decir una vez más, Cynthia: como vuelvas a decir una palabra sobre el tema, te despediré en el acto y ni siquiera me lo pensaré dos veces. Me la suda si eres la mejor o no.

Sin esperar a que asimilara lo que acababa de decir, salí furioso de la habitación y me fui directo a la reunión.

Para cuando terminó la reunión, la cabeza me latía con fuerza y estaba listo para dar por terminada la jornada e irme. Sin embargo, solo eran las cinco de la tarde, así que me quedé en el despacho unas cuantas horas más revisando más papeleo.

Cynthia fue lo suficientemente lista como para mantenerse fuera de mi vista todo el tiempo. Descargué todas mis frustraciones en el trabajo y ni siquiera pensé en otra cosa durante el resto del día, por eso cuando terminé la última llamada y levanté la cabeza, me sorprendió tanto ver a Rose justo delante de la puerta del despacho hablando con mi asistenta. Intentando contener el enfado con Cynthia, me levanté despacio de detrás del escritorio y me dirigí hacia ellas.

Cuando abrí la puerta de cristal demasiado deprisa, Rose dio un pequeño respingo y se llevó la mano al pecho.

—Me has asustado. ¿Cómo has llegado tan rápido? Estabas sentado en el escritorio cuando he mirado dentro.

—¿Qué haces aquí? —espeté, y mis ojos pasaron de ella a Cynthia.

Cynthia me hizo un gesto de desaprobación con la cabeza que preferí ignorar.

Los ojos de Rose se abrieron ligeramente y me maldije.

—Lo siento. Si es un mal momento, no hace falta que…

—Pasa. —Como no se movió, intenté suavizar el tono—. Por favor, entra, Rose. —Cuando pasó junto a mí, le lancé una larga mirada a Cynthia—. Has terminado por hoy. Puedes irte.

—Justo estaba pensando en eso —respondió con un tono frío, y apreté los dientes.

Cerré la puerta con la esperanza de que Cynthia se fuera lo antes posible, me giré y me encontré a Rose de pie en mitad de la habitación.

—Por favor, siéntate —dije, señalando una de las sillas de cuero que había frente a mi mesa.

—Jack, si estás ocupado…

—He terminado la última llamada. Ya no estoy ocupado.

Sin dejar de mirarme, se sentó despacio al tiempo que me estudiaba con la mirada.

—Pareces gruñón de más. Puedo irme.

Suspiré y me pasé la mano por la cara, intentando recomponerme.

—¿Gruñón de más? —pregunté, enarcando las cejas. Se mordió el labio inferior y se encogió de hombros. Tuve que apartar la mirada de su boca antes de que me olvidara de todo lo demás y me limitara a actuar—. No, no hace falta que te vayas. Demasiadas reuniones, demasiadas llamadas, eso es todo. No pretendía ser borde, es solo que no esperaba verte.

—Esa suele ser mi frase. Siempre apareces cuando no me lo espero. —No pude devolverle la sonrisa—. Ray ha venido a la cafetería cuando me disponía a cerrar, cuando me preguntó si debía llevarme de vuelta al apartamento o recogerte a ti primero, pensé que un cambio estaría bien. En plan, que yo te recogiera a ti.

Curvó los labios ligeramente y mis ojos se centraron en eso. Su sonrisa era lo que me había metido en este lío la primera vez que nos presentaron.

Me quedé mirándola mientras un ceño fruncido sustituía a su sonrisa.

—¿Jack? ¿Estás seguro de que todo va bien? ¿Hay algo en lo que pueda ayudarte?

Por desgracia, no todo iba bien. Estaba perdiendo el control, y todo por ella, todo por la culpa de la que era incapaz de deshacerme. Como siguiera por el mismo camino, lo único que iba a conseguir era que me odiara. Las palabras de Cynthia volvieron a mí y las consideré un segundo, consideré contárselo a Rose. Igual si se enteraba de todo, igual si sabía lo que había pasado y lo que pensaba… Decidí no hacerlo. No estaba preparado para perderla todavía.

Si algún día encontraba el valor de contárselo y esperar que, aun así, se quedara, las cosas tendrían que cambiar. De manera drástica.

Necesitaría todo el tiempo que pudiera para intentar que sintiera algo por mí, y a lo mejor mientras tanto se me ocurría una buena manera de admitir que llevaba desde el principio engañándola, de admitir que la razón por la que me ofrecí a casarme con ella no era tener a alguien con quien asistir a fiestas. Odiaba todos y cada uno de los eventos, rara vez iba. No era para aparentar ser un hombre de familia y así apaciguar a los clientes y, desde luego, no era porque me atrajera la propiedad. Podría haber comprado diez de haber estado tan interesado.

No obstante, para poder contarle todo eso, tendría que olvidarme de la culpa que me corroía por dentro y centrarme en captar y mantener su atención.

Tomé una decisión concreta y me centré en Rose.

—Todo va genial. ¿Estás libre para volver a cenar conmigo esta noche?

Eso despertó su interés.

—¿Comida a domicilio?

—Si es lo que quieres.

—¿Podemos comer pizza otra vez?

—Si me dejas echarles un vistazo a tus rodillas, me lo pensaré.

La mirada que me echó…

—Eso ha sonado un poco pervertido, Jack.

La sonrisa dulce cuyo destinatario llevaba tanto tiempo anhelando ser…

Estaba arruinado.

Al final comimos pizza, pero no me dejó que le echara un vistazo al daño que se había hecho en las rodillas. Cuando se trataba de Rose, sabía que tenía mucho trabajo por delante.

Menos mal que, después de conocerla y pasar tanto tiempo con ella, había dejado de tener la intención de echarme atrás.

Cogí el móvil, busqué el número de Bryan Coleson en la lista de contactos y le di a llamar. Para devolverle la llamada por fin.

CAPÍTULO DOCE

ROSE

Estar casada con Jack Hawthorne resultó tener sus ventajas (o sea, aparte de ser un regalo para la vista melancólico y el porno de brazos casi diario). Por mucho que no me gustara la idea de tener un chófer que me llevara al trabajo, no opuse resistencia cuando Jack me obligó a ir con Raymond por las mañanas en vez de atravesar Central Park a pie y meterme en *situaciones* (palabra suya, no mía) porque sabía que era más seguro.

Aun así, murmuraba en voz baja y fingía luchar para parecer más impresionante e intrépida a sus ojos, lo que sonaba estúpido cuando lo pensaba con más detenimiento, pero seguía haciéndolo.

Siendo la persona malhumorada y práctica que era, con una mano en la espalda (literalmente) me empujó desde el apartamento hasta el coche, donde Raymond me esperaba junto a la puerta del copiloto, como si, de no haber mantenido la mano sobre mí, fuera a huir de él como una niña pequeña. Me pareció bastante bien la actuación, ya que mantuvo la mano sobre mi espalda con firmeza. Así que quien ríe último, ríe mejor. Murmuré y farfullé todo el camino en el ascensor, y él ni siquiera pronunció una palabra.

Su brusquedad tenía algo que me encantaba. A algunas personas les echaría para atrás, no cabía duda de que a *mí* me había echado para atrás, pero cuanto más lo conocía, más adorable me parecía.

Mientras Raymond me llevaba a la cafetería, tuve una sonrisa divertida pegada a la cara todo el tiempo por el aspecto triunfante que había tenido Jack cuando me cerró la puerta del coche en las narices.

Charlé con Raymond para ocultar el aturdimiento y aprendí más cosas sobre él. Un tema en particular que surgió a los pocos días de nuestros trayectos en coche matutinos fue que había probado el mundo de las citas *online* por primera vez en su vida tras divorciarse de su exmujer, a la que pilló engañándole con uno de sus amigos. Menos mal que no habían tenido hijos. Ambos nos alegrábamos de ello, y la narración de las citas terribles e incómodas nos proporcionaba mucha diversión a esas horas tan tempranas.

Al final de la semana ya sabíamos casi todo el uno del otro, y había dejado de darme la sensación de que era mi chófer y se había convertido en ir al trabajo con un amigo. También ayudó el hecho de que era la única persona que sabía lo de nuestro falso matrimonio y nunca mencionó lo raro que era.

Había muchas ocasiones en las que quería hacerle preguntas sobre Jack, solo unas pequeñas por aquí y por allá, pero lo más lejos que llegué fue cuánto tiempo llevaba con Jack.

Me miró a través del espejo retrovisor de una manera extraña.

—Seis años. No deja entrar a mucha gente, pero una vez que lo conoces, no está tan mal como parece.

A mí me parecía que estaba bastante bien, pero estaba segura de que Raymond no hablaba de su apariencia. Seguro que tenía mucha información sobre el hombre que era mi marido, pero no me parecía bien acribillarle a preguntas, así que me acobardé. Al cabo de unos días, había aceptado que iba a tener que experimentar de primera mano el gozo máximo de conocer a mi falso amor verdadero, quien odiaba compartir cualquier clase de información personal a menos que le insistieras un buen rato.

Una cosa que había aprendido era que odiaba cuando yo sola hacía preguntas y las respondía como si estuviera hablando por él. Era una buena forma de conseguir que frunciera el ceño y hablara. Dudaba de que yo le agradara mucho cuando hacía eso, pero, por otro lado, dudaba de que yo le agradara mucho la mayoría de las veces.

Me hubiera gustado pensar que me toleraba, y pensé que al menos eso era un buen punto de partida.

Yo, por otro lado, me estaba acostumbrando a su actitud de Grinch. El día que me dedicara una sonrisa cálida y genuina iba a celebrarlo con una tarta. Seguían sin gustarme algunas cosas de él, como que apenas saludara a la gente que tenía cerca y puede que algunas cosas más, pero no teníamos una relación de verdad, así que no me sentía con derecho a regañarle por ninguna de ellas. Para ser justos, pensaba que era su personalidad, nada más. No se esforzaba por ignorar a la gente. No podía evitarlo si se había criado en una familia estirada y rica.

La única vez que le odié un poco en toda la semana previa al fin de semana en el que teníamos que asistir a nuestro primer gran acontecimiento como matrimonio fue el miércoles, cuando me dio su tarjeta de crédito en la cocina.

—En cuanto a la cena del sábado, esto es importante —empezó cuando entró en la cocina, lo que me pilló por sorpresa mientras buscaba los termos en los estantes más altos.

—¡Dios! —espeté cuando uno de ellos estuvo a punto de caérseme en la cara antes de estrellarse contra el suelo—. ¿Qué haces levantado tan temprano? —pregunté al tiempo que ambos nos agachábamos para recogerlo. Fue como en las películas. Fui un segundo más rápida que él y agarré el termo con la mano justo antes de que me la rodeara con su gran mano. Levanté la cabeza de golpe y le golpeé la mandíbula con la cabeza. Lo único que oí fue un gruñido y, acto seguido, me ardieron las mejillas—. Lo tenía —grazné, haciendo una mueca de dolor y masajeándome la zona de la cabeza con la que le había golpeado su mandíbula perfectamente cuadrada y sorprendentemente dura, todavía de rodillas en el suelo.

Volví a alzar la vista y vi que él también se estaba frotando la mandíbula. Cuando mis ojos se posaron en él, no supe qué más añadir a la conversación. A pesar de que lo más probable era que se acabara de levantar de la cama, tenía demasiado buen aspecto para ser verdad y para lo temprano que era. Yo, sin embargo, había tenido que levantarme al menos media hora antes de lo que debía para poder estar presentable ante el mundo.

Por dentro, me maldije por haberme quedado diez minutos más en la cama aquella mañana y haber decidido que iba a maquillarme en la cafetería. Aparté la mirada de él y me apoyé en una rodilla. Me tendió la mano para ayudarme a levantarme. En cuanto se la cogí y nuestra piel entró en contacto, experimentamos una pequeña descarga eléctrica. Pensé que, para mayor seguridad, debía levantarme sola, pero Jack seguía con la mano extendida entre nosotros, así que lo intenté de nuevo.

—Me gustaría sobrevivir a este día… No me electrocutes —murmuré, tras lo cual le agarré la mano despacio y dejé que tirara de mí. Cuando estuve de pie, me di cuenta de que estaba demasiado cerca de él, lo suficientemente cerca como para notar su calor corporal.

—¿Estás bien? —preguntó, mirándome directamente a los ojos con lo que parecía preocupación.

Un poco nerviosa por su cercanía y su color de ojos hipnotizante, me acordé de que tenía que soltarle la mano.

—Sí, claro. —Di un paso hacia atrás y me apoyé en el borde de la encimera—. Buenos días.

—Buenos días.

—Nunca te levantas tan temprano. ¿A qué se debe el placer?

—Suelo levantarme tan temprano. —Consultó su reloj—. Tú vas quince minutos tarde. No suelo verte en la cocina. Te gusta bajar las escaleras corriendo y salir por la puerta todas las mañanas. Te oigo cuando me tomo el café.

—¡Oh! No lo sabía. Si supiera que estabas aquí, te daría los buenos días antes de irme.

—Estaría bien.

No supe qué hacer conmigo misma ante su inesperada confesión. Asentí con la cabeza, me aclaré la garganta bajo su mirada inquebrantable y dejé de mirarle. Cuando me di cuenta de que estaba cerrando la puerta del armario, le detuve colocándole una mano en el brazo.

—También necesito el otro termo.

—¿Para qué? —preguntó, y le lanzó una mirada a la mano que tenía en su brazo antes de alcanzarlo. Retiré la mano y me la guardé detrás de la espalda para no meterme en más problemas.

Le di las gracias en voz baja cuando puso el termo junto al otro en la encimera, cerca de la reluciente máquina de café.

—El otro es para Raymond.

—Parece que os lleváis bien —comentó con indiferencia, tal vez demasiada.

Le dirigí una mirada inquisitiva antes de volver a concentrarme en el café.

—Pasamos todas las mañanas juntos, así que sí. O sea, hablamos. ¿Es un problema?

—Pues claro que no. —Con aspecto de estar un poco incómodo, cambió el peso de un pie a otro, lo que me dejó a cuadros—. Solo intentaba entablar conversación.

Sintiéndome como una idiota, bajé la cabeza y noté un cosquilleo en la nariz. Creía que me estaba sangrando porque estaba segura de que goteaba algo, por lo que incliné la cabeza hacia atrás.

—Oh, Jack, papel. Creo que me está sangrando la nariz.

Con la cabeza hacia atrás, intenté encontrar el papel a ciegas. En vez de eso, puse la mano en lo que parecía su antebrazo y me aferré.

No se me daba bien ver sangre. No me desmayaba ni nada dramático por el estilo, pero tampoco diría que me entusiasmaba.

—Toma —murmuró Jack, y sentí que me acariciaba la nuca con suavidad—. Quédate quieta. —Me puso el papel en la mano y lo rodeé con los dedos.

Con su mano sujetándome la cabeza y la mía agarrándome a su hombro, me llevé el papel a la nariz y poco a poco, con su ayuda, empecé a enderezarme. Sin duda, me caía algo por la nariz, pero cuando bajé la vista hacia el papel, me sentí como una completa imbécil.

Con la cara encendida y los oídos zumbándome, le solté los hombros increíblemente musculosos y le di la espalda mientras deseaba que se abriera el suelo y desaparecer.

—¿Qué pasa? —preguntó, su voz por encima de mi hombro y su aliento haciéndome cosquillas en el cuello.

¡Dios mío! Cerré los ojos.

—Nada. No está sangrando, falsa alarma —grazné, y volví a colocarme delante de la máquina de café mientras, todo el rato, sorbía por la nariz sin parar (porque seguía cayendo algo) e intentaba ocultar mi cara roja.

—¿Qué te pasa en la voz?

El graznido no había sido solo a causa de la vergüenza. Me dolía un poco la garganta al tragar, pero cuando me desperté pensé que no era nada. Aunque si a eso le añadía la secreción nasal, igual era algo más.

—Me duele un poco la garganta. Seguro que no es nada, solo un pequeño resfriado.

—¿Te vas a poner mala?

—No, no es nada. Estaré bien para el acto benéfico. —No fue ni atractivo ni útil cuando tuve que sorber un par de veces justo al final de la frase.

—No preguntaba por eso, Rose.

Le lancé una mirada rápida antes de tocar la pantalla para hacer el expreso.

—¡Oh, bueno! Estoy bien. Estaré bien.

—Has estado trabajando demasiado.

—Tú también trabajas mucho. Cada noche te encierras en tu despacho incluso después de volver aquí. ¿Y eso qué tiene que ver? —Me encogí de hombros, todavía intentando mantener la cabeza ligeramente inclinada hacia atrás para evitar que me cayera líquido por la nariz—. Seguro que es por el frío. Nunca me pongo mala mucho tiempo. Se me pasará en un día o dos. —El café dejó de gotear, así que empecé a espumar la leche—. ¿Estabas diciendo algo sobre lo del sábado cuando has entrado en la cocina? —Levanté la voz para que pudiera oírme, pero ya se había adelantado, ya que se acercó más todavía y ahora estaba justo detrás de mí.

Su pecho me tocó la espalda cuando se inclinó hacia delante y empujó algo delante de mí. Sujetando la jarra de leche con una mano, miré hacia abajo y vi una tarjeta de crédito.

—¿Qué es eso?

—Mi tarjeta de crédito.

—Ya lo veo. ¿Para qué es? —Cuando la leche estuvo lista, la agité un poco para que se asentaran las burbujas. Vertí el café en los termos y luego la leche espumada. Aseguré las tapas y miré a Jack, esperando su respuesta.

—El acto va a ser todo un acontecimiento, así que me gustaría que compraras algo apropiado para la velada.

Que dijera cosas como esta con esa expresión ilegible suya era lo que hacía que a veces no me agradara.

—¿Lo hice mal la última vez? ¿En la cena con tus socios? —pregunté, evitando su mirada.

—No. Deja de poner palabras en mi boca.

—Entonces, ¿qué es esto? —Le devolví la tarjeta de crédito.

Se le arrugó la frente y, como había dejado de mirarle a los ojos, vi cómo se le contraía un músculo de la mandíbula.

—Para que puedas comprarte un vestido para un evento al que vas a asistir por mí. No hace falta que te gastes tu dinero. Ahórralo para el alquiler que me vas a acabar pagando. —Empujó el plástico negro hacia mí.

—Puedo comprarme el vestido y pagar el alquiler, Jack.

—No he dicho que no puedas, Rose, pero lo que digo es que me gustaría comprar este.

Fue el hecho de que no pudiera seguir discutiendo lo que más me afectó, pensé, que en realidad no pudiera permitirme comprar un vestido apropiado para alguien que iría de su brazo a un acto benéfico importante. Éramos de mundos muy distintos. Si nos hubiéramos conocido en otras circunstancias, no habríamos tenido nada en común. No habría sido posible un «nosotros». Así que... sí que estábamos jugando a las casitas, y tenía que metérmelo en la cabeza cada vez que le miraba a los ojos y empezaba a sentir cosas.

Se acabó lo de ponerme sentimental cuando venía a la cafetería, cosa que ocurría a menudo.

Se acabó lo de sentir el corazón acelerado cuando entraba por la puerta.

Se acabó lo de tener esas mariposas emocionadas de las que todo el mundo hablaba y que me revoloteaban en el estómago.

Se trataba de un acuerdo de negocios entre dos adultos, ni más ni menos.

Lógicamente, tenía razón. No iría a un evento tan prominente de no ser por él, así que tenía sentido que comprara el vestido, pero no podía ignorar lo pequeña que me hacía sentir a su lado.

—Vale, Jack.

Sin decir nada más, cogí la tarjeta de crédito.

Estaba más que preparada para irme a trabajar y alejarme de él. Estaba pasando junto a Jack en silencio cuando me puso la mano en el brazo, lo que me detuvo. Esperaba que me hiciera su pregunta favorita: *¿Qué te pasa?* Estaba intentando encontrar una respuesta que me permitiera salir antes de la cocina cuando su otra mano me levantó la barbilla con suavidad y mis ojos sorprendidos se encontraron con los suyos. Con delicadeza, me acarició la mandíbula con el pulgar, como si no pudiera controlarlo. Luego se detuvo y, despacio, dejó la mano sobre mi mejilla.

El corazón me dio un vuelco en el pecho (a pesar de que hacía unos segundos había decidido que eso no estaba permitido) y, poco a poco, se me empezó a acelerar cuando me di cuenta de que era incapaz de apartar la mirada de sus ojos escrutadores. Separé los labios porque quería decir su nombre, quería decirle que… no me mirara tan fijamente, como si lo nuestro no fuera tan falso. Quería decirle que dudaba de que pudiera soportarlo más.

Se le suavizó la expresión, se le alisaron las arrugas de la frente.

—Compra lo que quieras para mí.

¿Para él? Asentí, incapaz de hilvanar dos palabras. Su mirada me recorrió el rostro, deteniéndose en los labios, y se me olvidó cómo respirar. ¿Qué estaba haciendo? ¿Qué brujería era esta?

Primero espiras y luego inspiras. No, primero tienes que inspirar. Primero necesitas tener aire en los pulmones para poder espirar.

—Algo blanco, tal vez, o color crema —continuó, ajeno a mi estado de nerviosismo—. Te quedan bien esos colores.

¿Sí?

¿Qué narices estaba pasando?

Intenté poner en marcha el cerebro para pensar si alguna vez me había visto de blanco, pero aparte de una blusa blanca que me puse con los vaqueros negros, no se me ocurría ni un solo conjunto.

Tragué saliva y volví a asentir.

Si en ese momento me hubiera sonreído, estaba casi segura de que me habría sacado del trance porque habría sabido a ciencia cierta de que se trataba de una copia de Jack Hawthorne (una guapísima, pero una copia nada más), pero no lo hizo. Cuando no me tambaleé después de que me soltara el brazo, pensé que sería capaz de sobrevivir a cualquier cosa, pero entonces me colocó la parte más larga del flequillo detrás de la oreja y empezó a inclinarse hacia mí. Esta vez fue un pelín más rápido que una tortuga, pero aun así me dio tiempo a inclinarme ligeramente hacia atrás con los ojos abiertos de par en par.

—¿Qué estás haciendo? —susurré.

Ignoró por completo mi intento de protegerme y, con suavidad, me besó justo debajo de la mandíbula, en el cuello.

Se me olvidó cómo respirar, cómo existir en este nuevo mundo.

—Dime el recuento de clientes a lo largo del día. Escríbeme.

Si hubiera inclinado más la cabeza hacia atrás, me habría caído.

—Pero dijiste que no te gustaban los mensajes.

—Escríbeme de todas formas.

Respirar seguía siendo un problema, porque cuando retiró las manos de mi cuerpo, no supe qué hacer conmigo misma. ¿Me iba? ¿Me quedaba mirando? Debió de darse cuenta de que me había quedado helada, pero no hizo ningún comentario mientras permanecía petrificada intentando comprender lo que acababa de ocurrir.

Miró su reloj con indiferencia y me di cuenta de lo tenso que estaba.

—Raymond debe de estar esperándote —comentó, y se giró hacia la máquina de café, probablemente para prepararse su café de la mañana. Salí del bloqueo por fin.

—Eh... Claro. Sí. Llego tarde, ¿no? Deberías, mmm, tener un buen día en el trabajo. —Se giró hacia mí y se apoyó en la encimera con las manos agarrando el borde del mármol blanco—. ¡Feliz... día! —añadí al final, como si eso fuera a mejorar algo, y me di la vuelta.

Cerré los ojos y me deseé una muerte rápida mientras salía de allí a toda prisa. Solo había dado tres pasos fuera de la cocina cuando su voz me detuvo en seco.

—Rose.

No respondí. En mi caso, las palabras seguían siendo preciadas de encontrar.

—Te olvidas del café.

Cerré los ojos, me giré, puse un pie delante del otro y volví a la cocina, manteniendo los ojos lejos de los suyos.

Murmuré un gracias rápido cuando me entregó las tazas de acero inoxidable. Hice lo posible por no tocarle, pero fue inevitable, y mis ojos volaron hacia los suyos cuando sus dedos rozaron los míos.

Ladeó la cabeza con la mirada fija en mi dedo. Sabía lo que estaba mirando.

—Lo llevas puesto.

Me acerqué los termos al pecho en un intento por ocultar el dedo anular.

—Lo he estado llevando todo el tiempo. Ya lo sabes.

—Bien —murmuró con los ojos clavados en los míos.

—¿Qué está pasando aquí? —pregunté con suspicacia, porque no tenía ni idea y necesitaba saber qué estaba pasando para poder ponerme a cubierto de alguna manera.

—Nada. Que pases una buena mañana, Rose.

Aún más desconfiada y un poco descolocada, me di la vuelta y me marché sin decir nada más. Estaba demasiado ocupada en mis propios pensamientos, por lo que no hablé mucho con nadie durante el resto de la mañana.

Número de veces que Jack Hawthorne sonrió: ninguna.
(He perdido la esperanza. Ayuda).

CAPÍTULO TRECE

ROSE

El resto de los días previos al acto benéfico fueron tan raros como aquella mañana. Los dos estábamos muy ocupados y no nos veíamos mucho a solas, pero por las noches, cuando venía a recogerme, si había gente hacía el numerito de tocarme. No era nada del otro mundo, nada que me hiciera apartarme de él de un salto presa del pánico, pero incluso un simple beso en la mejilla a modo de saludo o una mano en la parte baja de la espalda me afectaba. Me sacaba el pelo del abrigo como si nada y me ofrecía la mano cuando había un charco en medio mientras íbamos hacia el coche, como si fuera a resbalarme y ahogarme en ese pequeño charco de agua si no me sujetaba. Bien podría haberlo hecho, pero ese no era el problema. Me abría las puertas y me daba un suave empujón en la espalda cuando me quedaba mirándole con el ceño un poco fruncido, y cómo decía mi nombre mirándome a los ojos, cómo salía de sus labios…, cómo me escuchaba con tanta atención cada vez que conseguía decir algo… ¿Siempre me había escuchado así o había empezado a imaginarme cosas?

No estaba segura.

Casi todas las noches me preguntaba si estaba libre para cenar, y casi todas las noches pedíamos a domicilio y comíamos en el comedor, donde, de hecho, se esforzaba por hablar conmigo, y yo disfrutaba cada minuto, pero mentiría si dijera que no estaba confusa. Eso no cambiaba nada; incluso cuando recibía respuestas formadas por una única frase, él continuaba. Por lo general me iba a la cama en cuanto terminaba de cenar, no solo porque huyera de él, sino porque me estaban dando unos dolores de cabeza atroces casi cada dos días.

Compré el vestido el día antes del evento. Lo había pospuesto todo lo que pude, pero dejarlo para el último día era demasiado incluso para mí. Elegí el vestido más barato que me enseñaron, aunque eso no era decir mucho porque equivalía a dos meses de alquiler.

Por mucho que hubiera odiado la experiencia, el vestido era precioso y mereció la pena. Tan bonito, de hecho, que daban ganas de sacarlo del armario un día cualquiera y ponértelo por casa mientras veías un capítulo de *The Office* detrás de otro. Decir que estaba nerviosa por salir a la calle con él puesto era quedarse corto.

Era un vestido adornado de tul con un forro corto y marrón por debajo que me llegaba un poco por encima de las rodillas. Las mangas de campana y la espalda baja eran una declaración de intenciones por sí solas, pero mi parte favorita del vestido era el corpiño ajustado que daba paso a una falda larga con vuelo y el cinturón fino de metal dorado. La falda hacía que te entraran ganas de balancearte de un lado a otro como una niña de cinco años con un vestido de princesa nuevo. Casi me recordaba a un vestido de novia de ensueño.

Me encantaba, pero sobre todo me preocupaba lo que pensaría Jack. ¿Sería demasiado? ¿Sería demasiado sencillo? Cuando Raymond me recogió el sábado, acababa de empezar a llover, y debido al tráfico imposible tardamos más de lo habitual en llegar al apartamento. Cuando pregunté dónde estaba Jack (porque me había acostumbrado tanto a que Jack pasara siempre a recogerme), Raymond dijo que tenía trabajo que hacer pero que llegaría al apartamento puntual.

Teníamos que salir a las siete y media. Eran las siete y cuarenta y Jack no solo había llegado, sino que había llamado a mi puerta dos veces. Hice todo lo que pude para recogerme el pelo en una coleta desenfadada que quedara elegante y desordenada, pero mi pelo no estaba contribuyendo. Al final, tuve que hacerme unas ondas con el rizador y dejármelo suelto. El maquillaje no podía ser más sencillo. Me limité a añadir un poco de corrector al que ya llevaba puesto. Me eché sombra de ojos marrón en los párpados con los dedos, después añadí más colorete y, por último, me pinté los labios de color burdeos, también con los dedos. De pie frente al elegante espejo de cuerpo entero, me puse el vestido y me quedé mirando el reflejo.

Para ser justos, no estaba tan mal, pero me sentía incómoda, como si me estuviera pasando de la raya. Pero un trato era un trato, así que, intentando no darle demasiadas vueltas, me enfundé en mi abrigo gris oscuro que me llegaba hasta las rodillas y salí de la habitación. Los tacones no eran mis mejores amigos, así que bajé las escaleras descalza y en la entrada me puse el único par de tacones que tenía.

Encontré a Jack en medio del salón, mirando el móvil. No emití ni un solo sonido mientras lo observaba. Su barba incipiente estaba en perfectas condiciones, como siempre, y llamaba la atención nada más verle, pero si a eso le añadías un esmoquin, Jack Hawthorne se había vuelto letal. Tragué saliva y carraspeé. Mi marido levantó la vista y me miró.

No le di la oportunidad de hacer ningún comentario.

—Sí, sé que vamos tarde y lo siento, pero ya estoy lista, podemos irnos.

Asintió con la cabeza con brusquedad y movió los ojos de arriba abajo al tiempo que se acercaba el móvil a la oreja.

—Raymond, estaremos allí en un minuto.

Llevaba el abrigo abrochado y las manos en los bolsillos, por lo que lo único que veía eran unos centímetros del bajo de la falda adornada. No hizo ningún comentario. En un intento por evitar su mirada, me adelanté a él y bajamos en ascensor.

—Buenas noches, Steve —dije al pasar junto al portero y mi ahora amigo.

Me guiñó un ojo y, a pesar de lo nerviosa que estaba, no pude evitar sonreír.

—Espero que se lo pase bien esta noche, señora Hawthorne.

—Siempre me llamaba «señora Hawthorne» cuando Jack estaba cerca, pero por las mañanas, cuando solo éramos él y yo charlando un minuto o dos mientras esperaba a que llegara Ray, siempre era Rose. La mano de Jack me tocó la espalda y me enderecé.

—Que tengas una buena noche, Steve —añadió Jack, y mi mirada sorprendida voló hacia él. ¿Desde cuándo había empezado a hablar con Steve? Era evidente que era algo nuevo, porque por un momento Steve no supo qué decir.

—Eh… Usted también, señor.

Salimos al aire frío de la tarde, la lluvia ya era solo una llovizna. Fui muy consciente de la mano de Jack en mi espalda hasta que entré en el coche y me deslicé hasta el otro extremo. Nada cambió una vez que subió detrás de mí. Seguía siendo muy consciente de su presencia, su olor, sus ojos, tanto si me tocaba como si no.

—Hola otra vez, Raymond.

Miró por encima del hombro para ofrecerme una sonrisa.

—Está preciosa, señora Hawthorne.

Me sonrojé y, por el rabillo del ojo, noté que Jack se ponía tenso.

—Llegamos tarde. Vámonos —ordenó en un tono áspero, cortándome antes de que pudiera responderle a Raymond.

Me habría disculpado de nuevo por hacer que llegáramos tarde, pero se estaba portando como un cretino con Raymond, así que preferí no decir nada durante todo el trayecto en coche hasta donde se celebraba el evento en el centro de la ciudad. Tardamos una hora en llegar, y estar callada en un coche durante una hora entera requirió mucha paciencia por mi parte.

Al salir del coche, nos quedamos uno al lado del otro al pie de las escaleras que conducían al luminoso edificio.

—¿Por qué suenas rara? —preguntó Jack en medio del silencio.

—Tú y tus cumplidos. Siempre provocando que caiga rendida a tus pies —dije, distraída, con los ojos todavía en el edificio.

—Hablo en serio, Rose.

Me sorprendió el tono tenso de su voz, por lo que levanté la vista hacia él.

—¿Qué?

—Tu voz suena diferente. ¿Está empeorando el resfriado?

—Oh. —Me toqué el lado de la nariz y volví a mirar hacia delante, un poco avergonzada de que se hubiera dado cuenta—. El resfriado, sí. No está mucho peor, la verdad, pero tengo una bolita de algodón en la nariz. Pensé que sería mejor idea que estar sorbiendo todo el rato.

—Tienes que ir al médico.

—Lo haré.

—¿Preparada? —preguntó Jack, extendiendo la mano entre nosotros.

La miré fijamente durante unos segundos y luego, sin más remedio, tuve que poner la mano en la suya, muy grande. Respiré hondo y di un paso adelante, pero me empujó hacia atrás con suavidad. Cuando movió nuestras manos y entrelazó los dedos, lo que hizo que mi alianza se moviera ligeramente, tuve que cerrar los ojos un segundo e ignorar el golpe pesado que sentía en el pecho. Cada vez que me tocaba la alianza, el corazón me daba un pequeño brinco de felicidad.

Estábamos listos para ir, pero ninguno de los dos daba el primer paso. Nos aferramos a la mano del otro y nos quedamos inmóviles.

—¿Qué pasa, Rose? —preguntó en voz baja, y esta vez cerré los ojos con más fuerza. Estaba demasiado cerca, olía demasiado bien y volvía a ser amable.

Era incapaz de pensar en una mentira legítima, así que en vez de admitir sin tapujos que su simple presencia me estaba afectando, solté lo primero que se me ocurrió. Al menos estaba diciendo la verdad.

—No me gusta cuando actúas como un cretino.

No le estaba mirando cuando dije las palabras en voz alta. A medida que una pareja pasaba junto a nosotros y subía las escaleras mientras que, por lo que parecía, discutían entre ellos, tuve que esperar la respuesta de Jack, ya que no tenía intención de encontrarme con su mirada para ver qué estaba pensando.

Solo habló cuando las voces de la pareja se habían apagado y a nosotros tampoco se nos oía.

—¿Cuándo he sido un cretino?

Le devolví la mirada.

—No puedes ser tan inconsciente. Has sido un cretino integral con Raymond, Jack.

—¿Por eso no me has dicho ni una palabra en todo el trayecto?

Perpleja, me quedé mirándole.

—Le has hablado mal sin motivo.

—Le hizo un cumplido a mi mujer —argumentó—. No teníamos tiempo de sentarnos a charlar durante una hora.

—Tu falsa esposa, y lo sabe.

Fascinada, me quedé mirando el tic que le estaba empezando a entrar en un músculo de la mandíbula.

—¿Se supone que eso ayuda a tu caso? Sé...

—Solo dijo una frase mientras arrancaba el coche. —Levanté un dedo para dejar claro mi argumento—. Estaba siendo amable, y es mi amigo. Tú eres el que actuó como un cretino. Creo que es de esperar que no quisiera hablar contigo.

—Genial —espetó.

—Genial —repliqué, más brusca.

Me miró fijamente a los ojos y le devolví la mirada, sin echarme atrás. Debí de imaginarme cómo se le contrajeron los labios, porque un segundo después ladró otra orden para que entráramos y estábamos subiendo las escaleras trotando.

Todavía de la mano.

Era un gran problema que no me importara cogerle de la mano.

En cuanto atravesamos las puertas, la suave música clásica llegó a mis oídos, sustituyendo a todas las bocinas y sirenas.

Allá vamos.

Nos detuvimos frente al guardarropa mientras la pareja que acababa de pasar junto a nosotros seguía en un rincón, discutiendo en voz baja.

—Lo siento —refunfuñó Jack, deteniéndose a mi lado y con los ojos fijos en la pareja—. No era mi intención ser un cretino. ¿Me perdonas?

Sorprendida por sus palabras y la suavidad de su voz, giré la cabeza hacia él y observé su perfil. ¡Dios! Era tan guapo... No tenía ninguna posibilidad desde el primerísimo día.

—No pasa nada —murmuré, todavía un poco sorprendida por lo que sentía al mirarle, y me dio un apretón rápido en la mano. Justo cuando estaba bastante segura de que iba a ser más fácil que no me gustara, hacía algo así y me dejaba sin palabras.

—¿No tienes bolso? —preguntó cerca de mi oído. Tuve que apartarme un poco para no enterrarme contra su pecho. La culpa de esa muestra de idiotez se la eché a su aliento, que había sentido en mi cuello y que me provocó un escalofrío.

Me soltó la mano y se colocó a mi espalda, dispuesto a ayudarme a quitarme el abrigo.

—No tengo ninguno que pegue —respondí en voz baja, inclinando la cabeza hacia la izquierda para que pudiera oírme al tiempo que, despacio, empezaba a desabrocharme el abrigo con los dedos fríos, tras lo que me lo quité encogiéndome de hombros con suavidad.

—¿Por qué no te has comprado algo?

—Me dijiste que me comprara un vestido, y no me hace falta un bolso. No te preocupes, nada más que el vestido ya ha costado una fortuna.

Le entregó mi abrigo a la chica y cuando se olvidó de dar las gracias, hablé por los dos y le ofrecí una pequeña sonrisa. Un segundo después oí a Jack refunfuñar un «Gracias» también mientras se quitaba su abrigo.

Me hizo sonreír y caminé delante.

Por suerte, dentro del salón de baile en el que se celebraba el acto hacía mucho más calor, así que no creí que fuera a tener muchos problemas a la hora de congelarme con el vestido puesto. Con discreción, me toqué la nariz para asegurarme de que la bolita de algodón que me había metido en el apartamento seguía allí. ¿Cómo de divertido era que la secreción nasal hubiera decidido quedarse? Tirando de las mangas de campana del vestido para intentar que estuvieran bien, me quedé quieta y esperé a que Jack volviera a ponerse a mi lado.

Cuando reapareció junto a mí, le pillé mirándome fijamente. Bajé la vista para mirarme a mí misma.

—¿Qué? ¿Es demasiado?

—Rose.

Enfrenté su mirada penetrante con una ceja arqueada y esperé a que continuara, pero se limitó a mirar. Empecé a preocuparme e intenté bajarme el forro marrón de debajo del vestido.

—No. No, no lo es —susurró—. Estás increíble —dijo, y mis ojos se clavaron en los suyos.

Esta vez, cuando me ofreció la mano, fue una distracción bienvenida.

—Me... Tú también estás increíble, Jack. Siempre lo estás —murmuré, y noté que me ruborizaba un poco.

Abrió la boca para decir algo, pero justo en ese momento un hombre mayor le puso una mano en el hombro y desvió su atención de mí.

Jack nos presentó, pero tras la conmoción inicial al oír que Jack se había casado, el tipo dejó de interesarse en mí. Empezaron a hablar de una empresa que creía que representaba Jack. Con la sonrisa fija en el rostro, los ignoré y aproveché la oportunidad para echar un vistazo a la sala.

Cuando vi dos mesas llenas de niños pequeños al fondo de la sala, no pude ocultar mi curiosidad. Algunos hablaban entre ellos, mientras que otros se limitaban a mirar a su alrededor con asombro. Sus ropas no encajaban con la elegante multitud, así que dudé que fueran de alguien que estuviera en la sala. Parecía que en cada mesa había un adulto sentado con ellos.

Cuando Jack terminó de hablar con el hombre, Ken algo, me incliné más hacia él para que nadie pudiera oírnos. Se inclinó al mismo tiempo para que me fuera más fácil, y mi nariz se llevó una buena bocanada de su colonia cuando chocó con su cuello. Era la que odiaba porque me ponía inestable cuando estaba con él, lo que no me gustaba nada.

—¿Para qué organización benéfica es el acto? —pregunté, logrando concentrarme después de la conmoción inicial que me había provocado el olor.

—Una organización que ayuda a los niños de acogida.

Me aparté y le miré sorprendida.

—No me lo habías dicho.

—¿No?

Despacio, negué con la cabeza.

—Creía que sí. ¿Algún problema?

Toda mi infancia con los Coleson fue dura. No me querían. Para una niña de esa edad, saber eso era algo amargo. Sabía por lo que estaban pasando esos niños, lo solos que se sentían, abandonados y carentes de valor. Siempre había sentido debilidad por los niños y lo más probable es que fuera a ser así el resto de mi vida.

Con la voz temblorosa, susurré:

—A mí también me gustaría donar. ¿Dónde puedo…?

Jack se aclaró la garganta, apartó la mirada de mí y recorrió la multitud con los ojos.

—Ya voy a donar yo.

—Vale, pero a mí también me gustaría donar.

—Voy a donar, así que no hace falta que lo hagas.

Empezó a andar, pero esta vez ir de la mano jugó a mi favor y fui yo la que tiró de él hacia atrás. Me miró incrédulo, y enarqué las cejas y esperé a que me diera la respuesta que buscaba.

No sabía por qué eligió inclinarse y susurrármelo al oído, pero tampoco fui capaz de apartarle. Antes de que pudiera detenerme, estaba inclinando la cabeza hacia un lado y cerrando los ojos. Saboreando el momento.

—Estamos casados, Rose. Mi donación está a nombre de los dos. Déjame que lo haga.

Oí las palabras no pronunciadas como si las hubiera dicho en voz alta.

Por ti.

Déjame que lo haga por ti.

Mientras se apartaba, levanté la mano que tenía libre y le agarré el cuello para que se quedara quieto y me escuchara.

—Casados o no, es tu dinero, Jack. Me encanta que lo hagas en nombre de los dos, significa mucho, pero yo también quiero ayudar. Podemos donar ambos.

Durante un rato no hubo respuesta, pero permaneció inclinado, mirándome a los ojos. Después de unos segundos más en silencio, me sentí incómoda, así que empecé a soltarle el cuello, pero capturó mi muñeca con la mano izquierda antes de que pudiera hacerlo y la mantuvo sobre su hombro.

Tragué saliva al darme cuenta de que básicamente estábamos abrazados delante de todo el mundo, aunque no me importaba mucho si alguien nos estaba viendo o no. Cuando sentí la nariz de Jack rozarme el cuello, se me tensaron los dedos en su hombro y un pequeño escalofrío me recorrió el cuerpo. Sonreí.

—¿Todo tiene que ser una batalla entre nosotros? ¿Tanto me desprecias? Me estoy encargando de ello, Rose. Confía en mí. Donaré ciento cincuenta mil dólares en nombre de los dos.

Se apartó y me miró a los ojos. Como un pez, abrí y cerré los ojos. ¿Despreciarle? ¿Qué le había hecho pensar eso?

—Nunca podría despreciarte, Jack —susurré, sintiéndome expuesta e insegura.

Satisfecho, asintió una vez.

—Vamos a buscar nuestra mesa.

Cerré los ojos un segundo, confiando en que me alejaría de cualquier obstáculo, y respiré hondo. Por el momento, interpretar el papel de marido y mujer me iba a jugar una mala pasada, y no estaba segura de que fuera a llevarlo tan bien al final de la noche.

Abrí los ojos y vi que estábamos pasando junto a la mesa de los niños. Una de las niñas (no debía de tener más de ocho años) nos miraba con los ojos muy abiertos, así que le guiñé un ojo y vi cómo se apresuraba a bajar la mirada a su regazo mientras jugueteaba con el borde del mantel blanco.

Cuando volví a mirar hacia delante y Jack se detuvo, todavía tenía una sonrisa en la cara. *Igual la noche no es tan mala después de todo*, pensé, pero entonces, cuando vi quién estaba de pie frente a nosotros, dejé de estar tan segura.

Bryan nos sonrió, no una sonrisa feliz como la que cabría esperar de alguien a quien habías considerado familia durante muchos años, sino una sonrisa burlona.

—¡Qué gran coincidencia encontrarme con vosotros aquí! —exclamó Bryan, que pasó la mirada de mí a Jack—. Sí que es una buena noche.

—Bryan —respondió Jack con fuerza.

No fui capaz de decir nada porque vi a la pareja que estaba de pie justo detrás de él hablando con una mujer mayor. Me quedé paralizada.

Cuando Bryan se inclinó hacia delante para darme un beso en la mejilla, Jack tiró ligeramente de mí contra él, de manera que mi hombro quedó apoyado en su costado. No reaccioné. Me quedé en silencio, atónita.

—Enhorabuena de nuevo por vuestro matrimonio. Sé que empezamos con mal pie, pero no podemos dejar que nimiedades como esa interfieran con la familia, ¿verdad, Jack? —preguntó. La sonrisa falsa de Bryan se le cayó de la cara cuando ni Jack ni yo respondimos, y siguió mi mirada y miró por encima de su hombro—. Jodi, mira a quién me he encontrado.

Jodi se giró para mirar a su hermano y su… compañero se giró con ella.

Noté cómo la sangre que me quedaba se me iba de la cara y, mientras se acercaban a nosotros, la mano de Jack se apretó alrededor de la mía. Agradecí estar apoyada en él porque, de lo contrario, dudaba de que hubiera podido mantenerme erguida demasiado tiempo.

Jodi y mi exprometido, Joshua, que tenía la mano alrededor de la cintura de ella, se detuvieron en nuestro pequeño círculo y nos saludaron como si no pasara nada. Era la primera vez que le veía después de que rompiera conmigo por mensaje. Parecía que habían pasado siglos, y ahora estaba en un acto benéfico con Jodi.

Si bien es cierto que ya no sentía nada por mi exprometido, noté cómo el corazón se me rompía en pedacitos. Jodi me sonrió como si todo fuera normal, me felicitó por mi matrimonio y se disculpó por no haber asistido a la inauguración de la cafetería, justo como había hecho Bryan. Pareció igual de falso y forzado. Ni siquiera pude asentir con la cabeza a modo de respuesta porque no podía apartar los ojos de Joshua. Me lanzó una mirada y luego miró a todas partes menos a mí.

Creo que Jack y Bryan intercambiaron algunas palabras más, oía el tono cortante y nada alegre de Jack, pero notaba un martilleo en los oídos que me impedía distinguir palabras concretas. Estaba empezando a sentirme un poco mareada y aparté los ojos de Joshua cuando Jodi se inclinó hacia él y le susurró algo al oído, lo que hizo que soltara una risita. Yo había sido la receptora de esa risita antes y me había encantado ese sonido cálido. Ahora me revolvía el estómago.

Me apoyé más en Jack, agradecida de que fuera tan grande y fuerte a mi lado. Retiró nuestras manos unidas de entre nuestros cuerpos y, con mi mano todavía muy pegada a la suya, me dobló el brazo y me rodeó la cintura.

No sabía muy bien qué hacer conmigo misma, así que cuando sentí los labios cálidos de Jack contra la sien, lo miré aturdida.

—¿Quieres ir a buscar nuestra mesa?

Estudié su cara, sus ojos hermosos pero enfadados. Estaba tan guapo con el esmoquin, tan inalcanzable, y sin embargo allí estaba, sin ser mío, pero aun así sosteniéndome.

—Sí —susurré—. Por favor.

Jack les deseó una buena velada a mis primos y a Joshua y yo conseguí esbozar una leve sonrisa. Jodi y Joshua ya se estaban alejando.

—Espero volver a saber de ti, Jack —dijo Bryan, y me tocó el brazo, lo que hizo que me sacudiera de manera instintiva, y luego se alejó también. Ni siquiera fui capaz de encontrarle sentido a sus palabras.

—¿De qué está hablando, Jack?

—No te preocupes. ¿Quieres irte? —preguntó Jack, y volví mi mirada desenfocada hacia él.

—Sí.

Mi marido, el hombre fuerte que todavía me estaba sosteniendo, empezó a girarme con suavidad hacia la puerta por la que acabábamos de entrar. Dos pasos después, le puse la mano en el brazo y lo detuve.

—No. No, espera. Hicimos un trato. Lo siento. No voy a irme.

Le había hablado a su pecho, pero me levantó la barbilla y me miró al fondo del alma.

—No hay ningún trato, Rose.

—Sí que lo hay. Es un acuerdo de negocios. No hay razón para que nos vayamos.

—Rose... —empezó, pero le corté.

—Era Joshua, mi exprometido, con mi prima.

Apretó los labios.

—Sé quién es.

—Me ha pillado por sorpresa, eso es todo. Ya estoy bien.

—No lo sabía —espetó tras unos segundos buscando algo en mis ojos. ¡Dios! Tenía unos ojos preciosos—. Si hubiera sabido que estarían aquí tus primos y… No lo sabía, Rose.

Sonreí, solo un poco.

—Lo sé.

¿Qué le pasaba a Bryan? Me llamó hace apenas unos días, todavía con amenazas. ¿Por qué ha hablado así?

—No me dijiste que te había llamado.

—No era importante.

—Lo es. Si te vuelve a molestar, dímelo.

Asentí.

—Rose, pensé que esta vez disfrutarías la causa…, por eso la elegí.

Se me ensanchó la sonrisa y se pareció a algo más genuino.

—Tienes razón. Voy a disfrutar por la causa.

Con el semblante duro, sacudió la cabeza.

—No paro de estropearlo todo, ¿verdad?

No sabía muy bien qué se apoderó de mí, pero había algo en su tono que no me gustó. Así pues, como si para mí fuera lo más natural del mundo, sin dejar de mirarle a los ojos me puse de puntillas, le coloqué la mano en la mejilla cubierta de barba incipiente y le besé la comisura de los labios. Eso era lo más lejos que me permitía llegar. Su mano me apretó la cintura y me acercó al menos unos centímetros a él. No eliminó la distancia que nos separaba, pero todo el tiempo fui consciente de su mano y de dónde estaba.

—Gracias —susurré mientras me dejaba caer sobre los talones y le arreglaba la pajarita.

Me soltó la cintura.

—¿Por qué?

No tenía una respuesta directa para eso.

—Gracias, nada más.

Apretó su mandíbula perfectamente cuadrada y suspiró.

—¿Seguro que quieres quedarte?

No estaba segura, pero no iba a irme. No les daría esa satisfacción, por mucho que quisiera meter el rabo entre las piernas y huir.

—Sí. Segurísima.

Cuando salimos de nuestra pequeña burbuja privada, empecé a oír todo lo que nos rodeaba: la risa robusta de un hombre, platos chocando, alguien tosiendo, la risita de una mujer y la música clásica baja. Jack nos guio como siempre lo hacía, con una mano gentil en mi espalda, y yo me aseguré de no mirar a ningún sitio que no fuera hacia delante. Era muy difícil no estremecerse con cada ruido fuerte a medida que caminábamos alrededor de las mesas, y, por fin, nos detuvimos frente a una que estaba en el extremo del todo.

Jack sacó una silla y me senté. Como era obvio, no conocía a ninguno de los que estaban sentados en la mesa, pero dudaba de que Jack sí lo hiciera. Durante un buen rato, estuvimos en silencio. En ese momento, cometí el error de mirar a la derecha, solo para ver si veía a los niños desde donde estaba sentada, pero en vez de eso, mis ojos se encontraron con los de Joshua. Estaban dos mesas a nuestra derecha y un poco hacia atrás. No parecía que Jodi estuviera con él en ese momento, pero Bryan estaba allí, sentado a su derecha, hablando con otra persona de su mesa. Joshua no rompió el contacto visual conmigo, sus ojos marrones observando, calculadores. Entonces, con tanta sutileza que casi no me di cuenta, levantó el champán como si brindara por mí.

Me di la vuelta con el estómago revuelto y me prometí que no iba a volver a mirar por encima del hombro en todo el acto.

—¿Cómo te sientes? —preguntó Jack, y mis ojos se deslizaron hacia él. Estaba mirando hacia delante, otra vez con el tic en la mandíbula.

De alguna manera, sabía que no me estaba preguntando cómo me sentía con respecto a la situación. Sospechaba que me estaba preguntando lo que sentía por mi exprometido.

Respondí con honestidad y con la voz firme.

—Tengo el estómago revuelto. —Así era tal y como me sentía, aunque también me sentía aliviada de no haber cometido el error de casarme con alguien como Joshua, alguien que me decía cuánto me quería con tanta facilidad y frecuencia, y que, sin embargo, al final parecía no decirlo en serio. Ni siquiera era capaz de empezar a comprender cómo podía estar con Jodi. Se conocieron a través de mí. Habíamos cenado juntos un puñado de veces con la familia cuando Gary lo invitaba y habían charlado de tanto en tanto cuando nos cruzábamos, pero nunca, jamás, hubiera imaginado... esto. Ni siquiera por parte de Jodi, y menos aún por parte de Joshua. Siempre me había dicho que pensaba que Jodi era como una princesa de hielo y que no le llamaban así.

Tenía las manos en el regazo, casi congeladas, así que cuando la mano de Jack cubrió la mía, bajé los ojos y vi cómo, despacio, volvía a entrelazar nuestros dedos, tal y como lo había hecho tantas veces la última hora. Me fascinó lo suficiente como para dejar de lado todo pensamiento sobre Jodi y Joshua y el hecho evidente de que estaban juntos y concentrarme en lo único que me calentaba desde dentro hacia fuera.

—Tienes las manos frías —murmuró Jack en voz baja, y me di cuenta de lo cerca que estábamos sentados el uno del otro.

¿Se había movido? Mantuvo las manos en mi muslo, agarrándomelas con fuerza, y decidí que me gustaba la sensación, la pesadez, la calidez. Así que me aferré con la misma fuerza.

—Lo sé.

Empezó a girarme el anillo de bodas alrededor del dedo con el pulgar.

De un lado para otro.

De un lado para otro.

Era una sensación tan extraña sentir su piel sobre la mía... ¿Sentía él lo mismo? ¿Los hormigueos?

Asintió con la cabeza una vez y le miré por debajo de las pestañas en un intento de no ser demasiado obvia. ¿Y qué si solo estaba fingiendo? Yo podía hacer lo mismo. Podía recibir este consuelo y permitirme sentirme querida. Podía dejar de pensar y disfrutar de los segundos y minutos que pasaba con él. No tenía que analizar cada uno de mis movimientos. Podía ser lo que quisiera con Jack mientras estuviéramos en público así. Podía engañarme a mí misma de buena gana antes de que tuviéramos que regresar al mundo real y cruel.

Levanté la cabeza y le miré. Había dos sitios libres en nuestra mesa, a la izquierda de Jack, los otros cuatro asientos estaban ocupados por dos mujeres y dos hombres que hablaban entre ellos.

—Jack, háblame —lo insté mientras el maestro de ceremonias de la noche subía al escenario y las luces se atenuaban ligeramente. En la sala se hizo el silencio entre la multitud, pero todavía se oían conversaciones tranquilas aquí y allá, razón por la que no me sentía culpable por mi falta de atención.

Jack tenía los ojos fijos en el escenario, pero los dirigió hacia mí y repetí mis palabras.

—Háblame.

Suspiró.

—¿De qué quieres hablar?

Me encogí de hombros, agradecida de que no se hubiera opuesto mucho.

—Cualquier cosa. Todo. Lo que quieras.

Se le dibujó una línea entre las cejas al tiempo que me estudiaba durante un breve momento.

—¿Cuántos cafés has vendido hoy? No me escribiste.

Sonreí y mi corazón se tranquilizó un poco más. Por mucho que insistiera en que no se le daban bien las conversaciones triviales, siempre disfrutaba de su compañía. Tenía su propia forma de hacer las cosas. Rara vez perdía el ceño fruncido, por un lado, pero en mi opinión, eso solo le hacía parecer más atractivo. Podría mirarme con el ceño fruncido toda una noche y, aun así, no me importaría. Me relajé en la silla y, por fin, comencé a entrar en calor.

—Ciento ochenta y seis.

—Son un poco más que ayer, ¿no?

Asentí.

—¿Estás contenta entonces? —preguntó.

Le dediqué una sonrisa más grande.

—Sí. La semana que viene va a ser la semana de la canela y estoy muy emocionada. ¿Alguna petición especial? Igual puedo hacerla.

Su mirada se alejó de la mía durante un breve momento cuando toda la sala estalló en risas y luego aplausos. Me percaté del ejército de camareros que pululaban alrededor de las mesas, y dos de ellos rodearon la nuestra con platos en las manos. Jack me soltó la mano y se reclinó para que el camarero pudiera hacer su trabajo. Me vi invadida por la pérdida del contacto y no estaba segura de cómo se suponía que tenía que sentirme al respecto. Nos tomaron el pedido de bebidas: vino blanco para mí y *whisky* con hielo para Jack.

En cuanto nos dejaron solos con nuestros *risottos* de colores extraños y fueron a por las bebidas, me recosté.

—¿Algo en específico que quieras de canela?

Habría preferido que volviera a cogerme la mano, pero en vez de eso, pasó el brazo de manera casual por el respaldo de mi silla y giró el cuerpo hacia mí.

—Cualquier cosa que hagas tú, guárdame un poco.

—Hago una cosa trenzada de canela. Es una receta sueca que me encanta. Puedo hacerlo si quieres.

—Me gustaría —dijo simplemente, y tuvimos que alejarnos un poco cuando llegaron las bebidas. No era fan del alcohol y rara vez bebía, pero tenía la sensación de que esa noche iba a necesitarlo.

Le di un sorbo al vino y él le dio otro al *whisky*.

—¿Conoces a mucha gente aquí? —pregunté, alejando la copa.

Miró por encima del hombro y se le endurecieron los rasgos. Curiosa, seguí su mirada y vi a Joshua con los ojos puestos en mí otra vez, a pesar de que Jodi estaba sentada a su lado. Tenía el brazo alrededor de su silla, casi igual a como Jack había tenido el suyo en la mía. Aparté la mirada y volví a poner la palma de la mano en la mejilla sin afeitar de Jack. Ejercí un poco de presión para girarle la cabeza hacia mí.

—Jack, ¿conoces a mucha gente aquí? —repetí mientras se bebía el resto del *whisky* de un solo trago—. Esta noche solo vamos a ser nosotros dos, ¿vale? No nos vamos a centrar en nadie más. Tenemos que parecer un matrimonio feliz, así que solo vamos a ser nosotros dos. —Era como si, al repetirlo varias veces, tal vez me lo acabaría creyendo yo también.

—Algunas. Conozco a algunas personas —respondió al final con la voz áspera por el alcohol.

Cuando el camarero estuvo lo suficientemente cerca, pidió otro. Le di un sorbo pequeño a mi vino y probé un bocado pequeño del *risotto*. Podría haber estado comiendo algo peor. Miré a las personas que teníamos sentadas delante y me di cuenta de que tampoco estaban interesados en lo que estaba sucediendo en el escenario.

Cuando noté que me goteaba algo de la nariz y caía sobre el mantel, se me calentó la cara entera y me apresuré a coger la servilleta, maldiciéndome por no tener un bolso pequeño en el que haber guardado algunas cosas. Muerta de vergüenza, esperé que Jack (o cualquier otra persona, en realidad) no hubiera visto mi secreción nasal. Tratando de ser discreta, me limpié el labio superior y ligeramente la nariz con la servilleta. Ya notaba cómo se me estaban sonrojando las mejillas cuando comencé a entrar en pánico. Miré la servilleta y vi la tela empapada de un líquido transparente. Empujé la silla hacia atrás, me levanté y Jack se levantó conmigo.

Sorbí en silencio y me llevé la mano a la nariz. Nuestra diferencia de altura jugó a mi favor, ya que podía mantener la cabeza inclinada hacia atrás mientras lo miraba.

—Voy al baño. No hace falta que vengas, Jack.

No me escuchó y me siguió hasta el fondo del salón de baile. Entré corriendo y, agradeciendo que no hubiera nadie más allí, me puse delante del espejo. Alcé la mano, me saqué el algodón de la nariz y me quedé mirándolo. Estaba empapado hasta el punto que lo apretaba y veía cómo goteaba. No tenía idea de lo que estaba pasando, pero estaba bastante segura de que ya no era solo una secreción nasal. Debía de haberme dado alergia algo. Ya tenía cita con el médico el lunes para que me diera un espray nasal que evitara que sucediera esto, pero hasta entonces iba a tener que tener cuidado de no gotear cerca de otras personas.

Cuando sonó un golpe en la puerta, la abrí hasta la mitad y saqué la cabeza.

—¿Todo bien? —preguntó Jack mientras intentaba mirar por encima de mi cabeza.

—Sí, claro. Salgo en un minuto.

No le di oportunidad de decir nada más y dejé que la puerta se le cerrara en la cara. Después de romper un poco de papel higiénico y enrollarlo hasta darle una forma con la que pudiera taparme la nariz, me eché un vistazo rápido en el espejo y noté lo pálida que estaba. El pintalabios burdeos que llevaba resaltaba demasiado en contraste con mi piel. Cogí más papel higiénico y me lo limpié a toques para convertirlo en un tinte de color. Salí del baño por fin y me reuní con Jack.

—Ya podemos volver —murmuré mientras intentaba pasar junto a él, pero me detuvo.

—¿Qué ocurre?

—Nada. Podemos irnos.

—¿Estabas llorando?

Confundida, le miré con el ceño fruncido.

—¿Por qué iba a llorar?

—Tu exprometido está aquí.

—Me he dado cuenta.

—Con tu prima —añadió con amabilidad.

—¿En serio? ¿Dónde? —pregunté con una indignación fingida.

Suspiró y se pasó la mano por el pelo peinado de manera informal.

—Deberíamos irnos.

—No paras de decir eso, pero no hace falta.

—¿Por qué no? Y como vuelvas a decir que hicimos un trato, te saco de aquí sobre el hombro.

Sus palabras inesperadas me sacaron una carcajada.

—Podrías intentarlo, a ver cómo te sale esta vez —contesté con una pequeña sonrisa.

No me devolvió la sonrisa.

—¿Estás segura?

—¿Por qué debería ser yo la que se va? No he hecho nada malo, así que no pienso darles esa satisfacción. Deja de preguntármelo. Me gustaría intentar disfrutar de la noche.

—No quiero que te hagan daño, Rose.

Lo miré fijamente. No era justo. No era justo que dijera cosas así al azar cuando me sentía tan desestabilizada con él.

—No vas a dejarme —dije, ahogándome un poco y con problemas para encontrar las palabras adecuadas—. No vas a dejar que nadie me haga daño. —Lo sabía. De alguna forma, sabía que no iba a dejar que nada me hiciera daño.

Soltó un suspiro.

—Como desees. ¿Lista para volver?

Asentí y, luego, dudé después de unos pocos pasos.

—Siento que todos nos están mirando allí dentro.

—Eso es porque lo están. —Los ojos de Jack se posaron en mi cara y luego en mi cuerpo. Noté cómo se me calentaban las mejillas—. Mírate. ¿Cómo no iban a hacerlo?

¡Madre mía!

Mientras intentaba pensar en algo que decir, me cubrió la mano con la suya. Un poco sorprendida, miré hacia abajo y luego hacia él, pero estaba mirando al frente. Cuando estalló otra ronda de aplausos en la sala, volvimos a entrar. Debido a que todos los camareros estaban corriendo de un lado para otro, caminábamos muy despacio, y así fue como sentí una mano pequeña en la pierna cuando pasé por una mesa.

—Jack, ¡qué sorpresa verte aquí! —dijo alguien a nuestra izquierda, bloqueando nuestro camino de vuelta. Mientras Jack le estrechaba la mano al hombre, miré hacia atrás y vi a una niña que giró la cabeza a toda velocidad cuando nuestras miradas se encontraron.

Cuando intenté apartar la mano de la de Jack, dejó de hablar y me miró de manera inquisitiva.

—Ahora vengo —susurré, y le sonreí a su amigo antes de volver sobre mis pasos en dirección a la niña. Me estaba lanzando miradas furtivas y, cuanto más me acercaba, más imposible le resultaba apartar la mirada. Cuando estuve junto a ella, me miró con esos ojos azules grandes y preciosos. No era un azul tan profundo como el de Jack, sino de un tono más claro, más dulce.

Me arrodillé con cuidado y me agarré a su silla con la mano.

—Hola —susurré, inclinándome hacia ella.

Se mordió el labio y miró a quien supuse que era una trabajadora social para mantener a los niños a raya o simplemente una acompañante adulta, pero la mujer estaba ocupada escuchando a quien estaba en el escenario y no se dio cuenta de que la niña y yo estábamos hablando.

Con ambas manos en el asiento de la silla, la niña se acercó y susurró:

—Hola.

Le sonreí y me dedicó una sonrisa torcida.

—Me encanta tu vestido. ¿Es nuevo? —pregunté. Se miró a sí misma. Llevaba un vestido rosa sencillo de manga larga. No era nada especial, pero su dueña sí lo era, y eso era lo único que importaba.

—Me lo han dado hoy —explicó—. Es rosa. Creo que ahora es mío.

—Te queda precioso. Ojalá yo también tuviera un vestido rosa tan bonito como este.

—¿De verdad?

Asentí con entusiasmo.

—Aunque no tengo un pelo rubio tan precioso como el tuyo, así que no sé si me quedaría tan bien el rosa, pero estoy igual de celosa.

Con delicadeza, me tocó el brazo con un solo dedo y lo retiró corriendo.

—Me llamo Rose. ¿Y tú?

—Madison, pero mis amigos me llaman Maddy.

—Encantada de conocerte, Maddy. —Extendí el brazo para que se sintiera libre de tocarme otra vez—. ¿Crees que mi vestido me queda bien? Yo no estoy segura.

—Es muy bonito —susurró con anhelo, y esta vez se sintió lo bastante bien como para pasar la mano por los adornos de mis mangas. Me miró a mí y luego a la acompañante, y cuando vio que la mujer todavía no se había fijado en nosotras, me señaló con el dedo. Tuve que dar dos pasos de rodillas para llegar allí y, entonces, se inclinó aún más y me habló al oído—: Perdón por tocarte. Se supone que no debo tocar a nadie esta noche.

Intenté forzar una sonrisa.

—No pasa nada. No se lo diré a nadie.

—Vale. Gracias.

La niña que tenía sentada a la derecha, que no debía de tener más de un par de años más que Maddy, también se giró hacia nosotras.

—Hola, ¿qué haces en el suelo?

—Hola —dije, sonriendo—. Charlando con tu amiga.

—Me gusta tu pelo.

—¿En serio? Gracias. A mí me encanta el tuyo. Ojalá tuviera esos rizos.

Movió la cabeza de un lado a otro, y sus rizos diminutos y estropeados volaron por todas partes.

—No tengo que hacerle nada.

—¡Qué suerte tienes!

—Pero a veces otros niños se ríen de él.

Noté una punzada de dolor en el corazón. También había niños que se reían de mí cuando tenía su edad. Los niños podían ser brutales.

—No los escuches. Confía en mí, simplemente están celosos.

—¿Cómo te llamas? —preguntó, inclinándose sobre el respaldo de la silla.

—Rose.

—Es un nombre bonito. Tú también eres bonita.

Se me derritió el corazón.

—Gracias. Eres muy dulce. ¿Cómo te llamas?

—Sierra.

—¿En serio? Yo tenía una amiga que se llamaba Sierra en la universidad. Es un nombre precioso, como tú.

La bella Madison de ojos azules me tocó el brazo y me giré hacia ella.

—Me gusta mucho tu vestido. ¿Costó mucho dinero?

—Fue un regalo. A lo mejor cuando seas un poco mayor puedes comprarte algo como esto,.

—¿Quién te lo compró?

Se me ocurrió señalar a Jack, así que miré por encima del hombro. Supuse que me estaría dando la espalda, ya que así fue como le dejé, pero se había intercambiado el sitio con su amigo y estaba hablando con él de cara a mí. Miró por encima del hombro de su amigo en mi dirección y nuestros ojos se encontraron.

Me mordí el labio inferior y me giré hacia Madison.

—¿Veis a ese de allí que está hablando con el hombre que lleva un traje azul marino?

Ambas chicas estiraron el cuello para ver de quién estaba hablando.

—¿Cuál? ¿El viejo? —susurró Sierra.

Miré hacia atrás otra vez y mis ojos se encontraron con los de Jack. Como ya estaba mirando en nuestra dirección, aunque veía cómo movía la boca mientras hablaba con su amigo, le señalé con el dedo para que las chicas le vieran.

—El viejo no, el que está delante de él. Tiene los ojos azules y nos está mirando. —Me giré hacia ellas y les pregunté—: ¿Le habéis visto?

Las chicas se rieron a carcajadas.

Volví la cabeza hacia Jack, pero estaba concentrado en su amigo. También noté que algunas otras personas de las mesas que teníamos a nuestro alrededor me estaban lanzando miradas de desaprobación. No entendía por qué, así que las ignoré.

—¿Qué? ¿Qué pasa?

—Nos ha guiñado un ojo —dijo Maddy, todavía sonriendo—. Es muy grande.

—¿Es tu novio? —preguntó Sierra, que se había sentado de lado en la silla.

—Es mi… marido. —Le toqué la nariz con el dedo. Su sonrisa se hizo más grande.

—Yo no tengo novio —intervino Maddy—. Soy demasiado joven.

—Créeme, no te estás perdiendo nada.

—A veces los chicos pueden ser estúpidos —añadió Sierra, asintiendo.

—Sí, muy estúpidos, y también cretinos —admití. Lo aprenderían muy pronto.

Cuando empezaron a reírse de nuevo, comencé a reírme con ellas, y me daba igual si esta vez se habían vuelto más cabezas hacia nosotras.

—¿También le dices a tu marido que es estúpido? —dijo Maddy en un susurro.

—Esta tarde le he dicho que era un cretino, justo antes de entrar aquí.

Ambas abrieron los ojos de par en par.

—¡Mentira!

—Verdad. —Me encogí de hombros—. Estaba siendo un cretino, así que le dije que dejara de hacerlo.

—Pero es mucho más grande que tú.

—Es bastante grande, ¿eh? Bueno, da igual. Solo porque sea grande no significa que pueda ser un cretino.

Sierra asintió con entusiasmo.

—Aunque es un poco mono.

—Sí, mono —murmuró Maddy.

Cuando estaba a punto de decir algo, noté que una mano me agarraba de la muñeca y me levantaba sin ningún tipo de cuidado. Sorprendida, jadeé y me faltó poco para perder el equilibrio.

—Nos estás avergonzando —siseó Bryan, inclinándose más cerca a la vez que tiraba de mí hacia él.

Intenté apartar la mano, pero me estaba agarrando con fuerza y empezaba a resultar doloroso. Junté las cejas cuando me encontré con sus ojos.

—¿Qué haces? —susurré, confundida, una vez que volví a encontrar mi voz. Antes de obtener una respuesta, noté un pecho amplio presionando contra mi espalda, y así como así, la mano de Jack estaba en la muñeca de Bryan. No sabía cuánta presión estaba ejerciendo, pero Bryan me soltó de inmediato.

Actuando como si no pasara nada, mi primo miró a su alrededor y sonrió.

—Procura controlar a tu mujer, Hawthorne. —Luego, tras meterse una mano en el bolsillo del pantalón, se alejó de nosotros.

Confundida, dolorida y más que un poco sorprendida, me limité a masajearme la muñeca.

Ese pecho amplio y cálido que tenía pegado detrás se movió ligeramente para poder inclinarse hacia delante y susurrarme al oído.

—¿Qué te ha dicho? —gruñó, y esa voz grave me provocó cosas. Muchas cosas.

Me solté la muñeca y, de manera involuntaria, me eché hacia atrás, absorbiendo más de su calor, para poder susurrarle.

—Nada.

—Rose... —comenzó en voz baja mientras me presionaba el estómago con la palma, manteniéndome en el lugar.

Manteniéndome con él.

—No pasa nada —lo interrumpí, y le miré a los ojos por encima del hombro. Apretó la mandíbula, pero no dijo nada más.

Recordé dónde estábamos (o lo que era más importante, con quién había estado hablando unos segundos antes), así que me giré hacia las chicas, que nos miraban confundidas.

—Lo siento —me disculpé, y me moví para volver a estar cara a cara con ellas. Jack se quedó pegado a mi espalda y movió su cuerpo conmigo. Igual debería haberme molestado su cercanía, pero me habría mentido a mí misma si hubiera dicho que me molestaba. Me rodeó la cintura con la mano y apretó—. Eh... —Era tan difícil no moverse con nerviosismo cuando me tocaba—. Chicas, me gustaría presentaros a mi marido, Jack. Jack, estas son mis nuevas amigas, Maddy y Sierra.

Ambas lo saludaron con la mano y miré hacia atrás para ver cómo les dedicaba una inclinación de cabeza con una expresión seria.

—Es un placer conoceros, chicas —dijo con tanta suavidad que el corazón se me volvió loco en el pecho. Las mariposas pequeñas y molestas también estaban de vuelta en el estómago.

Las chicas volvieron a sonreír, así que todo estaba bien.

—¿Es verdad que Rose te ha llamado cretino esta tarde? —preguntó Sierra con valentía, mirándolo.

Puse la mano sobre la de Jack, que seguía en mi cintura, y lo miré también. Suspiró y se las apañó para cambiar su expresión a una de auténtica culpa. No pude evitar sonreír.

—Me temo que sí.

—¿No te enfadaste? —preguntó Maddy con tono de broma y los ojos grandes.

—Decía la verdad. Estaba siendo un cretino, así que no podía enfadarme con ella.

—Rose ha dicho que los chicos son estúpidos y unos cretinos —intervino Sierra.

Fingí una expresión de sorpresa.

—¿Me estás delatando a mi marido, Sierra? Era un secreto.

Las risitas comenzaron de nuevo y no pude mantener el semblante serio. Mi sonrisa creció cuando Jack interpretó su papel a la perfección y se inclinó para darme un suave beso en la mejilla.

—Me temo que tengo que estar de acuerdo con mi mujer. Los chicos son estúpidos. Y a veces cretinos, me temo.

¡Dios! ¿Quién era este hombre exactamente?

Ambas tenían los ojos en forma de corazón mientras miraban fijamente a Jack. Temía que yo también los tuviera.

—¿Os importaría si os robo a mi mujer un rato? —les preguntó Jack a las chicas. No quería irme, pero teníamos que cenar y no quería llamar la atención ni avergonzar a Jack de ninguna manera.

—¿Volverás? —preguntó Maddy, y asentí.

—Volveré. Os lo prometo.

—Vale. ¡Adiós!

Agitaron las manos en señal de despedida y luego, con su brazo todavía alrededor de mi cintura y mi mano en la suya, Jack me guio de vuelta a nuestra mesa. Me di cuenta de que el maestro de ceremonias ya no estaba en el escenario y no había más oradores. Sentí y, más que eso, noté varios ojos curiosos puestos en nosotros, seguro que algunos de ellos con desaprobación, pero mantuve una pequeña sonrisa en el rostro y me aseguré de no mirar a la mesa en la que estaban sentados Joshua y el resto.

Cuando llegamos a nuestra mesa, en vez de sentarnos como había supuesto que haríamos, Jack me detuvo un poco a la izquierda, apartados del paso de los camareros que cambiaban los platos y entregaban más bebidas. Seguíamos al descubierto y todo el mundo podía vernos con claridad.

—¿Qué te ha dicho? —preguntó en cuanto estuvo frente a mí. Ninguna parte de nuestro cuerpo se estaba tocando ya. No sabía cómo se sentía él, pero yo desde luego noté la pérdida.

—No me ha dicho nada importante, Jack —le aseguré, y le puse la mano en el brazo antes de retirarla—. No hay nada por lo que enfadarse.

—Entonces puedes decir lo que te ha dicho.

—Pero no importa.

—Eso puedo decidirlo yo.

Incliné la cabeza y suspiré.

—Jack. —Se limitó a esperar con la misma expresión fría, y solté un largo suspiro. Conociéndole, era capaz de mantener esa expresión durante mucho tiempo—. Si me prometes que no te vas a acercar ni le vas a decir nada, te lo diré.

Lo único que obtuve fue un asentimiento brusco con la cabeza.

Suspiré, esta vez con más fuerza.

—Ha dicho que les estaba avergonzando. Las chicas se estaban riendo y creo que algunas de las mesas que estaban cerca se molestaron. No creo haber hecho nada para avergonzarlos, pero si lo he hecho lo…

Sus ojos se clavaron en los míos al tiempo que se le tensaba la mandíbula.

—Ni termines esa frase, Rose. No has avergonzado a nadie. Le has alegrado la noche a dos niñas. —Apartó la mirada un momento y vi cómo se le suavizaban las facciones. Luego levantó la mano a modo de saludo y, curiosa, seguí su mirada y vi a las chicas saludándonos con entusiasmo y con unas sonrisas enormes en las caras. Les devolví la sonrisa y me giré hacia Jack todavía sonriendo.

—Piensan que eres grande y mono… Y Sierra piensa que soy guapa.

—*Eres* guapa. —Sus ojos seguían clavados en las chicas, y ni siquiera se dio cuenta de que estaba provocando que mi corazón diera un pequeño salto mortal—. Pero ¿mono? —inquirió mientras volvía a mirarme con mi ceño fruncido favorito—. Me siento ofendido.

—Ohh, no te ofendas. *Eres* mono, de una forma un tanto gruñona.

Me reí y sus ojos se posaron en mi boca, lo que hizo que me mordiera el labio inferior mientras perdía enseguida la sonrisa. Desvió sus ojos hacia los míos, y el azul pareció aún más profundo bajo la escasa luz de la sala, tras lo que volvió a dirigir su mirada a mis labios. Completamente hipnotizada, vi cómo una sonrisa le tiraba de la comisura de los labios.

Juraría que no respiré durante unos segundos y me quedé mirándole boquiabierta y embelesada.

Por fin, *por fin*, la boca se le curvó en una sonrisa. Solo nos había costado algo más de un mes. Era probable que fuera culpa mía, pero ¡madre mía! Había sido una espera larga, una espera bastante larga que había merecido la pena porque cuando sonrió... cuando se le arrugó la piel de alrededor de los ojos con suavidad y convirtió su expresión en algo que no tenía nada que ver con lo que era cuando fruncía el ceño... fui incapaz de parar de mirarle. Se me aceleró el corazón como si acabara de conseguir algo grande, y para mí era *grande*, tan grande que no pude evitar sonreírle de oreja a oreja.

—¿Es una sonrisa lo que acabo de ver, señor Hawthorne? —pregunté, todavía un poco estupefacta—. Es la primera vez que me sonríes. Llevo intentando contarlas desde la primera semana, y esta es la número uno. Una sonrisa... ¡No me lo puedo creer! Ojalá tuviera el móvil para poder capturar este momento. Tenemos que comer tarta para celebrarlo.

Miré a mi derecha y a mi izquierda para confirmar que no era la única que estaba presenciándolo, pero por mucho que mirara a mi alrededor, no veía a nadie. Toda la sala podía estar observándonos, incluido Joshua, pero no veía a nadie más que a Jack Hawthorne. En realidad, eso no eran buenas noticias para mí, la esposa falsa, pero no me importó lo más mínimo. Ya lo sopesaría más tarde, mucho más tarde, cuando superara aquella sonrisa.

Se le suavizó la sonrisa, pero seguía ahí.

—¿Has estado contando mis sonrisas?

—«Intentando» es la palabra clave, ya que te gusta acapararlas como una ardilla acapara sus frutos secos.

—Te he sonreído, Rose. —Levantó la mano y me puso el pelo detrás de la oreja. No pensé mucho en ello porque estaba ocupada negándole con la cabeza.

—No lo has hecho.

—Igual no estabas mirando.

—¿Me estás vacilando? He estado mirando todo el rato. —Levanté un dedo entre nosotros y su mirada se posó en él—. Una vez. Hubo una vez que me pareció ver que se te movían los labios, pero fue una falsa alarma, y ya está.

Yo seguía sonriendo, pero cuando miré sus labios, él había perdido la sonrisa y su expresión se había vuelto mucho más intensa. Dio un paso hacia mí y se me aceleró el pulso. Cuando su mano grande y cálida me cogió la cara, cubriendo casi toda la mitad izquierda, noté el cambio en el aire y me quedé quieta.

Esto no es bueno.

Con los ojos clavados en los míos, bajó la cabeza a pocos centímetros de mis labios y susurró:

—Voy a besarte, Rose. —Sus ojos seguían abiertos y fijos en los míos.

Tragué saliva.

—¿Qué? —grazné, y luego me aclaré la garganta, clavada en el sitio, mientras miraba fijamente hacia la profundidad de sus ojos. Su mirada pasó de mis ojos a mis labios—. Sabía que esta noche existía esa posibilidad, claro —susurré—. Pero ¿hay alguien mirando? —Teníamos que montar un numerito y supuse que había llegado el momento, pero ¿por qué estaba entrando en pánico por dentro de repente? No era como si fuéramos a chuparnos la cara en mitad de un acto benéfico.

—¿Te importa si alguien está mirando? —preguntó.

A ver…, esa era la razón del beso, ¿no? Pero ¿me importaba? No mucho, supuse. Un pico en los labios no era nada. Respiré hondo y asentí con la cabeza mientras soltaba un suspiro.

—Vale. Sí. Adelante. Hagámoslo. —Mientras me recorría la cara con los ojos, fortalecí la voz—. Un poco más rápido que eso —susurré, manteniendo la voz lo más baja posible—. No como una tortuga, ¿recuerdas?

Volvió a bailarle una sonrisa en los labios, como si lo que había dicho le pareciera sumamente gracioso, pero dejó caer la frente contra la mía y nuestras narices se tocaron.

El corazón empezó a latirme en la garganta cuando me rodeó la cintura con el brazo y me acercó un poco más. Tenía sentido también, supuse, porque no podía mantener la cara cerca y el cuerpo lejos. Cerré los ojos y tragué saliva. Apoyé las manos en su pecho de manera instintiva. Iba a ser un pico épico, y esperaba que la gente de alrededor que estuviera mirando (quienquiera que fuera) apreciara nuestra actuación.

Seguía cubriéndome la mejilla con la mano.

—¿Estás preparada para mí, Rose? —susurró Jack con voz grave e insistente, y olí el *whisky* y la menta en su aliento.

—Sigues tomándotelo con demasiada calma, tienes que…

No tuve ocasión de pronunciar otra palabra porque los labios de Jack estaban sobre los míos, y no estábamos compartiendo un pico pequeño y romántico. No, su lengua ya estaba arrasando y provocando a la mía. Por un momento no estuve segura de lo que debía hacer. Ni siquiera lo habíamos hecho el día que nos dimos el «Sí, quiero». Todavía tenía los ojos abiertos, y me sentía un poco desesperada por acabar lo que había empezado. Hasta lo intenté, dos veces, ambas pensando: *Vale, ya está, está parando, así que tú también tienes que parar*, pero cuanto más me provocaba con su forma de persuadirme poco a poco para que me entregara al beso, tirando de mí y profundizando, más sentía que me dejaba llevar. Finalmente, se me empezaron a cerrar los ojos solos. No es que no estuviera respondiendo (llevaba haciéndolo desde el instante en el que sus labios tocaron los míos), pero hasta ese momento lo había hecho a regañadientes, pensando todo el rato que iba a terminar al segundo siguiente, pensando que se detendría después de un latido más. Estaba haciendo todo lo posible por contenerme, todo, todo lo posible por no disfrutar del beso.

Entonces, cuando de repente paró, podría haber llorado. No sabía si era de alivio o de pena. Por suerte, no se apartó del todo y solo me balanceé un poco hacia él. Me obligué a abrir los ojos.

—¿Lo estoy haciendo bien? —preguntó contra mis labios ya hinchados y con los ojos clavados en los míos. Se me erizó el vello de los brazos y sus ojos se convirtieron en mi centro de atención. Parecían más oscuros, más profundos, y el azul océano oscuro se convirtió en mi nuevo color favorito.

Me aclaré la garganta e intenté mover la cabeza arriba y abajo para asentir.

—A ver, depende de lo que busques, pero mucho mejor que una tortuga… creo.

—¿Eso crees? —Su voz áspera hizo que se me cayeran los párpados, y cómo usó la mano izquierda para apartarme el flequillo de la cara, cómo sus dedos me rozaron la sien con suavidad…

Me mordí el labio para no cometer una estupidez, respiré hondo, asentí y me obligué a abrir los ojos. En el mismo segundo, volvió a mis labios. Tan lento y dulce como había empezado con el primer beso, con este, cuanto más giraba la lengua en mi boca, cuanto más inclinaba la cabeza e intentaba profundizar más, más me adentraba en un agujero negro del que no quería salir nunca. La mano que tenía en mi espalda me empujó hacia delante, unos centímetros apenas perceptibles, pero me resultó imposible no arquear la espalda y facilitárselo. No me gustaban nada las muestras de afecto en público, pero me olvidé de todas y cada una de las personas que estaban con nosotros en aquel salón de baile enorme. Podría haber estado besándome a máxima potencia en mitad de un estadio en los brazos de Jack y lo más probable era que, en ese momento, no me hubiera importado.

Era un poco brusco, el beso, y de alguna manera creo que sabía que con él sería así. Brusco, exigente y arrollador. Lo supe incluso antes de que empezara esta locura.

Cuando mi lengua tuvo una idea propia y empezó a adentrarse más, me levanté sobre los dedos de los pies, básicamente escalándolo con los brazos para obtener más de *él*, de este hombre malhumorado y tosco que al parecer sería mío en público durante la mayor parte de los próximos dos años. Me incliné para obtener más y deslizó la mano desde mi mejilla para envolverme el cuello. Sentí cómo me rodeaba la cintura con el otro brazo y me alineaba con su pecho. Puede que comunicarse conmigo no se le diera tan bien, pero esto sí que se le daba bien.

En mi interior, empezó a salir a la superficie algo que no supe identificar con exactitud y, para ser sincera, más que contenta de estar tan cerca, le rodeé el cuello con los brazos y se me escapó un gemido de los labios. Fue entonces cuando se detuvo de repente y se apartó.

No estaba tan falto de aliento como yo, pero no cabía duda de que le costaba respirar. Sonrojada, me quedé mirándole maravillada. ¿Qué narices acababa de pasar? ¿Estaba intentando conseguir un Óscar o algo así? ¿Había sentido lo mismo que yo durante un segundo? ¿Un minuto? ¿O había sido una hora?

Carraspeé en silencio, bajé los brazos y me arreglé el vestido bajo su mirada atenta. Giré la cabeza un poco hacia la derecha y me limpié la boca con los dedos porque no me parecía buena idea seguir relamiéndome los labios en un intento por saborearle otra vez.

Me puse cara a cara con él y empecé:

—Jack, no...

—Tu exprometido está mirando —dijo con la voz tranquila. Ya no parecía tener la respiración agitada, todo lo contrario de lo que sentía yo.

Me puse rígida, pero no miré hacia donde sabía que Jack acababa de echar un vistazo o, con toda probabilidad, no había parado de mirar mientras me besaba. Conque sí que había sido solo un numerito. Se me revolvió el estómago y dejé ir lo que estaba a punto de decir. El beso no había sido más que un numerito. O sea, claro que era un numerito. Ya lo sabía. Me había avisado, ¡por el amor de Dios! No era como si me hubiera sonreído y luego hubiera perdido el control y me hubiera besado porque era incapaz de contenerse. *Nop.* Me había avisado en toda regla, pero... durante un segundo, me había perdido en el beso y se me había olvidado. Durante un segundo, había pensado que, en realidad, a lo mejor estaba... Seguro que solo había sido una casualidad. Sacudí la cabeza para intentar deshacerme de la neblina que me nublaba el cerebro y volver a la realidad. Jack besaba bien, ¿y qué? Igual podía simplemente esperar al próximo acto público en el que considerara que teníamos que volver a besarnos, disfrutarlo por lo que era y no pensar demasiado en ello.

Cuando Jack separó la silla para que me sentara, le observé por el rabillo del ojo con un poco más de detenimiento mientras ocupaba mi asiento. Su cara era la de siempre: seria y distante, con una expresión fría e ilegible. De no ser porque tenía los labios un poco más rojizos tras haberle transferido el pintalabios, ni siquiera habría adivinado que acababa de besar a alguien, de besarme a mí. No quedaba ni rastro de lo que acabábamos de compartir.

Confundida, cogí el tenedor y ni siquiera me di cuenta de que me habían cambiado el plato por una especie de pollo. Jack y yo permanecimos callados durante un largo rato y dejamos que otras voces llenaran el pesado silencio que había entre nosotros.

—¿Crees que ha sido mejor que una tortuga? —preguntó después de más de quince minutos en silencio. Había bastante ruido, por lo que tuvo que inclinarse hacia mí para que pudiera oírle. Las otras dos parejas que teníamos sentadas delante no estaban precisamente calladas, ya que se reían a carcajadas de una forma que hacía que me estremeciera cada vez que empezaban. Tuve que inclinarme hacia Jack mientras le pedía que repitiera lo que había dicho. Seguía sin tener el estómago bien después de todo aquello.

—Ah, sí, ha sido profesional. —Hice una mueca e intenté salvar el momento—. En plan, creo que hemos hecho un buen trabajo haciéndole creer a la gente que lo nuestro es real. —Casi me había engañado a mí también, casi—. Espero que yo tampoco haya estado tan mal. —dije con ligereza, tratando de aparentar que, fuera como fuese, no me importaba mucho, pero arrepintiéndome al mismo tiempo de decirlo en cuanto las palabras salieron de mi boca porque *tenía* curiosidad, ¡por Dios!

Partí un trozo de pan por la mitad y me lo metí entero en la boca.

—No, has estado bien.

Mastiqué más lento a medida que procesaba sus palabras y, luego, me obligué a tragar el pan, que sabía bastante a cartón.

—Genial —murmuré lo bastante bajo como para que no me oyera. He estado *bien*.

Volvió a inclinarse, con el brazo apoyado en el respaldo de mi silla de forma descuidada.

—¿Qué has dicho?

Me aparté, nada evidente, solo un poco, mientras cogía mi segunda copa de vino blanco. Cuando me despertara a la mañana siguiente, me iba a estar esperando un dolor de cabeza de los gordos. Lo sabía.

—Nada —murmuré entre dientes, y Jack se inclinó más hacia mí y apoyó el hombro en mi espalda. No pude apartarme porque ya tenía la puñetera copa de vino en la mano.

—Tienes que dejar de hablarle a tu bebida. ¿Va todo bien?

Solté la copa de vino, respiré hondo y clavé los ojos en su mandíbula.

—Todo bien, solo un poco cansada después de toda la emoción, no la parte del beso, obviamente. No ha supuesto mucho esfuerzo. Pan comido. —*Deja de mover los labios, Rose.*

—¿Por qué no me miras?

—Te estoy mirando. —Bajé la mirada a sus pantalones y luego a la mesa donde descansaba su mano izquierda, que le daba vueltas y vueltas al vaso de *whisky*. A cualquier parte menos a sus ojos. Entonces, me cabreé conmigo misma y le miré directamente a los ojos con una ceja alzada.

Me miró en silencio durante veinte segundos y le devolví la mirada. No había nada entre nosotros. Jack era así. Esto era temporal. Yo era la que estaba haciendo que la situación se volviera incómoda al intentar darle significado a algo que no…, bueno, que no significaba nada. Me dijo que estaba a punto de besarme y luego me besó. No era nada nuevo. Todo el mundo se besaba con la boca y la lengua; no habíamos hecho nada especial.

Se le tensó la mandíbula y se levantó.

—Tengo que ir a ver a unos clientes y luego podemos irnos.

Abrí la boca para decir algo, pero ya se había marchado. Cuando el camarero me entregó el postre, le dediqué una sonrisa forzada. Parecía una especie de petisú con tres puntos de algo verde en el lateral. ¿Una mermelada? ¿Una salsa? No tenía ni idea. Tras asegurarme de que no me estaban mirando ciertas personas, miré por encima del hombro derecho y encontré a Maddy y Sierra; estaban seis o siete mesas detrás de nosotros. Cuando mi mirada se topó con la de Maddy, esbocé una sonrisa cálida y la saludé con la mano. Me devolvió el saludo con entusiasmo.

A continuación, busqué a Jack y lo encontré hablando con un hombre mayor a unas mesas de distancia de las chicas. Miré hacia delante y, sin querer, me topé con los ojos de uno de los tipos que estaban sentados en nuestra mesa. Las mujeres estaban ausentes y el otro hombre estaba ocupado hablando por teléfono en voz bastante alta. El que me había mirado a los ojos me dedicó una sonrisa socarrona y levantó la copa de vino tinto a modo de saludo. Desvié la mirada.

—¿Estás disfrutando de la noche? —preguntó. Era el que estaba sentado más cerca de mí, a mi derecha, y como el otro seguía hablando por teléfono, no podía estar hablando con nadie más que conmigo.

Forcé una pequeña sonrisa y asentí con la cabeza.

—Soy Anthony.

Como era la persona más inteligente del mundo, actué como si no le hubiera oído, empujé la silla hacia atrás, agarré mi plato con ambas manos y me encontré volviendo a la mesa donde estaban sentadas las chicas. Obviamente, nunca hay que dejar el postre atrás. Cuando me vieron llegar, los rostros apagados de Maddy y Sierra estallaron en una sonrisa.

Esta vez, como no quería avergonzar a Jack, le pregunté a un camarero si podían traerme una silla, y mientras estaba entre las chicas con el postre en la mano, le pregunté a la acompañante si le importaría que me uniera a las niñas. Cuando obtuve el visto bueno y la silla, me senté entre ellas y comencé a charlar.

Cuando me preguntaron si mi marido me había abandonado, encontré a Jack en el concurrido salón de baile en un segundo y lo señalé. Volvía a estar con las manos en los bolsillos. La verdad es que le quedaba muy bien el esmoquin. Sus ojos se encontraron con los míos y, pillada, me apresuré a desviar la mirada.

Cuando vi a las chicas planteándose cómo comerse los petisús que tenían en el plato, cogí el mío con los dedos. Era más fácil y, además, me había dejado todo lo demás en la mesa y era lo único que podía usar. Las chicas se relajaron cuando me vieron y atacaron sus petisús con tanta alegría que les sonreí. Mientras hablábamos de cosas aleatorias y nos comíamos el postre, miraba de reojo a Jack, muy consciente de dónde estaba en todo momento.

Cuando por fin regresó a mi lado, fue difícil despedirme de las chicas. Les di un beso a ambas en las mejillas y les dije adiós con la mano mientras soltaban risitas a nuestras espaldas. Estaba segura de que todas las risitas eran por Jack, quien, de hecho, les había besado sus pequeñas manos y les había dado las buenas noches, durante lo que me robó más cachitos de mi corazón.

Mientras esperábamos a que nos trajeran nuestros abrigos, Jack me señaló los labios con los dedos. Estaba esbozando una sonrisa tierna.

—Tienes chocolate alrededor de los labios.

Cerré los ojos y sentí cómo una oleada de calor me golpeaba las mejillas.

Bien hecho, Rose. Bien hecho.

—¡Ahora vengo!

—Rose, no, tenemos que…

—¡Solo un minuto! —le grité por encima del hombro mientras corría hacia el baño y me miré en el espejo. Efectivamente, en la comisura izquierda de la boca estaban los signos reveladores del chocolate y, peor aún, mi secreción nasal estaba empezando a aparecer otra vez. Al menos no se había dado cuenta en la oscuridad.

Me saqué el papel completamente empapado (una vez más) de la nariz e incliné la cabeza hacia atrás cuando noté que bajaba una ráfaga de líquido. Gruñendo, hice otra bola de papel y me la metí en la nariz con la esperanza de que aguantara hasta que llegáramos al apartamento. Lo último que quería era que Jack viera cómo me moqueaba la nariz.

Cuando terminé, corrí hacia él.

—Lo siento, lo siento.

—No tienes que pedirme perdón. Está bien —murmuró.

Muchas cosas estaban *bien* esta noche.

Levantó mi chaqueta y, cuando vacilé un segundo, levantó una ceja y esperó. Metí los brazos y dejé que colocara el peso sobre mis hombros. Me giré para mirarlo y poder irnos y me rodeé más con el abrigo, consciente de que estaba a punto de congelarme en cuanto saliera.

Jack se puso a mi lado y abrió la puerta, y di mi primer paso hacia la noche fría y ajetreada. Con la mano derecha, me cerré el cuello de la chaqueta, exhalé y vi cómo el aire se hinchaba hasta formar una nube frente a mí. En el tercer escalón, una mano cálida se deslizó con suavidad alrededor de mi mano izquierda sin decir palabra, y bajé las escaleras de la mano de mi marido como si fuera la cosa más natural del mundo.

Número de veces que Jack Hawthorne sonrió: tres.
(LA VICTORIA ES MÍA).

CAPÍTULO CATORCE

ROSE

Me desperté en mitad de la noche con un fuerte jadeo y una ligera capa de sudor cubriéndome el cuerpo. Me costaba respirar y tenía el pulso más acelerado de lo que me hubiera gustado. Aturdida y sin saber dónde estaba exactamente, miré a mi alrededor. La habitación estaba a oscuras, pero cuando se me acostumbraron los ojos al rayo de luz que entraba por las puertas de la terraza gracias a la luna, me di cuenta de dónde estaba: en mi habitación del apartamento de Jack, donde me había ido a dormir, pero… Cerré los ojos, gemí y me dejé caer sobre la almohada otra vez. Me puse de lado, de cara a las puertas de la terraza, y me quedé mirando a la nada. Era… domingo por la noche; la noche de después del acto benéfico.

Y acababa de soñar con Jack.

Era sumamente consciente de que lo que acababa de ver no era real, pero *pareció* real, lo bastante real como para sentir un vacío enorme en mi interior. Tragué saliva y me puse boca arriba, mirando el techo oscuro, tratando de controlar mis emociones. Todavía podía sentir sus brazos alrededor de mí, sus caricias, podía sentir y oír su voz justo al lado de mi oído. No recordaba las palabras, pero ahora recordaría ese sonido grave y ronco en cualquier sitio, y cuando había mirado hacia atrás por encima del hombro, Jack había estado allí sonriéndome.

Levanté la mano y me toqué la mejilla, allí donde todavía notaba la sensación de cosquilleo, un remanente de su barba incipiente al frotarse contra mi mejilla. Parecía tan real que tuve que cerrar los ojos e intentar sentir el fantasma de su toque.

Estaba jodida.

Todo había parecido tan real...

En mi sueño, estaba enamorada de Jack, y estaba bastante segura de que él también estaba enamorado de mí. Cuando me besó, nada más que un roce lento de sus labios sobre los míos, no había nadie alrededor. Solo estábamos nosotros. Entonces, sonrió contra mis labios. *Ambos* sonreímos, le rodeé el cuello con los brazos y le obligué a darme un beso más largo y satisfactorio. Nunca había sentido una felicidad así. Cuando nos separamos para tomar aire, ambos estábamos sonriendo, y me apartó el pelo de la cara con las manos, nuestras frentes apoyadas una contra la otra mientras recuperábamos el aliento.

No había nadie alrededor.

Nadie ante quien presumir.

Solo nosotros.

Sin embargo, mis sentimientos no habían desaparecido de repente al igual que el sueño. No habían cambiado. Todavía recordaba lo que había sentido. Todavía lo deseaba y eso, más que nada, me acojonaba, porque no era real y, aun así, podía sentirlo.

Inspiré y espiré por la boca y me quité las mantas a patadas. Hacía demasiado calor dentro de la habitación.

Tras unos minutos mirando la oscuridad del techo, cerré los ojos y, con desesperación, traté de volver a dormirme con la esperanza de poder continuar justo donde lo había dejado.

Lo intenté y no funcionó.

Cuando me di cuenta de que no iba a ocurrir, bajé las piernas de la cama, me agarré al borde del colchón y me quedé ahí sentada durante unos minutos, haciendo todo lo posible por aclarar la mente.

Todo esto estaba pasando por ese maldito beso y tanto tocar y sonreír en el acto benéfico. Lo sabía, pero el sueño había sido demasiado. ¿Sentirse tan bien por algo, sentirse tan feliz y que luego ese sentimiento no sea más que una mentira? En cuanto me desperté, sentí su pérdida física con intensidad.

La noche del sábado terminó en cuanto llegamos al apartamento. Tras un trayecto en coche que transcurrió sin incidentes, Jack desapareció en su estudio o despacho o como narices llamara a ese lugar. No mencionó el beso ni el haber visto a Jodi, Bryan y Joshua. Y yo… en vez de intentar procesar el hecho de que ahora Joshua estaba con mi prima y que tal vez —lo más probable— me dejó por ella, me quedé estancada en el beso que había compartido con Jack. Joshua no ocupó mi mente más de unos pocos minutos fugaces.

Todo era Jack.

El domingo por la mañana, cuando me desperté, se me ocurrió que igual podríamos desayunar juntos, ya que no iba a abrir la cafetería, así que lo busqué. Incluso llegué a llamar a su puerta y entrar a su habitación, solo para descubrir que ya se había ido. Si alguien me preguntara, no lo admitiría, pero esperé hasta las dos de la tarde, y cuando no apareció, decidí ir a la cafetería y pasar el rato en la cocina horneando. Había cogido el móvil innumerables veces, pensando que tal vez no sería tan mala idea enviarle un mensaje rápido para preguntarle qué estaba haciendo, pero no llegué a hacerlo.

Él tampoco me habló.

Regresé al apartamento a las ocho de la noche y no había cambiado nada. No creía que tuviera nada específico que decirle, pero tenía muchas ganas de verle y de estar cerca de él. Cuando me fui a la cama a las once, todavía no había aparecido.

Masajeándome las sienes, suspiré y cogí el móvil a ciegas de la mesita de noche. No sabía por qué se me aceleró el pulso cuando eché un vistazo rápido a la pantalla y hojeé algunos mensajes de Sally; ahí no había nada de Jack, ni llamadas, ni mensajes. Y, de todas formas, ¿por qué me iba a llamar o a escribir? No éramos eso. Nunca íbamos a ser eso, daba igual los sueños que tuviera.

Plenamente molesta conmigo misma por estar tan afectada por un simple sueño, me levanté y busqué algo que ponerme sobre las bragas. Me dejé puesta la sencilla y fina camiseta gris de manga corta y salí de la habitación en silencio. Lo único positivo de la noche fue que en ese momento no me estaba goteando la nariz, y parecía que había superado cualquier reacción alérgica o gripe que se había cruzado en mi camino.

Cuando llegué a las escaleras, me detuve y miré hacia la habitación de Jack, pero no me atreví a acercarme. Mientras bajaba las escaleras despacio, decidí que un vaso de agua fría sería justo lo que me despertaría de sueños estúpidos e inútiles, pero entonces vi la luz que salía de debajo de la puerta del estudio de Jack y me volví en esa dirección.

CAPÍTULO QUINCE

JACK

Las últimas cuarenta y ocho horas habían sido un infierno. Me pasé todo el domingo en el despacho lidiando con una crisis inesperada que me alejó de Rose y, cuando lo gestioné con éxito con la esperanza de poder irme a casa, me enfrenté a una situación mucho más molesta con el nombre de Bryan Coleson. Pero estaba hecho. Rose no tendría que volver a lidiar con ellos. Me había asegurado.

Como si eso no fuera suficiente por hoy, antes de que pudiera salir del despacho, apareció Joshua. Se estaba acumulando todo y poco a poco me estaba quedando enterrado debajo.

Así pues, estaba en mi estudio a las tres de la madrugada, sin hacer nada más que sentirme horrible en vez de irme a la cama… a solo unas puertas de ella.

Cuando alguien llamó vacilante a la puerta, salí de mis pensamientos.

—Pasa.

Primero asomó la cabeza, sus hombros y su cuerpo escondidos detrás de la puerta.

—Hola, Jack.

—Hola.

—¿Te molesto? ¿Puedo entrar?

Si hubiera estado seguro de que no la alarmaría, me habría reído a carcajadas. No me molestaba lo suficiente. Ese era el problema.

Por si acaso, cerré la tapa del portátil para ocultar el correo electrónico que acababa de recibir.

—Por favor, pasa —repetí, y por fin mostró todo su cuerpo y entró, tras lo que cerró la puerta y apoyó la espalda contra ella. No estaba seguro de cuánto tiempo iba a poder mantener las manos alejadas de ella ni cómo de inteligente era estar así juntos en una habitación aislada, pero no me importaba.

—Me he despertado —dijo, y me sonrió levemente—. No podía volver a dormirme.

Rose llevaba unos *leggings* y una camiseta gris claro que no hacía nada para ocultar el sujetador de encaje amarillo que tenía debajo. Yo había perdido la corbata en algún lugar cuando entré en el silencio del apartamento, pero todavía llevaba la camisa blanca y los pantalones negros que me había puesto esa mañana. Estaba preciosa incluso desarreglada, mientras que yo debía de estar hecho un desastre.

—¿Qué estás haciendo? —preguntó cuando no dije nada.

—Ha surgido algo de lo que he tenido que encargarme.

Se separó de la puerta y se acercó despacio con la mano detrás de la espalda.

—¿Todavía tienes trabajo que hacer?

Asentí con brusquedad.

—No te he visto hoy.

¿Tenía la esperanza de verme? Lo dudaba.

—Estaba en el bufete. Ha habido una crisis con un cliente, pero lo he resuelto.

—Pensaba que no trabajabas todos los fines de semana. —Estaba unos pasos más cerca y era consciente de todos y cada uno de esos pasos. Despacio, su mirada observó todo lo que había en la habitación menos a mí.

Me levanté de la silla, rodeé el escritorio y me senté en el borde. Tuve que meter las manos en los bolsillos para no agarrarla, pero necesitaba estar más cerca. Me senté quieto en esa posición y observé sus movimientos lentos mientras se dirigía hacia las estanterías, caminaba a lo largo de ellas, deteniéndose una o dos veces para revisar un título, y con los dedos rozaba cada lomo con delicadeza.

—No, no todos los fines de semana. ¿Necesitas algo?

Dejó de examinar los libros y se centró en mí.

—Si te estoy molestando…

—No me estás molestando, Rose. ¿Querías hablar de algo?

Encogió un hombro y mantuvo la vista fija en los libros.

—De nada en concreto. Como he dicho, no podía dormir.

—Vale.

Se volvió hacia mí, manteniendo la espalda contra la estantería.

—¿Te irás a la cama?

—En algún momento, sí.

—Bien. Eso está bien. Dormir está bien.

Con pasos aún más lentos, se acercó a mí al tiempo que recorría la habitación con los ojos.

—Tienes un apartamento precioso —murmuró, y fruncí el ceño.

—¿Rose? ¿Estás bien?

Odiaba que le hiciera esa pregunta. Lo sabía, pero me gustaba demasiado cómo reaccionaba como para dejar de preguntar.

Suspiró.

—Sí, claro. ¿Por?

—Estás actuando raro.

Agitó una mano frente a ella, desestimando mis palabras. Luego, se detuvo a mi lado y puso la mano sobre el escritorio.

—Es un escritorio precioso —dijo.

Sí, sin duda, le pasaba algo.

—Es un escritorio —coincidí con un tono plano.

Torció los labios y mi mirada se centró en ese pequeño movimiento. Estaba perdiendo la cabeza. Estar tan cerca y al mismo tiempo tan lejos de ella estaba causando estragos en mi autocontrol.

Soltó un profundo suspiro y, por fin, me miró a los ojos, sin rastro de la sonrisa de la que tanto me había enamorado.

—Entonces… en el acto benéfico… lo… hicimos bien, ¿verdad?

—¿Hacer bien? ¿El qué?

—Lo de ser marido y mujer. Necesito intentar algo, así que ¿puedes quedarte quieto?

Alcé las cejas en señal de confusión, pero me limité a asentir con brusquedad, sin tener ni idea de adónde quería ir a parar.

Se lamió los labios e hinchó las mejillas antes de dejar escapar un largo suspiro. Acto seguido, dio dos pasos más hacia delante, hasta que su pecho estuvo a solo unos cinco centímetros de mi hombro.

Me puse rígido y mis manos se movieron en los bolsillos. No estaba seguro de lo que estaba a punto de hacer, así que tuve que sacar la mano derecha y agarrar el borde del escritorio. Su atención estaba en mis labios, y vi cómo se mordía el labio inferior antes de acercarse.

Sus ojos revolotearon entre mis ojos y mis labios.

—Es solo que… voy a…

Entonces, se inclinó hacia delante y cubrí el espacio restante entre nosotros hasta que sus labios por fin tocaron los míos y me dio un beso suave en la comisura de la boca. Con los ojos todavía cerrados, se echó hacia atrás y emitió un sonido evasivo.

—Mmm...

Decir que estaba sorprendido sería quedarse corto, pero no me atreví a moverme, ya que temía romper el hechizo de lo que estaba pasando. No hice más que mantener la mirada en su hermoso rostro e intentar descifrar lo que estaba pensando. Luego dio otro paso adelante y juro por Dios que noté sus pezones contra el pecho.

Tragó saliva y me puso la mano en la mejilla.

—¿Qué estás haciendo, Rose? —pregunté, incapaz de contenerme más. Mi voz sonó áspera a mis oídos.

—Estoy intentando algo. —Me miró a los ojos—. ¿Podrías cerrar los ojos?

Levanté una ceja de manera inquisitiva.

—Solo va a ser un segundo. Te lo prometo.

Suspiré, un poco molesto porque no quería que la mirara, que observara sus rasgos cuando estaba tan cerca de mí. Agarré el escritorio con más fuerza, pero hice lo que me pidió.

—Es que… me pones nerviosa cuando me frunces el ceño así. Solo va a ser un segundo, te lo prometo.

Separé los labios para responderle, pero no salió ningún sonido, ya que sus labios habían vuelto a encontrarse con los míos. Respondí a su suave beso y, a pesar de todo, abrí los ojos para poder mirarla. Ya había cerrado los suyos y la mano le temblaba levemente contra mi mejilla.

Inclinando la cabeza, profundizó el beso y me apretó el pecho con la mano izquierda al tiempo que se elevaba más. Bajé la cabeza y cerré los ojos, embriagado por su beso.

Se echó hacia atrás antes de que yo pudiera tomar el control por completo, y nos quedamos a unos centímetros de distancia mientras su aliento salía en pequeños jadeos. Con el corazón martilleándome en el pecho, la estudié mientras abría los ojos poco a poco, e hizo una mueca como si algo no estuviera del todo bien.

Arrugando la nariz, me lanzó una mirada que no supe interpretar. Me aclaré la garganta.

—¿No ha estado bien?

Levantó la mano entre nosotros y la balanceó de un lado a otro.

—Ehhh...

—Ya veo. ¿Tortuga otra vez?

Otro sonido evasivo.

—Ya. Y esto era importante… ¿por qué?

Resopló y se pensó la respuesta durante un segundo.

—¿Algo así como una práctica, tal vez? El sábado fue un poco raro, así que se me ocurrió que podríamos trabajar en ello para que parezca más natural.

—¿El sábado fue malo? No me di cuenta de que tuviste algún problema con el beso. En ese momento parecías estar de acuerdo, pero ¿ahora crees que deberíamos trabajar en ello?

—A ver…, no tenía nada mejor que hacer, así que…

—Ya.

Esperé con los ojos puestos en ella.

—¿Quizá una vez más? Solo… ya sabes, para ver qué estamos haciendo mal.

—Claro. ¿Algún consejo que quieras dar?

Me tomó en serio y se lo pensó un poco más. Me estaba costando mantener la cara seria, pero decidí seguirle el juego. No me tragaba sus tonterías, pero si quería que nos besáramos, no iba a discutir.

—¿Te sería raro que hubiera más lengua? —preguntó.

Se me contrajeron los labios y sonreí.

—¿Qué?

Me aclaré la garganta y negué con la cabeza.

—Nada. No estoy seguro sobre lo de la lengua —aventuré—. Si crees que es una buena idea, tendré que intentarlo.

—Vale. —Suspiró y me puso una mano en el hombro—. Entonces… sí. Vale, vamos a intentarlo.

Después de volver a respirar hondo, dio un pequeño paso. Ya había cerrado los ojos, así que se perdió la sonrisa que esbocé. Saqué la otra mano del bolsillo, le aparté el flequillo, relajé la mano que estaba aferrándose al escritorio como si le fuera la vida en ello y, con suavidad, se la coloqué en la parte baja de la espalda para poder acercarla en una orden silenciosa. Obedeció y se lamió los labios, los ojos todavía cerrados, la cara ligeramente inclinada hacia arriba.

—Avísame si empeora —susurré contra sus labios, y asintió rápido—. Relájate. —Esta vez mi voz fue incluso más baja, y su mano me apretó el hombro y sus dedos se me clavaron en la camisa.

Solo nos separaba un suspiro y ya estaba respirando demasiado fuerte. Primero le besé el borde de los labios. Se separaron y se pasó la punta de la lengua por el de abajo. Solté un suspiro. Estaba en graves problemas.

Impaciente, tomé su labio superior entre los míos, introduje la lengua y lamí y chupé con suavidad, volviendo a familiarizarme con su boca. Dio un paso adelante y se dejó caer sobre mi pecho. Le apreté la camiseta con el puño y me senté más erguido, mi polla ya tensa en los pantalones mientras empujaba mi pecho contra el suyo. No me cabía duda de que podía sentirlo.

Con un gemido salvaje, abrió más la boca, e incliné la cabeza hacia la derecha mientras que ella fue hacia la izquierda, y el beso se convirtió en algo más en tan solo un segundo. Llevé la mano a su cuello y sentí su piel contra la mía, su pulso acelerado justo debajo de mis dedos. Me abrí paso y tomé todo lo que pude de ella, sediento de más, de todo lo que podía arrebatarle. Quería que se ahogara en mí como nunca antes se había ahogado en otra persona. De haber pensado que era el momento adecuado, habría plantado su culo en el escritorio y me le habría follado hasta que no pudiera soportarlo más.

Deslizó la mano desde mi hombro hasta mi cuello y se aferró a mi pelo con los dedos mientras que con la otra me agarraba el bíceps. Dudaba de que fuera consciente de lo que estaba haciendo o del hecho de que estaba gimiendo y fundiéndose contra mí, presionando y tirando al mismo tiempo mientras me hacía con su boca sin piedad. Había estado hambriento de su tacto y su sabor.

Cuanto más le exigía que me diera, más rápido respondía con más. Igual este matrimonio no había sido la peor idea que había tenido. Igual las cosas acababan saliendo bien.

Ambos estábamos llegando al punto en el que necesitábamos respirar, pero no estaba seguro de ser capaz de separarme. Tomando la decisión por mí, Rose se apartó de golpe mientras me soltaba el pelo y apoyaba las palmas en mi pecho. Con nuestras cabezas juntas, todavía estábamos lo suficientemente cerca como para respirar el aire del otro, lo suficientemente cerca como para ir a por sus labios y atraerla de nuevo hacia el beso para que no tuviera tiempo de pensárselo.

—Sí. —Se aclaró la garganta—. Eso ha estado mejor, creo —graznó, y el torso le subía y bajaba con rapidez mientras sus pechos y pezones endurecidos se frotaban contra mí cada vez que respiraba. Estaba a segundos de subirla al escritorio y llevar su pequeño experimento falso más lejos.

—¿Quieres volver a intentarlo? —pregunté con la voz tan áspera como la suya. Le acaricié la mandíbula con el pulgar.

—Uhh… —Tragó saliva y, por desgracia, se acordó de que me estaba tocando. Dio un buen paso atrás, lo que hizo que le soltara la parte de atrás de la camiseta de mala gana—. Creo que ya lo tenemos dominado. Deberíamos estar bien, creo. Supongo, quiero decir.

Volví a meterme las manos en los bolsillos para no agarrarla y tirar de ella contra mí para empezar algo a lo que nos costaría aún más poner fin. Noté que sus ojos bajaban hasta mi cintura, donde podía ver mi silueta con claridad, y luego empezó a retroceder. Tuve que inmovilizar mi cuerpo para no seguir sus pasos y pedirle otra oportunidad.

Se aclaró la garganta.

—Mañana tengo que madrugar, así que voy a intentar dormir un poco más. ¿Te vas a quedar hasta tarde?

Obligué a mi cuerpo a relajarse, me enderecé y me coloqué detrás del escritorio. Me senté. Era la única forma de evitar ir tras ella. Abrí el portátil.

—Subiré en cuanto termine aquí.

—Te veo mañana, ¿no?

Alcé la vista de la pantalla y miré sus ojos vidriosos. Sí, me vería al día siguiente y, con suerte, todos los días de después. Iba a asegurarme de que termináramos lo que habíamos empezado. Iba a hacer todo lo que estuviera en mi mano para asegurarme de que no quisiera separarse de mí. Seguía sintiéndome culpable por haberla engañado, pero se lo contaría todo cuando llegara el momento. Sería todo lo que ella quisiera y necesitara que fuera.

—Sí, Rose —respondí con suavidad—. Nos vemos mañana.

Asintió y, mientras intentaba retroceder sin romper el contacto visual, chocó con la lámpara de pie que había junto a la puerta. Cuando hizo una mueca de dolor, me levanté.

—¿Estás bien?

Levantó la mano.

—No, siéntate. Estoy bien.

—¿Seguro?

—Sí, estoy bien. Ya te he molestado bastante, así que vuelve al trabajo.

—Nunca podrías molestarme, Rose.

Se quedó helada y luego se rio, y por primera vez, pareció forzada y tensa. Cerró los párpados y miró al suelo. Se llevó la mano a la espalda y la movió hasta que pudo agarrar el pomo de la puerta y abrirla. Mirándome, salió de la habitación.

—Bonito detalle, algo que diría un marido. Bueno, buenas noches.

—Dulces sueños —dije, y vaciló mientras cerraba la puerta.

—¿Qué has dicho?

—Dulces sueños.

—Eso podría ser una idea muy, muy mala, así que mejor vamos a tener sueños normales, sueños normales y solos.

Incliné la cabeza y entrecerré los ojos, estudiando su expresión.

—¿Seguro que estás bien?

—Perfectamente. Un poco nerviosa, en realidad, porque besarte es un poco raro, así que perdona mi comportamiento.

Alcé una ceja, confuso.

—¿Besarme es raro?

—Sí. Ya sabes, eres mi marido, bla bla bla, pero a la vez no lo eres, bla bla bla. —Sorbiendo la nariz, jadeó y de repente echó la cabeza hacia atrás—. Voy a estornudar. Vale, adiós. —Cerró la puerta de un portazo y me dejó mirando el lugar en el que había estado, confuso.

Crucé la habitación, abrí la puerta y la escuché subir corriendo las escaleras antes de oír cómo se cerraba otra puerta.

Volví al escritorio con pasos controlados y me senté. El correo electrónico seguía abierto, esperando a que enviara una respuesta. Me sentía mucho mejor que hacía cinco minutos. Con la mente consumida por Rose, tardé un rato en serenarme lo suficiente como para formular una simple frase y darle a enviar.

Como se te ocurra volver a amenazarme, pienso convertir esa excusa patética a la que llamas «vida» en un infierno, Joshua.

CAPÍTULO DIECISÉIS

ROSE

Era la semana del caramelo y Owen había hecho cuatro dulces de caramelo diferentes mientras que yo me había ocupado de lo básico: sándwiches, *brownies* y *muffins* de frutas del bosque. Incluso nuestros básicos solían cambiar día a día, ya que éramos un local nuevo, pero en un mes más o menos tendríamos un menú más fijo después de conocer a nuestros clientes y saber qué les gustaba más.

El lunes hice mi trayecto habitual con Raymond a las cinco y me reuní con Owen en la cocina nada más llegar. Sally llegó una hora después que yo, antes de lo habitual. El misterio quedó resuelto cuando empezó a hacer todo lo posible por flirtear con un Owen imperturbable.

—¿Crees que podrías enseñarme a hacer este pan de plátano con caramelo salado? Está muy bueno.

Owen se limitó a gruñir y siguió trabajando la masa con las manos. Estaba haciendo bollos de canela, mis favoritos del mundo entero.

Sally me miró con los ojos muy abiertos y los ojos en blanco. Era implacable. Apoyó los codos en el área de trabajo de mármol que dominaba el centro de la cocina y le presionó un poco más.

—Te cocinaré algo. ¿Cuál es tu comida favorita? Soy una negada horneando, pero sé cocinar.

—Si no sabes hornear, ¿qué te hace pensar que serás capaz de hacer pan de plátano? —preguntó Owen, con los ojos y las manos ocupados, ocupados, ocupados.

Sally se deslizó un poco más cerca de él.

—Puedes enseñarme. Estoy segura de que, si me enseñas, le pillaré el truco, y por lo que tengo entendido, no es tan difícil hacer pan de plátano.

—¿Puedes echarte un poco para atrás? Te vas a llenar de harina como te acerques más.

Conteniendo una carcajada a duras penas antes de atraer el ceño fruncido y feroz de Owen, me aparté de la puerta y me centré en apilar los sándwiches bajo la cúpula de cristal. A Owen no le gustaba que nadie se metiera en su rutina. Apenas toleraba que yo trabajara a su lado unas horas por las mañanas, así que, aunque sonara borde, era su forma de ser, por no mencionar que también era una persona muy reservada.

—¿Quieres que te haga un café? —Oí que insistía Sally, ignorando su grosería.

Mientras Owen gruñía una respuesta no verbal que no escuché del todo, no pude evitar inclinarme hacia atrás para echar un vistazo a la cocina. Había mandado a Sally a su punto de partida original, justo enfrente de él.

—¿Y qué me dices de los bollos de canela? —Su voz seguía siendo animada y positiva.

—¿Qué les pasa?

—¿Puedes enseñarme a hacer bollos de canela? Parece muy divertido, todo eso de enrollar y lo de la canela.

—Lo de la canela... ¿No tienes trabajo que hacer delante? Es casi hora de abrir.

Me mordí el labio y volví a mi trabajo. Owen era un poco como Jack: básicamente, no le gustaba usar muchas palabras. Hablando de Jack, todavía estaba experimentando los efectos de mi sueño y de todo lo que sucedió después. No sabía muy bien en qué había estado pensando cuando decidí mejorar nuestra técnica a la hora de besarnos, pero en ese momento me pareció una buena idea intentar ver si lo que había sentido en el acto benéfico fue algo de una sola vez o no. Igual mi sueño fue el motor que me impulsó a tener la valentía de enfrentarme a él, pero no podía quejarme. El segundo beso fue tan bueno como el primero, tal vez incluso mejor, ya que estábamos solos en su estudio, lejos de miradas curiosas. Lo que teníamos seguía siendo algo temporal, pero el sueño había cambiado algo dentro de mí, lo sentía con cada célula de mi ser.

Durante un segundo creí sentir su erección contra mi estómago cuando me agarró por detrás de la camiseta y me acercó. Ya me las había encontrado antes en la vida real. No me estaba imaginando *eso*. Puede que me imaginara (por culpa del maldito sueño) que a él también le gustó el beso, pero no me había inventado la erección en mi mente.

Besaba muy bien, eso no era discutible. Solo era un poco brusco y completamente arrollador, tal y como había imaginado que sería, y consideraba que mi postura con respecto a las muestras de afecto en público había cambiado por completo después del fin de semana. Dudaba de que volviera a tragarse lo del «beso de práctica», así que iba a tener que hacer que lo de besarnos en público fuera…, bueno, algo común en nosotros. Solo para hacer que nuestro matrimonio fuera más creíble, no por mí ni nada por el estilo.

Aunque ¿a quién quería engañar? Todo lo relacionado con Jack estaba empezando a resultarme demasiado atractivo. Empezaba a tener ganas de ver su expresión pétrea y a veces distante al final del día…, todos los días. Yo conversaba más que él, pero él también hablaba, mucho más que al principio. Ya casi no hacía lo de «hablar conmigo misma como si fuera Jack» y, cuando lo hacía, era por lo divertido que me resultaba ver su expresión de preocupación, como si estuviera considerando su elección de vida de acabar en un matrimonio falso conmigo. No me burlaba de él ni nada parecido. Solo disfrutaba un poco demasiado de cómo me fulminaba con la mirada.

Era lo mejor de mi día.

Y esa sonrisa… , ¡madre mía!, por fin había sonreído, y ver cómo se le transformó la cara había merecido muchísimo la pena. Podías enamorarte de esa cara, de esa sonrisa, a pesar de que el paquete viniera con el ceño fruncido y una personalidad malhumorada. Me era imposible decidir qué expresión prefería más en él, ya que pensaba que era igual de fácil enamorarse de la expresión pétrea y gruñona. Por otra parte, tal y como me sentía después de aquel sueño, mi atracción inesperada por Jack se había triplicado de la noche a la mañana. Estaba claro que no podía estar cerca de él y fiarme de mí misma hasta que no se me pasasen los efectos.

—¿Por qué sonríes? Ha sido un completo desastre —murmuró Sally mientras se acercaba a mí, chupándose los dedos después de, al parecer, picar del pan de plátano pegajoso.

Dejé de soñar despierta con Jack e intenté concentrarme en Sally. No estaba haciendo pucheros del todo, pero se acercaba.

—No sabía que estuvieras interesada en él —respondí, ignorando su pregunta.

Cogió un caramelo de menta de un pequeño cuenco que había junto a la caja registradora, abrió el envoltorio y se lo metió en la boca.

—Entiendo que es un poco tarde para preguntar después de lo que acabas de presenciar, pero ¿tienes alguna norma que prohíba que los empleados salgan juntos?

Tras poner el último sándwich de pavo en la pila, volví a colocar la cúpula de cristal en su sitio, me giré hacia Sally y me pensé un momento la respuesta.

—A ver…, sois mis únicos empleados, obviamente, así que nunca lo he pensado. ¿Tanto te gusta? Creía que igual solo estabas metiéndote con él.

—¿Por qué iba a hacer eso?

—¿Porque es divertido sacarle de quicio?

Yo a veces pensaba que era divertido sacar de quicio a Jack.

—No. —Sacudió la cabeza y miró hacia la cocina por encima de mi hombro—. En plan, es muy atractivo, ¿no crees?

Miré por encima de mi hombro para intentar ver lo que ella estaba viendo. Owen estaba enrollando la masa y se le flexionaban los bíceps. Sí que era atractivo cuando lo mirabas con detenimiento, pero no tenía el mismo atractivo que Jack, sino uno… diferente. Se parecía más a un chico francés sin la parte romántica y encantadora. Tenía el pelo castaño y rizado y le caía sobre la frente, y se le veían los bordes de los tatuajes que tenía en sus fuertes brazos y que se le curvaban bajo la camiseta. Era más delgado que Jack, pero esbelto aun así. Jack me parecía más fuerte. Cuando miraba a Owen, no me sentía como «¿Sabes qué? Creo que me gustaría abrazarle». Era solo... Owen, un amigo. Cuando miraba a Jack, sentía un gran interés por abrazarlo y quedarme en sus brazos el mayor tiempo posible.

Sally agitó la mano delante de mi cara.

—¡Tierra a Rose!

Salí de mi neblina con Jack.

—Lo siento. Supongo que es atractivo.

—Y tiene un aire intenso. Parece que funciona conmigo. No sé, no diría que no a una cita.

—Pues me da que, en este caso, vas a ser tú la que se lo pida.

Cogí los *brownies* y los puse delante de los *muffins* de chocolate, reorganizando las cosas para que los sándwiches estuvieran en el extremo izquierdo, junto a la caja, de manera que tentara a los clientes.

—Entonces, ¿no te supone ningún problema? Me gusta mucho trabajar contigo, y no voy a ponerlo en peligro por un tío, pero si te parece bien, puede que lo haga uno de estos días.

¿Cómo se suponía que iba a decidir algo así?

—Mientras no afecte a tu trabajo, creo que me parece bien. Pero ¿estás segura? No quiero que se sienta incómodo si no está interesado.

—Quizá no fuera una de mis mejores ideas, pero no sabía cómo decir que no. Seguía siendo una romántica por naturaleza, a pesar de mi estado civil.

—¡Oh, no! Todavía no está preparado. Voy a tener que persuadirlo poco a poco, que es la parte divertida, si te soy sincera. —Me dedicó una sonrisa cegadora y dio dos botecitos sobre los pies—. Vale, voy a lavarme las manos, descargo el último lote de vasos y luego preparo todo lo demás.

Antes de que pudiera decir que sí, ya estaba de vuelta en la cocina y sus ojos se detuvieron en Owen mientras pasaba junto a él.

Si quería tener algo real con Jack, ¿tendría que persuadirlo poco a poco? No sonaba divertido. Pero ¿quería acaso complicar las cosas de esa manera? No era de los románticos; era algo completamente diferente y único. Sí, era mi marido, pero todo eso solo era una actuación, nada más, y la erección…, bueno, consideraba que era algo bastante involuntario cuando se besaba a alguien. No tuvo una erección especial por mí. No fue una erección especial.

Un fuerte golpe en la puerta de cristal me sacó de mis pensamientos y, cuando me giré, me encontré a un chico joven, quizá de unos veinte años, que miraba hacia el interior de la cafetería con un enorme ramo de rosas en los brazos.

Con una sonrisa de oreja a oreja, corrí hacia la puerta y la abrí. El aire frío que me golpeó las mejillas fue un frescor grato después de todos los pensamientos sobre Jack Hawthorne y su erección no tan especial.

—¿Rose Hawthorne? —preguntó el chico. Estaba envuelto en una chaqueta azul y saltaba en el sitio, suponía que para mantener el calor.

—Sí, soy yo. —Apenas pude contenerme mientras revisaba algo en una libreta, tras lo que, por fin, me entregó las flores envueltas en papel marrón, pero no había ninguna nota—. ¿De quién son?

—Pone Jack Hawthorne.

Con una sonrisa de oreja a oreja, las abracé contra el pecho y firmé donde me señaló.

—Que tenga un buen día —dijo antes de volver corriendo a la furgoneta blanca que, al parecer, le estaba esperando.

—¡Tú también! —grité al tiempo que me despedía con la mano, a pesar de que no estaba mirando hacia atrás.

Empujé la puerta con la cadera, volví a cerrarla y, con los ojos puestos en las rosas, me dirigí hacia la cocina y Sally apareció en la puerta.

—¿He oído que han llam…? ¡Rose! ¡Míralas!

Eso hacía. Las miraba e intentaba contener la sonrisa mientras que, al mismo tiempo, trataba de ignorar la levedad que sentía en el corazón.

—Son preciosas —murmuré casi para mí misma mientras tocaba unos cuantos capullos de rosa. Esta semana había rosas de color púrpura rosáceo y blancas.

—Vale, es oficial, me he enamorado de tu marido. Es demasiado mono.

Me reí, sintiéndome feliz de los pies a la cabeza.

—No le gusta que la gente piense que es mono, pero sí, no podría estar más de acuerdo. —Sin dejar de sonreír, eché un vistazo a la cafetería. Algunas de las rosas que trajo la semana anterior seguían fuertes, pero había cambiado las que habían empezado a marchitarse por otras falsas hacía apenas media hora. Iba a cambiarlas todas por las frescas.

—¿Quieres que te ayude? —preguntó Sally, inclinándose para oler las rosas.

No sabía por qué estaba protectora, pero quería ser yo la que se encargara de las rosas, y apenas pude evitar arrebatárselas de la nariz. Por estúpido que pareciera, intenté no pensar demasiado en ello. Eran todas mías.

—No, yo me encargo, pero ¿puedes recoger las falsas y llevar los minijarrones a la parte de atrás para que pueda cambiarlas todas?

—Claro.

Tardé diez minutos en tenerlas todas en las mesas, y las doce restantes las puse en el mostrador junto a la caja registradora para poder verlas en todo momento y, tal vez, sacarles una pequeña sonrisa a mis clientes. Dejé el último jarrón sobre la mesa que había delante de la estantería y me llevé la mano al bolsillo trasero para sacar el móvil. Todavía faltaban ocho minutos para que abriera las puertas y recibiera a los primeros clientes.

Como no quería esperar más, escribí un mensaje rápido.

Rose: Hola.

Jack: ¿Pasa algo?

Me reí y me senté en la silla más cercana.

Rose: No, solo quería saludar y darte las gracias.

Jack: Hola. ¿Gracias por qué?

Rose: Las flores. Todavía no puedo parar de sonreír.

Jack: Me alegro de que te hayan gustado.

Rose: Me encantan, pero puede que me gustaran más las de la semana pasada.

Jack: ¿La han vuelto a liar con el pedido? Voy a llamarles.

Rose: ¡No! Espera.

Rose: No la han liado. Es solo que… la semana pasada las trajiste tú en persona, y eso fue más… algo, supongo.

Cerré los ojos y gemí en voz alta. No podía ser más cursi, y estaba coqueteando oficialmente con mi marido, me estaba metiendo oficialmente en un berenjenal, y era consciente de que era imposible que acabara bien.

Jack: Ya veo.

Ya veo. Eso fue lo único que me dio. Respiré hondo y solté el aire despacio.

Rose: ¿Te pasarás antes del trabajo? Hago un café gratis que está bueno.

Jack: Me temo que ya estoy en el trabajo. Tenemos una reunión temprano.

Intenté no sentirme decepcionada, pero fue difícil.

Rose: Ah, vale. Perdón, sé que no te gusta mandar mensajes, así que me callo. Espero que tengas un buen día. Una vez más, gracias por las flores. Son preciosas.

Me di varios golpes en la frente con el lateral del móvil. Tenía que calmarme. No estaba enamorada de Jack Hawthorne y él tampoco estaba enamorado de mí, eso seguro. Solo había sido un sueño muy, *muy* convincente y un beso y un roce y… eso era todo. Además, solo lo encontraba atractivo, cualquier mujer lo haría. No era ningún crimen. En el fondo, por muy malhumorado y frío que pareciera, en realidad era muy buena persona.

Justo cuando me levanté para abrir la puerta principal, el móvil me vibró en la mano al llegarme otro mensaje. Miré la pantalla mientras caminaba, se me aceleró el corazón cuando vi su nombre y me detuve junto a la caja registradora.

Jack: ¿Quieres verme?

Rose: ¿Qué?

Jack: Has dicho que te gustaron más las flores que llevé yo y me has ofrecido café gratis. Asumo que…

Me estaba devolviendo el flirteo. Por increíble que sonara, todavía había esperanzas.

Era estúpido lo encantador que me pareció el mensaje (*él*), así que me apresuré a contestarle.

Rose: A ver, eres mi marido, así que creo que estoy destinada a mirarte. Por suerte no eres demasiado feo, así que no me taparía los ojos si aparecieras.

En cuanto pulsé enviar, quise retractarme, borrarlo y escribir algo más… inteligente e ingenioso, pero ya era demasiado tarde.

—Hola otra vez. ¡Tierra llamando a Rose! ¿Me oyes? —gritó Sally desde algún lugar a mis espaldas—. Hay dos clientes esperando, igual deberíamos abrir unos minutos antes.

Sorprendida, alcé la vista y solo entonces me di cuenta de las dos chicas que estaban esperando a que abriera la puerta. Me apresuré a invitarlas a pasar mientras me disculpaba.

Mientras Sally empezaba con los pedidos de café, les serví un sándwich y un *muffin* de arándanos. Cuando comenzaron a entrar el siguiente cliente y el siguiente, el móvil me vibró dos veces en el bolsillo, lo que me provocó una excitación irracional que intenté ignorar mientras charlaba con los clientes.

Cuando se fue el último cliente de la cola, Sally y yo miramos el local. Algunos estaban con sus portátiles, otros simplemente charlaban con sus amigos. Una persona estaba leyendo un libro que había cogido de la estantería, y ya había nueve mesas ocupadas.

—La semana ha empezado muy bien —comentó Sally mientras limpiaba el mostrador.

—Sí, ¿verdad? Creo que lo estamos haciendo muy bien. Ah, por cierto, se me olvidó comentártelo: tengo una cita con el médico a las dos de la tarde, así que le pedí a Owen que se quedara hasta que volviera. ¿Crees que podréis con ello? Volveré en cuanto termine.

Se detuvo y me miró con preocupación.

—¿Ocurre algo? —Acto seguido, abrió los ojos de manera cómica—. ¿Estás embarazada?

Le fruncí el ceño.

—¡No! ¡Me acabo de casar! ¿De qué hablas? —Fruncí más el ceño y me miré la barriga—. ¿Parezco embarazada o algo?

—No, no pareces nada embarazada. Fallo mío. Con ese marido que tienes podría dejarte embarazada con solo mirarte, así que yo de ti tendría cuidado.

Me quedé mirándola con algo cercano al terror y se rio.

—Vale. Haz como si no hubiera dicho nada. Pues claro que podré con ello. La hora punta del almuerzo habrá terminado cuando te vayas, así que estaremos bien hasta que vuelvas. ¿Todo bien? ¿Sigues resfriada?

—Sí. —Me toqué la nariz con cautela, agradecida de que no estuviera goteando en ese momento. Pero lo estaba cuando me desperté—.

Creo que es alguna alergia o algún resfriado extraño. Solo necesito un espray nasal o algo así. No tardaré mucho.

—Vale. Haz lo que tengas que hacer. —Su sonrisa se transformó en una mueca—. Así tendré tiempo para empezar a persuadir a Owen, así que el momento no podría ser mejor por tu parte.

En cuanto Sally se dirigió a la cocina, cogí el móvil para leer los mensajes.

Jack: Me alegro de que no me consideres tan feo.

Jack: ¿Estás libre para cenar esta noche?

No parecía que estuviera coqueteando, ya que todas las noches me preguntaba si estaba libre para cenar. Mi entusiasmo disminuyó poco a poco y, antes de que pudiera escribir algo, entró un nuevo cliente.

Después de salir de la consulta del médico, cogí el metro hacia el Medio Manhattan en vez de volver directamente a la avenida Madison. Todavía me sentía un poco mareada, pero para ser sincera conmigo misma, empecé a marearme en el momento en el que el médico empezó a hablar.

Una vez me recetaron antibióticos para el dolor de garganta cuando tenía veinte años y acabé en urgencias. Resultaba que era alérgica a la penicilina. Sacarme sangre era otra… experiencia. Decir que no me gustaban las agujas, los médicos ni los hospitales de ningún tipo sería quedarse corta. Por todo eso, no podía hacer otra cosa que sentirme mareada mientras pensaba lo peor.

En cuanto a por qué estaba delante del edificio de Jack, cerca de Bryant Park, no tenía una respuesta clara a eso. Pasé por seguridad, entré en el ascensor con otras seis personas y me bajé en la planta de Jack. Me acerqué a la recepcionista rubia de ojos azules, la misma que había visto las dos únicas veces que había estado allí.

—Hola. Quería ver a Jack.

—Hola, señora Hawthorne. No hace falta que se pare aquí, puede ir directamente a su despacho.

Aturdida, asentí y le di las gracias. Por un momento se me había olvidado que era la esposa. De camino a su despacho me topé con Samantha, que caminaba junto a otros dos hombres trajeados.

—¿Rose?

Dejé de mover las piernas una delante de la otra.

—¡Oh! Hola, Samantha. Vengo a ver a Jack.

Juntó sus cejas perfectamente perfiladas y perfectamente arqueadas.

—¿Estás bien?

Agarré con más fuerza el bolso que llevaba al hombro.

—Sí. Bien. Gracias. ¿Crees que Jack estará en su despacho?

—Creo que está fuera, la verdad, pero pregúntale a Cynthia y te lo dirá. —Los dos hombres trajeados siguieron hablando y caminando sin ella, así que los miró por encima del hombro antes de volver a dirigirse a mí—. ¿Seguro que estás bien? Estás un poco pálida.

Me sorprendió que sonara sincera y me obligué a sonreír.

—Sí, sí. Un poco enferma nada más. Me alegro de volver a verte. —Sin esperar otra pregunta, giré hacia la izquierda al final del pasillo para dirigirme al despacho de Jack. Cynthia estaba atendiendo una llamada, así que eché un vistazo rápido al despacho a medida que me acercaba; no parecía que Jack estuviera allí.

—Hola, Rose. ¡Qué alegría verte por aquí! —La voz de Cynthia hizo que me girara hacia ella.

—Hola, Cynthia. Solo necesitaba unos minutos con Jack. ¿Está por aquí?

—Tenía un almuerzo con un cliente. —Se miró la muñeca para comprobar la hora—. ¿Sabía que venías?

—No. Solo pasaba por aquí. Tengo que volver pronto al trabajo. Si crees que tardará mucho más, puedo irme. Le veré esta noche.

—Debería estar aquí en cinco o diez minutos. Puedes esperarle en su despacho. ¿Quieres que te traiga un té o un café mientras esperas?

Sacudí la cabeza y conseguí ofrecerle una pequeña sonrisa.

—Estoy bien. Gracias.

Cuando me abrió la pesada puerta de cristal, me dirigí hacia las dos cómodas sillas que había delante de su escritorio, meticulosamente organizado, y me senté.

Cuando miré hacia atrás, Cynthia ya no estaba.

Ahora que tenía un momento para mí, cogí un Kleenex limpio del bolso y, sujetándolo con fuerza en la mano, me eché hacia atrás y cerré los ojos, tratando de calmarme y de darle un respiro a mi mente alocada y creativa.

No podía creerme que estuviera pasando esto. Ni siquiera sabía cuántos minutos habían pasado cuando se abrió la puerta del despacho y miré por encima del hombro. No estaba segura de cómo me sentí o qué sentí cuando Jack levantó la cabeza del móvil que tenía en la mano y se dio cuenta de que estaba allí esperando.

—¿Rose? —Juntó las cejas, confuso, al tiempo que se detuvo con un pie al otro lado del marco de la puerta—. ¿Qué haces aquí?

Levanté la mano hasta la mitad en un débil gesto de saludo y la dejé caer.

Cynthia apareció detrás de él, un poco sin aliento.

—He intentado alcanzarte para decirte que Rose te estaba esperando. ¿Quieres que llame a George y aplace la reunión?

—No, no. Por favor, no —interrumpí mientras me ponía de pie antes de que pudiera responderle—. Solo pasaba por aquí. No quiero alterar su agenda. Ya me voy. —Me agaché y cogí mi bolso del suelo. Manteniendo la mirada baja y sintiendo que estaba a punto de derrumbarme en cualquier momento ahora que Jack estaba de pie frente a mí, intenté pasar junto a él, pero usó su cuerpo para bloquearme y me agarró de la muñeca con suavidad antes de que pudiera hacer nada más.

Jack giró la cabeza hacia Cynthia, pero mantuvo su mirada escrutadora sobre mí.

—Danos unos minutos antes de hacer nada, ¿vale?

—Por supuesto.

Mis ojos se encontraron con los de Cynthia, quien me dedicó una pequeña sonrisa justo antes de que Jack me arrastrara hacia el interior y cerrara la puerta.

—¿Qué pasa? —preguntó Jack en cuanto nos quedamos a solas en el espacioso despacho.

Aparté la mano de la suya, que todavía me agarraba cálida y con delicadeza, y me masajeé la muñeca. Cualquier tipo de contacto no iba a hacer más que derrumbarme más rápido.

—Nada. Solo pasaba por aquí. Debería irme. —Comprobé mi reloj y le miré al hombro en vez de a los ojos—. Es bastante tarde. Owen me está cubriendo con Sally, pero creo que debería volver para que pueda irse. Así que voy a ir yéndome.

A pesar de mis palabras repetitivas, no fui capaz de hacer ningún movimiento para irme, y Jack no se quitó de medio de todas formas. Unos segundos después, noté cómo dos de sus dedos me inclinaban la barbilla hacia arriba despacio y permanecían allí.

Nos miramos durante unos instantes. Sí que me había afectado el sueño que tuve la noche anterior. Seguía sintiendo que había algo real entre nosotros, y era bastante posible que fuera el peor momento para sentir los efectos remanentes de estar enamorada de él (o, para mayor exactitud, los efectos de que *él* estuviera enamorado de mí).

—Dime qué te pasa, Rose —dijo, su voz sonó suave y preocupada—. ¿Has estado llorando?

Me estremecí un poco y me mordí el interior de la mejilla mientras esperaba con paciencia.

—Solo un poco, pero no es nada importante. Acabo de ir al médico y... —Se me quebró la voz y me detuve.

—¿Cuándo? ¿Por qué? —Me soltó la barbilla.

—Ahora. En plan, vengo de la consulta del médico. Tenía una cita. Quería un espray o algo para la alergia. —Me toqué la nariz y su mirada me siguió—. Para la nariz. Obviamente. —Sonreí, pero creo que no me llegó a los ojos.

—Para el resfriado, ¿no?

Últimamente siempre andaba con un Kleenex en la mano o cerca por si acaso empezaba cuando no me lo esperaba.

—Sí, el dolor de garganta de un día y la... mmm... secreción nasal y los dolores de cabeza. En fin, no parece un resfriado normal. Me encuentro bastante bien si no cuentas los dolores de cabeza y los problemas nasales, y por eso pensé que me había vuelto alérgica a algo de repente. Es como si me goteara agua de la nariz. —Solté un pequeño gemido y aparté la mirada—. Hablar de mi nariz no es para nada lo que quiero hacer contigo.

Ignoró mi incomodidad.

—Solo te he visto tener problemas de ese tipo un par de veces.

—Eso es porque no gotea cada minuto del día. A veces no pasa nada si estoy de pie, pero cuando me siento empieza a gotear. Si me tumbo boca arriba no pasa nada, obviamente, ni tampoco si mantengo la cabeza inclinada hacia atrás, pero a veces, cuando duermo boca abajo, me despierto en mitad de la noche porque noto que algo cae y… ya me entiendes. Además, cuando me sale en el trabajo o como cuando estuvimos en el acto benéfico, tengo que ponerme un algodón o un pañuelo ahí, *algo* para no tener que estar sujetándome un pañuelo debajo de la nariz todo el rato. —Lamenté mis palabras cuando tuve que volver a acercarme el Kleenex a la cara—. En todo caso, haga lo que haga, sigue empapándose demasiado rápido.

—¿Por qué no me has contado todo esto antes, Rose? ¿Por qué has esperado?

—Estaba trabajando y pensé que se me pasaría solo. Además, no me gustan los médicos. A veces empieza y tarda horas en parar. A veces desaparece al cabo de media hora más o menos. Hago todo lo posible por no inclinar la cabeza hacia abajo, porque eso también lo desencadena. Por suerte, por las mañanas es lento, por alguna razón, así que no ha sido un gran problema cuando horneo, pero nunca sé cuándo va a ocurrir. Hablando de eso…

Noté que volvía a bajar, y el Kleenex que tenía en la mano ya estaba demasiado usado. Agarrándome a la silla, me puse de rodillas despacio y miré al techo. A ciegas, intenté alcanzar el bolso, pero de repente Jack también estaba de rodillas y me estaba agarrando las manos. Sentí que se me nublaban un poco los ojos.

—¿Puedes darme un pañuelo, por favor? —pregunté, manteniendo la barbilla alta y lejos de su mirada.

Me soltó y se levantó para irse.

—Espera, tengo algunos en mi…

Salió del despacho antes de que pudiera decirle que tenía más en el bolso. Me levanté. Volvió con una caja bonita de Kleenex y me la tendió. Saqué uno y, sorbiendo, me lo puse debajo de la nariz.

—¿Estás bien? —volvió a preguntar, mirándome directamente a los ojos. Asentí e incliné un poco más la cabeza hacia atrás para detener un poco el flujo. A veces eso ayudaba. Ahora que sabía lo que podía ser, la sensación de ese chorro caliente me estaba asustando más de lo que lo había hecho solo unas horas antes.

Jack se masajeó la sien, se alejó unos pasos y volvió a ponerse delante de mí.

—Vale, dime lo que te ha dicho el médico. Por tu expresión he de suponer que no es alergia.

—No. Resulta que lo más probable es que no sea alergia ni un resfriado. Quiere hacerme algunas pruebas, quiere un TAC y una resonancia, pero cree que podría ser una fuga de líquido cefalorraquídeo, más que nada porque solo me sale por un lado de la nariz. —Torcí los labios y me esforcé por contener las lágrimas. Sus ojos me estudiaron el rostro, y cuanto más los miraba, más borrosa se empezaba a poner su imagen.

—No hagas eso —me ordenó con la cara ilegible.

Asentí con la cabeza. Teniendo en cuenta el tipo de hombre que era, dudaba de que tratar con una mujer que lloraba fuera lo que más le gustara hacer, pero incluso oír su voz áspera rompía el control férreo que había tenido sobre mí misma desde que salí de la consulta del médico.

Al levantarme había dejado el bolso en la silla, así que lo cogí y me lo colgué del hombro, tras lo que asentí para mis adentros. Apreté los dedos en torno al Kleenex que estaba sosteniendo y bajé la mano.

—Debería irme, de verdad. Debería haber vuelto directamente al trabajo. Pero se me ocurrió venir a decirte que a lo mejor no puedo acompañarte… —Cuando la primera lágrima se me resbaló despacio por la mejilla, me la sequé con el dorso de la mano—. Es posible que durante un tiempo no pueda acompañarte a eventos. Creo que tienen que operarme, así que no sé si voy a…

Me miró un largo rato mientras las lágrimas que me había prometido no derramar empezaban a brotar con más rapidez tras la palabra «operarme». En ese momento, noté la sensación ya familiar de que algo se me caía por la nariz, así que me apresuré a echar la cabeza hacia atrás. Lo *último* que quería era que viera cómo me caía algo por la nariz. Tenía la sensación de que no podría recuperarme de eso.

—Vale. —Se frotó el puente de la nariz y su actitud fría se quebró ligeramente ante mis ojos—. Vamos a sentarnos un puto momento. —Era la primera vez que le oía decir una palabrota—. Y deja de decir que tienes que irte. No vas a irte a ninguna parte.

Asentí como pude con la cabeza echada hacia atrás, porque ¿qué otra cosa podía haber hecho? No quería interrumpirle en su despacho, pero tampoco me apetecía irme. Cuando me di la vuelta para dirigirme hacia las sillas, me detuvo con una mano en el brazo y volvió a abrir la puerta del despacho con la otra.

—Cynthia, llama a George y dile que no voy a poder ir. Manda a la asociada júnior con la que he trabajado. Debería tener los detalles que necesita. Me pondré en contacto con él más tarde.

—Jack —interrumpí mientras cerraba la puerta sin esperar siquiera a oír la respuesta de Cynthia—, no quiero distraerte del trabajo.

—¿Qué acabo de decirte? —Tiró de mí hacia el sofá que estaba junto a los enormes ventanales y se sentó a mi lado. Todavía tenía la caja de Kleenex en la mano. No sabía por qué me había fijado tanto en eso, pero el hecho de que sostuviera la caja además de la expresión intensa y ligeramente aterradora mientras llevaba uno de sus muchos trajes caros siempre iba a ser un buen recuerdo después de que todo este asunto del matrimonio terminara.

—Creo que no sé cómo hacer esto.

—¿Hacer qué?

—Confiar en alguien. Apoyarme en alguien. Tengo la sensación de que lo estoy estropeando.

—Quiero ser esa persona para ti, Rose. Quiero ser la persona en la que te apoyes. Tú y yo somos iguales. Solo nos tenemos el uno al otro. Te apoyarás en mí y yo haré lo mismo. Aprenderemos a hacerlo. Estamos juntos en esto.

Me quedé sin palabras.

—Ahora dime qué narices es una fuga…

—Fuga de líquido cefalorraquídeo —terminé por él.

—Lo que sea. Dime qué hay que hacer. ¿Cómo ha ocurrido? ¿Cuándo tienes la cita para la resonancia y el TAC? Cuéntamelo todo, Rose.

Conseguí detener las lágrimas, pero seguía goteándome la nariz.

—¿Puedes darme otro pañuelo, por favor?

Sacó otro y me lo dio. Murmuré un gracias y me lo puse enseguida debajo de la nariz mientras metía el usado en el bolso. Ya había más de uno igual dentro. Giró el cuerpo de manera que estuvo sentado en el borde del sofá de cuero, con la rodilla presionándome el muslo, y colocó la caja sobre la mesa cuadrada de cristal que teníamos delante. Sorbiendo, me limpié la nariz y me la tapé.

—¿Seguro que te encuentras bien?

—Estoy bien, eso es lo raro.

—Vale. Ahora cuéntame todo lo que te ha dicho desde el principio.

—A ver, entré y le conté lo que me pasaba, y solo me miró la nariz y luego la garganta porque le dije que hace una semana o así me dolía la garganta, pero ahora creo que eso no tiene nada que ver. Luego me preguntó si había tenido algún accidente recientemente o si me habían operado, si había sufrido un traumatismo craneal, un golpe fuerte en la cabeza. No, y se lo dije. Luego me preguntó por cómo sabía el líquido y le dije que no tenía ni idea porque no lo había probado, obviamente. Estaba bien en la consulta del médico, así que no pude enseñárselo, pero le dije que sobre todo empieza a gotear cuando estoy demasiado tiempo inclinada hacia delante, miro hacia abajo, me agacho o cuando duermo boca abajo por la noche, es decir, todas las noches.

—¿Te ha dicho qué es exactamente? Explícame la fuga de líquido cefalorraquídeo.

Suspiré y tragué saliva.

—No quiso decirme mucho, dijo que quería pedir cita para una resonancia y un TAC de inmediato para asegurarse, pero no paré de preguntar y, al parecer, la fuga de LCR (líquido cefalorraquídeo) se produce cuando hay un agujero o un desgarro en la membrana que rodea y amortigua el cerebro. Al parecer, también puede producirse alrededor de la médula espinal. En fin… Así que el líquido, un líquido transparente, de la membrana que protege el cerebro empieza a filtrarse por la nariz. Como no he sufrido ningún traumatismo craneal, no sé cómo ha ocurrido. —Se me empezaron a llenar los ojos de lágrimas otra vez—. Y me siento tan asquerosa solo de hablar de esto. Estaba segura de que era alguna alergia, a pesar de que nunca he tenido.

—¿Y está seguro de que es LCR?

Negué con la cabeza.

—No, por eso quería pedir la cita para la resonancia y el TAC. Al parecer podrán ver de dónde viene la fuga, si hay un agujero y cosas así.

—¿Cuándo vas a ir a hacerte los escáneres?

Esta era la parte mala, o la peor. Hice una mueca.

—No he pedido la cita. —Parecía que mi nariz se había tomado un respiro, así que apoyé las manos en el regazo.

Arrugó la frente.

—¿Cómo que no has pedido la cita?

—Puedo enfrentarme a un TAC, Jack. Lo busqué en Google y solo es un minuto, además solo me meten la cabeza. La resonancia, que es lo que ha dicho que necesitaban para ver si hay un agujero y dónde está…, eso no puedo.

Me miró confuso.

—¿A qué te refieres?

—No me gustan los espacios cerrados.

—¿Eres claustrofóbica? Nunca entras en pánico en un ascensor.

—Los ascensores no me suponen un problema, siempre y cuando no me quede encerrada en uno. Además, puedo moverme. No tengo que quedarme quieta. Hablé con una enfermera cuando salí de la consulta del médico y, al parecer, su máquina de resonancia es antigua y el tipo de escáner que él quiere tarda más de quince minutos, y no puedo moverme en absoluto mientras me lo hacen. O sea, tengo prohibido mover o contraer cualquier parte del cuerpo. Si lo hago, tendrán que volver a empezar. —Noté cómo se me llenaban los ojos de lágrimas. Me sentía tan estúpida—. Pensar en ello ya me produce ansiedad, y me ha dicho que tendrán que ponerme una jaula en la cabeza porque, al parecer, tiene que estar estable. —Sacudí la cabeza con más vehemencia—. Créeme, sé lo estúpido que suena, pero no puedo hacerlo, Jack. No puedo.

Me miró fijamente durante unos segundos y esperé que lo entendiera.

—Hay máquinas de resonancia abiertas. No tendrías que estar encerrada.

Se me escapó una lágrima y la dejé estar.

—Me ha dicho que la resonancia que quiere es complicada y esas máquinas no aceptan esa resonancia. Tiene que ser cerrada.

Vio cómo la lágrima me resbalaba por la mejilla y se levantó con brusquedad para caminar delante del sofá mientras se pasaba la mano por la cara. Se detuvo y respiró hondo.

—Espera. —Abrió la puerta del despacho y se inclinó hacia Cynthia—. Llama a Benjamin de mi parte, dile que es urgente. —Lanzándome una rápida mirada, se dirigió a su escritorio y descolgó el teléfono en cuanto empezó a sonar—. De acuerdo. Está bien.

Luego le escuché hablar con Benjamin, que por lo que pude deducir de la conversación de Jack, al parecer era médico. Unos minutos después, tras explicarle mi situación, me había concertado una cita para el día siguiente con un otorrinolaringólogo recomendado por ese tal Benjamin. Más médicos, justo lo que necesitaba.

Cuando colgó el teléfono, me puse de pie. Se encontró conmigo a medio camino mientras me dirigía a la puerta.

—Nos reuniremos con él mañana a las once de la mañana y veremos qué tiene que decirnos. Igual podemos salir de esta sin una resonancia.

—Vale —murmuré, tratando de pasar junto a él—. De verdad que tengo que irme. —Cuanto más pensaba en médicos y pruebas, más ansiedad me daba, y necesitaba salir y respirar aire fresco.

—¿Qué pasa? —Su mano volvió a enroscarse alrededor de mi muñeca, deteniéndome.

—Nada —respondí con un tono un poco más áspero de lo necesario—. Tengo que irme. Ya voy tarde.

—Oye. —Tras soltarme la muñeca, me cubrió la mejilla con la palma de la mano, y me empezaron a temblar los labios. Era de las que no soportaban la amabilidad cuando ya me encontraba al borde del precipicio, y su tono de voz suave era lo peor que podía haberme ofrecido en ese momento—. ¿Vas a morirte? —Su pregunta era una contradicción enorme con su tono de voz y su mano cálida apoyada en mi mejilla, razón por la que no fui capaz de encontrar las palabras durante un momento.

Le miré con perplejidad.

—¿Qué? —tartamudeé, y, aturdida, dejé de llorar.

—Te he preguntado si vas a morirte. —Apartó la mano de mí y la dejó caer al costado—. ¿Es algo parecido al cáncer? —continuó—. ¿El médico te ha dicho algo por el estilo? ¿No es tratable? Si ese es el caso, sentémonos, lloremos juntos y rompamos cosas.

Me limité a seguir mirándole con perplejidad, sin saber cómo responder. Unos segundos más tarde, estallé en carcajadas. Era consciente de que lo más probable era que estuviera dando la impresión de que estaba perdiendo la cabeza delante de él, pero no podría haber estado más lejos de la verdad. Jack debió de pensar que sí que estaba perdiendo la cabeza, porque la línea entre sus cejas se iba haciendo más profunda a cada segundo.

—¿Algo gracioso?

—Las cosas que me dices, Jack Hawthorne. —Suspiré y me sequé las lágrimas de risa de debajo de los ojos—. Creo que esta podría ser la razón por la que acabé delante de tu edificio, porque sabía que no me ibas a abrazar ni a permitir la autocompasión. Si hubiera llamado a alguno de mis amigos o hubiera ido directamente a la cafetería, me habría pasado todo el día sintiendo lástima de mí misma.

Cuando no se le relajó la expresión, decidí seguir adelante y responder a su pregunta.

—No, no creo que vaya a morir. Espero que no, al menos. No dijo que fuera nada tan malo. Si tengo lo que él cree que tengo, claro. Siempre existe la posibilidad de acabar operándome y de morir en el quirófano, pero es posible que se haya saltado esa parte porque dudo que contárselo a un paciente sea algo muy positivo.

Jack ladeó la cabeza y me lanzó una mirada cargada de una exasperación impresionante.

—¿Qué te parece si no sacamos conclusiones precipitadas todavía? No sabemos si es LCR u otra cosa. Vamos a ver al otorrinolaringólogo mañana y ya después nos preocuparemos de las pruebas, escáneres y operaciones.

Asentí y respiré muy hondo. Había logrado controlar mejor mis emociones gracias a ese amor firme suyo.

—No me gustan los médicos —dije, repitiendo la confesión anterior—. No me gustan las cosas como estas.

—No me había dado cuenta. —Su sonrisa preciosa y gentil fue el colmo para mí, y las lágrimas comenzaron a caerme por el rostro.

Debió de entender mal las lágrimas, porque se apresuró a explicarse.

—Tienes que dejar de llorar. No lo soporto. Lo abordaremos juntos, si es necesario, pero no nos preocuparemos hasta que no sepamos qué es exactamente. No tiene sentido hacerlo. ¿De acuerdo?

—¿Ahora me sonríes? —solté, ignorando su apoyo. Su cara se volvió borrosa cuando se me empezaron a llenar los ojos de lágrimas, pero me las arreglé para golpearle en el pecho una vez, levemente—. ¿Ahora? —Ni siquiera me di cuenta de que estaba alzando la voz, pero noté cómo su actitud cambió por completo mientras mantenía mi mano contra su pecho y me acercó más, lo que no hizo más que empeorar las cosas.

Apoyé la frente contra su pecho, cerca del corazón, e intenté recomponerme. Cuando su aroma profundo y masculino comenzó a causarme estragos, le agarré la solapa de la chaqueta con el puño y me aparté para mirarle.

—Este es el peor momento, Jack. Si de verdad se trata de una fuga de líquido del cerebro, de la médula espinal o lo que sea, dijo que tendrían que operarme. ¡Me dan miedo las agujas! ¡Las agujas, por el amor de Dios! ¿Operarme? ¿Y tan cerca del cerebro o de la médula espinal? —Respiré y continué—. Sé que esto va a sonar extremadamente vanidoso y me odio por ello, pero ¿significa que me van a cortar el pelo, que van a entrar por el cráneo? ¿Cómo funcionaría? Iba a buscarlo en Google de camino hacia aquí, pero ni siquiera fui capaz.

Esta vez subió ambas manos hacia mis mejillas y, con los pulgares, me limpió las lágrimas, las cuales caían con rapidez.

—No vamos a hacer eso. —Se inclinó para poder estar a la altura de mis ojos—. No vamos a empezar a preocuparnos antes de saber qué ocurre. Ya te lo he dicho y no me escuchas.

—Solo sé que es LCR. —Lo miré a los ojos—. Con la suerte que tengo, sé que lo es. —Para tener algo a lo que agarrarme o tal vez porque quería mantenerlo conectado a mí tanto tiempo como pudiera, levanté las manos y las coloqué sobre las muñecas de Jack—. No quiero esto, Jack. Tengo la cafetería. Después de años soñando, la tengo y no puedo cerrarla si tengo que operarme. Acabamos de abrir.

Dio un paso más y le solté las muñecas.

—¿Quién ha dicho nada sobre cerrar? Tienes empleados, pueden encargarse de ello. Si no, contrataremos a alguien más para que ayude. ¿Acaso estás escuchando lo que estoy diciendo? Todavía no sabemos lo que pasa, Rose. A ver qué dicen mañana y entonces empezaremos a pensar en la cafetería.

Se me cortó la respiración mientras lograba asentir levemente con sus manos en las mejillas. Debía de estar hecha un desastre y sabía que me sentía como tal. Hice todo lo posible por dejar de comportarme como una estúpida y escucharle, pero tenía el corazón encogido y empezó a costarme respirar. Me obligué a tomar una bocanada profunda de aire y Jack me inclinó la cabeza hacia atrás para poder mirarme a los ojos.

—No estás sola en esto. Estoy aquí, Rose. Lo resolveremos juntos. Ahora nos tenemos el uno al otro.

Preparen más lágrimas, porque este Jack se acercaba demasiado al Jack del sueño. Como resultado, no pude evitar inclinarme hacia delante y apoyar la frente en su pecho otra vez. Me soltó la cara mientras me acurrucaba más contra él. Tenía ambos brazos apoyados en su pecho, pero los suyos permanecían flácidos a los costados. No dije nada, me limité a quedarme allí y aspirar su aroma, y durante un buen rato, además. A medida que mi respiración volvía poco a poco a la normalidad, él tampoco dijo nada.

Cerré los ojos con fuerza. Si no me rodeaba con los brazos en los siguientes segundos, tendría que retroceder y alejarme de él, de lo contrario sería demasiado incómodo. En ese momento, sentí cómo me abrazaba.

—Estoy aquí, Rose —susurró, y su voz ronca me invadió como una caricia que encendió algo en mi interior—. Puede que no sea lo que querías o necesitabas, pero aun así me tienes. Estoy aquí.

Sentía una opresión en el pecho cuando le respondí.

—Lo dijiste, al principio, dijiste que no se te daban bien este tipo de cosas. Lo estás haciendo de maravilla, Jack. —Me las arreglé para acercarme aún más a él, y sus brazos me rodearon con más fuerza.

Quizá empezaría a ser codiciosa con este hombre.

No sabía cuánto tiempo estuvimos así, justo en medio de su despacho, pero cuando alguien llamó a la puerta con suavidad, di un paso atrás a regañadientes e hice todo lo posible por limpiarme la zona de debajo de los ojos. No quería ni imaginarme el aspecto que tenía. Me miré los dedos y contuve un gemido cuando vi las manchas negras de lo que quedaba del rímel.

Jack se había girado a medias para echarle un vistazo a la recién llegada y así no ver cómo cogía un pañuelo y empezaba a limpiarme la cara con furia. El daño ya estaba hecho y ya había visto lo peor, pero eso no significaba que tuviera que seguir viéndolo.

Cuando escuché la voz de Samantha preguntando si todo iba bien, gemí en voz baja, todavía escondiéndome detrás del gran cuerpo de Jack.

—Sí. ¿Necesitas algo? —preguntó Jack con un tono mucho más serio.

—No. Vi a Rose antes y estaba preocupada…

—Gracias, Samantha, pero me gustaría estar a solas con mi esposa si no necesitas nada más.

Dejé de limpiarme cuando a sus palabras las siguió un pesado silencio.

—Por supuesto —dijo con firmeza, y luego la puerta se cerró con suavidad.

Me apresuré a meterme el pañuelo en el bolsillo de los vaqueros antes de que Jack pudiera volver a dirigirse a mí.

—¿Te encuentras mejor? —preguntó mientras me recorría el rostro con la mirada. Esperaba que al menos tuviera el tono de un ser humano normal.

—Mmm...

Me pilló por sorpresa cuando acortó la distancia que nos separaba con una sonrisa inesperada en el rostro.

—¿Por qué has venido de verdad, Rose? —preguntó, y me apartó el pelo de mi cara arruinada—. ¿Solo para decirme que no podrás asistir a eventos conmigo? ¿Solo porque sabías que no dejaría que te derrumbaras?

Me quedé quieta mientras extendía la mano y, con suavidad, empezaba a acariciarme el pómulo con el pulgar, y se me puso la piel de gallina.

No podía responder a una pregunta para la que no tenía una respuesta real.

—No me sonrías. Ahora no es el momento adecuado. No quiero perder la cuenta —dije en cambio, y se rio entre dientes.

Se rio entre dientes de verdad, una risa baja, profunda y varonil que provocó que un lento escalofrío me recorriera la columna cuando se combinó con su toque.

—Tienes mala cara —dijo en voz baja, clavando los ojos en los míos.

Repetí la misma respuesta que le di la primera vez que me hizo ese cumplido específico.

—Gracias por darte cuenta. Como bien sabes, siempre hago todo lo que puedo.

Con la mano izquierda, volvió a echarme el pelo hacia atrás y me lo metió detrás de la oreja. Cuando bajó la cabeza y me dio un beso en la frente por encima del flequillo, me quedé quieta.

—Vale, Rose —murmuró—. Vale.

Mientras seguía intentando procesar las consecuencias del sonido bajo y profundo de esa risa y luego el beso, abrí los ojos despacio mientras se inclinaba más y me besaba con suavidad en los labios húmedos por las lágrimas. Los ojos se me cerraron solos y abrí los labios, en parte por la conmoción, en parte porque la respuesta fue automática. No me besó como la noche anterior, no me dejó con hambre de más, pero en cuanto tuvo la oportunidad, encajó nuestros labios y me besó más tiempo, gentil y suave. Con el corazón martilleándome en el pecho, incliné la cabeza hacia arriba y le devolví su lento beso. A medida que seguíamos y el beso se volvió, poco a poco, más que solo gentil, comencé a ponerme de puntillas para profundizarlo.

Mis manos volvieron a encontrar sus muñecas porque necesitaba sentirme anclada a algo, y con algo me refería a él en específico. Cuando noté que se apartaba, retiré las manos de mala gana. Mordiéndome los labios, contuve una protesta y, con un poco de dificultad, logré abrir los ojos.

—¿Hay alguien mirando? —La pregunta no fue más que un susurro que me salió de los labios.

Con los ojos fijos en los míos, sacudió la cabeza.

Tragué y no estaba segura de querer escuchar la respuesta a la pregunta que estaba a punto de hacer.

—Entonces, ¿por qué…?

—¿Estás libre para cenar esta noche?

—¿Qué? —pregunté con el ceño fruncido mientras la neblina que había causado el beso se iba disipando poco a poco. Me costaba un poco seguirlo, eso era todo.

—No llegaste a responderme el mensaje.

El… *¡Oh!*

—Nos pusimos a trabajar y luego… Jack, no creo que sea una buena compañía esta noche. ¿Es una cena importante?

—Solo estaríamos nosotros dos.

—¿No es una… cena de trabajo?

—No.

—Entonces prefiero pedir comida a domicilio como de costumbre o cocinar algo en tu apartamento como agradecimiento por tratar conmigo.

—Nuestro apartamento. Deja de decir que es mío. Y me gustaría invitarte a salir, Rose. Ya hemos pedido suficiente comida a domicilio. Si no te ves con ganas esta noche, ¿mañana entonces?

Junté las cejas mientras intentaba entender lo que estaba diciendo.

—No... Eh, no te refieres a una cita, ¿verdad? —Me reí con nerviosismo, buscando con todas mis fuerzas una respuesta en sus ojos y con la esperanza, tal vez, de que dijera que lo decía en ese sentido.

Me dedicó su quinta sonrisa y me distraje.

—Se le puede llamar «cita». Es una cena. Puedes usar las palabras que quieras.

No estaba del todo segura de qué decir o qué pensar. Congelada en el sitio, seguí mirándolo.

—En plan... —murmuré, y di un paso atrás— ¿como una cita en la vida real?

Me miró durante un largo rato y me di cuenta de que su sonrisa había desaparecido. Su expresión volvió a ser ilegible.

—Si estoy interpretándolo mal y no te interesa...

—No. No. No. —Me interesaba. Mucho, muchísimo—. Es que... ¿crees que sería una buena idea?

Arqueó una ceja.

—¿Qué más da si es una buena idea o no? —Esa no era una respuesta que me esperaba escuchar de alguien como Jack—. Es una cena, Rose. Di que sí. A domicilio o en un restaurante, es más de lo mismo. Podemos intentarlo, y si crees...

—Vale —solté antes de que pudiera decir más.

—¿Vale?

Asentí con la cabeza.

—Sí. Sí. Vale.

Abrió la boca, pero mi nariz ya se había hartado de descansar. Incliné la cabeza hacia atrás al instante, miré al techo y me aferré a su brazo con la mano.

—¡Jack, Jack! Viene otra vez. ¡Kleenex!

En menos de tres segundos tenía otro en las manos.

—Gracias.

—Vamos. Te llevo a casa.

—¿Qué? No. Tengo que volver al trabajo y olvidarme de todo esto hasta mañana.

Me lanzó una mirada penetrante que, como tenía la cabeza inclinada hacia arriba, solo vi por el rabillo del ojo.

—Me refiero a la fuga... No a todo lo demás.

Su mirada solo se suavizó un poquito.

—Déjame llevarte a casa, Rose.

Por muy dulce que sonara, no podía quedarme sola en el apartamento sin nada que hacer.

—No puedo. Necesito trabajar, Jack. No puedo sentarme y obsesionarme con lo que dirá el médico mañana.

Sacudió la cabeza y suspiró.

—Entonces iré contigo.

—No hace falta que me lleves. Llamaré a un taxi o a un Uber. No pasa nada.

Ignorándome, caminó hacia el escritorio, cerró la tapa del portátil y cogió el móvil. Mientras lo observaba, regresó junto a mí y, para mi sorpresa y deleite, me agarró la mano. Tuve que apretar los dedos alrededor de los suyos para seguir sus pasos antes de que nos detuviéramos delante de la mesa de Cynthia.

—Voy a salir. Seguiré atendiendo llamadas, pero no estaré aquí para el cliente de las cuatro de la tarde. Intentemos reprogramarlo, o si le viene bien, que se reúna conmigo en A la Vuelta de la Esquina. Sabes la dirección. Iré con Rose al otorrinolaringólogo mañana por la mañana a las once, así que intenta ponerte en contacto con Fred y que se encargue de lo que sea que tengamos. Mejor aún, te llamo cuando esté en la cafetería y reprogramamos las cosas.

Los ojos de Cynthia pasaron de mí a Jack y viceversa y luego a nuestras manos unidas.

—¿Todo bien?

Me miró.

—Sí. Todo va bien ahora.

Todo parecía estar bien, sí. Aparte de mi nariz.

En la parte trasera del ascensor, de camino al vestíbulo con otras cinco personas, llamó a Ray para decirle que trajera el coche al edificio. Cuando se guardó el móvil en el bolsillo, no pude contenerlo más.

Apoyándome en él, intenté mantener el tono de voz más bajo que pude y le pregunté:

—¿Jack?

Su mano apretó la mía, lo que supuse que era su versión de «Estoy escuchando». Se me aceleró el pulso y susurré:

—Eso acaba de pasar, ¿verdad? ¿Quieres… Quieres que tengamos una cita? ¿En plan novio y novia?

Me dedicó una larga mirada.

—Más bien como marido y mujer, ¿no crees?

CAPÍTULO DIECISIETE

JACK

De la noche a la mañana, habían desaparecido los restos de toda culpa a la que todavía me aferraba y que parecía detenerme o hacerme dudar cuando se trataba de Rose. Me daba igual todo lo que había hecho para estar con ella. Sabía la verdad y eso bastaba.

Estaba sentada a mi lado en el espacioso sofá, inclinada sobre un vaso pequeño que sostenía en la mano. No quería que la viera así, pero no iba a irme de su lado, dijera de lo que dijese. Así pues, como resultado de eso, estaba viendo cómo unas gotas de un líquido transparente (que posiblemente era líquido del cerebro o de la médula espinal) caían muy, *muy* despacio en el vaso. Ya habían pasado veinte minutos desde que la enfermera nos metió allí y todavía teníamos que llenar, al menos, otros cinco centímetros antes de que llegara al punto en el que habría suficiente para que analizaran la muestra.

—Si me doy golpecitos en el otro lado de la nariz sale más rápido.

Me incliné hacia delante, apoyando los codos en los muslos, y le miré la nariz con atención al tiempo que sus ojos revoloteaban hacia mí y luego hacia el vaso que se llenaba poco a poco. Estaba tan sumido en mis pensamientos que no entendí lo que quería decir, así que no se me ocurrió detenerla hasta que vi lo que estaba haciendo. Cuando me di cuenta de que podía estar haciéndose daño, le agarré la mano izquierda antes de que pudiera empezar a darse golpecitos en la nariz otra vez.

—Deja de hacer eso.

Soltó un largo suspiro y se reclinó, con la mano derecha, que aguantaba el vaso, temblándole ligeramente, mientras le sostenía la izquierda con firmeza. No se apartó y yo no tenía intención de soltarla.

—¿Qué pasa? ¿Duele? —pregunté en un intento por entender lo que estaba pasando.

Sus ojos me miraron y luego volvieron al techo.

—La cabeza me da demasiadas vueltas, Jack. Creo que necesito un descanso. ¿Cuánto tiempo ha pasado?

—Elegiste esto en vez de la resonancia. Era esto o eso. —Nuestros hombros se rozaron cuando le solté la mano y estiré el brazo para quitarle el vaso.

—Lo sé, Jack. No lo decía a malas. Lo siento.

Cerré los ojos y respiré hondo. No tenía ni idea de lo enfadado que estaba, de lo impotente e inútil que me sentía porque no podía hacer nada para ayudarla en esta situación más allá de sentar el culo junto al suyo y hacerle entender que iba a estar allí pasara lo que pasase, lo que parecía no hacer nada.

—¿Estás seguro de que no tienes que estar en el trabajo? —preguntó al techo.

—No voy a irme, así que deja de intentar echarme. Venga, solo queda un poco más para poder salir de aquí. —La miré, esperando con el vaso en la mano. Tenía tantas ganas de salir de allí como ella, si no más.

—No es alergia, Jack. Estoy perdiendo LCR. Lo sabes, ¿verdad?

Estaba de acuerdo. Era la primera vez que veía a alguien pasar por algo así, pero era lo suficientemente inteligente como para mantener la boca cerrada.

—No lo sabemos todavía. Ya has escuchado lo que ha dicho el médico.

Sacudió la cabeza de un lado a otro, despacio.

—La verdad es que no. Desconecté cuando empezaste a hacerle todas esas preguntas.

Extendí la mano y le puse el pelo detrás de la oreja.

—Venga, solo un poco más. Y podremos irnos. —Se lamió los labios y me percaté de que volvían a brillarle los ojos—. Como empieces a llorar, voy a perder la cabeza y vamos a tener un problema.

Se rio entre dientes y se secó los ojos.

—No estoy llorando. No voy a llorar.

Intentó quitarme el vaso, pero se lo sostuve con el brazo apoyado sobre su pierna.

—Deja que te lo aguante yo. Venga.

Sus ojos se encontraron con los míos y señalé el vaso con la cabeza. Dejó caer la cabeza hacia delante y empezaron a salir las primeras gotas. Unos segundos más tarde, me rodeó la muñeca con la mano izquierda. Al principio pensé que a lo mejor estaba intentando colocarse el vaso justo debajo de la nariz, pero cuando miré de cerca, tenía los ojos bien cerrados y se mordía el labio.

Me maldije por no ser mejor en una situación como esta. Mi familia no había sido mejor que la suya. Puede que no fuera tan mala, pero tampoco mejor. Tenía una familia, pero en realidad no. No sabía cómo estar ahí para alguien porque no había visto nada parecido en mi familia. Esto se parecía mucho a intentar orientarme en la oscuridad. Pero era Rose. Me daba igual chocarme contra todo mientras intentaba orientarme, lo único que importaba era estar ahí para ella. Ahora me tenía a mí.

Quería estar con ella, eso estaba más claro que el agua. La primera vez que la vi en la fiesta me intrigó, pero por aquel entonces fue diferente. No fue amor a primera vista. Tal y como dijo el día que le propuse nuestro acuerdo de negocios, no era lo suficientemente romántico para eso, pero esa primera noche, verla con su prometido, y, ni siquiera eso…, solo ver cómo le sonreía… Quise que esa sonrisa que tenía para su prometido fuera mía. Ya está. Eso fue todo.

Así fue como empezó todo, queriendo que estuviera en mi vida, y ahora, después de nuestro matrimonio falso, las cosas habían empezado a cambiar. Era más que «Debería ayudarla a salir de esta situación». Estaba empezando a conocerla: sus peculiaridades, lo que le gustaba y lo que no le gustaba, cómo reaccionaba a las cosas que decía yo. Ahora era más que querer que estuviera en mi vida. Quería que *quisiera* estar en mi vida. Por mucho que supiera que era un capullo por mentirle y supiera que iba a seguir mintiéndole, deseaba poder ser alguien diferente, alguien que supiera qué decir para que se quedara.

Sabía que no iba a ser así cuando todo estuviera dicho y hecho, porque yo no era así. Ella se merecía a alguien cariñoso y abierto y, sin embargo, como buen capullo egoísta, no podía ni quería pensar en ella estando con otra persona. Frío y distante era con lo que había crecido, y frío y distante era en lo que me había convertido. No me molestaba en ningún otro ámbito de mi vida, pero con Rose sí.

Cuando se le cayó el pelo y le cubrió la cara, se lo eché hacia atrás con suavidad y se lo coloqué detrás de la oreja. Por instinto, le pasé el dorso de los dedos por la mandíbula y sus dedos me rodearon la muñeca con más fuerza. Apreté la mandíbula y le coloqué la mano detrás del cuello en un intento por masajearle los músculos y ayudarla a relajarse. Cuanto más permanecía en contacto nuestra piel, más me costaba mantenerme bajo control y no levantarle la cabeza para besarla de nuevo. Las dos veces que nos besamos, no me cansé de su sabor. Me dejó con ganas de más, todas y cada una de las veces, y era así con todo, no solo con cómo besaba. Era así incluso con sus sonrisas. Desde aquella primera noche, todo esto empezó porque quería más. ¿Obtendría suficiente en algún momento?

—Una gota cada diecisiete segundos —murmuró, lo que me sacó de mis pensamientos—. Cada diecisiete segundos sale una sola gota. Vamos a estar aquí horas.

No había reducido la fuerza con la que me agarraba la muñeca ni un poco.

—Terminará pronto —murmuré, con la mano todavía en su cuello.

—La cabeza me da muchas vueltas —susurró, su voz apenas audible.

No pude evitarlo. Me acerqué más a ella y me encontré dándole un beso prolongado en la sien. Giró la cabeza hacia la derecha y perdimos una gota al suelo. Cuando me miró a los ojos, volvió a bajar la mirada y se aclaró la garganta.

—Háblame, Jack.

Suavicé la voz todo lo que me fue posible.

—¿De qué quieres que hable?

—Déjame que escuche tu voz. Distráeme. Nunca hablas de tu familia.

—No hay mucho de qué hablar. No nos hablamos.

No es que me sintiera incómodo hablando de mi familia, simplemente no le veía el sentido. Rose había tenido una relación más íntima conmigo estas últimas semanas que la que habían tenido ellos. No iba a mentir y decir que nunca deseé tener una familia más unida, pero desearlo no cambiaba nada.

—¿Por qué?

—Ninguna razón específica. Todos trabajamos mucho y ninguno de nosotros tiene tiempo de sobra ni ganas.

—¿A qué se dedican?

—Mi madre es psicóloga y mi padre es banquero de inversiones.

—Nada de hermanos, ¿no?

—Nada de hermanos.

—¿Por qué quisiste ser abogado?

Lo pensé y me di cuenta de que no tenía una respuesta clara.

—No lo sé. Siempre fue algo que me resultó intrigante. Lydia, mi madre, su padre era abogado penal y yo solía tenerle en un pedestal, así que me pareció natural dedicarme a la abogacía. Además, se me da bien.

—¿Llamas a tu madre por su nombre?

—Sí. Creo que lo prefirió después de cierta edad.

—¿No quisiste dedicarte al derecho penal como tu abuelo?

—Lo pensé un tiempo, pero resulta que no es lo mío.

—¿Tu abuelo sigue vivo?

—Por desgracia, no. Falleció cuando yo tenía trece años.

—¡Oh! Lo siento, Jack. Entonces, ¿no estás muy unido a tu familia?

—No. Como he dicho, nos distanciamos.

Pasaron unos minutos en silencio.

—¿Cuánto queda? —preguntó Rose.

—Solo un poco. Lo estás haciendo genial.

Resopló y, cuando cayó más líquido, me agarró con más fuerza.

—No te haces una idea de lo raro que es esto.

—Me lo puedo imaginar.

Transcurrieron otros veinte minutos así. Con cada minuto que pasaba después de la hora, empezaba a ponerse más pálida.

—¿Cómo vas? —pregunté, y mi voz sonó más ronca de lo que quería.

—No muy bien. Tengo náuseas y me está empezando a doler la cabeza.

—Es normal. Llevas una hora boca abajo. ¿Te quieres tomar otro descanso?

Como respuesta, levantó la cabeza y tuve que soltarle el cuello para que pudiera apoyarlo en el respaldo del sofá.

Estudié el vaso mientras ella respiraba hondo unas cuantas veces.

—Otros diez minutos más o menos y habrás terminado.

Abrió los ojos y examinó el vaso también, que estaba lleno casi ocho centímetros.

—¿Cuándo crees que podrán saberlo?

Le fruncí el ceño.

—¿No escuchaste lo que dijo el médico? —Cuando me miró con perplejidad, continué—: Va a darse prisa por nosotros. Por suerte, pueden hacer la prueba aquí, así que volveremos mañana y sabremos lo que pasa.

Sorbiéndose la nariz, asintió y me quitó el vaso.

—Debes de tener la mano dormida. Yo lo aguanto.

—Estoy bien. No me importa.

—Lo sé, pero a mí sí. —Con los ojos cerrados, respiró hondo otra vez y se volvió a inclinar hacia delante, asegurándose de que el vaso estuviera bien alineado.

Cuando curvó la mano izquierda alrededor de la rodilla, se la agarré sin pensarlo y entrelacé nuestros dedos. Esta vez no me miró, y tampoco intentó alejarse. Simplemente nos aferramos el uno al otro.

No estaba seguro de cuál de los dos se estaba aferrando con más fuerza, pero nos quedamos así durante los siguientes diez minutos y, por fin, el vaso estuvo lo suficientemente lleno como para dejarlo.

—Vale, Rose. Ya está.

Abrió los ojos.

—¿Ya?

—Sí. —Le quité el vaso y le puse la tapa que nos habían dado. Le di un beso en el dorso de la mano, pero tuve que soltarla al levantarme—. Descansa unos minutos mientras le llevo esto a la enfermera.

Sin decir nada, asintió y se reclinó.

Tardé unos minutos en localizar a la enfermera y entregarle el vaso. Cuando regresé a la habitación y cerré la puerta con suavidad, Rose abrió los ojos.

—¿Podemos irnos, Jack?

—Creo que deberías quedarte sentada unos minutos más. Toma, bebe de esto. —Le di la botella de agua que le había comprado.

Se bebió un tercio de la botella.

—¿Qué hora es? —preguntó con voz áspera mientras se ajustaba la parte de arriba.

—La una de la tarde.

Antes de que pudiera detenerla, se puso de pie y, casi con la misma rapidez, se balanceó hacia delante y hacia atrás.

—¡Guau!

—¡Me cago en todo, siéntate! —refunfuñé mientras la agarraba de los brazos antes de que pudiera caerse—. Has estado más de una hora sentada con la cabeza entre las piernas. No vas a levantarte y empezar a ir de un lado para el otro. —Intenté suavizar la reprimenda—. Tómatelo con calma un segundo. Por mí, aunque sea.

Se limitó a mantenerse aferrada a mis antebrazos y, como siempre, ignoró lo que acababa de decir. Nos agarramos el uno al otro al mismo tiempo.

—Tengo que volver. No quiero retener a Owen más tiempo del necesario.

—Lo sé, y vas a volver, pero ahora necesitas sentarte de una vez y recuperarte antes de intentar trabajar el resto del día. —Por mucho que admirara cuánto se había esforzado para poner el local en funcionamiento, no era el momento de que fuera de un lado para otro y se pusiera más mala aún.

Me miró y asintió. Esa luz habitual, esa chispa (llámala como quieras) había desaparecido de sus ojos. Parecía asustada y cansada, y eso me cabreó aún más.

La ayudé a sentarse y recostarse mientras ocupaba mi lugar junto a ella, y le quité la botella de agua de las manos.

—Iba a beber.

—Te la daré cuando hayas descansado lo suficiente como para poder mantenerte de pie y sostener una botella de agua al mismo tiempo.

Eso hizo que me ganara una mirada de reojo que ignoré. Esperaba que me respondiera como siempre lo hacía. Por eso siempre la provocaba, porque me encantaba ver ese calor en sus ojos, pero no respondió, y para ella, incluso esa mirada de reojo fue bastante débil.

Mientras descansaba con los ojos cerrados, yo también me recliné y mi hombro rozó el suyo. Me pasé la mano por la cara y la barba incipiente me pinchó la mano, ya que había crecido más de lo que estaba acostumbrado. Ahora tendríamos que esperar veinticuatro horas. No parecía mucho, pero todavía no sabía cómo iba a aguantar el día.

Rose se inclinó hacia la izquierda y, vacilante, apoyó la cabeza en algún lugar entre mi hombro y mi pecho. Durante un rápido segundo el cuerpo se me congeló. Cuando pareció que estaba acomodada, aparté el brazo con suavidad para que pudiera ponerse más cómoda y lo apoyé en el respaldo del sofá.

—¿Qué tal estoy, Jack? —preguntó.

No la veía a ella ni a sus ojos, así que mantuve la mirada fija en la pared blanca con el cartel rojo.

—Como si te hubiera atropellado un camión —respondí.

Escuché la sonrisa en su voz cuando respondió unos segundos después.

—Siempre puedo contar contigo para recibir cumplidos, ¿verdad?

—Por eso estoy aquí, ¿no?

No tenía claro cuánto tiempo estuvimos sentados así, respirando su aroma, pero después de unos minutos, se me empezó a agitar la polla en los pantalones. No era la primera vez que sucedía estando con ella y estaba seguro de que tampoco iba a ser la última, pero no era el momento adecuado, como siempre que se trataba de ella. No sabía si tenía los ojos abiertos o no, pero para estar seguro, apoyé el brazo izquierdo sobre el regazo con la esperanza de ocultar la dureza que crecía con rapidez y que sabía que se notaba a través de los pantalones.

Cuando colocó la mano encima de la mía, añadiendo más peso a lo que ya me resultaba una situación dolorosa, gemí y cerré los ojos. Era consciente de la presión que ejercía cada centímetro de ella contra mi cuerpo, y no podía hacer nada en esa puta habitación.

Me giró el reloj lo suficiente como para ver la hora y luego empezó a jugar con mi alianza, tal y como yo había jugado con la suya muchas veces.

—Nunca te la has quitado —susurró Rose.

Cerré los ojos e hice lo mejor que pude por ignorar lo que estaba sintiendo. No, nunca me la he quitado. No *quería* quitármela.

—Me siento un poco mejor. Deberíamos irnos —dijo después de unos minutos.

Cuando estaba cerca, sentía que no tenía control sobre mí mismo. Así que me parecía bien lo de irnos, es decir, si de verdad se encontraba bien.

—¿Estás segura? —Noté cómo movía la cabeza hacia arriba y hacia abajo sobre mi pecho para asentir, porque frotarme su cara y su aroma por todo el cuerpo era justo lo que necesitaba para poder pensar en nada más que en ella cuando regresara al despacho—. Te dejaré en A la Vuelta de la Esquina, luego tengo que ir al despacho.

—¿Jack?

—Mmm... —Finalmente, levantó la cabeza y me miró. Ahora que había desaparecido su calor, sentí más frío. Me tragué el nudo que se me había formado en la garganta y me di permiso para tocarla con el pretexto de ayudarla. Le eché hacia atrás el pelo que no se le quedaba detrás de la oreja—. Escuchando.

—Este no era el trato.

Arrugué la frente.

—¿Qué trato?

—Nuestro trato matrimonial —dijo despacio.

Claro. Mi brillante idea.

—¿Qué le pasa?

—Soy consciente de que no te apuntaste para esto. No nos enga-
ñemos. Seguro que es lo que creen que es. Dos médicos, uno de ellos
un otorrinolaringólogo de lujo, creen que lo más probable es que se
trate de LCR, así que no sé cómo ni cuándo podré acompañarte a tus
eventos y cenas de trabajo, pero al menos si la cafetería se va a pique
obtendrás la propiedad antes y no tendrás que hacer lo del alquiler
gratis…

—No nos preocupemos por eso ahora. Puedo salirme con la mía
y no asistir diciendo que mi esposa tiene problemas de salud y conti-
nuaremos por donde lo dejamos una vez que mejores. —No tenía
intención de ir a ninguna cena, pero no tenía por qué saberlo.

Dejó de mirarme.

—Vale. Pero sé que estoy rompiendo las reglas, y si hay algo que
pueda hacer para compensarlo, puedes…

Me levanté y, de espaldas a ella, me recoloqué la incómoda erección para ocultarla. Me giré hacia ella y me encontré con su mirada
confusa mientras le ofrecía la mano. La aceptó después de una breve
pausa.

—No establecimos ninguna regla, Rose. Si es necesario, las haremos por el camino. Centrémonos en tu salud por ahora. No te llevaría
a ningún sitio así aunque quisieras.

Se levantó con mi ayuda y se quedó mirándome con unos ojos
penetrantes al tiempo que se le dibujaba una sonrisa, lo que no ayudó
para nada a lo que estaba aconteciendo en mis pantalones. Fruncí
más el ceño.

—A veces pienso que no eres más que un fanfarrón, y también
creo que puede que me haya llevado la mejor parte del trato al casarme contigo.

Le arqueé una ceja mientras abría la puerta que daba al pasillo.

—Vamos, Jack Hawthorne, ayúdame a terminar el día a lo grande. Déjame que llegue a seis. Muéstrame esa sonrisa. Puedes hacerlo,
sé que puedes. Está en ti.

No habría podido contener la risa aunque lo hubiera intentado.
Luego se quedó mirándome mientras empezábamos a caminar. Tenía
una sonrisa torcida, pero preciosa y expectante, mientras intentaba

seguirme el ritmo. Eso era lo que había querido desde el primer día, ¿no?, ser el que recibía esa sonrisa.

Lucharía por ella cuando llegara el momento. Lucharía con todas mis fuerzas.

—Deja de sonreír y camina más rápido. No puedo esperarte todo el día. Estás haciendo que llegue tarde al trabajo.

Cuando salimos del edificio, Raymond nos estaba esperando. Tardamos casi una hora en llevarla al trabajo y, cuando por fin llegamos, la acompañé hasta la puerta.

—Parece que estamos llenos —comentó, mirando el interior antes de volverse hacia mí—. Bueno, ya te he hecho llegar tarde. Deberías irte.

Tenía las manos en los bolsillos, mi mejor protección para no tocarla. Asentí con la cabeza.

—Sí. Tengo que irme.

No nos movimos.

—¿Cómo te encuentras? —pregunté en un intento por quedarme más tiempo.

Hizo una mueca y respiró hondo.

—Todavía tengo un poco de náuseas, la verdad, pero mejor. Parece que ahora el dolor de cabeza es algo permanente. —Se tocó la nariz con suavidad—. Esto ha parado por ahora.

—Cuando mañana lo sepamos con seguridad, te sentirás mejor. Come algo en cuanto entres.

—Lo haré.

Cuando la puerta se abrió tras ella y salieron dos clientes, tuvimos que movernos a un lado, a la derecha de todas las flores que había puesto. Sus ojos también se fijaron en ellas.

—Quedan bien, ¿verdad? Quería que la gente se hiciera fotos delante y las colgara en las redes sociales para que hicieran publicidad.

—Inteligente.

Sonrió con timidez, y hasta eso le quedaba precioso. Se rodeó más fuerte con el abrigo.

—Ya mismo va a nevar. Cada vez hace más frío. Quiero cambiar las rosas por un tema invernal con coronas grandes y bonitas en todas las ventanas, y algo para la entrada también. Quedaría precioso para el invierno y para la Navidad, pero si me operan...

—Hay formas más fáciles de pedirme ayuda. No tienes que recurrir al histrionismo.

Se rio entre dientes y, por fin, sus ojos volvieron a ser cálidos.

—Vale. ¿Me ayudarás? Me gustaría hacerlo contigo otra vez. Igual también podría ser como una pequeña tradición. No para el espectáculo, para nosotros.

—Lo haré.

Miré por encima de su hombro y vi a sus dos empleados mirándonos con caras de preocupación. Estarían ansiosos por saber qué había pasado.

Hice un gesto hacia el interior con la cabeza.

—Sally y tu otro empleado nos están mirando.

—Owen. Se llama Owen.

Como si no lo supiera ya.

Miró hacia atrás y, con una sonrisa, les saludó rápido con la mano.

—Conque hoy tienes que trabajar desde tu despacho, ¿eh?

¿Quería que me quedara? Si me lo pedía, lo haría.

Miré el reloj.

—He reprogramado las reuniones de ayer para hoy, así que tengo que ponerme con ellas.

—Ah, vale. Sí. Entonces no debería retenerte.

Quería que me retuviera para siempre.

Sacó las manos de los bolsillos de su abrigo gris y dio un paso adelante. Me puso una mano en el hombro, se alzó y me dio un beso en la mejilla.

—Gracias por lo de hoy. Significa mucho para mí —me susurró al oído.

—No he hecho nada.

Mi control, ya de por sí desgastado, no soportó ni su dulce beso ni el susurro. Le rodeé la cintura con el brazo y la estreché contra mi cuerpo antes de que pudiera retroceder.

Todavía agarrada a mi hombro, sus grandes ojos se clavaron en los míos, así que la besé así. Mientras la sujetaba con fuerza por la cintura, le separé los labios con la lengua y la besé hasta que poco a poco se fue relajando entre mis brazos, dejándome que la tomara. Cuando incliné la cabeza y le chupé la lengua, se le escapó un pequeño jadeo, cerró los ojos y presionó aún más el cuerpo contra el mío. Entonces, deslizó la lengua contra la mía y se volvió ansiosa. Como el torrente de placer empezaba a ser demasiado intenso como para un beso al aire libre y con gente pasando a nuestro lado, tuve que ralentizarlo, pero, aun así, me tomé mi tiempo y le besé los labios hinchados un par de veces más, solo para mí, solo unos picos pequeños, para aguantar hasta la próxima vez que pudiera probarla.

Cuando abrió los ojos poco a poco, se lo expliqué.

—Tus empleados…

—Están mirando —interrumpió, un poco sin aliento y sonrojada—. Lo imaginaba. Buen beso. Cada vez lo haces mejor. Parece que la práctica funciona. Ni rastro de la tortuga, pero ¿es posible que haya sido un poco porque también querías besarme?

Me reí entre dientes y sus ojos se posaron en mis labios.

—Sí, no ha sido solo por tus empleados —admití, dejándolo así.

Ha sido solo porque quería besarla. Lo único que había estado a punto de decir era un recordatorio de que había gente esperándola.

—Seis. —No fue más que un suave susurro, pero bastó para endurecer aún más mi polla después de nuestro efímero beso.

—Entra, Rose. Intenta sentarte un rato antes de volver a la carga. Asintiendo, se dio la vuelta.

—No trabajes demasiado —añadí.

—¿Hablamos luego? —Abrió la puerta a medias y volvió a mirarme.

—Sí.

La sonrisa que esbozó era otra de mis favoritas, dulce y feliz.

—Vale.

Cuando volví a A la Vuelta de la Esquina dos horas después de dejarla, la sonrisa que me dedicó, la que hacía que los ojos le brillaran de sorpresa y felicidad, se convirtió en otra de mis favoritas mientras guiaba a mi cliente a una de las mesas de la esquina y tenía mi reunión, sintiendo los ojos de Rose clavados en mí todo el tiempo.

Después de todo, no había sido capaz de mantenerme alejado.

Al día siguiente volvíamos a estar sentados en la consulta del otorri-nolaringólogo mientras nos daba más información sobre la enferme-dad de Rose. Le dijo todo lo que el otro médico le había dicho antes, y cada vez que la miraba de reojo, sentada a mi lado, tenía los ojos vidriosos. No sabía cuánto había escuchado de verdad. Estaba aga-rrada a los brazos de la silla con fuerza, así que dudaba de que fuera a recibir de buena gana que la tocara. En vez de eso, le hice todas las preguntas que se me ocurrieron sobre su inminente e inevitable ope-ración.

—Cuando veamos los resultados de la resonancia y del TAC, con-certaremos una cita para la operación.

Rose se aclaró la garganta e interrumpió al médico.

—Siento interrumpirle, pero tengo claustrofobia. ¿Hay alguna forma de evitar las resonancias si por las muestras ya sabemos que se trata de una fuga de LCR y que me van a operar de todas formas?

—Me temo que no, señora Hawthorne. Dado que no tuvo un traumatismo craneal ni ninguna otra lesión que pudiera causar una fuga de LCR, necesitamos la resonancia magnética para ver si… —Los ojos del médico se desviaron hacia mí antes de volver a Rose—. Necesitamos ver si hay algún tumor que pueda crear pre-sión en la membrana y, en última instancia, causar la fuga. Tam-bién tendremos que ver dónde está exactamente la fuga. Necesitamos saberlo todo antes de entrar.

Se me tensó el cuerpo, hirviendo de ira. ¿Un tumor cerebral?

Rose cruzó los brazos contra el pecho.

—¿Puedo hacerme una resonancia abierta? ¿Es posible?

—Me temo que las resonancias abiertas no pueden realizar el es-cáner en concreto que necesitamos.

—Vale, lo entiendo.

—La veré mañana y tendremos una estrategia mejor en cuanto a cuál va a ser el siguiente paso.

Para horror mío y de Rose, se las arreglaron para hacerle la resonancia y el TAC en cuanto salimos de la consulta del médico.

Bajamos en ascensor hasta el Departamento de Radiología en completo silencio. No me hacía falta preguntarle si estaba bien; ya sabía que no lo estaba. Yo tampoco lo estaba, pero aun así sentía la necesidad de oírle decir algo…, cualquier cosa. Las puertas se abrieron y bajamos detrás de una pareja mayor que iba cogida de la mano.

—Rose…

Miró hacia mí y luego bajó la mirada enseguida.

—Un tumor cerebral suena divertido, ¿eh? Eso era algo en lo que no había pensado. Ah, ahí está Radiología.

Ni siquiera me dio la oportunidad de decir nada, y en unos minutos la guiaron a una pequeña sala donde la radióloga, una chica joven con gafas redondas y sonrisa fácil, le dijo que se quitara los zapatos, el sujetador, las joyas y el cinturón junto con cualquier objeto metálico y los metiera en la taquilla. Cuando salió al cabo de unos minutos, estaba más pálida que cuando entró. Llevaba el pelo suelto en unas ondas suaves, ya que se había quitado la goma que lo sujetaba.

Solo podía centrarme en cómo le temblaban las manos. Cuando se dio cuenta, se las escondió detrás de la espalda. Intenté mirarla a los ojos más de una vez, pero parecía que me estaba evitando a propósito. El brillo de las lágrimas que tenía en los ojos era otro problema, y se me encogió el pecho al verla intentando ser valiente.

Siguió a la técnica al interior de la sala y sus pasos vacilaron cuando vio la máquina en forma de túnel. La vi abrazarse con un brazo y acelerar el paso.

La técnica sostenía un artilugio extraño en las manos y estaba esperando a Rose junto a la máquina.

—Ya puedes tumbarte en la camilla. Tenemos que colocarte esto en la cabeza para mantenerte estable dentro de la máquina.

Rose se quedó quieta en su sitio.

—Soy… un poco claustrofóbica. ¿Existe la posibilidad de que podamos saltarnos esa cosa si prometo que no voy a mover la cabeza?

—Lo siento, pero tenemos que usarlo.

Una jaula. Era una jaula para su cabeza.

Rose asintió, pero no hizo ningún movimiento para subirse a la camilla.

La técnica continuó.

—Solo tardaremos unos quince minutos en completar el escáner, y estaré justo al otro lado del cristal. —Alzó un pequeño botón conectado a un cable largo—. Tendrás esto en la mano y, si te entra el pánico, puedes pulsarlo y nos detendremos para sacarte.

—Pero entonces tendremos que empezar de nuevo, ¿verdad?

—Eso me temo. ¿Lista?

Apreté la mandíbula y las manos se me cerraron solas en puños. Esto no me gustaba, y Rose no se movía.

Se rio, un sonido roto y falso.

—Me moveré de un momento a otro, lo prometo.

La técnica sonrió.

—¿Puedo quedarme en la habitación con ella? —pregunté, y la rabia sonó alta y clara en mi voz, solo que no estaba enfadado con nadie de allí. Simplemente odiaba que tuviera las manos atadas y que, por mucho que quisiera, no pudiera ayudarla. Que me quedara en la habitación no iba a cambiar el hecho de que iba a tener que meterse ahí dentro, pero supuse que me ayudaría a mí, si no a ella.

Como un resorte, Rose levantó la cabeza en mi dirección y separó los labios.

—Jack, no hace falta que lo hagas.

La ignoré.

—¿Es seguro? —le pregunté a la técnica, haciendo todo lo posible por no gruñirle. Creo que no tuve mucho éxito, porque sus ojos se agrandaron y se llevó la mano a las gafas con nerviosismo para subírselas por la nariz.

—Eh, sí. Es seguro, pero tendrás que quitarte…

—Entendido. —Me di la vuelta y salí de la habitación para encargarme de todo. Menos de un minuto después, estaba de vuelta.

Rose todavía estaba sobre los dos pies y no sobre la mesa.

—¿Bien? —pregunté cuando estuve demasiado cerca, pero no lo suficientemente cerca.

Respiró hondo, soltó todo el aire y asintió. Le ofrecí la mano y esperé mientras se pasaba las palmas por los *leggings*, tras lo cual me la agarró despacio. Estaba fría. La ayudé a subirse y, justo cuando estaba a punto de tumbarse boca arriba, la técnica la detuvo.

—¡Oh! Voy a necesitar que te tumbes boca abajo.

Rose se enderezó de inmediato hasta quedar sentada, con una de las manos todavía en la mía, agarrándome todo lo fuerte que podía.

—¿Qué? —espetó.

—El escáner que quiere tu médico se hace boca abajo.

—Pero mi nariz… está… Y… —Me miró al tiempo que se le empezaba a arrugar la cara, y estaba respirando demasiado rápido—. Jack, no voy a poder respirar, no boca abajo. No puedo…

Apreté la mano de Rose y dejó de hablar. Sin apartar los ojos de los suyos, me dirigí a la técnica.

—¿Podrías darnos un momento, por favor?

La mirada de Rose siguió a la técnica mientras salía de la habitación y cerraba la puerta. Estaba a punto de ponerse a hiperventilar y ni siquiera había empezado el escáner.

—Vas a llegar tarde a la cafetería, y encima me estás haciendo llegar tarde a mí también. Tenemos que hacerlo, ¿no? Ya has oído al médico.

Tragó saliva y su garganta se movió.

Le cogí la barbilla con los dedos y la obligué a mirarme. Arqueando una ceja, volví a hablar.

—Tenemos que hacerlo. Necesito que estés bien, así que no podemos evitarlo.

Se lamió los labios y asintió.

—No voy a poder ver nada. La habitación se está haciendo más pequeña incluso ahora.

El pecho le empezó a subir y bajar más rápido; estaba a segundos de sufrir un ataque de pánico, así que me incliné hasta que nuestros ojos quedaron a la misma altura.

—Puedes hacerlo, Rose. Lo *harás* y luego nos iremos de aquí. Solo serán quince minutos, seguro que puedes aguantar ese tiempo. Estaré aquí todo el tiempo, y una vez hecho, no miraremos atrás.

Cerró la distancia que nos separaba y apoyó la frente contra la mía.

—Sé que estoy siendo estúpida. Lo siento. Tengo miedo, eso es todo. Me… —Respiró hondo otra vez y cerró los ojos—. Me van a operar, ¡por Dios!, si entro en pánico con esto, no voy a poder…

Apreté la mano izquierda, la que no estaba agarrando Rose con fuerza.

—Vamos a preocuparnos por este obstáculo y después ya entraremos en pánico por la operación. Aprovecha el tiempo para pensar en la cafetería. Haz planes.

Alejándose de mí, se sorbió la nariz y asintió, con los ojos sospechosamente mojados.

—¿Lista? —pregunté.

—¿De verdad te vas a quedar?

—Dije que lo haría, ¿no?

Las comisuras de la boca se le movieron hacia arriba.

—Sí. —Otra exhalación profunda—. Si no me preocupara lo que fueras a pensar de mí, ahora mismo haría todo lo posible por huir de aquí.

Le lancé una larga mirada.

—Corro más rápido que tú. Voy a decirle a la técnica que venga y terminaremos con esto.

Volvió a asentir con la cabeza con rigidez y retiró la mano para apoyarla en su muslo.

Llamé a la técnica y se colocó a la izquierda de Rose.

—¿Todo listo?

Cuando Rose no respondió, asentí brevemente a la chica.

—Como te preocupaba la fuga, te vamos a poner este papel debajo de la nariz para que, con suerte, no te distraiga demasiado. Además, dentro va a haber mucho ruido, así que aquí tienes unos tapones para los oídos. Los sonidos son completamente normales, así que no dejes que te asusten.

La técnica me ofreció otro par mientras Rose los aceptaba sin decir palabra y se los colocaba en los oídos.

—¿Lista? —preguntó la chica, su mirada moviéndose entre la mía y la de Rose.

Rose se aclaró la garganta.

—Sí.

Aseguró la cabeza dentro del artilugio y la ayudé a acostarse boca abajo. Ya tenía los ojos cerrados con fuerza.

Antes de que la técnica pudiera desaparecer detrás de la puerta, la llamé.

—¿Puedo tocarla?

—Sí, pero intenta no moverla.

La puerta se cerró y Rose y yo nos quedamos solos; sin contar a todos los que estaban al otro lado del cristal, claro.

Unos segundos más tarde, la voz de la técnica llenó la habitación mientras hablaba desde el otro lado por un micrófono.

—Está bien, estamos a punto de comenzar, Rose. Estaré hablando y avisando de cuántos minutos quedan. Allá vamos.

Justo cuando la máquina se puso en marcha, coloqué la mano en la única parte de su cuerpo que tenía al alcance sin meter el brazo en el túnel: el tobillo. Me obligué a relajarme para no hacerle daño, pero no estaba seguro de si estaba teniendo éxito. Al principio oía su respiración errática mientras intentaba inhalar y exhalar con el fin de calmarse, pero cuando los ruidos comenzaron a volverse cada vez más fuertes, no pude oír nada.

Mientras pasaban los minutos y empezaba a inquietarme a cada segundo, lo único que pude hacer fue pasarle el pulgar hacia arriba y hacia abajo con suavidad por debajo del borde de los *leggings*. Cerré los ojos y traté de ignorar cómo el corazón me latía con fuerza en el pecho. Se suponía que no debía sentirme así. No era más que una resonancia simple e indolora, pero su pánico también me había afectado a mí y me costaba quedarme quieto cuando lo único que quería hacer era sacarla para que no sufriera y no volver a ver ese miedo y preocupación en sus ojos.

Cuando los martilleos constantes de la máquina se intensificaron y todos los repiqueteos, golpes y pitidos comenzaron a afectarme, le rodeé el tobillo helado con los dedos y lo agarré, manteniendo la esperanza de que estuviera bien ahí dentro y de que mantuviera la esperanza de que la esperaba.

—Solo quedan unos minutos. Lo estás haciendo genial.

—Ya casi ha terminado, Rose —dije con voz normal. Dudaba que pudiera oírme por encima de los sonidos ensordecedores o a través de los tapones para los oídos, pero por si acaso lo hacía, seguí hablando con ella, diciéndole lo mismo una y otra vez—. Ya casi ha terminado. Estoy aquí. Ya casi terminas. Estoy aquí contigo.

—Y listo —dijo la chica con voz alegre a través de los altavoces—. Entraré enseguida para sacarte.

Los golpes fuertes que me retumbaban en el cráneo cesaron y me di cuenta de que la máquina también lo había hecho. La técnica abrió la puerta y entró. Solté el tobillo de Rose y cerré la mano un par de veces mientras daba un paso atrás para dejar que la técnica hiciera su trabajo y sacara a Rose de allí de manera que pudiera llegar a ella.

En el momento en el que la mesilla empezó a deslizarse fuera de la máquina, Rose empezó a moverse. Justo cuando su cabeza atravesó la abertura y vi su perfil, se me hundió el corazón. Tenía peor aspecto de lo que me esperaba, y ya creía que sería bastante malo. Di un paso adelante y luego me detuve, apretando los puños a los costados. En cuanto pudo, se incorporó sobre las manos y las rodillas, con los ojos muy abiertos y las lágrimas corriendo a toda velocidad en forma de riachuelos por las mejillas. Le temblaba todo el cuerpo, su respiración era frenética, como si no se acordara de cómo respirar. Aparte de la respiración superficial y agitada, no hacía ni un solo sonido. Se sentó sobre los talones y comenzó a empujar hacia atrás el artilugio que tenía en la cabeza hasta que la técnica la ayudó y la liberó.

—Dame un minuto y te ayudamos a bajarte.

Rose no la escuchó. Dudo que la oyera siquiera. Sacó las piernas de debajo del cuerpo e intentó poner el pie en la pequeña escalera que tenían, pero las piernas no la sostuvieron y tropezó. Corrí hacia delante y la atrapé antes de que pudiera caerse de bruces. Me agarró la camisa con los puños, pero con los ojos llenos de lágrimas dudaba de de que pudiera distinguir mis rasgos.

Con la mandíbula apretada, le pasé el brazo por debajo de las piernas y la levanté de la mesilla hacia mis brazos. El hecho de que no protestara no hizo más que ponerme aún más tenso. Me rodeó el cuello con los brazos, presionó la cara contra mi cuello y sus lágrimas me corrieron por la piel.

Sin decirle una palabra a Rose ni a la técnica, salí corriendo de la habitación con ella aferrada a mí y regresé al pequeño espacio donde nos habíamos preparado. Cerré la puerta tras de nosotros con el hombro y, con cuidado, me senté en el banco que había junto a la pared. Me quedé en silencio hasta que su respiración por fin volvió a la normalidad.

—Ya se ha terminado. Tranquila.

Movió la cabeza un poco nada más, pero permaneció quieta. La rodeé con un poco más de fuerza, simplemente abrazándola.

Presionó la palma sobre mi pecho y la dejó ahí.

—No puedo… Es como si no pudiera recuperar el aliento, Jack.

Cerré los ojos. Su voz era ronca, y eso me molestó una barbaridad.

—Lo estás haciendo bien. Sigue respirando, eso basta por ahora.

Su pecho se movió contra el mío cuando soltó un pequeño resoplido.

—¿Eso basta?

—Eso basta.

Se acercó más.

—Lo siento…, por avergonzarte, por entrar en pánico, por no poder moverme ahora mismo a pesar de que tienes la camisa y la piel empapadas de lágrimas y algunos fluidos cerebrales.

Con los ojos todavía cerrados, dejé caer la cabeza hacia atrás con un pequeño golpe contra la pared. Me estaba matando.

—Los primeros diez minutos más o menos estuve bien —susurró, y presionó la frente contra mi piel—. Pero luego no pude respirar. La cabeza me empezó a dar vueltas como loca y las lágrimas empezaron a caer solas. Me daba miedo que pararan y empezaran todo desde el principio, así que ni sé cómo dejé de temblar.

Le di un beso en la sien.

—Lo hiciste bien y ya está hecho.

—Debería levantarme.

—Sí.

No nos movimos, le di otro beso en la sien. No podía parar. Todavía estaba temblando un poco, pero cuando sonó un golpe en la puerta, se removió en mis brazos.

—¡Danos un segundo! —grité, levantando la voz lo suficiente para que quien estuviera fuera pudiera escucharme.

Presionando la mano sobre mi pecho, Rose se apartó de mí antes de que estuviera preparado para dejarla ir y, poco a poco, se puso de pie. Se colocó el pelo detrás de las orejas, abrió la taquilla y, tras agarrar el pañuelo que al parecer había dejado dentro, se apresuró a limpiarse debajo de la nariz e inclinó la cabeza hacia atrás. Sosteniendo el pañuelo y sorbiendo al mismo tiempo, empezó a sacar el resto de sus cosas. Todavía sentado, vi cómo miraba para todos lados, su cara llena de marcas y húmeda. Me percaté del sujetador de encaje azul y me puse de pie.

—Te espero fuera.

Mientras me movía para recoger mis cosas (reloj, cinturón y cartera) de la mesa, su voz me detuvo.

—¿Jack?

Apreté los labios y la miré por encima del hombro, esperando a que continuara. Estaba enfrente de la taquilla con los calcetines puestos, abrazándose el sujetador y el abrigo contra el pecho. Por primera vez parecía enferma de verdad, por no decir perdida y sola, y esa imagen no me sentó bien. No, me cabreó una barbaridad.

—No es suficiente, lo sé, pero gracias. Gracias por estar aquí cuando sé que tú… Gracias.

—No he hecho nada —murmuré con un tono más duro del que pretendía, antes de asentir brevemente y salir de la habitación.

Cuando salió unos minutos más tarde, tenía mejor aspecto. Incluso le dedicó una sonrisa a la técnica antes de salir por la puerta. Se había lamido las heridas y estaba lista para el resto. Creía que por eso estaba empezando a enamorarme de ella.

Le puse la mano en la parte baja de la espalda, manteniendo todo el contacto que pude con ella durante todo el camino hasta el coche.

Le habían dado cita para la operación para el martes siguiente después de la agitada resonancia. Esa semana fue un suplicio para ambos. El lunes tuvimos que ir para que le hicieran las últimas pruebas necesarias para que la operación saliera bien. Un examen ocular, un ecocardiograma y una evaluación previa con el anestesiólogo eran solo algunas de las cosas que habíamos, que *había* hecho. Rose pensaba que todo era *divertido*. Esa era su palabra preferida los últimos días previos a la operación, y la llenaba de sarcasmo. Para mí, había sido de todo *menos* divertido.

Era todo sonrisas cuando estaba trabajando (le daba la bienvenida a los clientes, se reía y bromeaba con Sally y el otro), pero en cuanto cerraba el local conmigo de pie junto a ella, se quedaba muda.

Apenas hablaba con Raymond y no le preguntó sobre su última cita, que por lo que tenía entendido era lo que más le gustaba hacer por las mañanas y por las noches mientras nos llevaba de vuelta al apartamento. Apenas saludaba al portero, Steve, y me dejaba a mí hablar.

A mí.

Los días posteriores a la resonancia, en cuanto llegábamos a casa, desaparecía en su habitación, murmurando algunas cosas que acababan con ella diciendo algo sobre que le dolía la cabeza y que estaba cansada. Le creía. Sabía que estaba cansada, me daba cuenta de que le dolía la cabeza con más frecuencia, pero el lunes, cuando regresamos del hospital y corrió a su habitación del tirón sin decir una palabra, llegué a mi límite y no pude soportarlo más. No iba a permitir que volviera a ser como era cuando se mudó.

Me las arreglé para convencerla de que no fuera a la cafetería el día antes de la operación. Iba a ser su primer día libre de muchos hasta que se encontrara lo bastante bien como para recuperarse.

Parecía desconsolada cuando tuve que obligarla a avanzar suavemente hacia el coche con la mano en la parte baja de su espalda mientras seguía mirando la cafetería por encima del hombro como si fuera la última vez que iba a verla. Me sentí como si le estuviera quitando a su bebé. Cuando subió directamente a su habitación, la dejé en paz por el momento.

Me quité la chaqueta del traje, me remangué y me fui directo a la cocina.

Una hora después, cuando eran las seis de la tarde y la mesa estaba lista, cogí el móvil y le envié un mensaje rápido a Rose.

Jack: ¿Puedes bajar?

Rose: No me encuentro muy bien, Jack. Si no es nada importante, me gustaría quedarme en la cama.

Aparte del simple hecho de que no quería que estuviera sola, tampoco había comido nada en todo el día e, independientemente de lo que dijera, no iba a dejar que se pasara las siguientes horas con hambre. Le quedaban tres horas antes de tener que dejar de comer.

Jack: Me gustaría mucho que me ayudaras con algo si pudieras bajar.

Sabía que eso la haría moverse, ya que era la primera vez que le pedía ayuda con algo. Solo la curiosidad influía en ella.

Efectivamente, dos minutos después, escuché su puerta abrirse y cerrarse. Luego, unos pasos empezaron a bajar las escaleras y entró en el salón. Tenía el pelo recogido en una simple cola de caballo con algunos mechones enmarcándole el pálido rostro. Llevaba un jersey grueso y grande de color arena que le llegaba por debajo de las caderas, y debajo llevaba lo que parecían unos *leggings* negros simples y unos calcetines cómodos. Tenía las mangas del jersey bajadas y en una mano agarraba un pañuelo, algo que se había convertido en una constante para ella estas últimas semanas.

En cuanto me vio junto a la mesa del comedor con las manos en los bolsillos, caminó más despacio y sus ojos se movieron entre la mesa puesta y yo.

—¿Jack? ¿Necesitas mi ayuda con algo? —preguntó, acercándose el pañuelo a la nariz y sorbiendo.

—Sí. —La rodeé y saqué la silla junto a la que estaba—. Necesito tu ayuda para terminar esta comida.

Me miró por encima del hombro, inquieta.

—Jack…

—No has comido nada hoy, Rose. —Suavicé el tono y la miré a los ojos—. Solo te quedan tres horas y luego no podrás comer ni beber nada. No quiero comer solo, así que vas a comer conmigo.

Se mordió los labios y asintió.

—Tienes razón, debería comer algo. Dame un minuto para que haga algo con la nariz.

Se dio la vuelta con sus calcetines emitiendo un sonido de fricción y fue corriendo al baño.

Cuando volvió con una bola de algodón en la nariz, se sentó en la silla y la ayudé a acercarse a la mesa.

Tomé asiento frente a ella, cogí su plato y ella lo agarró en el aire.

—¿Qué haces? —preguntó.

—Intento arrebatarte el plato. —Tiré suavemente del plato y lo solté—. Esta noche eres una mimada.

Por fin, la sonrisa que se le dibujó en los labios fue genuina.

—Es una noche de compasión, ¿eh?

Me encogí de hombros. Yo no la habría llamado así, pero si quería considerarlo de esa manera, mantener la boca cerrada sería una mejor opción. Cogí la fuente grande y empecé a echarle espaguetis en el plato.

Rose se inclinó hacia delante y me cogió la mano, colocando los dedos en mi muñeca cuando estaba a punto de poner más espaguetis. Una pequeña sonrisa le florecía en el rostro.

—Creo que eso es más que suficiente para mí, ¿no crees?

Eché otro vistazo a su plato y decidí que serviría. Siempre podía servirle más cuando terminara. Solté la cuchara de los espaguetis y cogí la salsa boloñesa. Intentó detenerme después de la segunda cucharada, pero le eché otra.

Cuando levanté los ojos, me estaba sonriendo. Se parecía mucho más a su sonrisa habitual, así que comencé a relajarme.

—¿Tomillo fresco?

Su sonrisa se hizo más grande y asintió de nuevo.

—Me gusta esta faceta tuya.

—¿Qué faceta? —pregunté distraídamente.

—Esta faceta doméstica. Te pega.

Cuando su plato estuvo listo, se lo entregué y tuvo que sostenerlo con las dos manos antes de dejarlo frente a ella. Inclinándose sobre la comida, cerró los ojos y respiró hondo.

—Huele increíble. Tenías razón, me muero de hambre.

No pude apartar la mirada de ella incluso cuando agarré mi plato y empecé el mismo proceso.

—Siempre tengo razón.

Arqueó las cejas y su sonrisa se volvió más juguetona.

—Relájate. Yo no diría que siempre.

—Yo sí. Vamos, el tiempo corre. Empieza a comer.

—Aunque siempre eres un mandón. Eso sí que es verdad.

Después de mirarla fijamente, esperé a que comenzara, y se tomó su tiempo, se puso más cómoda en la silla y, por fin, empezó a comer.

Tras masticar durante unos segundos, cerró los ojos y gimió antes de tragar por fin. Satisfecho de que siguiera comiendo, me puse con mi plato.

—¿De dónde has sacado esto? Está increíble.

—Me alegra que te guste.

—¿Es un sitio secreto? ¡Dios! ¡Está buenísimo, Jack!

Seguí masticando y tragué bajo su mirada expectante.

—Lo he hecho yo. No he pedido comida.

Detuvo el tenedor a unos centímetros de su boca y lo bajó.

—¿Cocinas?

—A veces, si tengo tiempo.

Eso hizo que me ganara otra sonrisa preciosa, y decidí que siempre le cocinaría los lunes, pasta o lo que quisiera.

—Eres increíble. —Había empezado a masticar, pero dejó de hacerlo—. En plan, esto es increíble, la pasta.

—Cocinaré los lunes.

Tragó con fuerza.

—¿Cocinas los lunes?

Sacudí la cabeza y cogí el vaso de agua.

—No. Voy a empezar a cocinar para nosotros los lunes. Me gusta pasar tiempo en la cocina.

—¿Puedo mirar? ¿El lunes que viene? ¿O no te gusta la compañía? ¡Oh! Y, claro, si la operación sale bien y…

Mis ojos se encontraron con los de ella.

—Ni se te ocurra terminar esa frase. No me gusta la compañía, pero me gustas tú. Puedes mirar.

—Jack, creo que estamos tonteando.

Gruñí.

—Todos los lunes. ¿Lo prometes?

La miré a los ojos.

—Cuando quieras, Rose.

—Entonces yo también debería elegir un día para cocinar.

Seguimos comiendo.

—Si cocinas tan bien como horneas, allí estaré.

—Me gusta cocinar cuando no es solo para mí. ¿Los lunes van a ser el día de la pasta?

—¿Quieres que sea el día de la pasta?

Sonrió, moviendo la cabeza de arriba a abajo.

—Creo que me gustaría. Será nuestra primera tradición.

Su tono de voz había cambiado con las últimas palabras, por lo que levanté la vista del plato y la encontré sonriéndome. Ya me había alegrado la noche.

—Es el día de la pasta, entonces.

—Mañana…

—No. Esta noche no quiero hablar de mañana, si te parece bien. —Despacio, dejó el tenedor y fijó sus ojos en mí.

—Soy plenamente consciente de que estoy siendo una completa…, permíteme corregirlo, *he sido* una completa diva con todo este asunto de la enfermedad. También soy muy consciente de que, comparado con algunas enfermedades, esto no es nada, pero mi problema es que tengo miedo. Está demasiado cerca de mi cerebro para mi gusto y me molesta mucho. No me gusta el hecho de que voy a estar anestesiada y de que no sabré lo que está pasando, tampoco es que quisiera saberlo o quisiera estar despierta incluso si fuera una opción... Estoy muy agradecida de que vaya a ser una cirugía endoscópica en vez de abrirme el cráneo como solían hacer en el pasado, porque *eso* es más probable que me mate, pero... sigo teniendo miedo. Ya te lo dije, me da miedo sacarme sangre, así que operarme... —Sacudió la cabeza con vehemencia—. Y el momento no podría haber sido peor.

Separé los labios, pero me impidió decir lo que tenía en mente.

—Como he dicho, esta noche quiero actuar como si mañana fuera a ser otro día normal. Solo quiero disfrutar de esta increíble cena que nos has preparado muy a escondidas y luego ver de qué más formas puedo aprovecharme de mi situación. Ya me ocuparé del resto mañana.

—*Nos* ocuparemos del resto mañana —la corregí, y recibí un asentimiento a modo de respuesta—. ¿De qué más formas querías aprovecharte de tu situación? —pregunté, tratando de parecer levemente curioso. Ya sabía que haría lo que quisiera.

Su sonrisa volvió con toda su fuerza.

—Pensé que nunca preguntarías. Bueno... —Se echó hacia delante en la silla y, con los ojos fijos en los míos, enrolló los espaguetis en el tenedor—. ¿Recuerdas que dijiste que nunca habías visto *Tienes un e-mail*? Se me había ocurrido que una película acogedora sería perfecta para esta noche. Tampoco es una película insulsa. Te prometo que no te vas a aburrir. Cualquier película en la que salga Tom Hanks es increíble, y la química que tiene en la pantalla con Meg Ryan es absolutamente perfecta. Estoy segura de que...

—Vale —accedí, manteniendo las manos sobre la mesa y los ojos en ella.

—¿Podemos verla?

—He dicho que vale, ¿no?

Su risa me pilló por sorpresa, pero no estaba en contra.

—¿Contenta? —pregunté, sonriéndole.

Su mirada cayó a mis labios.

—Sí, Jack. Mucho. Gracias.

—De nada. Ahora deja de hablar y sigue comiendo.

Tuvo una sonrisa enorme todo el tiempo mientras charlaba y me involucraba en una conversación tras otra durante la cena. Por muy bien que se me diera no mostrar lo que pensaba o sentía, no estaba seguro de haber hecho un buen trabajo aquella noche. Me preocupaba demasiado lo que nos depararía el día siguiente y lo que haría si le ocurriera algo cuando estuviera fuera de mi alcance.

CAPÍTULO DIECIOCHO

JACK

Nos levantamos de la mesa del comedor alrededor de las siete y media. Había sido una de las cenas más largas que había tenido en mi vida, pero como Rose parecía feliz, no me quejé ni podría haberme quejado. Insistió en meter todos los platos en el lavavajillas y le hice compañía hasta que terminó. Su sonrisa nunca flaqueó, y verla me puso contento.

Le preparé un poco de té y me hice un café. Le había comprado unas trufas el viernes porque sabía de su debilidad por el chocolate, pero no había encontrado el momento adecuado para dárselas, así que me llevé la elegante caja y coloqué todo sobre la mesa de centro.

Encontré el mando del Apple TV y comencé a buscar la película de la que hablaba. Cuando la encontré, lo cargué a mi cuenta y le di a reproducir.

—Espera, espera. —Rose se levantó de un salto y corrió a apagar las luces—. Así mejor.

Volvió, se sentó y al momento colocó las piernas debajo de ella mientras alcanzaba la manta grande de punto que había traído de su habitación. Le entregué la taza de té.

Me agarró la muñeca con la mano derecha y tiró de mí hacia su lado.

—Está empezando. Siéntate.

Logré alcanzar mi café y su caja de trufas.

Un poco incómodo, le puse la caja en la mano y me recosté en el sofá. Cuando me miró confundida, me concentré en la película que acababa de empezar y le di un sorbo al café.

—¿Qué es esto? —Tras poner la taza en equilibrio sobre la superficie plana del sofá, me lanzó una mirada rápida y comenzó a abrirla—. ¿Chocolate? ¿Para mí? —preguntó en voz alta.

—Lo trajo un cliente el viernes y estaba ahí en el despacho, así que pensé que igual lo querrías. —La mentira salió de mis labios con tanta facilidad que hasta me sorprendí a mí mismo.

Por el rabillo del ojo, ya podía verla dándole un bocado a una.

—¿Quieres una? —preguntó cuando terminó de volverme loco y quejarse de ello. Me tendió la caja—. ¿No te gustan las trufas? Venga, coge una.

Le lancé una mirada exasperada, cogí una y me la dejé en la mano.

—¿Vas a dejarme ver la película o vas a hablar todo el rato?

Hizo una mueca.

—Eres uno de esos. Prepárate para que hable. No voy a parar de señalar cosas de las que eres perfectamente consciente. Estoy emocionada porque nunca la has visto. ¿Son más de las nueve?

Mantuve los ojos en la pantalla mientras el personaje de Meg Ryan comenzaba a correr hacia su portátil para revisar el correo electrónico.

—Todavía no. Yo te aviso cuándo debes parar. Solo son las ocho.

Nos quedamos en silencio y vimos la película. Alrededor de los diez minutos, Meg Ryan por fin llegó a su tienda. La Tienda de la Vuelta de la Esquina.

Pasé el brazo por el respaldo del sofá, hacia ella.

Unos minutos más tarde, la miré. Parecía que a la caja de trufas le faltaban seis, y seguía sosteniendo la taza de té con fuerza, como si intentara calentarse las manos.

—¿Tienes frío?

—Un poco. ¿Te gustaría compartir? —repitió, y junté las cejas.

En ese momento, me di cuenta de que estaba sosteniendo el borde de la manta hacia arriba.

No hacía frío (el apartamento estaba bastante cálido), pero aproveché la oportunidad para acercarme un poco más a ella, y me la puse sobre las piernas. Cuando inclinó la cabeza hacia atrás, casi estaba descansando en la parte interior de mi codo.

Respiró hondo y soltó todo el aire.

Su voz era tranquila cuando volvió a hablar.

—Gracias por esta noche, Jack.

Me incliné y le di un beso en la sien.

—De nada, Rose.

A las nueve menos diez, le quité la taza de té ya fría y la dejé sobre la mesa de centro. Un poco más allá de la mitad de la película, se había quedado dormida y se le había caído la cabeza sobre mi hombro. Vi la película hasta el final sin moverme ni un centímetro para que pudiera descansar. Cuanto más se acercaba, más me costaba no despertarla y hacerme con su boca. Parecía como si hubiera invadido todo el apartamento y no pudiera oler nada más que a ella.

Disfruté cada segundo, tanto la película como el cálido cuerpo de Rose contra el mío.

La cogí en brazos y me enderecé, dejando que se le desprendiera la manta.

Empezó a volver en sí una vez que íbamos por la mitad de las escaleras.

—¿Jack? —Apretó las manos alrededor de mi cuello—. ¿Qué hora es? —murmuró.

—Un poco más de las diez.

Suspiró y apoyó la cabeza en mi hombro.

—¿Te ha gustado la película?

No tuve que mentir.

—Sí, tenías razón, era buena.

—Ya no hacen películas así —murmuró.

Abrí la puerta de su habitación, entré y, con cuidado, la dejé en la cama. Se acurrucó de lado y le puse las mantas ya retiradas encima.

—Buenas noches, Jack —susurró—. Hasta mañana.

—Te despertaré a las seis y media. Tenemos que estar en el hospital a las siete y media.

Estaba clavado en el sitio, pero no sabía qué más decir que me permitiera quedarme con ella más tiempo, pasar la noche, al menos *esta* noche con ella.

—Buenas noches, Rose. —Me incliné y le di un beso prolongado en la frente y luego en los labios. Fue un movimiento tan natural que ni siquiera vacilé. Cerró los ojos con una sonrisa en los labios. Estaba bastante seguro de que no se había despertado del todo.

Pensando en ella, salí y me dirigí a mi habitación.

Más avanzada esa noche, habían pasado horas y seguía despierto. Mi mente corría en todas direcciones, pero sobre todo corría en dirección adonde Rose dormía unas puertas más allá, razón por la que me pilló por sorpresa cuando me llegó un mensaje y mi móvil sonó.

Rose: ¿Estás dormido?

Jack: No.

Rose: Yo tampoco.

Respiré hondo y me pasé la mano por la cara.

Jack: ¿Todo bien?

Rose: Sí. Simplemente no puedo dormir.

Rose: ¿Por qué sigues tú despierto?

Jack: Tampoco puedo dormir.

Rose: ¿Todavía puedo aprovecharme de mi situación o ya he perdido la oportunidad?

Jack: Depende de lo que quieras.

Rose: Es raro.

Jack: Inténtalo.

Rose: Me preguntaba si podría besarte.

Rose: Y antes de que digas que no, no tiene por qué significar nada más que eso, un beso solo. La verdad es que poco a poco te has convertido en alguien hábil en esto de besar y creo que ahora mismo no me importaría besarte. Me gustaría llamarlo «un beso por compasión». Si no te parece bien porque no habrá nadie cerca para verlo, lo entiendo.

Los puntos seguían bailando, pero dejé el móvil en la mesita de noche y me fui. Elegí no llamar y, sin más, entré a su habitación.

Parecía estar escribiendo todavía, pero se detuvo cuando me vio. Se aclaró la garganta y se puso de rodillas para levantarse de la cama, pero llegué hasta ella antes de que pudiera hacerlo.

—¿Cómo quieres hacerl…?

No le di tiempo a que terminara la frase. Una respiración y estaba sosteniéndole la cabeza entre las manos después de haberle echado el pelo hacia atrás. Tenía las mejillas cálidas y ligeramente húmedas.

—No quiero que llores más —murmuré con un matiz de ira tintándome la voz. Era lo último que quería para ella—. Te besaré, pero solo si prometes no llorar más. No lo soporto, Rose.

Asintió.

Bajé la cabeza hacia la suya, le separé los labios con los míos y observé sus ojos mientras se cerraban en el momento en el que nuestros labios se tocaron. Colocó las manos sobre las mías, que se encontraban en sus mejillas, e inclinó la cabeza hacia arriba para profundizar el beso. Poco a poco me arrodillé en la cama, apreté las manos alrededor de su rostro y le hundí los dedos en el pelo mientras ella movía los brazos entre nosotros para rodearme el cuello. Metí mi lengua en su boca y con gusto me tragué su gemido silencioso.

Si tuviera que describir el beso, diría que era de una violencia dulce. No me cansaba de ella, no estaba lo suficientemente cerca. Dejé que una de mis manos le recorriera la espalda, memorizando cada centímetro y las curvas de su cintura. Cuando le agarré bien la camiseta, la acerqué a mí. Gruñó, pero no paró, no me pidió que parara.

Podía sentir cómo su pecho subía y bajaba contra el mío, y su calor ya me estaba quemando. Cerré el puño en torno a su camiseta y profundicé el beso, obligándola a arquear la espalda al mismo tiempo y agarrándole la cintura con firmeza con la otra mano. La fuerza de mi beso hizo que la cabeza se le echara hacia atrás, su lengua jugando con la mía.

En ese momento, apoyó las manos en mi pecho y sentí un ligero empujón.

Conseguí alejarme y enseguida saltó de mis brazos y de la cama y se fue al baño corriendo.

Tenía todo el cuerpo tenso. Me senté en el borde de la cama y dejé caer la cabeza entre las manos. Me costaba respirar, el corazón me latía en la garganta como un adolescente que se estaba liando con su novia en su casa.

Mientras barajaba si levantarme e irme o quedarme, Rose reapareció del baño con la cara sonrojada, los labios rojos e hinchados y el pelo todo desordenado.

Estaba perfecta.

Despacio, volvió y se detuvo frente a mí cuando sus rodillas casi tocaron las mías.

No quería disculparme por abalanzarme sobre ella como una bestia, pero se me había olvidado por completo que estaba enferma.

—Lo siento —murmuró con la voz pastosa. Se dio unos golpecitos en el lado de la nariz con el dedo índice—. Estaba empezando otra vez, así que he tenido que…

Suspiré de alivio y asentí. Me tragué el nudo que se me había formado en la garganta y estuve a punto de levantarme para irme, pero Rose me puso ambas manos sobre los hombros y se subió a mi regazo, sin sentarse, pero colocó una pierna entre las mías y estaba de rodillas. Le agarré las caderas y la sujeté.

—¿Qué haces? —pregunté en un susurro áspero mientras miraba sus seductores ojos.

Me sonrió.

—Recibir el resto de mi beso por compasión —susurró en voz baja y firme, mucho más firme que la mía, para mi sorpresa—. Todavía no he terminado contigo. —Me acarició el pelo hacia atrás mientras sus ojos se cerraban solos y descendía la cabeza.

Me encontré con ella a mitad de camino y le di un beso profundo y abrasador, moviendo la lengua, necesitado, mientras me peinaba el pelo con los dedos y me agarraba del cuello para mantenerme cerca. La besé así durante un buen rato, intentando ser más gentil y considerado de lo que me sentía, pero me desarmaba. Su sabor, sus pequeños gemidos, sus manos apretándome el cuello, su cuerpo moviéndose inquieto contra el mío…, todo en ella me desarmaba.

Cuando movió los labios hacia la derecha e intentó respirar contra mi mejilla, observé todas las emociones que se le reflejaban en el rostro. Consciente de que no podía parar, la sujeté por la cintura y tiré de ella para que se sentara. Abrió los ojos y estos se encontraron con los míos. Movió la pierna para sentarse a horcajadas encima de mí y, sin decir palabra, siguió mis órdenes y se sentó sobre mi polla. Cerré los ojos y se me escapó un gemido. Cuando volví a mirarla, se estaba mordiendo el labio y me estaba mirando fijamente. La rodeé con los brazos, dejé que una de mis manos se deslizara despacio por su espalda hasta sujetarle el cuello y me lancé a besarla de nuevo. La besé una vez y me aparté, luego otra vez, y otra vez, y otra vez. Era enloquecedor cómo sus labios encajaban con los míos.

Con la otra mano, la agarré por la cintura. Inclinó la cabeza e introdujo su lengua en mi boca. Apenas podía pensar, pero respondí a su lengua exploradora con la mía y me incliné hacia delante, obligándola a arquearse, profundizando más y más.

El dolor y el placer que se apoderaron de mí cuando sentí cómo su calor se deslizaba sobre mi polla a través de su fino pantalón de pijama solo se triplicaron con la forma en la que me besaba, tan descontrolada y anhelante.

Tirábamos y empujábamos como si estuviéramos hambrientos el uno del otro. Le agarré los muslos e intenté acercarla aún más. Cuando se movió contra mí, empecé a recuperar el sentido común. Mis manos seguían rodeándola con fuerza, pero se las arregló para echarse hacia atrás y, en un instante, se quitó la camiseta. Con los ojos vidriosos y la respiración entrecortada, volvió a inclinarse hacia mí, pero cuando mis ojos se posaron en sus grandes tetas cubiertas por un sujetador azul pálido, me eché hacia atrás y la dejé boca arriba con suavidad.

—¿Jack? —jadeó, sorprendida.

Me aseguré de no mirarla, porque si lo hacía, me olvidaría de mí mismo, me olvidaría de que estaba enferma, me olvidaría de todo. Cogí su camiseta y se la devolví. Se la puso contra el pecho, tapándose.

—El médico dijo que nada de sexo. No puedes tener demasiada presión en la cabeza. —Oí mi voz, ronca y tosca. Me atreví a mirarla a los ojos. Seguían aturdidos, pero estaba volviendo en sí. Se lamió los labios y me dio un vuelco el estómago porque no era mi lengua la que estaba en ellos.

—Pero Jack...

—Te operan dentro de unas horas, Rose. Te despertaré cuando sea hora de irnos.

Se puso seria, se volvió a poner la camiseta a toda velocidad y se metió debajo de las sábanas.

—No hace falta. Me despertaré cuando sea la hora.

—Rose...

—Buenas noches, Jack. Gracias por el beso.

Apreté los dientes y retrocedí. Antes de que pudiera cerrar la puerta, ya había apagado la lámpara de la mesita de noche y apenas distinguía su silueta en la cama. La puerta se cerró con un chasquido y solté el picaporte, dejando atrás algo muy importante para mí.

CAPÍTULO DIECINUEVE

ROSE

A la mañana siguiente, me desperté sola, tal y como había dicho que haría, y me reuní con Jack abajo. Tal vez fue por los nervios propios de la operación o por lo que había ocurrido la noche anterior, pero ninguno de los dos nos dirigimos la palabra.

Cuando Steve, el portero, me deseó buena suerte y me dijo que estaba deseando volver a verme y escuchar las buenas noticias, me avergonzó admitir que se me llenaron un poco los ojos de lágrimas y solo conseguí dedicarle una pequeña sonrisa y asentirle con la cabeza. Sin embargo, comprendió que no pretendía ser grosera; se lo vi en la sonrisa. El trayecto en coche fue igual de silencioso. Cuando Raymond detuvo el coche delante del hospital, Jack salió y me abrió la puerta. Le seguí, pero antes de que pudiera salir, la voz de Raymond me detuvo con un pie en el coche y el otro en la acera.

Pasó el brazo por encima del asiento del copiloto y giró el cuerpo para mirarme a los ojos.

—Estarás bien —me aseguró con voz suave y tranquila. Era la segunda vez que se me saltaban las lágrimas aquella mañana. Todo lo demás había sido automático. Me había despertado, me había dado una ducha muy rápida, me había vestido, había cogido la bolsa del hospital y había salido del apartamento de Jack. Casi había dado la impresión de que me iba de viaje a un lugar al que no tenía muchas ganas de ir.

—Vale —respondí.

Raymond arqueó las cejas.

—Puedes hacerlo mejor.

—Probablemente estaré bien.

—Nada de *probablemente*. Subiré a saludar cuando salgas del quirófano, ¿vale?

No estaba segura de querer que alguien me viera después de la operación, pero no lo dije.

—Me gustaría. Gracias, Ray.

—Nos vemos luego.

—Vale. Hasta luego.

Salí y, con Jack a mi lado, entré en el hospital. Le lancé varias miradas rápidas, pero tenía la cara pétrea, como el día que le conocí. No sabía qué decirle. Eso no era verdad. En realidad, sí sabía qué decirle, pero no era el momento. Después de registrarnos y de que nos confirmaran la hora de la operación, una enfermera nos llevó a una habitación del hospital, no en la que me iba a quedar al parecer, sino una diferente.

Jack se quedó en un rincón con las manos en los bolsillos. Ahora sabía lo que eso significaba: estaba nervioso por algo, descontento.

La enfermera me dio la bata de hospital y me hizo un montón de preguntas: nombre, edad, peso, a qué era alérgica… Todo eso ya lo sabían, pero repasarlo nunca hacía daño a nadie. Era alérgica a la penicilina. Era lo único que recordaba haber dicho sin parar. Me puso el brazalete de identificación, me explicó lo que iba a pasar a continuación y me dejó con Jack para que pudiera ponerme la bata.

Era como un robot. Entré en el pequeño cuarto de baño, me quité la ropa, excepto las bragas, y me puse la bata. Con el corazón martilleándome en el pecho, salí del baño y me encontré con la dura mirada de Jack.

Extendí los brazos e intenté sonar alegre cuando pregunté:

—¿Qué tal estoy?

No contestó, se limitó a mirarme fijamente a los ojos.

Di un paso hacia él, ya que ahora era el momento de decirle lo que tenía que decirle. La misma enfermera que había entrado unos minutos antes asomó la cabeza por la puerta y tanto Jack como yo la miramos.

—¿Está vestida? ¡Oh! Bien, ya está lista. Voy a mandar a alguien para que le traiga la silla de ruedas.

—¿Puedo hablar con mi marido un minuto?

Sus ojos se desviaron hacia Jack y luego miró su reloj.

—Solo un minuto. Tenemos que llevarla al quirófano a tiempo, ¿vale?

Asentí y se fue.

Respiré hondo y me acerqué a Jack, que estaba apoyado en la pared con los brazos cruzados sobre el pecho.

—Quiero decirte unas cosas —empecé, con un poco de náuseas y sintiéndome muy pequeña delante de él. Podía ser la fina bata de hospital, la operación, los nervios o simplemente lo que estaba a punto de decirle. Me pasé las manos por los brazos y sus ojos siguieron mis movimientos.

Permaneció en silencio un minuto entero mientras nos absorbíamos el uno al otro.

—Vale —dijo por fin, y pareció desolado.

—Jack, quiero que…

—Lo siento, pero tienen que llevarla ya —dijo la enfermera mientras entraba en la habitación con otra persona detrás, quien llevaba una silla de ruedas.

¡Maldita sea! Justo lo que necesitaba.

El miedo que se apoderó de mí no era muy diferente del ataque de pánico que sufrí en la máquina de resonancia, y volví a mirar a Jack con miedo en los ojos. Necesitaba hablar con él.

Se separó de la pared.

—Necesitaremos otro minuto.

—Ya vamos con retraso. Tiene…

Jack se acercó, le quitó la silla de ruedas de las manos a la otra mujer y luego se volvió hacia la enfermera, apretando los dientes.

—Necesito un momento con mi mujer. Por favor.

Un escalofrío me recorrió el cuerpo cuando le oí llamarme «su mujer», lo cual era estúpido de por sí, pero viniendo de su boca con ese tono gruñón fue inesperado.

Como era de esperar, nos dejaron solos con una sola mirada de desaprobación en dirección a Jack. Me acercó la silla de ruedas y me indicó con la cabeza que me sentara.

Si no estaba usando palabras, teníamos problemas.

Antes de que volviera la enfermera, me apresuré a pronunciar mi discurso improvisado. Intuía ya que no iba a ser elegante.

—Jack, quiero dejar de fingir.

Se dio la vuelta y se arrodilló frente a mí, con las manos apoyadas en mis muslos. Parecía que se le habían suavizado los rasgos, el ceño severo que le había mostrado a las enfermeras había desaparecido, pero no había ninguna sonrisa a la vista.

Abrió la boca, pero me incliné hacia delante y negué con la cabeza.

—Cuando me despierte, quiero que dejemos de fingir.

Aquellos ojos azules y hermosos que no era capaz de dejar de mirar cada vez que tenía la oportunidad se clavaron en los míos marrones. No tenía ni idea de cómo iba a ir esto, pero no teníamos mucho tiempo.

—Te gusto —continué, y arqueó una ceja. A pesar de ello, seguí adelante—. Seguro que no vas a admitirlo en voz alta, pero te gusto. Lo sé, así que no me mientas, y tú también me gustas. Así que, Jack Hawthorne, me pediste una cita que sé que se perdió con todo lo que estaba pasando, pero seguimos fingiendo y quiero que dejemos de hacerlo, ¿vale?

Me miró durante un rato y empecé a pensar que no iba a salir como quería.

—¿Cómo sabes que me gustas?

—No queda otra. Ayer… ese beso no fue solo por compasión. Un beso por compasión sería un pico rápido en los labios o algo un poco más intenso durante un minuto, tal vez. Tampoco lo fue el beso en el despacho de casa. —Sacudí la cabeza—. Aunque no fuera ese beso, son las cosas que haces. La cena de ayer, las flores que me traes todas las semanas…, todo. Debo de haber empezado a gustarte en algún momento de estos dos meses. No soy estúpida, y cada día que pasa tú me gustas más y más.

—No, no eres estúpida. Entonces, ¿te gusto?

—Sí. Así que… quiero dejar de fingir y empezar… algo real. Algo más que una cita. —Por muy patético que sonara, quería tener ese derecho sobre él. Era mi marido sobre el papel, pero eso era todo. Quería tener un derecho real sobre él.

—Vale.

—¿Qué? ¿Vale? ¿Solo vale?

Me sonrió y levantó la mano para colocarme el flequillo detrás de la oreja. Era la sonrisa número diez o quizá veinte, y fue una buenísima. Vacilante, le devolví la sonrisa con el corazón por las nubes.

—Ya te pedí una cita, ¿no? Solo te gusta quitarme el mérito. ¿Por qué pareces tan sorprendida?

—No estabas muy comprometido con lo de la cita cuando me dijiste de salir a cenar. Dijiste que podíamos probar a ver si había algo. Me atrevo a decir que *hay* algo. Pensaba que ibas a oponerte y a negar que te gusto.

—¿Por qué iba a hacer eso cuando lo único que quiero eres tú? Yo también quiero que dejemos de fingir.

La enfermera volvió a entrar con expresión severa.

—Hora de irse, señora Hawthorne.

La sonrisa de Jack se derritió y, con la mirada, fulminó a la enfermera que se había apoderado de mi silla de ruedas. Se agarró a los reposabrazos y tiró de mí hacia él mientras la enfermera intentaba hacer que retrocediera.

—¡Señor Hawthorne! —exclamó, atónita—. Suelte a su mujer, por favor.

—Todavía estamos hablando.

Una risa nerviosa brotó de mí mientras seguían empujando y tirando durante unos segundos. Le puse la mano fría en la mejilla y se calmó.

—No pasa nada, Jack. —Me incliné hacia delante, le di un beso en la mejilla y respiré hondo por la nariz para mantener su olor conmigo tanto como pudiera.

Jack nos acompañó hasta los ascensores.

Lo miré desde la silla y estiró el brazo para darme la mano.

—¿Volverás del trabajo antes de que me despierte o…?

—No seas tonta. No voy a ir a ninguna parte —gruñó, suavizando sus palabras y dándome un apretón en la mano. Seguía mirando a la enfermera.

—Vale. Solo te estaba poniendo a prueba. Me gustaría mucho verte cuando salga. —Debió de oír cómo me temblaba la voz, porque sus ojos se encontraron con los míos y se puso a mi altura mientras esperábamos a que llegara el ascensor. Parecía tan ridículo en un hospital con su traje perfecto, su cara perfecta y su barba incipiente perfecta. Se me empezaron a llenar los ojos de lágrimas y Jack se transformó en un borrón. Posó las manos en mi cara y me secó las lágrimas. Apoyó la frente contra la mía.

—Jack, creo que estoy un poco asustada —admití en voz baja para que solo pudiera oírme él.

Suspiró.

—No sé cuáles son las palabras adecuadas porque estoy más que un poco asustado, pero sé que vas a estar bien. Tienes que estarlo. Todo va a salir bien, Rose. Te estaré esperando cuando salgas y entonces seremos solo nosotros.

Me mordí el labio y dejé que me secara más lágrimas de las mejillas.

—Vale. —Mi voz no fue más que un graznido. Me miré las manos—. Toma. —Me quité el anillo, le abrí la palma y dejé la alianza en el centro—. Guárdamelo. —Empezaron a caer más lágrimas y no pude mirarle a los ojos.

—Rose —empezó Jack, con las manos sujetándome la cara.

Las puertas del ascensor se abrieron y se oyó un largo suspiro.

—Señor Hawthorne, por favor, deje que su mujer se vaya.

Lo hizo (de mala gana) justo después de darme un suave beso en los labios, pero de alguna manera fuerte y desesperado.

Miré a Jack por encima del hombro una vez que estuve en el ascensor y le vi de pie otra vez. Era tan guapo... Intenté sonreír, pero más lágrimas emborronaron la imagen de él.

—Estaré ahí cuando te despiertes, Rose. Te estaré esperando *aquí mismo*, así que vuelve conmigo, ¿vale? Asegúrate de volver conmigo.

Sabía que me estaba comportando como un bebé, pero no me importaba. Apreté los labios con fuerza, asentí y las puertas se cerraron, alejándolo de mí.

Todo lo que ocurrió después de eso fue una mancha borrosa. Me llevaron al área de los quirófanos. Escanearon la pulsera que llevaba en la muñeca y me condujeron a otra sala de espera en la que me dijeron que me acostara en una cama de hospital. Hicieron más preguntas que respondí sin prestar atención. Los anestesiólogos entraron y me volvieron a hacer más preguntas. Ni siquiera sabría decir cuántas veces repetí mi nombre, mi fecha de nacimiento, mi peso, mis alergias y en qué lado de la nariz tenía la fuga, y no estaba segura de cuánto tiempo estuve en esa habitación antes de que me llevaran al quirófano. Cuando llegué ya estaba lleno de todo tipo de personas: los anestesiólogos, el asistente quirúrgico, la enfermera anestesista, mi médico y algunas personas más que no tenía ni idea de lo que estaban haciendo allí.

Sonriéndome todo el tiempo, la enfermera anestesista me puso la vía intravenosa y me aseguró que todo iba a salir bien. Me di cuenta de que en algún momento había empezado a llorar otra vez, así que me sequé las mejillas con rabia e intenté disimular riéndome de mí misma. Se limitó a sonreírme.

Cuando me fijaron las manos y las piernas, empecé a marearme y a ver oscuro. No me había dado cuenta de que eso iba a suceder. Nadie me lo había dicho. Empecé a sentir un pánico real y se me aceleró la respiración. Escuché a la enfermera decir que me estaba poniendo la anestesia, y unos segundos después comencé a sentir náuseas y me vino el pensamiento fugaz de que era un muy, muy mal momento para vomitar. Creí abrir la boca para avisarles de que no me encontraba muy bien, pero de repente todo se volvió negro.

CAPÍTULO VEINTE

JACK

Era la una de la tarde y todavía no había salido. Llevaba varias horas en esa sala de espera y seguía dentro. Me sentía como un animal enjaulado, no solo en esa habitación, sino en mi propia piel.

Me paseé cada centímetro del espacio, me detuve junto a las ventanas y miré hacia el exterior sin ver nada. Me senté en las sillas verdes que ahora odiaba, cerré los ojos y me recosté…, abrí los ojos, apoyé los codos en las piernas y puse la cabeza entre las manos…, pero no había vuelto.

Conmigo esperaba una familia de tres miembros; un padre y dos hijos. Una era una niña pequeña que no le soltaba la mano a su padre, y el niño, de unos nueve o diez años, le acariciaba la cabeza a su hermana de vez en cuando e intentaba hacer reír tanto al padre como a la niña. Cuando recibieron la buena noticia de que su madre había salido del quirófano, sentí una oleada de alivio por ellos, pero cuando nadie vino a informarme sobre Rose, me hundí aún más en el asiento.

A la una y cuarto, con los ojos fijos en la puerta a la espera de una enfermera, para mi sorpresa, entró Cynthia.

—¿Qué haces aquí? —pregunté cuando estuvo a mi lado.

Se sentó en una fea silla verde y se acomodó.

—Quería ver cómo estás. —El desconcierto debió de reflejarse en mi rostro, porque se le suavizó la expresión y me dio unas palmaditas en el brazo—. ¿Alguna noticia?

—No —gruñí, volviendo a apoyar los codos en las piernas abiertas—. Esperando.

—Esa es la parte más difícil.

Con los ojos fijos en la puerta, asentí.

—¿No se supone que deberías estar en el trabajo?

—Mi jefe no ha venido, así que me estoy tomando un descanso muy largo y tardío para comer. ¿Quieres que te traiga algo?

Negué con la cabeza.

—Va a estar bien, Jack. Ya lo verás. Tú resiste para poder cuidarla cuando salga.

No tenía ni idea de qué estaba hablando. Me encontraba bien.

No hablamos durante al menos treinta minutos. Al final, suspiró y se levantó.

—Será mejor que vuelva. Estoy intentando entregarles todas las cosas urgentes a los socios.

Apretando y aflojando las manos, aparté la mirada de la puerta y la miré desde mi asiento.

—¿Alguien te lo está poniendo difícil?

Me dio unas palmaditas en la mejilla y a ambos nos sorprendió el gesto.

—Tú preocúpate por ti y por Rose. Yo me encargo de los socios.

Asentí con la cabeza.

—Gracias, Cynthia. Agradezco tu ayuda con todo estos últimos días. Sé que te lo he cargado todo a ti.

—Te está cambiando, ¿sabes?

Junté las cejas.

—¿De qué hablas? —Distraído, mi mirada se fijó en el reloj grande que había en la pared, justo encima de la puerta: las dos de la tarde.

Estaba empezando a enfadarme, así que me levanté y me puse a andar de un lado para otro junto a las ventanas.

—Nada —murmuró con una sonrisa extraña en la cara.

Solo me detuve lo suficiente como para lanzarle una mirada rápida y luego continué caminando.

—Vas a hacer un agujero en el suelo.

Le lancé otra mirada, esta vez más amenazadora. Eso esperaba al menos.

—Pues haré un puñetero agujero en el suelo.

—Vale, te dejo con tu paseo. ¿Jack?

Me detuve con un suspiro de frustración y la miré.

—¿Qué?

—Intenta no perderla, ¿vale? No esperes a que sea demasiado tarde para decírselo.

Apreté los dientes para mantener la boca cerrada. Mi mirada debió de funcionar por fin, porque levantó las manos y empezó a ponerse los guantes, la bufanda y, por último, el abrigo rojo intenso.

Cuando se echó el bolso al hombro, se volvió hacia mí.

—Te agradecería que me contaras cómo ha ido la operación cuando salga.

Para horror mío, murmuré:

—Si sale. —Por suerte, Cynthia no me escuchó y finalmente se fue.

Pasé otra hora conmigo como compañía no deseada y más personas salieron de la habitación cuando recibieron las buenas noticias para ir con sus seres queridos.

Sobre las tres de la tarde, Raymond entró con globos. *Globos.* No sabía cómo me sentía al respecto, pero se me tensó el cuerpo hasta el punto de que no podría haberme movido aunque hubiera querido. Sabía que tenía una buena relación con él desde que la llevaba casi más de lo que me llevaba a mí últimamente, pero seguía sin saber cómo me sentía en cuanto al hecho de que estuviera allí para ella.

Con globos.

Yo no había traído nada, y dudaba de que pudiera salir del hospital. El hecho de que quisiera estar conmigo y dejar de fingir me tranquilizó lo bastante como para no exigirle que se fuera en cuanto me vio y se colocó a mi lado con sus ridículos globos.

Dejó un asiento vacío entre nosotros y se sentó.

No pude mantener la boca cerrada.

—¿Globos, Raymond? —inquirí, y las palabras salieron como un gruñido bajo sin querer… o tal vez no.

Se aclaró la garganta.

—No son de mi parte.

Junté las manos y le miré a él y luego a los globos. Había uno azul grande que decía «Mejórate pronto» y algunos más coloridos a su alrededor.

—Vengo de A la Vuelta de la Esquina. —Me lanzó una bolsa de papel marrón con el logo pequeño de la cafetería de Rose en un lateral.

Con curiosidad, la cogí y miré dentro: un vaso con lo que olía a café, un sándwich y un *muffin*. La dejé en el suelo. Rose hacía los sándwiches todas las mañanas. Usaba una crema de untar que se inventó ella misma, tal y como me había contado innumerables veces. Sabía que esos no los había hecho ella, por lo que, a pesar de que llevaba sin comer nada desde nuestra cena de la noche anterior, ni siquiera soportaba comérmelos. Acepté el café porque me vendría bien más energía para seguir caminando de un lado para otro.

Raymond continuó.

—Se me ocurrió pasarme y ver si necesitaban ayuda con algo, y la chica, Sally, creo, me dio los globos cuando se enteró de que iba a venir después.

Solté un gruñido ininteligible. Eso estaba mejor.

—¿Qué tal? ¿Hay gente? —pregunté un momento después.

—Sí. Había cola en la caja. Lo está haciendo genial. ¡Oh! También dijeron que vendrían en cuanto cerraran para ver cómo está.

Asentí; no esperaba menos. Como quería estar conmigo, ya no tenía que preocuparme por el otro que trabajaba con ella por las mañanas temprano, como sea que se llamara.

Nos quedamos en silencio.

—¿Se sabe algo? —preguntó después de unos instantes.

Me pasé la mano por la cara.

—Ni una puñetera cosa.

—¿Cuándo se la llevaron?

—Ocho. Aunque no sé cuándo empezaron. Debió de esperar un rato.

—¿Cuánto tiempo se supone que dura esta operación?

Eso era lo que me tenía acojonado. Cuando hablamos con el médico y le pregunté cuánto solían durar estas operaciones, no me dio una respuesta directa, como era de esperar, pero me dijo que otras veces habían durado entre cuarenta y cinco minutos y tres horas. Hacía bastante que habíamos superado las tres horas, así que sabía que algo había salido mal.

Me froté el corazón con la mano cuando sentí que me dolía al contraerse.

—Ya debería haber salido.

Raymond me miró y no dijo nada más.

Lo único que podía hacer era jugar con su anillo, que era un peso muerto en mi bolsillo, y mantener la esperanza de que estuviera bien y aguantara. Nos quedamos así otras dos horas hasta que, *por fin*, una puñetera enfermera se dirigió hacia nosotros en lugar de ir a otra persona.

Salté del asiento, con las extremidades hormigueándome por todas las horas que había estado sentado en esa incómoda silla.

—Ya ha salido del quirófano y está en la sala de recuperación. —Nos sonrió como si todo estuviera perfectamente bien. Debería haber venido hace horas.

—¿Cuándo podré verla? —gruñí.

—Subiremos a su habitación ahora y podrá esperar allí.

—Creo que ya he esperado suficiente —espeté—. Lléveme a verla.

La enfermera perdió la sonrisa y me frunció el ceño. Bien.

—Lleva bastante tiempo en el quirófano, así que estamos deseando verla —habló Raymond—. Esperarla en la habitación sería genial, gracias.

La mujer, que rondaría los cincuenta por su pelo blanco y negro natural, perdió parte de la expresión severa, lo que no me gustó, y luego suspiró.

—La llevarán a la habitación en cuanto esté lista. Tienen que vigilarla hasta que empiece a despertarse de la anestesia.

—¿Se encuentra bien? —Las palabras salieron a toda velocidad y di un paso adelante—. ¿Ha salido algo mal?

—Estoy segura de que está bien. El médico irá a su habitación más tarde para ver qué tal y podrá darles más información. Ahora síganme, por favor.

En su habitación, nada cambió. Apenas asimilé los alrededores mientras entrábamos a la habitación privada por la que había pagado. Había un televisor grande en la pared justo enfrente de la cama de hospital, un sofá de cuero justo debajo de la gran ventana desde la que se veía toda la ciudad y luego dos sillas bastante cómodas a la izquierda de la cama. En cuanto entrabas a la habitación, en el lado izquierdo, también había una puerta que daba a lo que parecía un baño privado. Raymond se quedó junto a la puerta con sus globos ridículos y alegres e, inteligente, se mantuvo fuera de mi camino mientras comenzaba a caminar otra vez de un lado para otro.

—Ata esas cosas absurdas a una silla o algo. Estás ridículo. ¡Dios! —gruñí cuando se quedó allí quieto. Ignoré cómo se le contrajeron los labios a Raymond.

Una hora. Tardaron otra puta hora en subirla. En cuanto la metieron, corrí a su lado. Me costó mantener la distancia mientras la trasladaban a la cama.

Apenas tenía los ojos abiertos, tenía una cosa blanca que parecía un tampón en la nariz y tenía un ligero hematoma debajo del ojo derecho. Le recorrí cada centímetro de la cara y del cuerpo con la mirada, pero aparte de eso, no le vi nada malo. Parecía cansada y exhausta, pero parecía estar bien.

—¿Cómo te encuentras? —pregunté en cuanto los tipos que la habían traído salieron de la habitación.

Me cogió la mano y mi puñetero corazón se saltó un puto latido. Se la agarré con ambas manos y la sujeté con firmeza.

Tenía los ojos sospechosamente húmedos.

—Estoy muy cansada. Me duele la cabeza y me arde el estómago, pero creo que estoy bien. ¿Qué tal ha ido? ¿Qué hora es? —graznó, su voz apenas audible.

Le aparté el flequillo despeinado de la cara y me incliné para darle un beso prolongado en la frente.

—Me has quitado diez años de vida, Rose —le susurré justo al lado del oído, apoyando mi sien contra la de ella—. No sé cómo vas a pagármelo, pero será mejor que pienses en algo.

Intentó fruncir el ceño, pero ni siquiera pudo hacer eso del todo.

—¿Qué? ¿De qué hablas?

—Has estado en quirófano siete horas, casi ocho.

—¡Oh! ¿Tanto tiempo ha pasado? No me había dado cuenta.

Despacio, levantó la mano, que todavía tenía una aguja pequeña pegada con cinta adhesiva, y se tocó el lateral de la nariz con cautela.

—Creo que tienes un tampón ahí —comenté de manera innecesaria.

Recorrió la habitación con los ojos y, un momento después, vio a Raymond.

—¡Oh! Ray, hola. —Hizo una pausa, como si estuviera esperando a que le llegaran las palabras adecuadas—. Lo siento. No te había visto.

Ray.

Me agarré a la barandilla de la cama, preguntándome qué cojones me pasaba que de repente estaba actuando de forma tan irracional, más que nada porque no era la primera vez que lo llamaba «Ray».

Dio un paso adelante con los malditos globos y la sonrisa de Rose se hizo más grande.

—¿Me has traído globos? Muchas gracias. —Rose me miró—. Jack, me ha traído globos.

Yo no le había traído una mierda. Le lancé otra mirada asesina a Raymond.

—Me temo que no son míos —comenzó Raymond—. Me pasé por tu cafetería antes de venir y Sally quería que te los trajera para que los vieras cuando te despertaras. ¿Cómo estás, pequeña?

Me relajé aún más ante el apodo de Raymond para Rose y vi cómo le temblaba la sonrisa.

—Estoy bien, creo… Un poco mareada y me encuentro un poco rara. Me duele la cabeza… ¿Lo he dicho? Aun así, mejor de lo que me esperaba. Debo de estar horrible —murmuró e intentó reírse, pero el sonido no se pareció en nada a su cálida risa.

Le di un apretón en la mano y sus ojos se posaron en mí mientras le decía con ternura:

—Estás preciosa.

Gimió e intentó sentarse un poco más erguida.

—¡Oh, no! Debo de estar más que horrible. —Volvió a mirar a Raymond—. Los cumplidos habituales de Jack son más bien «Tienes mala cara», «Pareces cansada», «Estás horrible» o «Estás hecha un desastre». —Le fruncí el ceño y me dedicó una sonrisa pequeña y cansada—. ¿Me he dejado alguno?

—Te haré cumplidos nuevos que podrás agregar a tu lista en cuanto salgas de aquí. No te preocupes.

—Gracias por intentar hacer que me sienta mejor.

La risa contenida de Raymond captó mi atención y alcé la vista de Rose.

Él le dio unas palmaditas en la pierna, dos golpes suaves.

—No miente. Para alguien que acaba de salir de una operación de siete horas, estás genial. Os dejo solos. Solo quería saludarte y ver cómo estás. —Sus ojos se encontraron con los míos—. Si necesitas algo, estaré esperando cerca.

Asentí y, después de dedicarle otra mirada a Rose, se fue.

Se le estaban empezando a cerrar los ojos, pero cuando le di un apretón suave en la mano, giró la cabeza hacia mí.

—Jack...

—¿Cómo vamos? —Entró una enfermera pelirroja mayor llamada Kelly y se puso a tomarle la tensión a Rose—. ¿Todo bien? —preguntó con una generosa sonrisa.

—Creo que sí —respondió Rose.

—Tienes la tensión bien. Vamos a ver si tienes fiebre.

—¿El médico va a venir? —pregunté, y apuntó su sonrisa hacia mí.

—Vendrá ya mismo. Tenemos que ponerte otra vía intravenosa, así que no te muevas y relájate. Si te duele, te daré un analgésico después de cenar. ¿Te parece bien?

—Vale.

—No tienes fiebre, eso es genial. Vendré a comprobar cómo está todo cada hora, ¿vale?

La enfermera salió y la cabeza de Rose rodó hacia mí sobre la almohada.

—Hola, Jack.

Mirándola a los ojos, extendí la mano derecha y le pasé el dorso de los dedos por la mejilla.

—Hola.

—¿Cómo de mal estoy? No hace falta que mientas. —Su voz todavía estaba quebrada y ronca.

—Bastante mal.

Sus labios se movieron hacia arriba unos centímetros y se le cerraron los ojos.

—Eso es más propio de ti.

La enfermera entró con la bolsa intravenosa, así que tuve que retirarle la mano de la cara.

El médico llegó dos horas después, cuando Rose se había echado pequeñas siestas con la boca abierta entre los chequeos de la tensión y la fiebre. Cada vez que se despertaba, examinaba la habitación y decía mi nombre cuando sus ojos se encontraban con los míos. Cada una de esas veces me levantaba e iba a su lado para asegurarle que no me había ido.

Tenía un aspecto horrible. Incluso más que eso, me sentía como si estuviera viviendo en el infierno. No estaba hecho para estas cosas. No sabía cuáles eran las palabras correctas. Había más probabilidades de que metiera la pata.

—¿Cómo te encuentras? —preguntó el doctor Martin.

Rose acababa de despertarse, así que se incorporó en la cama.

—No muy mal —dijo—. Me duele un poco el estómago.

—Sí. Te acuerdas de lo que hablamos antes, ¿verdad? Para tapar la fuga, necesitábamos cartílago y otros tejidos de la nariz, el estómago o la parte posterior de la oreja, y…

—Creía que iba a ser por la nariz —interrumpí.

—Sí, ese era el plan inicial, pero el desgarro era más grande de lo que esperábamos.

—¿Por eso ha durado más de siete horas?

—De nuevo, sí. El desgarro era más grande y estaba más atrás de lo que esperábamos, por lo que tardamos en repararlo, y si hubiéramos quitado el tejido de la nariz, no habría sido suficiente. Yo tampoco esperaba que la operación durara tanto. Como comentamos antes, suelen ser unas pocas horas como máximo, pero ha salido bien y eso es lo importante.

—No puedo respirar por la nariz —dijo Rose, captando la atención del médico.

—Es normal. Ahora mismo la tienes taponada y tendrá que seguir así dos días más por lo menos, tal vez tres.

—¿Cuándo podré irme?

Le dedicó una sonrisa a Rose.

—¿Tan rápido intentas librarte de nosotros?

—No, es que…

Le dio unas palmaditas en el brazo a Rose.

—No pasa nada. Serás nuestra invitada unos días más, tal vez una semana. Tenemos que vigilarte por un tiempo y ver cómo vas.

Le habían operado muy cerca del cerebro y, debido al desgarro en la membrana, no había ninguna protección.

—¿Que se infecte es un motivo de preocupación? —pregunté.

—Las infecciones siempre son motivo de preocupación en cualquier operación. Como nos hemos acercado mucho a su cerebro, tenemos que vigilarla de cerca para asegurarnos de que todo se esté curando sin problema.

—¿Cuándo sabremos si sigue habiendo fugas? —preguntó Rose.

—Voy a pedir otro TAC para dentro de unos días después de sacar el tapón y ver cómo va. Cuando te demos el alta, necesitaré que te hagas otra resonancia dentro de unas semanas. —Rose se puso rígida en la cama—. Sé que te es difícil, pero tenemos que ver si todo está bien.

Asintió y le cogí la mano. Parecía que me había vuelto incapaz de controlarme.

—Vendré todos los días a ver cómo estás, pero antes de irme hay algunas cosas que tienes que saber: necesito que te tomes unas pastillas por la mañana y por la noche. La enfermera te las dará antes de las comidas. Además, habrá un jarabe para el estreñimiento que tendrás que tomarte dos veces al día.

Rose gimió y apreté nuestros dedos entrelazados.

—No puedes hacer fuerza de ningún tipo. Tienes que seguir tomándote el jarabe incluso después de irte, probablemente durante un mes más o menos. No te inclines hacia delante porque no queremos que haya presión en el cráneo. Después de salir del hospital, tendrás que permanecer en cama otras dos semanas al menos y mantener la cabeza en alto con dos almohadas o más. Mientras tanto, nos visitarás para realizar chequeos, y hablaremos sobre estas cosas con más profundidad cuando estés lista para irte. Por ahora, nada de inclinar la cabeza hacia abajo ni de estornudar.

—¿Supongo que entonces no puedo dormir boca abajo?

—No. Me temo que eso no será posible hasta dentro de bastante tiempo. Unos pocos meses. Si no tienes más preguntas, te veré mañana.

Tuvo lugar otra ronda de chequeos de tensión y fiebre justo antes de que sus empleados y ahora amigos aparecieran con rollos de canela, *brownies* y dos sándwiches.

Cuando Sally se acercó, Owen se quedó atrás, a los pies de la cama. Yo estaba de pie a la izquierda de Rose.

—Hola —susurró Rose al rostro sonriente de Sally.

—Hola —respondió—. Perdón por no haber podido venir antes. Aunque Raymond nos contó las buenas noticias. ¿Cómo estás?

Agitó la mano en un gesto que indicaba regular.

—¿Qué tal en la cafetería?

—Todo bien. No te preocupes por nada al respecto.

Sus ojos se dirigieron a Owen.

—Gracias por acceder a trabajar a jornada completa, Owen. No sé qué habría hecho si no hubieras aceptado.

—Te habríamos encontrado a otra persona —interrumpí, pero pareció ignorarme.

Se quedaron otros diez minutos y luego se fueron tras prometerle que la llamarían varias veces al día siguiente para informarle de cómo iban las cosas. Su cena llegó unos minutos más tarde.

—No quiero nada —protestó Rose.

—Comerás para poder tomarte las pastillas. Ya has escuchado al médico.

—Solo un poco entonces.

—Sí, solo un poco. —Bajé las barandillas y me senté en el borde de la cama después de ajustarla para que pudiera sentarse lo bastante erguida como para comer algo del estofado de carne y arroz. Apenas podía levantar los brazos y mucho menos alimentarse ella sola—. ¿Cómo te encuentras?

—Un poco mareada todavía y muy, muy cansada.

—¿Quieres un poco del sándwich que ha traído Sally o esto?

Arrugó la nariz.

—Dudo que soporte el sándwich en este momento. Mejor algo blando.

Corté un trozo pequeño de una patata y se lo coloqué con cuidado en su boca abierta. La masticó muy despacio.

—No puedo respirar por la nariz, Jack.

—El doctor Martin dijo que era normal.

Luego, le di un trozo de carne seguido de un poco de arroz.

Me sentí como un verdadero imbécil, ya que alimentarla tenía algo que me estaba afectando. Era una intimidad que no habíamos compartido antes.

—¿Quieres agua?

—Perdón —dijo, todavía masticando mientras apartaba la mirada de mí por primera vez.

—¿Perdón por qué?

—Estás haciendo mucho más de lo que acordamos.

Intenté no ponerme rígido y seguí dándole bocados pequeños.

—Pensaba que habíamos dejado de fingir, ¿o se te ha olvidado lo que dijiste antes de la operación?

—No… —Le metí otro poco de arroz y patatas en la boca antes de que pudiera responder—. Pues claro que me acuerdo, pero, aun así, esto es…

—Si lo recuerdas, deja de decir estupideces y sigue comiendo.

Una sonrisa apareció en sus labios.

—Vale.

Al rato, llegó el cambio de turno de las enfermeras y, después del último chequeo, apagué las luces.

Los ojos de Rose me siguieron mientras regresaba a su lado, su cuerpo ligeramente girado hacia la derecha y su cabeza inclinada hacia arriba.

—¿Qué pasa? —pregunté, y subí las mantas para que le taparan los hombros.

—Tengo la nariz un poco sensible. Me duele cuando me la toco.

—Pues no te la toques. ¿Quieres agua?

—Un poco.

La ayudé a incorporarse y bebió de una pajita, unos pocos sorbos solo.

—¿Ya está?

Asintió y se acomodó.

Me di la vuelta para dejar la botella de agua en la mesita de noche.

—¿Jack?

—Aquí estoy, Rose.

—Igual deberíamos hablar más.

—¿De?

—Ya sabes…

—En otro momento.

—¿Te vas a quedar?

—¿Qué?

—¿Te vas a quedar esta noche?

La habitación no estaba en completa oscuridad, pero, aun así, me resultaba difícil ver sus ojos e intentar entender lo que se le estaba pasando por la cabeza. Sus ojos siempre delataban sus emociones.

—No te has traído nada, nada de ropa, ninguna bolsa, así que no estaba segura de si te ibas a quedar esta noche. Mañana tienes que trabajar, así que si no puedes… no pasa nada.

Lo único que pude escuchar por su tono de voz era que quería que me quedara con ella. No podrían haberme echado ni aunque lo hubieran intentado, de todas formas.

—Se me olvidó traerme una bolsa. No se me ocurrió —murmuré.

Nos quedamos en silencio unos momentos.

—Entonces, ¿te vas a quedar?

Me incliné y le di un suave beso en la comisura de los labios mientras ella cerraba los ojos.

—Siempre —respondí con la voz áspera—. Incluso cuando llegue el momento en el que no me quieras cerca.

Sonrió un poco.

—Me gusta tenerte cerca, así que dudo que eso ocurra.

Deseé que fuera cierto.

—Vale. Ahora cállate y descansa un poco.

CAPÍTULO VEINTIUNO

ROSE

Los siguientes días que pasé en el hospital fueron duros. Se reanudaron las pruebas y las visitas del médico, y sentía que estaba a punto de perder la cabeza. Nunca había apreciado tanto el aire libre como estando en aquella habitación de hospital.

Los únicos buenos momentos llegaban por la noche, con Jack.

No estaba segura de si me sentía más vulnerable debido a la operación y a mi enfermedad, pero lo que estaba empezando a sentir por él parecía triplicarse cada noche que pasábamos juntos en aquella espaciosa habitación de hospital que no podría haberme permitido por mi cuenta.

Era la segunda o tercera noche, me estaba costando dormir de tanto tener que respirar por la boca, y no conseguía sentirme a gusto con el hecho de no poder respirar por la nariz.

La habitación estaba a oscuras cuando habló, y el mundo fuera de la habitación estaba en silencio, aparte de los pasos de las enfermeras que pasaban de vez en cuando para ver cómo estaban los pacientes.

—No estás durmiendo —dijo Jack en voz baja. No era una pregunta.

Le estaba dando la espalda porque quería que durmiera un poco y que no tuviera que preocuparse por mí. Se preocupaba muchísimo por mí, y solo el hecho de darme cuenta de ello me había hecho muy feliz. Me di la vuelta despacio, asegurándome de que no estuviera tumbada de lado del todo y de que tuviera la cabeza inclinada hacia el techo.

La habitación no estaba completamente a oscuras, no con todas las luces de la ciudad y la luz procedente del pasillo que se colaba por debajo de la puerta, pero tampoco había tanta claridad como durante el día. Estaba tumbado en el sofá, con las piernas cruzadas por los tobillos. Llevaba unos pantalones y un jersey fino azul marino, que era su ropa informal. No sabía por qué no llevaba algo más cómodo.

—No —contesté—. Pero lo estoy intentando.

—¿Necesitas algo?

—No. Gracias. ¿Estás bien ahí?

—Sí. Intenta dormir.

Estuvimos mucho tiempo en silencio. Miraba al techo cuando volvió a hablar.

—Ha empezado a nevar.

Giré la cabeza y miré por la ventana. Efectivamente, se distinguían las ráfagas blancas que volaban por todas partes. Era precioso, y si cuajaba, la ciudad se cubriría de blanco. El invierno en Nueva York era mi época favorita del año, y ya mismo llegaría la Navidad. No es que fuera a estar corriendo y dando saltos para entonces, pero aun así… se acercaba la Navidad.

—La primera nevada… es preciosa. Ojalá pudiéramos salir y sentirla. Me encanta la nieve.

—Habrá más.

—¿Jack? ¿Puedo pedirte algo?

—Claro.

Antes de poder decir lo que quería, se había levantado y estaba a mi lado. Le miré en la oscuridad. No podía distinguir sus rasgos con claridad, pero sabía que estaba increíble. Siempre lo estaba. Siempre estaba tan arreglado y, además, había algo en su forma de comportarse, tan segura y distante. Te atraía y te atrapaba. El hecho de que pareciera una estrella de cine (una muy gruñona) no era más que una ventaja añadida.

—¿Necesitas agua?

Me pasó los dedos por el pelo y esperó a que respondiera. Los últimos días había estado haciendo eso mucho, motivo por el que dudaba de que fuera a rechazarme cuando le hiciera mi siguiente petición.

—¿Podrías tumbarte conmigo? —Sus dedos se detuvieron en mi pelo—. Sé que no va a ser cómodo, pero es solo un ratito.

—¿Tienes frío?

—No.

Antes de que pudiera negarse, me eché hacia un lado para dejarle un poco de espacio. Gracias a la habitación privada, la cama no era tan pequeña como las camas de hospital habituales. Sin decir nada más, se tumbó junto a mí.

Me puse de lado.

—Se supone que tienes que tumbarte boca arriba, no de lado.

—Gracias por recordármelo, doctor, pero me hormiguea la nuca y apenas siento la cabeza. Me quedaré así unos minutos, nada más.

Por fin giró la cabeza para mirarme.

—¿Cómo te encuentras?

—Mejor. No me duele mucho, lo que es sorprendente. Los dolores de cabeza tampoco son tan fuertes. Creo que podría irme a casa.

Noté que los labios se le movían hacia arriba un par de centímetros.

—No tan rápido. Estaremos aquí unos días más.

No había funcionado.

—No has ido a trabajar.

—¿Y?

—¿Puedes tomarte tantos días libres?

—Puedo hacer lo que quiera.

—Pero ¿no tienes clientes y otras cosas de las que ocuparte?

—¿Estás intentando deshacerte de mí, Rose?

Me acerqué más a él y me pasé la mano por debajo de la mejilla.

—*Nop.* —No quería deshacerme de él en absoluto. Tiré de la colcha sobre la que estaba tumbado y, en cuanto se apartó y quedó despejado, se la eché por encima, inclinándome y asegurándome de que estuviera tapado.

—¿Qué pasa?

—Para que no pases frío —murmuré, asegurándolo a mi lado. Más bien «para que no puedas irte».

También se puso de costado y me miró directamente al alma.

—¿Qué pasa? —repitió, más suave.

—Por favor, dime que esto es real —susurré—. Lo que empiezo a sentir por ti…, lo que creo que tenemos. Por favor, dime que es real y que no me lo estoy imaginando.

Tenía la mano derecha apoyada en la cadera y, un segundo después, estaba apoyada en su amplio pecho, con nuestros dedos entrelazados.

—No te lo estás imaginando.

—¿Crees que es inteligente?

—¿Tú y yo?

Asentí con la cabeza.

—¡Qué más da que sea inteligente! Ya estamos casados, así que no hay razón por la que no debamos hacerlo.

—¿Verdad? —Asentí, animándome—. Pensaba lo mismo. Sería un desperdicio de matrimonio.

—Y si piensas que no funciona o que no soy lo que quieres, volverá a ser lo que era.

—Lo mismo digo, claro. A veces puede ser difícil pillarme el gusto. Lo sé.

Se rio entre dientes y calentó algo dentro de mí. Me soltó la mano y me acarició la mejilla. Se me erizó el vello de los brazos y no pude hacer otra cosa que acortar la distancia que nos separaba, ya que necesitaba acercarme más a él. Solo quedaban unos centímetros entre nosotros.

—Yo soy al que es difícil coger el gusto en esta relación, y ambos lo sabemos —dijo.

Con cuidado, apoyé la cabeza en su hombro, pero levantó el brazo para que pudiera recostarme sobre su pecho. Nos acomodamos mejor después de eso.

Metió la mano bajo las sábanas y esta emergió con algo entre los dedos.

El corazón me dio un vuelco cuando vi lo que tenía para mí.

—¡Mi anillo!

—Pensé que debía guardarlo hasta que te sintieras mejor —explicó.

—Estoy bien. Me encuentro bien. —Levanté la mano entre los dos, impaciente por que volviera a ponérmelo. Las yemas de sus dedos se deslizaron a lo largo de mi anular y lo empujó hasta que quedó bien colocado. Me quedé mirándolo un rato en la oscuridad.

Cerré los ojos y solté un profundo suspiro por la boca.

—¿Qué te parece los jueves?

—¿Qué debería parecerme?

—¿Pizza, tal vez? Podemos comer pasta los lunes y pizza los jueves.

—Podemos discutir sobre los ingredientes.

—Me parece divertido.

—Bien. Ahora a dormir.

Con una sonrisa en la cara, me acurruqué más.

—Tengo un buen presentimiento sobre esto, Jack Hawthorne. Tengo un muy buen presentimiento sobre esto.

Sonreí aún más cuando susurró:

—Funcionará. Te lo prometo, Rose.

Jack y yo estábamos en una cama de hospital cochambrosa, susurrándonos nuestros secretos, sueños y promesas. Nos abrazábamos como si lo que teníamos, lo que estábamos formando y construyendo, nos fuera a ser arrebatado con la luz del sol.

Cuatro días después de la operación, por fin me quitaron el tapón de la nariz, y decir que fue toda una experiencia sería quedarse corto. No me avergüenza admitir que lloré durante diez minutos cuando terminaron, mientras Jack me abrazaba a él en la habitación y me decía que dejara de llorar. Parecía que todo me estaba pasando factura y, cuando me quitaron la maldita cosa (que yo creía que solo medía unos centímetros, pero que en realidad me llegaba hasta la frente, si no más arriba), ya no pude contenerme más. No había llorado desde la operación, así que supuse que ya era hora.

Las noches con Jack seguían siendo lo único destacado de mi día. Esperaba en secreto que pudiéramos dormir en la misma cama cuando volviéramos a su apartamento, porque ya me estaba acostumbrando a sentir su cuerpo y su tacto junto al mío.

Cuando lo conocí y me casé con él, no lo entendía, pero desde el primer día me había sorprendido en todo momento. No podía creerme que hubiera pensado que el hombre que yacía a mi lado era frío y distante. En innumerables ocasiones había demostrado lo contrario con sus acciones.

Con todo eso en la cabeza, sentí una indecisión sorprendente en cuanto a lo de irme del hospital, temiendo que las cosas cambiaran una vez que volviéramos al mundo real, mientras el doctor Martin me daba las últimas advertencias el día en el que me iban a dar el alta.

—Estarás en reposo durante dos semanas, Rose.

—¿Después de eso puedo volver a trabajar?

—Tienes una cafetería, ¿verdad? —preguntó.

—Sí. No trabajaré demasiado, pero me gustaría volver lo antes posible.

—Bien. Puedes volver a trabajar, pero no como antes. No te pases. Siéntate y revisa cosas, y solo unas pocas horas al principio. Escucha a tu cuerpo: si te dice que está cansado, deja de hacer lo que estés haciendo. No levantes objetos pesados, nada que pese más de unos pocos kilos. Nada de estornudar. Nada de sexo ni alcohol. Tienes que tomártelo con calma.

Solo me quedé con una cosa.

—¿Nada de sexo? —Sentía los ojos de Jack clavados en mí, pero mantuve el contacto visual con el bueno del doctor.

—Sí, nada de sexo durante bastante tiempo.

—¿Cuánto es exactamente «bastante tiempo»? —insistí, lo que seguro que sorprendió a todos en la habitación.

—Al menos tres meses. Nada de alcohol durante al menos tres meses tampoco, y nada de viajes en avión, porque ese tipo de presión puede deshacer el trabajo hecho. Hay que evitar cualquier cosa que pueda crear presión en el cráneo.

—Vale. Nada de sexo durante tres meses.

El doctor Martin soltó una carcajada sonora y no pude evitar devolverle la sonrisa.

—Quiero verte la semana que viene, y en otras dos semanas te quitaremos los puntos del estómago. —Cambió su atención a Jack—.

Tienes mi número privado si pasa algo o si tienes alguna pregunta, y no dudes en llamarme. Os veré la semana que viene.

El médico se marchó y volvimos a quedarnos solos. Jack se volvió hacia mí con el ceño fruncido.

—Lo siento —empecé antes de que pudiera decir nada—. Sé que eres incapaz de quitarme las manos de encima, así que va a ser duro para nosotros. Después de todo el sexo que hemos tenido hasta ahora en nuestro matrimonio, tres meses van a ser una eternidad. Espero que seas capaz de sobrevivir.

—Listilla —murmuró. Sacudiendo la cabeza, se dirigió al pequeño armario y sacó mi bolsa para que pudiera cambiarme de ropa. Me bajé del borde de la cama y se la quité, pero solo después de inclinarme y darle un beso en la mejilla. Poder besarle cuando no había nadie alrededor tenía algo que me atraía. Él pensaba que estaba siendo ridícula, pero no le vi intentar detenerme ni una sola vez. Siempre me rodeaba la cintura con la mano y me abrazaba a él durante más tiempo. Estaba segura de que a él también le gustaba.

—Por cierto, ¿cómo se hace para no estornudar? —pregunté mientras rebuscaba en la bolsa sin mirar dentro, intentando encontrar unos calcetines que ponerme.

—No tengo ni idea, pero no puedes estornudar, así que te sugiero que lo averigües rápido.

Después de una hora firmando cosas, por fin salimos del hospital y nos adentramos al frío. Las aceras estaban embarradas y mojadas por la nieve derretida, pero el aire… ¡Dios! Por fin fuera del hospital y al aire libre, de la mano de Jack todo el camino hasta el coche… era indescriptible.

Después de saludar rápidamente a Raymond, lo primero que le pedí fue que me llevara a A la Vuelta de la Esquina.

CAPÍTULO VEINTIDÓS

JACK

Acabábamos de entrar en el apartamento. Dejé su bolsa junto a la puerta y la ayudé a quitarse el abrigo. Luego, no pude contenerme más. La agarré por la cintura y tiré de ella hacia mí con suavidad. Apoyó las palmas de las manos en mi pecho, pero no me apartó.

La miré fijamente a los ojos.

—Hola.

Se le crisparon los labios.

—Hola a ti también. Estoy enfadada contigo.

—Lo sé. —Estaba cabreada conmigo porque no la había dejado echar un vistazo rápido a A la Vuelta de la Esquina. Antes de que pudiera pronunciar protesta alguna, y no dudaba de que lo haría, le introduje la lengua en la boca y le robé el aliento, de nuevo con suavidad. Despacio, enroscó los dedos y apretó mi jersey entre las manos. Atenuando el beso poco a poco, succioné su lengua dentro de mi boca y me permití darle pequeños mordiscos en los labios para que pudiera recuperar el aliento. Sabía que todavía le costaba respirar por la nariz.

—Me gusta cuando te enfadas conmigo.

Sus ojos cerrados se abrieron lentamente.

—Eso no lo arregla.

La solté y se balanceó un poco.

—Imagino que no. ¿Demasiado tortuga?

—La cantidad justa de tortuga, en realidad, pero no me olvido del hecho de que no me has dejado echarle un vistazo rápido a mi cafetería.

Parecía que le encantaba pelearse conmigo, y cuando me frustraba hasta el extremo, parecía disfrutarlo aún más. Yo disfrutaba cada minuto que pasaba con ella.

Decidí cambiar de tema.

—¿Qué te parece si cambiamos las rosas por algo más verde y navideño? Es esa época, ¿no? Ya mismo es diciembre.

Se quedó quieta y vi cómo sus ojos se agrandaban y se llevaba la mano a la nariz.

Se me disparó la adrenalina y volví a colocarme a su lado, tras lo que le alcé la cara para inspeccionarla.

—¿Qué ocurre? ¿Te pasa algo, Rose?

Levantó la mano y me hizo esperar otros diez segundos.

—Acabo de aprender a no estornudar.

Tragué saliva y mis latidos ralentizados volvieron a acelerarse.

—Vas a ser una paciente difícil, ¿verdad?

—¿Qué? ¿Qué he hecho?

Era incapaz de mantenerme alejado de ella y de apartar las manos y labios de ella durante demasiado tiempo, al parecer. Volví a acercarme a su cara y le di un beso prolongado en la sien.

—Venga, vamos a tumbarte. ¿Puedes subir las escaleras?

—¿Tienes que trabajar?

—Sí.

—Si puedes trabajar en el salón, me tumbaré en el sofá y te haré compañía. No haré ruido, te lo prometo.

En lugar de dirigirme a las escaleras, la guie al salón y la ayudé a tumbarse en el sofá.

—¿Bien? —pregunté al notar que estaba un poco sin aliento.

—Sí, estoy bien. ¿Cómo es posible que esté tan cansada después de un viaje en coche y luego subir en ascensor?

—Aparte de caminar por los pasillos del hospital, no te has movido mucho la última semana, y te han hecho una cirugía mayor. Es normal. Quédate aquí mientras voy a por unas almohadas para mantenerte la cabeza levantada y algo para taparte.

Me agaché por la cintura y rocé sus labios con los míos.

Con los ojos parcialmente cerrados, curvó los labios hacia arriba.

—Por cierto, no puedo creer que la palabra «navideño» haya salido de tu boca.

—Ha salido de mi boca porque estaba repitiendo tus palabras.

—Claro, lo que tú digas.

Consiguió estar callada durante una hora y media antes de empezar a hablarme, y estuvo dormida durante ochenta de los noventa minutos. Resultó que podía trabajar igual de bien en el salón mientras escuchaba a Rose y hablaba con ella que en mi despacho.

Pasamos otra semana recluidos en el apartamento. Yo iba a trabajar y ella se quedaba en casa y, según ella, planeaba muchas cosas para la cafetería. Quería coronas de flores en las ventanas, unas grandes. No serviría cualquier corona, al parecer. Le dije que la llevaría y que las pondría delante de ella. Le dije que únicamente podíamos hacerlo la semana siguiente si se encontraba mejor, y discutimos sobre cómo se iba a volver loca encerrada en casa y cómo era capaz de soportar ir a trabajar solo unas horas para revisar cómo iban las cosas. Me encantó cada segundo y, a juzgar por el beso que nos dimos después de la breve discusión, a ella le encantó igual. Poco después se quedó dormida, lo que demostró mi argumento de que no estaba preparada para ir a ninguna parte.

Los primeros días desde la vuelta del hospital, solía marearse y quedarse sin aliento con solo subir las escaleras. Después de eso, empezó a pasar la mayor parte del tiempo en el sofá hasta que yo terminaba con el trabajo (con el que todavía estaba intentando ponerme al día) y luego la llevaba en brazos arriba.

Al final de esa primera semana fuimos al hospital y le limpiaron la nariz. Todavía le salía sangre, pero, a pesar de eso, cada día estaba mejor.

Hacia el final de la segunda semana de reposo en cama, empezó a llorar al menos una vez al día.

—Jack. Quiero salir, *por favor*.

—¿Te das cuenta siquiera de lo mucho que me estás rompiendo el corazón de tanto llorar?

Me besó después de eso. Me besó durante mucho tiempo.

Georgie y Emma, dos de sus amigos, vinieron a visitarla y ver cómo estaba. En el hospital los había pasado por alto, pero los conocí cuando vinieron al apartamento. Me sentí como un idiota enamorado rondando a su lado por si acaso necesitaba algo y me fui a trabajar mientras ellos se quedaron con ella. Todos los días me iba a trabajar y deseaba volver a su lado, sabiendo que la vería sonreír en cuanto me veía y se levantaba para saludarme en medio del salón.

En cuanto terminaron sus dos semanas de reposo en cama, exigió ir a la cafetería a ver cómo iban las cosas.

—Escuchaste lo que dijo el médico: dos semanas de reposo en cama y luego podría ir a trabajar.

—Rose, todavía no puedes subir las escaleras sola sin marearte. ¿Cómo crees que vas a poder trabajar?

—Igual es que me gusta que me lleves en brazos. ¿Se te había ocurrido?

—¿Es así? —inquirí con una ceja enarcada.

—Me gusta que me lleves en brazos…

—Pero…

—No voy a sobrecargarme, Jack. Confía en mí. No voy a arriesgarme a pasar por lo mismo otra vez. Me voy a sentar detrás del mostrador, unas horas solo.

—Si quieres volver, llámame y te recogeré o enviaré a Raymond a buscarte.

—Trato hecho.

Caminó hacia mí, me agarró las solapas de la chaqueta e hizo todo lo posible por tirar de mí hacia abajo. Después de darme un beso rápido que no hizo nada para saciar la sed interminable que tenía por ella, susurró contra mis labios.

—Creo que me gusta cuando te preocupas por mí. Es muy sexi, Jack.

Con un brillo nuevo en los ojos, se mordió el labio y me di cuenta de que estaba seduciéndome y alejándose de mí al mismo tiempo. Para que se dejara de cuentos, la acerqué a mí y encontré sus labios expectantes con un beso mejor y más largo que el que ella me había dado. Ambos estábamos sin aliento y mi polla tenía ideas muy diferentes sobre cómo deberíamos pasar el día. Me obligué a dejarla ir y la llevé a su querida cafetería.

Durante la hora del almuerzo, acabé en la puerta de su local con tres puñeteros ramos llenos de rosas. Estaba sentada detrás de la caja registradora, charlando y riendo con Sally. La cafetería estaba llena de gente, tanto en las mesas como en la barra. Rose cobraba vida en este lugar, estaba perfecta con una sonrisa en el rostro, y yo estaba feliz de haber participado a la hora de proporcionárselo, independientemente de *cómo* había participado en ello.

Fue entonces, justo en ese momento, que decidí que no le iba a contar nada, ya que no soportaba la idea de perderla, no cuando veía que empezaba a enamorarse de mí como yo me estaba empezando a enamorar de ella también. Ocultaría la verdad con gusto y no me arrepentiría si eso significaba poder hacerla feliz y mantenerla en mi vida.

Algunas personas que ocupaban la mesa que había delante de su pequeña biblioteca salieron de la cafetería, rodeándome para hacerlo, y volví en mí. En cuanto sonó la campana de la parte superior de la puerta, giró un poco la cabeza y sus ojos se posaron en mí. Le sonreí y su sonrisa se convirtió en una amplia de oreja a oreja. En ese momento, se percató de las flores que llevaba en los brazos. Con cuidado, se bajó del taburete y rodeó el mostrador, encontrándose conmigo a mitad de camino. Si bien es cierto que me había separado de ella apenas unas horas antes, me costaba quitarle los ojos de encima. Dudaba de que fuera a cansarme alguna vez de esa sonrisa.

Estábamos a solo unos centímetros de distancia cuando se detuvo y susurró con incertidumbre:

—¿Te parece bien si te beso?

Perdí la sonrisa y le fruncí el ceño.

—¿Qué clase de pregunta es esa?

—No nos hemos besado en público desde que decidimos ser… —Movió las manos de un lado a otro entre nosotros— esto.

Le sostuve la nuca y me incliné para susurrarle al oído:

—¿Qué te parece si lo intentamos y vemos qué pasa?

Cuando nuestros ojos se encontraron, los de ella me sonreían. Finalmente, echó la cabeza hacia atrás, juntó nuestros labios y me abrió la boca. A los pocos segundos del beso, justo cuando estaba mejorando, tuvimos que detenernos cuando entró un nuevo grupo de clientes.

—Ahí está —dije con la voz ronca.

—Ahí está —repitió con la voz áspera. Me sonrió y me apartó a un lado mientras Sally se encargaba de los recién llegados—. ¿He de suponer que las rosas son para mí? —preguntó, saltando un poco sobre los pies.

Me acordé de las estúpidas flores y se las tendí. Me las quitó con una dulzura que me rompió el corazón. La primera vez que le llevé flores el día de la inauguración hizo lo mismo con una expresión que decía que no podía creerse que todas fueran suyas. Me enfadó y me rompió el corazón al mismo tiempo. Le compraría flores todos los días si eso significara que con el tiempo le desaparecería esa expresión.

Cerró los ojos y olió una rosa blanca.

—¿Puede ser algo que hagas los lunes? Si vas a comprarlas todos los lunes, claro. En plan, si lo haces, ¿puedes ser tú quien las traiga? ¿En lugar del florista?

—Si eso es lo que quieres, puedo hacerlo, Rose —dije con suavidad.

Asintió despacio; sabía que no le gustaba sacudir demasiado la cabeza.

—¿Puedes esperar un segundo? Voy a dejarlas en la cocina y ahora vuelvo. Espera, ¿vale?

—No me voy a ir a ninguna parte.

Se alejó corriendo a un ritmo más lento de lo habitual y regresó un momento después.

—Las acabo de meter en un poco de agua. Además, esta mañana han traído las coronas. Mañana llegan las guirnaldas y otras cosas que van a ir en la puerta de entrada para sustituir a las rosas.

Miré a las ventanas, pero no vi nada colgado.

—Todavía no las he puesto —aclaró.

Me concentré en ella.

—Y no las vas a poner.

Se rio.

—No. Lo sé. Me refería a que no he dejado que Owen las ponga. Se me ocurrió que igual tú y yo podríamos…

No pude evitarlo. Me incliné y la besé de nuevo.

—Sí. Tú y yo. A partir de ahora siempre seremos tú y yo.

Para mi sorpresa, se puso de puntillas y me abrazó. Con cuidado, le envolví la cintura con las manos y la pegué a mi cuerpo, rodeándola con fuerza. El pelo le olía a pera, era su nuevo champú, y cerré los ojos y respiré su aroma. Demasiado pronto, se soltó y volvió a caer sobre los talones.

—¿A qué venía eso?

Me pasó las manos por el pecho y me ajustó la corbata al tiempo que se encogía de hombros.

—Porque sí, nada más. Y me encuentro bien. No hace falta que me lleves de vuelta al apartamento todavía. Sally y Owen están haciendo todo el trabajo de verdad.

—No he venido por eso —mentí. Había venido a ver cómo estaba y a comprobar si quería volver a casa. En el caso de que quisiera irse o no se sintiera bien, quería ser yo el que cuidara de ella, no Raymond.

—Ah, ¿no?

—Quería almorzar contigo, pero si estás ocupada…

Alzó las cejas y su sonrisa se ensanchó.

—No, nada ocupada. Puede ser como una cita. Nuestra primera cita.

—¿Cita? —pregunté en un tono incierto. No estaba muy seguro al respecto.

La campana de la puerta sonó y sus ojos sonrientes se dirigieron hacia allí. En solo un segundo, justo frente a mí, se le fue todo el color de la cara y se quedó inexpresiva hasta que dejó de parecerse en absoluto a mi Rose. Miré por encima del hombro.

Joshua Landon.

Estaba mirando a Rose y ella le devolvía la mirada.

No podía creer lo que estaba viendo. Me invadió una rabia como nunca antes la había sentido. Tuve que hacer acopio de toda mi fuerza para no ir adonde estaba y darle una paliza.

Cuando Rose se movió, mi mano salió disparada y la agarré del codo.

Me miró a los ojos y me cubrió la mano con la suya.

—No pasa nada, Jack.

No. Sí que pasaba.

Joshua se acercó a nosotros.

—Hawthorne. —Inclinó la cabeza en mi dirección y luego centró toda su atención en Rose. Cuando se me empezaron a curvar los dedos, cerrándose en puños, tuve que soltar el brazo de Rose antes de que pudiera hacerle daño. En vez de eso, entrelacé nuestros dedos y encaré a Joshua. Él se percató, tal y como quería que hiciera, pero su única reacción fue una sonrisa fugaz que estaba deseando borrarle de esa cara engreída—. Rose.

—¿Qué haces aquí, Joshua? —preguntó Rose, y me estaba rodeando los dedos con la misma fuerza que yo los suyos.

—Me he enterado de que tenías un pequeño problema de salud. Quería ver cómo estabas y bueno... —Con las manos en los bolsillos, examinó la cafetería con una sonrisa de admiración y se encogió de hombros— también quería ver el sitio. Llevabas mucho tiempo queriendo esto y me alegro de que por fin lo hayas hecho realidad, cielo.

Comencé a tomar bocanadas de aire lentas y constantes. La palabra de cariño que salió de sus labios seguía resonándome en el cerebro. Me estaba provocando. Fue pura suerte que me contuviera cuando lo que quería era matarlo.

—Me han operado y estoy bien. ¿Dónde te has enterado?

—Por ahí.

Los dedos de Rose apretaron los míos.

—Si lo hubiera sabido antes, te habría visitado en el hospital. Odio pensar que estabas pasando por eso sola. Pero, por otra parte, te gusta estar sola, ¿no?

Rose dio un paso a un lado y apoyó el hombro contra mi brazo. Parecíamos una unidad inquebrantable frente a él, y eso me gustaba.

—Gracias por tu preocupación, pero no estaba sola. Mi marido estaba conmigo.

El hijo de puta inclinó la cabeza y se centró por completo en mí. Cuando el imbécil engreído sonrió, apreté la mandíbula y, sin darme cuenta siquiera de lo que estaba haciendo, di un paso adelante y noté cómo el brazo de Rose rodeaba el mío para detenerme.

—Tu marido. Claro. Ya veo —murmuró, divertido.

—¿Cómo está mi prima, Joshua? —preguntó Rose, lo que nos pilló por sorpresa a Joshua y a mí, al parecer.

—Está… —Vaciló, sus ojos revoloteando en mi dirección—. Está bien. Rose, quiero que sepas que no fue algo que habíamos planeado y que no tuvo nada que ver con…

—Ni necesito ni quiero que me des explicaciones. Lo que hagáis no es asunto mío.

Llegaron más clientes y Sally llamó a Rose. Después de lanzarme una mirada rápida, fue a ver qué quería Sally, dejándome con Joshua.

Cerré la mano en un puño, los ojos fijos en él.

—Hijo de puta —susurré.

Se rio entre dientes y sacudió la cabeza.

—Si yo fuera tú, tendría cuidado con lo que dices. La próxima vez que aparezca, es posible que no estés aquí y quién sabe qué pasará. Así que, si yo fuera tú, respondería a mis llamadas.

Antes de que pudiera decir una palabra, Rose regresó a mi lado. Joshua centró su atención en ella.

—Pareces ocupada, así que no te retendré más. Solo quería ver con mis propios ojos que estabas bien. Sé que cometí un error al final, Rose, pero no te haces una idea de lo difícil que fue para mí.

Se inclinó hacia delante y se me tensó cada músculo del cuerpo.

Rose se echó hacia atrás antes de que él pudiera llegar a ella, y Joshua fingió una expresión de dolor muy creíble mientras suspiraba y decía:

—Me lo merecía.

Rose se rio entre dientes y la miré, confuso.

—Eres ridículo. ¿En serio? En plan, ¿en serio? ¡Dios! No te haces una idea de lo agradecida que estoy de que me dejaras. Que tengas un buen día —dijo Rose con hielo en la voz.

—También me lo merecía —murmuró Joshua, pero en sus ojos había frialdad. No le gustó nada lo que había escuchado.

Joshua le dedicó una inclinación de cabeza y luego hizo lo mismo conmigo. Sin decir más, salió por la puerta. La sangre me hervía en las venas. Su aparición había sido un numerito para mí. Una advertencia.

Si Rose no me hubiera estado agarrando, lo habría seguido.

—Espérame —ordenó Rose con firmeza—. Vuelvo enseguida.

La miré, confundido.

—Sally necesita mi ayuda. No tienes que irte todavía, ¿verdad? —preguntó, confundiendo mi silencio con otra cosa.

—No —refunfuñé, y luego me aclaré la garganta—. No, te espero.

Una vez que los nuevos clientes hicieron sus pedidos y se dirigieron a la mesa vacía, Rose volvió junto a mí.

—No quiero hablar de ello. Ni siquiera sé por qué se le ocurrió que sería una buena idea venir, pero me da igual. No voy a dedicar ni un segundo a hablar de él.

—No iba a decir nada —mentí—. Solo que… no quiero que vuelvas a hablar con él.

—No tengo ninguna objeción a eso. Bien. Entonces… ¿quieres esperar a que se quede disponible una mesa o quieres comer conmigo en la cocina?

—¿Qué quieres tú?

La sonrisa que se había esfumado desde que entró Joshua Landon volvió a aparecer.

—Cocina. Me gusta tenerte todo para mí.

Fue una de las mejores cosas que había escuchado en toda mi vida, si no la mejor.

En los días siguientes, Rose y yo nunca hablamos sobre la repentina aparición de su ex, pero *yo* sí tuve una conversación privada con él sin que ella lo supiera, por última vez.

La Nochebuena no fue nada especial comparada con cómo la celebraban otras personas. Estábamos solo nosotros dos, ya que ninguno tenía una familia con la que celebrarla. En el bufete hubo una fiesta a la que podría haberla llevado, pero aún no había vuelto completamente a ser ella misma, todavía tenía migraña si se saltaba sus pastillas, y no quería que estuviera de pie más de unas pocas horas.

Como sorpresa de último momento, traje un pequeño árbol de Navidad y suficientes adornos como para decorar toda la puñetera casa si quisiéramos. Era una tradición que quería compartir con ella. La sonrisa que floreció en su rostro cuando nos vio a Steve y a mí metiendo el árbol a rastras en el apartamento no tuvo precio. La risa que resonó por el apartamento mientras lo decorábamos juntos hizo que se convirtiera en uno de los mejores días de mi vida.

Así pues, estábamos solo nosotros delante de la televisión después de cocinar juntos y luego comer juntos. Se quedó dormida con la cabeza apoyada en mi hombro sobre las nueve, pasados veinte minutos de la película que ella había elegido para que viéramos. Cuando terminó, la desperté con un beso en el cuello.

Subió las escaleras delante de mí y yo la seguí. Ambos estábamos callados. Me metí las manos en los bolsillos y me detuve frente a su puerta mientras ella se apoyaba contra la pared.

Ninguno de los dos quería despedirse, así que nos quedamos allí, mirándonos a los ojos y esperando que el otro hiciera o dijera algo que nos mantuviera juntos más tiempo.

—Ha sido un buen día. Me lo he pasado muy bien cocinando contigo.

—No has cocinado, Rose. Te has sentado en la encimera y me has robado las zanahorias y las patatas asadas.

—¡Pero si me las dabas tú!

—Robaste más de lo que te di.

—Compartí mis castañas asadas contigo.

Asentí y mis ojos se posaron en sus labios.

—Sí.

—Entonces, ¿quieres que sea una costumbre?

—¿Te refieres a cocinarte y que tú me robes la preparación?

Sonrió y asintió con entusiasmo.

—Claro. ¿Por qué no?

Nos miramos fijamente durante unos segundos. No tenía ni idea de lo que estaba pensando, pero se me estaban pasando algunas por la cabeza.

—Debería irme —murmuró, pero no hizo ningún movimiento para irse—. Feliz Navidad, Jack Hawthorne. —Se inclinó, puso la mano sobre mi pecho y me besó los labios con suavidad. Terminó en tres segundos. Terminó demasiado pronto.

—Feliz Navidad, Rose Hawthorne. —Me tocó a mí besarla. Tal vez duró cinco o seis segundos.

—Buenas noches, Jack. —Se inclinó de nuevo y nos besamos otra vez mientras intentaba ocultar mi sonrisa y devolverle el beso al mismo tiempo. En esta ronda, dejó que su lengua se enredara con la mía y colocó la mano en mi mejilla. Cuando abrí los ojos, ella seguía teniéndolos cerrados. Suspiró y se lamió los labios. Ya estaban rojos. Eran perfectos.

Le sonreí, pero se lo perdió.

Me agarró el jersey con el puño y dejó caer la frente sobre mi pecho. Mi sonrisa se hizo más grande y le envolví la cintura con la mano y, con la otra, le levanté la barbilla.

—¿En qué piensas, Rose?

Dejó escapar un largo suspiro y luego hizo una mueca.

—Que te deseo mucho.

Arqueé una ceja, ya que la admisión había salido de la nada y fue como una patada en el estómago.

—Y estamos casados, pero ni siquiera hemos tenido todavía una cita oficial y real. Tengo muchas ganas de acostarme contigo, pero todavía no puedo hacerlo. Siento que todo nos va mal. Todo es al revés y es demasiado frustrante.

—¿Quieres acostarte conmigo? —pregunté, todavía estancado en eso. Era evidente que estábamos pensando en lo mismo. No se dio cuenta de que había dado un paso adelante y ahora estaba apoyada contra la pared.

—Mucho, muchísimo.

Con el corazón martilleándome en el pecho, incliné la cabeza y le susurré al oído.

—Dime cuánto.

Se arqueó lejos de mis labios y me percaté de que la piel de los brazos se le había puesto de gallina. Imitándome, puso las manos en mi cuello y me acercó a ella para poder responderme con un susurro.

—No creo que pueda expresarlo con palabras, Jack.

Me di cuenta de que, a pesar de que estábamos solos en este apartamento grande, estábamos actuando como si nos estuviéramos quedando rápido sin espacio. Solo estábamos nosotros dos, pero aun así susurrábamos como si quisiéramos asegurarnos de que nadie pudiera escuchar nuestros pensamientos.

De que nadie pudiera escuchar nuestros deseos.

Nadie *excepto* nosotros. No queríamos compartir nada.

Queríamos que fuera solo nosotros.

Rose y Jack.

—Tus trajes me vuelven loca. ¿Tu ceño fruncido? —Dejó escapar un pequeño gemido y me empujó hacia abajo hasta que sus labios me rozaron la oreja con cada palabra que salía de su boca—. Tu ceño fruncido me mata, Jack. Cada vez que frunces el ceño, me provoca cosas, y luego te remangas y me siento como si estuviera viendo porno hecho específicamente para mis ojos. Me besas… Me besas y ya no eres una tortuga. Lo haces tan bien que, cada vez que me besas, cada vez que pienso en ti besándome, me mojo tanto y no quiero parar. No quiero dejar de besarte nunca.

—Rose —gruñí, mi polla ya dura.

Con el brazo todavía alrededor de su cintura, la apreté contra mi cuerpo. Con los hombros aún pegados a la pared, arqueó la espalda y siguió susurrándome al oído.

—Eso no es ni la mitad, Jack Hawthorne. Siempre que vamos a algún sitio y caminamos el uno al lado del otro, si me pones la mano en la parte baja de la espalda, incluso ese pequeño gesto me excita. Se me pone la piel de gallina solo porque me tocas.

Mi mano *estaba* apoyada en la parte baja de su espalda, así que curvé los dedos y estrujé su suave jersey hasta que la oí jadear. Le acaricié la mejilla y subió las manos desde mi cuello hasta mi pelo, manteniéndome en el sitio. Los dos estábamos respirando con dificultad y, cuando junté nuestros labios, el beso no se pareció en nada a los inocentes que nos habíamos dado unos minutos antes. Ambos nos devolvimos el beso, nuestras lenguas hambrientas, nuestra lujuria infinita.

Cuando me tragué su gemido, le puse la mano justo debajo del culo y levantó las piernas, una a una, hasta envolverme las caderas. Después de asegurarme de que no se le iban a caer, le puse una mano detrás de la cabeza para que no se hiciera daño y nos aplasté contra la pared, mi polla presionando justo entre sus piernas.

Giró la cabeza, con la respiración casi tan agitada como la mía. Le besé y le mordí, recorriéndole la mandíbula y el cuello y chupándole la piel con suavidad. Movió las caderas y tuve que empujar con más fuerza para que no pudiera hacerlo, lo que no ayudó en absoluto. Mi control se había esfumado y temía que, como volviera a mover las caderas una vez más, no tuviera más remedio que tomarla. ¡A la mierda lo que dijo el médico!

—Jack. —Gimió mi nombre como si lo hubiera hecho toda su vida, y enterré la cabeza en su cuello para al menos intentar controlar la respiración.

—Deja de hablar —ordené.

No me escuchó. Dudaba de que alguna vez me escuchara.

—Me encanta tenerte contra mí —susurró, y deslizó su sien contra la mía, echando más leña al fuego.

De manera involuntaria, moví las caderas y sus gemidos me alentaron. Estaba entre mis brazos, podía oler su necesidad, podía oler su piel, y aún no podía tenerla, todavía no. Parecía que, en lo referente a ella, esta era la historia de mi vida.

—¿Cuántos meses han pasado desde la operación? —conseguí decir con la voz ronca.

—¿Qué? —preguntó, aturdida.

La miré a los ojos y ya los tenía vidriosos, muy parecidos a como suponía que estaban los míos. Le di otro beso largo en la boca hasta que se me olvidó mi nombre.

—¿Cuántos meses, Rose?

—Tres no todavía —susurró, sin aliento—. Tres no.

Con la respiración entrecortada, apoyé la frente contra la suya e intenté recuperar el control. No me dejó.

—Me traes flores todos los lunes. —Jadeó, me rodeó el cuello con un brazo y me agarró el pelo con la otra mano—. Y cada vez que entras con los brazos llenos de unas rosas tan preciosas, solo quiero cogerte de la mano, tirar las flores y llevarte al baño de atrás para que puedas... para que pueda...

—No digas ni una palabra más —gruñí.

—Todo lo que haces está empezando a volverme loca. Te veo en mis sueños y me despierto muy frustrada porque parece muy real y no puedo tenerlo en el mundo real. No puedo tenerte a ti.

Me eché hacia atrás, con el pecho agitado. El suyo también lo estaba, pero no sabía si mi respiración agitada se debía a sus palabras o a su lengua y su sabor.

—Me tienes, Rose. Me has tenido todo el tiempo. —No se hacía una idea de cuán ciertas eran mis palabras.

Emitió un sonido gutural desde el fondo de la garganta, un sonido frustrado y lleno de lujuria.

—No te tengo. No tengo nada. Soy tu mujer, pero no puedo tenerte.

—Solo un poco más —susurré, besándola varias veces con fuerza en los labios—. Solo un poco más, Rose. Luego lo tendrás todo y más.

—No. Ahora. Por favor.

—No.

—Jack.

—No.

Gimiendo, la besé con fuerza, una última vez por ahora, y la volví a poner de pie con cuidado. Mi mano seguía protegiéndole la nuca, así que dejé caer la frente contra la suya y me limité a respirar su aire mientras intentaba tranquilizarme. Cerniéndome sobre ella, invadiendo su espacio, no habría preferido estar en ningún otro lugar en ese momento.

—Te deseo —dijo en voz tan baja que sentí que algo se rompía dentro de mí—. Te deseo más que a nada que haya deseado en mi vida.

—Eso es mucho deseo, señora Hawthorne. —Posé las palmas en sus mejillas y cerré los ojos—. Llevo tanto tiempo deseándote que ya no sé qué hacer conmigo mismo.

Fue la primera en hablar después de que nuestras respiraciones volvieran a la normalidad.

—¿Qué vas a hacer en Año Nuevo? Deberíamos repetirlo.

A pesar de la dolorosa situación en la que me encontraba, ya que mi polla no se había rendido con tanta facilidad, me reí y di un paso atrás.

—Lo voy a pasar con mi hermosa Rose —dije, y luego me alejé.

Después de pasar diez minutos en la terraza bajo un frío glacial, me acababa de tumbar en la cama cuando sonó el móvil.

Rose: ¿Estás despierto?

Jack: Sí.

Rose: Yo también. Gracias por preguntar.

Jack: Rose.

Rose: Tienes que dormir conmigo.

Jack: Rose.

Rose: No hace falta que repitas mi nombre así. No me refiero a eso. Desde el hospital he querido pedirte que te quedaras conmigo. Me acostumbré en el hospital, me acostumbré a dormir a tu lado, pero cuando no te metiste en la cama conmigo la primera noche que volvimos…

Rose: No fui capaz de pedírtelo. Ahora te lo estoy pidiendo.

No sentí la necesidad de responder.

No se daba cuenta de que no habría hecho falta que me lo pidiera todos los días. Con una vez habría bastado. No tenía intención de pasar las noches en una cama distinta a la suya.

Me levanté de la cama, abrí la puerta y me encontré cara a cara con mi Rose.

—Hola, me alegro de verte. ¿Mi habitación o la tuya? —preguntó como si fuera algo completamente normal.

Suspiré y negué con la cabeza.

—Vamos a la tuya.

En cuanto estuvo en la cama, se giró para mirarme.

Levanté el otro extremo de las sábanas y me metí tras ella. Se tumbó boca arriba y se quedó mirando el techo.

Yo estaba en la misma postura, con la única diferencia de que ella tenía dos almohadas para mantener la cabeza alta durante la noche y yo solo una. Levanté el brazo derecho, me lo puse debajo de la cabeza y apoyé la mano izquierda en el estómago.

—Vamos a dormir —dijo Rose.

—Sí —coincidí—. Solo vamos a dormir. Como en el hospital.

—Sí —repitió en voz baja.

Pasaron unos segundos en silencio.

Se acercó un poco más y se puso de lado, metiendo las manos bajo la cara. El médico le había dado el visto bueno para dormir de lado la semana anterior y estuvo loca de la alegría durante dos días enteros.

—¿Jack?

Cerré los ojos y suspiré. Su cama olía a ella, su almohada olía a ella, la habitación olía a ella, y estaba demasiado cerca como para mantenerme demasiado tiempo alejado; no era que quisiera hacerlo, sino que más bien tenía que hacerlo.

—Mmm...

—En el hospital no dormíamos así de separados.

—Era una cama pequeña, no tenía otro sitio al que ir.

—¿Por qué querrías ir a otro sitio?

Buena pregunta.

Se acercó aún más. Entonces, antes de que pudiera hacer nada, se dio la vuelta y me dio la espalda, acomodándose contra la longitud de mi cuerpo. Me di la vuelta, le pasé el brazo por encima del estómago y metí la mano bajo su cintura, manteniéndola lo más cerca posible.

Con ella no existía el concepto de «autocontrol».

Escondí la cara en su cuello y la respiré.

—¿Así mejor?

—Perfecto. Gracias.

Pasaron unos minutos en silencio y luego volvió a hablarme.

—¿Jack? ¿Estás dormido?

Suspiré, seguro de que no iba a dormir en el futuro. No me importaba en absoluto.

Me cogió la mano y me puso la palma sobre su estómago. Se le había subido la camiseta y mi mano entró en contacto con su piel suave y caliente. No retiró la mano.

—Rose —gemí.

—Puedes decirlo tantas veces como quieras, Jack —susurró—. Me encanta tu voz, así que, por favor, sigue.

Sonriendo, le besé el cuello y presioné mi frente contra su nuca.

—No tienes ni idea del efecto que tienes en mí, ¿verdad?

Me había asegurado de mantener las caderas alejadas de las suyas, pero movió la parte inferior de su cuerpo hacia atrás hasta que su trasero se apoyó en mi polla dura.

—Lo noto.

Pero no era solo mi polla, era todo. Estaba causando estragos por todas partes.

Con la mano aún sobre la mía, empezó a bajarla y, cuando mis dedos tocaron el borde de sus bragas, apreté más fuerte la mano contra su vientre y detuve el descenso. ¿Cuándo se había quitado los *leggings*? ¿Cómo no me había dado cuenta antes?

—¿Qué haces, Rose?

—Nada. Tú me has enseñado el tuyo y yo te enseño el mío.

—¿De qué hablas? —susurré, mis dedos clavándose en su suave piel.

Con el fin de acercarse más, retrocedió hacia mí, lo que dejó más claro lo que quería decir.

Me moría de ganas de tocarla, así que, cuando me empujó la mano con más fuerza, no encontré una buena razón para detenerla por segunda vez.

Conteniendo la respiración, dejé que me moviera la mano hacia donde quisiera. Se estaba apiadando de mí, o eso o quería torturarme. En vez de meterme la mano debajo de sus bragas, levantó ligeramente la pierna y empujó hasta que mi mano quedó apoyada justo donde quería enterrarme. Tenía las bragas empapadas. *Ella* estaba empapada, para mí.

Cerré los ojos con más fuerza. No podía evitar querer más, no cuando estábamos así.

—¿No me deseas, Jack? —susurró en la oscura habitación, y rompió el control que tenía sobre mí mismo.

Agarré con fuerza sus bragas y se las arranqué.

Su pequeño grito de sorpresa no hizo más que alentarme.

—¿Que no te deseo? —pregunté con la voz tosca y áspera. Tiré las bragas, ahora completamente estropeadas, a un lado y volví a poner la mano sobre su sensible piel. Apoyé la base de la mano en su montículo y, con los dedos, le separé los pliegues y, despacio, le recorrí la resbaladiza piel de arriba abajo.

—¿Contenta? —pregunté con más dureza de la que me esperaba.

—¿Me estás frunciendo el ceño?

—¿Te estás burlando de mí?

—Nunca —susurró, y echó la pierna de arriba hacia atrás y sobre la mía, abriéndose a mí, dejándome tener lo que ansiaba—. Me encanta cuando me frunces el ceño.

Le mordí el cuello, le arrastré los dientes sobre la piel. Se estremeció, lo que hizo que su trasero empujara con más fuerza contra mis caderas.

—No voy a follarte, Rose. No voy a darte más que esto. —Encontré el clítoris y moví la punta del dedo alrededor de él, apenas rozándolo.

—Lo acepto —jadeó—. Sea lo que sea lo que me des, lo aceptaré.

—¿Qué quieres entonces? Dímelo.

—Te quiero a ti.

Dejé de mover los dedos y la abracé.

Giró la cabeza, con los hombros casi apoyados en la cama, y me miró a los ojos. No le quedaba mucho; se lo veía en la mirada, en lo que distinguía de sus mejillas sonrojadas. Introduje dos dedos en su interior y se le tensó el cuerpo y cerró los ojos. ¡Dios! Estaba resbaladiza, tan resbaladiza y apretada...

—Quiero sentir tus labios contra los míos, Jack —susurró.

Acorté la distancia que nos separaba, pero no la besé.

—La forma en la que me besas hace que pierda la cabeza —respondí en un susurro. Ni siquiera sabía si mis palabras habían sido audibles o si estaban en mi cabeza, pero tenía los labios contra los suyos y solo era un hombre. Saqué los dedos y volví a hundirlos, despacio, atrapando su pequeño jadeo e inundándola con el beso. La punta de su lengua tocó la mía y me perdí. Quería agarrarle la barbilla y mantener su boca donde quería que estuviera, pero mi mano estaba ocupada entre sus piernas y ya había perdido la cabeza.

Cuando sus dedos me agarraron el antebrazo implacables y sus uñas me mordieron la piel, supe que estaba cerca, y todavía no había pasado ni un minuto. Curvé los dedos hacia arriba y encontré el punto que hacía que me besara más fuerte y más profundo, el punto que hacía que sus gemidos fueran más salvajes. Yo respondí de la misma manera, perdido en todo lo que era Rose.

Era un caos ahí abajo, su humedad me corría por los dedos. Abrió las piernas, dejándome más espacio para jugar con ella. Mi pulgar encontró su clítoris y presioné con fuerza.

Apartó su boca de mí, jadeando.

—No los saques —gimió—. Por favor, todavía no. Sigue metiéndome los dedos. Más adentro, por favor.

Los introduje tanto como pude, lo que era *profundo*.

Escuché los sonidos que hacía, hipnotizado. ¿Cómo no iba a estarlo? *¿Por qué* no iba a estarlo?

—Me hormiguea el cerebro —murmuró, sin duda medio ida.

Estaba moviendo los dedos dentro de ella con movimientos pequeños y ligeros, pero me detuve al oír sus palabras.

—Rose, deberíam...

Me cubrió la mano con la suya antes de que pudiera pensar o reunir fuerzas para retirarme.

—Como pares, te mataré mientras duermes, Jack Hawthorne. Ni se te ocurra.

—Rose, si te encuentras...

—Lo digo en serio, Jack. Te mataré. Por favor, haz que me corra en tus dedos. Por favor. Por favor.

—Eres una viciosilla, ¿verdad? Y toda mía.

Tomé sus labios suplicantes y me la follé con los dedos como no podía follármela con la polla. Seguía siendo lo más delicado que era capaz de ser, pero los metía tan hondo como me era posible, y su cuerpo se apretaba cada vez más contra mí.

Y cuando se corrió...

¡Dios! Cuando se corrió fue lo más hermoso que había visto en mi vida. Sus pequeños jadeos y gemidos me estaban matando, pero se los saqué todos, hasta que lo único que se oyó en la habitación fueron nuestras respiraciones agitadas y el sonido que hacía su coño, ahora más empapado aún.

Con su cuerpo derritiéndose despacio entre mis brazos, giró la parte superior del cuerpo hacia mí, me sujetó la cabeza y me dio varios besos lentos y enloquecedores. Sus caderas seguían agitándose mientras sacaba los dedos y me limpiaba la mano en las sábanas. Cuando se giró del todo, la atraje contra mí y reanudé el beso hasta que estuvimos a punto de desmayarnos.

Apoyamos nuestras frentes, simplemente respirando. Con fuerza.

—¿Qué tal la cabeza? —conseguí preguntar.

—Perfecta.

—¿Estás segura?

—Sí. Gracias, Jack. Si no me hubieras dado eso, creo que me iba a morir.

Yo me estaba muriendo lentamente, así que entendía lo que quería decir.

Coló la mano entre nosotros, justo debajo de mi pijama. No tenía intención de detenerla. Ya no me quedaban fuerzas para ello.

Su palma rozó la punta resbaladiza de mi polla y luego la recorrió entera de arriba abajo con los ojos clavados en los míos. Se mordió el borde del labio y no pude hacer otra cosa que mirarla. ¿De verdad era mía? ¿De verdad era mi mujer?

—Sácala —susurré, y se apresuró a obedecer, usando la otra mano para bajarme el pijama.

Tragó saliva cuando tuvo que ocuparse de toda mi longitud.

—¿No vas a intentar detenerme? —preguntó.

—¿Para qué? Nunca me haces caso y ya la hemos fastidiado. Quiero que me toques demasiado como para intentar resistirme.

—¿Estás diciendo que no puedes resistirte a mí?

—Hasta ahora no he podido.

Me acarició la nariz con la suya y exhaló mi nombre.

—Jack, te quiero dentro de mí.

Le agarré la cabeza y le di un beso fuerte en la frente.

—No.

Me agarró con más fuerza y sus dedos no llegaron a conectar del todo con el pulgar.

—Sé dura —siseé.

Había fuego en sus ojos, y no habría podido apartar la mirada ni aunque hubiera querido.

—¿Así es como vas a follarme? ¿Duro y profundo?

—Si así es como te gusta, sí, tan profundo como pueda. —Apretándome con fuerza, se movió hasta la base y luego se movió hasta la punta con una lentitud agonizante. Después de hacer lo mismo dos veces, intentó meterse bajo las sábanas, pero la detuve—. No.

—¿Por qué?

—Por mucho que me encantaría tener tu boca sobre mí, no puedes hacerlo, todavía no.

—Me estás matando, Jack Hawthorne.

—Tú ya me has matado a mí cuando te me has corrido en las manos. Estamos en paz.

Sus movimientos estaban al borde de ser dolorosos, y me encantaba. Aceleró el ritmo mientras me miraba fijamente a los ojos.

—Estoy deseando estar dentro de ti —susurré, sosteniéndole la cabeza entre las manos—. Estoy deseando hacértelo de todas las formas que pueda, hacerte el amor durante horas hasta que sepa que de verdad estás satisfecha y hacerte gemir y gritar mi nombre. Estoy deseándolo, Rose. Estoy deseando tenerte, penetrarte y sentir cómo te corres a mi alrededor.

Gimió.

—Deberíamos hacerlo ahora.

—No. Te va a encantar. Me aseguraré de ello. —Con los ojos puestos en los suyos, susurré—: Más rápido, Rose. Así. Venga, haz que me corra.

Redujo la velocidad, me rozó la punta con el pulgar y cerré los ojos.

—Tengo muchas ganas de probarte.

—Un mes más —me obligué a decir—. Un mes más y te dejaré.

Despacio pero con brusquedad, empecé a embestirla y, de repente, me rodeó con las dos manos para apretarme con fuerza.

—Sí —siseé y le arrastré los labios por la mandíbula. Giró la cabeza y empezó otro beso. Le chupé la lengua y seguí moviendo las caderas. Cuando terminamos de besarnos, mantuvo los ojos vidriosos fijos en mí, observándome con intensidad mientras le preguntaba—: ¿Quieres que me corra?

Emitió un «mmm» con la garganta y asintió.

—¿Sí? Sigue —gemí, ya al límite. Le rodeé la mano con la mía y dejó caer la otra. Ralenticé nuestras caricias, apreté el agarre y tiré con más fuerza. Un segundo después, me corrí sobre su vientre con un fuerte gemido, más de lo que nunca me había corrido. Me solté la polla en cuanto terminé, pero ella no lo hizo. Mantuvo las caricias suaves hasta que tuve que apartarle la mano porque, en vez de perder tamaño, estaba empezando a empalmarme otra vez.

—Creo que ya has tenido bastante —susurré contra sus labios.

—Creo que nunca voy a tener bastante. —Me dejó inspirar y espirar en silencio un momento para recuperar el aliento—. Voy a contar los días hasta que puedas tomarme, Jack.

Mi cuenta atrás ya había empezado.

CAPÍTULO VEINTITRÉS

ROSE

Habían pasado dos meses y veinticinco días desde que me operé y era viernes.

Así pues, por fin habíamos llegado al final de los tres meses. Algunos días pensé que nunca llegaríamos a ver ese día, y eso era justo lo que le decía a Jack. Nunca en mi vida le había dicho a otro chico que quería acostarme con él tanto como se lo había dicho a Jack. Al principio pensé que presionarle sin parar le estaba afectando y que no tardaría en ceder, pero no. Jack tenía la habilidad de controlar sus emociones.

Había dormido a mi lado todas las noches sin que tuviera que volver a pedírselo. Si me acostaba antes que él, siempre venía a mi cama, pero no me había vuelto a tocar como me moría por que me tocara. Dijo que no y nada más.

Volví a la tierra cuando Sally chasqueó los dedos delante de mi cara.

—¿Estás aquí?

—Sí, perdón. Me he distraído. ¿Qué estabas diciendo sobre Owen?

En ese momento Owen estaba en la cocina, así que era imposible que nos escuchara, pero, aun así, Sally se inclinó más cerca.

—Creo que le gusto.

—Creía que no te hablaba.

—Técnicamente no.

Me reí.

—Tu lógica a veces me asusta.

Una pareja entró de la mano, por lo que tuvimos que romper nuestra pequeña burbuja de cotilleos. De repente, no estaba tan segura de si había sido una buena idea darle el visto bueno a Sally en cuanto a Owen. Sentía un poco de lástima por él.

Mientras anotaba el pedido de los recién llegados y les cortaba dos trozos de tarta de manzana, Sally preparó un capuchino y un *macchiato*. Recogieron sus pedidos y se sentaron en la última mesa disponible, en la parte izquierda de la cafetería.

—Estoy pensando en comprar dos o tres mesas más. La mayoría de los días apenas nos queda sitio y creo que podemos meter tres más sin problema. Una más en este lado, tal vez incluso dos, y otras dos en el otro lado.

Sally apoyó los codos en el mostrador, titubeando.

—Creo que tienes razón. Desde que esa bloguera publicó sobre nosotros en Instagram, hemos empezado a tener más clientes aún, e incluso si no entran, siguen haciéndose fotos en la puerta principal.

En ese momento, sonó la campana y giramos las cabezas en esa dirección.

—¡Jack! —grité, tal vez con demasiado entusiasmo, y se detuvo en la puerta. La mitad de los clientes que no llevaban auriculares se volvieron para mirarme.

Ignorando el resoplido y la risa de Sally, les dediqué una sonrisa de disculpa a los clientes y corrí al lado de Jack mientras cerraba la puerta y se encontraba conmigo a medio camino. Yo estaba medio corriendo, medio intentando aparentar que no estaba corriendo en absoluto, y él simplemente caminaba, sin prisa.

—¿Qué pasa? —preguntó con una ceja arqueada y mirando la cafetería con sospecha. Incluso esa mirada y esa ceja levantada me excitaron. Para ser sincera, últimamente todo lo que hacía Jack me excitaba. Me lanzaba una mirada, una mirada fuerte que decía que no le resultaba graciosa, y me convertía en un charco en el suelo. Se estaba convirtiendo en algo que me atraía.

—Ven, ven. —Le cogí la mano y, cuando entrelazó nuestros dedos, mi sonrisa aumentó un poco, lo que me hacía parecer una idiota. No me importó en absoluto.

—Hola, Sally —dijo Jack mientras lo llevaba detrás del mostrador.

Aún con esa sonrisa de complicidad en el rostro, Sally lo saludó con la mano. Ella pensaba que había ganado la lotería con Jack. Yo también pensaba lo mismo.

—Me va a robar unos minutos —le dije a Sally y luego lo llevé a la parte de atrás.

—¿Quién ha dicho que quería robarte? —murmuró Jack en mi oído, divertido. Apenas logré evitar un escalofrío.

—Lo digo yo porque *deberías* querer robarme, todo el tiempo, con regularidad. Un pequeño recordatorio de una esposa a un marido.

Owen levantó la vista del papel en el que estaba garabateando y se enderezó.

—Hola, tío.

Jack asintió y se dieron la mano con formalidad. Por alguna razón, Owen aún no le había caído en gracia a Jack.

Me apoyé en el brazo de Jack, nuestras manos todavía entrelazadas con firmeza.

—¿Le permites un minuto a solas conmigo, Owen? Le he dicho un millón de veces que no es apropiado en la cafetería, pero es que me mira… —Le lancé una mirada a Jack y, feliz, observé su rostro fruncido—. Así. ¿Ves ese ceño fruncido? Así que no, no puedo resistirme cuando me mira con el ceño fruncido. Además, es posible que Sally necesite ayuda si alguien entra.

Owen ni siquiera parpadeó ante mi declaración.

—Sí, claro. —Cogió el papel en el que estaba trabajando: otra lista.

—¿Por qué no te cae bien Owen? —le pregunté una vez que no pudo escucharnos.

—¿Quién ha dicho que no me cae bien?

—Yo. Apenas le diriges la palabra.

—Puede pasar días enteros contigo aquí dentro.

—¿Y?

—Yo no —refunfuñó, inclinándose de manera que su boca quedó demasiado cerca de la mía.

—¿Jack? —susurré, y mi nariz chocó con la suya.

—Mmm...

—Puede que eso sea lo más dulce que me has dicho jamás. Vamos a hacer locuras en la parte de atrás. Tenemos que hacerlo después de ese comentario.

Se enderezó, alejando esa hermosa boca, y me miró inexpresivo.

—No.

Tiré de Jack hacia delante y me detuve con la espalda contra la isla.

—Al menos súbeme, ¿o es demasiado conmovedor para ti?

Con una contracción en los labios, sacudió la cabeza.

—Siempre dándome órdenes —murmuró mientras me ponía las manos alrededor de la cintura. Se me puso la piel de gallina al instante cuando me subió a la isla, tras lo que tiré de él para que estuviera entre mis piernas.

Le agarré las solapas de la chaqueta, lo acerqué y presioné mi frente contra la suya.

—Hola. ¿Cómo estás? Te he echado de menos.

Sus manos me dieron un apretón en la cintura, bajaron hasta mis caderas y me deslizaron uno o dos centímetros hacia delante.

—Me has visto hace unas horas cuando te he dejado aquí esta mañana.

—Lo sé. Ha pasado mucho tiempo. —Me dedicó esa sonrisa preciosa de la que no me cansaba y mis labios imitaron los suyos—. Y se supone que tienes que decir que tú también me has echado de menos. Eso es lo que dicen los maridos.

Titubeó y el cálido sonido viajó por todo mi cuerpo.

—¿Eso es lo que se supone que tengo que decir? —Su mano descendió por mi muslo y desenvolvió mi pierna de su cintura, la cual ni siquiera me había dado cuenta de que había colocado allí... más o menos. Se le suavizó el rostro y me colocó una mano en la mejilla—. Pareces un poco cansada.

Me acerqué un poco para compensar que me quitara la pierna. Quería estar lo más cerca posible.

—Sabes lo mucho que me encanta cuando me halagas por lo guapa que estoy. Dime más.

Se echó hacia atrás y me lanzó una mirada mordaz que básicamente decía que no iba a seguirme el rollo.

Lo atraje hacia mí otra vez.

—Estoy bien. Te prometo que me siento antes de marearme, y ahora mismo también estoy sentada. Tampoco he horneado nada. ¿Quieres saber qué más hacen los buenos maridos?

—Buenos maridos —murmuró mientras movía las manos arriba y abajo por mi espalda. Hice lo mejor que pude para no intentar liberarme.

—Besan a sus mujeres cuando las ven.

—Ah, ¿sí?

—Sí. Me han dicho que es una tradición.

Se lamió los labios y, como estaba en pleno intento de fusionarme con él, su lengua también tocó mis labios. Le quité la chaqueta antes de arrugarla demasiado y le rodeé el cuello con los brazos, y ya me estaba costando recordar cómo respirar como una persona normal.

—Menos mal que no soy tu verdadero marido entonces —dijo Jack.

Abrí la boca de par en par y le solté, fingiendo estar impactada.

—Jack Hawthorne, ¿acabas de hacer una broma?

—Listilla —murmuró con una sonrisa y los ojos brillantes. Parecía que le estaba haciendo feliz. Cada vez que sonreía, algo se aflojaba en mi interior.

—Puedes besarme ahora —susurré, preparada para ello, desesperada e impaciente, y por fin lo hizo. No tardé en rodearle otra vez con los brazos y, con mucho gusto, le devolví el beso. Por desgracia, le puso fin enseguida.

—Hola, mi bella esposa —susurró, y me sentí un poco mejor porque él también estaba sin aliento. No era la única que se vio afectada.

Oí la campana y fueron colándose más charlas en nuestra pequeña burbuja privada. No estábamos solos, a pesar de que se me olvidaba cuando él estaba cerca.

—Eso está un poco mejor —comenté, con las manos sobre sus hombros.

—¿Estás lista? —preguntó.

—Voy a comprar mesas nuevas —anuncié en vez de responder a su pregunta.

Frunció el ceño.

—¿Qué?

—Mesas nuevas, las necesitamos. Siempre estamos llenos y también tenemos espacio, así que voy a comprar mesas nuevas. —Esbocé una amplia sonrisa—. ¡Yupi!

—Es genial, cariño, pero...

Esa palabra, ese «cariño»..., escucharla por primera vez dicha por él me provocó un escalofrío en todo el cuerpo. Su voz tenía algo que realzaba la palabra. Nunca me había considerado una persona a la que le encantaría que la llamaran «cariño», pero este... *este* en específico viniendo de este hombre en específico me detuvo en seco. Podría haber pasado el resto de mi vida simplemente siendo llamada «cariño» por Jack Hawthorne.

—Mmm... —gemí con la esperanza de distraerlo. Me incliné, le acaricié la nariz con la mía y susurré contra sus labios—. ¿Debería decirte lo mucho que me encanta tu voz? ¿O cómo suena mi nombre cuando lo dices tú? —Le besé el labio superior con suavidad, luego el inferior, y después fui a por un beso más profundo, buscando su lengua—. Ese «cariño» casi me mata, Jack.

—Estás intentando distraerme —murmuró, y sonreí porque era justo lo que estaba haciendo y estaba funcionando a la perfección. Incliné la cabeza hacia un lado y respiré hondo antes de volver al beso.

Nadie me había besado nunca como lo hacía Jack Hawthorne, y dudaba de que en algún momento quisiera saber si había alguien más que pudiera hacerlo.

—¿Por qué haría eso? —susurré, mis labios todavía tocando los suyos. Me mordí el labio—. No te enfades, no estoy diciendo que debamos actuar en consecuencia, pero te deseo mucho, Jack. Solo para que lo sepas.

Sentí su sonrisa contra mi boca y luego su cálida risa.

El sonido hizo que mi corazón suspirara de felicidad.

—¿En serio? No tenía ni idea. Solo lo dices y escribes todos los días, un par de veces al día.

—Y tú no lo dices nunca, ni me lo escribes, ni lo haces.

—Porque tengo autocontrol.

Lo besé de nuevo, tomándomelo con calma, persuadiéndolo.

—Se te da muy bien.

Sonrió mientras nos besábamos y me mordió los labios.

Me incliné hacia delante hasta que mis labios estuvieron justo al lado de su oreja.

—Pero quiero oírte decir que me deseas. Dime que me deseas, Jack. Dame eso al menos.

Me incliné hacia atrás y le miré a los ojos. Vi el brillo en sus ojos azules preciosos y profundos.

—¿Crees que no te deseo?

Manteniendo los ojos en los suyos, me encogí de hombros despacio. Apretó la mandíbula y miró hacia la puerta, donde escuchaba a Sally espumando leche y a Owen hablando con un cliente. No me importaba dónde estábamos, la verdad, no cuando estaba con Jack. Cada vez que lo tenía cerca, me sentía como si estuviera en la cima del mundo, y el hecho de que siempre me hiciera caso omiso porque sentía una preocupación genuina por mi salud no hacía más que intensificar mi necesidad por él. No creía que sintiera una indiferencia absoluta, pero me gustaba presionarle. Sobre todo, me gustaba ver cómo le brillaban los ojos cada vez que le decía que le deseaba.

—Haces que me olvide de cómo me llamo cuando me besas —me susurró al oído—. Desearte es lo único que he hecho, y cuando por fin te folle como quiero…

Cada vez que decía «follar» con esa voz ronca suya, los ojos se me cerraban solos. Antes de que pudiera saber qué iba a pasar cuando mi marido por fin me follara, Sally nos sorprendió.

—Rose, ¿crees que podrías…? ¡Oh! Lo siento. Lo siento. Eh, espero fuera.

Apoyé la cabeza en el hombro de Jack y gemí.

Se aclaró la garganta y me levantó la barbilla.

—Tenemos que estar en el hospital en una hora.

—Pero pensaba que hoy…

Arqueó una ceja.

—Te lo recordé esta mañana, antes de que salieras corriendo del coche, así que no hagas como si no supieras de qué estoy hablando. Hoy tenías cita para la resonancia y para la inyección de antibióticos. Tenemos que estar allí en una hora.

Le cogí la cara con ambas manos. Tenía en la punta de la lengua decirle que le quería, y ni siquiera sabía de dónde había venido el pensamiento. Sabía que me estaba enamorando de él, pero no me había dado cuenta de que ya estaba en ese punto.

—Vale. Bromas aparte, me encanta que me estés cuidando —dije con seriedad—. Es la primera vez que tengo eso. Lo siento si te estoy presionando demasiado. Sabes que nunca he tenido una familia, pero tú…

Me besó, un beso rápido, duro y feroz.

—¿Qué soy? ¿Dispensable? Nunca podrías presionarme demasiado. Nunca dejes de presionarme.

Sonreí y dejé que me volviera a poner de pie.

—Voy a ver qué quiere Sally y luego buscaré el bolso para irnos.

—Lo siento, Rose.

Algo en su voz hizo que me girara hacia él.

—¿Lo siento? ¿Por qué?

—Sé que no quieres hacerte la resonancia, pero necesitan ver si todo va bien. *Necesito* saber si todo va bien.

Caminé de regreso hacia él y me puse de puntillas para poder darle mi versión de un beso rápido y fuerte en los labios, y me derretí un poco cuando me puso la mano en la parte baja de la espalda y me acercó contra su cuerpo.

—¿Te vas a quedar conmigo otra vez?

—Siempre.

—Entonces todo va a ir bien. Sé que es una tontería. Ayuda que estés allí cuando termine para llevarme lejos.

El trayecto en coche fue divertido, e hice todo lo que pude para fingir que no estaba entrando en pánico por el hecho de que iba a volver a meterme en ese ataúd. Fuimos de la mano todo el tiempo y Jack incluso hizo uno o dos comentarios sobre la vida amorosa de Raymond cuando estábamos teniendo una conversación muy seria sobre ese mismo tema. Lástima que estuviera demasiado nerviosa como para disfrutarlo todo.

Pero luego la resonancia… no fue mejor que la primera vez. A pesar de que esta vez me exigieron que me tumbara boca arriba, me volvieron a poner la jaula en la cabeza y esta vez me mareé mucho más que la primera. Tuve que mantener los ojos cerrados todo el tiempo mientras intentaba concentrarme solo en la mano de Jack en mi tobillo. En cuanto me sacaron y me quité la cosa que tenía en la cabeza, me llevó a la habitación pequeña y, al igual que la vez anterior, dejó que llorara sobre él durante unos buenos dos minutos. La última vez que hice eso no teníamos nada real. Esta vez sí, y me hizo sentir mejor porque me besó cada lágrima, robando más pedazos de mi corazón en el proceso.

—¿Adónde quieres que te lleve? —preguntó Jack una vez que volvimos al coche.

La parte de la aguja tampoco había sido divertida; me había dolido una barbaridad, lo que se deducía fácilmente por mi rostro pálido y la mano que seguía presionándome contra el brazo. Dado que mi cerebro había quedado expuesto con el desgarro, era importante prevenir una infección. Eso era lo que me decían una y otra vez, así que supe que era imposible librarme de eso. Tampoco es que hubiera intentado librarme ni nada por el estilo. Nunca haría eso.

—¿Rose?

Esta vez no estábamos sentados tan cerca.

Le miré.

—A casa. Quiero ir a casa. Les escribiré a Sally y a Owen. No creo que vaya a ser de ninguna ayuda allí y no quiero desanimar a nadie.

—Vale —dijo, y luego le comunicó a Raymond adónde llevarnos.

Una vez de vuelta en el edificio, Jack saludó a Steve y le preguntó cómo estaba. No pude evitarlo: esbocé la primera sonrisa tras la resonancia. Y pensar que fui la que le dijo cómo se llamaba su portero.

—¿Cómo está la pequeña? —pregunté mientras entrelazaba mi brazo con el de Jack y me detenía delante de Steve.

—Está bien, en el nuevo instituto.

—Espero que no haya habido más problemas.

—Por ahora va bien.

—Me alegro.

La hija de Steve, Bella, era una joven preciosa e inteligente de quince años que había sufrido acoso en su antiguo instituto y acabó cambiando de centro a mitad de curso.

—Por favor, dile que tengo muchas ganas de volver a verla.

—Le encantará escuchar eso. La adora.

A pesar de que me había enterado de su situación por el desconsolado Steve y de que obviamente sabía más de ella, solo nos habíamos visto dos veces, cuando había venido a visitar a su padre unas horas. Hicimos migas por nuestro amor por, sobre todo, hornear y por la lluvia, porque los dos días había estado lloviendo a cántaros en Nueva York. Cuando bajé del apartamento de Jack porque me aburría como una ostra de no hacer otra cosa que estar sentada, se nos ocurrieron más de veinticinco razones por las que nos encantaba la lluvia y los días lluviosos.

Jack me encontró en el suelo con Bella y me llevó de vuelta al apartamento porque hacía «frío» y no estaba lo suficientemente sana como para poner el *culo* en suelos fríos. Fue original, sobre todo escuchar la palabra «culo» saliendo de su boca.

—Y yo la adoro a ella. Es muy inteligente. Si te parece bien, me encantaría que pudiera venir a mi cafetería. ¿Igual podríamos hornear juntas si le apetece? Luego la traería de vuelta aquí, claro.

—No hace falta. Sé lo ocupada que está usted.

—Sé que no hace falta que lo haga. *Quiero* hacerlo. Hornearemos y pasaremos unas horas juntas. Será divertido.

—Gracias, señora Hawthorne. Le encantará.

De vuelta en el ascensor, Jack fue el primero en romper el silencio.

—¿Te llama «señora Hawthorne» cada vez que habláis o es mi presencia lo que cambia las cosas?

Le dediqué una tímida sonrisa y sacudió la cabeza.

—Aunque me gusta cómo suena.

—¿El qué?

—Señora Hawthorne. También me gusta cuando lo dices tú.

Las puertas de su planta se abrieron antes de que pudiera responder y entramos al apartamento.

Lo único que quería hacer era subir las escaleras, darme una ducha para volver a sentirme como un ser humano normal y echarme una siesta muy, muy larga. Así pues, eso es lo que decidí hacer. Me quité los zapatos junto a la puerta y me dirigí a las escaleras del tirón.

—Voy a la ducha y a intentar recuperarme. —Me di la vuelta y, mirando a Jack, empecé a caminar hacia atrás—. ¿Te gustaría unirte?

—Rose.

Una palabra, mi nombre, que últimamente había adquirido un significado nuevo. Significaba que no.

—Era para fines de limpieza solo, pero como quieras, colega. ¿Tienes trabajo que hacer? Me has acompañado al hospital y ahora estás aquí, así que supongo que tienes que ponerte al día.

—Estaré en el despacho.

—Vale. Iré a molestarte en cuanto termine. —Me despedí con la mano, me di la vuelta y subí las escaleras al trote.

—¿Rose?

Miré a Jack, mi marido, quien en realidad no era mi marido, quien me había sujetado el tobillo durante toda la resonancia y luego me envolvió en sus brazos mientras susurraba que estaba bien, que estábamos bien una y otra vez en la privacidad de una pequeña habitación de hospital. Dudaba de que entendiera lo mucho que significaba para mí. Cada día que pasaba era cada vez más difícil contenerme y no decirle lo que sentía por él, lo que llevaba sintiendo por él desde hacía bastante tiempo.

—¿Sí?

—Estás bien.

No fue una pregunta. Tampoco estaba segura de si era una declaración o no. Quería que estuviera bien, así que estaría bien, por él, para que él se sintiera bien.

Esbocé una pequeña sonrisa.

—Mejor que nunca.

—Deberías esforzarte más. No parece estar funcionando.

Mi sonrisa se hizo más grande y le hice un saludo militar antes de desaparecer de su vista.

Hubo un pequeño golpe en la puerta antes de que se abriera.

—¿Rose?

—Si no quieres acostarte conmigo, no entres —advertí a la única persona que podía estar llamando a la puerta.

A pesar de la advertencia, la abrió y se plantó allí en todo su esplendor. Mismo traje, mismo todo, cara y ceño fruncido y todo.

Yo llevaba un sujetador y unas bragas azul cielo que, por suerte, iban a juego. Estaba de pie con la toalla en las manos, y me quedé allí mientras sus ojos hambrientos recorrían cada centímetro de mi cuerpo semidesnudo. Tenía caderas, pero me gustaban. Me gustaba tener curvas, unas curvas que adoraban que las tocara con esas manos. Aunque mis tetas no eran nada demasiado espectacular, Jack no parecía estar de acuerdo. Nunca me había alegrado tanto de tener una copa C como cuando le había pillado mirándolas una o dos veces. En cualquier caso, nos quedamos así, él en la puerta con los ojos clavados en mí, yo en medio de la habitación con el cuerpo cada vez más caliente. Dudaba de que nadie me describiera como tímida, pero sentí un leve calor en las mejillas cuando pasaron los segundos y Jack no dijo nada.

—¿Hola? —conseguí balbucear.

Sus ojos se clavaron en mí y se le endureció la mandíbula, lo que hizo que estuviera aún más bueno. Me encantaba cuando su cara se volvía malhumorada y frustrada y enfadada y arrogante y acalorada y hambrienta y molesta y *todo*.

—Hola —forzó.

Tragando saliva, me acerqué la toalla que había estado usando para secarme el pelo e intenté disimular un poco mi desnudez. No serviría de mucho porque solo era un poco más grande que una toalla de mano.

—¿En qué puedo ayudarte? —Gemí por dentro. Que estuviera cachonda era culpa del médico. Nunca en mi vida le había preguntado a ninguno de mis novios si estaban de humor para acostarnos, y mucho menos le había rogado a alguien que se acostara conmigo tanto como se lo había rogado a Jack.

Había algo en él. Tal vez si lo hubiéramos hecho una vez, habría dejado de pensar en ello y de hablar de ello todo el tiempo. Tal vez sería terriblemente malo, pero sabía que no iba a ser así. Sabía lo que me haría, y no podía esperar.

—¿Estás libre para cenar? —Su voz todavía estaba tensa, al igual que su agarre en el pomo de la puerta, y esa era una pregunta que llevaba mucho tiempo sin escuchar.

—Tendría que comprobar mi agenda.

No me moví. Entonces sonreí y me acerqué a él. No era una sonrisa seductora ni nada por el estilo; no intentaba ser sexi en absoluto. Sinceramente, no habría sabido cómo o qué hacer para empezar a seducir a alguien como Jack. Imaginaba que, para impresionar a alguien como él, tendrías que hacer todo lo posible, tal vez hacer un pequeño estriptis mientras caminas hacia él y luego simplemente ir a por ello. O, lo que sería aún mejor…, serías tan espectacular que no podría contenerse e iría a por *ti*.

Él no había ido a por mí, de ahí que siguiera mencionándolo. Básicamente, intentaba seducirlo acosándolo con el tema con la esperanza de que se frustrara lo suficiente como para hacerlo solo para que me callara, porque suponía que eso también funcionaba.

Me detuve frente a él, lo miré y sonreí.

—Lo he comprobado.

Arqueó una ceja y sus ojos ni siquiera se posaron en mis tetas. Eso no me alentó en absoluto.

—¿Y?

—Estoy libre. Estoy libre todos los días.

—Por fin. Prepárate. Vamos a tener una cita.

En cuanto pronunció esas palabras, dio un paso atrás y me cerró la puerta en las narices. Me quedé mirando la puerta, sorprendida, y luego solté una carcajada de felicidad.

Abrí la puerta y vi su espalda alejándose.

—¡¿Nuestra primera cita oficial?! —le grité antes de que pudiera llegar a las escaleras.

—¡Sí! —contestó con otro grito y con la voz airada. Un escalofrío me recorrió el cuerpo.

—¿Adónde vamos? ¿Puedo preguntar?

—No.

—¿Adónde vas? ¿Puedo al menos preguntar eso? —Tuve suerte de que no mirara hacia atrás, porque estaba esbozando la sonrisa más ridícula del mundo.

—¡Afuera! —espetó, dirigiéndose escaleras abajo.

—¿Afuera? ¿Adónde? ¿Qué pasa con nuestra cita?

Se detuvo en el último escalón y por fin me miró. Yo estaba colgada de la barandilla, todavía en ropa interior, con la cara sonrojada y feliz.

Su mirada era penetrante.

—Te espero abajo.

—Pero ¿por qué te vas?

—Porque me estás presionando.

Me quedé con la boca abierta.

—¿Que te estoy presionando? —Bajé un escalón—. No he dicho nada.

—No bajes, Rose.

Me detuve.

—¿Te estoy presionando? —empecé otra vez—. ¿Y tú qué, entrando en mi habitación y mirándome así?

—¿Cómo…? Da igual. Te espero abajo. No me fío de ti.

Empecé a reírme en serio, tremendamente feliz. Vi cómo le temblaba el labio.

—Tómate el tiempo que necesites. Te espero abajo.

—Vale. Prometo que no tardaré. Puedes hacerle compañía a Steve.

—Sí. ¿Cómo no se me había ocurrido? Eso haré.

Cuando ya no pude verle, le grité desde mi posición en las escaleras.

— ¡¿Qué me pongo?! ¡¿Qué tipo de cita es?!

—Es una cita, ¿qué más necesitas saber? Y me da igual lo que te pongas mientras te tapes del cuello a los pies.

Hice justo eso. Me puse un vestido negro que no era demasiado llamativo. Manga corta, cuello en pico abierto, una tela relajada que se me ceñía con suavidad tanto a los pechos como a las caderas y que terminaba a unos diez centímetros por encima de las rodillas. Me sequé el pelo y me alisé el flequillo porque no tenía ningún interés en resfriarme por salir por la puerta con el pelo mojado en una noche nevada en Nueva York. Me maquillé centrándome sobre todo en los ojos. Me puse mi abrigo negro grueso, me enrollé la bufanda al cuello y me puse los guantes de cuero negro. Cogí la boina de canalé color crema del estante superior del armario, me la puse en la cabeza y salí del apartamento a toda prisa. Todavía no podía correr por culpa del cerebro y la nariz, pero estuve a punto de hacerlo.

El corazón me saltaba en el pecho y tenía la barriga llena de esas mariposas emocionadas, y me sentía como si estuviera teniendo la primera cita con un chico del que llevaba años enamorada. Era una sensación extraña estar tan emocionada por una simple cita, pero se trataba de Jack Hawthorne, mi marido de mentira, que sabía cómo besarme de la manera correcta. ¿Cómo no iba a estar emocionada?

Cuando se abrieron las puertas del ascensor, me obligué a dar pasos más cortos por si acaso Jack me estaba esperando en el vestíbulo. No lo estaba. Me detuve frente a Steve.

—¿Qué tal estoy?

Me sonrió y yo le devolví la sonrisa.

—Tan guapa como siempre.

—¿Tal vez debería atenuar un poco la felicidad?

Soltó una carcajada.

—Nunca atenúes la felicidad, Rose. Te sienta muy bien.

Me derretí un poco ante sus palabras.

—Eres el mejor, Steve.

Inclinó la cabeza.

—¿Y bien? ¿Cuál es la ocasión especial?

—Mi marido me va a llevar a una cita —dije con orgullo.

—Una mujer afortunada. Es algo muy especial.

—¡Oh! No tienes ni idea.

—El señor Hawthorne dijo que te esperaba fuera.

—Vale. —Me pasé las manos enguantadas por el abrigo ahora que me estaba asaltando un poco de nerviosismo inesperado—. Gracias, Steve. ¿Te veo luego?

—Aquí estaré. Pásatelo bien.

Tras despedirme rápido del amable portero que se había convertido en mi amigo, salí a la calle. Había vuelto a nevar y las aceras estaban cubiertas de nieve y aguanieve. Miré al cielo y cerré los ojos, y pequeños copos de nieve se me derretían en la cara y me hacían cosquillas. Sonreí. Me sentía tan vertiginosa y libre... Miré a mi alrededor para encontrar a Jack y allí estaba, en el lado izquierdo del edificio. Estaba apoyado en el coche, justo al lado de Raymond, estudiándome.

El corazón se me aceleró al verle, como hacía siempre últimamente, y sentí que no me había sentido más feliz en mi vida. No pude evitarlo, corrí a su lado al tiempo que se ponía alerta y se enderezaba. Le dijo algo a Raymond y, después de asentir a Jack, Raymond abrió su puerta y se subió al asiento del conductor, dejándome a solas con Jack.

Me detuve justo delante de él, un poco sin aliento.

Me apartó el flequillo de los ojos y con la punta de los dedos me recorrió el contorno de la cara con suavidad.

—Se supone que no debes correr, Rose.

Moví la cabeza arriba y abajo, y suspiró mientras yo sonreía.

—¿Y?

—¿Qué voy a hacer contigo?

—Me encogí de hombros.

—¿Mantenerme a tu lado?

Cogió mi boina y me la puso bien en la cabeza; luego, con las manos en mi cara, se inclinó y me besó. Sus manos estaban calientes en mis mejillas, sus labios aún más calientes y adictivos. Le agarré las muñecas para retenerle un poco más. Cuando nos habíamos probado, no lo suficiente, pero sí una pequeña muestra, se apartó y me miró a los ojos.

—Vas a acabar matándome —dijo con toda la seriedad del mundo.

Y yo creo que te quiero, quise decir, pero en vez de eso le dediqué mi mayor sonrisa.

Su risa lo era todo para mí. Se me calentaban los ojos y el corazón con solo mirarle.

Era todo mío.

—Entra en el coche.

Le repetí sus propias palabras.

—Siempre dándome órdenes.

Me miró con una ceja arqueada y le sonreí con dulzura. Abrió la puerta y se deslizó tras de mí. Ya casi nunca me sentaba en el otro extremo. Por lo general, quería que estuviera a su lado y, quién lo iba a decir, yo también. En ese momento, mi muslo estaba apoyado contra el suyo. Estábamos sentados así de cerca, y no podía estar más feliz.

Me estremecí un poco cuando cerró la puerta y me pasé las manos por los brazos.

—Hace mucho frío esta noche.

De una en una, cogió mis manos enguantadas y las frotó entre las suyas.

Quería mantenerle a mi lado.

El trayecto en coche no duró mucho, y cuando nos dejaron delante de un restaurante italiano preciosísimo, me llevé una grata sorpresa. Para ser honesta, no tenía muchas ganas de ir a un lugar lujoso y lleno de gente. Este sitio, sin embargo, era de todo menos lujoso. Jack me cogió la mano mientras bajábamos los dos escalones para entrar en el restaurante. Todas las mesas pequeñas y adorables tenían los típicos manteles rojos a cuadros, cada mesa que estaba ocupada tenía dos pequeñas velas encendidas, y yo estaba deseando tener mis propias velas. Jack habló con la mujer que se acercó a recibirnos y esta nos condujo a una de las mesas situadas justo enfrente del gran ventanal. En la mesa de al lado estaban sentados un abuelo y su nieto, que mordían las primeras porciones de pizza.

Me rugió el estómago. Primero me quité los guantes, luego la boina y la bufanda y, por último, el abrigo. Jack me estaba retirando la silla cuando dejó de moverse. Apreté los labios e intenté mantener la sonrisa. Se aclaró la garganta y volvió en sí. Me senté y él ocupó su sitio frente a mí.

Me miró durante un rato antes de soltar un largo suspiro.

—Me dejas sin aliento, Rose Hawthorne.

Se me cortó la respiración. Aquello no podía ser más real y perfecto.

—¿Esta es una de esas veces?

—Sí.

Me aclaré la garganta, dejé los codos sobre la mesa y apoyé la cabeza en las manos.

—Es un buen comienzo. Sigue.

Sonrió y luego sus ojos bajaron despacio hasta mis tetas.

¡Por fin!

—Creía haberte dicho que te taparas de pies a cabeza.

—Y te he hecho caso —concordé de buen grado—. Me he puesto el abrigo, la bufanda, los guantes, la boina. Me he puesto todo lo que podía ponerme.

—Buen intento —replicó, sacudiendo la cabeza—. Fuera hace un frío que pela, te vas a poner mala.

—No. Aquí dentro todo es acogedor, cálido y perfecto.

Un chico que apenas aparentaba dieciséis años nos trajo las cartas con el menú, interrumpiendo nuestra conversación. Bajé los codos de la mesa y empecé a mirar las opciones. El chico de al lado charlaba y hacía reír a su abuelo, lo que me levantó aún más el ánimo. Levanté la vista de la carta y observé el restaurante, fijándome en los otros pocos clientes, y me di cuenta de que íbamos demasiado arreglados.

Me incliné hacia Jack y él me miró extrañado.

—Ven aquí —susurré.

—¿Por qué?

Parecía tan suspicaz y adorable de una forma malhumorada que tuve que reírme.

—Tú acércate.

Lo hizo con cuidado.

—Creo que vamos demasiado arreglados.

Se le relajaron los hombros antes de mirar a su alrededor, y tuve que morderme el labio para contener la risa. ¿Creía que iba a saltarle encima?

—Pero me gusta —continué antes de que tuviera oportunidad de decir nada, y sus ojos volvieron a mí—. Me siento especial. Sé que este no es para nada tu tipo de lugar habitual, así que aprecio aún más que lo hagas por mí. Gracias.

—No tienes que darme las gracias, Rose. Es tanto por mí como por ti, y es solo una cena. No importa dónde estemos mientras estemos juntos.

—Me acabas de matar, y es verdad. Es muy cierto.

—Aun así, me alegro de que lo apruebes.

—Sí, lo has hecho bien. Puede que tengas suerte. En algún momento.

Otro movimiento de cabeza mientras dejaba el menú.

—No te rindes, ¿verdad?

Gemí y escondí la cara detrás de las manos.

—No soy yo, lo prometo. Es el médico.

—¿Cómo que el médico? —Extendió el brazo y me bajó las manos, como si fuera incapaz de no mirarme a la cara. Al menos eso me gustaba pensar.

—Te deseo, no voy a mentir sobre eso, pero yo no soy así. Nunca soy así. Está pasando solo porque dijo… —Tras mirar al abuelo y al nieto que estaban a mi lado, susurré—: Es porque dijo que no puedo tener relaciones sexuales. Ahora quiero todo el sexo. No puedes decirme que no puedo hacer algo. Entonces lo único que quiero hacer es…, bueno, eso. Es el encanto de lo prohibido. ¿A ti no te pasa?

—O quieres algo o no lo quieres. ¿Qué más da lo que digan los demás?

Me eché hacia atrás.

—Pues claro que dirías eso.

—¿Qué se supone que significa eso?

Agité la mano en el aire.

—Tú eres… tú. Eres muy disciplinado. No creo que nada ni nadie pueda afectarte. Como te gusta decir, sabes controlarte.

—*Tú* me afectas.

Sonreí. Fue una sonrisa lenta y feliz.

—Tú también me afectas.

—Entonces, corrígeme si me equivoco: si el médico hubiera dicho que está bien tener relaciones sexuales, tú…

—¡Jack! —espeté, acercándome para taparle la boca con la mano.

—¿Qué? —murmuró.

Incliné la cabeza hacia un lado y señalé con los ojos al dúo que teníamos sentado al lado.

Jack miró hacia arriba y suspiró. Supuse que era su versión de pedir que lo salvaran.

—Omite la palabra, pero sigue —indiqué mientras volvía a reclinarme.

—Si hubiera dicho que estaba bien… hacerlo, ¿no me pedirías todos los días que lo hiciera?

—Bueno, imagino que seguiría deseándote, pero creo que no lo diría en voz alta, y seguro que no tanto. Dos meses desde la operación…, bueno, desde entonces estoy extremadamente… Da igual. —Noté que se me sonrojaba la cara, por lo que me llevé el dorso de la mano a la mejilla.

—¿Qué pasa?

—Nada, es que hace un poco de calor.

—Termina la frase.

Nos miramos a los ojos y conseguí sostener su mirada intensa durante diez segundos.

—Cachonda —dije, con voz frustrada y quizá un poco más alta de lo que esperaba—. Cachonda —repetí, esta vez más para mí misma.

La camarera, la chica que nos había acompañado a la mesa, volvió.

—Hola. Bienvenidos de nuevo. ¿Qué os pongo?

Jack y yo seguíamos mirándonos fijamente, y no quería ser la primera en romper el contacto visual. Que hiciera cosas así era lo que hacía que me enamorara cada vez más de él. Su mirada intensa lograba tocar todo tipo de lugares, y cuando me miraba así, perdía un poco la cabeza.

—Hola —dije con un tono alegre, y Jack miró a la chica por fin. Suspiré aliviada y me desplomé en la silla. Acababa de decirle que estaba cachonda. Buena elección de palabras, sin duda.

—¿Queréis compartir una pizza o preferís pasta?

Volví rápidamente al mundo.

—Pizza.

—¿Qué queréis en…?

—Champiñones —solté—. Y quizá alcachofas también.

—¿Eso es todo?

—No, añádele tú algo también. ¿Qué quieres?

—*Pepperoni.* ¿Quieres agua?

Asentí con la cabeza y dejé que terminara el pedido. Entonces, justo cuando la chica se marchó después de prometer que nos traería las bebidas lo antes posible, mi mirada se fijó en un reservado que había vacío al fondo.

—¿Has sabido algo de tus primos?

Cuando le dirigí una mirada confusa, continuó.

—Por tu operación. ¿Te han llamado para ver cómo estabas?

—No. Ni siquiera estoy segura de querer saber algo de ellos. Aunque me sorprende que Bryan no haya vuelto a aparecer. ¿A ti te ha llamado? Tengo la sensación de que se ha rendido con demasiada facilidad.

—No.

Como quería que esta noche fuéramos solo nosotros, cambié de tema y no pensé demasiado en su expresión de enfado.

Señalé con el dedo el reservado del fondo y esperé a que siguiera esa dirección.

—Sí… Eso es una mesa, creo.

—Ja, ja. —Le dirigí una mirada de soslayo e ignoré su seco comentario—. ¿Podemos sentarnos allí?

—¿No te gusta esta?

—Sí, me gusta, pero un reservado…, no sé, parece más íntimo.

Jack llamó a la chica mientras le traía un refresco al niño tan adorable que teníamos al lado y luego me ayudó a levantarme de la silla y me llevó el abrigo. El roce de su mano en la parte baja de mi espalda prácticamente me abrasó a través del vestido. Subí primero y me eché a un lado.

En vez de sentarse a mi lado como había supuesto que haría y como quería que hiciera, fue a sentarse de nuevo frente a mí.

—¿Qué haces? —pregunté, perpleja.

—¿Qué te parece que estoy haciendo?

—Jack, te vas a sentar aquí. —Le di una palmadita al asiento de al lado—. Por eso quería un reservado.

—Para sentarte a mi lado —repitió.

Asentí despacio.

—Podríamos haber acercado las sillas.

—No es lo mismo. Venga, muévete.

—Nada de tocar, Rose. Lo digo en serio. No me vuelvas loco en público.

Oír que tenía *algún* tipo de poder sobre él era estimulante. Feliz y emocionada, me reí y levanté las manos.

—Nada de tocar, entendido. Venga, no muerdo. Te lo prometo.

Y, quién lo iba a decir, en cuanto se instaló a mi lado, me cogió la mano y la estrechó con fuerza, jugando con mi anillo todo el tiempo. Era *él* el que no podía dejar de tocarme, y me encantó cada segundo. Hablamos durante horas en aquel pequeño restaurante italiano, acompañados de unas melodías italianas románticas. Si Jack no me tocaba la cara, me cogía la mano. Si no me cogía de la mano, me ofrecía bocados de pizza mientras charlaba con él. Cuando no me hacía reír con sus comentarios secos, apoyaba nuestras manos entrelazadas en su pierna. Cuando no estaba sonriendo o riéndome, me estaba derritiendo.

También me besó. No sabía por qué me sorprendía, pero me besó muchas veces. Cada vez que se inclinaba hacia delante y sentía sus labios moverse contra los míos, pidiendo entrar, mi corazón perdía su ritmo constante y sentía cómo la emoción burbujeaba en mi interior, la clase de emoción que no sabes cómo contener, un exceso de felicidad. Me encantaba. Me enamoré completamente de él en nuestra primera cita.

Fue la primera cita más perfecta que había tenido en mi vida.

Mi marido era perfecto. Con toda su arrogancia y mal humor, Jack Hawthorne era perfecto para mí.

No era lo que tenía en mente, ni siquiera lo que había querido para mí, pero era perfecto y ya era mío, mío de verdad. No me cabía la menor duda.

CAPÍTULO VEINTICUATRO

ROSE

Fue después de la primera cita oficial, no días después, solo horas, cuando me desperté con una sensación extraña.

Era muy difícil dormir en la misma cama con Jack después de haber empezado a sentirme mejor de la operación. Por mucho que hablara de que quería que nos acostáramos, en realidad nunca hacía nada al respecto, al menos no cuando estábamos así en la cama.

Dicho esto, no me sorprendió encontrarme a Jack haciéndome la cucharita, ya que ocurría a menudo. Por las mañanas me despertaba en muchas posiciones diferentes, por lo general con la cara debajo de su barbilla y la mano sobre su pecho. A veces tenía la cara sobre su pecho y me rodeaba con los brazos, y en algunas ocasiones nos habíamos despertado fundidos el uno con el otro, como en aquel momento.

Cuchara pequeña, cuchara grande.

En el hospital, esa había sido la única posición en la que habíamos dormido, pero solo porque la cama no era lo bastante grande como para hacer otra postura. En el hospital, el sexo fue lo último que me pasó por la mente, pero fuera de él... los últimos dos meses la situación había sido diferente. En los casos en los que nos habíamos despertado con su frente contra mi espalda, Jack solía levantarse de la cama lo más rápido posible y yo me despedía en silencio de la encantadora erección que me había estado presionando por detrás.

Esas mañanas eran mis favoritas, ya que despertarse envuelta en sus brazos era especial. Me sentía protegida, cuidada y, puede que por primera vez en mucho tiempo, como si perteneciera a algún sitio:

sus brazos. Aquellas veces, no era lo suficientemente valiente como para provocarle, y en su lugar me limitaba a cerrar los ojos y absorberlo todo.

Cuando ambos estábamos en vertical y llevábamos ropa de verdad, era cuando más me gustaba hacerle sufrir. Hasta ahí mi valentía.

—¿Jack? —murmuré, mirando por encima del hombro. Sus labios estaban justo ahí, a escasos centímetros, y me estremecí cuando esos mismos labios carnosos me dieron un beso en el hombro desnudo. Al parecer, ya estaba despierto. Intenté ponerme boca arriba para poder mirarle, pero con su cuerpo cubriéndome, no fue posible. Solo conseguí girarme hasta la mitad y estiré el cuello hacia atrás—. ¿Va todo bien? —grazné, con la voz cargada de sueño. Aparte de las luces de la ciudad que proyectaban una sombra sobre su cara, no había luces encendidas, solo nosotros.

—Vuelve a dormirte —susurró.

La mano de Jack encontró la mía y la sostuve, palma contra palma, y su piel era cálida contra las yemas de mis dedos.

—¿Qué pasa? —pregunté.

—Nada.

Tras observar cómo bailaban nuestras manos mientras me golpeaba con suavidad los dedos con los suyos en la penumbra, uní nuestros dedos con fuerza y oí cómo soltaba un largo suspiro.

—¿Quieres que me crea que te acabas de despertar para cogerme de la mano?

—Hoy he hablado con tu médico.

Giré mi cuerpo un poco más hacia él y le observé la cara con cautela.

—¿Cuándo?

—Después de cenar. Le llamé a su teléfono privado.

—¿Y? —inquirí, ansiosa cuando no continuó. Estaba empezando a odiar la palabra «médico».

—Hoy me ha enviado el correo con los resultados y pensé que era una factura, así que lo abrí. La resonancia ha salido bien. La operación ha funcionado. Ya no hay desgarro en la membrana.

Cerré los ojos y dejé caer la cabeza sobre la almohada, soltando el mayor suspiro del mundo. Me sentía un poco mareada por el alivio.

Sus palabras me habían quitado un peso equivalente a una cría de elefante que tenía en el pecho. Me sentía mucho más ligera.

—Pero tienes que tener cuidado. Lo sabes, ¿verdad? —me recordó.

Lo sabía. El médico me había advertido de que, por lo general, cuando se produce una fuga de LCR de la nada, hay muchas probabilidades de que aparezca el mismo problema en otra parte de la membrana. Si la presión es constantemente alta, es inevitable.

Abrí los ojos y miré a Jack con una gran sonrisa.

—Lo sé, lo sé, pero aun así me alegro de oír las buenas noticias. —Sin embargo, Jack no parecía muy contento. Bajé las cejas—. ¿Todo lo demás va bien? No pareces muy emocionado. —Le solté la mano y le toqué el espacio entre las cejas con la punta del dedo—. ¿A qué viene ese ceño fruncido?

Cogiéndome el dedo con la mano, se inclinó y me dio un beso suave en la sien que hizo que se me cerraran los ojos y que todo mi cuerpo se despertara y prestara atención al hombre que me estaba mirando con una expresión tan intensa en la cara.

—Jack —murmuré. Mi cerebro gritaba *¡Peligro!*, del bueno.

—Le pregunté si el sexo estaba permitido.

Eso hizo que me callara. Despacio, el corazón me empezó a latir más rápido y, de repente, parecía que en la habitación hacía más calor.

—¿Y?

Tragué saliva y contuve la respiración.

Sus dedos victoriosos encontraron la forma de volver a unirse a los míos y me dio un apretón mientras me miraba fijamente a los ojos.

—Dijo que, si nos lo tomábamos con calma, no pasaría nada.

—¡Oh!

Eso fue lo único que se me ocurrió decir. *¡Oh!* No cabía duda de que era un genio.

Le di la espalda, pero seguí agarrándole la mano con fuerza para que se viera forzado a hacerme la cucharita otra vez.

—¿Por qué no me lo has dicho antes?

—Pensaba que deberíamos esperar a los últimos cinco días.

—Ahora no crees que debamos.

—No, no creo que debamos. ¿En qué estás pensando? —me susurró al oído con voz ronca, haciendo que se me erizara todo el vello de los brazos—. Creía que estabas esperando esto. Creía que querías esto.

Me mordí el labio inferior. Podía oír todos los ruidos de la habitación. Su respiración era baja y profunda, y el sonido que hacían las sábanas cuando metió las piernas detrás de las mías fue un susurro suave que me acarició los sentidos.

Estaba a punto de gemir como una niña pequeña cuando sentí su lengua en mi cuello, besándome, saboreándome.

—Sí quiero —susurré con los ojos cerrados, como si temiera que me oyera.

El silencio siguió a mis palabras durante al menos un minuto entero.

—No pasa nada, Rose. Vuelve a dormir —me susurró.

¿Cómo iba a hacerlo si su erección era cada vez más difícil de ignorar? Cerré los ojos con fuerza y me lancé.

—No pensé que me lo preguntarías.

—¿Preguntarte qué?

Gimiendo, giré la cabeza y la enterré en la almohada, procurando tener cuidado con la nariz.

—Suena raro cuando lo digo en voz alta.

—¿Cómo lo sabes si no lo dices? Venga, vamos a oírlo.

Exhalando, abrí los ojos y miré por las ventanas de las puertas de la terraza.

—Pensaba que, cuando pasara, simplemente… pasaría.

Me soltó la mano y empezó a acariciarme la cintura y luego el brazo.

—¿A qué te refieres?

¿Cómo podía pensar en algo cuando me estaba tocando?

—No sé si te has dado cuenta de que fanfarroneo mucho, Jack, pero… no soy una experta cuando se trata de ir al asunto. No digo que sea mala ni nada de eso, solo digo que no soy nada especial a la hora de la verdad. Solo he estado con tres personas y media…

—¿Media? No, lo retiro. No quiero saberlo. Ya quiero matar a los tres y medio.

—¡Qué mono! Sabes que soy una romántica, así que pensé que cuando llegara el momento, simplemente me despertarías en mitad de la noche y me tomarías, ya sabes, porque no podías esperar más… o que entraríamos en el apartamento y me levantarías y yo te rodearía con las piernas y tú dirías «¡A la mierda!» y lo haríamos, o podrías empujarme contra una pared y hacerlo así. No pensé que me pedirías permiso para acostarte conmigo. Me pone nerviosa.

—Parece que has estado pensando en la logística.

—Pues claro.

—No te he pedido permiso.

—Estaba implícito.

—¿Te sientes nerviosa por algo? Ni viéndolo con mis propios ojos me lo creería.

Fruncí el ceño y giré la cabeza para mirarle mientras sus dedos se clavaban en mi piel, sujetándome por la cintura.

—¿Te estás burlando de mí?

Vi su sonrisa justo antes de que uniera nuestros labios en un beso profundo y se me cerraran los ojos solos. Introduje la lengua poco a poco, rozándola con la suya, mientras me ponía boca arriba para poder profundizar más el beso. Esta vez me dejó, y su respuesta fue gloriosa. Me levantó la parte inferior de la camiseta con los dedos y, sin dudarlo lo más mínimo, me metió la mano debajo de la ropa interior y fue directamente al núcleo.

Gemí en su boca y dejé que mis muslos se abrieran. Me respondió con un gruñido e introdujo un dedo en mi interior. Mi cuerpo no opuso resistencia, ya estaba húmedo para él. Hice un ruido grave en el fondo de la garganta cuando introdujo los dedos hasta el fondo con una lentitud insoportable.

Seguí besándole mientras lo hacía, sujetándole la cara con ambas manos, cada vez más hambrienta. Estaba tan preparada para esto, para que lo nuestro fuera algo real, y esto sellaba el trato. Lo habíamos hecho todo al revés (hasta me había enamorado de él antes de tener una primera cita oficial), pero esto… esto lo arreglaría todo.

Cuando estuve segura de que no iba a ponerle fin al beso antes de tiempo, mis manos se las arreglaron para bajar hasta sus pantalones, y el beso se convirtió en algo muy diferente una vez que tuve la mano alrededor de la base de su pene.

Sin dejar de besarle de manera descontrolada, respiré hondo por la nariz y gemí en su boca cuando empezó a meterme los dedos de verdad, con el pulgar presionándome el clítoris con firmeza. Moví las caderas todo lo que pude, su mano me estaba volviendo loca.

Con el cuerpo ardiendo y hormigueando al mismo tiempo, separé la boca de la suya y me mordí el labio para contener un gemido vergonzosamente largo y fuerte. Mi mano se tensó en torno a su erección. Oía todos los ruidos que hacía al meterme los dedos, y eso no hacía más que excitarme aún más.

—Me estás empapando la mano otra vez —murmuró, y me alegró ver que estaba tan sin aliento como yo. Me mordisqueó la mandíbula, el cuello, el lóbulo de la oreja.

Lo único que conseguí a cambio fue agarrarle la polla y mover la mano con fuerza cada cierto tiempo, cuando me acordaba de hacerlo.

Toda mi atención estaba centrada en sus dedos, y luego sus labios me recorrían el cuello, mordiendo con suavidad y lamiendo. Estaba a punto de correrme en su mano. Moví las caderas, empujándolas hacia abajo para recibir más de sus dedos, a pesar de que me lo estaba dando todo. Quería más, más profundo, más fuerte.

Solo me di cuenta de que estaba diciendo mis pensamientos en voz alta cuando dijo:

—Vale. Lo que quieras, Rose, te lo daré.

Cuando sacó los dedos, me despejé un poco.

—Pero…

—Shhh...

Cerré las piernas en un intento por encontrar algo de alivio y empecé a tocarle su gruesa polla un poco más rápido ahora que podía volver a usar el cerebro, pero me detuvo bastante rápido al sentarse erguido y sacándome la mano de sus pantalones con delicadeza.

Cuando intenté incorporarme yo también, me puso una mano en el hombro con suavidad y me mantuvo en mi sitio.

—Quédate quieta un segundo.

Resoplé, pero dejé de retorcerme cuando agarró mi ropa interior y me la quitó.

—¡Mierda! —Cuando me separó con los dedos y sentí el aire frío entre las piernas, ya estaba jadeando. Toda mi atención estaba puesta en Jack y en lo que iba a hacer a continuación. Me puso sus grandes manos en el interior de los muslos y me abrió más para examinarme.

Dos dedos posesivos volvieron a penetrarme, y luego esos dos se convirtieron enseguida en tres. Por mi vida que no podía quedarme quieta, y cuanto más miraba allí donde estaban desapareciendo sus dedos, con más intensidad ardía el fuego en mi interior. Se inclinó hacia abajo y empezó a lamerme el clítoris y todo su alrededor con lengua firme.

—Jack —dije con un gimoteo vergonzoso.

—Claro —murmuró, y tras una última y deliciosa lamida, se detuvo de nuevo.

Gemí e intenté cerrar las piernas con sus dedos todavía dentro. Estaba segura de que eso me aliviaría un poco.

Su palma me presionó la piel sensible de la parte interna del muslo.

—No, mantenlas abiertas.

—Yo también quiero verte —admití—. No me siento muy paciente en este momento.

—Yo tampoco —coincidió mientras me devoraba con los ojos. Lo siguiente que supe fue que sus dedos me abandonaron y que se estaba quitando la camiseta. Todavía estaba intentando reponerme de esos pectorales y abdominales que estaban fuera de mi alcance. Había insistido en estar completamente vestido en todo momento cuando estaba en la cama conmigo. Yo no estaba nada de acuerdo, pero él había ganado. Se bajó de la cama. Me senté recta y me puse de rodillas en medio de las sábanas.

—Jack —empecé, pero no llegué muy lejos, ya que lo siguiente que hizo fue quitarse los pantalones del pijama. No pude apartar los ojos de su pene grueso y venoso que casi le llegaba al ombligo.

¡Oh! Estaba pasando de verdad, y no podía estar más de acuerdo.

Sosteniéndole la mirada, busqué la parte inferior de mi camiseta y me la quité. La ropa estaba sobrevalorada. Luego me llevé la mano a la espalda, me quité el sujetador y tiré ambas cosas al suelo. Un segundo después, Jack soltó un gemido largo y volvía a estar en la cama conmigo, abalanzándose sobre mí y yendo directo a mi boca.

En comparación al beso que me dio en ese momento, todos los besos que habíamos compartido hasta entonces se considerarían inocentes. Incliné la cabeza hacia un lado y dejé que lo profundizara. Posó una mano en mi nuca y la otra me agarró por la cintura de forma casi dolorosa. Me dio igual. Lo único que importaba era que me estaba sujetando contra sí para tomar todo lo que quisiera. Su pene estaba apretado entre nosotros, la punta húmeda e hinchada me rozaba el estómago. Me soltó la cintura y subió la mano, y el roce de su piel con la mía me hizo delirar aún más mientras encontraba mi pecho y lo cubría con la mano, apretando y tirándome del pezón hasta que gemí y emití todo tipo de ruidos.

En cuanto sus labios les dieron un respiro a los míos, fue a por mis orejas antes de lamerme y morderme desde la garganta hasta las tetas. Arqueé la espalda, ofreciéndome a él. Se aferró a mi pezón con la boca y empezó a succionarlo con movimientos profundos y sensuales mientras con la otra mano me acariciaba y masajeaba el otro, preparándolo para el mismo tratamiento. Dejé caer la cabeza hacia atrás y enredé los dedos en su pelo, agarrándolo con fuerza.

Sentía que el corazón me latía en la garganta y que tenía el pulso desbocado. De una cosa estaba segura: nunca olvidaría en esta vida a Jack Hawthorne y cómo me tocaba.

Cuando se metió el pezón en la boca con más fuerza de la que me esperaba, tuve que sujetarme al duro músculo de su hombro con una mano mientras hacía todo lo posible por recuperar el aliento. Nunca en mi vida me había corrido solo con eso, pero estaba sorprendentemente cerca.

—Jack —murmuré en una exhalación, y emitió un «mmm» con la garganta mientras me chupaba los pezones, enviando electricidad por todo mi cuerpo. No estaba segura de cómo era capaz de mantenerme de rodillas—. Jack —repetí—, te deseo. No puedo esperar. No quiero esperar.

Cuando levantó la cabeza para mirarme a los ojos, yo seguía gimiendo y mi cuerpo se estremecía. No me había corrido, pero estaba muy cerca de hacerlo.

—Mmm... —murmuró, y volvió a besarme, enredando su lengua con la mía. Aunque estaba desnuda, sentía calor por todas partes, un hormigueo—. ¿Estás segura de que no es solo *palabrería*? ¿De verdad quieres que te folle?

Metí la mano entre los dos y le di unas cuantas caricias lujuriosas que, por lo que vi, disfrutó, ya que me mordió el labio inferior. Utilicé el pulgar para esparcir el líquido caliente alrededor de la punta y, antes de que pudiera hacer nada más, se apartó y fue hacia la mesilla de noche. Vi con asombro cómo abría un paquete de condones y se ponía uno despacio. Yo misma los había puesto allí a modo de indirecta. En cuanto terminó, estaba a mi lado. Giró mi cuerpo hasta que quedé de cara al cabecero y se arrodilló justo detrás de mí.

—Ábreme las piernas todo lo que puedas, cariño —murmuró, mientras sus labios me lamían y mordían el cuello. Cada beso me provocaba un escalofrío en todo el cuerpo, y estaba segura de que moriría feliz después de esto—. Agárrate al cabecero si lo necesitas.

Nunca en mi vida había estado tan excitada. Haría lo que quisiera. Me moví sobre las rodillas y abrí más las piernas, agarrando el cabecero con una mano para mantener el equilibrio. Cuando me puso las dos manos en el interior de los muslos y me abrió aún más, con las yemas de los dedos rozando mi humedad, me pareció experimentar un orgasmo diminuto.

Ya tenía la garganta áspera cuando por fin se acomodó entre mis piernas abiertas y apoyó las rodillas justo al lado de las mías para mantenerme abierta.

—Echa la cabeza hacia atrás —me susurró al oído, lo que hizo que otro escalofrío me recorriera el cuerpo.

—Jack —gemí. Parecía que no se me ocurría ninguna otra palabra.

—Te necesito tanto... —susurró, y sus labios se movían contra mi piel mientras hablaba, su aliento caliente manteniéndome en tensión. Lo aceptaría, aceptaría que me necesitara cualquier día.

Sentí cómo la palma de su mano izquierda me cubría el abdomen y luego cómo su mano derecha guiaba su polla hasta colocarla entre mis piernas, moviéndola arriba y abajo por mi hendidura, esparciendo mi humedad por toda su erección.

—Jack —repetí otra vez.

—Mmm...

—Por favor… Basta.

—Me deseas.

—Sí.

—Dímelo. Di las palabras.

—Te deseo con locura, Jack.

—Solo a mí, Rose. Soy el único.

Cerré los ojos. Así que quería que tuviera una muerte lenta...

—Nunca he deseado a nadie tanto como te deseo a ti.

Eso pareció satisfacerlo.

—Bésame entonces. Dame tu boca antes de que te tome —dijo.

Ya tenía la nuca apoyada en su hombro, así que la giré hacia la izquierda y su boca se hizo con la mía en un beso áspero. Lo siguiente que supe, antes de que pudiera tomar la siguiente bocanada de aire, fue que se estaba deslizando dentro de mí de manera lenta e interminable. Separé mis labios de los suyos y solté un gemido largo, con la cabeza echada hacia atrás y los ojos cerrados.

—¿Estás bien? —me preguntó, y lo único que pude hacer fue morderme el labio y asentir—. Eres increíble —murmuró, metiendo el resto de la polla. Me estaba abriendo por completo y me encantaba. Mis músculos se estremecieron y volví a gemir.

Ya podía ver cómo los colores bailaban delante de mis ojos.

—Me encanta, Jack.

—¿Sí?

Su palma izquierda me presionó más el abdomen para atraerme contra él y, por fin, lo recibí todo. Intenté abrir más las piernas para sentirme más cómoda, ya que me había empezado a temblar el muslo derecho, pero el ligero dolor que me producían su tamaño y la postura hizo que todo me pareciera cien veces mejor.

Empezó a sacarla y me aferré a su antebrazo. Seguía agarrando el cabecero con la otra mano, pero necesitaba sentir su piel contra las yemas de los dedos.

—Despacio —gemí.

—¿Quieres que pare? ¿Tan pronto?

—Te mataré si paras —jadeé.

—Entonces, ¿qué? ¿Te duele? —preguntó, con la nariz acariciándome el cuello.

—Un dolor bueno —conseguí decir.

—Bien.

Poco a poco, la sacó hasta la mitad y volvió a meterla. Esta vez lo acogí con más facilidad. Nunca había tenido sexo tan despacio, no sabía que podía sentirse tan bien ni que también pudiera sentir, en cierto modo, un dolor delicioso.

—¿A ti también te gusta? —pregunté, sintiéndome atrevida.

—No te haces una idea —gimió, y empezó a embestirme con fuerza mientras me acomodaba a su tamaño. Lo estaba empapando con mi humedad—. Podría follarte así durante horas.

Abrumada, solté una risita, pero entonces metió la polla hasta el fondo y se convirtió en otro gemido.

—Creo que moriría de placer.

—Nunca te dejaría morir, solo intento follarte bien.

—Me encantaría morir así.

Inició un ritmo lento que me hacía gemir sin parar. Cada vez que se me caía la cabeza hacia delante, me advertía de que la mantuviera inclinada contra él, y su preocupación por mí contribuyó a que mi placer fuera en aumento.

—¿Era lo que imaginabas todas las veces que me provocabas?

—Mejor —susurré, y sus dedos se clavaron más en mi abdomen. Con la respiración y el corazón descontrolados, le apreté el antebrazo con fuerza. Ambos íbamos a dejar una marca en el otro para cuando termináramos, y no me gustaría que fuera de otra manera.

—Jack —jadeé, con un poco de pánico en la voz tan solo unos minutos después de que empezara a follarme.

—¿Qué? ¿Vamos a parar otra vez? —preguntó, sin disminuir la velocidad de las embestidas. Le sujeté la muñeca izquierda, que seguía presionándome el abdomen.

—No, no, no —coreé, y las embestidas empezaron a ser más profundas y rápidas. Eché las caderas hacia atrás en un intento por que entrara aún más. Me rodeó con la mano derecha también, agarrándome la cadera mientras mi culo rebotaba en la parte superior de sus muslos—. Jack… Jack, voy a correrme. No pares.

—Vamos, Rose. Córrete sobre mi polla, cariño. Deja que sienta cuánto me deseas —Me mordió el lóbulo de la oreja y me volví loca—. Sí, cariño. Así. Móntala. Toma mi polla.

Cerré los ojos y escuchar su voz ronca me llevó al límite y al olvido. Jadeé su nombre y sentí cómo el calor me estallaba entre las piernas, y se me tensaron todos los músculos del cuerpo. Solté el cabecero y eché la mano derecha hacia atrás para agarrarle el pelo a Jack y tirar de forma involuntaria. Gemí largo y tendido mientras mi cuerpo se estremecía entre sus brazos y él seguía penetrándome con fuerza durante el orgasmo, sus labios trazando una línea invisible en mi cuello.

Cuando mi cuerpo empezó a relajarse a su alrededor, bajó el ritmo.

—¿Ha sido bueno?

No pude hacer otra cosa que asentir. Había hecho demasiado ruido y me había corrido demasiado fuerte. Cada parte de mi cuerpo que estaba en contacto con él me quemaba, pero donde más notaba el calor era en las mejillas.

—¿Sientes lo resbaladiza que estás para mí? ¿Lo fuerte que te has corrido en mi polla?

Era imposible no sentirlo. Mi única respuesta fue volver a asentir con la cabeza. Me penetró más hondo y gimoteé. Me rodeó el pecho con la mano derecha y, sin ningún pudor, me arqueé hacia él.

La lujuria me acariciaba la piel. Cuando aceleró un poco el ritmo, tomé una bocanada de aire.

—¡Mierda!

—Vas a correrte otra vez.

—Siempre dando órdenes —murmuré, con toda mi atención puesta en el punto en el que nos convertíamos en uno.

—No era una orden, Rose. Solo señalaba lo obvio.

Enterró la cara en mi cuello y me pellizcó un pezón mientras me embestía implacable. Solté algo entre un jadeo y un gemido.

¡Dios! La fuerza con la que me sujetaba era tan poderosa como sus embestidas. Le solté la muñeca y extendí la mano sobre la suya, diciéndole en silencio que quería más presión.

—Te voy a hacer un moratón —susurró.

—Quiero que lo hagas —contesté en otro susurro, y giré la cabeza y apoyé la frente en su garganta caliente.

—¿Por qué?

—Quiero todo de ti, Jack, todo y más. Quiero que me dejes una marca. —No era más que una declaración jadeante que tenía un doble sentido a la vez que me daba cuenta de que estaba a segundos de otro orgasmo.

—Abre la boca —ordenó, moviendo la cabeza hacia atrás.

Levanté la cabeza y dejé que me invadiera la boca en un beso ardiente en el mismo momento en el que sus embestidas se volvían exquisitas y exigentes. Su sabor, el sabor de su hambre, me invadió cuando empecé a correrme de nuevo. Descendió la mano derecha por mi cuerpo y la sensación de su piel contra mis zonas sensibles hizo que temblara entre sus brazos mientras me penetraba. No hizo más que cubrirme el coño con la mano y presionarme el clítoris con la parte baja.

A través de la neblina que había invadido mi cerebro, sentí cómo me la metía más profundo a la vez que gimoteaba en su boca y mi cuerpo se estremecía. Los pequeños gruñidos de placer que emitía hacían que se me curvaran los dedos de los pies. Dio dos embestidas profundas más y luego se detuvo dentro de mí. Solté un gemido suave al tiempo que mis músculos internos se estremecían alrededor de su longitud. Estaba sumida en su hambre, su hambre de mí.

Con ambas manos sobre mis muslos, me dio unas cuantas embestidas perezosas y exuberantes más. Tenía la sensación de que no quería separarse, lo que me parecía bien. Yo tampoco quería que se separara nunca.

—¿Esto es real? —pregunté, sin aliento, cuando empezó a sacarla.

Se detuvo detrás de mí.

—¿Qué quieres decir?

—No estoy soñando, ¿verdad? —Subí y bajé las manos por sus antebrazos, la cabeza todavía apoyada en su ancho hombro.

Giré la cabeza y lo miré con ojos aturdidos y, con toda probabilidad, medio idos.

Esbozó la sonrisa más dulce y sexi y me besó los labios.

—No existe nada más real que esto, que nosotros. —Movió las manos y me rodeó con ellas con fuerza, sus antebrazos sosteniendo el peso de mis pechos. Después de un abrazo largo, el cual me encantó, me susurró al oído—: Tengo que quitarme el condón, cariño. Suéltame.

Bajé las manos y contuve un pequeño gemido cuando la sacó. Sin embargo, no pude evitar que me temblara el cuerpo cuando su palma se movió sobre la curva de mi culo.

—Túmbate, estás temblando.

Lo hice encantada.

Cuando volvió, estaba escondida bajo las sábanas, con la cabeza apoyada en la almohada y las manos metidas debajo de la mejilla. Seguí cada uno de sus movimientos y me choqué los cinco a mí misma en secreto cuando me di cuenta de que seguía desnudo. Su pene era impresionante incluso cuando no me estaba haciendo cosas.

Se tumbó de cara a mí.

—Hola —susurré.

Respiró hondo y luego soltó el aire.

—Hola, Rose. —Sus labios se encontraron con los míos y sonreí a través del efímero beso—. ¿A qué viene esa sonrisa? —preguntó, sus labios moviéndose contra los míos mientras nuestras narices se chocaban.

—Compartiría mi puerta contigo cualquier día, Jack Hawthorne.

Juntó las cejas.

—¿De qué hablas?

—Si nunca has visto *Titanic*, no puedo estar casada contigo —dije con seriedad.

Por desgracia, la confusión no abandonó sus ojos, pero sí que esbozó una pequeña sonrisa.

—Creo que es un poco tarde para eso.

—No la has visto. Jack y Rose… El Titanic…

—Conozco la película, pero creo que no la he visto.

—Si estuviera segura de poder salir de esta habitación, te obligaría a verla ahora mismo, pero como eso no va a pasar, despeja tu agenda, la veremos mañana.

Me apartó el pelo de la cara con la mano.

—Vale. ¿Cómo te encuentras?

Ahora fui yo la que curvó los labios.

—Por un momento, sentí un hormigueo en el cerebro.

Su expresión se volvió seria y se le tensó el cuerpo.

—¿Te encuentras bien? ¿Ha sido demasiado?

Levanté la mano y suavicé su ceño fruncido.

—Estoy bien, pero sin duda sentí un cosquilleo ahí arriba. —Me incliné hacia delante y le besé. Con los ojos cerrados y con el corazón en la garganta, susurré contra sus labios—: Ha sido el mejor sexo de mi vida, Jack.

—Bien.

Me eché hacia atrás y le miré a los ojos, que se escondían en las sombras oscuras de la habitación.

—¿Eso es todo? Más te vale decir algo más.

Alzó las cejas.

—¿Quieres oír que contigo también ha sido el mejor para mí?

—Sí, y más. Por favor.

En ese momento se rio, y si los sonidos que hacía cuando se corría eran los más sexis que había oído nunca, el sonido que emitía cuando se reía en la cama conmigo era el más dulce. Se puso serio enseguida, pero eso no me impidió oír la sonrisa y la diversión en su voz.

—Contigo también ha sido el mejor que he tenido, Rose.

Esperé. Y él también.

—Más —dije—. Y que sea más creíble.

Arqueó una ceja y puso una mano detrás de mí para atraerme hacia él hasta que volvimos a estar piel con piel. Su pene semiduro me presionaba el estómago y me miró a los ojos, sin ningún rastro de sonrisa en el rostro.

Ya estaba sin aliento. ¡Dios!

—Eres la única mujer con la que quiero irme a dormir abrazado y despertarme a su lado, Rose Hawthorne. No voy a dejarte nunca. No voy a olvidarte nunca.

El calor me recorrió la piel y noté cómo el corazón me latía con fuerza en los oídos. Me aclaré la garganta.

—No está tan mal. Supongo que es bueno que no seas tan malo en la cama.

No voy a dejarte nunca.

Esa declaración… me robó el aire de los pulmones. Otra mujer se habría asustado con facilidad ante la obvia afirmación, pero yo me empapé de cada palabra pura y dejé que me llenaran. Nunca había pertenecido a nadie, no así, no como lo que Jack me estaba ofreciendo.

—¿Sexo? —bromeé—. ¿Otra vez? Ya sabes, ¿solo para que podamos ver si la primera vez ha sido un golpe de suerte?

La respuesta la susurró contra mis labios con una sonrisa mientras sus ojos sostenían mi vulnerable mirada.

—Sí, cariño. Otra vez.

Al día siguiente, tenía el aspecto de alguien que había echado un polvo. En la cafetería no escatimé en sonrisas y andaba como en las nubes. A Owen no le importaba asegurarse de que supiera lo que pensaba de mí cuando no paraba de sonreírme a mí misma justo enfrente de él, al otro lado de la isla de la cocina.

Cuando vi la cara de Jack parpadear en la pantalla del móvil justo antes de que estuviéramos a punto de abrir, mi mañana alcanzó un punto álgido.

—Hola.

—Mi Rose. —Cuando habló, en su voz había ese atisbo de sonrisa que me encantaba ver en sus labios—. ¿Cómo te encuentras?

—Perfecta —susurré, y me moví hacia una esquina mientras miraba las concurridas calles de Nueva York. Habíamos vuelto a acostarnos, Jack y yo, una vez más después de la primera vez, y luego otra vez por la mañana, lo que elevaba el total a tres. No era un mal número si lo pensabas, y saber que la primera vez no había sido un golpe de suerte era la guinda del pastel. Tenía toda clase de moratones que lo demostraba, pero, sobre todo, me gustaban los que tenía en los huesos de la cadera y a los lados del abdomen. Cuando cerraba los ojos, todavía podía sentir cómo sus dedos se me clavaban en la piel—. ¿Y *tú* cómo te encuentras?

Su respuesta fue suave y gentil, tan opuesta a él.

—Perfecto.

Bajé la mirada a mis zapatos y sonreí.

—El sexo es bueno.

—Así es.

—¿Querías decir algo?

—¿No puedo llamar a mi mujer porque me apetece?

—Puedes, y deberías también. Siempre que se te pase por la cabeza, deberías llamarla o escribirle. Creo que le gusta hablar contigo.

—¿Eso crees?

—Sí, sin duda.

—Cuéntame más. ¿Qué más le gusta?

Miré por encima del hombro para asegurarme de que Sally seguía ocupada apilando los sándwiches y que no podía oírme.

—Le gusta cuando le susurras al oído. —Mi voz se había reducido a un susurro áspero mientras me estremecía solo de pensar en la noche anterior y en aquella mañana.

Escuché a Jack aclararse la garganta y murmurar algo a alguien que, al parecer, estaba en su despacho con él. Esperé hasta que volvió a dirigirse a mí.

—Perdona. Había un socio júnior conmigo. Ya estoy solo.

Asentí, olvidando que no podía verme.

—¿Qué estás haciendo?

—Me preparo para una reunión.

—Y nosotros estamos a punto de abrir.

—Ya veo.

—Creo que te he echado de menos —admití en voz baja. Habían pasado solo unas horas desde que le había robado un último beso cuando se unió a Raymond y a mí en nuestro pequeño trayecto matutino. Dijo que quería llegar pronto al trabajo para repasar algunas cosas, y yo le dije que no quería separarse de mí. En ese momento me besó, justo delante de mi cafetería. *¿Y qué?*, dijo una vez que me había vuelto a dejar sin aliento y hambrienta.

—¿Tú crees? —preguntó, y sonaba divertido.

—Lo sé.

—¿Te gustaría comer conmigo entonces?

—¿Rose? —Alcé la vista, miré a un lado y vi a Sally sonriéndome—. ¿Abro la puerta?

—Sí, sí. Lo siento, voy a ayudar en un segundo.

Me hizo un gesto con la mano.

—Yo me encargo. —Luego, con una sonrisa aún más grande, abrió la puerta y dio la bienvenida a nuestros dos primeros clientes del día. Ni siquiera me había dado cuenta de que estaban esperando fuera en medio del frío.

Básicamente apretujándome en la esquina, volví a centrar mi atención en Jack.

—Si me echaras tanto de menos que fueras incapaz de seguir con tu día sin verme durante el almuerzo, consideraría esa opción, pero como no me has ech…

—Vas a desafiarme siempre, ¿verdad?

—Creo que eso es un hecho.

—Bien. Bueno, si no comes conmigo, el resto del día quedará arruinado porque no podré pensar en otra cosa que no seas tú, tú y tu sabor.

Me sonrojé. No cabía duda de que conocía mi sabor.

—De acuerdo. Comeré contigo. Tendré que cancelar el resto de mis planes, pero solo porque has insistido tanto.

Mientras sonreía a mis zapatos, se hizo un gran silencio al otro lado de la línea.

—¿Jack?

—Te haré feliz, Rose. Te lo prometo.

Las palabras se me atascaron en la garganta durante un breve momento.

—Yo también te voy a hacer feliz, Jack.

Antes de que pudiera responder, oí una voz inesperada e inoportuna a mis espaldas.

—¿Rose?

Mi sonrisa se desvaneció incluso antes de que le viera. *Joshua*. Llevaba el pelo peinado hacia atrás, lo que le hacía parecer un completo imbécil, y llevaba un traje, nada tan bueno como los trajes de Jack, pero un traje negro. Parecía perfecto para alguien tan rico como Jodi. Cuando estábamos juntos, no era así, ni pelo engominado, ni trajes. Era como si se hubiera moldeado a sí mismo para convertirse en una persona diferente, o tal vez mi prima le había moldeado y convertido en una persona diferente. Fuera como fuese, no era asunto mío.

—Jack —dije, todavía con el móvil en la oreja—. No... eh, acabamos de abrir. Tengo que irme. Te escribo cuando bajemos un poco el ritmo.

Después de una rápida despedida, colgué.

—¿Qué haces aquí, Joshua? *Otra vez*.

—Me gustaría hablar contigo, si tienes unos minutos.

Le miré con el ceño fruncido. No teníamos nada de lo que hablar. Miré por encima de su hombro, molesta porque casi bloqueaba mi vía de escape.

—Acabamos de abrir —repetí las palabras que le había dicho a Jack—. No tengo tiempo para hablar, tengo que trabajar.

Sonrió, una expresión pequeña e íntima que me enfadó más porque estaba estropeando mi feliz mañana. No debería estar ahí.

—No me importa esperar.

Como empezábamos a llenarnos de clientes, no podía montar una escena y echarle sin rodeos. Así que me encogí de hombros y, girándolos para no acercarme demasiado, pasé junto a él.

Le hice esperar más de una hora con la esperanza de que se aburriera y se marchara. No recordaba ninguna vez que me hubiera esperado ni quince minutos, pero ahora parecía que tenía todo el tiempo del mundo. Lo que más me fastidiaba era que ni siquiera había pedido un simple café mientras ocupaba una mesa que podría haberles ofrecido a clientes que sí pagaban.

Por eso me dirigí hacia él cuando el ajetreo matutino empezó a disminuir, por eso y porque me estaba incomodando muchísimo con cómo intentaba atraer mi atención.

Supuse que no necesitaba sentarme para decir lo que tenía que decir, así que me coloqué junto a su silla e, intentando mantener la voz lo más baja posible, me apresuré a hablar.

—No sé cómo decirlo de otra manera, pero no quiero que vuelvas por aquí. No quiero verte ni hablar contigo.

—Pensaba que íbamos a hablar.

¿Acaso me estaba escuchando?

—Y yo pensaba que captarías la indirecta y que te irías antes de que eso pasara.

—Rose, creo que querrás oír lo que…

—No. No quiero oírlo y no quiero verte. No tengo ni idea de lo que…

—He venido a decirte un par de cosas sobre tu marido.

Me clavé las uñas en las palmas mientras intentaba mantener una cara sonriente para los clientes que nos rodeaban.

—Vete.

Se removió en el asiento y se echó hacia delante.

—Le conocí cuando todavía estábamos enamorados. Tú y yo… Me pagó para que rompiera contigo, Rose. Insistió demasiado, no me dejó rechazarlo. Tenía miedo de lo que me haría. Si hubiera sabido que te obligaría a casarte con él y que jugaría contigo así, habría…

Con cada palabra que salía de su boca, sentía que mi cuerpo se balanceaba más. El mundo empezó a dar vueltas a mi alrededor. Me flaquearon las rodillas y tuve que sentarme enfrente de Joshua.

Una vez que terminó de hablar, en mi interior no quedó felicidad alguna.

Me pagó para que rompiera contigo.

CAPÍTULO VEINTICINCO

JACK

Después de una reunión larga con un antiguo cliente que estaba planteándose vender su empresa, seguía en la sala de reuniones con Samantha y Fred intentando averiguar los detalles cuando Cynthia entró tras llamar a la puerta. Debería haberlo adivinado por su expresión. Debería haber adivinado que se me había acabado el tiempo y que todo estaba a punto de derrumbarse sobre mí.

Rose entró pisándole los talones a mi asistenta antes de que pudiera terminar mi reflexión, y en su cara solo se veía angustia. Algo iba muy mal. ¿Se encontraba mal otra vez? Mi mente dio rienda suelta a esa posibilidad.

—Siento interrumpir así —empezó Rose con una tristeza tranquila en la voz y con los ojos fijos en mí. Nadie más en la habitación importaba. Solo estábamos nosotros—. ¿Podemos hablar?

Levanté la cabeza y me puse de pie.

—Por favor, disculpadme. —Las voces de Fred y Samantha no fueron más que un murmullo de fondo.

Conté cada paso que daba hacia ella, Rose, mi mujer. Fueron doce pasos en total. Si hubiera podido ralentizar el tiempo, lo habría hecho. Pero nunca volvería atrás. Jamás cambiaría ni un segundo de lo que habíamos vivido juntos. Antes de que pudiera llegar a su lado, se dio la vuelta y salió de la sala de reuniones, tras lo que se detuvo justo en la puerta.

Apreté la mandíbula y le puse la mano en la espalda, por costumbre y necesidad.

Se aclaró la garganta y se alejó de mí. No había venido para almorzar. Me mataba verla así, y fue entonces cuando supe por qué había venido. Saber que yo era el responsable, saber que le había hecho eso, rompió algo dentro de mí.

Me llevé la mano al costado y cerré los dedos en un puño. Me metí las manos en los bolsillos mientras me miraba para no sentir el impulso de acercarme a ella.

—¿Mi despacho? —pregunté en medio del silencio que nos separaba.

Asintió y se adelantó mientras yo la seguía.

Por fin llegamos a mi despacho y, en lugar de sentarse, se agarró por los codos y se quedó en medio de la habitación. Antes de que pudiera darme la vuelta y cerrar la puerta para tener algo de intimidad, Cynthia apareció en el umbral. Dejó escapar un suspiro de complicidad y me miró a mí y luego a Rose.

—¿Le traigo algo, señora Hawthorne?

Ojalá hubiera podido apartar los ojos de ella, porque tal vez así me habría perdido cómo se estremeció. Negó con la cabeza y se le curvaron los labios un segundo solo.

—No. Gracias, Cynthia.

La puerta se cerró y por fin estuvimos solos.

Sus ojos se encontraron con los míos cuando me puse frente a ella.

—No has venido a comer.

—No.

Me preparé.

—Te escucho.

Volvió a producirse aquel silencio ensordecedor mientras pasaban varios segundos, y sus hombros cayeron derrotados y su expresión cambió y se contrajo ante mis ojos.

—Dime que es mentira, Jack. Dime que es mentira para que pueda volver a respirar. —Desenredó los brazos y se puso un puño en el corazón como si tratara de aliviar el dolor.

Apreté los dientes y me metí las manos en los bolsillos.

—Vas a tener que ser más específica.

Bajó la mano del pecho e inclinó la barbilla hacia arriba, con los ojos ya brillantes por las lágrimas no derramadas.

—Dime que no le pagaste a Joshua para que rompiera conmigo. Dime... —Se le quebró la voz, lo que me causó un dolor físico en medio del pecho—. Dime que no me mentiste con respecto a *todo*.

Suspiré, tratando de mantener la compostura, tratando de mantenerla bajo llave.

—No puedo decirte eso, Rose —admití, y mi voz salió más severa de lo que pretendía.

Me miró como si estuviera mirando a un extraño y cayó la primera lágrima, que le trazó una línea en la mejilla.

Luego cayó la segunda.

Luego la tercera.

La cuarta.

No emitió ni un solo sonido. Aparte de parpadear mientras seguían cayéndole lágrimas, no se movió ni un centímetro.

—¿Te has divertido?

—¿Perdona?

Su voz adquirió fuerza a medida que alzaba la voz.

—Te he preguntado si te has divertido.

—¿De qué hablas?

—¿Te has divertido con tus juegos?

—No sabes lo que...

Se secó las lágrimas con el dorso de la mano, con la columna recta. Eso era bueno. Podía soportar que se preparara para hacerme daño; sin duda, me lo merecía.

—Tienes razón, no lo sé. No sé nada. Le pagaste a mi prometido para que rompiera conmigo. —Lo siguiente que supe fue que me estaba empujando el pecho con ambas manos. Estaba temblando, y retrocedí un paso mientras preguntaba—: ¿Quién cojones te crees que eres?

Cuando me golpeó por segunda vez, le agarré los brazos justo por encima de los codos antes de que lo repitiera una tercera vez. Si hubiera pensado que eso la ayudaría, habría dejado que me golpeara innumerables veces, pero eso no iba a cambiar lo que había hecho.

—Cálmate.

—¿Que me calme? —Estaba llorando en serio, tratando de zafarse de mi agarre, tratando de escapar de mi tacto—. Me has estado mintiendo desde el primer momento en el que nos conocimos. Lo has estropeado *todo*.

Le agarré los brazos con más fuerza para acercar su cuerpo al mío y se le empezó a agitar la respiración.

—Te salvé de él —me obligué a decir, con los dientes apretados—. He de asumir que ha vuelto a tu cafetería, ya que me amenazó con eso cuando le dije que no iba a pagarle más.

—¿Salvarme? ¿Que me salvaste? —Se le entrecortó la respiración, pero dejó de forcejear en mis brazos—. Suéltame, Jack.

—¿Para que te vayas sin escucharme? No.

—No pienso irme a ninguna parte sin escuchar una explicación. Quiero que me sueltes porque no quiero que vuelvas a tocarme.

Sus ojos se clavaron en los míos. Nunca olvidaré el dolor, el daño, la ira, el odio que vi en ellos. Sabía que tenía que escucharla, sabía que tenía razón, así que la solté y se apartó de mí, frotándose la zona de los brazos que le había sujetado.

—¿Estás bien? —conseguí preguntar, ya que pensaba que le había sujetado más fuerte de lo que era consciente.

—Mejor que nunca. —Puso más distancia entre nosotros. Estaba a solo unos pasos de distancia y todavía podía oler su perfume, aunque bien podría haber estado a kilómetros de distancia—. Puedes dejar de fingir que te importo. Adelante, Jack, cuéntame más mentiras. Dime lo que hiciste. Te escucho.

Se me tensó la mandíbula. Me lo merecía, pero no por eso dolía menos.

—No tengo ni idea de lo que te ha dicho, Rose, pero es mentira.

—Claro, porque tú nunca harías algo así.

—No. Yo también te he mentido. No estoy diciendo lo contrario. Te he estado mintiendo desde el principio.

—Qué noble por tu parte admitirlo ahora que me he enterado de todo.

Se me quebró la paciencia.

—¿Qué crees que sabes? ¿Te ha explicado que solo estaba contigo por el dinero de tu tío? ¿Que solo se acercó a ti porque pensaba que tu relación con ellos era mejor? Si lo ha hecho, entonces, por favor, mis disculpas. Deberías volver con él.

Me fulminó con la mirada, clavando los ojos en los míos.

—*Tú* le ofreciste dinero para que rompiera conmigo. ¿Qué derecho tenías?

—Eso es lo único en lo que estoy de acuerdo contigo. No tenía derecho, pero lo hice de todas formas. No es más que un estafador, Rose. Intentaba ayudarte.

—¿Quién te pidió ayuda? Antes del día que me trajiste a tu despacho, ni siquiera te conocía. Me dejó días, *semanas*, antes de eso.

—Ya te dije que te conocí antes.

—¡Y yo te dije que no me acuerdo! —gritó. Supuse que ambos habíamos perdido la paciencia. No me importaba si todo el bufete venía a escuchar; lo único que me importaba era que Rose siguiera allí. Por muy cabreada que estuviera, seguía escuchando. Tal vez no estaba escuchando todo lo que decía, pero estaba escuchando, y en ese momento bastaba.

—Eso no cambia el hecho de que *yo* me acuerde. Te conocí en esa fiesta, brevemente. Entiendo que no lo recuerdes. Solo tenías ojos para él.

El hijo de puta que había estado planeando romperle el corazón; información de la que me enteré más tarde.

Y yo no era más que otro cabrón con un nombre distinto que había hecho lo mismo, que había aceptado el hecho de que este día acabaría llegando incluso antes de que nos diéramos el «Sí, quiero».

Se mordió el labio, como si intentara mantener el dolor dentro, y los ojos le brillaron con más lágrimas.

—Dime lo que hiciste, Jack. Dime exactamente lo que hiciste.

—No podía parar de pensar en ti después de conocerte. Me interesaste, pero cuando supe que era tu novio, me retiré, pensé que igual en el futuro, si no funcionaba, podría presentarme otra vez. Da igual lo que pensara. Un tiempo después Gary mencionó que os habíais prometido y que había firmado un contrato contigo.

Se añadió al testamento como cualquier otro contrato, pero él había añadido una cláusula. Cuando la leí, me pareció raro que no te cediera el local solo a ti, así que pedí que investigaran a Joshua. Solo tenía curiosidad.

—¡¿Por qué?! —gritó, levantando los brazos a los lados antes de dejarlos caer—. ¿Por qué harías algo así?

—Porque quería saber más de él. Quería saber cómo de seria era vuestra relación. Elige la que quieras. —Esperé a que me preguntara qué había averiguado, pero ni siquiera pestañeó—. Utilicé al investigador que tenemos aquí. Descubrió que nunca fue a Harvard. Les había robado a otras tres mujeres. Empezaron siendo pequeñas cantidades, pero con el tiempo fue escalando. Ninguna presentó cargos porque estaban avergonzadas, y una de ellas tenía miedo de que su marido descubriera que había tenido una aventura. Se enteró de lo de esas tres mujeres en una sola semana. No le pedí al investigador que descubriera más porque tu tío había fallecido. Sabíamos lo que era y no había tiempo para hacer nada. Sabía por qué estaba contigo.

—¿Por qué no me lo dijiste? ¿Por qué?

—¿Me habrías creído? Era un desconocido. Y no había tiempo para hacer casi nada. Antes de que pudiera enterarse de lo del testamento, le pagué para que se fuera.

Rose tomó una temblorosa bocanada de aire y retrocedió hasta que sus piernas se chocaron contra el sofá y se sentó. Con la cabeza inclinada y los ojos cerrados, se estaba apretando los dedos contra la sien.

Me acerqué a ella.

—¿Te encuentras bien? ¿Estás mareada?

—Para —ordenó con la voz quebrada, mirándome con los ojos rojos e hinchados pero secos—. Deja de actuar como si te importara.

—¿Que no me importa? —pregunté con burla en la voz—. ¿Crees que no me importa y que por eso le pagué para que te dejara en paz? ¿Por eso me casé contigo? ¿Porque no me importa?

—¿Crees que importarte alguien es obligarle a casarse contigo?

El cuerpo se me quedó inmóvil.

—Yo no te obligué a nada, Rose.

—Pero no me dejaste elección, ¿verdad, Jack? Todo estaba perfectamente preparado para tu jueguecito. No eres mejor que él.

Me agaché frente a ella, y mis manos ansiaban tocarla para asegurarme de que estaba bien.

—Sabes que eso no es verdad —susurré; sus palabras me hirieron el corazón más de lo que me esperaba—. Dime que sabes que no es verdad. Él no sabía que se quedaría con la propiedad cuando le pagué para que rompiera contigo. Aceptó el dinero sin rechistar, Rose. Me dijo que, de todas formas, no iba a casarse contigo, que solo intentaba aprovecharse al máximo de la situación y ver si podía conseguir algo de Gary yendo más en serio contigo. ¿Me estás escuchando? Cuando tu tío falleció y se enteró de la cláusula del testamento, volvió para pedirme más dinero. Le pagué más de una vez, más de dos veces. Cuando se dio cuenta de que le había engañado para robarle la propiedad, volvió para pedirme más dinero. Ha ido a verte ahora porque le dije que ya no iba a pagarle más después de que se presentara la última vez en la cafetería. No pensé que lo haría. Pensé que le había espantado. No estaba contigo porque te quería. Yo no soy como él.

Me miró a los ojos durante un momento angustiante.

—Me mentiste, Jack. Ahora mismo tus mentiras me están haciendo más daño. ¿Qué querías de mí? No me vengas con la chorrada de que necesitabas a alguien con quien asistir a cenas. ¿De verdad ibas detrás de la propiedad? ¿Igual que él? Y ni se te ocurra decirme que esto no es más que una transacción de negocios entre dos personas. No me mientas más.

Eras tú. En ese momento no lo sabía, pero era a ti a quien quería.

—Nada. No quería nada de ti. Intentaba ayudar.

—Querías ayudar a una desconocida. ¿Soy la obra de caridad de este año?

Apreté los dientes y me levanté. Ella también se levantó y se quedó a escasos centímetros. Mis manos querían tocarle la cara como había hecho tantas veces, pero ya no tenía derecho a tocarla.

—Me cambiaste. Me persuadiste. Me engañaste para que te quisiera, me mostraste a este hombre, este hombre en el que podía confiar y al que podía querer y con el que podía ser yo misma. Me mostraste que podía tener una familia en la que podía confiar. Me *diste* una ilusión. Todas las veces que me ayudaste con la cafetería... y luego, cuando estuve enferma..., estuviste ahí, pero estabas actuando, jugando conmigo. Todo fue una mentira, Jack. No eras más que una mentira, y no te haces una idea de cuánto me duele saberlo. Quería algo real contigo. Sabías lo que Joshua me había hecho, pero ¿qué hiciste? Seguiste adelante e hiciste justo lo mismo, solo que con un juego diferente.

Se le escaparon unas cuantas lágrimas de los ojos y le rodaron por la piel antes de que se las secara rápidamente, enfadada. No hice más que mirar, con el pulso acelerado y la sangre rugiéndome en las venas, impotente.

—Espero que hayas conseguido lo que querías. Espero que haya merecido la pena.

—Me arriesgué a perderte para tener una oportunidad contigo, Rose. Lo volvería a hacer sin pensarlo.

Sacudió la cabeza y se alejó, rozando el hombro con el mío. Me metí las manos en los bolsillos y me di la vuelta para ver cómo me dejaba.

Se detuvo con la mano en la puerta y la cabeza gacha.

—Di algo, Jack. Discúlpate. Algo. Por favor, di algo.

Sus palabras fueron un susurro que me abrió en canal. Di un paso adelante, pero me detuve. Ahora que sabía algunas cosas, no iba a mentirle sobre el resto. No iba a decirle algo que sabía que no iba a creerse.

—Le pagué el doble de lo que valía la propiedad a Bryan después de que se presentara en tu cafetería antes de la inauguración. —Alzó la cabeza y su expresión fue de horror—. No le gustó que le frustráramos los planes. Iba a impugnar el testamento, me llamó innumerables veces, te utilizó como amenaza. No es que no se creyera el matrimonio, creo que sí se lo creyó después de que te mudaras conmigo (sobre todo, después de vernos juntos en la cafetería y más tarde en el acto benéfico), simplemente no quería que te quedaras con el local. Le pagué después de la noche del acto benéfico. Por eso lo dejó pasar y le dije que no volviera a acercarse a ti. Iba a ser un problema, así que llegamos a un acuerdo. Le pagué.

—¿Cómo pudo creerse que lo que teníamos es real? ¿Por qué Joshua no le dijo que le habías pagado?

Teníamos. Tiempo pasado.

—Creo que está jugando con tu prima, no podía admitir lo que es. No va a decirlo.

—¿Por qué no compraste el puñetero local si podías antes de casarte conmigo, Jack? ¿Por qué no alquilármelo si lo único que querías era acercarte a mí?

—¿Habrías aceptado la oferta? Nunca aceptarías pagar un alquiler bajo. No eres así. Da igual, aun así, intenté hacerlo, pero como te dije el primer día, Bryan se mostró inflexible en cuanto a lo de no vender. Ibas a perderlo todo y perder la cafetería. Se me ocurrió que, si pasaba directamente al matrimonio, pensarías que lo hacía por la propiedad, por otras cosas. Ni siquiera considerarías que lo hacía por ti. Y no lo hiciste. Ni siquiera te caía bien.

Por un segundo pareció quedarse sin palabras, así que seguí adelante.

—No voy a disculparme por algo que no siento. No estoy contento con cómo han ido las cosas, pero no iba a hacer nada después de casarme contigo. Se suponía que no debía acercarme, e hice todo lo que pude para mantenerme al margen. Hice lo que pude, Rose, créeme, pero cuanto más tiempo pasaba contigo, cuanto más te conocía… no podía mantenerme al margen. Cuando me di cuenta de que no quería alejarme, de que no *podía* alejarme, decidí que intentaría ser lo que querías, lo que te mereces. Intenté ganarme tu corazón. No miento cuando digo que lo único que quería era ayudarte cuando te ofrecí lo de casarnos. Al cabo de dos años, íbamos a divorciarnos y no volverías a verme. Ese era el plan, pero en algún momento me enamoré de ti, y por eso no lo siento. Lo volvería a hacer. No desharía ni un solo momento que he pasado contigo.

Se giró para mirarme y, por su cara, supe que ya me había dejado.

—Nunca te perdonaré por esto —dijo.

—Lo sé —susurré—. Aun así, te quiero.

Su postura se endureció aún más y cuadró los hombros como si tratara de protegerse de mis palabras. Tenía que saber que me estaba enamorando de ella. Yo sabía que se estaba enamorando de mí, así que tenía que saberlo. No podía ser solo yo. Lo sabía.

—¿Que me quieres? —Se le curvaron los labios, pero no era la sonrisa que tanto me gustaba—. Tú no me quieres, Jack. No creo que seas capaz de querer a nadie.

Nunca sabría si lo que me hizo polvo fueron las últimas palabras que escucharía de ella o ver cómo me dejaba. Cuando la perdí de vista, me dirigí a mi escritorio, agarré un pisapapeles de cristal y lo lancé contra la pared.

Me quedé en el despacho hasta medianoche trabajando hasta dejarme la piel. Terminé propuestas y llamé a clientes, hice todo lo que no tenía que hacer para que pasara el tiempo y no volver a casa, pero no había donde esconderse. Sabía lo que hacía desde el principio. Había decidido a sabiendas no contarle a Rose lo que había hecho.

Le había pagado a Joshua tres veces más y, aun así, había ido a verla.

A decir verdad, la razón por la que evitaba ir a casa era porque sabía que ella ya no estaría allí, y no estaba dispuesto a que esa verdad me abofeteara en la cara. Rose había actuado tal y como me esperaba. Me había ganado ese comentario de despedida. Ni siquiera yo me había creído capaz de querer a nadie como la quería a ella antes de que ocurriera. ¿Por qué iba a creerme ahora?

A las doce y cuarto, me subí al coche.

—Señor, ¿a casa?

—Puedes llamarme solo «Jack», Raymond. Llamas a mi mujer por su nombre, y no veo por qué no puedes llamarme por mi nombre a mí.

Sus ojos se encontraron con los míos en el espejo retrovisor y asintió.

—¿A casa? ¿O a otro sitio primero?

—Al apartamento, por favor.

Miré hacia fuera, a las calles vacías. Los semáforos nos dejaban pasar uno a uno, y estaba más tranquilo que de costumbre. A los pocos minutos, Raymond rompió el silencio.

—Quería caminar.

Mis pensamientos se dispersaron todos a la vez.

—¿Perdona?

—Rose. Acababa de empezar a nevar, así que me ofrecí a llevarla a casa, pero dijo que quería caminar.

No lo dudaba.

El resto del trayecto fue tranquilo hasta que se detuvo delante de nuestro edificio, *mi* edificio. Paró el motor y nos quedamos allí un buen rato. No estaba seguro de por qué había pensado que era una buena idea quedarme en el coche y prolongar el dolor que sentía en el pecho cuando sabía lo que me iba a encontrar allí arriba, pero aún había una pequeña parte de mí que tenía esperanzas.

—Vale —dije en voz alta, y me pasé una mano por la cara—. De acuerdo. Buenas noches, Raymond.

—¿Quieres que te espere aquí?

Fruncí el ceño.

—¿Para qué?

—Por si quieres ir a otro sitio. ¿Tal vez a A la Vuelta de la Esquina?

Nuestras miradas se cruzaron y me percaté de que ya lo sabía. Pues claro que lo sabía. Llevaban meses pasando las mañanas juntos. Pues claro que le contaría lo que estaba pasando después de terminar conmigo.

—No, no creo que haga falta. Que pases una buena noche.

Salí del coche e hice oídos sordos a su respuesta.

Entré en el edificio y vi cómo nuestro fiel portero se levantaba para saludarme. Tuve la tentación de pasar de largo con una simple inclinación de cabeza para reconocer su presencia, pero ya no me parecía correcto.

—Hola, Steve. ¿Cómo estás?

—Muy bien, señor. Gracias. ¿Qué tal el día?

Resoplé.

—No ha sido el mejor, me temo. —Enarcó una ceja, esperando a que siguiera, pero decidí cambiar de tema para evitar subir al apartamento—. Parece una noche tranquila.

—Sí, señor. Fuera hace un frío que pela, así que parece que todo el mundo se ha quedado en casa.

—Sí. Será por la nieve.

—Eso creo.

—Tu hija… Bella, ¿verdad?

Asintió.

—¿Cómo le va en el nuevo instituto? ¿Todo bien?

—Sí, señor. Está… más feliz. Gracias por preguntar.

—Bien. Me alegra oírlo. —No se me ocurrió nada más que decir, así que asentí con la cabeza, golpeé su mesa con los nudillos y me dirigí a los ascensores.

Al abrir la puerta, me obligué a entrar y a ahogarme en el silencio. Primero miré en la cocina, porque a veces cocinaba u horneaba. La crema de manos que usaba no estaba en el salón, la que olía a pera. Subí las escaleras y entré en su dormitorio, que se había convertido en el nuestro. El baño estaba vacío, el armario…, todo parecía apagado e incorrecto. En pocas horas había conseguido borrarse por completo de mi vida. Si no hubiera encontrado el anillo que le regalé en la mesilla de noche, la que estaba en mi lado de la cama, me habría inclinado a creer que me lo había inventado. Cogí el anillo y me lo metí en el bolsillo.

Bajé las escaleras y me serví un poco de *whisky*. Después de beberme el tercer vaso, volví sobre mis pasos hasta su habitación y salí a la terraza. Había empezado a nevar con más fuerza. No lo noté mucho, no con cómo me sentía. Apoyé los brazos en la barandilla y contemplé Central Park. No estaba seguro de cuánto tiempo me quedé allí como un idiota, pero lo siguiente que supe fue que estaba saliendo de nuestro apartamento y cogiendo un taxi.

Si Raymond había considerado necesario mencionar su cafetería, era muy probable que ya lo hubiera comprobado y supiera que seguía allí. El taxista me dejó a unas cuantas tiendas de su local y caminé hasta situarme frente al gran escaparate que había junto a la puerta principal, justo debajo de la corona que había colocado mientras ella me sonreía con ojos felices. Me quedé allí, en la acera vacía, fría y húmeda, solo salvo por algunas personas ruidosas que pasaban de vez en cuando, y vi un atisbo de luz procedente de la cocina.

Me destrozó el frío corazón saber que iba a pasar la noche sola y lejos de mí, y en su cafetería nada menos, pero desde el momento en el que salí del apartamento supe que me quedaría allí hasta que Owen apareciera por la mañana temprano y ya no estuviera sola. Apoyé la espalda contra el lateral del edificio, eché la cabeza hacia atrás y agradecí la suave mordedura de frío que me dejaba la nieve en la cara.

Me merecía algo mucho peor y ella se merecía algo mucho mejor.

Pero… estaba enamorado hasta la médula de aquella mujer, más de lo que jamás hubiera creído posible cuando se me ocurrió el «acuerdo de negocios» más ridículo que había concebido en mi vida. Mi corazón estaba en sus manos. Era la única para mí, así de simple. Podía estar sin Rose. Podía pasarme toda la vida sin volver a hablar con ella y viviría (miserable, pero viviría) siempre y cuando supiera que ella era más feliz. La vida siempre seguía adelante, tanto si decidías avanzar con ella como si te quedabas quieto y dejabas que todo sucediera a tu alrededor, pero yo no quería hacerlo sin ella.

Esa fue mi elección. No quería pasar el resto de mi vida sin ella, solo mirándola desde la distancia. Necesitaba y quería estar a su lado, cogiéndola de la mano, susurrándole en la piel lo mucho que la quería hasta que mi amor se convirtiera en parte de ella, en una necesidad de la que no pudiera prescindir.

Quería ser su aire, su corazón. Quería todo lo que no me merecía tener.

Pero ¿era lo mejor para ella?

¿Era yo lo mejor?

Por desgracia, sabía que no, pero eso no cambiaba el hecho de que iba a intentar serlo.

CAPÍTULO VEINTISÉIS

ROSE

Eran alrededor de las dos de la madrugada cuando, cautelosa, me aventuré a salir de la cocina para coger un libro de la estantería. Seguía pensando que, si pudiera dejar de pensar durante un minuto, tal vez podría dormirme y olvidar todo lo que había sucedido en las últimas quince horas más o menos. Al principio, solo me asomaba por la puerta de la cocina para asegurarme de que no había nadie en la calle que pudiera verme. Solo tardé unos segundos en fijarme en él.

Jack Hawthorne.

Estaba apoyado en la farola de la esquina con los brazos cruzados sobre el pecho. Miré a mi alrededor para ver si Raymond le esperaba cerca, pero no vi ninguna cara conocida ni ningún coche; parecía estar solo. Confundida, enfadada, emocionada y un poco sorprendida, el corazón se me salió del pecho de inmediato, y durante un segundo no supe qué hacer mientras mis emociones libraban una guerra en mi corazón. Me quedé mirándole, sin saber lo que debería hacer.

¿Reconocer su presencia?

¿Salir y exigirle que me dijera qué hacía allí?

No obstante, ninguna respuesta que me diera iba a cambiar nada.

Se estaba mirando los zapatos y, aunque estaba más que enfadada con él, seguía pensando que estaba perfecto bajo la luz de la luna. Cuando movió la cabeza y se dio cuenta de que estaba en la puerta, se me heló la respiración. Nos miramos fijamente, ninguno de los dos dio un paso adelante. Fue entonces cuando me di cuenta de que no iba a venir. No iba a presionarme ni a intentar explicarse o disculparse. No, Jack Hawthorne no iba a hacer nada de eso. Había dicho la pura verdad cuando dijo que no lamentaba lo que había hecho.

Me tragué mis emociones, ya ni siquiera estaba segura de lo que se suponía que debía sentir, y se desató esa vocecita que me gritaba que saliera para enfrentarme a él. Evitando mirarle e ignorando cómo me seguía con los ojos, me dirigí rápidamente a la estantería. No podía coger un libro cualquiera y quitarme de en medio; ni siquiera sabía qué se suponía que debía hacer con un libro, y mucho menos intentar escoger uno. Contuve las lágrimas porque no había ningún motivo para llorar. Todo había terminado.

No pasaba nada, pero sabía que yo no iba a estar bien. Dejé caer las lágrimas, cogí un puñetero libro que estaba a mi alcance y luego, con toda la calma que pude, volví a la cocina. En cuanto desaparecí de su vista, me apoyé en la pared y me sequé las lágrimas.

Seguía muy cabreada y dolida. No sabía con quién estaba más enfadada, si con él o conmigo misma. Tenía el corazón roto, y este había sido reemplazado por un dolor constante. Fui una imbécil por pensar que había sido sincero conmigo en todo momento. Pensaba que era demasiado serio como para no serlo. Mis palabras, las últimas que le dije, resonaron en mi cabeza junto con la cara de sorpresa y dolor que puso cuando las pronuncié. Sabía que había metido la pata al final, pero quería hacerle daño. Quería que sufriera igual que yo, ya que las desgracias siempre se llevan mejor cuando no se es el único que sufre.

Eché otro vistazo y vi que seguía de pie en el mismo sitio. No se había movido ni un milímetro. Debería haberme parecido de acosador que estuviera ahí fuera, con un abrigo negro y apoyado en el poste de la farola, pero no fue así. Me dolió aún más verle allí solo en la nieve.

No era feliz.

Yo no era feliz.

Ojalá hubiéramos podido ser infelices juntos, bajo el mismo techo, pero no podía hacerlo. No podía mirarle a la cara e ignorar que me había mentido de una forma tan monumental. ¿Y si le hubiera odiado, y si hubiera odiado todo de él?

¡Matrimonio para uno, por favor! ¡Enseguida!

Pero entonces...

Pero entonces... fue cuando las cosas empezaron a complicarse. Por mucho que odiara admitirlo, si ahora no mentía y lo que había dicho sobre Joshua era cierto, parecía que me *había* salvado de él. Me *había* dado mi sueño, y en bandeja de plata. No una cafetería, sino una familia. Alguien en quien apoyarme. Había hecho todo eso solo por tener una oportunidad conmigo, por mí. Estaba enamorado de mí, y saber eso amenazaba con frustrar mis planes.

Estaba enamorado de mí.

Aunque, por otro lado, ya lo sabía. Lo había visto en sus preciosos ojos azules, día tras día. Sabía el momento exacto, la primera vez que lo vi, que vi la posibilidad de lo nuestro: en aquella habitación oscura de hospital, cuando se metió en la cama conmigo. Aquella fue la primera noche que pensé: *¿Sabes qué, Rose? Igual le gustas de verdad. A pesar de todo su mal humor y, a veces, arrogancia, a pesar de todas las miradas con el ceño fruncido, igual sí que se preocupa por ti.*

Mareada, me deslicé por la pared y apoyé la cabeza en ella. No sabía cuántos minutos pasaron, pero cuando me sentí lo bastante bien como para volver a moverme, me asomé para asegurarme de que no me viera en el caso de que siguiera allí de pie.

Lo estaba.

Habíamos terminado como empezamos.

Lo observé desde la seguridad de la puerta de la cocina, con el libro que me había llevado olvidado a mi lado en el suelo. Debí de quedarme dormida pasadas las cuatro de la madrugada y me levanté sobresaltada cuando Owen entró por la puerta con cara de confusión.

—¿Se puede saber qué haces en el suelo?

Tenía la boca seca, me ardían los ojos y la voz me salió áspera cuando intenté hablar.

—Buenos días a ti también, cielo. Echando una cabezadita, como puedes ver.

—Claro, porque eso es lo que se hace en el suelo. ¿Qué hacía Jack fuera?

Después de varios intentos de levantarme, me di por vencida y me puse de rodillas para poder agarrarme al borde de la isla e impulsarme.

—¿De qué hablas?

Owen me ofreció la mano y me ayudó.

—Estaba fuera, medio congelado a juzgar por su aspecto. Me ha dado los buenos días y se ha ido. ¿Esta es vuestra versión de animar vuestro matrimonio o habéis tenido una pelea o algo así?

Me aparté el pelo de la cara.

—O algo así —murmuré.

Cuando Owen pasó junto a mí, sacudiendo la cabeza, miré con cuidado desde la puerta y lo busqué con la mirada. Como no encontré lo que buscaba, salí por completo de la cocina, caminé entre las mesas hasta situarme justo delante de la ventana y miré al exterior.

Tal y como Owen había dicho, se había ido.

La noche siguiente me quedé en casa de Sally, y cambié la comodidad de la isla de cocina y las sillas alineadas de la cafetería por un sofá. Me pasé horas con el móvil en la mano pensando si mandarle un mensaje. Al final me quedé dormida con el móvil sobre el pecho y no llegué a escribirle. Dormí unas tres horas en total, o eso pensaba, y él me hizo compañía en mis sueños el resto del tiempo, lo que era incluso peor que no dormir nada, porque cuando me desperté, volví a perderlo.

Sally había visto las dos maletas que tenía apiladas en el pequeño despacho de la parte de atrás y ya había adivinado que algo iba muy mal. Como pensaba que iba a volverme loca si no le contaba lo que pasaba a una persona al menos, se lo conté todo. Me apresuré a admitir que todo nuestro matrimonio no era más que un acuerdo de negocios y que nos habíamos equivocado al suponer lo contrario. Luego le puse al corriente del resto.

Estaba tan horrorizada como lo estuve yo la primera vez que me lo contó todo, pero luego decidió que todo aquello le parecía romántico.

—¿Qué va a pasar ahora? ¿Te ha llamado?

—Se acabó —repetí, probablemente por enésima vez—. No tiene motivos para llamarme.

Omití el hecho de que la noche anterior había esperado a que hiciera justo eso.

—¿Qué va a pasar con este sitio? ¿Qué va a pasar con la cafetería?

—No lo sé —murmuré.

No tenía ni idea.

Empezó el ajetreo del almuerzo y no tuvimos tiempo de hacer otra cosa que no fuera trabajar como locos el resto del día. Eran alrededor de las seis de la tarde cuando se me acercó con una mirada extraña.

—Ay, Rose, ¿dijiste que Jack te esperó la primera noche fuera?

—Sí. ¿Por qué?

—Creo que ha vuelto a empezar su turno.

Haciendo todo lo posible por parecer que estaba ocupada en la cocina mientras Owen estaba de cara al público (en realidad no estaba haciendo nada útil en absoluto, por supuesto), decidí mantener las manos ocupadas y me puse a revisar armarios, porque intentar buscar nada para parecer que no te interesaba lo que estaba diciendo la otra persona siempre era una idea divertida.

—¿A qué te refieres?

Esperó hasta tener toda mi atención, y el corazón me había empezado a latir demasiado rápido como para ignorarla hasta que acabó rindiéndose.

—Me refiero a que está ahí apoyado contra su coche y quieto, ahora mismo.

No se me ocurrió ni una sola palabra que decir aparte de correr hacia la puerta y tratar de localizarlo.

—¿Vas a hablar con él? —preguntó Sally, que se puso a mi lado, al descubierto, como una persona normal. Owen nos miró y luego, tras ver cómo estirábamos el cuello, negó con la cabeza y siguió charlando con un cliente sobre las horas en las que la cafetería estaba menos concurrida.

—No.

—Ten corazón, mujer. No parece que vaya a ceder.

—Pues entonces va a ser una noche larga y fría. —Apreté los labios para ocultar mi ridícula sonrisa de satisfacción.

—¡Oh! Venga. ¿Puedo llevarle un café al menos? Hace mucho frío fuera.

—Es su cafetería. Después de todo, la pagó él. Si quiere entrar, no puedo impedírselo, pero tampoco voy a ponerle una alfombra roja. No me importa si le llevas café o no.

—Rose…

—Le quiero, Sally —admití, cortando lo que estuviera a punto de decir—. Le quiero, pero no estoy preparada para actuar como si lo que ha hecho no me doliera o como si no estuviera mal. Necesito que entienda lo que ha hecho. Necesito que se tome su tiempo para pensarlo, y si eso significa que quiere venir y esperar fuera o algo así, es libre de hacer lo que quiera.

—Así que no se ha acabado. Se ha acabado por ahora, pero no se ha acabado.

Pensé en sus palabras mientras observaba a Jack, que hablaba con alguien por teléfono. No me vio observándolo, absorbiéndolo, pero no cabía duda de que estaba mirando la cafetería.

—Le echo de menos —admití en el silencio.

Sally pasó el brazo por el mío y apoyó la cabeza en mi hombro.

—¿Owen?

Nos miró por encima del hombro.

—Necesito que empieces a ser romántico ya —ordenó Sally, y mis labios se inclinaron hacia arriba. Todavía no se había dado por vencida con él y, en mi opinión, Owen disfrutaba en secreto de su atención.

Me aclaré la garganta antes de que empezaran con sus habituales idas y venidas.

—Si al final decides llevarle un café a Jack, no te olvides de Raymond. A Jack le gustan mis… las barritas de limón y a Raymond le gustan los *brownies* de triple chocolate.

Sally resopló.

—Ya. Le doy una semana antes de que cedas.

Le lancé una mirada asesina.

—Sigue soñando.

Una hora más tarde, no estaba segura de si estaba más enfadada conmigo misma porque mi vista no paraba de desviarse hacia donde estaba Jack o si simplemente estaba enfadada con él por desconcentrarme en el trabajo. Decidí ir a casa de Sally para preparar la cena como agradecimiento por haberme dejado quedarme con ella.

En cuanto salí, el corazón empezó a latirme con fuerza. Jack se enderezó en cuanto me vio. Me quedé a unos metros de él mientras nos estudiábamos el uno al otro. Si se hubiera adelantado y hubiera dicho algo, no estaba segura de lo que habría hecho. Tal vez, como había dicho Sally, habría cedido, pero no lo hizo. Así pues, lo hice yo... más o menos, dejando una buena cantidad de espacio entre nosotros, suficiente como para que cuatro personas pudieran pasar sin problema.

—¿Qué estás haciendo aquí, Jack? —pregunté, levantando un poco la voz.

—Quería verte.

Abrí los brazos a los lados.

—Pues ya me has visto. Adiós.

Estaba a punto de dar un paso adelante cuando un grupo de chicas se interpuso entre nosotros, bloqueándolo con éxito.

—¿Cómo te encuentras? —preguntó cuando volvimos a estar solos.

—¡Oh! Genial. De lujo. Pasando el mejor momento de mi vida.

—Me refería a la cabeza, la nariz. ¿Todavía te mareas? ¿Te duele la cabeza? Pareces cansada.

Incliné la cabeza hacia un lado y entrecerré los ojos.

—Gracias. Como sabes, mi defecto es tener mal aspecto. Tú también estás horrible.

Apretó la mandíbula y se le tensó un músculo de manera visible.

—Tienes que cuidarte más —dijo con los ojos encendidos, como si tuviera derecho a enfadarse conmigo.

—No. —Con los ojos fijos en él, negué con la cabeza—. No hagas eso. No puedes actuar como si estuvieras preocupado por mí, Jack.

433

—Miré a la izquierda y luego a la derecha—. No hay nadie cerca que nos conozca, así que puedes dejar de fingir.

Nos observamos en silencio. No sabía si esta iba a ser la última vez que lo vería. Podía despertarse al día siguiente y decir: *¡A la mierda! No vale* (o, peor aún), *no valía la pena tanto esfuerzo. Me divertí con el acuerdo de negocios y el matrimonio. Ahora toca pasar página.* La sola idea me asustó una barbaridad, pero tampoco estaba dispuesta a ignorarlo todo y a actuar como si no me hubiera hecho daño. Ahí radicaba nuestro problema.

—Vete a casa, Jack —dije en voz baja—. No tienes motivos para estar aquí.

A grandes rasgos, no éramos más que dos personas que se habían cruzado mientras recorrían sus vidas. Todos los días había parejas que rompían, y nosotros tampoco éramos especiales en ese sentido. Llorabas hasta quedarte dormida, te despertabas y te ibas a trabajar. Cuando repetías el ciclo las veces suficientes, un día te despertabas y de repente ya no importaba tanto. Personas nuevas caminaban a tu lado y, con el tiempo, olvidabas a las que habías dejado atrás.

Cuando no negó lo que le había dicho, solté un largo suspiro, le miré a los ojos un momento más para recordar y me di la vuelta para marcharme.

—Ya no tengo un hogar al que volver, Rose.

Me detuve, pero no le miré.

—Tú eres mi hogar —terminó.

Con los ojos llenos de lágrimas, me alejé.

Y él se marchó.

Así pues, terminamos como habíamos empezado, nada más que dos completos desconocidos.

Cerca de medianoche, después de que Sally se hubiera acostado y cuando me disponía a empezar otra noche en vela, abrí las cortinas y la ventana para poder respirar el aire frío. Alguien estaba cruzando la calle y, por un momento, pensé que era Jack, pero entonces caminó bajo la luz y me di cuenta de que no era más que un extraño.

Por un momento me sorprendí. ¿Por qué iba a dolerme no verle? ¿Por qué iba a sentirme decepcionada?

Durante la semana vino dos veces a la cafetería a la hora de cerrar. Se apoyaba en el coche y luego, cuando Ray se iba, se apoyaba en el poste de la farola. Cada vez que aparecía hacía más difícil recordar por qué estaba tan enfadada con él. Se paseaba y esperaba. Cuando salía con Sally, pero no me detenía a hablar con él, se marchaba.

Luego desapareció durante varios días.

Era el octavo día de nuestra ruptura y nos estábamos preparando para cerrar cuando volvió a aparecer. Los tres estábamos en la parte de delante. Owen y yo estábamos recogiendo los platos del mostrador y llevándolos de vuelta a la cocina y Sally estaba apilando tazas de café limpias y los vasos para llevar junto a la máquina de café. Solo había dos clientes en la cafetería, y ambos eran clientes habituales que estaban trabajando con los portátiles.

Sonó la campana y, al levantar la vista, vi entrar a alguien con un abrigo y una bufanda que se dirigió hacia uno de los clientes, así que volví al trabajo.

Sally fue la primera en ver a Jack.

—Rose.

La miré por encima del hombro.

—¿Sí?

—Está aquí —susurró con urgencia, y miré a mi alrededor, confundida, hasta que mis ojos se posaron en él. Se me aceleró el pulso y mi corazón empezó a emocionarse, pero algo iba mal. No podía saber lo que estaba pensando por su cara, porque si había algo que se le daba bien a Jack Hawthorne, era ocultar sus emociones. El pavor y la emoción de verle se apoderaron de mí de todos modos mientras mi corazón me traicionaba.

Se quedó de pie al otro lado del mostrador y no hice más que mirarle, con el corazón latiéndome en los oídos.

Oí a Sally aclararse la garganta.

—Hola, Jack.

No me quitó los ojos de encima cuando contestó.

—Hola, Sally. Estás bien, espero.

—Sí. Genial.

Luego volvió a hacerse el silencio.

Notando cómo se me oprimía el pecho, tragué saliva, me limpié las manos en los vaqueros y conseguí apartar la mirada de sus ojos.

Vi que en la mano tenía una pila de papeles en forma de tubo.

—Eh, Owen, ¿has cogido el...? —empecé con voz baja y áspera, pero Jack me cortó antes de que pudiera terminar la frase.

—¿Podría hablar contigo en privado, Rose?

Volví a mirarle e hice todo lo posible por no mostrar que, en el último minuto más o menos, se me había olvidado cómo respirar como una persona normal. Me aclaré la garganta y asentí.

—¿Cocina?

Volví a asentir y vi cómo rodeaba el mostrador y se dirigía hacia allí del tirón. Sally chocó el hombro contra el mío y sonrió cuando la miré sorprendida.

—Le echas de menos. Sé buena. Creo que ya le has hecho sufrir bastante. Tú también has sufrido bastante.

No respondí, me limité a girarme hacia Owen.

—Vuelvo en un minuto. Si pudieras...

—Tengo muchas cosas que hacer aquí. Ve a hacer las paces o lo que sea para que podamos respirar tranquilos otra vez.

Le di un golpe en el hombro cuando pasé junto a él y entré en la cocina. Solo me dio tiempo a tomar una profunda bocanada de aire antes de encontrarme de nuevo frente a Jack, esta vez con la isla entre nosotros. Me fijé en su traje gris oscuro, su impecable camisa blanca y su corbata negra. Estaba hecho para llevar traje y romperme el corazón.

Agarré un paño de cocina solo para tener algo en las manos y aparté la mirada. Mientras estaba ocupada intentando encontrar las palabras adecuadas para disculparme por lo que había dicho en su despacho, Jack tomó la palabra.

—Ni siquiera puedes mirarme, ¿verdad?

Sorprendida por sus palabras, le miré a los ojos. ¿Era eso lo que pensaba?

—Jack, yo...

—Ya da igual —continuó—. He venido para darte esto en persona. —Desenrolló la carpeta que tenía en las manos, la puso sobre la isla, justo al lado de los *brownies* de triple chocolate, y luego la empujó hacia mí.

Con los ojos fijos en él, la cogí.

—¿Qué es esto? —Mi voz salió como un susurro.

Como no contestó, bajé la vista y pasé la primera página.

Conmocionada por lo que estaba leyendo, mis ojos volaron hacia los suyos.

—Los papeles para el divorcio —dijo con calma.

Yo estaba de todo menos calmada. Con la mente a toda máquina, intenté seguir las palabras y las frases con los ojos, pero lo que tenía delante no era más que un revoltijo.

—¿Quieres el divorcio? —balbuceé, los papeles temblando ligeramente. Apreté el puño para que no lo viera.

—Sí. Es lo mejor… para ti.

Fruncí el ceño y a mis extremidades empezó a volver algo de calor. Me obligué a soltar los papeles sobre la isla y a dar un paso atrás, como si fueran a cobrar vida y arrancarme los dedos a bocados.

Esta vez lo miré de frente, y el pavor y la emoción se convirtieron en rabia.

—Para mí. ¿Y para ti? ¿Qué sacas tú de esto?

Inclinó la cabeza hacia un lado y entrecerró ligeramente los ojos de forma calculadora.

—También es lo correcto para mí.

Un poco aturdida, asentí. Apenas podía hablar por el nudo que se me había formado en la garganta.

—Ya veo. —Una elección de palabras impresionante, lo sé.

Estaba tan fuera de mí que ni siquiera me di cuenta de que estaba sacándose un bolígrafo de la chaqueta y que me lo estaba ofreciendo.

Me quedé mirándole como si le hubiera salido otra cabeza.

—Quieres que lo firme… ahora.

No era una pregunta, pero la trató como tal.

—Sí. Me gustaría hacerlo ahora mismo.

—Te gustaría hacerlo ahora mismo —repetí.

—Preferiblemente.

Esa palabra, esa molesta palabra, fue la gota que colmó el vaso e hizo que la preocupación y la culpa se transformaran en ira.

Preferiblemente.

En ese momento, decidí que era la palabra más ridícula y molesta del mundo. No toqué el bolígrafo. No cogí los papeles.

Crucé los brazos contra el pecho.

—Lo correcto habría sido ser sincero conmigo desde el principio.

Frío como el hielo, se metió las manos en los bolsillos de los pantalones, y una furia ardiente me lamió la piel.

—Tienes razón, por eso me gustaría que firmaras los papeles.

—No.

Frunció las cejas mientras me miraba desde el otro lado del espacio.

—¿No?

—No. —Se me daba muy bien ser cabezona. Era como una vaca: si no quería que me movieran, nadie podía moverme, sin importar quién o qué viniera.

—Rose...

—No.

Apretó los dientes.

—¿Por qué?

Me encogí de hombros, fingiendo indiferencia.

—Creo que hoy no me apetece firmar nada. Quizá en otro momento.

—Rose, tiene que ser hoy.

—¿En serio? —pregunté, y puse una cara pensativa y luego hice una mueca—. Ah, lo siento mucho. Hoy estoy ocupada. Quizá en otro momento.

Parecía sorprendido de verdad.

—¿Por qué haces esto? Pensaba que era lo que querías.

No me extrañaba que al principio me hubiera parecido un bloque de cemento; no solo no mostraba sus emociones, sino que no las entendía ni cuando estas le daban una bofetada en la cara.

Algo húmedo resbaló por mi mejilla y, horrorizada conmigo misma por llorar, me la limpié enfadada con el dorso de la mano. Fue entonces cuando la cara de Jack cambió y se le tensó todo el cuerpo.

Desapareció el ceño fruncido, la ira, la incredulidad y volvió a esconderse detrás de su máscara.

Me sequé otra lágrima perdida y alcé la barbilla.

Sacudió la cabeza y se frotó el puente de la nariz. Lo siguiente que supe fue que se estaba acercando a mí. Hice todo lo posible por inspirar y espirar con normalidad y no me moví. Incluso cuando estuvo a mi lado, con el pecho casi apoyado en mi hombro, no me moví. También dejé de respirar.

—Rose —empezó en voz baja, con la cabeza inclinada más cerca de la mía.

Dejé de intentar limpiarme las lágrimas. Solo eran lágrimas de rabia, y tal vez de estrés, nada más, y las mismas razones se aplicaban también al temblor.

Cuando sentí sus labios contra mi sien, cerré los ojos.

—Me estás rompiendo el corazón, cariño, intentando aferrarte a algo que nunca debería haber existido. Firma los papeles del divorcio, Rose. Por favor.

—No voy a hacerlo —susurré.

—¿Por qué? —volvió a preguntar.

—No voy a hacerlo.

Sentí el suave roce de las yemas de sus dedos cuando me agarró la barbilla y me giró la cabeza. Abrí los ojos y miré directamente a los ojos azul oscuro del hombre del que me había enamorado de manera irrevocable.

Quería decirle tantas cosas...

—Hazlo. Enviaré a alguien a recoger los papeles firmados.

Me agarró la barbilla y pareció esbozar mi cara en su mente, rozando cada centímetro con los ojos. Entonces, deslizó la mano hacia delante y me ahuecó la mejilla.

Los ojos se me cerraron solos cuando me dio un beso en la frente y, al segundo siguiente, se había ido. Estaba demasiado asustada como para abrir los ojos, para enfrentarme a la realidad del infierno que había sido mi vida durante la última semana.

Podía enviar a todo su bufete a mi puerta si quería. No iba a firmar esos puñeteros papeles.

—¿Rose? No ha ido bien, ¿verdad?

Respiré hondo unas cuantas veces y abrí los ojos, sintiéndome más decidida que nunca.

Sally estaba justo donde Jack había estado momentos antes. Recogí los papeles y se los tendí para que los leyera.

—Quiere el divorcio.

Pareció atragantarse antes de cogerme la carpeta de la mano.

—Pero dijo... ¿Cómo...? ¿Los has firmado?

Negué con la cabeza.

—No.

—¿Lo vas a hacer?

—No.

Esa tarde, cuando cerramos la cafetería, por más que busqué, no encontré a Jack por ninguna parte, y me tomé su ausencia como una invitación.

CAPÍTULO VEINTISIETE

JACK

No había firmado los papeles.

Lo sabía porque el tipo al que había mandado para que los recogiera había vuelto con las manos vacías. Así pues, me fui a buscarla yo mismo (otra vez) y, cuando la encontrase, esta vez no me iría hasta conseguir una puñetera firma. El divorcio tenía que ocurrir, y tenía que ocurrir pronto.

No obstante, antes de ocuparme de Rose, tenía que hacer una parada rápida.

Llamé a la puerta con la esperanza de que estuviera dentro.

Abrió al cabo de unos segundos y pareció impactado al verme.

—¿Cómo sabes dónde vivo? —preguntó Joshua Landon con expresión furiosa.

Le sonreí y bloqueé la puerta con el pie antes de que pudiera cerrármela en las narices y me abrí paso con el hombro.

—No podías alejarte de ella, ¿verdad? Tu avaricia te va a salir cara, Joshua.

—Escúchame tú…

No había ido para tener una charla larga. Tenía mejores cosas que hacer, así que, en vez de perder el tiempo, le agarré por la camiseta antes de que pudiera retroceder e, ignorando sus ruidosas protestas, le di un puñetazo directo en la cara.

Al menos eso consiguió callarle. Se tambaleó, se agarró la nariz con una mano y con la otra se apoyó en la pared.

—Hijo de la gran puta —gruñó.

—Esta es la última advertencia. Si vuelvo a ver cómo le rompes el corazón o me entero de que lo has hecho, te mataré.

Antes de que pudiera cumplir mis palabras, me di la vuelta y me obligué a alejarme.

Después de la visita rápida a Joshua, fui a la avenida Madison del tirón, porque sabía que seguiría en la cafetería, trabajando a las cuatro de la tarde, pero no estaba donde se suponía que tenía que estar. A continuación, intenté la dirección que me había dado Sally, que era donde había estado todo este tiempo. Tampoco estaba allí.

El apartamento estaba en la primera planta de un edificio antiguo, donde cualquiera que pasara podía ver el interior sin problema y entrar a robar si le entraba ganas. Ella sería lo primero que verían, durmiendo en el sofá, justo delante de la puerta, lo que me enfureció muchísimo. Ya me consideraba a mí mismo un puñetero acosador, ¿por qué no había esperado aquí por la noche? Al menos me habría ganado oficialmente el título.

Entre preocupado y ligeramente cabreado, regresé a la cafetería. Cuando entré, Owen y Sally centraron su atención en mí.

Luego me dijeron más mentiras.

—No ha vuelto desde que te fuiste.

—Si supiéramos dónde está, te lo diríamos.

—Espero que esté bien, no parecía estarlo cuando se fue.

Daba igual lo directo que fuera con ellos, no cedían. Como no quería asustar a los clientes, tampoco podía exigirles una respuesta. Bien por Rose, ya que parecía que había elegido bien a sus empleados, pero no tan bien para mí, por desgracia.

Incluso caminé por el puñetero Central Park por si había pensado que sería una buena idea esconderse allí, en el frío glacial. No me sorprendería lo más mínimo. No podía ir a ver a sus otros amigos, al menos no hasta que nuestro investigador averiguara sus direcciones, pero sabía que no llegaría a eso. De todas formas, apenas los veía. Se escondiera donde se escondiese, volvería a su preciada cafetería por la mañana, y si eso significaba que tenía que esperar fuera o en un coche hasta que apareciera antes de que saliera el sol, que así fuera. Mientras apareciera, no me importaba lo que tuviera que hacer. Iba a conseguir una maldita firma en ese papel.

Sin más opciones, le pedí a Raymond que me llevara al apartamento.

—Buenas noches, Steve. ¿Todo bien?

Me sonrió.

—Buenas noches, señor. Sí, es una buena noche. ¿Qué tal el día?

—De lujo —murmuré en voz baja.

—¿Disculpe, señor?

Sacudí la cabeza en un intento por sacarme el mal humor de encima.

—Nada. ¿Cómo está tu hija?

Su sonrisa se hizo más grande.

—Está muy bien. Gracias por preguntar.

—Claro. —Me froté el cuello y suspiré—. Me voy arriba.

—¿Todo bien?

Estaba a punto de empezar a hablar de Rose y a contarle lo frustrado y enfadado y preocupado que estaba, pero me detuve. En solo unos meses, ella me había convertido en esto.

—Que pases una buena noche, Steve.

—Usted también.

Ya. Asentí varias veces con la cabeza, subí al ascensor y entré en el apartamento. En cuanto cerré la puerta, me di cuenta del error que había cometido.

Era lista. Por algún motivo, se me había olvidado. No se parecía a nadie con quien hubiera estado. Pues claro que estaría donde menos lo esperaba. Pues claro que se escondería a plena vista.

Diez puntos para ella.

Cerré los ojos, respiré hondo y solté el aire.

Aliviado por haberla encontrado por fin, seguí el suave tintineo hasta la cocina y me di cuenta de que la televisión estaba encendida, pero sin volumen. Me tomé mi tiempo a la hora de apagarla con el fin de tranquilizarme.

Me crucé de brazos y me apoyé en el marco de la puerta. Había varias manzanas alineadas en la encimera junto a la masa que estaba preparando. Así que estaba horneando una tarta de manzana en mi apartamento cuando se suponía que tenía que estar en cualquier sitio menos en mi apartamento.

—¿Qué haces aquí?

Vi cómo se le tensaban los hombros y enderezaba la columna. Antes de darse la vuelta, fue al fregadero y se lavó las manos, tomándose su tiempo. Me quedé callado. Cuando pensé que se iba a dar la vuelta, cogió una manzana y empezó a lavarlas una a una. Conté cuatro manzanas hasta el momento y, a cada segundo que pasaba, su cuerpo se volvía más rígido.

Luego cerró el grifo, cogió un paño de cocina y, por fin, me miró a la cara mientras se secaba las manos.

—Hornear.

Asentí con la cabeza.

—¿Qué haces horneando en mi apartamento? ¿Viniste a entregar los papeles tú misma y luego te pusiste a hornear porque sí?

Levantó ligeramente la barbilla y los ojos le brillaron con algo parecido a la ira. Le daba un aspecto más letal del que ya tenía para mí.

—¿Qué tal ha ido tu día…, marido?

Me enderecé contra el marco de la puerta.

—Dime que has firmado los papeles.

Inclinó la cabeza hacia un lado, dejó caer el paño de cocina sobre la encimera y se cruzó de brazos de manera que su postura imitaba la mía.

—No. —Levantó un poco más la barbilla.

La estudié mientras se me pasaban un millón de pensamientos por la cabeza.

—¿Qué ocurre?

Descruzó los brazos y se agarró al borde de la encimera de la cocina. Llevaba puestos sus vaqueros negros favoritos, que se cernían a cada centímetro de sus curvas, y un jersey grueso que se le caía por un hombro. Llevaba la mitad del pelo recogido en un moño desordenado y el resto le caía por el hombro desnudo.

—¿Estás saliendo con alguien?

Fruncí el ceño.

—¿Qué?

—¿Estás saliendo con alguien? ¿Por eso quieres divorciarte?

Salí de mi estupor y di unos pasos hacia ella. El cuerpo se le puso rígido, pero no perdió la compostura.

—¿Se puede saber qué ocurre? —repetí.

—Tomé los votos.

Eso fue lo que respondió, y fruncí las cejas con más fuerza.

—Unos votos falsos —repliqué, con la voz más dura de lo que pretendía. Vi cómo se estremecía, pero no supe cómo reaccionar. No tenía ni idea de lo que estaba pasando o qué creía que estaba haciendo. Por lo que sabía, lo estaba estropeando todo.

—Yo no diría eso. Para mí fueron bastante reales. Nos dimos el «Sí, quiero» delante del oficiante. Firmamos los papeles y tengo la prueba. Es bastante real.

Me detuve cuando estuvimos cara a cara y la miré fijamente. Bajé la vista hasta sus manos y me fijé en la fuerza con la que estaba agarrando el mármol.

—¿Adónde quieres ir a parar con esto?

—A ninguna parte. De eso se trata.

—Ya veo. Así que lo que estás diciendo es que te niegas a firmar los papeles del divorcio.

—Exacto. —Cuadró los hombros, empujando el pecho hacia mí sin darse cuenta. Dejé de mirarla a los ojos un momento. Di un paso atrás—.Y me vuelvo a mudar. —Soltó la encimera y abrió los brazos—. ¡Venga, estoy en casa! Yo he respondido a tus preguntas. Tú no has respondido a la mía.

Confundido por lo que estaba pasando, la miré fijamente.

—¿Seguro que te encuentras bien?

—¿Estás saliendo con alguien? ¿Es alguien del trabajo? ¿Samantha, tal vez?

—Vale, has perdido la cabeza.

Volvió a agarrar el borde con las manos.

—Estás evitando la pregunta. ¿Me estás engañando, Jack?

Recuperé el espacio que había creado entre nosotros y puse las manos en la encimera, detrás de ella, atrapándola entre mis brazos. Me agaché hasta que su cara quedó a escasos centímetros de la mía y pude mirarla a sus preciosísimos ojos.

—¿Qué estás haciendo, Rose? No me hagas preguntar otra vez.

No se inmutó ante mis severas palabras. En vez de eso, se le suavizó el rostro y clavó los ojos en los míos.

—Intento que nos peleemos.

Esperé a que continuara.

—Nunca haces nada fácil, ¿verdad? —Suspiró—. Resulta que creo que pelearse un poco es saludable en un matrimonio. En primer lugar, nunca es bueno guardarse las cosas, así que tienes que mantener los canales de comunicación abiertos si quieres durar. Lo que no se te da muy bien, pero empezarás a trabajar en ello. Estoy segura.

—Explícame por qué no firmas los papeles —insistí.

Empezó a morderse el labio inferior, intuía que intentando encontrar las palabras adecuadas. Esperé, paciente. Su respuesta era importante.

—Porque no quiero divorciarme.

—No era un matrimonio de verdad. Te mentí. Te engañé para que lo hicieras. No tenías que casarte conmigo. Podría haber comprado la propiedad y alquilártela.

—No lo habría aceptado. Lo sabías, tú mismo lo dijiste. ¿Por qué lo hiciste?

—Ya respondí a esa pregunta el día que viniste a mi despacho.

—Para tener una oportunidad conmigo. No llegaste a disculparte.

—Y tampoco voy a hacerlo ahora. Te dije que no desharía el tiempo que he pasado contigo.

—Sin embargo, quieres el divorcio.

Asentí. Me acerqué un centímetro más y mis ojos se posaron en sus labios, que empezaban a ponerse rojos de tanto mordérselos.

—Sí.

—¿Por qué?

—Tú misma lo has dicho: crees que estoy saliendo con otra persona.

Negó con la cabeza, bajó la mirada a mi boca y luego volvió a mis ojos. Su pecho empezó a subir y bajar más rápido. Sacudió la cabeza, un movimiento muy pequeño. Los hombros también le temblaban ligeramente.

—Dudo que tengas tiempo con el tema de acosarme y tal.

Las cosas que me decía… Se me crisparon los labios, lo que llamó la atención de su mirada.

—Gracias a ti se me ha acumulado mucho trabajo en el bufete.

—Me lo imagino. Es una vida dura la del acosador.

—Dime por qué no firmas los papeles, Rose.

—Si lo hago, ¿me dirás por qué quieres divorciarte después de haberte tomado la molestia de engañarme para que me casara contigo? —contraatacó.

Asentí con la cabeza, con los ojos fijos en los suyos.

—De acuerdo. —Se enderezó un poco y le di el espacio justo para que lo hiciera—. Va a ser cursi, pero no me eches la culpa. Tú me lo has pedido.

—Creo que puedo soportarlo. Adelante.

—No… tuve la mejor infancia, eso es obvio. Vivía en una casa. No en un hogar. Tenía parientes, pero no tenía familia. No tenía a nadie en quien apoyarme. No tenía a nadie que cuidara de mí si lo necesitaba. Me tenía a mí misma. Lo hacía todo yo sola. Durante mucho tiempo, era yo contra el mundo. Luego crecí y tuve a otras personas a las que coger de la mano, pero no fueron las adecuadas. Sabía que no iban a quedarse, así que nunca me permití ser vulnerable. Nunca dejé que nadie cuidara de mí. Hasta que llegaste tú. Tú, pedazo de idiota. Hasta que me diste todo lo que he anhelado desde que tenía nueve años. Me diste una familia. Mi propia familia. Nosotros dos contra todo y contra todos. Rompiste cada muro que había alzado y entonces… ¿sabes qué? Da igual. Te quiero. Ahí lo tienes. ¿Contento? En este momento no me gustas, pero antes me gustabas, mucho. Así que, sí, te quiero. Al principio no quería estar contigo. Apenas me caías bien. No eres para nada mi tipo. Eres arrogante a veces, aunque no todo el tiempo. De hecho, ¿a quién quiero engañar? Lo eres, aunque no creo que te des cuenta de que eres arrogante. Eres malhumorado. No te fijas en la gente. Has mejorado en eso, pero cuando llegué aquí ni siquiera sabías cómo se llamaba tu portero.

—Hablo con él todos los días —dije.

—Ahora sí, pero antes no. También está el hecho de que eres rico. Sé que es un impedimento mío. No es por ti, pero no suele gustarme la gente rica. Eres borde. Eras borde; lo mismo, en mi opinión. Eres gruñón. Frunces el ceño. Ya sabes que solía contar las veces que sonreías. ¡No sonreías nunca! Nunca. Eso es algo importante para mí. Me gusta sonreír, reírme. Me gusta que la gente me sonría, que se ría conmigo.

Ahora que se había animado, su voz iba subiendo poco a poco. Arqueé una ceja, pero no se dio cuenta porque solo me miraba a los ojos de vez en cuando. Estaba ocupada pensando, con la respiración agitada y la frente arrugada mientras enumeraba todas las razones por las que yo no le gustaba.

—Ahora sonrío —dije antes de que pudiera continuar. Me miró a los ojos un instante.

—No me interrumpas.

Esta vez no oculté la sonrisa.

—Te pido disculpas. Continúa, por favor.

—No sonríes. Al principio no hablabas, ¡y mucho menos sonreías! ¿Qué clase de persona no habla? Ayudabas todos los días en la cafetería, aparecías todas las noches para recogerme y, sin embargo, apenas hablabas. Si querías tener una oportunidad conmigo, lo estabas haciendo de pena.

—Te dije que intentaba mantenerme al margen para que pudieras…

—He dicho que no me interrumpas. Nunca me haces cumplidos. Siempre es «Pareces cansada», «Estás así», «Estás asá».

—Eres la mujer más hermosa que he conocido. Sueles estar cansada, pero hermosa a pesar de eso.

Me dio un manotazo en el pecho y luego dejó la mano donde estaba, con la palma justo sobre mi corazón.

—¿Ves? Eres un negado haciéndome cumplidos. Frunces demasiado el ceño.

Se detuvo, parecía estar pensando un poco más.

—Eso ya lo has dicho. ¿Qué más tienes? —pregunté.

—Estoy pensando.

Levanté la mano y le puse un mechón de pelo detrás de la oreja, y la yema de mis dedos se demoraron en la piel de su cuello y hombros.

—Eres lo más preciado del mundo para mí, Rose.

Se estremeció.

—Eres todas esas cosas. Hiciste todas esas cosas —susurró.

—Puedo cambiar por ti. Cambié por ti.

—No debería querer estar contigo. No debería querer que *tengamos* algo.

—No deberías, pero aun así hazlo.

Puso la otra mano también en mi pecho y agarró las solapas de mi chaqueta.

—Cambiaste, y te quiero a pesar de todas las cosas que no me gustan de ti. Probablemente te quiero más por eso. No lo sé. Me encanta cuando me frunces el ceño sin ninguna razón. Me parece muy divertido. He perdido la cabeza. Disfruto haciéndote fruncir el ceño.

—Por lo general tengo una buena razón.

—Sí, lo que tú digas. A veces puedes ser dulce, tan dulce y considerado… A la Vuelta de la Esquina no sería una realidad si no fuera por toda tu ayuda antes de la inauguración, y por aquel entonces ni me gustabas.

—Creo que he entendido que no te gustaba.

—Me traes flores todos los lunes para que no use las falsas de plástico. Me traes rosas de verdad preciosas y luego actúas incómodo al respecto. Me encantan las flores. Sabes que me encantan las flores.

—Lo sé. Siempre te las llevaré. —Esta vez, levanté la mano para atrapar la lágrima que le cayó del ojo—. Dime. ¿Qué más?

—Voy. No quiero que las traiga el florista, tienes que traerlas tú.

—Hecho. ¿Qué más?

—Me encanta que ahora hables con Steve. Me encanta que participes cuando Raymond y yo hablamos en vez de enfurruñarte tú solo.

—Yo no me enfurruño.

—Sí que lo haces, pero no pasa nada porque también me divierte. —Me acarició la corbata, deslizando la mano arriba y abajo unas cuantas veces. Luego, me agarró la camisa con los dedos—. Y cuando estuve enferma, me sujetaste el tobillo. ¿Te das cuenta de lo estúpido que suena? Pero, por algún motivo, es la cosa más dulce y romántica que nadie ha hecho nunca por mí. No me dejaste sola ni un segundo. No creo que hubiera podido pasar por todo eso yo sola. Siempre estuviste a mi lado, en cada paso que había que dar, e hiciste que te quisiera. Así que ahora no puedo volver atrás, y no es culpa de nadie más que tuya. No voy a divorciarme.

—Vale. —Le sujeté la cabeza entre las manos y le di un beso en la frente.

—¿Vale?

—Es un buen argumento.

—No te burles de mí, Jack. No estoy de humor.

—Ni se me ocurriría.

Parecía que no sabía qué decir exactamente, así que tomé el relevo.

—No recuerdas haberme conocido, pero yo sí lo recuerdo, Rose. Apenas me miraste cuando Gary nos presentó. Luego subimos al despacho de tu tío y ni siquiera pensé en ello, en ti. La reunión terminó y cuando bajé y te vi con ese maldito cachorro en la cocina, riendo, bailando, no pude dejar de mirarte. No pude moverme de donde estaba. Entonces llegó Joshua. Cómo le abrazaste, cómo le miraste, cómo le sonreíste… era diferente de todas las otras sonrisas que les habías dedicado a todos los que te habían saludado, y sentí celos. Por un segundo, deseé que fuera a mí a quien estuvieras mirando así…, como si él fuera la persona más importante de tu vida. Sin embargo, a él le interesaban más otras personas. No me preocupé por él. No era el tipo que me imaginaría a tu lado. —Le acaricié el pelo y le di otro beso en la frente. No sabía cómo no hacerlo, no cuando estaba así entre mis brazos.

—Te imaginarías a ti a mi lado, imagino. ¿Qué paso después? —preguntó, mirándome a los ojos con curiosidad.

—No. Si pudiera dejarte ir, querría que tuvieras a alguien mejor que yo. Después no hice nada. Estaba interesado, sí, y si no hubieras tenido novio, me la habría jugado, pero lo tenías, así que no le di muchas vueltas. De todas formas, no eres mi tipo.

—Tus cumplidos… Vivo para ellos. Te van las frías, arrogantes y preciosas, ¿verdad? Como Samantha.

—Algo así, pero por un momento pude imaginarte conmigo. Quería una oportunidad como nunca había querido una con otra persona. Entonces, Gary me habló del contrato, luego vino el testamento y el resto ya te lo sabes. Cuanto más sabía sobre Joshua, más incapaz era de quedarme de brazos cruzados y no hacer nada, así que hice algo. No dudé en llamarle y ofrecerle dinero si te dejaba en paz, pero vacilé cuando nos estábamos casando porque sabía que estaba metiendo la pata y yendo demasiado lejos. Las primeras semanas solo sentí culpa.

—¿Tuviste algo que ver con el hecho de que él esté con Jodi?

—No. Te lo juro. Me enteré de lo suyo la misma noche que tú. Cuando se enteró de que me había casado contigo y de que le había costado la propiedad, volvió a ponerse en contacto conmigo para pedirme dinero y me amenazó con contártelo todo. Le pagué, una y otra vez. La noche del acto benéfico, la noche que nos vio juntos, ¿te acuerdas? Te dije que iba al despacho, pero me mandó un mensaje esa noche, así que fui a reunirme con él. Para entonces ya sabía que me estaba enamorando de ti, y no quería que tirara por la borda cualquier oportunidad que tuviéramos. La última vez que quedamos, le dije que no iba a pagarle más por cómo te hizo sentir el día que apareció y que, si tentaba a la suerte, le diría a Jodi quién era en realidad. Se encogió de hombros y dijo que había muchas Jodi, pero que para mí solo había una Rose.

—No me mientas, Jack. No me querías. Ni siquiera fuiste amable conmigo al principio. No soy de las que creen que puedes enamorarte de una persona sin conocerla. No me vengas con mierdas.

Le aparté el flequillo de los ojos.

—¿Puedes callarte? No estaba enamorado cuando nos casamos, ni siquiera la primera vez que te vi. No digo que fuera amor. Solo era interés, tal vez un flechazo, pero cuanto más te conocía, más me era imposible no enamorarme de ti. Si no hubiera sabido que habías comprado todo el equipo para abrir el local, que te habías gastado el dinero, si no hubiera habido un contrato, igual habría pagado a Joshua para protegerte de él, pero después de eso me habría acercado a ti como un tipo normal. Habría llegado a conocerte, te habría invitado a salir, nada más.

—¿Por qué fuiste tan malo conmigo? Apenas hablabas, y no te creas que se me ha olvidado lo que me dijiste después de la boda. Me dijiste que era un error, que yo era un error, y me dijiste que no deberíamos haberlo hecho.

Sonreí, pero no había humor en ello.

—Esa era mi culpa. No sabía qué hacer contigo, y sabía que al final, cuando te enteraras de lo que había hecho, iba a acabar para siempre con cualquier oportunidad que tuviéramos o no tuviéramos. No sabía cómo dejarlo pasar. Créeme, fue una reacción inesperada. Si iba a pasar algo, tenía que venir de ti. Yo no iba a dejar que me acusaras de forzar el amor, aunque hubiera fabricado la parte del matrimonio. Así que decidí dejarlo estar y dejar que tuvieras la cafetería mientras mantenía una distancia sana. No quería ayudarte a montar el local. No quería estar tanto contigo. Incluso me planteé contártelo todo. Por eso te pedía que salieras a cenar conmigo, pero no pude hacerlo. Iba a esperar el momento adecuado. Entonces enfermaste y me dio igual lo que pasara, si sabías lo que había hecho o no. Me importó una mierda la culpa y me estaba encariñando contigo, así que...

—Ahora me quieres —susurró.

Le coloqué las manos en la cabeza y apoyé la frente en la suya.

—Eres el amor de mi puñetera vida —respondí en otro susurro, con la voz tosca y ronca—. En algún momento entre tanto fingir, me enamoré completamente de ti y no puedo ni pensar en mi vida sin que tú estés en ella.

Me acarició las mejillas.

—Quieres divorciarte, Jack.

Apreté el cuerpo contra el suyo hasta que oí un pequeño jadeo y su espalda quedó apoyada contra la encimera.

—Sí. Quiero hacerlo para empezar de cero y demostrarte que puedo ser lo que necesitas. Quiero empezar de nuevo, hacerlo bien esta vez, pedirte salir como una persona normal.

Pareció pensárselo mientras yo contenía la respiración y esperaba.

—No quiero. No quiero empezar de nuevo. No quiero divorciarme. Quiero seguir adelante.

—Vale. No lo haremos entonces.

—Pero tienes que prometérmelo, Jack. Tienes que prometerme que nunca me ocultarás nada. Necesito confiar en ti. No importa cuánto te quiera, no puedo hacerlo si no confío en ti. Tienes que darme toda la información y dejar que tome la decisión cuando sea algo que me concierna.

—Te lo prometo. Te prometo que haré todo lo posible para volver a ganarme tu confianza.

—Entonces no nos divorciaremos. —Esbozó una pequeña sonrisa—. Crees que soy hermosa.

Le devolví la sonrisa.

—La mujer más hermosa que he visto nunca.

—Entonces eres un hombre afortunado.

—Soy el cabrón más afortunado.

Asintió con entusiasmo.

—Eso sin duda. No hay nada más que tenga que saber, ¿verdad? Quiero que estemos bien, pero no hay más sorpresas, ¿verdad?

—¿Has leído los papeles del divorcio?

Volvió a levantar esa testaruda barbilla.

—No. Los rompí.

Con una sonrisa, negué con la cabeza.

—Te cedí la cafetería. Ibas a quedártela en el divorcio. De todas formas, nunca la quise.

Se quedó inmóvil, me apartó las manos de la cara.

—¿Es demasiado tarde para cambiar de opinión sobre el divorcio?

—Me temo que sí.

Suspiró.

—Bueno. Yo me quedo contigo, tú te quedas con la cafetería. Yo creo que es un buen trato.

—Estoy de acuerdo.

Nos miramos fijamente a los ojos.

—¿Y ahora qué? —susurró.

—Es lunes, así que tengo que prepararte pasta. Tenemos tradiciones.

Recibí una pequeña sonrisa.

—Me encantan las tradiciones de pareja. Ese era el trato.

—Tu corazón siempre tiene un hogar conmigo, Rose. Pase lo que pase, no lo olvides nunca.

—Y el tuyo siempre tendrá un hogar conmigo. Hay ciertas personas que están hechas la una para la otra, y tú estabas hecho para mí, Jack. Y yo estaba hecha para ti.

—Sí, soy tuyo. Solo tuyo.

Algo cambió en sus ojos.

—¿Qué opinas del sexo?

Se me arquearon los labios.

—En general, lo apruebo.

—Pero ¿qué te parece ahora, en concreto?

Bajo su mirada intensa, me lo pensé un instante (un instante muy breve) y luego me incliné para susurrarle al oído.

—Sin duda apruebo el sexo si y solo si soy el que se entierra dentro de ti, Rose Hawthorne.

Cuando me incliné hacia atrás para mirarla a los ojos, me di cuenta de que ya estaba sonrojada.

CAPÍTULO VEINTIOCHO

JACK

—¿Quieres que te folle?

—A ver, no es una necesidad, pero tal vez para sellar tod...

Mi mirada se desvió de nuevo hacia sus labios y ya no pude contenerme más.

Chocamos el uno contra el otro, y en el momento en el que nuestros labios se tocaron, dejó escapar un gemido largo y me rodeó el cuello con los brazos. La agarré por las caderas y tiré de ella hacia delante hasta que mi erección, que me dolía de lo dura que estaba, quedó aprisionada entre nuestros cuerpos.

A modo de respuesta, arqueó la espalda y sonrió contra mis labios.

—¿Contenta?

Cerró los ojos y, sin dejar de sonreír, asintió.

—Es un buen matrimonio.

—Todo lo que quieras, es tuyo —susurré y volví a por su boca y su lengua. Me enredó los dedos en el pelo y me dejó saborearla como quisiera. Tras soltarle las caderas, le cogí el dobladillo del jersey y tuve que obligarme a dejar de besarla. Sin aliento, me dejó, así que, sin parar de mirarla, le quité el jersey poco a poco y lo dejé caer al suelo.

—Tú eres lo que quiero —susurró—. Solo a ti.

Su mirada se clavó en mí cuando bajé la vista y dejé que mis ojos recorrieran sus pechos perfectos y su piel impecable. Tenía una pequeña marca de nacimiento justo debajo del hombro izquierdo, hacia el pecho. No la había visto la primera vez que la toqué así. No iba a volver a pasar. Me aprendería cada centímetro de su cuerpo hasta que pudiera imaginármelo a la perfección cuando cerrara los ojos. Le toqué el cuello con las yemas de los dedos y descendí hacia sus grandes pechos. Cuando llegué al sujetador lila, agarré las copas finas de encaje y tiré de ellas hacia abajo.

—Mírate —susurré.

Rose respiraba con dificultad, sus pezones subían y bajaban, lo que me hacía perder la cabeza. La miré a la cara y vi que sus ojos ardían de expectación. Respiré hondo, sintiendo un gran alivio ahora que era mía de verdad. No había mentiras ni nada que se interpusiera entre nosotros.

Apoyé la frente en la suya para poder respirar un momento. Colocó la palma de la mano en mi mejilla.

—Te he echado de menos —dije con voz ronca.

—Te he echado de menos —repitió.

Le besé la mejilla, bajé y le di un beso caliente en la garganta.

—Eres mía.

No respondió, pero se estremeció al oír mis palabras y la garganta se le movió cuando tragó saliva. Seguí bajando, saboreando su piel con los labios hasta llegar a su pezón. Cerré la boca sobre él y succioné con fuerza.

El cuerpo se le puso rígido y me agarró por los hombros al tiempo que soltaba un gemido. Le agarré la cintura con las manos y me dirigí al otro, chupando y tirando.

En ese momento, me tocó la mandíbula con los dedos y me apartó la cara.

—Me quieres. Me quieres de verdad —jadeó, sin aliento. Era una pregunta silenciosa.

—Te quiero, Rose —repetí con voz firme, mientras mis dedos pellizcaban y tiraban de sus pezones.

Se mordió el labio.

—Yo también te quiero, Jack. Solo quería oírlo otra vez.

—Cuando quieras. —Sin dejar de mirarla a los ojos, le puse la mano en la espalda y le desabroché el sujetador. Con cuidado, le quité los tirantes de los hombros, sosteniéndole la mirada en todo momento.

Luego le llegó el turno a ella, que me desató la corbata y la dejó caer al suelo. Sus dedos me desabotonaron la camisa, y cada acción la llevaba a cabo con una lentitud dolorosa. Pareció que tardó una eternidad en terminar cuando lo único que quería yo era extasiarla, pero tendríamos todo el tiempo del mundo para hacerlo.

—Tú también eres mío —dijo—. Eres solo mío.

—Nos pertenecemos el uno al otro, a nadie más, hasta nuestro último aliento.

—Sí.

La declaración me retumbó en los oídos y tuve que obligarme a quedarme quieto mientras me ponía las palmas en el pecho y me quitaba la camisa, y la sensación de las yemas de sus dedos me quemaba la piel allí donde tocaba.

Mi autocontrol desapareció cuando me atrajo con suavidad para darme otro beso y me recorrió el pecho con la mano, hacia abajo, directa hacia mi polla. Me puse con sus vaqueros, desabrochando, empujando y tirando mientras mis labios se apoderaban del beso y lo profundizaban.

Su mano alcanzó la punta bulbosa de mi polla en los confines de mis pantalones y se detuvo. La agarré por la barbilla y la besé con más fuerza. Me acarició la polla y, despacio, deslizó la mano hacia abajo y luego hacia arriba. Era mi perdición.

Solo conseguí aguantar unos movimientos tortuosos y luego la bajé de la encimera de un tirón, tragándome su grito y su risa con la boca. Me apresuré a deshacerme de sus vaqueros y ropa interior y, agarrándola por la cintura, volví a plantar su culo desnudo allí arriba. Sus ojos seguían riéndose cuando levanté la vista de su cuerpo, que ahora era todo mío.

—Bésame, Jack. Bésame. —Obedeciendo su orden, le agarré las mejillas con brusquedad con una mano, le incliné la cabeza y le introduje la lengua en la boca. Apenas era capaz de quedarme quieto mientras insistía en quitarme los pantalones con las manos, durante lo cual me apartaba las mías cada vez que intentaba ayudarla.

En cuanto me los bajó, mi polla subió y bajó, con los testículos pesados.

—Te quiero dentro de mí —jadeó, rompiendo nuestro beso—. Ahora, Jack. Ahora.

—No hay nada más importante en el mundo que tú.

Estaba siendo más duro de lo que me gustaría ser con ella si pensara con claridad, pero si la manera en la que me agarraba la piel con los dedos servía de prueba alguna, no se oponía. Le abrí los muslos, la acerqué al borde de la encimera, coloqué la polla en el centro y se la introduje con una fuerte embestida.

Me agarró el hombro con una mano y me abrazó con la otra, apoyando la frente en mi hombro.

—¿Estás bien? —pregunté, teniendo problemas para quedarme quieto cuando sus músculos se flexionaban alrededor de mi polla.

Asintió contra mi hombro.

—No hace falta que tengas cuidado conmigo. No voy a romperme, Jack.

—¿Eso es lo que quieres?

—Sí.

Le sujeté el culo con las manos y la saqué con suavidad, dejando que sintiera cada centímetro grueso y duro. Volví a penetrarla, gruñendo contra su piel mientras ella intentaba recuperar el aliento. Estaba tan mojada para mí, increíblemente apretada y húmeda, y toda mía. Le agarré los gemelos y me los coloqué alrededor de las caderas. Tenía el pecho pegado al mío y los pezones duros contra mi piel. Tiré de sus caderas para acercarla más y obligarla a tener cada centímetro de mí dentro de ella. No estaba dispuesto a que nos separara ni un milímetro.

Lamiéndole el cuello y arrancándole un suave gemido, empecé a follarla, fuerte y profundo, más fuerte que la primera vez. Se aferró a mis hombros, sus uñas marcándome la piel, su piel ardiendo contra la mía.

—¡Jack! —gritó, y su voz, la densidad, el *sexo* de su voz me empujaron hacia un borde invisible.

Con las manos temblándome por lo que sentía por ella, le aparté la cara de mi cuello y atrapé sus labios. Tenía la polla dentro de ella, la lengua dentro de ella, la mano ocupándose de sus pezones. Se estremeció entre mis brazos cuando aceleré las embestidas, llevándola al límite.

—¡Jack!

—Suéltalo, Rose —le ordené cuando volvió a jadear—. Quiero que te corras sobre mi polla. —Los músculos se le tensaron a mi alrededor, y disminuí las embestidas a medida que sus músculos internos trabajaban—. Eso es, cariño —susurré, empujándola para besarla de nuevo mientras gemía y se ponía rígida. Quería todo lo que estuviera dispuesta a darme: sus orgasmos, sus gemidos, su piel, su boca. Todo lo que estuviera dispuesta a darme, lo quería para mí.

Cuando paró de correrse, le di un respiro a su boca para que pudiera recuperar el aliento y tragar aire mientras yo me calmaba en su interior.

Le sobé los pechos con las manos, obligándome a ser delicado, pero me cubrió la mano con la suya y apretó más fuerte, lo que no ayudó en nada a mi autocontrol.

Me levantó la cabeza.

—No te contengas. Fóllame.

Me rompí.

—Pon las manos sobre la encimera. Arquea la espalda.

Hizo lo que le dije y tiré de sus caderas hasta el borde. Con las manos atrás, tenía todo el acceso a sus tetas que deseaba.

Saqué la polla y la volví a meter con la vista baja mientras miraba adonde estábamos conectados. Tenía la polla cubierta de sus fluidos.

Agaché la cabeza, le cubrí el pezón con la boca y empecé a follarla de verdad. Cuanto más la penetraba, más fuertes eran sus gemidos y más gritaba mi nombre. Le robé otro orgasmo justo antes de perder la batalla y que me golpeara el mío.

Respirando con dificultad y todavía agarrándole los muslos por debajo, dejé que mi cabeza descansara en su hombro y, de alguna manera, encontré la energía para seguir follándola despacio. No tenía prisa por salir de su calor, más que nada porque seguía empalmado incluso después de correrme dentro de ella.

—Sin condón. —Forcé las palabras cuando pude volver a hablar.

Su cuerpo se tensó.

—¿Qué? —consiguió balbucear.

—Se nos ha olvidado el condón. Ya no los usamos.

—Ah, ¿sí? —preguntó, divertida, y sus manos empezaron a recorrerme la espalda, lo que hizo que mi polla se crispara dentro de ella.

Extendí la mano sobre la parte baja de su espalda y la penetré con fuerza, tan profundo como pude. La respiración se le entrecortaba y sus dedos se me clavaban en la piel.

—Joder —murmuré, y la sensación de su calor y de su humedad alrededor de mi polla me estaba acercando a la locura—. Hacía mucho tiempo que no usaba… Estoy limpio, cariño.

—Me tomo la píldora y también estoy limpia.

—No quiero parar todavía —me obligué a decir apretando los dientes justo antes de rozarle la piel donde se le unían el hombro y el cuello. Todos sus estremecimientos me estaban incitando.

Apretó los músculos a mi alrededor, lo que provocó un gemido por mi parte.

—Llévame al sofá —me susurró al oído.

Le metí las manos debajo del culo y apretó las piernas a mi alrededor. Respiré hondo, dejando que me envolviera su olor ligero y fresco a flores. El hecho de que consiguiera caminar y llevarla hasta el salón después de correrme tan fuerte como lo había hecho era un milagro. Le apreté las nalgas con las manos sin poder evitarlo.

—¿Has cogido peso? Me gusta cómo se adaptan a mis manos.

Se rio y me golpeó el hombro.

Sin fuerzas, me dejé caer en el sofá, lo que causó que mi polla se deslizara fuera de Rose. Parte del semen goteó de ella como una avalancha y se deslizó por sus muslos y sobre mis huevos.

Gimió y me sujetó la cara con las palmas de las manos mientras yo seguía tocándole el culo. No me iría a dormir antes de doblarla sobre la cama o donde ella quisiera.

—Vamos a cargarnos el sofá —dijo contra mis labios, su lengua colándose en mi boca.

—Compraré uno nuevo.

La besé y le introduje la lengua en la boca, e inclinó la cabeza para que entrara más.

Me sujeté la polla a la altura de la base y rompí el beso.

—Vamos a hacerlo con calma y despacio.

Me dedicó una pequeña sonrisa.

—¿Y si no quiero hacerlo con calma y despacio?

—¿Quieres que te folle? ¿No te duele?

—Quiero que me duela.

Se agarró a mis hombros y, despacio, bajó sobre mi gruesa longitud. No podía apartar los ojos mientras su coño me absorbía. Estaba tan caliente y empapada… Se alzó sobre mi polla y bajó con un gemido fuerte, tomando más y más de mí cada vez que descendía.

—¿Cómo es que la sigues teniendo tan dura? —preguntó con voz ronca, sus tetas rebotando arriba y abajo mientras seguía moviéndose sobre mí—. ¿Y por qué quiero que sigas?

—No tengo ni idea —respondí mientras la agarraba por la cintura y la levantaba mientras embestía hacia arriba.

—Mmm… Me encanta.

La miré a los ojos.

—¿Cuánto es demasiado para ti? ¿Todas las noches? Tengo que ser sincero, cariño, no estoy seguro de ser capaz de mantener las manos lejos de ti.

Se levantó agarrándose al respaldo del sofá y volví a atraerla hacia mí, entregándole cada centímetro. Giró las caderas y gimió.

—Todos los días me parece perfecto. No quiero que reprimas ninguna parte de ti y, desde mi punto de vista, tenemos meses que compensar. Sigo enfadada contigo, no lo olvides, pero sí, será mejor que lo hagamos todos los días.

—Sí. —Estaba tan hermosa subiendo y bajando de manera perezosa sobre mi polla. Tenía los ojos dilatados, las mejillas sonrojadas, los labios rojos e hinchados, estaba jadeando de necesidad. Ya le veía una pequeña marca en el cuello allí donde me había pasado un poco.

—Ahora fóllame, Jack.

—Ven aquí, cariño.

Vino con ansia, y le agarré la cintura con más fuerza mientras me entregaba la boca y me dejaba besarla tan fuerte como quería. Embestí hacia arriba y gimió contra mis labios. Volví a hacerlo, más fuerte, y me tragué un gemido. Rompió el beso con un grito ahogado a la tercera embestida.

—¿Cómo se siente?

Cerró los ojos.

—Gruesa.

—Bien. Me encanta estar dentro de ti, Rose.

La única respuesta que obtuve fue un gemido mientras la follaba por debajo tal y como me había pedido.

—Me desmorono, Jack.

Supe que estaba cerca cuando empezó a gemir mi nombre y dejó de agarrar el respaldo del sofá. Aumenté el ritmo y se corrió sobre mí por tercera vez esa noche, y de sus hermosos labios no salió nada más que mi nombre. Me enterré profundamente dentro de ella mientras se retorcía y se sacudía contra mí, corriéndose largo y tendido.

No nos movimos durante un buen rato mientras recuperábamos el aliento. Mis manos le recorrían la espalda y ella temblaba ligeramente. Cuando pude moverme, la acuné en mis brazos y, sin mediar palabra, la llevé al cuarto de baño y la puse bajo el agua caliente. Cuando esta le revolvió el pelo por toda la cara, se lo eché hacia atrás. Era incapaz de apartar los ojos y las manos de ella. Rose observó todos mis movimientos mientras le lavaba el pelo y luego cada centímetro del cuerpo. Me devolvió el favor en silencio, moviendo las manos por mi pecho mientras se mordía el labio. Cuando tuve su atención, la besé con suavidad, lamiéndole los labios y luego jugando con su lengua. Se puso de puntillas y me rodeó con los brazos mientras yo la abrazaba por la cintura y la estrechaba contra mí.

Me deleité secándola con una toalla grande y ayudándola a vestirse con una de mis camisas blancas. Bajamos las escaleras de la mano y luego se sentó en la isla mientras yo preparaba la cena y ella charlaba sin parar. Le cociné pasta porque era lunes y teníamos tradiciones en nuestro matrimonio.

Nuestro matrimonio.

Todavía no podía creerme que me hubiera perdonado sin hacer que me lo currara más para conseguirlo.

La besé mil veces mientras hablaba sin parar. Ella no llevaba nada más que mi camisa, y yo no llevaba nada más que mis pantalones negros.

—Estoy tan enamorado de ti, Rose Hawthorne... —dije contra sus labios mientras se reía de algo que acababa de decir—. Eres lo mejor de mi vida.

Su risa se apagó cuando inclinó la cabeza y me miró a los ojos. Esbozó una sonrisa preciosa.

—Y tú de la mía, Jack Hawthorne. Eres todo mío.

CAPÍTULO VEINTINUEVE
EPÍLOGO

Había pasado un mes entero desde que volví a casa y acepté el hecho de que estaba oficialmente enamorada de mi marido. No recordaba un mes más feliz. Como si le hubiera conjurado, Jack entró en la cafetería y, solo con verlo, se me aceleró el corazón. Era como si la campana sonara de forma diferente cuando era él quien entraba. Era como si lo supiera. *Este es el hombre del que estás enamorada, mira aquí*, decía. Con la cara tensa, sin una sonrisa a la vista, hablaba por teléfono y tenía un brazo lleno de mis rosas mientras avanzaba hacia la caja. Frunció el ceño cuando alguien pasó por delante de él para llegar a mi pequeña estantería sin disculparse. Fulminó al cliente con la mirada y, negando con la cabeza, continuó con la llamada mientras le observaba con la mayor de las sonrisas.

Al cabo de unos segundos, cuando terminó de hablar con quienquiera que estuviera al otro lado de la línea, guardó el móvil y, por fin, *por fin*, alzó la vista. Yo seguía sonriendo cuando su mirada escrutadora me encontró de pie en la puerta observándole. Mantuvo el contacto visual todo el tiempo mientras ignoraba a los demás y se dirigía hacia mí. Me separé del marco de la puerta y, en cuanto estuvo a mi alcance, me puse de puntillas, le cogí la chaqueta y le rodeé el cuello con los brazos.

—Me encanta ese ceño fruncido.

Mi pequeña sonrisa se convirtió en una sonrisa grande cuando sentí cómo sus labios se curvaban contra mi cuello y luego, con habilidad, me daba un beso prolongado en el punto exacto. Jack Hawthorne fue el primer hombre que me cortocircuitó el cerebro con una simple sonrisa contra la piel y lo que parecía un beso inocente.

La cafetería estaba algo vacía, ya que el ajetreo matutino había terminado apenas media hora antes, y casi todos los clientes que había en ese momento eran habituales, muchos de ellos con sus *tablets* o portátiles y algunos de mis favoritos perdidos en sus lecturas.

Tras desenredar los brazos de su cuello, le pasé la mano por el hombro y le arreglé la corbata. El simple hecho de poder hacer eso me afectaba casi siempre. Tenía un marido, y uno de verdad.

—Hola —susurré.

—Hola, mi Rose. —Se inclinó y me besó la mejilla.

Cerré los ojos y titubeé.

—Estas tácticas no te van a ayudar.

—Ya lo veremos —murmuró, y me colocó un mechón largo del flequillo detrás de la oreja.

—¡Hola, Jack! —gritó Sally a pocos pasos de distancia, saludando con una mano mientras la otra se hacía cargo de la máquina de café.

Oí a Owen murmurar algo desde la cocina al tiempo que asomaba la cabeza por la puerta que tenía detrás de mí.

—¿Sally? ¿Has dicho algo?

Mi alegre y dulce empleada ni siquiera apartó la vista de la máquina de café.

—No.

—¡Oh! Hola, Jack —dijo Owen de manera distraída cuando se dio cuenta de que mi marido estaba a mi lado. Mientras se saludaban (Jack por fin había empezado a usar su nombre), rescaté las rosas del brazo de Jack y, con suavidad, toqué los pétalos blancos y beis con la punta de los dedos.

—Si vas a la parte de atrás, yo me quedaré delante con Sally —me ofreció Owen.

Miré a Sally y vi cómo se reía y le daba el vaso para llevar y la pequeña bolsa con la bollería a la chica que estaba esperando su pedido.

—Está bastante tranquilo. Estoy bien sola.

Volví a mirar a Owen y vi cómo apretaba la boca.

—Entonces me pondré a trabajar.

Sally dio la bienvenida al último cliente que esperaba en la cola.

—Necesitamos más *muffins* de limón —dije en voz baja antes de que pudiera desaparecer en la parte de atrás y, antes de obtener una respuesta de Owen, noté cómo la mano de Jack se entrelazaba con la mía. Se me curvaron los dedos de los pies de tanta felicidad. Owen asintió con la cabeza, miró a Sally de reojo y se marchó.

—¿Qué me estoy perdiendo? —preguntó Jack.

Suspiré.

—Te estás perdiendo el amor de la juventud, la pasión, la tensión.

—¿Amor de la juventud? ¿En contraposición a nuestro amor de la vejez?

Le sonreí.

—Tú tienes treinta y un años y yo veintiséis, así que para mí eres un tío bastante mayor. A la gente le suele parecer muy sexi la diferencia de edad, sobre todo si el tipo es tan guapo como tú.

Suspiró y negó con la cabeza, lo que hizo que sonriera más aún.

—Bien, señora Hawthorne, ¿está lista para nuestra reunión de las diez y media? Hoy tengo varias reuniones seguidas, así que me gustaría terminar lo antes posible.

—Sí, lo que tú digas. Durará lo que tenga que durar. Fue idea tuya, así que ni se te ocurra intentar ser borde al respecto.

—No estoy siendo borde. No pensaba que fueras a tomártelo tan en serio.

—Nunca piensas que estás siendo borde, pero lo estás siendo, y el matrimonio es un asunto serio, señor Hawthorne. —Asegurándome de tener la cara seria, di un paso para alejarme de mi marido y levanté las flores—. Voy a dejarlas en la cocina…

Sally terminó con los últimos clientes y se unió a nosotros.

—¿Quieres que las lleve por ti, Rose? —preguntó, alcanzando ya mis rosas.

Giré el cuerpo, solo un poco, nada demasiado obvio.

—¡Oh! No pasa nada. Las llevaré y me encargaré de ellas yo misma cuando Jack se vaya. —Decir que era un poco territorial con respecto a mis rosas semanales era quedarse corto—. ¿Jack? ¿Por qué no eliges un sitio? Estaré allí en un segundo y empezaremos nuestra reunión.

Sacudió la cabeza como si fuera una causa perdida.

—Claro. Voy.

—¿Le apetece un café, señor Hawthorne? —pregunté, dándole un beso en la mejilla.

—Sí, me encantaría, señora Hawthorne.

Cuando se dio la vuelta y se marchó, Sally resopló a mi lado.

—No estoy segura de si «café» es una indirecta para «sexo» o si habláis de café de verdad.

—Por desgracia, se trataba de café de verdad. —Cuando entré en la cocina y coloqué las rosas junto al fregadero, Sally me siguió.

—¿A qué viene tanta diplomacia? —Cuando le dirigí una mirada confusa, se explicó—: Señor Hawthorne, señora Hawthorne...

Me reí.

—¡Oh! Quiere abordar nuestro plan matrimonial de cinco años, así que vamos a tener una reunión sobre eso.

Sally me miró durante un largo momento y luego asintió.

—Tiene sentido.

—Yo también lo pensé.

Owen salió del almacén con una caja llena de nuestros vasos para llevar en los brazos y Sally volvió a salir a toda prisa.

Me apoyé en el mostrador y miré a Owen.

—¿Qué has hecho ahora?

Puso los ojos en blanco.

—¿Qué te hace pensar que he hecho algo? No he hecho nada, joder. Volverá a la normalidad en una hora, no te preocupes.

Como creía que tenía razón, ya que Sally era la última persona en la tierra que le guardaría rencor a Owen, lo dejé pasar y le dejé solo. Agarré un plato al salir, cogí los dos últimos *muffins* de limón y me puse con el café de Jack.

Había elegido la mesa más cercana a la ventana y seguía cada uno de mis movimientos por encima del periódico que tenía en las manos. Notando cómo el calor se apoderaba de mis mejillas bajo su mirada, me di prisa y me senté frente a él mientras doblaba el periódico y lo colocaba sobre la mesa.

—Están saliendo —expliqué, respondiendo a su pregunta anterior por si no había sido clara antes.

—Lo he deducido. No sé si es una buena idea. Si algo sale mal, afectará a tu negocio.

—Me encanta cuando eres positivo. Y lo sé, pero por ahora no ha afectado a su trabajo, y lo prometieron.

Me miró exasperado, como si fuera tonta por creer en su palabra.

—Además, no es como si los fuera a despedir por estar enamorados. Es divertido escucharlos discutir. Owen se parece mucho a ti, de hecho, así que eso lo hace más divertido. De repente estoy rodeada de hombres gruñones.

—No soy gruñón, Rose. Hablo en serio.

Riéndome, me levanté, me incliné sobre la mesa y le di un beso rápido en los labios antes de volver a sentarme.

—Y yo te quiero así. —Llevaba mi traje azul marino favorito—. Usando todo lo que tienes en el arsenal para las negociaciones, por lo que veo —comenté con ligereza justo antes de darle un sorbo a mi té.

Jack frunció las cejas, confundido.

—¿Qué?

—El traje, sabes que es mi favorito.

Los ojos le brillaron con picardía.

—Y tú te has puesto el vestido que te dije que prefería que llevaras solo cuando estuviera a tu lado, cogiéndote de la mano.

Fingí sorpresa y miré mi vestido.

—¿Esta cosa vieja? —Era un vestido cruzado negro bastante básico de manga larga, pero sabía que le gustaba por alguna razón. No me quitaba las manos de encima cuando me lo ponía.

Arqueó una ceja perfecta que básicamente decía «Sé de qué pie cojeas» y se recostó en la silla.

—¿Quieres empezar?

Le puse los *muffins* delante. La semana del limón era solo para él, ácida y dulce, como alguien que conocía.

—¿Quieres probarlos? Los he hecho yo.

468

—No puedes engañarme con dulces, Rose. Me los llevaré cuando me vaya.

Sonreí.

—Jamás haría eso, señor Hawthorne. Me horroriza que pienses que haría algo así. Por favor, continúa entonces. Solo intentaba ser amable con mi marido.

—Bien. Bueno, dime, ¿qué clase de matrimonio quieres para los próximos cinco años?

—¿Solo cinco? ¿Me echas después de eso?

—Se me ocurrió que sería más saludable sentarse cada cinco años y planificar los próximos cinco años.

¡Dios! Era difícil no levantarme y llevarle a la parte de atrás. Era tan devastador lo guapo y serio que estaba que me costaba mantener la compostura.

—¿Cómo sabes que no voy a divorciarme en los próximos cinco años?

—No te vas a divorciar —dijo, descartando la idea.

—¿Quién lo dice?

—Yo. Si no te divorciaste después de todo lo que pasó, no vas a deshacerte de mí por algo pequeño y estúpido que es muy probable que acabe haciendo en algún momento.

—Me divorciaré en un santiamén si me engañas.

—Ya que eso no es una posibilidad, hablemos de nuestros planes para los próximos cinco años.

—Prohibido dejar calcetines por la casa. Por pequeño que parezca, me volvería loca, y así empieza el principio del fin. Nada de ropa por el suelo y nada de masticar con la boca abierta.

—¿Puedes tomártelo más en serio?

Le fruncí el ceño.

—Eso hago —recalqué.

—¿Alguna vez me has visto dejar los calcetines por ahí? ¿La ropa?

—No. Solo te lo digo para que no empieces a hacerlo.

—¿Podemos volver al plan?

—¿No me estás escuchando? Esas cosas forman parte del plan. No puedes hacer trampas, no puedes *empezar* a dejar los calcetines o la ropa por ahí, y no puedes masticar con la boca abierta. El sonido me vuelve loca.

—¿Esos son tus planes de relación para los próximos cinco años?

—Acabamos de empezar. Además, ¿por qué tienen que ser solo mis planes? Dime tú también lo que quieres para los próximos cinco años.

—Solo necesito que te quedes conmigo, así que eso significa que tengo que saber lo que quieres.

—Me halagas, pero no. Así no es como funciona un matrimonio. Soy una persona bastante fácil de tratar. Quiero amor y lealtad, y que me hables.

—Rose, vas a tener que ser más específica. Ya te lo dije, tienes un millón de cosas que decir sobre nuestro matrimonio todo el rato. Empieza por una de ellas. Háblame del matrimonio que querías tener.

—Bien. —Asentí con cuidado—. Quiero una noche de cita cada semana. Si estamos desbordados de trabajo, podemos hacerlo en casa, pero necesito esas pocas horas solos tú y yo sin que nada más se interponga.

—Vale. Puedo hacerlo.

—¿No se supone que tienes que tomar notas? —pregunté, tomando de nuevo mi té.

Se llevó un dedo a la cabeza, sonriendo.

—Vale. Ya veremos. Te toca.

—Quiero que vengas a almorzar.

—¿Al despacho?

—Sí.

—¿Para acostarnos? ¿Las relaciones sexuales están permitidas en el despacho?

Dejó escapar un gran suspiro.

—Rose.

Hice una mueca.

—¿Qué? Es una pregunta legítima.

Por cómo me negó con la cabeza, era obvio que no pensaba lo mismo.

Estaba bebiéndose el café, pero se detuvo y volvió a dejar la taza sobre la mesa.

Sonreí. Conque él también estaba pensando en ello.

—Quizá no en el despacho, ya que es todo de cristal, pero me ocuparé de ello.

Estaba segura de que encontraría la manera. Me reí.

—Hacerlo en el despacho no es esencial, pero me encantaría ir a almorzar. ¿Puedo preguntar por qué?

—Me gusta pasar tiempo contigo, y me gusta la idea de que vengas a comer a mi despacho. Me gusta que la gente me vea contigo.

Arrastré la silla un poco más cerca de él, con el corazón contento.

—Hecho. Me toca: quiero hacer la cucharita. Si no es posible todas las noches, quiero la mayoría de las noches.

—Eso no hace falta que lo menciones, Rose.

—Estoy segura de que habrá noches en las que abrazarme en la cama será lo último en lo que pienses, sobre todo, después de un día de trabajo largo y agotador, así que yo lo suelto y ya está. Si empezamos a tener esa clase de noches demasiadas veces, tienes que hacer un esfuerzo para que no sea algo permanente. Aunque discutamos (y sé que te lo he dicho antes, pero no está de más repetirlo), quiero ser el tipo de pareja que hace borrón y cuenta nueva cuando se va a la cama. Te toca.

Esta vez fue él quien acercó la silla a la mía. Me tomó de la mano y me besó el dorso. En lugar de soltarla después, la sostuvo contra su muslo, nuestros dedos entrelazados.

—Quiero que me digas cuándo hago algo mal —empezó en voz baja y con sus penetrantes ojos azules clavados en los míos—. Quiero que me avises cuando me muestre distante o distraído, porque ya puedo asegurarte que no es por ti. No puede ser por ti. Nunca va a ser por ti.

Asentí.

—Te lo diré. Quiero envejecer contigo.

Me acarició la mejilla y apoyó la frente en la mía.

—Sí. —Su voz había sido baja y no fue más que una simple palabra, pero la emoción que veía en sus ojos, la emoción que *sentí* detrás de la palabra…, sabía que era una promesa que pretendía cumplir.

—¿Me recuerdas por qué no hicimos estas negociaciones en casa? —pregunté con un suspiro cuando tuvimos que separarnos.

—Idea tuya.

—De acuerdo. ¿Qué más quieres de mí?

—Todo lo que estés dispuesta a darme.

Me aclaré la garganta y apretó la mano alrededor de la mía.

—No vamos a mentirnos el uno al otro. Por muy dura que sea la verdad, no vamos a hacerlo. Prométemelo.

—No voy a arriesgarme a perderte. No nos mentiremos el uno al otro —aceptó con facilidad.

—Vamos a hacer un esfuerzo consciente para trabajar en nuestro matrimonio, independientemente de lo que esté pasando en nuestras vidas. Seguiremos trabajando en ello, siempre. Quiero hacerte feliz, y tienes que hablar conmigo.

—Jamás vas a encontrarte a alguien que se esfuerce tanto como yo para hacerte feliz. Cada vez que tengas que hacerte una resonancia, iré contigo. Me aseguraré siempre de que sepas que estoy allí. Veré todas las películas que quieras, da igual lo cursis u horribles que sean…

Levanté la mano y le detuve antes de que pudiera seguir con la frase.

—Un momento. Si me estás diciendo que *Titanic* o *Tienes un e-mail* te parecieron cursis, tenemos un problema.

—Tú escucha. Dejaré que me robes las patatas fritas siempre cuando te acabes las de tu plato. Dejaré que pruebes mi postre siempre. Cocinaré para ti cuando estés enferma y cuando estés demasiado hambrienta como para hacer otra cosa que no sea fruncir el ceño. Te daré de comer de mi propio plato y te besaré después de cada bocado. Haré sacrificios por ti como sé que tú harás sacrificios por mí a lo largo del camino. No seré borde con las personas a las que quieres y que te importan. No daré por sentada tu sonrisa nunca y te haré sonreír todos los días, incluso los días que más enfadada estés conmigo. Hablaré durante horas, te contaré todo lo que quieras saber sobre mí, sobre cualquier cosa, si eso es lo que quieres de mí.

—Jack —susurré, con las manos temblorosas—, conozco tu corazón. No hace falta que hables todo el rato. Incluso tu silencio me encanta.

Se inclinó hacia delante y, con suavidad, me dio un beso en los labios y luego siguió hablando.

—Te besaré cada vez que empieces a preocuparte por tu salud y a perderte en tus miedos. Te besaré todas las mañanas, todas las noches y siempre que pueda. Te contestaré cada vez que me escribas, aunque esté a una habitación de ti. Pero los días que quiera oír tu voz, te llamaré en vez de escribirte. Te ayudaré siempre cuando me lo pidas. Te ayudaré incluso cuando no me lo pidas porque siempre estaré ahí. Comeré y beberé lo que me pongas delante simplemente porque tus manos lo han cocinado, horneado o hecho. Intentaré aprender a entender cuándo quieres que te haga el amor, pero te da vergüenza pedírmelo. Me esforzaré mucho para hacerte feliz, para que este sea el matrimonio que siempre quisiste tener, y nunca…, te lo prometo, Rose, nunca te haré sentir que no te quiero. No te daré por sentada nunca. Siempre tendrás a alguien en quien apoyarte cuando lo necesites. Siempre estaré ahí incluso cuando no me necesites, pero lo más importante…

Extendió el brazo y me quitó una lágrima de la mejilla antes de levantarme la mano y besármela de nuevo. ¿Cuándo había empezado a llorar?

—Siempre te querré —continuó antes de que pudiera recuperar el aliento—. Incluso cuando estés enfadada conmigo, incluso cuando haga algo que no te guste y no tengas ni idea de por qué decidiste quedarte conmigo, siempre te querré.

—No hablas. Durante días y semanas hago de todo para que hables, y luego vas y me haces esto. —Sin apartar los ojos de sus hermosos ojos azules, me levanté de la silla y me senté de lado en su regazo. Le tomé la cara con las manos y me quedé mirándole.

Este hombre del que me había enamorado, con los ojos bien abiertos.

Este hombre que no se parecía en nada a lo que había querido para mí.

Este hombre feroz que era el único para mí.

Mi familia.

—Haces que el corazón me lata con fuerza. ¿Lo sabías?

—Mmm... ¿Sí?

Me incliné y le besé los labios una vez, despacio, con dulzura. Con la mano apoyada en su cuello, le hablé al oído.

—Estoy enamorada de ti, loca, desesperada, irrevocablemente. —Me mordí el labio, le acaricié la mejilla y recorrí cada centímetro de su hermoso rostro con la mirada, memorizando la expresión de sus ojos, la forma de sus labios—. Yo también voy a hacerte feliz, Jack Hawthorne —susurré, y apoyé la frente en la suya mientras nos mirábamos a los ojos—. Haré todo lo posible para que seas feliz el resto de nuestros días. No te dejaré marchar nunca. Jamás renunciaré a ti, a nosotros.

FIN.

AGRADECIMIENTOS

Matrimonio para uno es uno de esos libros que se han escrito solos, al menos el primer borrador. Pero eso no significa que fuera el libro más fácil. No, en este Jack y Rose me supusieron un desafío enorme. Y espero no haber metido la pata del todo.

Jack no es como ningún otro personaje que haya escrito antes, y requerí tiempo y ayuda para asegurarme de que estaba siendo justa con él. A pesar del miedo que me da esta publicación, los adoro a los dos. Me encanta su historia de amor, su ironía, el mal humor, las sonrisas, las risas, que le agarrara del tobillo..., todo. Pero también es el libro que más miedo me da. No quiero fallarles a Jack y a Rose. Sé que no es para todo el mundo, pero quiero que lo sea, muchísimo. Quiero que os roben un pedazo de vuestros corazones. Espero no decepcionaros, de verdad.

Shelly, como siempre, nada de lo que diga será suficiente. No hay palabras que expresen todo lo que me has ayudado con este libro, *sobre todo* con este. Te he molestado sin parar con este libro (seguro que te molesto sin parar con todos los libros, pero sé que esta vez me he pasado). Todavía me oigo a mí misma repitiendo lo mismo una y otra vez en un mensaje de voz sobre el fracaso que soy o seré. Y tú siempre tienes las palabras adecuadas para mí. Siempre. Tal vez por eso siempre acudo a ti cuando entro en pánico. Siempre estaré agradecida de tener tu amistad. Siempre estaré agradecida de poder confiarte todo. Jack y Rose no verían la luz ahora mismo si no fuera por ti, así que gracias de todo corazón. Gracias por animarme. Te quiero. Muchas gracias por leer mi pequeño gran libro.

Beth, ¿qué haría yo si no tuviera tu amistad? Tus comentarios sobre este libro me ayudaron mucho. Muchísimo. ¿Y el hecho de que no te guste leer libros largos, pero leyeras el mío en un santiamén? Te quiero por eso. Por ayudarme. Por enviarme audios con tu preciosa voz y tu precioso acento y ayudarme aún más con la publicidad de la sobrecubierta, la cubierta, los avances. Como acabo de decirle a Shelly, habría metido mucho la pata con la historia de Jack y Rose si no te hubiera tenido a ti para ayudarme a encontrar una solución. Espero poder ayudarte algún día tanto como me ayudas tú a mí. Tengo suerte de llamarte «amiga» y de que no te hayas cansado de mí todavía. Te prometo que el próximo libro será más corto, pero gracias por leerlo entero.

Erin, aquí estamos otra vez. Estoy tan contenta de que no te hayas cansado de mí aún. Sobre todo, después de este, porque sé lo insoportable que he sido. Hemos terminado otro, y estoy emocionada y asustada a la vez. Como siempre, ayuda saber que me cubres las espaldas. Prometo que en el nuevo intentaré no entrar tanto en pánico. Y muchas gracias por leer la historia de Jack y Rose a pesar de que tienes millones de cosas mejores que hacer.

Elena (alias «La preciosa thebibliotheque»), has leído este libro tan rápido y tan bien… Y luego me diste la vida. Ni siquiera bromeo. Ya sabes lo mucho que flipé cuando empezaste a leerlo, así que sabes lo mucho que significó para mí que te encantara (eso si no has mentido para no hacerme daño, claro). Que te encantara Jack. Gracias por no hacer que te rogara para que leyeras mi libro. Gracias por hacerme sonreír tanto cuando estaba segura de que había fracasado a la hora de contar la historia de Jack y Rose. Gracias por la preciosa foto. Y, por último, pero no menos importante, ¡gracias por hablar de Jack y Rose conmigo durante días! Hiciste que volviera a emocionarme con ellos. Puede que vuelva a rogarte con el próximo. Ahí lo dejo…

Saffron, gracias por leer trece capítulos de este libro incluso cuando estabas lidiando con algo tan loco. Sabes cuánto me ayudó con Jack. Aprecio el apoyo, de verdad. Sabes lo insegura que me hizo sentir este libro, así que gracias por escucharme.

La representante más dulce… Hannah, eres la mejor. Estuviste a mi lado cuando más necesitaba una amiga. Lo leíste entero en pocos días y no solo una vez, sino dos. Siempre te estaré agradecida por tu ayuda y por tus comentarios. Espero no decepcionarte. Y solo para repetirlo, muchas gracias por tus encantadores cumplidos. No querría trabajar con nadie más que contigo.

Christina y Yasmin, vosotras dos sois las primeras lectoras y, de hecho, Yasmin lo está leyendo mientras escribo esto. Por si no os ha quedado claro por los mensajes, no me gusta que estéis acaparando vuestras notas. No sé si os encantarán Jack y Rose, pero espero de corazón que sí. Muchas gracias por ser tan entusiastas al respecto. Cada mensaje que recibo de vosotras me saca una sonrisa enorme. Espero de verdad que os encante.

Caitlin Nelson y Ellie McLove, muchas gracias por hacer que mi libro sea mejor y más legible.

Emily A. Lawrence, muchísimas gracias por editar la sinopsis en el último momento. ¡Estoy deseando que llegue el próximo!

Nina, por favor, ¡no te hartes de mí pronto!

Y gracias a todos los blogueros e *instagrammers* increíbles que me dieron una oportunidad. Sé que la historia de Jack y Rose es más larga que la de la mayoría de los libros, pero gracias por leerme y ayudarme a correr la voz. Sois increíbles TODOS, yo no podría hacer lo que hacéis. Espero que hayáis disfrutado de mi pequeño gran libro.

Y mis queridos lectores, estoy deseando que os enamoréis de Jack y Rose. Espero no decepcionaros y espero que nos veamos en mi próximo libro. Muchas gracias por amar a mis personajes tanto como yo. Lo sois todo.

¿TE GUSTÓ ESTE LIBRO?

escríbenos y cuéntanos tu opinión en

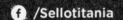 **/Sellotitania**    **/@Titania_ed**

/titania.ed

#SíSoyRomántica